本书出版得到教育部人文社会科学研究"技术创新生态链形成与运行机制研究"（项目号：18YJCZH222）项目资助

U0515264

Research on the formation
and operation mechanism of technological
innovation ecological chain

技术创新生态链形成
与运行机制研究

杨瑶 著

中国财经出版传媒集团
经济科学出版社
Economic Science Press

图书在版编目（CIP）数据

技术创新生态链形成与运行机制研究／杨瑶著.
－－北京：经济科学出版社，2023.5
ISBN 978 － 7 － 5218 － 4795 － 6

Ⅰ.①技…　Ⅱ.①杨…　Ⅲ.①技术革新－研究　Ⅳ.
①F062.4

中国国家版本馆 CIP 数据核字（2023）第 093048 号

责任编辑：杨　洋　卢玥丞
责任校对：王苗苗
责任印制：范　艳

技术创新生态链形成与运行机制研究
杨瑶　著
经济科学出版社出版、发行　新华书店经销
社址：北京市海淀区阜成路甲 28 号　邮编：100142
总编部电话：010 － 88191217　发行部电话：010 － 88191522
网址：www. esp. com. cn
电子邮箱：esp@ esp. com. cn
天猫网店：经济科学出版社旗舰店
网址：http：//jjkxcbs. tmall. com
北京季蜂印刷有限公司印装
710 × 1000　16 开　15.75 印张　260000 字
2023 年 6 月第 1 版　2023 年 6 月第 1 次印刷
ISBN 978 － 7 － 5218 － 4795 － 6　定价：60.00 元
（图书出现印装问题，本社负责调换。电话：010 － 88191545）
（版权所有　侵权必究　打击盗版　举报热线：010 － 88191661
QQ：2242791300　营销中心电话：010 － 88191537
电子邮箱：dbts@ esp. com. cn）

目 录 CONTENTS

第1章

绪 论

1.1 选题背景与研究意义

1.1.1 选题背景

技术创新是以创造新技术为目的的创新或以科学技术知识及其创造的资源为基础的创新，它不仅是企业创造财富和获得持续竞争优势的关键，也是推动科技创新成果转化为现实生产力的有效动力，还是更好促进国家经济发展和改善民生环境的主要源泉之一。当前的技术创新已经演变为各个相关经济体间系统的整合行为，整个技术创新活动需要从基础研究到产品创新各坏节主体的协作共生。围绕着同一产业或相关产业供应链不同环节，如大学、科研机构、企业等，也由此形成一个个技术创新链来创造以往无法实现的超额价值。但目前的技术创新链还存在诸如技术创新主体创新能力不强、技术创新链结构性失衡、技术成果转化不畅、链上主体生态位缺位、创新体制机制存在障碍、创新资源缺乏且配置不当、中介机构类主体不规范、创新环境不够完善等问题。结合当前技术创新的新发展、新特点和新问题，迫切需要我们从新的研究视角出发，解决问题，谋求发展。

作为一门研究自然生态系统和社会生态系统的综合性热门科学——生

态学无疑为我们研究技术创新链提供了新视角。生态学最初是研究生物及其群体与环境相互作用过程及规律的科学，其目的是指导人与生物圈的协调发展。而后，随着生态学理论和其研究方法的飞速发展，以及人类社会的不断变迁，生态学理论和研究方法被应用到经济和社会的多个方面，形成了多个分支学科和交叉学科，如人类生态学、社会生态学、系统生态学、种群生态学、经济生态学、进化生态学、应用生态学、行为生态学及信息生态学等。目前生态学已经涵盖了 90 多个分支学科，并已基本替代了以往生物学成为现代科学的前沿学科，其发展所崛起的现代科学思维方式的革命，正影响现代科学的走向。借鉴生态学理论研究技术创新生态链，即是研究技术创新过程中各类主体之间形成的各种链式关系，以及这些链式关系中资源流转的形成与运行状况、主体之间关系形成与运转状况等，从而可以从系统整体的视角把握和协调技术创新主体之间的关系，促进技术创新生态链协调稳定地运行与发展，对促进技术创新生态链乃至整个技术创新生态系统的优化具有十分重要的意义。

1.1.2　研究意义

1. 理论意义

关于技术创新的研究，一直以来都是学术界关注的焦点，但是引入生态学和生态链理论进行技术创新的研究尚处于起步阶段，研究比较稀少、零散，理论体系尚未完整建立。本书以技术创新、生态学、生态链等为理论依据，深入探究技术创新生态链的形成与运行机制，具有十分重要的学术价值。通过对技术创新生态链基本理论、形成机制、运行机制和优化策略的研究，构建完整的技术创新生态链形成和运行机制理论，丰富技术创新生态链研究的理论内容，开拓和发展技术创新的研究领域和研究视角，补充和完善技术创新的理论体系。

2. 实际应用价值

技术创新生态链作为当前技术创新的主要模式和未来发展的重点，对技术创新生态链形成与运行机制研究具有十分重要的实际应用价值。通过对技术创新生态链形成与运行机制的研究，以及在此基础上对技术创新生态链优化策略的研究，为国家和地方政府制定科学合理、切实可行的技术创新政策和发展策略提供参考，为政府构建技术创新生态链、构建技术创新支撑体系、完善技术创新体制机制提供理论依据和决策借鉴；为技术创新链上相关主体的有效运行和协作共生给予指导，提升各相关主体创新、运行的效率和效益，促进主体之间的和谐发展和整链价值的发挥；为当前技术创新和技术创新链中存在的问题提供新的解决思路和行之有效的解决方案。

1.2 国内外研究现状

1.2.1 国外研究现状

早在1912年，经济学家熊彼特就在其著作中首次使用"创新"一词，并研究形成了以"创新理论"为基础的独特理论体系。随后，国外学者们对技术创新理论进行了大量的研究。近年来，国外学者开始将生态学理论引入技术创新研究，学者们的研究主要集中在以下几个方面。

1. 技术创新生态系统概念内涵研究

摩尔（Moore，1993）从企业角度诠释了创新生态系统的基本概念，认为"商业生态系统"是一种由客户、供应商、主要生产商、投资商、贸易合作伙伴、标准制定机构、工会、政府、社会公共服务机构和其他利益相关者等具有一定利益关系的组织或者群体构成的动态结构系统，而企业是商业生态系统的组成部分，企业之间围绕竞争展开竞争与合作，制造新产品，满足客户需求，最后融入下一轮竞争中[①]。弗里曼等（Freeman et al.，1997）学者从企业之间的制度性安排对创新生态系统进行考察，提

① Moore J. F. Predators and Prey: A New Ecology of Competition [J]. Harvard Business Review, 1993, 71 (3): 75 - 86.

出创新生态系统的本质是对企业之间行为的一种规范化安排，从而对企业进行约束和限制①。2004 年 1 月，美国总统技术顾问委员会发布的研究报告提出创新生态系统概念，认为企业、政府、教育家和工人之间需要建立一种新的关系，形成一个 21 世纪的创新生态系统。兰西蒂和莱文（Lansiti & Levien，2004）提出创新生态系统是由具有差异化与关联性的企业构成，创新生态系统处于动态模式，若其中某一生态位发生变化，其他生态位也会相应发生变化②。罗恩·阿德纳（Ron Adner，2006）把创新生态系统界定为"一种协同整合，即各个公司把各自的产品整合起来形成一套协调一致、面向客户的解决方案"。③ 福田和渡边（Fukudaa & Watanabe，2008）两位学者将自然生态系统当中的共生现象作为创新生态系统的类比对象，并且从生物种群的角度对创新生态系统进行诠释④。拉塞尔等（Russell et al.，2011）学者对创新生态系统的概念进行了界定，指出创新生态系统包含多重内容，这些内容涉及政府决策、企业经营、科研活动和自然乃至社会环境等方面，这些方面产生有机互动，共同构建起技术创新的环境和条件，形成创新行为的外在背景⑤。沙克尔·扎赫拉和萨蒂什·南比桑（Shaker A. Zahra & Satish Nambisan，2011）也对创新生态系统的特征进行了独立的概括，这些学者认为创新生态系统的构成主体是各种企业，凝聚这些主体的机制是技术创新活动本身，为了实现共同的创新目标，创新生态系统中的企业需合作共赢，共同生存⑥。扎赫拉等（Zahra S. A. et al.，2012）认为创新生态系统是一个基于长期信任关系形成的松散而又相互关

---

① Richard B. Freeman. Value Innovation: the Strategic Logic of High Growth [J]. Harvard Business Review, 1997 (1): 102 – 112.

② Iansiti M., Levien R. Strategy as Ecology [J]. Harvard Business Review, 2004, 82 (3): 68 – 81.

③ Ron Adner. Match your Innovation Strategy to your Innovation Ecosystem [J]. Harvard Business Review, 2006, 84 (4): 98 – 107.

④ Fukudaa K., Watanabe C. Japanese and US Perspectives on the National Innovation Ecosystem [J]. Technology in Society, 2008, 30 (1): 49 – 63.

⑤ Russell M. G., Still K., Huhtamaki J., Rubens N. Transforming Innovation Ecosystems through Shared Vision and Network Orchestration [R]. Triple Helix IX International Conference, 2011.

⑥ Shaker A. Zahra, Satish Nambisan. Entrepreneurship in Global Innovation Ecosystems [J]. Academy of Marketing Science Review, 2011 (1): 4 – 17.

联的网络[1]。奥维·格兰斯特兰（Ove Granstrand，2019）将创新生态系统定义为一组不断演化的参与者、活动和产品，以及对参与者或参与者群体的创新绩效非常重要的制度和关系所组成的组织[2]。

2. 技术创新生态系统重要性及作用研究

格雷格（Gregg，1996）认为技术创新生态系统拥有企业生存所需的环境条件和市场关系[3]。丹尼尔（Daniel，1998）提出在技术创新生态系统提供的环境与市场的条件作用下，企业可以通过系统找到更好提高价值和降低成本的方法[4]。沃尔伯达和富勒（Volberda & Fuller，2001）对创新生态系统可以形成企业创新行为的外部性影响因素进行分析，在此基础上形成了创新生态系统相对于企业创新行为而言的功能性作用，体现了创新生态系统的意义和价值[5]。马尔科等（Marco et al.，2004）认为在技术创新生态系统中，企业间相互依赖和共同进化，使得弱者能够生存[6]。佩尔绍德（Persaud，2005）提出企业间通过技术创新生态系统可实现研发（R&D）基地间的密集互动，实现知识共享，大大增加了企业"知识和资源池"的价值[7]。

3. 技术创新生态主体及其相互关系研究

布鲁姆和迪斯（Bloom P. & Dees G. 2008）将创新生态系统进行了

① Zahra S. A., Nambisan S. Entrepreneurship and Strategic Thinking in Business Ecosystems [J]. Business Horizons，2012，55（3）：219-229.

② Granstrand O., Holgersson M. Innovation Ecosystems：A Conceptual Review and A New Definition [J]. Technovation，2019.

③ Lichtenstein Gregg A. A Case Study of the Ecology of Enterprise in Two Business Incubators（Enterprise Ecology）[M]. Philadelphia：University of Pennsylvania of Dissertation Abstracts International，1996：53-55.

④ Daniel C. E. Industrial Ecology and Competitiveness Implications for the Firm [J]. Journal of Industrial Ecology，1998，2（1）：35-43.

⑤ Volberda H. W., Fuller C. B. Mastering Strategic Renewal [J]. Long Range Planning，2001（34）：159-178.

⑥ Iansiti Marco, Roy Levien. Strategy as Ecology [J]. Harvard Business Reviews，2004，82（3）：68-78.

⑦ Persaud A. Enhancing Synergistic Innovative Capability in Multinational Corporations：An Empirical Investigation [J]. Journal of Product Innovation Management，2005，22（5）：412-429.

主体和环境的区分，将企业间的交互机制作为环境因素进行分析，将企业作为创新生态系统网络的主体进行分析，这种将环境和创新生态系统网络相结合，把环境视为创新生态系统网络的连接架构的分析思路具有独创性①。比罗斯·摩根蒂尔（Biros Mercantile，2011）提出创新生态系统的三个重要组成部分，分别是科研机构与企业的合作、文化和产业集群②。本迪斯（Bendis，2011）提出创新生态系统包含物质流、能量流、信息流等方面③。贝尔塔吉等（Beltagui et al.，2020）将 3D 打印这一跨时代的技术视为生态系统中的外来入侵者，并且由于外来入侵者强大的竞争力，此类具有独特性的高新技术将会取代一些现有企业技术成为生态链主导者④。

4. 技术创新生态机制研究

渡边等（Watanabe et al.，2008）认为创新生态系统的运行机制符合以下原则：一是发展遵循优胜劣汰的原则；二是发展由系统内整体进化实现；三是持续的学习性成为系统进化的动力；四是内部要素协同发展⑤。卡什亚·奥克萨娜（Kasia Oksanen，2014）在对创新生态系统枢纽的概念深入阐释的基础上，分析以地方、区域和国家为不同维度的创新行为之间，通过深度合作、相互促进的运行机制⑥。

5. 技术创新生态管理与发展研究

罗恩·阿德纳（Ron Adner，2006）从风险评价角度出发，研究企业创

① Bloom P. , Dees G. Cultivate Your Ecosystem [J]. Stanford Social Innovation Review, 2008 (11): 45 –53.

② Mercanti B. Components of Innovation Ecosystems: A Cross – Country Study [J]. International Research Journal of Finance & Economics, 2011 (76): 102 –112.

③ Rich Bendis. Science and Innovation—based Trends in the U. S. [R]. 36th Annual AAAS Forum on Science and Technology Policy, 2011.

④ Beltagui A. , Rosli A. , Candi M. Exaptation in a Digital Innovation Ecosystem: The Disruptive Impacts of 3D Printing [J]. Research Policy, 2020, 49 (1).

⑤ Kayano Fukuda, Chihiro Watanabe. Japanese and US perspectives on the National Innovation Ecosystem. Technology in Society, 2008 (30): 49 –63.

⑥ Kasia Oksanen, Antti Huhtamaki. Transforming regions into innovation ecosystems: A model for renewing local industrial structures [J]. The Innovation Journal, 2014, 19 (2): 3 –16.

新失败的案例，对企业创新过程中遇到的内部项目风险及利益相关者构成的依赖风险与整合风险进行深入分析，发现企业创新的成功并不一定能让它在市场上真正收获，原因在于整个创新生态系统并未运行起来，罗恩并对风险的规避及整个生态系统的进化进行了分析，制定了相应的创新生态系统战略与步骤①。沃克·梅纽里德等（Walker Menurid et al.，2010）提出创新生态系统形成和发展的重要因素是文化，不同的文化会形成创新生态系统不同的特点②。史迪尔等（Still et al.，2014）利用复杂网络中心性方法建立了企业创新生态系统演化框架③。

6. 技术创新生态实例研究

伊西蒂和莱文（Iansiti & Levien，1983）两位学者选择美国现有的主流企业进行案例分析，将微软等企业作为研究对象，认为这些具有较强研发能力和其他资源的企业往往可以通过发挥自身优势，对周边企业进行整合，引导其他企业共同进行研发，并且进行管理模式的改进和调整，从而构建起以优质企业为核心的创新生态系统④。阿德纳（Adner，2006）从高清电视成长案例出发，提出创新要通过与其他企业的互补性协作，构建企业技术创新生态系统，才能真正创造有价值的产品和服务⑤。马哈茂德等（Mahmoud et al.，2017）以氢能产业为例，验证了核心企业可吸收新知识降低生态系统中的主动性、创新协作与价值采用风险以促进创新生态系统的演化⑥。

---

① ⑤ Ron Adner. Match your Innovation Strategy to your Innovation Ecosystem [J]. Harvard Business Review, 2006, 84（4）：98 – 107.

② Thomas Walker, Martin Menurid, Extending the Innovation Ecosystem Framework [R]. Upper Austria University of Applied Sciences School of Business, 2010.

③ Still K., Huhtamaki J., Russell M. G., Rubens N. In Sights For Orchestrating Innovation Ecosystems：The Case of EIT ICT Labs and Data-Driven Network Visualizations [J]. International Journal of Technology Management, 2014（66）：243 – 265.

④ Iansiti, Levin. A Process Model of Internal Corporate Venturing in the Diversified Major Firm [J]. Administrative Science Quarterly, 1983（28）：223 – 224.

⑥ Ben Mahmoud-Youini S., Charue-Duboc F. Experimentations in Emerging Innovation Ecosystems：Specificities and Roles. The Case of the Hydrogen Energy Fuel Cell [J]. International Journal of Technology Management, 2017, 75（1 – 4）：28 – 54.

1.2.2 国内研究现状

在我国，随着生态学理论和研究方法在经济和社会多个方面的应用，以及国家对技术创新可持续发展、人与社会生态和谐发展的重视，学者们开始重视生态视角下技术创新链的研究。近年来，相关研究成果不断丰富，研究内容不断深入。

1. 技术创新生态链的概念及特征

将生态理论引入技术创新和技术创新链的研究后，学者们纷纷开始对技术创新生态链的概念和特点进行界定，具体如表1.1所示。

表1.1 技术创新生态链的概念及特征

学者	年份	概念	特征
顾志燕和戴伟辉	2006	由不同的科技创新"种群"按照类似于营养链和食物链关系所形成的价值转化与要素还原过程称为科技创新群落的"生态链"	
荣四海	2007	由不同的创新"种群"按照类似于营养链和食物链关系所形成的价值转化与反馈过程称为创新群落的"生态链"	具有一种有效的运行机制，能够协调发展各参与方在创新生态链上发挥不同作用；具备完整的生态链循环体系，并能够顺利地实现各个环节的价值交换与要素反馈；具有有效的调节机制，以维持上述循环体系的动态平衡响应对环境的各种变化
戴宁	2010	创新生态链网是指在企业技术创新生态系统中各成员之间通过各种形式的技术创新合作联结起来的链索结构	
周大铭	2012	创新链是指创新主体创造出的创新成果所固有的能量和物质通过对接关系，传递到技术创新生态系统中其他创新单元，各创新物种按照创新成果传递的关系形成的链状结构	

学者	年份	概念	特征
周怀峰	2016	科技创新生态链是一个从无到有的技术创新链条	
姚娟和李雪琪	2021	创新生态链源于创新生态理论，是指创新主体之间环环相连、存亡相依，形成了不可截断的食物链，必须保持整个生态的多样性和平衡性，才能实现创新生态的健康、协调、可持续发展	
赵炎等	2021	创新生态链是以主导企业为中心，通过与其他创新主体进行合作，整合创新资源，实施创新行为的一种合作模式	可持续性、利益相关性、链与链之间的相关性、可复制性
潘少祠等	2022	创新生态产业链是以应用基础研究为前提，创新协作方式为手段，人才支撑为纽带，技术成果转化成为产业化为目标的创新生态系统模型，是更具开放性而不失目标导向的一种创新生态链	创新的生态
孟建锋等	2022	农业创新生态链即农业创新各参与主体通过创新生态链进行知识、信息、技术的传递	

资料来源：顾志燕，戴伟辉. 电子信息产业的可持续创新生态链研究［J］. 软科学，2006（4）：99－102；荣四海. 基于创新生态链的产学研合作模式研究［J］. 郑州大学学报（哲学社会科学版），2007（5）：66－68；戴宁. 企业技术创新生态系统研究［D］. 哈尔滨：哈尔滨工程大学，2010：23；周大铭. 企业技术创新生态系统运行研究［D］. 哈尔滨：哈尔滨工程大学，2012：25；周怀峰. 创新生态系统建设中政府科技工作的切入点［J］. 广东科技，2016，25（13）：29－34；姚娟，李雪琪. 常州创新生态链构建的现状和优化对策［J］. 中国市场，2021（24）：13－14；赵炎，朴星辉，肖彦. 创新生态链的体系研究——以林至科技为例［J］. 创新科技，2021，21（10）：10－17；潘少祠，陈光黎，梁元媛，雷久淮，王微. 电子技术的创新生态产业链分析［J］. 电子技术，2022，51（11）：348－349；孟建锋，续淑敏，侯婧. 乡村振兴战略下农业创新生态系统的构建策略［J］. 农业经济，2022（12）：9－11.

2. 技术创新生态链的构成与类型

农添珍（2012）认为在区域技术创新生态系统中，存在着基础研究、应用研究、产业化开发彼此之间紧密连接的三个阶段，并构成了循环的技术创新链①。王仁文（2014）认为创新生态链由不同主体、不同类型的创新链构成②。李恒毅等（2014）认为技术创新生态系统中创新链由上游的高校、科研院所等研究机构，以及中游的企业和下游的一些研究示范单位构成③。许欧阳（2014）认为技术创新生态系统生态链条由高等院校、研究与开发机构和企业构成，其在生态链中分别承担不同的任务，高等院校、研究与开发机构主要承担生产者的任务，企业可承担生产者、消费者或分解者的任务④。徐建中和王纯旭（2016）提出了产业技术创新生态系统中的链状模型，即由上游技术开发研究类企业、中游中介服务类企业、下游产品制造生产类企业组成，包括企业、政府、高校及研究机构、中介组织等⑤。刘瑾（2016）认为创新生态链由创新生产者、创新消费者和创新分解者构成⑥。罗杰思等（2017）认为横向企业创新生态链的构成要素是同类型的企业，且企业互相之间具有竞争关系；纵向技术创新生态链的主体包括在创新上进行合作的制造业企业本身，以及上游的供应商企业与下游的企业客户⑦。汪锦熙（2017）提出在高新技术产业创新生态系统中，围绕核心创新型企业的产业链向上游和下游延伸，会形成一个由研究—开发—应用构成的链式结构⑧。张茹秀（2017）认为面向创新需求形成的创新团队由生态供应链上的成员企业（生态型供应商、生态型制造商、生态型经销商、客户、回收商、处理商等）代表及政府构成⑨。姚娟和李雪琪

技术创新生态链形成与运行机制研究

① 农添珍. 广西北部湾经济区技术创新生态系统适宜度评价研究 ［D］. 桂林：广西大学，2012：18.
② 王仁文. 基于绿色经济的区域创新生态系统研究 ［D］. 北京：中国科学技术大学，2014：58.
③ 李恒毅，宋娟. 新技术创新生态系统资源整合及其演化关系的案例研究 ［J］. 科技创新报，2014，11（26）：7-10，14.
④ 许欧阳. 新疆技术创新生态系统优化研究 ［D］. 乌鲁木齐：新疆财经大学，2014：16-17.
⑤ 徐建中，王纯旭. 基于粒子群算法的产业技术创新生态系统运行稳定性组合评价研究——以电信产业为例 ［J］. 预测，2016，35（5）：30-36.
⑥ 刘瑾. 上海市科技创新制度环境研究 ［D］. 上海：上海工程技术大学，2016：27-28.
⑦ 罗杰思，赵业群，杜慧英. 构建环洞庭湖区企业技术创新生态系统的研究——以常德地区为例 ［J］. 现代商贸工业，2017（17）：16-17.
⑧ 汪锦熙. 高新技术产业创新生态系统创新态势测度研究 ［D］. 天津：河北工业大学，2017：29.
⑨ 张茹秀. 面向产品创新的生态供应链协调机制研究 ［J］. 产业与科技论坛，2017，16（19）：15-17.

（2021）认为创新生态链由政府、科研机构、高校、企业等技术创新复合主体构成①。李桢（2021）从高技术产业创新链出发，给出其生态质量构成要素为：主体共生性、链网依存性、动态演化性②。

林婷婷（2012）在研究产业技术创新生态系统中提出创新主体间，以技术创新为纽带，形成各种各样的技术创新链，具体可分为企业间形成的企业技术创新链、企业与高校科研机构间形成产学研技术创新链，以及企业与金融中介机构形成的辅助创新链三种③。秦新生（2015）认为物流产业技术创新生态系统中存在四种类型的技术创新生态链，包括物流企业技术创新链，物流产学研技术创新链，物流企业与金融、中介等机构组成的辅助创新链，物流企业与外部环境要素形成的技术创新链④。

3. 技术创新生态链的作用及功能

荣四海（2007）认为创新生态链的各创新参与主体通过有效的结构安排，建立有利于降低成本、减少竞争，可以在较大范围内形成多种伴生或共生的关系⑤。李恒毅等（2014）认为技术创新生态系统中创新链的功能主要有：高校、科研院所等研究机构研发新产品和新技术，企业在生产工艺及设备方面进行研发结合后进行工程化放大、使其实现产业化，研究示范单位将产业化的产品进行示范后，提供反馈结果为产品调整和完善提供相应的参考依据⑥。彭晓芳（2020）提出完整的创新生态链可以有效促进专利生态系统的共生形成与良性发展⑦。赵炎（2021）认为创新生态链的

① 姚娟，李雪琪. 常州创新生态链构建的现状和优化对策 [J]. 中国市场，2021（24）：13 - 14.

② 李桢. 高技术产业创新链生态建构及运行机制研究 [D]. 武汉：武汉科技大学，2021：32.

③ 林婷婷. 产业技术创新生态系统研究 [D]. 哈尔滨：哈尔滨工程大学，2012：42 - 43.

④ 秦新生. 物流产业技术创新生态系统协同研究 [J]. 物流工程与管理，2015，37（7）：16 - 18，50.

⑤ 荣四海. 基于创新生态链的产学研合作模式研究 [J]. 郑州大学学报（哲学社会科学版），2007（5）：66 - 68.

⑥ 李恒毅，宋娟. 新技术创新生态系统资源整合及其演化关系的案例研究 [J]. 科技创新报，2014，11（26）：7 - 10，14.

⑦ 彭晓芳. 专利生态系统中创新主体共生演化与发展策略研究 [D]. 镇江：江苏科技大学，2020：19.

作用可以从主导企业和边缘企业两个视角衡量，主导企业发挥着引导整条创新生态链运行的作用，边缘企业发挥着辅助主导企业完成创新生态链的运行、连接不同领域的作用[①]。姚娟和李雪琪（2021）提出激发企业家创新精神、企业主体创新活力，大力促进科技成果转化，加大知识产权保护力度是构建良好创新生态链题中的应有之义[②]。

4. 技术创新生态链的形成与运行

戴宁（2010）提出随着参与合作企业之间竞争合作的不断深入，企业技术创新联合体各成员之间的关系慢慢由不稳定趋向于稳定，从而形成稳定的创新生态链网[③]。王仁文（2014）认为创新生态链伴随创新群落的形成而产生，随着创新群落的发展而发展，其形成模式具有以下几种：核心企业带动的绿色创新生态链的形成模式，高校、科研机构带动的绿色创新生态链的形成模式，以及政府主导的绿色创新生态链的形成模式[④]。周怀峰（2016）认为科技创新生态链形成与发展过程大致可分为基础研究、应用研究、技术开发、市场进入，以及形成优势技术自我锁定阶段[⑤]。赵炎等（2021）认为创新生态链的构建需要满足四项条件：创新生态链中的创新主体客户群体一致、价值观念一致、目标一致，并且这一目标需要满足市场需求；创新生态链中的创新主体需要有不同的创新资源，各创新主体能够将自身创新资源投入并运用于创新生态链的构建，并且在其领域里存在一定的竞争力；创新生态链涉及的领域需要具备一定的新颖性、战略性；创新生态链中主导企业需具备不可替代性[⑥]。

---

① 赵炎，朴星辉，肖彦. 创新生态链的体系研究——以林至科技为例 [J]. 创新科技，2021，21（10）：10 – 17.

② 姚娟，李雪琪. 常州创新生态链构建的现状和优化对策 [J]. 中国市场，2021（24）：13 – 14.

③ 戴宁. 企业技术创新生态系统研究 [D]. 哈尔滨：哈尔滨工程大学，2010：46.

④ 王仁文. 基于绿色经济的区域创新生态系统研究 [D]. 北京：中国科学技术大学，2014：58 – 60.

⑤ 周怀峰. 创新生态系统建设中政府科技工作的切入点 [J]. 广东科技，2016，25（13）：29 – 34.

⑥ 赵炎，朴星辉，肖彦. 创新生态链的体系研究——以林至科技为例 [J]. 创新科技，2021，21（10）：10 – 17.

顾志燕等（2006）认为电子信息产业可持续创新生态链的组织运行体系在地域上具有分散性，以产业联盟或行业协会为纽带①。荣四海（2007）基于创新生态链的产学研合作模式将运作机制定义为是把原来相互孤立的各种群联系起来，构成一个网络型的高级形态的生态群落，群落内的参与主体依据生态链进行自我组织、自我协调、自我适应，逐渐在创新群落内进行自我定位，促使各方建立明确的权责利关系，能够有效推动合作方积极参与创新过程，克服传统合作模式中存在的诸多问题，通过合作、协调及有序竞争，保证创新的顺利实现②。刘瑾（2016）认为创新生态链的运行过程为：高校、研究机构、企业等创新生产者他们将各创新要素整合生产出初级创新成果。初级创新成果被上游消费者消费，并将其消化、吸收、再创新，形成高级的创新成果或创新产品供下游消费者消费，同时，在整个创新过程中，需要创新中介服务机构、创新金融机构等创新分解者的分解和服务，维持整条链高效运转③。吴绍波等（2016）提出新兴产业创新生态系统的知识传导过程形成链状结构，可分为三种方式：同一创新链条上的知识传导、创新链条间的知识传导、轮轴式知识传导，其中同一创新链条上的知识传导可以从上游技术环节传向下游技术环节，也可能从下游技术环节传向上游技术环节，可以是直接的也可以是间接的④。李桢（2021）在探讨高技术产业创新链生态运行的指导思想和原则的基础上，探讨了其运行的牵引机制、内驱机制、外驱机制、组织机制和环境机制⑤。

5. 技术创新生态链的发展策略

邬江兴（2007）提出完善创新生态链要从以下四个方面展开：一是国家创新战略呼唤强烈的民族精神，二是国家创新战略要求实施精英教育，

---

① 顾志燕，戴伟辉. 电子信息产业的可持续创新生态链研究 [J]. 软科学，2006（4）：99–102.

② 荣四海. 基于创新生态链的产学研合作模式研究 [J]. 郑州大学学报（哲学社会科学版），2007（5）：66–68.

③ 刘瑾. 上海市科技创新制度环境研究 [D]. 上海：上海工程技术大学，2016：29.

④ 吴绍波，顾新，吴光东，龚英. 新兴产业创新生态系统的技术学习 [J]. 中国科技论坛，2016（7）：30–35，42.

⑤ 李桢. 高技术产业创新链生态建构及运行机制研究 [D]. 武汉：武汉科技大学，2021：35–40.

三是要用"创新园区"扶植尖子创新人才，四是要用国家行为推广创新技术①。周怀峰（2016）从其所提出的科技创新生态链形成和发展阶段的角度入手，分别探讨了政府在每个阶段投入的力度、工作的方法和工具选择②。程东泽（2018）对新能源汽车产业生态链协同创新发展进行了研究，提出了聚焦合力推进技术创新、改革创新形成管理创新、反馈共享建立信息创新、数据分析出台标准创新的建议③。潘少祠等（2022）提出了创新生态产业链的发展策略，包括创新生态产业链融入政策、发展新生态新产业等④。

6. 技术创新生态链的实证探讨

王明等（2015）认为合肥市新能源汽车产业已经成功构建两条整合创新要素的"创新生态链"：一是由合肥工业大学、江淮汽车集团、安徽巨一自动化装备有限公司等研究机构和产业机构联合组成的技术创新生态链；二是由电池、电机、电控等核心技术领域的 25 家企业及投资机构组成的产业联盟⑤。范洁（2017）分析了硅谷创新生态系统的发展脉络，认为硅谷创新生态系统在 20 世纪 50 年代之前已形成完备的产业生态链条，1950~1980 年产业生态链条不断延展优化，在 1980 年以后演变为具有网络型特征的价值链群⑥。罗杰思等（2017）提出环洞庭湖区科技创新生态系统发展的关键点在于促进横向创新生态产业链和纵向创新生态链的形成⑦。薛楠等（2019）提出雄安新区要着力打造"领军企业—创业企业"

① 邬江兴. 完善创新生态链 培育创新型科技人才 [J]. 科学咨询（决策管理），2007（3）：26–27.
② 周怀峰. 创新生态系统建设中政府科技工作的切入点 [J]. 广东科技，2016，25（13）：29–34.
③ 程东泽. 新能源汽车产业生态链协同创新发展研究 [J]. 大庆师范学院学报，2018，38（1）. 46 50.
④ 潘少祠，陈光黎，梁元媛，雷久淮，王微. 电子技术的创新生态产业链分析 [J]. 电子技术，2022，51（11）：348–349.
⑤ 王明，吴幸泽. 战略新兴产业的发展路径创新——基于创新生态系统的分析视角 [J]. 科技管理研究，2015，35（9）：41–46.
⑥ 范洁. 创新生态系统案例对比及转型升级路径 [J]. 技术经济与管理研究，2017（1）：32–37.
⑦ 罗杰思，赵业群，杜慧英. 构建环洞庭湖区企业技术创新生态系统的研究——以常德地区为例 [J]. 现代商贸工业，2017（17）：16–17.

创新生态链，促进人才、技术、资金、思想、市场、文化、管理等要素的自由流动和协同发展；着力打造"高校/科研机构—领军企业/创业公司"生态链，促进人才、技术、思想、管理等要素的有效配置和协同发展；着力打造"金融—企业"创新生态链，促进资金、人才、技术、市场、管理等要素的聚集、扩散和协同发展[①]。姚娟和李雪琪（2021）通过对常州市创新生态链进行研究，认为当前常州市创新生态链存在创新主体结构单一、关键产业领域创新能力较弱；创新主体投入匮乏，服务平台建设欠缺；创新协同平台亟待提升，协同互动有待加强；创新转化工程尚存缺位、创新环境需持续优化等问题，需要通过制定综合性政策，构建动态可持续性城市创新体系；集聚创新资源，强化创新链、产业链和服务链融合；着力联动配套，提高创新主体间的协同效应；加大资助力度，打造四位一体创新生态环境等措施予以解决[②]。赵炎等（2021）认为林至科技创新生态链由理论、技术、材料、产品、市场五个要素构成，是各个相关创新主体之间通过知识资源、技术资源与市场资源交互整合的过程[③]。

1.2.3　研究评述

总的来说，学者们对生态视角下技术创新的研究正在逐步深入，产生了一些颇具价值的研究成果，研究视角和研究方法也不断创新，但也存在一些不足和迫切需要我们深入研究的问题。

在研究人员方面，技术创新生态链已经形成了一支以高校学者为代表研究队伍，对该主题及其相关内容进行了系统连续的研究。此外，还有少量研究机构界、企业界等的专家对技术创新生态、技术创新生态链进行了探讨。但是，相对来说，研究人员数量不多，高校学者、研究机构专家、企业界人士之间的合作研究较少，这样不能充分发挥各自的优势，取长补

---

① 薛楠，齐严. 雄安新区创新生态系统构建 [J]. 中国流通经济，2019，33（7）：116 – 126.

② 姚娟，李雪琪. 常州创新生态链构建的现状和优化对策 [J]. 中国市场，2021（24）：13 – 14.

③ 赵炎，朴星辉，肖彦. 创新生态链的体系研究——以林至科技为例 [J]. 创新科技，2021，21（10）：10 – 17.

短，形成更强的合力。

　　在研究内容方面，正在逐步形成一定的研究体系，研究内容逐年丰富。其中，国外学者的研究主要集中在技术创新生态系统概念内涵、技术创新生态系统重要性及作用、技术创新生态主体及其相互关系、技术创新生态相关机制、技术创新生态管理与发展、技术创新生态实例等方面。国内学者的研究主要集中在技术创新生态链的概念及特征、技术创新生态链的构成与类型、技术创新生态链的作用及功能、技术创新生态链的形成与运行、技术创新生态链的发展策略、技术创新生态链的实证探讨等方面。这些研究内容已经形成了一定的体系，并取得了一定的研究成果，其中也不乏有新颖独到见解、有较大学术影响和社会效应的优秀之作。但研究内容还比较零散，研究体系还不够完善，研究深度也还不够。具体表现为：一是对于技术创新生态链基本理论的探讨还不够完整，仅就其中的部分内容进行了探讨，但还有部分内容尚未涉及；二是对技术创新生态链的形成和运行机制没有一个统一的认识、深入的研究和专门的探讨，只是在部分研究内容中涉及了技术创新生态链形成与运行方面的部分内容；三是缺乏对技术创新生态链优化策略的研究及典型技术创新生态链的实证分析。

　　在研究方法方面，理论研究与定性分析较多，定量研究与实证分析相对较少，还需要加强。

　　基于此，后续还需要从以下几个方面予以加强。

　　第一，研究队伍的扩充与合作。目前，专门就技术创新生态链做相关研究的人员数量还比较少，研究队伍也不够稳定，还需加强。技术创新生态链研究涉及专业知识面广，单枪匹马的研究难以取得重大突破，要鼓励不同机构之间的合作，如高等学校、科研院所、政府部门、企业之间的合作；鼓励不同学科专业人员之间的合作，如管理学、经济学、产业经济学、信息生态学、供应链管理等学科研究人员的合作。通过合作研究，可以实现不同机构、不同学科之间的优势互补，形成技术创新生态链研究合力，产生高质量的研究成果。

　　第二，研究内容的广泛和深化。加强对技术创新生态链基本理论的探讨，包括技术创新生态链的概念、内涵、构成要素、结构模型等；加强对技术创新生态链运作机制的研究，包括对技术创新生态链形成机制、运行机制等的探讨；加强对技术创新生态链优化的探讨，提出技术创新生态链的优化策略，用以解决当前链中存在的种种问题；加强对一般性技术创新生态链及典型性技术创新生态链的案例分析。

第三，研究方法的丰富与优化。在技术创新生态链研究中，还需加强定量分析方法、实证分析方法的应用，综合运用多种研究方法和手段。在定性分析的基础上，用量化的模型反映技术创新生态链形成与运行阶段，定量分析技术创新生态链形成的影响因素对其形成的影响程度及其中最主要的影响因素，实证分析国内外各种典型的技术创新生态链等，使研究成果具有说服力和实践意义。

1.3 研究目标、研究内容与创新之处

1.3.1 研究目标

综合运用多学科的理论与方法，对技术创新生态链基本概念、特点、构成要素及其相互作用、类型、结构模型等基本理论进行研究，构建较为完整的技术创新生态链基本理论框架。并在此基础上，探讨技术创新生态链形成的标志与过程、动力与条件、方式与途径，技术创新生态链运行的资源流转机制、节点选择机制、协同竞争机制、知识转移机制与共生互利机制等，构建体系较为完整、观点正确新颖的技术创新生态链形成与运行理论，提出技术创新生态链的链内、链间和环境优化策略。通过研究，充实相关学科的内容，促进相关学科的发展，为国家和地方政府制定技术创新发展政策提供参考，为创新企业的发展和运行提供指导。

1.3.2 研究内容

1. 技术创新生态链基本理论

借鉴生态学、信息生态学、技术创新理论、供应链理论、产业链理论

等理论，采用文献查阅、专家咨询、网络观察等方法收集资料和数据，以厘清技术创新生态链的内涵及本质属性、构成要素及其作用，对技术创新生态链的类型进行划分，并构建技术创新生态链的基础结构模型和一般机构模型，从而形成技术创新生态链的概念体系和基本理论内涵。具体研究内容如表1.2所示。

表 1.2 技术创新生态链基本理论研究内容

项目	研究对象	具体研究内容
技术创新生态链的概念与特点	技术创新生态链的概念内涵与特点	在总结技术创新、技术创新链、生态链概念的基础上，提出技术创新生态链的概念，并分析其概念内涵
		基于技术创新生态链概念的界定，提出技术创新生态链的特点
技术创新生态链的构成要素及其作用	技术创新生态链的构成要素及这些要素发挥的作用	探讨节点、节点链接方式、节点组合方式及节点相互关系这四大构成要素的概念及其类型
		探讨节点、节点链接方式、节点组合方式及节点相互关系这四大构成要素在技术创新生态链中发挥的作用
技术创新生态链的类型	不同视角下技术创新生态链的不同类型	按产出成果形态划分，可以将技术创新生态链划分为产品创新型技术创新生态链和工艺创新型技术创新生态链，探讨这两种技术创新生态链的概念及内涵
		按照外部主导因素划分，可以将技术创新生态链划分为政府主导型技术创新生态链、市场主导型技术创新生态链及政府和市场相结合的混合型技术创新生态链，探讨这三种技术创新生态链的概念及内涵
		按照内部主导因素划分，可以将技术创新生态链划分为生产者主导型技术创新生态链、传递者主导型技术创新生态链和消费者主导型技术创新生态链，探讨这三种技术创新生态链的概念及内涵
技术创新生态链的结构模型	技术创新生态链的基础结构模型与一般结构模型	探讨技术创新生态链基础结构模型的构成及特点
		探讨在基础结构模型上向横向、纵向和广度演变发展的各种一般结构模型的构成及特点

2. 技术创新生态链形成机制

技术创新生态链形成是技术创新生态链从无到有，并能够正常运作的一个过程。借鉴生态链理论、产业形成理论、产业链理论、技术创新理论及信息经济学理论，结合技术创新生态链形成和发展的实际状况，研究技术创新生态链形成机制。具体研究内容如表 1.3 所示。

表 1.3　　　　　　　　　技术创新生态链形成机制研究内容

项目	研究对象	具体研究内容
技术创新生态链的形成过程与标志	形成的概念、标志、过程	技术创新生态链的形成可以认为是技术创新生态系统中部分主体、主体间关系等发生变化而导致一条技术创新生态链发生从无到有的变化
		分析技术创新生态链形成的三大标志：链上具有一定数量、承担不同功能的技术创新生态主体，链上技术创新生态主体之间形成基本的链式依存关系，链上存在资源流转
		分析技术创新生态链形成的过程：首先一定数量具有不同功能的技术创新生态主体相互链接，其次技术创新生态主体之间形成依存关系，最后技术创新生态主体之间实现资源流转
技术创新生态链形成动力与条件	形成动力、形成条件	探讨链内部的各类技术创新生态主体，包括高校、科研机构、企业及各种中介及服务公司等对利益、资源、创新能力等的需求所形成内驱力的作用方式
		探讨源于链外部技术创新生态环境中，包括政府、市场需求、市场竞争和科学技术等所形成外部动力的作用方式
		探讨技术创新生态链形成所必须满足的根本因素：技术创新生态主体之间利益诉求吻合、技术创新生态主体之间资源供求匹配、技术创新生态主体之间运行规则认同
		探讨技术创新生态链形成所需的环境条件：资金、创新文化、创新人才、法律制度
技术创新生态链形成方式与途径	自组织形成和他组织形成的形成方式和形成途径	探讨链内各类不同技术创新生态主体的主导下自发地形成技术创新生态链的形成方式和形成途径
		探讨技术创新生态链在链外外部因素的作用下，形成技术创新生态链的形成方式和形成途径

3. 技术创新生态链运行机制

借鉴生态链、技术创新、信息生态学、价值链等理论，运用文献调查、专家咨询、网络观察等方法，结合已有的研究成果，从多个方面探讨技术创新生态链运行机制。具体研究内容如表1.4所示。

表1.4　　　　　　　　技术创新生态链运行机制研究内容

项目	研究对象	具体研究内容
技术创新生态链资源流转机制	知识资源、技术资源、信息资源、资金资源、人才资源、物质资源在技术创新生态链上流动转化	探讨技术创新生态链资源流转的概念和内容
		研究技术创新生态链资源流转的方式，构建技术创新生态链资源流转模型
		探讨资源在技术创新生态链上流动和转化所具有的速率，所产生的效果和所消耗的成本，以及其影响因素
技术创新生态链节点选择机制	节点选择的原则、流程与评价模型	研究技术创新生态链节点选择的概念，探讨技术创新生态链节点选择应遵循的原则
		分析技术创新生态链节点选择流程：构建选择标准、评估与选择、建立合作关系、合作关系动态监控
		构建技术创新生态链节点选择评价模型
技术创新生态链协同竞争机制	协同、竞争、既竞争又协同	研究技术创新生态链协同竞争的概念，以及协同竞争的三种类型
		从技术创新生态链协同竞争三种类型的角度出发，探讨每种类型下技术创新生态链协同竞争的形式
		研究技术创新生态链协同竞争的影响因素
技术创新生态链知识转移机制	知识转移的过程要素、流程及影响因素	研究技术创新生态链知识转移的概念及内涵
		在分析技术创新生态链知识转移过程要素的基础上，探讨技术创新生态链知识转移流程
		探讨技术创新生态链知识转移的影响因素
技术创新生态链共生互利机制	共生互利的原则、方式及影响因素	研究技术创新生态链共生互利的概念及其内涵
		在分析技术创新生态链共生利益的基础上，探讨技术创新生态链共生互利的原则及方式
		探讨技术创新生态链共生互利的影响因素

技术创新生态链五大运行机制并不是独立的，而是相互作用、相互联系的，具体联系如图1.1所示。

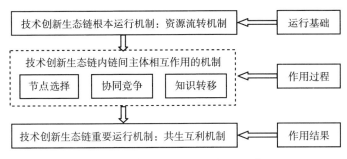

图1.1　技术创新生态链运行机制联系

4. 技术创新生态链优化策略

技术创新生态链在形成与运行过程中，会出现如主体创新能力不强、技术创新生态链出现结构性失衡、技术成果转化不畅、链上主体生态位缺位、创新体制机制存在障碍和缺陷、创新资源缺乏、创新环境不够完善等问题，需要对其进行优化。本部分综合前述理论研究成果，借鉴社会利益平衡理论、战略联盟理论、协同学、互利共生理论、资源配置等理论，探讨链的优化。具体研究内容如表1.5所示。

表1.5　　　　　　　　技术创新生态链优化策略研究内容

项目	研究对象	具体研究内容
技术创新生态链链内优化策略	节点优化发展	①选择正确的发展方向；②不断提升节点自身质量；③合理定位自身生态位；④注重创新能力的培养和提升
	结构优化	①节点层次优化；②节点链接优化；③节点组合优化；④节点关系优化
	协同创新强化	①构建并强化节点的协同创新意识；②提升技术创新生态链的团队学习能力；③实现技术创新生态链的纵向协同创新和横向协同创新；④构建链内协同创新平台；⑤健全协同创新的规制安排和制度保障
	利益分配协调	①制定弹性合理的利益分配方案；②签订合理全面的利益分配协议；③构建公平公正的利益分配监督机制；④妥当处理技术创新生态链上利益冲突；⑤提高节点自我认知和自我调节能力
	知识转移优化	①慎重选择知识转移合作伙伴；②提升节点的知识转移能力；③构建良好的知识转移渠道；④营造优质的节点信任氛围；⑤构筑完善的知识转移平台；⑥优化知识转移的激励机制

项目	研究对象	具体研究内容
技术创新生态链链间优化策略	链间互利合作	①提高区域内的链间协同发展；②注重跨区域的链间协调发展；③丰富链间合作的形式；④构建链间互利合作保障措施
	链间合理竞争	①采用合理的手段开展链间竞争；②良性争夺链上所需资源；③加强链间合理竞争的宣传；④构建完善的链间合理竞争政策法规
技术创新生态链环境优化策略	资源环境优化	①注重各类资源的积累；②加强资源的配置与管理；③不断优化资源投入结构
	制度环境优化	①加强政府政策的导向作用；②制定并完善相关法律法规；③健全知识产权保护制度；④构建良好的制度评价体系；⑤不断提升制度的实施能力；⑥完善制度实施体制机制
	市场环境优化	①规范市场竞争机制；②加大市场开放程度；③活跃技术交易市场
	基础设施环境优化	①重视创新基础设施的部署和建设；②加强信息基础设施的建设和应用；③健全现代化的物流配送体系；④加强网络安全管理
	文化环境优化	①提倡和塑造创新文化；②加强舆论引导，形成积极向上的主流舆论；③提高文化产品和服务的供给能力；④倡导自律；⑤加强媒体建设
	构建和维护技术创新生态系统的平衡	①从链的角度促进和维护技术创新生态系统平衡；②从整体构建和维护技术创新生态系统平衡

1.3.3 创新之处

本书的创新之处有以下几个方面。

（1）在研究视角方面，将生态学理论引入技术创新链中，系统全面地探讨技术创新生态链的基本理论、形成与运行机制，以及优化策略。

（2）在研究内容方面，构建技术创新生态链的概念体系、分类体系与构成要素，全面深入地探讨了技术创新生态链形成的过程与标志、动力与条件、方式与途径，技术创新生态链运行的资源流转机制、节点选择机制、协同竞争机制、知识转移机制与共生互利机制，形成技术创新生态链形成与运行的理论体系，构建具有科学性和实用性的技术创新生态链链内优化、链间优化和环境优化的较为完善的优化管理方法策略。

1.4 研究方法与技术路线

1.4.1 研究方法

1. 文献资料数据收集法

通过出版发行机构、图书情报机构和联机数据库，对国内外的相关研究文献进行全方位的收集，以便了解和分析国内外与该课题相关的已有研究成果和国内外各种技术创新生态链形成和运行的部分现状。通过直接从我国及各地政府统计部门，以及相关主管部门网站获取、购买或查阅相关统计年鉴及网络搜索等方法，从而获得各种技术创新生态链形成与运行的数据。

2. 问卷调查法

针对不同类型的技术创新生态链和不同类型的技术创新主体，设计不同类型的调查问卷，采用分层抽样和判断抽样相结合的方法选取样本进行调查，通过网络软件、电子邮件、邮政投送、派人上门等多种方式发放和回收调查问卷，对一般类型技术创新生态链和典型技术创新生态链的现状进行详细、全面的调查，获得链形成、运行和优化的相关研究资料。

3. 专家咨询法

就技术创新生态链概念体系、构成要素与结构关系，技术创新生态链形成机制、运行机制、优化管理中的部分问题，采用专家访谈等形式收集专家意见，获得技术创新生态链基本理论、形成与运行机制的部分理论内容。

4. 逻辑分析法

通过对现有研究成果、专家咨询意见的分析与综合，形成技术创新生态链的基本概念、形成与运行机制、优化策略的部分理论。采用归纳、演绎与类比的方法，对所收集的原始资料和次级资料进行整理和分析，寻求技术创新生态链形成和运行的相关机制。总结国内外技术创新生态链的现状和优化管理方法经验，探寻技术创新生态链的优化策略。采用比较研究法，将技术创新生态链与其他生态链进行比较，探讨技术创新生态链的特质。

5. 层次分析法

层次分析法（analytic hierarchy process，AHP）是一种定性与定量相结合的多方案或多目标的决策分析方法，由美国运筹学家萨蒂（Saaty）在20世纪70年代中期正式提出。在技术创新生态链节点选择中，运用层次分析法，通过明确问题、建立层次分析结构模型、构造判断矩阵、进行层次单排序和层次总排序五个步骤计算各层次构成要素对于总目标的组合权重，从而得出不同备选节点的综合评价值，为选择最优节点提供依据。

1.4.2 技术路线

首先，通过查阅国内外相关研究文献，形成国内外研究成果综述，以便在后续研究中借鉴已有的研究成果。其次，在分析归纳已有文献对技术创新链、技术创新生态链等概念界定的基础上，结合技术创新和技术创新链实际发展状况，提出技术创新生态链的基本理论，具体包括技术创新生态链的概念与特点、构成要素及其作用、类型和结构模型等。再次，在所界定的基本理论基础上，借鉴现有研究成果，征集专家咨询意见，进行问卷调查和网络观察，运用分析与综合、归纳与演绎、定量分析等方法，构建技术创新生态链的形成机制与运行机制。最后，在上述研究的基础上，提出技术创新生态链优化策略。具体的技术路线如图1.2所示。

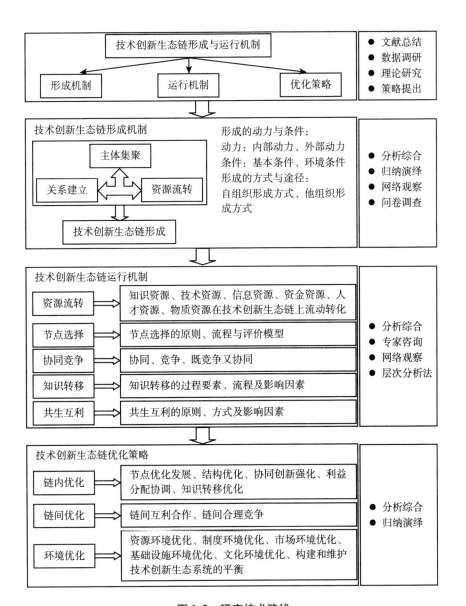

图 1.2　研究技术路线

第2章

技术创新生态链基本理论

技术创新生态链基本理论的研究是探讨技术创新生态链形成与运行机制的基础。本章主要探讨技术创新生态链的概念与特点、技术创新生态链的构成要素及其作用、技术创新生态链的类型、技术创新生态链的结构模型。

2.1 技术创新生态链的概念与特点

2.1.1 技术创新生态链概念

1. 技术创新的概念

技术创新的概念可追溯至著名的经济学家熊彼特在1911年出版的代表作《经济发展理论》，其在著作中提出创新就是建立一种新的生产函数，即把一种新的生产要素和生产条件的"新结合"引入生产体系，具体包括五种类型：一是采用一种新的产品，二是采用一种新的方法，三是开辟一个新的销售市场，四是获得原材料或半制成品的一种新的供应来源，五是实现一种新的组织。这五种创新类型又可以划分为三大类，其中一大类就是技术创新，具体包括采用新产品，改造旧产品，应用新的生产方式，投入新的原材料。熊彼特创新理论的提出引起了学者们的广泛关注，与技术创新相关的研究也不断扩展和深入。

索罗（1951）提出技术创新"两步论"，一是新思想的来源，二是随后阶段的实现发展。伊诺思（1962）明确定义技术创新为发明的选择、资本投入保障、组织建立、计划制定、工人招用和开辟市场等行为的综合结果。曼斯费尔德（1961）提出技术创新是运用一个新产品或新过程所包括的科技、设计、生产、销售、管理和市场等各个程序。著名学者弗里曼（1982）将技术创新界定为新产品、新过程、新系统和新服务的首次商业性转化。缪尔赛（20世纪80年代中期）在对技术创新概念进行系统性整理后提出技术创新是以其构思新颖性和成功实现为特征的有意义的非连续性事件。美国国家科学基金会在持续性对技术创新进行研究后，最终提出技术创新是将新的或改进的产品、过程或服务引入市场。在我国，学者傅家骥（1998）从企业的角度将技术创新界定为：企业家抓住市场的潜在盈利机会，以获取商业利益为目标，重新组织生产条件和要素，建立起效能更强、效率更高和费用更低的生产经营方法，从而推出新的产品、新的生产（工艺）方法、开辟新的市场，获得新的原材料或半成品供给来源或建立企业新的组织，它包括科技、组织、商业和金融等一系列活动的综合过程①。汪应洛（1992）认为，技术创新就是建立新的生产体系，使生产要素和生产条件重新组合，以获得潜在的经济效益②。俞忠钰等（1990）认为，技术创新是以技术为手段，以科技创新和经济发展交互作用的形式③。

从以上专家学者对技术创新的概念界定来看，专家学者们对技术创新概念的界定存在视角和内容上的差异。综合上述概念，本书从过程的视角将技术创新界定为一个从产生新产品或新工艺的设想到市场应用的完整过程，包括新产品、新工艺等新设想的构思、研究、开发、商业化生产到扩散等一系列活动。

2. 技术创新链的概念

随着对技术创新理论研究的不断深入，以及技术创新自身在实践中的

第2章 技术创新生态链基本理论

---

① 傅家骥. 技术创新学 [M]. 北京：清华大学出版，1998.
② 汪应洛. 系统工程理论、方法与应用 [M]. 北京：高等教育出版社，1992.
③ 俞忠钰，吴康生. 电子工业的技术创新与经济发展 [J]. 中国科技论坛，1990 (4)：12 - 14.

不断发展，即技术创新单个主体能力资源有限，参与主体逐渐广泛，主体间分工合作逐渐细化完善的发展下，部分学者们开始探讨技术创新链。

罗伯等（Roper et al., 2008）等提出技术创新链是指知识转化为商业价值的过程[①]。林森等（2001）提出技术创新链是将科研活动所产出的创新成果产品化，并在市场竞争中脱颖而出，最终形成社会经济中细分产业的全过程[②]。彭双等（2012）认为技术创新链是以具有上游技术、中游技术和下游技术较强创新功能的企业及其研发机构为主体，以满足市场需求为导向，以实现技术对接与整合为目的，通过技术知识在参与创新活动的不同组织之间流动而形成的链式结构[③]。柳江（2012）认为在市场需求的导向下，技术创新链通常能以某一个创新为核心主体，通过知识创新活动将相关的创新参与主体连接起来[④]。许斌丰（2018）将技术创新链定义为由研发投入、转移转化与技术应用等流程组成，以市场需求为导向，以创新要素整合为手段，使知识与技术在各创新主体之间顺畅流动，并实现创新知识开发、新技术的研发，并将新技术产业化形成产品的一整条链式结构[⑤]。官仲章（2020）提出技术创新链是区域创新体系中各创新主体以市场需求为导向，通过政府政策推动、创新要素整合、知识与技术流动等协同创新手段，实现由知识创新、技术研发、技术转移与技术应用等流程组成的链式结构[⑥]。

从上述概念可以发现，学者们对技术创新链概念的界定已经基本一致，均认为技术创新链的概念包括以下几个方面：一是包括了从技术研究、转移转化到技术应用的一系列过程，二是以市场为导向的，三是需要多个不同类别的创新主体参加，四是链上存在知识和技术的流转。

① Roper S., Du J., Love J. H. Modelling the Innovation Value Chain [J]. Research Policy, 2008, 37（6）：961 - 997.
② 林森，苏竣，张雅娴，陈玲. 技术链、产业链和技术创新链：理论分析与政策含义 [J]. 科学学研究，2001（4）：28 - 36.
③ 彭双，顾新，吴绍波. 技术创新链的结构、形成与运行 [J]. 科技进步与对策，2012（9）：4 - 7.
④ 柳江. 产业集群中技术创新链的发展环境与实现路径 [J]. 科学管理研究，2012，30（5）：52 - 55.
⑤ 许斌丰. 技术创新链视角下长三角三省——市区域创新系统协同研究 [D]. 合肥：中国科学技术大学，2018：3 - 4
⑥ 官仲章. 高校在技术创新链中的功能定位及其实现路径 [J]. 温州医科大学学报，2020，50（6）：506 - 509.

3. 生态链的概念

生态链的概念起源于生态学中的食物链。食物链是由英国动物学家埃尔顿首次提出的。食物链又可称之为营养链，是指生物能量和物质通过一系列的取食和被取食的关系在生态系统中传递所构成的传递链条。生态系统中各种生物为维持其本身的生命活动，需要以其他生物为食物。食物链就是各种生物通过一系列吃与被吃的关系，以食物为联系建立起来的序列，例如：青草→野兔→狐狸→狼。

随后，食物链的概念逐渐演变为生态链。在生态学中，生态链和食物链两者的概念比较相近。例如，戴伟辉和戴勇（2005）提出生态链是指在一个生态群落中，众多的生物和非生物成分通过能量与物质循环，通过不同层次的生产者、消费者和分解者的协同，形成环环相扣的链条式依存关系①。

随着专家学者们研究的深入，生态链概念和基本理论的应用得到拓展。不少学者将生态链的概念引入，包括文化、教育、经济、政治、信息等在内的社会活动领域，探讨这些领域中形成的生态链，即探讨这些领域中组织或个人之间通过相互作用形成的链式依存关系。基于此，生态链的概念也得到丰富与拓展。因此，可将生态链界定为在一定的生态环境（自然生态环境或社会生态环境）中，众多生物或社会组织通过信息传递、能量转换与物质循环形成环环相扣的链条式依存关系②。

4. 技术创新生态链的概念

基于上述对技术创新、技术创新链、生态链等概念的总结和界定，可将技术创新生态链界定为：技术创新生态链是指在技术创新生态系统中，技术创新生态主体之间通过知识与技术流转所形成的链式依存关系。这一概念的内涵包括以下几个方面。

（1）技术创新生态链处于技术创新生态系统中，系统中部分类型技术创新生态主体构成了技术创新生态链。

---

① 戴伟辉，戴勇. 网络游戏生态链研究 [J]. 软科学，2005（1）：11–14.
② 娄策群等. 网络信息生态链运行机制与优化方略 [M]. 北京：科学出版社，2019：1.

在生态学中，生态系统是指在自然界的一定空间内，生物与环境构成的统一整体，在这个统一整体中，生物与环境之间相互影响、相互制约，并在一定时期内处于相对稳定的动态平衡状态。借鉴此概念，可将技术创新生态系统界定为在技术创新体系中，技术创新生态主体和技术创新生态环境之间通过相互作用、相互依存而形成的一个有机整体。

技术创新生态主体是指在技术创新生态系统中，进行各种技术创新活动的个人或组织。具体包括：企业、高校、科研机构、中介机构、政府、金融机构、行业协会等。从功能生态位的角度，可以将这些主体划分为技术创新生产者、技术创新传递者、技术创新消费者和技术创新监管者四大类。技术创新生产者是指开展技术、知识等的研发、创新和生产活动的主体，主要包括高校、科研机构或企业研发部门等。这类技术创新生态主体拥有大量的专业技术人才和前沿丰富的知识技术资源，是技术创新的源头，不断地为技术创新生态系统提供新的技术创新成果。技术创新传递者是指对技术创新生产者产出的成果进行转移、转化和扩散的主体，主要包括咨询公司、培训公司、信息中心、科技孵化机构、技术评估与交易机构等。这类主体是技术创新生产者和技术创新消费者之间的桥梁，催化、促进技术创新成果的转移转化和扩散，为技术创新生产者和技术创新消费者提供其所必需的信息咨询、技术评估、技术咨询等专业化的服务。技术创新消费者是指接受并利用技术创新成果的主体，主要包括企业等。这类主体主要负责将技术创新成果产业化、商品化，创造经济效益，并向技术创新传递者和技术创新生产者传递信息。技术创新监管者是指对技术创新活动进行引导、监督、管理，并提供相应支持的主体，主要包括政府、金融机构、行业协会等。这类技术创新生态主体在技术创新生态系统中主要起到辅助性的作用。例如，政府的主要作用是制定政策制度法律法规，引导、管理、制约和规范技术创新活动，优化技术创新生态环境，优化技术创新资源配置；金融机构的主要作用是为技术创新活动提供资金支持；行业协会的主要作用是制定不同类行业或产业技术创新生态子系统的发展规划、产业政策、法律法规、行业标准等，协调子系统内各种主体技术创新活动，为子系统内的各种主体提供服务等。在这四大类主体中，技术创新生态链主要由技术创新生产者、技术创新传递者和技术创新消费者这三大类主体构成，分别构成了技术创新生态链的上游主体、中游主体和下游主体，通过分工合作，完成从技术研发到技术应用的一系列技术创新活动。技术创新监管者由于在技术创新生态系统中起到监管和支撑的作用，并不直接参与链上的技术创新活动，不属于技术创新生态链的构成主体。

技术创新生态环境是指对技术创新生态系统中技术创新生态主体的技术创新活动具有作用和影响的因素的总和，具体包括创新政策、创新市场、创新资源、创新文化、创新制度等。这些技术创新生态环境也是技术创新生态链所处的环境，对技术创新生态链上的技术创新活动有着重要的影响和作用。其中，创新政策是政府为了管理、引导、支持、协调技术创新生态系统内的技术创新活动，而制定的一系列政策体系，包括财税扶持政策、创新示范政策、知识产权保护政策、产业创新政策、科技创新政策、税收政策和税收优惠政策等。完善的创新政策不仅可以引导、支持技术创新生态链和技术创新生态系统的演进发展，还可以为两者的运行提供必要的基础保障。创新市场是技术创新产品进行交易的场所，主要包括市场需求、市场供给、市场竞争和市场秩序等。变化多端的市场需求、良性的市场竞争是推动技术创新，促进技术创新生态链和技术创新生态系统演进发展的动力。优质的创新市场供给和良好的市场秩序是确保技术创新活动、技术创新生态链和技术创新生态系统运行和发展的重要条件。创新资源是技术创新生态系统内所拥有的各种资源的总称，具体包括人才资源、资金资源、信息资源、技术资源、知识资源和物质资源等。这些资源不仅是系统内技术创新活动有效开展的前提条件和重要保障，也是技术创新生态链和技术创新生态系统运行和发展的有力保障。创新文化是技术创新生态系统内所形成的意识形态和价值观念等。积极向上、良好正确、崇尚创新的创新文化有利于技术创新生态系统内技术创新活动的开展，有利于技术创新生态链和整个系统的平衡稳定、进化发展。创新制度是技术创新生态系统中所形成的与创新文化相适应的规章制度和组织结构等。良好的创新制度是系统中开展创新活动的基本保证，与创新文化相辅相成，使创新不仅停留在观念口号上，而是落到实处。

不仅如此，在技术创新生态系统中，不同类型的技术创新生态主体之间通过相互链接、相互作用、资源流转形成一种链式关系，即技术创新生态链。在技术创新生态系统中，存在数量众多的技术创新生态链，这些技术创新生态链通过主体之间的资源流转、知识共享、技术扩散、互利共生等技术创新活动，完成从技术研发到技术应用等一系列活动，并通过各个主体之间多层次、多角度的交互和链接，形成各种复杂的技术创新生态网，从而又构成技术创新生态系统。通过这一系列过程确保技术创新生态系统的动态平衡，促进技术创新生态系统的优化发展，是技术创新生态系统的重要组成部分之一。

（2）技术创新生态主体之间存在链式依存关系。

技术创新生态链上的技术创新生态主体之间不是独立存在的，而是相互联系、相互作用的，存在着多元复合的链式依存关系。具体而言，可以划分为两种关系：一种是链式关系，另一种是依存关系。

链式关系是技术创新生态主体之间存在的最基本的关系。链式关系是指技术创新生态链上不同类型的技术创新生态主体，即技术创新生产者、技术创新传递者、技术创新消费者之间通过不同方式连接起来的线性关系。与食物链上各种生物通过一系列吃与被吃的关系连接起来的线性关系类似，技术创新生态链上也会形成技术创新生产者→技术创新传递者→技术创新消费者这种线性关系。而不同类型技术创新生态主体之间通过这种连接，也就为技术创新生态链的形成提供了最基本的先决条件。没有这种连接的存在，技术创新生态链也就无法存在。因此，链式关系可以说是主体间存在的最基本的关系。

依存关系是在链式关系构建的基础上衍生出来的关系。当技术创新生态链上的技术创新生态主体之间形成了最基本的链式关系后，随着时间的推移，链上技术创新生态主体之间通过不断的相互作用和相互影响，从而形成依存关系。依存关系是指技术创新生态链上的技术创新生态主体之间形成的相互依附、共同生存的关系。依存关系较链式关系而言，要复杂得多，形式也比较多样化，具体可包括共生关系、互动关系、互惠关系、合作关系、竞争关系和协作性竞争关系等。依存关系与链式关系是建立在不同类技术创新生态主体之上，其即可以存在于链上同类的技术创新生态主体之间，也可以存在于链上不同类型的技术创新生态主体之间。不仅如此，在依存关系中，链上的技术创新生态主体之间甚至可以同时存在几种不同类型的依存关系。

（3）技术创新生态链上存在以知识和技术为核心的各类资源的流转。

在生态系统中，物质能量能通过食物链的方式流动和转化，从一种生物转到另一种生物，这种能量的流动和转化是生态系统的基本功能，也是一条食物链最本质的功能。在技术创新生态链上，也存在资源的流转，具体包括知识、技术、信息、资金、人才、物质等。这些资源以知识和技术为核心在技术创新生态链上流转，是链上最核心最本质的功能，并通过资源流转这一本质功能，实现技术创新这一衍生功能。

技术创新生态链上的资源流转具体包括资源流动和资源转化两个方面。资源流动是资源在技术创新生态链上的技术创新生态主体之间的运动。例如，技术创新生态链上某高校的教授从其高校调到另一所高校从事科研工作，就是人才资源在技术创新生态链上的流动。资源转化是资源在技术创新生态链上的技术创新生态主体之间流动的过程中发生质量、形态、结构、内容、价值、功能等方面的变化。例如，知识从技术创新生态链上的一位科研工作者流动到另一位科研工作者后，发生内容上的创新就属于资源的转化。在技术创新生态链中，资源的流动和转化既可以同时发生，也可以不同时发生；部分资源既可以进行流动也可以发生转化，如知识资源、技术资源、信息资源和物质资源就既能在链上流动，也能在流动的过程中发生转化，但部分资源仅能实现流动不能发生转化，如人才资源和资金资源就仅能在链上的技术创新主体之间流动。

2.1.2 技术创新生态链的特点

作为将生态理论引入技术创新领域而构建的理念，技术创新生态链不仅具有技术创新的一些特点，也具有生态链的部分特色。具体而言，包括以下五个方面。

1. 目的性

技术创新生态链具有较强的目的性。首先，技术创新生态链最本质的目的是为了实现技术创新。技术创新生态系统中不同种类的技术创新生态主体链接起来组成技术创新生态链的最根本的目的就是为了实现技术创新，如实现产品创新或工艺创新等。其次，技术创新生态链最终的目的是产生经济效益。技术创新强调技术创新成果的商业化应用及随之带来的市场价值和经济效益，作为由技术创新生态主体构成的技术创新生态链也继承了这一特点，通过知识创新、技术研发、技术转移再到技术应用和实现技术产业化，产生经济效益。另外，在技术创新过程中，需要投入大量的人才、技术、资金、设备和物质，这种高投入性也决定了技术创新生态链最终需要获得的经济效益，以维持链上各类主体的技术创新活动，确保整条链的稳定和不断向前发展。

2. 共生性

在生态学中，共生是指两种不同生物之间所形成的紧密互利的关系。在技术创新生态链中，技术创新生态主体之间也具有共生性。首先，在同类技术创新生态主体中，由于单个主体掌握的知识、技术、信息等资源有限，创新能力也有限，因此，为了完成某些创新活动，必须与其他同类技术创新生态主体合作，开展知识、技术、信息的共享，人才的交流，创新的合作等，进而与其形成紧密互利的共生关系，同时也提高了共生主体所形成的整体利益。其次，在不同类技术创新生态主体中，由于不同类技术创新生态主体所承担的角色存在区别，发挥的功能也存在区别，因此，这些不同类技术创新生态主体之间必须链接起来，相互合作、发扬优势、互补缺陷，形成共生关系。这种不同类技术创新生态主体形成的共生关系也是技术创新生态链得以形成和运行的基本前提条件。

3. 动态性

技术创新生态链是动态的，不断变化发展的。首先，技术创新生态链上的技术创新生态主体是动态的。链上的技术创新生态主体大多是由高校、科研机构、企业以及各类中介机构构成，这些组织具有自身的生命周期，存在形成、发展、成长、成熟、衰退的动态发展轨迹。不仅如此，链上的技术创新生态主体在这一生命周期中还会发生结构、大小、功能、质量等的动态变化。其次，技术创新生态链自身也会发生动态变化。随着链上各种技术创新生态主体的不断发展变化，链外技术创新生态环境的不断发展变化，技术创新生态链也会随之发生各种动态变化，包括链上技术创新生态主体数量发生变化，技术创新生态链的层次结构发生变化，技术创新生态链内资源发生变化，技术创新生态链上功能应用发生变化等。

4. 开放性

技术创新生态链具有开放性，必须不断与外部环境进行交互，且会受到外部环境的影响。首先，技术创新生态链上的技术创新生态主体需要不断地与外部环境进行资源交互。具体而言，外部环境要向链上的技术创新主体提供其所必需的知识、技术、信息、资金、人才、物质等，而链上主体最终的技术创新成果也需要向外部环境输出和扩散，这样才能确保链上的技术创新主体拥有足够和必须的资源开展技术创新活动。其次，技术创新生态链还受到链外技术创新监管者、技术创新生态环境的制约和监管；同时，还需要根据外在环境的变化，不断地进行自身内部的调整。技术创新监管者和技术创新生态环境对技术创新生态链实施制约和监管时，必须要与技术创新生态链进行输入、输出的交互，如技术创新监管者将各项监管、约束和支撑政策制度输入给链上的技术创新生态主体，链上的技术创新生态主体还必须将执行的结果反馈给外部的技术创新监管者。最后，技术创新生态链需要不断从环境中吸纳新的技术创新生态主体。技术创新生态链需要时刻保持创新活力和先进性，这就需要技术创新生态链开放自身，不断吸纳合适自身、具有创新性且拥有新的知识和技术的技术创新生态主体。

5. 不确定性

技术创新生态链具有不确定性，其不确定性主要体现在以下三个方面。首先，技术创新是一种具有探索性、创造性的技术经济活动，本身就具有较大的不确定性，包括技术本身不够成熟、辅助性技术缺乏、技术寿命周期较短等。这些技术的不确定性也会对技术创新生态链产生较大影响，严重的甚至会导致链的断裂或消亡。其次，技术创新生态环境的不确定性也对技术创新生态链产生较大影响，造成链的不确定性。例如，市场变化过快或市场预测不够准确，国外技术引进，投资环境发生变化，政府政策制度发生较大变化等，这些环境的不确定性都会影响到链上的技术创新生态主体和技术创新活动，从而影响到整条链。最后，技术创新生态链的层次结构也会给技术创新生态链带来一定的不确定性。技术创新生态链是由不同类的技术创新生态主体构成的，当某一类技术创新生态主体数量过少时，一旦这类技术创新生态主体出现问题、无法完成既定的功能，就会引发技术创新生态链缺乏稳定性，严重时甚至会导致链断裂。

2.2 技术创新生态链的构成要素及其作用

2.2.1 技术创新生态链构成要素

技术创新生态链的构成要素是指构成技术创新生态链的基本构件。这些要素包括节点、节点链接方式、节点组合方式及节点相互关系。

1. 节点

节点是指技术创新生态链上的技术创新生态主体，也就是在技术创新生态链上开展技术创新活动的个人或组织。节点是技术创新生态链上最基本的构成要素。根据划分方式的不同，可以把节点划分为很多不同的类型。

根据节点组成形式的不同，可以将技术创新生态链上的节点划分为个人型节点和组织型节点。个人型节点是以个体身份参与技术创新生态链上技术创新活动的网络信息生态主体。例如，链上以个人身份参与技术研发活动的高校教师或科研人员等。组织型节点是以组织形式参与技术创新生态链上技术创新活动的网络信息主体。例如，链上的高校、科研机构、各类中介公司、企业等。

根据节点功能的不同，可以将技术创新生态链上的节点划分为技术创新生产者、技术创新传递者和技术创新消费者。这三种类型的节点已经在本书技术创新生态链概念部分进行了探讨，这里就不再赘述。

根据节点在链上位置的不同，可以将技术创新生态链上的节点划分为上下游关系的节点和同位关系的节点。上下游关系的节点是指技术创新生态链上发挥不同的功能、承担不同角色，位于链上下游的节点。这些上下游关系的节点既可以是直接链接的上下游节点，又可以是不直接链接的上下游节点。例如，链上技术创新生产者和技术创新传递者就属于上下游关系的节点，链上技术创新生态者和技术创新消费者也属于上下游关系的节点。同位关系的节点是指技术创新生态链上发挥相同作用、承担相同角色，在链上处于同一层级的节点。例如，链上两个技术创新生产者、两个技术创新传递者或两个技术创新消费者等都属于同位关系节点。

2. 节点链接方式

节点链接方式是指技术创新生态链上节点之间相互联系采用的方式。

从链上节点间链接渠道的不同，可以将节点间链接划分为线上链接、线下链接和混合链接三种。线上链接是链上节点之间通过互联网等虚拟媒介进行联系的方式。线下链接是链上节点通过面对面进行联系的方式。混合链接是链上节点既采用线上链接进行联系，又采用线下链接进行联系的方式。

从链上节点间链接时间频度的不同，可以将节点间链接划分为固定链接和临时链接两种。固定链接是链上节点之间形成的稳定、牢固、长久的联系。临时链接是链上节点之间形成的偶尔、薄弱、短暂的联系。例如，技术创新生产者、技术创新传递者和技术创新消费者之间通过长期技术创新合作而形成链接就是固定链接，比如生产者、传递者和消费者之间共建科研基地、组建研发实体等。技术创新生产者、技术创新传递者和技术创新消费者之间是由于某一次技术创新活动而形成的，且该次技术创新活动完成后就解散的链接就是临时链接，例如，生产者、传递者和消费者之间完成一次技术转让就解散等。

从链上节点间链接正式程度不同，可以将节点间链接划分为正式链接和非正式链接。正式链式是链上节点之间通过一定程序建立的具有法律约束作用的关系。非正式链接是链上节点之间未通过一定法律程序建立的非正式关系。例如，链上节点之间通过签订合同建立的关系就是正式关系。链上节点之间通过口头联络建立的关系就是非正式关系。

3. 节点组合方式

节点组合方式是指技术创新生态链上所拥有节点的数量情况、类型状况、数量类型组合情况及区域分布状况。其中，链上节点的数量情况、类型状况及组合状况决定了链的纵向组合状况和横向组合状况。链上节点的区域分布状况决定了链的区域分布状况。

纵向组合是指技术创新生态链上不同类型节点之间的组合状况，决定着技术创新生态链的长度。链上不同类型节点越多，意味着链的长度越长，链上不同类型节点越少，意味着链的长度越短。例如，由技术创新生产者和技术创新消费者构成的技术创新生态链的长度比由技术创新生产者、技术创新传递者、技术创新消费者构成的技术创新生态链长度要短。

横向组合是指技术创新生态链上同类节点的数量状况，其决定着技术创新生态链的宽度。链上同类节点越多，意味着链的宽度越宽，链上同类节点越少，意味着链的宽度越窄。例如，在技术创新生产者数量最多的技术创新生态链中，技术创新生产者数量为 50 的技术创新生态链比技术创新生产者数量为 100 的技术创新生态链宽度要窄。

区域分布是指链上节点的区域分布状况，决定着技术创新生态链的广度。链上节点区域分布越广，意味着链的广度就越广，链上节点区域分布越窄，意味着链的广度就越窄。例如，链上节点分布区域在同一个市的技术创新生态链比链上节点分布区域在两个不同市的技术创新生态链广度要窄。

4. 节点相互关系

节点相互关系是指技术创新生态链上节点之间存在的相互作用、相互依存的关系状况。节点相互关系比较复杂，具有多元性，且可以从多个角度进行划分。

从节点在技术创新生态链上发挥重要性程度的不同，可以将节点关系划分为主次关系和平行关系。在主次关系中，技术创新生态链上某一个或某些节点在链上起到重要的主导作用，是链上的核心节点或主导性节点，其余节点在链上起到次要作用，为链上的非核心节点或辅助性节点。在技术创新生态链中，起到主要作用的核心节点或主导性节点可以是技术创新生产者，也可以是技术创新传递者或技术创新消费者，这些节点对整条链的运作方式、运行效率、发展变化等有较大影响，也对其余节点的运行发展有较大影响。非核心节点或辅助性节点则对整条链的运作方式、运行效率、发展变化及其他节点等影响甚微，且受到核心节点或主导性节点的主导或控制。在平行关系中，技术创新生态链上各个节点的重要性程度比较一致，不存在核心节点或主导性节点。在这种情况下，整条链的运作方式、运行效率、发展变化会受到所有节点的影响，且节点之间会相互影响。

从节点之间竞合关系的不同，可以将节点关系划分为合作关系、竞争关系和协作性竞争关系。合作关系是技术创新生态链上两个或两个以上节点之间形成的一种协调关系，以确保实现某种目的或效益。竞争关系是技术创新生态链上两个或两个以上节点之间形成的一种相互争夺资源、相互抑制的关系。协作性竞争关系是技术创新生态链上两个或两个以上节点之间形成的一种既合作又竞争的关系。一般而言，合作关系主要存在于链上上下游节点之间，竞争关系主要存在于链上同类节点之间，协作性竞争关系主要存在于链上同类节点之间。例如，在一条技术创新生态链中，高校和中介公司之间为合作关系，高校与高校之间既可能存在竞争关系，争夺创新资源，也可能存在协作性竞争关系，即在争夺资源的基础上，就某一技术创新活动开展合作。

从节点之间利益分配和共生状况的不同，可以将节点关系划分为互利共生关系、偏利共生关系和偏害共生关系。互利共生关系是技术创新生态链上节点之间相互联系形成的对彼此有利的关系。偏利共生是技术创新生态链上节点之间相互联系形成的一种对一方有利，对另外一方没有影响的关系。偏害共生是技术创新生态链上节点之间相互联系形成的一种对一方有利，对另一方有害的关系。在这三种关系中，互利共生关系是最有利于技术创新生态链运行发展的稳定关系。在偏利共生关系和偏害共生关系中，由于部分节点在相互联系关系中无法获得利益或有损自身利益，这种关系必定无法长期维持，这些节点会选择退出技术创新生态链或与链上其他节点构建新的关系，这样不利于链的平衡稳定和运行发展。

2.2.2　技术创新生态链构成要素的作用

技术创新生态链构成要素在链中各自发挥重要且存在差异性的作用。

首先，节点是构成技术创新生态链的最基本要素。节点作为技术创新生态链乃至技术创新生态系统中唯一具有主观能动性的要素，是技术创新生态链构成的必备要素和前提条件。拥有节点后，通过各种不同类型的节点发挥不同的功能和作用，才能实现链上的技术研发、技术转移、技术扩散、创新产品商品化等一系列活动。倘若节点不存在，则技术创新生态链乃至技术创新生态系统均不复存在。

其次，节点链接也是构成技术创新生态链的最基本要素。在技术创新生态链上，光有节点还不够，节点之间还必须链接起来，才能构成一条技术创新生态链。链上节点之间通过各种链接方式连接起来，才能实现各种资源的流转，最终完成技术创新活动。倘若光有节点，节点之间尚未形成链接，则技术创新生态链还处于尚未形成的状态。

再次，节点组合是决定技术创新生态链结构形态的重要要素。当技术创新生态系统中部分技术创新生产者、技术创新传递者和技术创新消费者节点建立起节点之间的链接时，就初步形成了技术创新生态链。而节点之间的组合形态就决定了技术创新生态链的结构形态，即决定了链的长度、宽度和广度。一条链的长度、宽度和广度状况又决定了链结构形态的合理性。链的长度、宽度和广度越合理，链的结构形态就越合理；反之，链的长度、宽度和广度越不合理，则链的结构形态就越不合理。

最后，节点关系是决定技术创新生态链结构稳定性的重要要素。在技术创新生态链形成以后，节点在相互联系过程中不可避免地会形成各种不同的节点关系。这些节点关系会影响到链的稳定性。链上节点关系越密切、越合理，则整条技术创新生态链结构越稳定；反之，链上节点关系越松散、越畸形，则整条技术创新生态链结构越松散，越容易出现断裂、结构突变等不稳定状况。

2.3 技术创新生态链的类型

从不同的视角进行划分可以将技术创新生态链划分为不同的类型。

（1）按产出成果形态划分，可以将技术创新生态链划分为产品创新型技术创新生态链和工艺创新型技术创新生态链。

在技术创新理论领域，技术创新按照产出成果形态划分，可以分为产品创新和工艺创新。其中，产品创新是指技术上有变化的产品商品化或对现有产品的改进。具体具有两种方式：一是创造出全新的产品，二是产品性能、品种、材料、结构、款式、颜色、包装等产品属性的某一方面或某几方面作出明显的改进与改善。工艺创新也叫过程创新，是指产品生产技术的重大变革，包括新工艺、新设备、新的管理组织方法等。

基于此，从产出成果形态角度，可以将技术创新生态链划分为产品创新型技术创新生态链和工艺创新型技术创新生态链。其中产品创新型技术创新生态链是指以产品创新为主要目的的技术创新生态链。工艺创新型技术创新生态链是指以工艺创新为主要目的的技术创新生态链。

（2）按照外部主导因素划分，可以将技术创新生态链划分为政府主导型技术创新生态链、市场主导型技术创新生态链，以及政府和市场相结合的混合型技术创新生态链。

在技术创新生态链外部环境中，政府和市场均可以通过其强大的影响力来推动、拉动或左右技术创新生态链的形成、运作和发展。根据这些外部主导因素的不同，可以将技术创新生态链划分为政府主导型技术创新生态链、市场主导型技术创新生态链，以及政府和市场相结合的混合型技术创新生态链。

政府主导型技术创新生态链是指在政府的主导下形成、运作和发展的技术创新生态链。在这种类型中，政府作为主导技术创新生态链形成、运作和发展的关键性节点，充分发挥其政策制度的引导、监管和支持作用，加强知识产权保护，加大技术创新投入，提供相应政策补贴，促进技术创新人才的引进、培养和提升，为技术创新生态链构建良好的技术创新生态环境；对技术创新生态系统中各节点链接中产生的责权问题、法律问题、风险分担问题、成果分享问题等通过立法和制度予以解决和规范，对中介服务体系予以进一步完善，以推动企业、高校、科研院所等节点的发展、融合与链接，促进技术创新生态链的形成，推动技术创新生态链的发展。例如，以色列政府主导下形成的技术创新生态链就是非常典型的政府主导型技术创新生态链。以色列政府通过其在宏观层面上强有力的主导作用，构建"创新的国度",有力地推动了其国家内技术创新生态链的形成和发展。具体包括:制定了一系列的支持技术创新的政策法规,如《产业创新促进法》《投资促进法》《以色列税收改革法案》《天使法》《产权法》《版权法》等;创建了一套完整清晰、分工明确的科技创新体系,以色列负责科技创新的政府行政机构由科技委员会、科技与太空部、首席科学家办公室和下属各级执行机构等构成,这些机构自上而下履行自身行政职能,各项业务均有专人负责;构建了各类创新发展计划,如"种子基金计划""生物技术计划""通用技术研发计划""磁石计划""技术孵化器计划""创新企业促进计划"等;结合自身技术创新特色,与其他国家和地区开展全方位、多角度的技术创新合作,积极吸引外资进行风险投资;通过设立技术转移机构、科技园区等加强高校、科研机构、企业之间的联系,促进技术创新生态链的形成等。

市场主导型技术创新生态链是指在市场主导下形成、运作和发展的技术创新生态链。在这种类型中,市场需求、市场供给、市场竞争、社会消费水平和结构等市场环境因素主导和掌控着技术创新生态链的形成、运作及发展,技术创新生态链上的各种技术创新活动也是在这些市场环境要素的主导下研究和开发的。具体而言,在各类市场环境因素的主导下,高校、科研机构、各类中介机构和企业通过分析以市场需求为核心的各类市场环境因素,构建或运行技术创新生态链,实现方案设计、创新研发、技术扩散、商业化生产和销售等一系列过程。例如,浙江省的技术创新生态链就是在明确的市场导向的基础上形成的典型的市场主导型技术创新生态链。改革开放以来,浙江省市场化进程发展相对较快,市场环境比较完善,在此背景下,浙江省始终贯彻市场主导精神,通过不断强化技术创新企业市场主体地位,不断健全市场化资源配置机制,不断营造技术创新市场化氛围,构建了一条条市场主导型技术创新生态链。

政府和市场相结合的混合型技术创新生态链是指在政府和市场的混合主导作用下形成、运作和发展的技术创新生态链。在这种类型中,政府和市场相互影响、相互配合,共同主导技术创新生态链的形成、运行和发展。单一的市场主导可能会造成过分重视市场需求,忽略技术创新生态链形成、运行和发展过程中所需要的技术研发、政府支撑、资金投入等因素;

单一的政府主导可能会造成技术创新成果不被市场所认可或接受，从而造成技术创新时间、资源的浪费，也有可能出现市场失灵引发的垄断、非正常竞争等风险等，不利于链的运行和发展，严重情况下可能会导致链的断裂。因此，不仅要重视市场因素的主导作用，发挥市场活力，在市场需求拉动下开展链上技术创新活动，进行创新资源配置，同时也不能忽略政府的主导作用，在相关政策制度的指导和保障下，对市场进行监督、管理和建设，在两者良性互动的状况下，共同主导技术创新生态链的形成、运行和发展。

（3）按照内部主导因素划分，可以将技术创新生态链划分为生产者主导型技术创新生态链、传递者主导型技术创新生态链和消费者主导型技术创新生态链。

在技术创新生态链形成、运行和发展中，链上的各类节点作为链上具备强大主观能动性的因素，也对其有着强大的影响力。根据节点功能的不同，可以将技术创新生态链上的节点划分为技术创新生产者、技术创新传递者和技术创新消费者。基于此，可以将技术创新生态链划分为生产者主导型技术创新生态链、传递者主导型技术创新生态链和消费者主导型技术创新生态链。

生产者主导型技术创新生态链是指在技术创新生产者主导下形成、运作和发展的技术创新生态链。在这种类型的技术创新生态链中，技术创新生产者是链上的核心节点，具有非常强大的技术研发能力和创新能力，能够主导链上的其他节点及整条链的形成、运行和发展。不仅如此，由于在技术创新生态链中，技术创新生产者是链的起点，是技术创新的源头，主要开展技术、知识等的研发、创新和生产活动，由高校、科研机构或企业研发部门构成。这类节点相较链上其他类型节点而言，拥有大量的技术创新人才、技术创新知识信息，具备较高的研发能力和创新能力。因此，生产者主导型技术创新生态链通常以技术创新生产者的科学研究创新活动为核心，技术创新生产者研发出创新成果后，由技术创新传递者转移给技术创新消费者，实现创新成果的产业化、商品化。此外，根据高校、科研机构或企业研发部门的性质不同，其主导的技术创新生态链的技术创新侧重点也存在区别。其中，高校主导的技术创新生态链以基础性研究和创新为主，科研机构及企业研发部门主导的技术创新生态链以应用性研究和创新为主。例如，长三角城市群就拥有许多生产者主导型技术创新生态链。长三角地区科教资源相当丰富，拥有上海交大、复旦大学、南京大学、浙江大学、东南大学与中国科学技术大学等300多余所高等院校，以及中国科学院上海药物研究所、中国科学院上海生命科学研究所、中国科学院上海微系统与信息技术研究所、中国船舶重工集团公司第七〇二研究所、中国电子科技集团公司第五十五研究所、中国科学院宁波材料技术与工程研究所等多家科研院所，在这些高校、科研院所等生产者节点的主导下，长三角城市群的创新发展水平和创新发展均衡程度都大幅领先于其他城市群，尤其是在集成电路、智能制造、生物医药等领域表现优异。

传递者主导型技术创新生态链是指在技术创新传递者主导下形成、运作和发展的技术创新生态链。在这种类型的技术创新生态链中，技术创新传递者为链上的核心节点，具有强大的技术创新成果传递、转化、转移、扩散能力，能够高效精准地将技术创新生产者和技术创新传递者对接起来。一方面，将上游技术创新生产者的技术创新成果进行有机整合，并传递给下游有需求的技术创新消费者；另一方面，收集下游技术创新消费者的需求，反馈给上游的技术创新生产者。链上下游的生产者节点和消费者节点都需依附于其上，根据其传递的信息开展技术创新活动，并享受传递者节点提供的各种专业性的管理咨询、技术咨询、技术评估、信息检索、创新孵化等服务。通常情况下，单一类型的技术创新传递者如单个的咨询公司、培训公司、信息中心、科技孵化机构等功能有限，辐射范围也有限，很难成为链上的核心节点主导其他节点和整条链的发展，而应该是在政府和行业协会的扶持下，集合各个技术创新传递者节点，整合各种资源和数据库，构建技术创新平台，成为链上的主导节点。例如，美国华盛顿就构建了区际技术创新公共服务平台，并以此平台为核心，聚集了大量的技术创新生产者和技术创新传递者，形成了传递者主导型技术创新生态链。

消费者主导型技术创新生态链是指在技术创新消费者主导下形成、运作和发展的技术创新生态链。在这种类型的技术创新生态链中，技术创新消费者为链上的核心节点，主导链上其他类型节点及整条链的形成、运行和发展。技术创新消费者节点多为企业类节点，且位于链的下游，其主导的技术创新生态链会以自身需求和市场需求为导向，主动链接上游的传递者节点和生产者节点，形成技术创新生态链，并主导链上的技术创新活动，追求经济效益的最大化。

2.4 技术创新生态链的结构模型

2.4.1 技术创新生态链基础结构模型

技术创新生态链最基本的结构模型如图 2.1 所示。在这种最基本的结构模型中，技术创新生态链上有且仅有一个技术创新生产者节点、技术创新传递者节点和技术创新消费者节点。相邻两个节点之间进行资源正向的传递或反向的反馈。

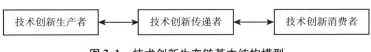

图2.1　技术创新生态链基本结构模型

该基础结构模型具有以下特点：第一，该基础结构模型中，技术创新生态链的结构简单，拥有单一的生产者节点、传递者节点和消费者节点，能够实现技术创新的生产、传递和消费，以及资源流转等基本功能。第二，链的长度为3，宽度为1，广度由三个节点所分布的区域位置所决定。第三，由于技术创新生态链上有且仅有三个不同功能的节点，同类节点和不同类节点数量均过少，虽然已经形成技术创新生态链，但链的结构不太稳定，一旦其中任何一个节点出现问题，都会影响到整条链的运行和发展，严重情况下，甚至会导致链的断裂。第四，同样由于链上节点数量过少，链上各类资源的流动转化可能会不太充分。第五，技术创新生态链基本结构模型通常出现在链形成的早期，随着链的不断发展，链的结构会不断变化、复杂化，链上节点数量也会不断增多。

2.4.2 技术创新生态链一般结构模型

技术创新生态链一般结构模型是在链基础结构模型的基础上变化发展而来。具体包括以下几种变化发展情况：横向变化发展、纵向变化发展和广度变化发展。

1. 横向变化发展

技术创新生态链横向变化发展是指技术创新生态链在基础结构模型的基础上同类节点数量的变化发展。在技术创新生态链上，同类节点数量的变化发展可能是同类节点数量的减少或增加，分别代表着链在横向上的压缩或拓宽。

（1）横向压缩。

技术创新生态链横向压缩是指链上同类节点数量减少。链的横向压缩是在基础结构模型的基础上产生的变化，而基础结构模型上各类节点有且仅有一个同类节点，同类节点数量减少，只能是由一个同类节点减少为零个同类节点。但是，在技术创新生态链中，技术创新生产者和技术创新消费者一个承担生产功能、一个承担消费功能，均为链上必备节点，唯一能够减少的只有技术创新传递者节点。因此，链的横向压缩只有一种情况，即链上只有技术创新生产者节点和技术创新消费者节点，生产者生产出技术创新成果后，直接交给消费者进行成果的商业化应用，两者之间直接进行资源的流转和反馈。具体结构模型如图 2.2 所示。

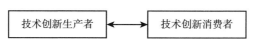

图 2.2　技术创新生态链横向压缩结构模型

该结构模型的特点如下：第一，在该结构模型中，不存在技术创新传递者节点，链上不同类节点所承担的功能可能分为三种情况，一是生产者具有生产功能，消费者具有消费功能，在没有中间传递者环节的情况下完成创新资源的流转；二是生产者兼具生产和传递功能，消费者具有消费功能；三是生产者具有生产功能，消费者兼具传递和消费功能。后两种情况虽然链上只有两个节点，但整条链节点生产、传递和消费功能是完整的。第二，该结构技术创新生态链的长度为 2，宽度为 1，广度由生产者和消费者所分布的区域范围决定。第三，与基本结构模型类似，该结构的技术创新生态链同样存在结构不稳定、资源流转不充分的状况。第四，该类结构的技术创新生态链一般也存在于链形成或发展的早期。

（2）横向拓宽。

技术创新生态链横向拓宽是指链上同类节点数量的增加。链上同类节点数量的增加可以分为链上单一同类节点数量的增加和多个同类节点数量的增加。

① 链上单一同类节点数量增加。

链上单一同类节点数量增加又可以分为三种情况，即链上技术创新生产者数量增加、技术创新传递者数量增加或链上技术创新消费者数量增加。

链上技术创新生产者数量增加后所形成的技术创新生态链的结构模型如图2.3所示。该结构模型的特点如下：第一，当链上技术创新传递者功能强大，技术创新消费者需求较多，或对技术创新成果需求要求较高时，在单一技术创新生产者节点无法满足需求的情况下，生产者节点自身会寻求与技术创新生态系统内其他生产者主体合作，将其吸纳进链中来，或者传递者节点会吸纳更多的生产者主体加入技术创新生态链，共同满足消费者的需求。第二，技术创新生产者、技术创新传递者和技术创新消费者之间存在资源流转和反馈，同类的生产者之间可能存在资源流转和合作，也可能不存在资源流转和合作。第三，该结构技术创新生态链的长度为3种节点①，宽度由技术创新生产者的数量决定，广度由所有生产者、传递者和消费者所分布的区域范围决定。第四，该结构技术创新生态链结构稳定性取决于传递者节点和消费者节点结构的稳定性，传递者节点和消费者节点任一节点或两个节点出现问题，均会影响到整条技术创新生态链的运行和发展。第五，链上技术创新生产者数量越多，则技术创新能力越强大，创新成果也越多。当多个生产者的综合创新能力在一定范围内超出了传递者的传递能力和消费者的消费能力时，整条链的结构势必要发生相应的变化。

图2.3　技术创新生态链生产者数量增加结构模型

---

① 即拥有3种不同类型、承担不同功能角色的节点。

链上技术创新传递者数量增加后所形成的技术创新生态链的结构模型如图 2.4 所示。该结构模型的特点如下：第一，当链上游技术创新生产者的创新能力强大、创新成果多，且单一链上技术创新传递者所能提供的服务有限，且链下游技术创新消费者需求较大时，单一的技术创新传递者逐渐不能满足链上技术创新成果传递及其他相关中介服务的需求时，链上生产者或消费者会吸纳更多的技术创新生态系统内的传递者主体加入链中，以更好地实现中间传递功能。第二，链上上下游节点间存在资源流转和反馈，同类的传递者节点间也存在资源的流转。第三，该结构技术创新生态链的长度为 3 种节点，宽度由技术创新传递者的数量决定，广度由所有生产者、传递者和消费者所分布的区域范围决定。第四，该结构技术创新生态链结构稳定性取决于生产者节点和消费者节点结构的稳定性。第五，链上技术创新传递者的数量也不能无限增加，一旦能够满足上游生产者节点和下游消费者节点的需求后，要么传递者数量不再发生变化，要么整条链的结构会发生更复杂的变化。

图 2.4　技术创新生态链传递者数量增加结构模型

链上技术创新消费者数量增加后所形成的技术创新生态链的结构模型如图 2.5 所示。该结构模型的特点如下：第一，当链上技术创新生产者和技术创新传递者均能力强大，而技术创新消费者的需求小于链上游的供应时，链上生产者和传递者会吸纳更多的消费者主体加入链中，扩大链上对技术创新成果的需求。第二，链上上下游节点间存在资源流转和反馈，同类的消费者节点间基本不存在资源的流转。第三，该结构技术创新生态链的长度为 3 种节点，宽度由技术创新消费者的数量决定，广度由所有生产者、传递者和消费者所分布的区域范围决定。第四，该结构技术创新生态链结构稳定性取决于生产者节点和传递者节点结构的稳定性。第五，链上游的生产者和传递者能力有限，下游消费者的数量不可能无限增长，达到一定的限度后也会使整条链的结构发生新的变化。

图 2.5 技术创新生态链消费者数量增加结构模型

② 链上多个同类节点数量增加。

链上多个同类节点数量增加可以分为以下几种情况，即链上技术创新生产者和技术创新传递者数量均增加、链上技术创新传递者和技术创新消费者数量均增加、链上技术创新生产者和技术创新消费者数量均增加及链上三类节点的数量均增加。

链上技术创新生产者和技术创新传递者数量均增加后所形成的技术创新生态链的结构模型如图 2.6 所示。该结构模型的特点如下：第一，当链上技术创新消费者需求较大或较难实现，单一的技术创新生产者无法完全满足其需求时，生产者节点会主动需求与技术创新生态系统内其他生产者主体进行合作，也会与更多的系统内传递者主体合作，以满足其不断增加的创新成果传递需求；或者消费者节点会根据自身需求状况吸纳更多的系统内生产者主体和传递者主体，以满足自身较大或较难的创新需求。第二，链上的消费者节点会逐渐发展成为链上的核心节点或主导性节点，对链上其他节点和整条链的运行和发展有较大影响力和作用力。第三，链上上下游节点间存在资源流转和反馈，同类节点之间可能存在资源流转也可能不存在资源流转。第四，该结构技术创新生态链的长度为 3 种节点，宽度由链上某一类数量最多的节点，即生产者或传递者数量决定，广度由所有生产者、传递者和消费者所分布的区域范围决定。第五，该结构技术创新生态链结构稳定性取决于消费者节点结构的稳定性。

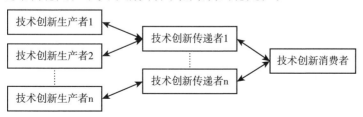

图 2.6 技术创新生态链生产者和传递者数量增加结构模型

链上技术创新传递者和技术创新消费者数量均增加后所形成的技术创新生态链的结构模型如图2.7所示。该结构模型的特点如下：第一，当链上技术创新生产者生产能力强大，链上单一的传递者节点和消费者节点的传递能力和消费能力无法与之相匹配时，生产者节点会寻求更多的技术创新生态系统内传递者主体和消费者主体，与之建立合作关系，使其加入链中；或者技术创新生态系统内与生产者的传递需求和创新需求相匹配的传递者主体和消费者主体会慕名而来，主动与生产者节点之间建立链接，加入链中。第二，链上生产者节点逐渐发展成为链上的核心节点或主导性节点。第三，链上上下游节点间存在资源流转和反馈，同类节点之间可能存在资源流转也可能不存在资源流转。第四，该结构技术创新生态链的长度为3种节点，宽度由链上某一类数量最多的节点，即传递者或消费者数量决定，广度由所有生产者、传递者和消费者所分布的区域范围决定。第五，该结构技术创新生态链结构稳定性取决于生产者节点结构的稳定性。

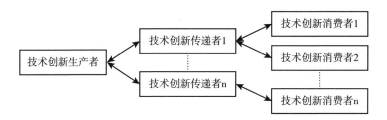

图2.7 技术创新生态链传递者和消费者数量增加结构模型

链上技术创新生产者和技术创新消费者数量均增加后所形成的技术创新生态链的结构模型如图2.8所示。该结构模型的特点如下：第一，当技术创新传递者传递功能强大，链上下游单一的生产者节点和消费者节点传递需求较小时，传递者节点为了应用自身过剩的传递能力，会主动吸纳技术创新生态系统中更多的具有同类传递需求的生产者主体和消费者主体加入到技术创新生态链中来，以匹配自身的传递能力。第二，链上传递者节点会逐渐发展成为核心节点或主导性节点。第三，链上上下游节点间存在资源流转和反馈的情况，同类节点之间可能存在资源流转也可能不存在资源流转的情况。第四，该结构技术创新生态链的长度为3种节点，宽度由链上某一类数量最多的节点，即生产者或消费者数量决定，广度由所有生产者、传递者和消费者所分布的区域范围决定。第五，该结构技术创新生态链结构稳定性取决于传递者节点结构的稳定性。

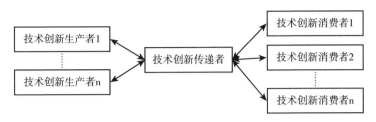

图2.8 技术创新生态链生产者和消费者数量增加结构模型

链上技术创新生产者、技术创新传递者和技术创新消费者数量均增加后所形成的技术创新生态链的结构模型如图2.9所示。该结构模型的特点如下：第一，当链上各个节点地位比较平等，不存在核心节点或主导性节点时，链的发展变化会存在一定的随意性和随机性，技术创新生态系统中任意类型的主体均有可能加入到链中，也有可能在某一时刻退出链来，由此经过一段时间的发展形成生产者、传递者和消费者数量均增加的技术创新生态链。第二，链上上下游节点间存在资源流转和反馈的情况，同类节点之间可能存在资源流转也可能不存在资源流转的情况。第三，该结构技术创新生态链的长度为3种节点，宽度由链上某一类数量最多的节点决定，广度由所有生产者、传递者和消费者所分布的区域范围决定。第四，由于链上每个环节均有多个同类节点，该结构的技术创新生态链稳定性很强，不会因为某一个节点出现问题而导致链出现问题。

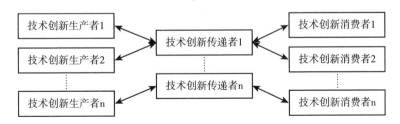

图2.9 技术创新生态链生产者、传递者和消费者数量增加结构模型

2. 纵向变化发展

技术创新生态链纵向变化发展是指技术创新生态链在基础结构模型的

基础上不同类节点数量的变化发展。在技术创新生态链上，不同类节点数量的变化发展可能是不同类节点数量的减少或增加，分别代表着链在纵向上的缩短或延长。

（1）纵向缩短。

技术创新生态链纵向缩短是指链上不同类节点数量减少。在基础结构之上的纵向缩短，意味着链上唯一仅有的技术创新生产者、技术创新传递者和技术创新消费者数量的减少。因此，与横向压缩类似，纵向缩短唯一能减少的只有技术创新传递者。也就是说，技术创新生态链纵向缩短后所形成的技术创新生态链的结构与其横向压缩后形成的结构一致，链上仅存在唯一一个技术创新生产者和技术创新消费者，技术创新成果将直接由生产者传递给消费者。

（2）纵向延长。

技术创新生态链纵向延长是指链上不同类节点数量的增加。虽然在技术创新生态链中，根据节点功能的不同，可以将节点分为三大类，即技术创新生产者、技术创新传递者和技术创新消费者。但在技术创新生态链实际运作过程中，可以根据需要，将生产功能、传递功能和消费功能进行进一步的分工和细化，形成技术创新生态链在某一环节或某几个环节上的延伸。

① 链上单一环节的延长。

链上单一环节的延长又可以分为三种情况，即链上技术创新生产环节的延长或技术创新传递环节的延长或链上技术创新消费环节的延长。

链上技术创新生产环节的延长是技术创新生态链将技术创新生产者的功能细化，将生产者功能细化为多个线型生产环节，分别由不同类型的生产者分别来完成，其所形成的技术创新生态链的结构模型如图 2.10 所示。例如，将链上生产环节的功能细分为：第一步提出创新思想或发明意图，第二步将创新思想与意图形成研究项目，并对项目进行研究，形成技术创新成果，并由两个生产者节点来分别完成这两步工作，实现链上技术创新生产环节的延长。该结构模型的特点如下：第一，在这种类型的技术创新生态链中，生产者功能分工越细，则链上生产者功能环节所涉及的不同类型的生产者数量越多；第二，该结构技术创新生态链的长度由不同类型的生产者数量决定，生产者分工越细化则链的长度越长，反之则链的长度越短。

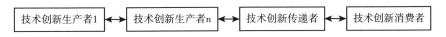

图 2.10　技术创新生态链生产环节延长结构模型

链上技术创新传递环节的延长是技术创新生态链将技术创新传递者的功能细化，将传递者功能细化为多个线型传递环节，分别由不同类型的传递者分别来完成，其所形成的技术创新生态链的结构模型如图 2.11 所示。例如，将链上传递环节的功能细分为：第一步为技术创新生产者提供专业性的技术咨询、信息检索、技术评估等服务，第二步为技术创新生产者和技术创新消费者牵线搭桥，将供给和需求对应的生产者和消费者对接起来，并由两个传递者节点来分别完成这两步工作，实现链上技术创新传递环节的延长。该结构模型的特点如下：第一，在这种类型的技术创新生态链中，传递者功能分工越细，则链上传递者功能环节所涉及的不同类型的传递者数量越多；第二，该结构技术创新生态链的长度由不同类型的传递者数量决定，传递者分工越细化则链的长度越长，反之则链的长度越短。

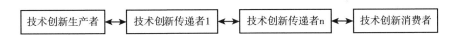

图 2.11　技术创新生态链传递环节延长结构模型

链上技术创新消费环节的延长是技术创新生态链将技术创新消费者的功能细化，将消费者功能细化为多个线型消费环节，分别由不同类型的消费者分别来完成，其所形成的技术创新生态链的结构模型如图 2.12 所示。例如，将链上消费环节的功能细分为：第一步将链上的技术创新成果产业化和商品化，第二步完成产品的销售和反馈，产生经济社会效益，并由两个消费者节点来分别完成这两步工作，实现链上技术创新消费环节的延长。该结构模型的特点如下：第一，在这种类型的技术创新生态链中，消费者功能分工越细，则链上消费者功能环节所涉及的不同类型的消费者数量越多；第二，该结构技术创新生态链的长度由不同类型的消费者数量决定，消费者分工越细化则链的长度越长，反之则链的长度越短。

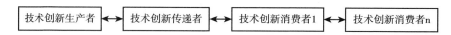

图 2.12   技术创新生态链传递环节延长结构模型

② 链上多个环节的延长。

除了链上单一环节的延长外，还可以存在链上多个环节的延长。具体包括：生产环节和传递环节的延长，传递环节和消费环节的延长，生产环节和消费环节的延长，以及生产环节、传递环节和消费环节均延长四种类型。这几种类型的技术创新生态链是同时将多个环节进行延伸，分工细化，引入多个节点，以线型的方式共同来完成。环节分工越细，涉及的节点数量越多，链的长度越长；反之，分工越粗糙，涉及的节点数量越少，链的长度越短。这几类技术创新生态链的结构与上述三类技术创新生态链的结构比较类似，均为线型结构，所不同的仅是存在两个或三个环节的同时细分，这里就不再绘图说明了。

在技术创新生态链纵向延长形成的结构模型中，各种结构模型除上述所讨论的特点外，均有一些共同的特点：第一，所有类型的技术创新生态链的宽度均为 1，广度由所有生产者、传递者和消费者所分布的区域范围决定。第二，链上不同类型的节点之间形成线型结构，上下游节点间存在资源的流转和反馈。第三，由于链上每一个环节均只存在一个节点，任何一个节点出现问题均会影响到整条链的运行和发展，因此链的稳定性较差。第四，任何功能的细分均是有限度的，细分环节过多，每个环节上节点功能太小，不仅会造成资源的浪费，也会使每个节点所分配的利益过少，因此，当链上环节细分到一定程度后就会停止细分。

3. 广度变化发展

技术创新生态链广度变化发展是指技术创新生态链在基础结构模型的基础上，节点分布的区域发生了变化。在技术创新生态链上，节点分布区域可以发生以下三种变化：一是节点分布区域扩大，二是节点分布区域缩小，三是节点分布区域转移。

（1）扩大。

节点分布区域扩大是指技术创新生态链上节点所在的地理位置扩大。

链上节点分布区域扩大存在两种情况:一是技术创新生态链上节点不变,但原有部分节点的地理位置发生变化,从处于同一地区移动到新的地区,使整条链的分布区域得到扩展。例如,链上节点原本均处于武汉,其中一个节点从武汉移动到了长沙,则该条技术创新生态链的分布区域得以扩展。二是在技术创新生态链上加入了新的处于不同的、新的地理位置节点,使整条链的分布区域得到扩展。例如,链上原有节点均位于武汉,加入一个处于长沙的节点后,该条技术创新生态链的分布区域得以扩展。

(2)缩小。

节点分布区域缩小是指技术创新生态链上节点所在的地理位置缩小。链上节点分布区域缩小也存在两种情况:一是技术创新生态链上节点不变,但原有的部分节点的地理位置发生变化,从处于不同地区移动到同一地区,使整条链的分布区域缩小。例如,链上节点分布在武汉、长沙两个区域,位于长沙的节点移动到了武汉,该条技术创新生态链的分布区域得以缩小。二是技术创新生态链上退出了一个或多个处于不同地理位置的节点,使整条链的分布区域缩小。例如,链上原有节点分布于武汉、长沙两个区域,位于长沙的节点退出了技术创新生态链,该条技术创新生态链的分布区域得以缩小。

(3)转移。

节点分布区域转移是指技术创新生态链上节点所在的地理位置发生全新的变化,由原来的地理位置转移到新的地理位置。例如,链上节点由原来分布在武汉区域全部转移到分布在长沙区域,该条技术创新生态链的分布区域得以转移。

第**3**章

技术创新生态链形成机制

技术创新生态链必然要经过一个从无到有的过程，这一过程就是技术创新生态链的形成过程。探讨技术创新生态链形成机制，对技术创新生态链形成的标志与过程、技术创新生态链形成的动力与条件、技术创新生态链形成的方式与途径等进行研究，有利于了解技术创新生态链形成的各种规律，为后续研究技术创新生态链运行机制和优化策略提供理论基础。

3.1 技术创新生态链形成标志与过程

3.1.1 技术创新生态链形成概念

要构建技术创新生态链形成的标志首先要界定技术创新生态链形成的概念。在现代汉语词汇中，形成是指通过一种或多种事物的发展变化而导致另一种或多种事物产生或者变化的某种情况。基于此，技术创新生态链的形成可以认为是技术创新生态系统中部分主体、主体间关系等发生变化而导致一条技术创新生态链产生从无到有的变化。具体而言，主体和主体间关系的变化至少需要包括以下几个方面：第一，在技术创新生态系统中，某些主体之间从没有联系到建立联系；第二，建立联系的主体分别承担技术创新生态链所需的至少技术创新生产者、技术创新消费者等角色；第三，建立联系的主体之间形成资源流转。

通过上述三种变化，技术创新生态系统中才能形成一条技术创新生态链。这三种变化在技术创新生态链形成过程中缺一不可，仅有上述其中的一个方面或两个方面还不足以形成技术创新生态链，必须三种变化均发生后，技术创新生态链才算正式形成。

3.1.2 技术创新生态链形成标志

结合上述技术创新生态链形成的概念，可以将技术创新生态链形成的标志界定为以下几个方面。

1. 链上具有一定数量、承担不同功能的技术创新生态主体

首先，在技术创新生态链中，技术创新生态主体是链上具有主观能动性，能自主开展技术创新活动的主体，是链上必不可少的核心组成部分。没有技术创新生态主体，技术创新生态链不会存在各种技术创新活动，不会存在创新资源的流转，整条链也就不复存在。

其次，单个的技术创新生态主体尚不足以构成技术创新生态链，需要有一定数量的技术创新生态主体。单个的技术创新生态主体能力有限，仅能实现链上的部分功能，必须要与其他能实现链上其他功能的主体建立联系，分工协作，才能实现整条链需要必备的功能。

最后，一定数量的技术创新生态主体不能是具有同一功能的技术创新生态主体，必须是具有不同功能，承担不同角色的主体。在技术创新生态链中，根据技术创新生态主体发挥功能、承担角色的不同，将技术创新生态主体划分为三种类型：技术创新生产者、技术创新传递者和技术创新消费者。这三类技术创新生态主体各司其职，分别完成链上技术创新生产、技术创新传递和技术创新消费功能，整条链才能正常运转。当然，在技术创新生态链中，一个技术创新生态主体可能同时具备一个或两个功能，承担一个或两个角色，即一个技术创新主体可能具备技术创新生产者功能，或具备技术创新传递者功能，或具备技术创新消费者功能；也可能同时具

备技术创新生产者功能和技术创新传递者功能，或者同时具备技术创新传递者功能和技术创新消费者功能。因此，在技术创新生态链形成必备的主体中，至少要有两个具有不同功能的技术创新生态主体，其中一个主体兼具两种功能，两个主体建立联系，通过互动实现链上必备的生产、传递和消费功能。

2. 链上技术创新生态主体之间形成基本的链式依存关系

首先，链上技术创新生态主体之间要形成一定的关系。在食物链中，链的形成主要靠生物之间捕食与被捕食的关系建立。技术创新生态链也不例外，当技术创新生态链上具有一定数量的技术创新生态主体后，这些主体之间不可能是独立存在的，必须形成一定的关系。这种关系就是链式依存关系。链式依存关系可以分为两种关系，一种是链式关系，另一种是依存关系。其中链式关系是链上最基本的关系，依存关系是在链式关系上衍生出来的关系。技术创新生态主体之间形成链式依存关系后，才能形成主体之间的纽带，确保主体之间相互作用、共同发展，才能形成技术创新生态链。

其次，链上技术创新生态主体之间会首先形成最基本最简单的链式关系。技术创新生态链上拥有一定数量不同功能的技术创新生态主体后，由于主体之间功能的差异，以及链上技术创新活动的从生产到传递再到消费的顺序性，技术创新生态主体之间自然而然地就要形成一种线性的链式关系。其中，技术创新生产者是链的起点，是技术创新的源头环节；技术创新传递者是链的中间环节，是技术创新的中间环节；技术创新消费者是链的终点，是技术创新的结束环节。由此，即形成了链上技术创新生态主体之间最基本最简单的链式关系。

最后，链上技术创新生态主体之间会在链式关系中衍生出更为复杂的依存关系。链上技术创新生态主体之间形成链式关系后，会在此基础上衍生出更复杂、更多元化的依存关系。技术创新生态主体之间光有链式关系还不足以标志链的形成，还必须形成更为复杂的依存关系。在《现代汉语词典》中，依存是指相互依附而生存。在生态系统中，生物之间会形成相互制约、共生共荣的食物链，并通过这种相互依存的关系，控制种群数量，实现协同进化，保持生态平衡。技术创新生态链上的技术创新生态主体之间也同样需要存在依存关系。与食物链不同的是，技术创新生态主体之间的依存关系更为复杂和多元化，是一种由多种关系交织结合在一起的多元复合关系，具体包括共生关系、互动关系、互惠关系、合作关系、竞争关系和协作性竞争关系等。在技术创新生态链形成过程中，主体之间必须要建立合作关系、互惠关系和共生关系。例如，技术创新生态链上技术创新生产者产生的技术创新成果要进行成果的转移、转化或商业化，就必须先和技术创新传递者，或者技术创新消费者之间建立合作关系和互惠关系，生产者、传递者和消费者之间要建立共生关系。当然，在技术创新生态链形成阶段，技术创新生态主体之间虽然存在依存关系，但不会十分完善，种类也不会太多，只有随着技术创新生态链的不断形成和发展，才能逐步完善，并变得更为复杂化。

3. 链上存在资源流转

在生态系统中，生物个体的生命活动无时无刻不在消耗能量，能量是生物体实现各种生命活动的动力，生态系统的存在和发展离不开能量的供应。能量通过植物的光合作用进入生态系统，通过食物链和食物网的传递，维持生态系统中各种生物正常的生命活动。因此，食物链中一定存在能量流动，是食物链最基本最核心的功能之一。① 技术创新生态链上也必须要存在资源流转。技术创新生态系统中技术创新生态主体聚集起来形成技术创新生态链的目的之一就是为了实现技术创新，创造社会经济利益。这一目的完成的前提条件就是链上技术创新主体之间存在资源流转。通过知识、信息、技术、物质等资源在链上技术创新生态主体之间流转，实现技术创新成果的转移转化和商业化，并最终创造出社会经济利益。然后通过经济利益在主体之间的分配，使链上主体获得维持和发展自身运行的经济利益。如果链上技术创新生态主体之间不存在资源流转，生产者将无法得知市场对技术创新的需求，传递者将无法实现技术创新成果的转移转化

---

① 由于本书研究借鉴的核心理论之一就是生态学和生态链的理论，故本处借鉴了生态链上的能量流动来引出技术创新生态链上的资源流转。

和商业化，消费者也无法获得自身所需的技术创新成果，链上的技术创新活动将无法顺利完成。由此可见，链上存在资源流转是技术创新生态链形成的意义所在，是实现链上技术创新的根本途径。

当然，在技术创新生态链形成过程中，链上主体间资源流转刚刚建立，资源流转功能可能不太完备，资源流转的效率会比较低，随着链上的形成和发展，资源流转功能会不断完善，资源流转效率也会不断提高。

3.1.3 技术创新生态链形成过程

技术创新生态链的形成需要经历一定的过程。结合技术创新生态链形成的标志及各个标志所包含的内容，可以将技术创新生态链形成过程划分为三个阶段：第一，一定数量具有不同功能的技术创新生态主体相互链接；第二，技术创新生态主体之间形成依存关系；第三，技术创新生态主体之间实现资源流转。

1. 一定数量具有不同功能的技术创新生态主体相互链接

一定数量具有不同功能的技术创新生态主体相互链接过程具有一定的主观性和较强的目的性，是技术创新生态系统中具有主观能动性的技术创新生态主体有意识的行为。技术创新生态主体出于某种需求，有意识地与其他不同类型的技术创新生态主体建立线型链接关系，或者技术创新生态主体出于某种需求，促使技术创新生态系统中不同类型的技术创新生态主体建立线型链接关系。具体包括以下四种情况。

第一，技术创新生态系统中技术创新生态主体出于将自身技术创新成果转移转化和商业化的目的，将自身技术创新成果信息提供给技术创新传递者，并由技术创新传递者匹配合适的技术创新消费者，由此建立其不同功能主体的相互链接；或者技术创新生态主体直接将自身技术创新成果信息提供给技术创新消费者，并与需求与之相匹配的技术创新消费者建立相互链接。

第二，技术创新生态系统中技术创新生态传递者为了获得一定的利益，主动与系统中技术创新生产者和技术创新消费者建立联系，并将供给与需求相匹配的技术创新生产者和技术创新传递者匹配起来，从而建立起不同功能主体之间的相互链接。

第三，技术创新生态系统中技术创新生态消费者为了满足其对技术创新成果、利益等的需求，主动将自身的需求传递给技术创新传递者，并由技术创新传递者匹配合适的技术创新生产者，由此建立起不同功能主体之间的相互链接；或者技术创新传递者直接将需求传递给技术创新生产者，并与供给与之相匹配的技术创新生产者建立链接。

第四，技术创新生态系统中技术创新监管者出于某种目的，通过制定相应政策制度，引导或促使系统中的技术创新生产者、技术创新传递者和技术创新消费者之间建立链接。

在上述四种情况中，前三种情况是在链上不同种类技术创新主体的主导下建立起来的链式关系，最后一种情况是在链外界技术创新生态主体的主导下建立起来的链式关系。

2. 技术创新生态主体之间形成依存关系

当不同种类的技术创新生态主体之间建立起链接后，随着主体之间互动的不断增多，主体之间逐渐形成依存关系。技术创新生态链是以获得经济社会效益为目的，需要完成技术创新创造、转移、转化和商业化等一系列技术创新活动。因此，在技术创新生态链上不同类型的技术创新生态主体建立链式关系后，接下来就必须建立包括最基本的合作关系、互惠关系和共生关系在内的依存关系。首先，为了完成技术创新创造、转移、转化和商业化等一系列技术创新活动，链上技术创新生产者、技术创新传递者和技术创新消费者之间需要诸如通过签订合同等方式建立合作关系。其次，技术创新生态链上的各个技术创新生态主体是通过技术创新活动获得利益的，因此，技术创新生态主体之间还需要建立互惠关系，协商好利益在链上各个主体之间的分配方式。最后，作为技术创新生态链，链上不同类主体之间还需要建立相互联系、相互作用的共生关系，共同在技术创新生态系统中生存。此外，技术创新生态链上技术创新生态主体之间还有可能建立其他依存关系，如竞争关系、协作竞争关系等。当建立起来的技术创新生态链上的同类技术创新生态主体数量大于一个时，同类技术创新生态主体之间出于对资源和生态位的竞争，就会建立竞争关系；而当同类技术创新生态主体需要通过合作来完成相关技术创新活动时，就会建立协作竞争关系。

技术创新生态链上技术创新生态主体之间依存关系的建立可以有以下几种方式：自然建立、商洽建立、引导建立和强制建立。自然建立是在没有外界干涉的情况下，链上技术创新生态主体之间自然而然形成的依存关系。例如，竞争关系和共生关系就是自然建立的依存关系。链上多个同类技术创新主体之间出于对资源和生态位的竞争，自然而然地就存在竞争关系，同类主体数量越多，竞争就越激烈，同类主体数量越少，竞争就越不激烈。因此，加入技术创新生态链的不同类技术创新生态主体之间自然而然地就存在共生关系，相互联系、相互作用，共同生存在同一技术创新生态系统中。商洽建立是在链上技术创新生态主体之间通过协商而建立的依存关系。当链上主体间链式关系是在链内主体的主导下形成时，主体间大多采用相互协商的方式来建立依存关系。引导建立是在链外技术创新监管者通过某种方式引导链内技术创新生态主体之间建立的依存关系。强制建立是在链外技术创新监管者通过某种手段强制链内技术创新生态主体之间建立依存关系。引导建立和强制建立比较类似，均是在外界技术创新监管者通过政策制度干扰下建立的，但强制建立相比引导建立而言，方式手段更加强硬。

3. 技术创新生态主体之间实现资源流转

链上技术创新生态主体之间实现资源流转是技术创新生态链形成的最后一步。当技术创新生态链上技术创新生态主体之间确立好合作关系、互惠关系和共生关系等依存关系后，技术创新生态主体就可以开展各项技术创新活动了，在开展技术创新活动的过程中必然会有资源流转的需求，并在主体之间实现资源流转。例如，技术创新需求在技术创新生态主体之间的传递，技术创新成果在技术创新生态主体之间的流动和转化，资金在技术创新生态主体之间的流动等。通过技术创新生态主体间的资源流转，技术创新生态链上才能最终完成并实现技术创新。

一般而言，在技术创新生态链形成阶段，链上技术创新生态主体、主体间关系以及链的结构均不太完备，虽然在主体间存在资源流转，但资源流转效率较低，仅能实现基本的资源流转。而随着技术创新生态链的不断发展，链上主体、主体间关系以及链的结构的不断完备、调整和优化，资源流转功能会逐渐完备强大，资源流转效率也会更加高效。

总的来说，技术创新生态链形成过程如图 3.1 所示。

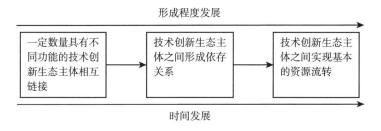

图 3.1　技术创新生态链形成过程

3.2　技术创新生态链形成动力与条件

3.2.1　技术创新生态链形成动力

技术创新生态链形成动力是指对技术创新生态链的形成具有促进作用力的因素。技术创新生态链形成的动力主要来自两个方面：一是来自技术创新生态链内部的动力，二是来自技术创新生态链外部的动力，即技术创新生态系统中的动力。

1. 内部动力

技术创新生态链形成的内部动力主要来源于链内部的各类技术创新生态主体，包括高校、科研机构、企业及各种中介及服务公司等对利益、资源、创新能力等的需求。技术创新生态主体的这些需求会产生一种内驱力，推动技术创新生态链的形成。

（1）利益。

利益是指人们在社会活动和社会关系中只能通过一定社会关系才能发

生的指向、拥有和享用满足人的各种需要的事物、状态、关系等。对利益的追求不仅是人们发展生产力的刺激因素，也是推动人们改造社会、发展社会的直接动因。同样，利益也是技术创新生态链形成的基本作用力，其在技术创新生态链形成过程中发挥了重要的推动作用，是驱动技术创新生态链形成的根本动力之一。

构成技术创新生态链的各类技术创新生态主体如高校、科研机构、企业等的生存和发展，均需要追求利益，尤其是在技术创新生态主体中占有较高比例的企业更是如此，企业的最终目的就是为了追求利益最大化。而技术创新活动的目的之一就是通过创造新产品或新工艺，并销售新产品或采用新工艺的方式获取利益。但单个技术创新生态主体在进行技术创新活动时，会承担较高的风险和成本。技术创新生态主体之间形成技术创新生态链后，不仅能够共担技术创新的风险和成本，而且可以较快地提高技术创新的收益和成功率，并通过在参与的技术创新生态主体之间分配创新成果和收益，使参与的各个主体均能获得相应的利益。

因此，技术创新生态主体出于对利益或更高利益的追求，会萌发与其他技术创新生态主体的链接，构建技术创新生态链的需求。

（2）资源。

在经济学中，资源是指一国或一定地区内拥有的物力、财力、人力等各种物质的总称，可分为自然资源和社会资源两大类，前者包括阳光、空气、水、土地、森林、草原、动物、矿藏等；后者包括人力资源、信息资源及经过劳动创造的各种物质财富等。技术创新生态主体所拥有资源的有限性和不同主体间资源的互补性是驱动技术创新生态链形成的基本作用力之一。

在技术创新生态系统中，技术创新生态主体要开展技术创新活动需要的各种资源，如人力资源、信息资源、知识资源、物质资源等。每个技术创新生态主体所拥有的资源是有限的，可能并不足以支撑和确保整个技术创新活动的顺利完成。因此，在有限资源的约束下，单个技术创新生态主体开展技术创新活动，很难确保技术创新活动的顺利实现。

此外，在技术创新生态系统中，每个技术创新生态主体所拥有的资源是具有差异性的，尤其是供给和需求相匹配的不同类技术创新生态主体间，其所拥有的资源是具有一定互补性的。这些互补性的资源融合在一起，将为技术创新活动提供更充足、更全面的资源，更有利于技术创新活动的顺利实现，且能够减少主体对资源的重复投资，提高资源的利用率，优化资源配置效率。

因此，基于技术创新生态主体所拥有资源的有限性和不同主体间资源的互补性这两个特性，要顺利、高效地完成技术创新活动，技术创新生态主体就必须谋求与其他技术创新生态主体的合作，共享资源、共同开展技术创新活动，从而形成技术创新生态链。

（3）创新能力。

创新能力是技术和各种实践活动领域中不断提供具有经济价值、社会价值、生态价值的新思想、新理论、新方法和新发明的能力。创新能力的培养和提升对于技术创新生态主体具有非常重要的意义，是驱动技术创新生态链形成的基本作用力之一。

在技术创新生态系统中，技术创新生态主体，尤其是高校、科研机构和企业对技术创新能力的培养和提升均有较高的需求和要求。而技术创新生态链的形成能够为链上技术创新生态主体提供更多更优质的创新能力和培养机会，也能够较大地提高链上技术创新生态主体的创新能力。首先，技术创新生态主体之间以联合开发、资源互补、优势互补为原则，构建技术创新生态链，并通过链上资源流转，共享以创新知识为核心的创新资源，转移、转化和扩散技术创新成果，为链上技术创新生态主体提供了大量学习其他主体知识和创新能力的机会，从而加速了链上技术创新生态主体学习知识的技术，提升了创新能力的进程，并极大地降低了这一学习和提升过程的成本。其次，技术创新生态主体之间通过形成技术创新生态链，能够联合培养技术创新人才，加强创新人才之间的沟通交流，有效提升链上各类技术创新生态主体的创新能力。最后，技术创新生态主体之间通过主体间链接和共生形成的技术创新生态链，为搭建公共技术创新平台创造了条件，而公共技术创新平台的搭建又为实现知识产权和知识资源的共享、提升主体创新能力创造了条件。

因此，技术创新生态系统中的技术创新生态主体出于对更好地培养和提升自身的技术创新能力的需求，会形成与其他技术创新主体进行链接，形成技术创新生态链的动力，促使技术创新生态链的形成。

2. 外部动力

技术创新生态链形成的外部动力主要来源于链外部技术创新生态环境，主要包括政府、市场需求、市场竞争和科学技术。这些外部动力从不同角度和不同方向作用于技术创新生态链的形成，为技术创新生态链的形成提供动力。

（1）政府。

国内外相关研究和实际应用的结果都表明，政府对技术创新生态链的形成和发展起着不容忽视的作用。政府在技术创新生态链形成和发展的各个阶段发挥着不同的作用，在技术创新生态链形成阶段，政府主要发挥推动和拉动的作用力，推动和拉动技术创新生态链形成。在技术创新生态链运行和发展阶段，政府主要发挥支撑的作用力，为技术创新生态链的运行和发展提供条件。在这里，仅讨论政府在技术创新生态链形成阶段所发挥的推动和拉动的作用力。

政府可以通过制定各种正式或非正式的政策、制度及其运行机制来规范、激励、引导、促进技术创新生态链的形成。

首先，政府可以通过出台政策，直接引导并拉动技术创新生态链的形成。当政府拉动和鼓励某一产业或行业创新发展时，其会制定政策鼓励创新人才、资金和创新资源向该行业或产业流入，促使并鼓励行业内技术创新生态主体之间进行合作，从而拉动技术创新生态链的形成。

其次，政府可以通过牵头搭建技术创新公共服务或交流平台，将技术创新生态系统中的各种技术创新生态主体积聚在平台上，并以平台作为核心节点，充分发挥技术创新传递者的作用，链接上下游供应和需求相匹配的技术创新生产者和技术创新传递者，从而拉动技术创新生态链的形成。例如，2016年9月5日在青岛设立的国家高速列车技术创新中心是集政府、科研院所、高校、企业等多方力量共同构建的国际化、专业化创新平台，平台致力于以高速列车产业前沿引领技术和关键共性技术研发与应用为核心，开展应用基础研究，开展跨领域、跨学科、跨专业协同，推动轨道交通行业持续创新，促进技术扩散与成果转移转化。通过该平台的构建，积聚大量科研院所、高校和企业于平台之中，形成多个技术创新生态链。[①]

再次，政府可以通过提供政府补贴，制定税收减免政策、金融信贷支持政策，设立科技成果转化基金和风险资金，推动技术创新生态链的形成。技术创新活动受到很多不确定因素的影响，需要大量的资金投入，具有较高的风险性。一方面，政府通过提供资金资助或其他相关优惠政策，降低技术创新生态主体的技术创新成本，分担技术创新生态主体的技术创新风险，从而提高技术创新生态主体技术创新的积极性。另一方面，政府提供资金资助或其他相关优惠政策本身也代表了对技术创新生态主体技术创新项目的认可，有利于技术创新生态主体扩宽融资渠道，获取更多的创新资源，也可以较大地提高技术创新的成功率，降低技术创新风险，提高技术创新生态主体技术创新的积极性。而技术创新生态系统中，大量技术创新生态主体技术创新积极性提高，资源互补的主体之间相互链接形成技术创新生态链的可能性也大大增加，从而推动技术创新生态链的形成。

最后，政府可以通过制定采购政策，拉动技术创新生态链的形成。政府可以利用财政资金购买技术创新产品，起到一定的需求拉动技术创新生态链形成作用，并通过采购技术创新产品的倾向引导技术创新生态链形成和发展的方向。例如，欧盟、美国等都为政府采购支持创新制定了一系列的特殊政策和详细措施。我国于 2020 年发布的《中华人民共和国政府采购法（修订草案征求意见稿)》中，首次将支持创新纳入了政府采购的政策功能之中。

（2）市场。

市场是技术创新生态系统中企业与市场中的消费者、企业与企业之间进行交换的场所，是技术创新成果得以实现的最终场所。市场不仅为技术创新生态主体的技术创新活动提供了需求和创新的前景方向，也为技术创新生态主体的技术创新活动提供了竞争的压力。市场对技术创新生态链形成的动力作用主要体现在两个方面：一是来自市场的需求，二是来自市场的竞争。

市场需求是指一定的顾客在一定的地区、一定的时间、一定的市场营

---

① 资料来源：国家高速列车技术创新中心网站。

销环境和一定的市场营销计划下对某种商品或服务愿意而且能够购买的数量。西方经济学认为，消费对生产具有巨大的导向作用和拉动作用，市场需求是创新活动的起点和成功的保障。由技术创新生态主体构成的技术创新生态链也不例外，市场需求能够拉动技术创新生态链的形成，技术创新生态链上的技术创新成果需要遵循市场需求才能更好更快地实现价值增值，获得更多的收益。市场需求对技术创新生态链形成的拉动作用主要体现在以下几个方面。首先，市场需求能够明确提出所需要的技术创新产品、工艺及服务，每一个需求的产生都能够给技术创新生态主体带来创新的动力和机会。但由于当前市场需求的复杂性和多变性，单个的技术创新生态主体可能无法较好、迅速地捕获和满足市场需求。基于此，当技术创新生态系统中的某一个或某些技术创新生态主体了解到市场需求后，为了满足市场需求，在大多数情况下，这个或这些技术创新生态主体会主动与其他能与需求满足相匹配的技术创新生态主体进行链接，形成一条技术创新生态链，并以该市场需求为出发点，开展技术创新活动，以生产出能够满足市场需求的技术创新产品、工艺及服务。不仅如此，市场需求越庞大、复杂，其所产生的促进技术创新生态链形成的动力就越强大，技术创新生态链就会越快形成。例如我国太阳能光热产业方面，我国于2009年在中国科学院电工研究所的牵头下发起成立了国家太阳能光热产业技术创新战略联盟，致力于为我国太阳能热利用技术创新（高温热发电、中低温热利用、太阳能热化学等）、产业发展和政策推动等提供支撑和服务。主要围绕太阳光的收集、多品位转换、存储、传输、利用等全产业链技术，联合150家技术创新生态主体的力量，促进以太阳能为主、多能融合的综合能源系统及以新能源为主体的新型电力系统的建立，助力"双碳"目标实现。[①] 当前，国家太阳能光热产业技术创新战略联盟形成了联盟产业技术创新生态链，链上业务从特种材料研发到关键器件设计制造，再到系统集成与项目建设，最后是项目的运行调试与测试。其次，市场需求可以降低技术创新生态主体的技术创新风险成本。技术创新活动风险大、投资高，给技术创新生态主体带来较高的风险。这时，正确地判断技术创新收益就

① 资料来源：国家太阳能光热产业技术创新战略联盟网站。

显得非常重要。市场需求就是能够判断技术创新收益的有效手段之一。通过市场需求的判断降低技术创新的风险成本，提高技术创新生态主体的创新意愿，进而也拉动了技术创新生态链的形成。

在经济学中，市场竞争是市场经济中同类经济行为主体为自身利益的考虑，以增强自己的经济实力，是排斥同类经济行为主体的相同行为的表现。市场竞争的内在动因在于各个经济行为主体自身的物质利益驱动，以及为丧失自己的物质利益而被市场中同类经济行为主体所排挤的担心。在生物生态学中，竞争是指同种或不同种的许多个体对食物和空间等生活的必需资源有共同的要求，当需求量超过供应量时所产生的相互作用。竞争是物种向多功能进化的作用力，是塑造植物形态、生活史及群落或生态系统结构与动态的主要动力之一[①]。存在于市场环境中的技术创新生态主体之间也存在着竞争，尤其是同类的技术创新生态主体之间存在着对资源、生态位等的争夺。市场竞争能够推动技术创新生态链的形成。首先，市场竞争能够给技术创新生态主体，尤其是知识密集型的技术创新生态主体产生危机感、紧迫感，这种压力将会转化为技术创新的动力，同时也会迫使知识密集型技术创新生态主体与其他不同类的技术创新生态主体间的合作，形成技术创新生态链，更好更快地完成技术创新活动。不仅如此，技术创新生态主体面临的市场竞争越大，主体的竞争优势就越不明显，主体开展技术创新活动动力就越强，就越有利于形成技术创新生态链。其次，为了占取更多的市场份额，提升自身竞争力，获取更多利益，企业类技术创新生态主体必须不断推出更优的产品、更好的服务，这些产品和服务都是需要新技术、新发明来支撑的，这时，企业类技术创新生态主体就会主动与拥有较强技术创新能力的高校和科研机构合作，形成技术创新生态链。

（3）科学技术。

"科学技术"一词中包含着科学和技术两个概念，它们虽属于不同的范畴，但两者之间相互渗透、相辅相成，有着密不可分的联系。其中，科

---

① 李博，陈家宽，Watkinson AR. 植物竞争研究进展［J］. 植物学通报，1998，15（4）：18－29.

学是一个建立在可检验的解释和对客观事物的形式、组织等进行预测的有序的知识系统，是已系统化和公式化的知识。技术是根据生产实践或科学原理而发展成的各种工艺操作方法和技能，以及相应的材料、设备、工艺流程等，是人们在实践中积累总结的用以改造自然的知识体系。对于科学来说，技术是科学的演绎和延伸，对于技术来说，科学是技术的归纳和升华，两者相互渗透结合已经形成了科学技术的统一体系。科技是第一生产力，是生产方式和经济活动中最基本、最活跃的生产要素，对技术创新和技术创新生态链的形成有着强大的推动和带动作用。

首先，科学技术和技术创新生态链的形成有着重要的相互带动作用。当科学技术出现新发展时，新的科学技术在技术创新生态主体内的应用可能会给主体带来新的技术创新机会，部分技术创新生态主体抓住技术创新机会，与其他技术创新生态主体进行合作，从而形成技术创新生态链。技术创新生态链形成后，开展技术创新活动，生产出新产品，开发出新工艺，新产品和新工艺的应用又会反过来为科学技术的研究创造新的条件，带动科学技术向前发展。由此，科学技术的发展带动技术创新生态链的形成、带动技术创新的实现，技术创新的实现又通过新产品和新工艺的产业化、商品化应用，反过来带动科学技术的向前发展，以此循环往复，形成良性循环。

其次，科学技术的发展会给技术创新生态主体带来压迫力，推动技术创新生态主体形成技术创新生态链开展技术创新活动。由于科学技术不断快速地进步发展，产品、工艺等更新换代的周期越来越短，当现有的产品和技术不再具有竞争力时，技术创新生态主体尤其是企业类技术创新生态主体就会迫于压力，产生开发新产品、采用新工艺的需求。但并不是每一个产生技术创新需求的技术创新生态主体都有能力自行完成创新，并且满足自身的需求。因此，这类技术创新生态主体就会主动与其他有能力的技术创新生态主体合作，形成技术创新生态链，以多个主体的能力联合开展技术创新活动，以满足对新产品和新工艺的需求。

3.2.2　技术创新生态链形成条件

技术创新生态链形成条件是指技术创新生态链形成所需要满足的因

素。技术创新生态链形成所需具备的条件可以分为两类：一类是基本条件，另一类是环境条件。

1. 基本条件

基本条件是要达到某个状态得到某个结论所必须满足的最根本的事物。技术创新生态链形成的基本条件是技术创新生态链形成所必须满足的根本因素，是决定技术创新生态链是否能够形成的决定性因素。只具有上述技术创新生态链形成的动力因素，不一定就能形成技术创新生态链。只有满足了基本条件后，才能形成技术创新生态链。技术创新生态链形成的基本条件包括：技术创新生态主体之间利益诉求吻合、技术创新生态主体之间资源供求匹配、技术创新生态主体之间运行规则认同。

（1）技术创新生态主体之间利益诉求吻合。

利益诉求是指一定的社会集体、组织或个体为获得自身在生存、发展和心理上的满足而对经济、地位和权力的申诉和请求。技术创新生态主体之间利益诉求吻合是要求形成技术创新生态链时，加入技术创新生态链上的技术创新生态主体之间利益诉求相互协调、相互配合，能够相互促成对方利益诉求的实现。

技术创新生态系统中的技术创新生态主体均有各自的利益诉求，技术创新生态主体的利益诉求主要包括：降低生产和交易成本、获得新产品或新工艺、获得创新资源、知识能力提升、产出成果价值提升等。技术创新生态主体之间相互链接合作的前提条件就是自身的利益诉求能够得到一定程度的满足。也就是说，只有当技术创新生态系统中的各技术创新生态主体的利益诉求能够相互协调、形成配合，都能够得到一定程度满足，主体之间利益诉求不发生冲突时，各技术创新生态主体才会产生与其他相关且不同类的技术创新生态主体进行链接的诉求，形成链式依存关系，进行资源流转活动，从而形成技术创新生态链，并使自身的利益诉求得到一定程度上的实现。当技术创新生态系统中各技术创新生态主体之间尝试进行链接或合作，各主体发现自身利益诉求不能得到满足，或者各主体之间的利益诉求相冲突时，这些技术创新生态主体将拒绝加入技术创新生态链形成的构建工作中，技术创新生态链可能就无法形成。

（2）技术创新生态主体之间资源供求匹配。

在技术创新生态链中，上下游的技术创新生态主体之间存在着资源流转。技术创新生态主体之间资源供求匹配是指形成技术创新生态链时，上下游技术创新生态主体之间资源的供给和需求是相匹配的，上游节点供应的资源能够满足下游节点对资源的需求。

在技术创新生态系统中，各技术创新生态主体所拥有的技术创新资源、技术创新能力，以及所开展的技术创新活动是存在学科差异的，主体所供给、传递和需求的资源所属的学科类别也存在差异。例如，在技术创新生态系统中可能存在以下两类技术创新生态主体。第一类技术创新生态主体所拥有的技术创新资源、技术创新能力，以及所开展的技术创新活动是与医药制造相关的，其供给、传递和需求的资源必然也是与医药制造相关的；第二类技术创新生态主体所拥有的技术创新资源、技术创新能力，以及所开展的技术创新活动是与电子及通信设备制造相关的，其供给、传递和需求的资源必然也是与电子及通信设备制造相关的。这两类技术创新生态主体之间供给、传递和需求的资源就存在较大的差异，第一类技术创新生态主体不可能将其医药制造相关的资源供给传递给第二类技术创新生态主体，第二类技术创新生态主体也不可能向第一类技术创新生态主体提出医药制造相关的资源需求，反之亦然。两者之间的资源供求明显不匹配，没必要也不存在相互之间的资源流转，因此也很难形成技术创新生态链。但第一类技术创新生态主体相互之间，由于其从事的均是与医药制造相关的技术创新活动，部分技术创新生态主体生产和传递的与医药制造相关的技术创新资源，可能恰好能满足部分技术创新生态主体对医药制造相关技术创新的需求，这些技术创新生态主体之间就有可能达成链接和合作，开始资源的流转，形成技术创新生态链。

总而言之，只有当技术创新生态系统中，技术创新生产者所提供的资源、技术创新传递者所传递的资源和技术创新消费者所需求的资源在一定程度和范围内相匹配的情况下，技术创新生产者才有可能将相关的资源传递给技术创新传递者，技术创新传递者才有可能将相关资源再传递给技术创新消费者，技术创新消费者才有可能最终完成技术创新活动。与此同时，这三类技术创新生态主体之间就会实现链接和资源流转，形成技术创新生态链。

（3）技术创新生态主体之间运行规则认同。

规则是国家机关、人民团体、企事业单位为了进行管理或开展某项公务活动而制定的、要求有关人员共同遵守的规范性公文。技术创新生态主体之间运行规则认同是指在技术创新生态系统中，要形成技术创新生态链的技术创新生态主体之间必须建立起需要共同遵守的规范性规章制度和运行机制。具体包括技术创新主体之间对彼此已有规则的认同，以及主体之间通过协商达成的共识、签订的协议及制定的相应的管理制度等。

首先，在技术创新生态系统中生存和发展的技术创新生态主体多以组织的形态存在，在与其他主体之间构建链接关系之前，其已经形成并构建了自身一定的运行规则，并按照该运行规则进行运行和发展。当两个技术创新生态主体之间要搭建技术创新生态链时，势必涉及两者之间较为深入的技术、知识、信息、人员等方面的共享、交流、转化和合作。如果这两个技术创新生态主体之间不认同对方的运行规则，甚至两者之间运行规则相悖时，这两个主体就无法按照对方已存在的运行规则开展资源流转活动和各种合作项目，两者之间的链式依存关系和资源流转也就很难建立起来，技术创新生态链形成也止步于此。

其次，要建立技术创新生态链的技术创新生态主体之间不仅需要认同对方的运行规则，还需要为技术创新生态链的形成构建一些新的运行规则，并要求链上所有的主体按照这些新的运行规则进行运行。技术创新生态链的构建涉及多个技术创新生态主体的加入与合作，在这一过程中会产生许多比单个技术创新生态主体运行要复杂得多的问题，譬如，利益分配方案、资源流转处理流程、资金管理制度、技术创新服务协议等，这些都需要参与的技术创新生态主体之间通过协商达成共识，并以协议、规章制定等正式的形成确定下来，才能使技术创新生态主体之间链式依存关系的建立有据可依、有迹可循，才能确保技术创新生态链能够较为顺利地构建起来。

总而言之，只有当技术创新生态主体之间相互认同对方的运行规则，能够通过协商建立起共同需要遵守的运行规则开展资源流转和合作时，技术创新生态主体之间才能顺利地建立起链式依存关系，技术创新生态链才能较为顺利地形成。

2. 环境条件

环境条件是技术创新生态链形成所需的环境条件，在环境中满足这些条件后，技术创新生态链就能够顺利地形成。环境条件具体包括：资金、创新文化、创新人才、法律制度。

（1）资金。

资金要素是技术创新生态系统中技术创新生态主体开展技术创新活动，技术创新生态链形成的基本环境条件，对技术创新生态链的形成起到很重要的保障和支撑作用。

首先，技术创新是一项风险较高的活动，需要雄厚的资金作为支持，防止因为技术创新失败而使技术创新主体陷入困境。但单个技术创新生态主体所拥有的资金毕竟有限，完全依靠自身有限的资金实现投入高、风险高的技术创新活动，对大部分的技术创新生态主体来说是存在一定困难的，必须依赖于国家和各级政府部门的财政支持，以及由科技保险公司、银行、担保机构和风险投资公司等构成的各种投融资渠道和方式。一旦技术创新生态主体获得了足够的资金支持，不仅能够降低主体开展技术创新活动的风险，提高主体开展技术创新活动的成功率和效率，而且能够提高主体开展技术创新活动的积极性和主动性。当技术创新生态系统中一定数量的技术创新主体开展技术创新活动的积极性和主动性都得到提高时，势必会提高这些主体之间为了获得更高的利益而建立链式依存与合作关系的概率，从而为技术创新生态链的形成创造条件。

其次，技术创新需要大量人才和设备的投入，包括创新人才的引入和培养，建立研发中心、设立专业的实验室和实验基地，构建信息中心和创新服务平台等，这些人才和设备的投资均需要大量的资金作为支撑。不仅如此，由于技术整体的不可分性，在形成技术创新生态链开展技术创新活动时，加入链上的各个技术创新生态主体要应用相互配套的技术工艺来实现从技术研发、转移转化到商业化商品化的整个过程，这无疑又提高了对资金投入的需求。

最后，技术创新生态主体之间构建技术创新生态链来完成技术创新活动时，并不是链上所有的技术创新生态主体都联合起来从事同一种技术创新活动，不同类的技术创新生态主体需要从事不同类别的技术创新活动。每一类技术创新活动都有自身需要投入的资金资源，都存在一定的风险，因此在构建技术创新生态链的过程中，拟形成链上节点的各类技术创新生态主体可能也均需要不同形式的外部资金支持，以维持和确保自身技术创新环节的完成。

总之，资金是技术创新生态链形成过程中必不可少的重要条件之一。

（2）创新文化。

文化是指人类在社会实践过程中所获得的物质、精神的生产能力和创造的物质、精神财富的总和，内容包括民族的历史、风土人情、传统习俗、生活方式、宗教信仰、艺术、伦理道德、法律制度、价值观念、审美情趣、精神图腾等。创新文化是指在一定的社会历史条件下，在创新及创新管理活动中所创造和形成的具有特色的创新精神财富及创新物质形态的综合，包括创新价值观、创新准则、创新制度和规范、创新物质文化环境等。

创新文化作为技术创新生态主体的环境因素，可以影响或制约技术创新生态主体的创新过程，又作为一种渗透到技术创新生态主体的潜在因素，影响和激励主体的创新思想和行为。通过创新文化的建设，在技术创新生态系统中构建和倡导创新文化的价值体系，培育与技术创新相适应的、能激发创新活力的制度文化，并在技术创新生态主体中构建主体内部组织文化。创新文化的建设过程也是技术创新生态主体创新活力和动力的激发过程。通过创新文化的建设，可以大大增强技术创新生态系统中的创新氛围，提高技术创新生态主体的创新活动，为技术创新生态链的形成创造良好的创新氛围和必备的文化条件。

总之，创新文化是一种与创新相关的文化形态，是一种培育创造创新的文化。这种文化能够唤起一种不可估计的能量、热情、主动性和责任感，激励和引导技术创新生态系统中的技术创新生态主体，开展技术创新活动，为技术创新生态链的形成提供活力，创造条件。

（3）创新人才。

人才是指具有一定的专业知识或专门技能，进行创造性劳动并对社会作出贡献的人，是人力资源中能力和素质较高的劳动者。创新人才是具有创新意识、创新精神、创新思维、创新知识、创新能力并具有良好的创新人格，能够通过自己的创造性劳动取得创新成果，在某一领域、某一行业、某一工作上为社会发展和人类进步作出了创新贡献的人。

在技术创新生态链形成并开展技术创新活动的过程中，需要大量的创新人才。创新人才是富有创造力、勇于探索、积极创新的一类群体，是技术创新活动的主要推动者和完成者。没有高质量的创新人才，就很难完成高质量的技术创新活动。因此，在技术创新生态系统中各种技术创新生态链形成的过程中，势必需要系统中拥有大量的创新人才储备，这样才能确保在技术创新生态链形成过程中，系统能够给予链足够的创新人才，使技术创新生态链不至于因创新人才投入不够而无法顺利形成，或无法顺利完成技术创新活动。

总而言之，创新人才不仅是技术创新生态系统中技术创新生态主体开展技术创新活动必备的要素，也为技术创新生态链的顺利形成提供保障和条件。

（4）法律制度。

法律制度是一个国家或地区的所有法律原则和规则的总称，是法律调整各种社会关系时所形成的体现社会制度的各种法律制度。技术创新生态系统中技术创新生态主体开展技术创新活动也需要在一定的法律制度环节中完成。

首先，在技术创新生态链形成过程中，技术创新生态主体之间在建立链式依存关系和流转各种资源时，需要建立一系列的合同、协议和制度等，这些合同、协议和制度等的顺利执行都需要以完善的法律制度作为支撑和约束。同时，当链上某个或某些技术创新生态主体违反了所协商的合同、协议和制度时，也可以依照法律制度对这个或这些技术创新生态主体进行管理和制裁。

其次，技术创新生态链是一个以知识创新、技术创新为核心建立的链式流转关系。知识、技术是创新结果的集中体现，但知识和技术又是较容易被模仿和盗窃的。由于技术创新生态主体自我保护知识产权的成本非常高昂，且难以取得十分有效的结果，因此，如果在技术创新生态主体的知识产权缺乏有效保护的情况下，成功的技术创新将很难获得较好的经济效益，这势必会极大地打击技术创新生态主体技术创新的积极性和成功率，阻碍技术创新生态链的形成。因此，必须制定完善的知识产权保护法并对其加强执行力度，以保障技术创新生态主体的知识产权，确保技术创新生态主体技术创新活动的顺利开展，为技术创新生态链的形成提供良好的知识产权保障环境。

最后，完善的法律制度环境对于保护技术创新生态主体的经济利益、维护公平竞争的市场秩序、促进技术创新生态链的形成都具有重要作用。例如，我国高度重视技术创新法治建设，完善科技创新法律制度为建设技术创新提供了有力的法治保障。早在 1954 年，我国就在宪法中对科学研究相关的基本权利作出了相关规定。随后，1984 年 3 月第六届全国人大常委会第四次会议通过了《中华人民共和国专利法》，1987 年 6 月第六届全国人大常委会第二十一次会议通过《中华人民共和国技术合同法》，1993 年 7 月第八届全国人大常委会第二次会议通过《中华人民共和国科学技术进步法》，1996 年 5 月第八届全国人大常委会第十九次会议通过《中华人民共和国促进科技成果转化法》，2002 年 6 月第九届全国人大常委会第二十八次会议通过《中华人民共和国科学技术普及法》，同时，还先后颁布了《中华人民共和国农业技术推广法》《中华人民共和国反不正当竞争法》《中华人民共和国节约能源法》及《中华人民共和国植物新品种保护条例》等与科技相关的法律和法规。这些法律法规的出台和不断修订，为技术创新生态系统中的技术创新活动提供有力的保障，使其有法可依，并为各类技术创新生态链的形成提供了条件。

3.3 技术创新生态链形成方式与途径

技术创新生态链形成方式是指技术创新生态链在上述动力因素和条件因素的作用下，从无到有的形成过程中所采用的方法。根据技术创新生态链形成来源的区别，可以将技术创新生态链形成的方式划分为两大类：自组织形成方式和他组织形成方式。下面本书将对每类方式的具体形成方式和形成途径进行探讨。

3.3.1 自组织形成方式

技术创新生态链自组织形成方式是指技术创新生态链在链内各种不同类型的技术创新生态主体的作用下，自发地形成技术创新生态链的方式。在这种方式中，技术创新生态链主要受链内部动力因素的影响，在链内各类不同技术创新生态主体的主导下自发地形成技术创新生态链，外界动力因素和条件对其形成的影响作用力较微弱。自组织形成方式可以根据主导的技术创新生态主体类型的不同，划分为技术创新生产者主导形成方式、技术创新传递者主导形成方式和技术创新消费者主导形成方式。

1. 技术创新生产者主导形成方式

技术创新生产者主导形成方式是指技术创新生态链在技术创新生产者主导下形成的方式。在技术创新生态系统中，技术创新生产者尤其是高校、科研机构等技术创新生产者拥有大量的教育资源、科技资源和智力资源，主要发挥知识创新、技术研发、科学研究、人才培养等功能，负责产出各类科研成果。但这些科研成果离市场所需要的商业化成果还有一段距离，且高校、科研机构本身离市场较远，对市场需求不甚了解。因此，仅靠技术创新生产者，很难生产出符合市场需求的产品，且很难被市场发现及利用。因此，技术创新生产者为了确保其研究成果能够顺利地实现技术转移、转化和商业化、产品化，将技术创新成果与市场进行有效对接，并最终实现自身利益，会主动寻找技术创新生态系统中适当的技术创新传递者和技术创新消费者，完成后续的技术转移转化和成果商业化产品化，以实现其价值和获得利益。

技术创新生产者主导形成的途径主要有两种，一是技术创新生产者在技术创新生态系统中，寻找并拉动合适的技术创新传递者为其传递技术创新成果，进而再由技术创新传递者拉动有需求的技术创新消费者加入，从而形成技术创新生态链。二是技术创新生产者在技术创新生态系统中，直接寻找合适的技术创新消费者，与之建立链接依存关系，完成资源流转，从而形成技术创新生态链。例如，位于美国加利福尼亚州斯坦福市的斯坦福大学于 1925 年发起价值共创活动，提出"使大学和产业形成共生关系"的理念，认为应把实验室产生的科研成果及时而有效地运用于新工业新生产的实践，为社会创造财富。基于此，斯坦福大学创立斯坦福研究所、斯坦福创新工业园区，创建荣誉合作项目等，吸引当地的企业加入其中，形成以斯坦福大学为核心的各类技术创新生态链。

2. 技术创新传递者主导形成方式

技术创新传递者主导形成是指技术创新生态链在技术创新传递者主导下形成的方式。在技术创新生态系统中，以包括咨询公司、培训公司、信息中心、科技孵化机构、技术评估与交易机构等类型组织为主的技术创新传递者大多既不具备技术创新生产能力，也不具备将技术创新成果商业化和产品化的能力，但其作为技术创新生态系统中的中坚力量，可以发挥多重作用，并能通过自身传递作用的发挥获得利益。首先，技术创新传递者作为技术创新生产者和技术创新消费者之间的桥梁，发挥纽带作用，负责把技术创新生产者产出的科研成果进行有机整合，通过有效的传播机制传递给需要这些成果的对应的技术创新消费者；其次，技术创新传递者可以为技术创新生产者和技术创新消费者提供其所必需的信息咨询、技术评估、技术咨询等专业化服务和支撑力量，催化、促进技术创新成果的转移转化和扩散；最后，技术创新传递者可以通过构建技术创新服务平台，积聚大量的创新资源和创新主体，并实现创新资源的共享，大幅度提升技术创新生产者的生产能力和技术创新消费者的消费能力。因此，技术创新传递者为了谋取利益，会以自身为核心，发挥其传递功能，积聚技术创新生产者和技术创新消费者，形成技术创新生态链。

技术创新传递者主导形成的途径主要有两种，一是技术创新传递者利用自身的传递能力优势，在了解了技术创新消费者的需求并与其建立链接后，寻找符合需求的技术创新生产者并推动其提供技术创新成果，从而形成技术创新生态链。二是技术创新传递者利用自身的传递能力优势，吸引技术创新生产者通过其发布技术创新成果，寻找具有相应技术创新需求的技术创新消费者并拉动其加入链中，从而形成技术创新生态链。例如，创立于 2007 年 5 月的厦门科易网科技有限公司，是国内"互联网＋技术转移"模式探索与实践的先行者，在国内首创技术转移全流程服务平台——科易网，并持续融合运用新技术、新模式，优化科技创新资源整合与配置，形成以技术转移为核心，面向企业、高校、科研院所、技术经纪人、技术转移机构、科技服务机构、行业协会、园区、政府等各类创新主体的服务与合作体系。[①] 科易网作为技术创新传递者，以其自身为核心节点，积聚大量上下游的技术创新生产者和技术创新消费者，为其提供服务，形成了许多技术创新生态链。

3. 技术创新消费者主导形成方式

技术创新消费者主导形成是指技术创新生态链在技术创新消费者主导下形成的方式。在技术创新生态系统中，技术创新消费者具有较强的资金实力和实现科技成果产业化的生产能力，能够把获取的技术创新成果转化为经济效益，且技术创新消费者多以企业为主，以市场需求为导向，对市场需求非常了解，对市场需求的变化十分敏感。但企业类技术创新消费者对比高校和科研机构类的技术创新生产者来说，创新资源和创新实力不足，且企业自行开展技术创新研究时，研发成本投入太高，会极大地降低企业最终的收益。因此，技术创新消费者出于降低研发成本，发挥互补协同效应，获取高校和科研机构的知识溢出效应，提高自身技术水平，获得更高的利益等，积极主动地与技术创新生态系统中合适的技术创新生产者和技术创新传递者接触，形成技术创新生态链。

技术创新消费者主导形成的途径主要有两种，一是技术创新消费者在技术创新生态系统中，寻找合适的技术创新传递者，进行相关需求信息的推送，并由技术创新传递者为其匹配合适的技术创新生产者，从而形成技术创新生态链。二是技术创新消费者在技术创新生态系统中，根据自身的技术创新需求，直接自行寻找合适的技术创新生产者，与之建立链式依存关系，形成资源流转，进而形成技术创新生态链。例如，中国第一汽车集团有限公司是国有特大型汽车企业集团。前身为第一汽车制造厂，是国家"一五"计划重点建设项目之一。1953 年奠基，1956 年建成投产并制造出

---

① 资料来源：科易网官方网站。

新中国第一辆卡车（解放牌），1958 年制造出新中国第一辆小轿车（东风牌）和第一辆高级轿车（红旗牌）。一汽的建成，开创了新中国汽车工业的历史。在一汽集团的发展过程中，先后与吉林大学、北京航空航天大学、清华大学、长春汽车研究所等开展合作，形成以一汽集团为核心而主导建立的技术创新生态链①。

3.3.2　他组织形成方式

技术创新生态链他组织形成方式是指技术创新生态链在链外部因素的作用下，形成技术创新生态链的方式。在这种方式中，技术创新生态链主要受外部动力因素的影响，在外部各种要素的强制性或引导性作用下形成技术创新生态链，内部各类技术创新生态主体和各种动力因素对其形成的影响作用力较微弱。他组织形成方式可以根据主导因素的不同，划分为政府主导形成方式、需求主导形成方式及联合主导形成方式。

1. 政府主导形成方式

政府主导形成方式是指技术创新生态链在政府主导下形成的方式。科技是第一生产力，是经济发展的决定因素。创新是一个民族进步的灵魂，是一个国家兴旺发达的不竭动力，有利于提高国家的核心竞争力。技术创新能推动科技创新成果转化为现实生产力，更好地促进国家经济发展和改善民生环境；可以优化企业产品和工艺流程，促进企业组织形式的改善和管理效率的提高，从而使企业不断提高效率、降低成本、开拓市场，不断适应经济发展的要求。基于此，政府出于自身发展需要，出台相关政策法规，拉动技术创新生态链的形成，并为技术创新生态链的形成创造良好的条件，提供优质的保障，具体包括为技术创新提供资金支持和人才输送、完善法律法规、优化市场环境、调配资源配置、建立公共技术平台、构建技术创新导向等。

政府主导形成的途径主要有两种，一是政府通过制定和颁布具有一定

---

① 资料来源：中国一汽官方网站。

强制性作用的政策法规，拉动技术创新生态系统中部分技术创新生态主体链接，形成技术创新生态链。二是政府通过制定和颁布具有一定引导性作用的政策法规，鼓励技术创新生态系统中部分技术创新生态主体链接起来，形成技术创新生态链。例如，湖北省武汉市人民政府制定的《市人民政府关于加快推进北斗产业发展的意见》中，提出到 2025 年，将武汉市打造成为全国北斗产业创新发展示范区，形成北斗产业融合发展集群，并制定了以下政策措施：第一，开展泛在高精度定位、广域精密授时、数字孪生地图、地理时空智能等前沿领域创新，突破关键芯片、核心装备、信息安全等"卡脖子"技术，强化北斗创新载体建设，促进创新成果转化落地，推进北斗产品产业化发展；第二，依托武汉国家现代服务业地球空间信息产业化基地、武汉国家航天产业基地和武汉大学科技园、光谷软件园、未来科技城、武汉经济开放区（汉南区）通用航空及卫星产业园，加快构建完善北斗产业布局；第三，在经济发展、城市治理、民生保障、大众消费等领域实现北斗应用的融合创新，每年开展 1 ~ 2 项特色应用示范项目，形成一批"看得见、用得好"的北斗应用服务样板；第四，强化北斗基础设施支撑，引进一批北斗产业领域高层次关键技术人才，加大金融支持力度，推出 2 ~ 3 项国际、国家行业标准，提升北斗产业影响力；第五，培育和引进北斗产业领域企业 1000 家，在产业上中下游各培育具有带动性和引领作用的龙头企业 3 ~ 5 家，过 10 亿元企业 5 ~ 8 家，过亿元企业 50 家左右，相关产业规模达到 1000 亿元。通过这些政策措施引导和推动技术创新生态链的形成。①

2. 需求主导形成方式

需求主导形成方式是指技术创新生态链在市场需求主导下形成的方式。市场需求是当今技术创新生态链的核心关注点之一，对技术创新生态链的形成和发展，乃至整个技术创新生态系统影响都十分重大。技术创新生态主体和由技术创新生态主体构成的，技术创新生态链的核心目的之一

---

① 市人民政府关于加快推进北斗产业发展的意见 [EB/OL]. 武汉中小企业公共服务平台，2022 – 07 – 20.

就是为了获取利益，而获取利益的重要方式就是技术创新成果得到了市场的认可。当市场上出现某种技术创新需求时，需求会转变为技术创新生态链形成的巨大动力，快速拉动技术创新生态链形成，开展技术创新活动，满足市场需求并获得利益。并且市场需求越大，收益越大，拉动力越强，技术创新生态链形成的概率就越大，速度也越快。

需求主导形成的途径主要有三种，一是在技术创新生态系统中，对市场需求最敏感的技术创新消费者感知市场需求后，在市场需求的拉动下，与合适的技术创新传递者和技术创新生产者建立链式依存关系，实现资源流转，形成技术创新生态链。二是在技术创新生态系统中，技术创新生产者感知市场需求后，在市场需求的拉动下，与合适的技术创新传递者和技术创新消费者建立链式依存关系，实现资源流转，形成技术创新生态链。三是在技术创新生态系统中，技术创新传递者在感知市场需求后，在市场需求的拉动下，组织合适的技术创新生产者和技术创新消费者，开展技术创新活动，从而形成技术创新生态链。

3. 联合主导形成方式

联合主导形成方式是指技术创新生态链在政府与市场需求联合主导下形成的方式。政府和市场是技术创新生态链形成的两大重要外部动力因素。且市场机制存在其固有的弊端，如市场调节的滞后性、被动性、盲目性等，造成市场失灵的状况，这时就需要政府进行干预。一般而言，在两者结合的方式下，政府既可以是拉动技术创新生态链形成的宏观引导者，也可以是推动技术创新生态链形成的保障者；市场需求是拉动技术创新生态链形成的需求牵引者。

联合主导形成的途径主要有两种：一是在市场需求的拉动和政府宏观调控的引导下，形成技术创新生态链；二是在市场需求的拉动和政府政策机制的推动下，形成技术创新生态链。

第**4**章

技术创新生态链运行机制

技术创新生态链形成之后，技术创新生态链会开始正常运行。探讨技术创新生态链运行机制，对技术创新生态链资源流转机制、节点选择机制、协同竞争机制、知识转移机制与共生互利机制进行研究，通过研究，能够了解技术创新生态链运行的基础规律和方式方法，从而指导技术创新生态链的有效运行。

4.1 技术创新生态链资源流转机制

4.1.1 技术创新生态链资源流转的概念和内容

技术创新生态链资源流转是指技术创新生态链上技术创新生态主体开展技术创新活动所涉及的资源在技术创新生态链上的流动与转化。其中资源流动是资源在技术创新生态链上的技术创新生态主体之间的运动。资源转化是资源在技术创新生态链上的技术创新生态主体之间流动的过程中发生质量、形态、结构、内容、价值、功能等方面的变化。

技术创新生态链资源流转的内容包括知识资源、技术资源、信息资源、资金资源、人才资源、物质资源等。

1. 知识资源

知识是指人们在改造世界的实践中所获得的认识和经验的总和。知识资源主要是指可以反复利用的、建立在知识基础之上的、可以给社会带来财富增长的一类资源的总称。技术创新生态链上流转的知识资源是指能够被技术创新生态链上技术创新生态主体所拥有和利用的知识。在技术创新生态链中，技术创新生产者为知识资源的主要拥有者，可以为链上技术创新活动提供大量的、类型众多的知识。知识资源是技术创新生态链上的核心和基础要素，没有知识资源，技术创新生产者就无法开始知识和技术的创新，技术创新活动就无法顺利开展。

2. 技术资源

技术是解决问题的方法及方法原理，是人们利用现有事物形成新事物，或是改变现有事物功能、性能的方法。技术资源是人们在一定时期内所掌握或拥有的劳动手段、工艺方法、劳动技能和生产经验等技术的数量和质量的总和。技术创新生态链上流转的技术资源是技术创新生态链上开展技术创新活动所需要和利用的劳动手段、工艺方法、劳动技能和生产经验等。在技术创新生态链中，上游负责知识创新、技术创新的技术创新生产者和下游负责创新成果商业化的技术创新消费者是技术资源的主要拥有者。技术资源也是技术创新生态链上的核心和基础要素，对链上的技术创新活动也起到关键性作用。

3. 信息资源

信息是经过采集、记录、处理并以可检索的形式存储的数据。信息资源是指人类社会经济活动中经过加工处理有序化并大量积累后的有用信息的集合。技术创新生态链上流转的信息资源是指技术创新生态链中开展技术创新活动所涉及的各类信息，例如，与创新需求相关的人才、资金等信息，与创新活动相关的法律、政策、制度、经济等信息，与市场有关的需求等信息。信息资源主要由技术创新传递者负责提供，也可以由技术创新生产者和技术创新消费者在技术创新生态链和技术创新生态系统中搜寻获取。这些信息在技术创新生态链上流动，确保技术创新活动的顺利开展。

4. 资金资源

资金是指经营工商业的本钱，同时也是指国家用于发展国民经济的物资或货币。技术创新生态链上流转的资金资源是指在技术创新生态链上开展技术创新活动全过程所需要和获取的资金。除技术创新生态链上技术创新生态主体自身所拥有的用于技术创新活动的资金外，更多的资金主要来源于链外的政府、金融机构和市场。政府资金主要是政府财政拨款，由国家及地方政府下拨给高校、科研院所和企业，用于基础研究和应用研究；金融机构资金主要是金融机构对技术创新生态链上技术创新活动进行的投资、融资等；市场资金主要是市场通过购买产品化的技术创新成果而获得的资金。充足的资金是链上顺利开展技术创新活动的重要因素，也是技术创新生态链形成和稳定发展的动力。

5. 人才资源

人才是具有一定的专业知识或专门技能，进行创造性劳动并对社会作出贡献的人，是人力资源中能力和素质较高的劳动者。人才资源是人力资源中素质层次较高的那一部分人，是杰出的、优秀的人力资源。技术创新生态链上流转的人才资源是指技术创新生态链上开展技术创新活动所涉及的各类人才资源。在技术创新生态链中，技术创新生产者是人才资源的主要拥有者，其所拥有的人才资源是知识资源和技术资源的拥有者，是链上开展创新活动的关键性要素。此外，链外的技术创新生态系统也拥有大量的人才资源，也可以为技术创新生态链提供其所需要的人才资源。

6. 物质资源

物质是不依赖于人类的意识而存在并能为人类的意识所反映的客观存在。物质资源是指行政组织所能运用的各种有形的物质要素的总和，包括维持机关内部运行及对外开展职能活动的各物质要素。技术创新生态链上流转的物质资源是指技术创新生态链上技术创新活动所涉及的物质资源。它包括在创新过程中所需要的物质，如原材料、中间产品等；技术创新生态主体各自运行所需要的基础设施，如厂房、机器设备、办公大楼等；技术创新生态链运行发展所涉及的技术设施环境，如交通、通信等。这些物质资源一方面来源于技术创新生态链上的技术创新生态主体，另一方面来源于政府，是技术创新生态链上开展技术创新活动所必须的基础和支撑要素。

4.1.2 技术创新生态链资源流转的方式和模型

1. 技术创新生态链资源流转的方式

技术创新生态链上资源流转的方式可以分为两大类，即资源流动和资源转化。在技术创新生态链中流转着多种资源，包括知识资源、技术资源、信息资源、资金资源、人才资源、物质资源等，这些资源流动和转化的方式有较大的区别。其中，知识资源、技术资源、信息资源和资金资源属于看不见摸不着的虚拟类资源，有其特有的流动和转化方式；人才资源和物质资源属于看得见摸得着的实体类资源，也有其特有的流动和转化方式。

（1）资源流动方式。

① 虚拟类资源流动方式。

在技术创新生态链上，知识资源、技术资源、信息资源和资金资源这四类虚拟类资源均在链上流动，包括在硬件设施间的流动、技术创新生态主体间的流动、技术创新生态主体与硬件设施间的流动。

硬件设施间的流动是知识资源、技术资源、信息资源和资金资源这四类虚拟类资源在链上同类或不同类的技术创新生态主体所使用的计算机系统、网络系统间流动。这四类虚拟资源在流动时需要具备完备的计算机、手机、平板等终端设备，通过网络通信设备、网络传输介质及网络通信软件等硬件设施方能实现。例如，技术创新生态链上知识信息、技术信息和资金信息通过计算机终端和网络设备从一个技术创新生态主体流动传递到另一个技术创新生态主体。

技术创新生态主体间的流动是知识资源、技术资源、信息资源这三类虚拟类资源在链上同类或不同类的技术创新生态主体中人员之间的流动。作为虚拟资源的资金资源不能在不借助硬件设备的情况下在技术创新生态主体间流动。虚拟资源在技术创新生态主体间流动时，在不借助任何硬件设施的情况下，主要通过人与人之间面对面交流互动的方式实现。尤其是知识资源和技术资源，很多宝贵的知识资源和技术资源都存在于科研人员的大脑中，需要通过科研人员的表达和操作实现虚拟资源在技术创新生态主体之间的流动。例如，技术创新生态链上科研人员通过口头表达的方式将头脑中储备的隐性知识传播给链上的其他人员。

技术创新生态主体与硬件设施间的流动是知识资源、技术资源、信息资源和资金资源这四类虚拟类资源在链上技术创新生态主体人员与硬件设施之间的流动，即人与机器之间的交互。技术创新生态主体与硬件设备之间的虚拟资源流动主要通过各种输入设备和输出设备来实现，如键盘、鼠标、显示器、打印机等。又如，技术创新生态链上科研人员通过键盘和鼠标将实验数据输入到计算机中进行保存和传递。

在这三种流动方式中，虚拟资源在硬件设施间的流动速度是最快的，在技术创新生态主体间的流动速度和技术创新生态主体与硬件设施间的流动速度稍慢。

② 实体类资源流动方式。

在技术创新生态链上，人才资源和物质资源这两类实体类资源主要是在链上的技术创新生态主体之间流动。两类资源在链上流动时需要采取不同的方式。

物质资源在链上技术创新生态主体之间流动主要通过各种运输工具实现流动。其运输工具包括水路运输工具、铁路运输工具、公路运输工具、航空运输工具等。例如，技术创新生态链上技术创新成果通过卡车等公路运输工具从技术创新生产者流动到技术创新消费者。

人才资源在链上技术创新生态主体之间流动首先需要在流动的主体之间建立好人才流动协议或合同等，其次再通过各种交通工具实现流动。人才流动的交通工具包括汽车、火车、飞机等。人才流动时会根据流动的距离选择合适的交通工具。例如，技术创新生态链上研究人员从一个研究院流动到另一个研究院，可在先签订好流动合同的基础上，利用汽车等交通工具从一个研究院转移到另一个研究院。

（2）资源转化方式。

① 虚拟类资源转化方式。

在技术创新生态链上，知识资源、技术资源、信息资源这三类虚拟类资源能在链上转化，资金资源这类虚拟类资源不能在链上发生转化。知识资源、技术资源、信息资源这三类虚拟类资源在链上的转化方式分为自动转化和人工转化两种方式。

自动转化方式是虚拟类资源通过链上的计算机系统自动完成资源转化的方式。包括资源载体的转化、资源形式的转化、资源精度的转化、资源过滤、资源处理、资源整合、资源排序等。例如，信息资源通过技术创新生态链上计算机系统处理，从声音类信息转化为文字类信息，形成信息形式的变化。

人工转化方式是虚拟类资源通过链上技术创新生态主体中人员的大脑进行加工处理来完成资源转化，包括资源收集、资源筛选、资源鉴别、资源生产、资源加工、资源吸收、资源反馈等。例如，知识资源通过技术创新生态链上技术创新生产者中研究人员大脑的加工处理，创造出新的知识资源。

② 实体类资源转化方式。

在技术创新生态链上，物质资源这类实体类资源能在链上发生转化，人才资源这类实体类资源不能在链上发生转化。物质资源这类实体类资源在链上的转化方式也可以分为自动转化和人工转化两种方式。

自动转化方式是物质资源通过链上的硬件系统自动完成资源转化的方式，包括物质形态的变化、物质大小的变化、产生新物质等。例如，原材料经过技术创新生态链上机器设备的加工转化出产成品。

人工转化方式是物质资源通过链上技术创新生态主体中人员的手工进行加工处理来完成资源转化。包括物质形态的变化、物质大小的变化、产生新物质等。例如，产品经过技术创新生态链上技术创新生态主体中人员的手工进行包装设计。

2. 技术创新生态链资源流转模型

在技术创新生态链上，参与资源流转的主体包括技术创新生产者、技术创新传递者和技术创新消费者，涉及流转的资源包括知识资源、技术资源、信息资源、资金资源、人才资源、物质资源，资源流转应用到的工具是链上技术创新生态主体所拥有的或具有使用权限的各类软硬件设施，且并不是所有资源都参与的全部的资源流动和转化过程，在资源流动和转化的详细各步骤中，参与其中的资源存在区别。基于此，技术创新生态链上资源流转的一般过程如下。

技术创新生态链上技术创新生产者通过多种方式、多种渠道，与技术创新生态系统、技术创新生态链内部其他技术创新生态主体进行交互收集和获取各种资源，再结合自身所拥有的资源，开展技术创新活动，完成资源的生产转化，并将生产出来的技术创新成果发布给技术创新传递者，或将生产出来的技术创新成果传递给技术创新消费者。

技术创新生态链上技术创新传递者通过多种方式、多种渠道，收集分散在技术创新生态系统和其他技术创新生态主体中的各种资源，接受上游技术创新生态主体传递的资源，将各种资源进行整合、加工整理后，将其发布在其所构建的诸如网络平台上，或传递给相应的上下游技术创新生产者和技术创新消费者。

技术创新生态链上技术创新消费者接受来自上游的资源，并收集技术创新生态系统中的资源，结合自身所拥有的资源，对资源进行利用和再加工，并完成资源反馈工作。

技术创新生态链资源流转模型如图 4.1 所示。

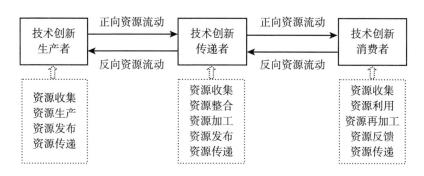

图 4.1 技术创新生态链资源流转模型

4.1.3 技术创新生态链资源流转的效率及其影响因素

1. 技术创新生态链资源流转效率

在《现代汉语词典》中，"效率"一词指的是单位时间内完成的工作量，或者说是某一工作所获的成果与完成这一工作所花时间和人力的比值。在管理学中，效率指的是在特定时间内，组织的各种收入与产出之间的比率关系。基于此，将技术创新生态链资源流转的效率界定为资源在技术创新生态链上流动和转化所具有的速率，所产生的效果和所消耗的成本。简单来说，技术创新生态链资源流转效率具体表现为资源流转的速度、质量和成本三个方面。

（1）资源流转速度。

资源流转速度是指资源在技术创新生态链上流动和转化的速度，具体包括各类资源在技术创新生态链上技术创新生态主体之间流动传输的速度，各类资源被链上技术创新生态主体接受、转化处理后传递出去的速度等。

在技术创新生态链中，不同类资源流转速度不同，同类资源流动和转化的速度也有较大区别。虚拟类资源流转的速度主要包括虚拟类资源在技术创新生态链上网络中传输的速度，以及虚拟类资源被链上技术创新生态主体接受、加工处理和转发的速度。由于虚拟类资源在网络中传输的速度非常快，基本可以忽略不计，因此，虚拟类资源流转速度由虚拟类资源被链上技术创新生态主体接受、加工处理和转发的速度决定，其中资金资源不存在加工处理的转化过程，因此其流转速度仅由其被链上技术创新生态主体接受到转发的速度决定。人才资源和物质资源这两类实体类资源的流转速度又存在较大区别。人才资源仅存在流动不存在转化，人才资源流转的速度主要包括人才资源在技术创新生态链上技术创新生态主体之间通过交通工具运输的速度，以及人才资源在链上技术创新生态主体之间流入到流出的速度。物质资源流转的速度主要包括物质资源在技术创新生态链上技术创新生态主体之间通过交通运输工具传输的速度，以及实体类资源在链上技术创新生态主体入库、生产加工、仓储和出库的速度。

（2）资源流转质量。

资源流转质量是指资源在技术创新生态链上流动和转化的优劣程度。在技术创新生态链中，不同类资源流转质量的衡量标准存在较大的差异。

虚拟类资源流转的质量可以用虚拟类资源流向的针对性、虚拟类资源内容的保真性、虚拟类资源转化的准确性、虚拟类资源价值的增值性、虚拟类资源转化的创新性来衡量。虚拟类资源流向的针对性是指虚拟类资源在技术创新生态链上流动时，是否流向了对其有需求的技术创新生态主体。虚拟类资源内容的保真性是指虚拟类资源在技术创新生态链上流转的过程中，是否能保持其客观、真实、准确的特性，不会出现失真。虚拟类资源转化的准确性是指虚拟类资源在技术创新生态链上转化的过程中，是否被技术创新生产者正确、客观地理解和合理、合规地加工处理。虚拟类资源价值的增值性是指虚拟类资源在技术创新生态链上转化过程中价值增值的高低。虚拟类资源转化的创新性是指虚拟类资源在技术创新生态链上转化过程中是否具有创新性和创新程度。

物质资源流转的质量可以用物质运输质量、物流服务质量、物流工作质量、物质加工质量来衡量。物质运输质量是指物质资源在技术创新生态链上运输过程中对物质资源原有质量，如数量、形状和性能的保证。物流服务质量是指物质资源在技术创新生态链上运输中，物质资源接受方所能享受服务的质量。物流工作质量是指物质资源在技术创新生态链上流转过程中，各环节具体的工作质量。物质加工质量是四项衡量指标中最为关键和重要的指标，是指物质资源在技术创新生态链上从原材料转化为产成品的过程，转化质量的高低，具体包括内在质量、外在质量、社会质量和经济质量。内在质量是物质资源在技术创新生态链上转化过程所形成的最本质、最固有的特性，包括产成品实用性、可靠性、安全性、卫生性以及使用寿命等；外在质量是物质资源在技术创新生态链上转化后的外表形态，包括外观构造、质地、色彩、使用感、包装等；社会质量是物质资源在技术创新生态链上转化后满足市场和社会利益需求的程度，包括市场需求的满足程度、社会长远利益的满足程度；经济质量是物质资源在技术创新生态链上转化后性价比的高低。

人才资源流转的质量可以用人才流动的合理性、人才流动的效率性来衡量。人才流动合理性是指技术创新生态链中,人才资源流动位置合理性。人才流动效率性是指技术创新生态链中,人才资源流动后发挥效益性的大小。

(3)资源流转成本。

资源流转成本是指资源在技术创新生态链上流动和转化过程中所耗费的成本。在技术创新生态链资源流转的过程中,需要有各种各样的投入和消耗,这些投入和消耗就构成了资源流转的成本。在技术创新生态链上不同类的资源流转所需的投入和消耗存在区别,但资源流转成本是所有资源在流转过程中所需要的成本,因此,与上述资源流转速度和资源流转质量分析不同,这里并不需要将各类不同资源的成本分开进行论述。总的来说,资源流转所涉及的成本包括资源的采集、收集、加工、存储、传递成本,各类软硬件设施的投入成本、人力资源投入成本、技术创新生态链运行与管理的成本等。

技术创新生态链资源流转的效率高并不简单表现为资源流转速度越快越好,资源流转质量越高越好,资源流转成本越低越好。技术创新生态链上资源流转速度过快,意味着资源转化过程比较匆忙,其资源流转的质量必然受到影响,使流转质量有所降低;技术创新生态链上资源流转质量过高,意味着资源流转过程精细,其资源流转成本必然较高,使流转收益受损;技术创新生态链上资源流转成本过低,意味着资源流转投入较少,其资源流转的速度和质量均会受到影响,使流转速度较慢,流转质量不高。因此,资源流转的速度、质量和成本之间必须要达到一个合理平衡的状态,以确保整体效率的最优化。

2. 技术创新生态链资源流转效率影响因素

资源流转效率的影响因素主要包括以下几个方面。

(1)技术创新生态链的长度。

技术创新生态链长度即技术创新生态链上不同类节点的数量。技术创新生态链的长度对链上资源流转的速度和质量均存在影响。首先,技术创新生态链长度越长,链上不同类节点数量越多,链上资源流转所需经过的节点就越多,流转的速度就越慢;反之,技术创新生态链长度越短,链上不同类节点数量越少，链上资源流转所需经过的节点就越少，流转的速度就越快。其次，技术创新生态链长度越长，链上不同类节点数量越多，链上技术创新活动就分工越细，越有利于单个节点核心能力的增强，即节点的资源转化能力和水平会越高，链上资源流转的质量就越高；反之，技术创新生态链长度越短，链上不同类节点数量越少，同一个节点所需承担的任务和发挥的功能就越多，不利于单个节点核心能力的培养，节点资源转化能力和水平较低，链上资源流转的质量也相对较低。

（2）技术创新生态链的宽度。

技术创新生态链宽度即技术创新生态链上同类节点的数量。技术创新生态链宽度对技术创新生态链上资源流转的速度和质量存在影响。首先，当技术创新生态链宽度过窄时，链上同一类型的节点数量过少，当某一环节上承担某种功能的节点出现问题时，就会影响到整条技术创新生态链上资源流转的效率，降低资源流转的速度和质量，提高资源流转的成本。此外，链上同一类型节点数量过少，同类节点间不存在或仅存在较少的竞争，这不仅容易形成链上节点的资源垄断，也会使节点缺乏提高自身质量的动力，也不利于技术创新生态链上的资源流转，降低资源流转的速度和质量。其次，当技术创新生态链宽度过宽时，链上同一类型节点数量过多，尤其是上游技术创新生产者节点数量过多时，整条链上资源流转量过于庞大，可能超出中下游技术创新传递者节点和技术创新消费者节点处理能力，使整条链资源流转速度变慢。此外，链上同一类型节点数量过多，节点间竞争过于激烈，这也不利于链上节点的运行、发展与质量的提升，从而影响到技术创新生态链上的资源流转，降低资源流转的速度和质量。最后，只有当技术创新生态链宽度适当时，链上同一类型节点数量适中，链上任何环节的任何节点出现问题，同一环节仍有其他节点可作替代，不会对整条链的资源流转存在影响。且链上同一类型节点数量适中，链上同类节点间适度竞争，有利于节点的运行、发展与质量的提升，从而也有利于整条链上的资源流转，提高资源流转的速度和质量。

（3）技术创新生态链上节点质量。

技术创新生态链上节点质量是指链上技术创新生态主体素质和能力的高低，包括技术创新生态主体创新能力、创新意识、资源加工处理利用能力、生态意识等。链上技术创新生态主体素质能力越高，即技术创新生态主体创新能力越高、创新意识越强、资源加工处理利用能力越强、生态意识越完备，则资源在链上技术创新生态主体中转化的速度越快，质量越高；反之，链上技术创新生态主体素质能力越低，即技术创新生态主体创新能力越差、创新意识越弱、资源加工处理利用能力越差、生态意识越不完备，则资源在链上技术创新生态主体中转化的速度越慢，质量越低。

（4）技术创新生态链上节点间协同程度。

协同是指协调两个或者两个以上的不同资源或者个体，协同一致地完成某一目标的过程或能力。技术创新生态链上节点间协同是指链上节点之间的相互协作。技术创新生态链上节点间协同程度对技术创新生态链上资源流转效率存在影响。首先，技术创新生态链上节点间协同程度越高，各节点在研究目标上更容易达成一致，节点间产生冲突的可能性和强度也会降低，有利于降低资源流转的成本，提高资源流转的速度和质量。其次，技术创新生态链上节点间协同程度越高，链上节点间信任程度和合作程度越深，资源共享开放程度越高，越有利于减少资源开发的成本，提高链上整体的创新素养和创新能力，从而降低资源流转的成本，提高资源流转的速度和质量。最后，技术创新生态链上节点间协同程度越高，有利于促进技术创新活动标准的统一规范和专业化模式的形成，加快资源流转速度，降低资源流转的成本。反之，当技术创新生态链上节点协同程度较低时，这些有利于资源流转效率因素将会大大削弱，资源流转效率也会人人降低。

（5）软硬件设施的先进程度。

软硬件设施的先进程度是指链上所使用的各种软件、硬件设施的先进程度。首先，软硬件设施越先进，意味着软硬件设施的资源收集、加工、处理、存储、传输等能力越强，则资源在技术创新生态链上利用软硬件设施完成的流动和转化工作速度越快，质量越高；反之，软硬件设施越落后，意味着软硬件设施的资源收集、加工、处理、存储、传输等能力越弱，则资源在技术创新生态链上利用软硬件设施完成的流动和转化工作速度越慢，质量越低。其次，软硬件设施越先进，意味着软硬件设施构建时投入越高，构建成本越高；反之，软硬件设施越落后，意味着软硬件设施构建时投入越低，构建成本就越低。另外，软硬件设施的先进性，又能在一定程度上降低资源收集、加工、处理、存储和传输的成本。例如，先进的计算机系统、信息处理系统和网络系统能够降低链上技术创新生态主体收集、处理和传输信息资源的成本；先进的物流系统和运输工具能够降低链上技术创新生态主体运输和转化物质资源的成本。总而言之，软硬件设施的先进程度既有增加链上资源流转成本的作用，又有降低链上资源流转成本的作用，其对成本的总影响要根据两者之间的差额来进行确定，且对每一条技术创新生态链总影响可能存在区别。

4.2 技术创新生态链节点选择机制

4.2.1 技术创新生态链节点选择的概念与原则

1. 技术创新生态链节点选择的概念

技术创新生态链节点选择是指在技术创新生态链上形成与发展的过程中，链上节点选择合适的节点加入技术创新生态链，或者技术创新生态系统中技术创新生态主体选择合适的技术创新生态链加入的状况。

技术创新生态链上节点选择非常重要，不仅关系到技术创新生态链能否顺利地形成，形成后能否健康、可持续的发展，也关系到技术创新生态链运行的效率和效益。因此，在技术创新生态链组建形成阶段及技术创新生态链运行发展阶段，均要注重链上节点的选择。

2. 技术创新生态链节点选择的原则

在技术创新生态链中，节点选择要注重以下几个方面的原则。

（1）战略目标一致原则。

在技术创新生态链上，组成技术创新生态链的节点之间或者加入技术创新生态链的节点与链上原有节点之间必须具有相互匹配、相互适合、相互认同的战略和目标，只有这样，才能在技术创新生态链上形成基本统一一致的整条链的战略目标，技术创新生态链才能在这一战略目标的指导下运行发展，开展技术创新活动。而当组成技术创新生态链的节点之间或者加入技术创新生态链的节点与链上原有节点之间战略目标均不一致时，整条技术创新生态链很难形成统一的战略目标，没有共同目标，技术创新生态链也无法顺利形成、健康发展和高效运行。

（2）技术资源互补原则。

技术资源互补原则主要体现在技术创新生态链不同类节点选择上。在技术创新生态系统中，单一的技术创新生态主体出于缺乏技术创新的技术或资源，或难以承担技术创新的风险或成本等，很难独立实现技术创新的全部活动。基于此，系统中的技术创新生态主体往往会寻求与自身技术、资源存在互补型的技术创新生态主体合作，形成技术创新生态链。技术创新生态主体寻求合作的行为，究其本质也就是通过整合不同技术创新生态主体的异质技术资源，从而实现单凭自身无法达到的创新目标。不仅如此，通过选择技术资源互补型节点，不仅能够有效地提升链上所有节点的创新能力和技术水平，进而提升整条技术创新生态链的创新实力，而且能够有效地聚集创新资源，形成互补和协同效应，提高技术创新的成果率和效率效益。

（3）兼容性原则。

在技术创新生态链上存在各种不同类型的技术创新生态主体，既有高校、科研机构等技术创新生产者，也有咨询公司、培训公司、信息中心、科技孵化机构、技术评估与交易机构等技术创新传递者，还有企业等技术创新消费者。兼容性原则主要反映在这些不同类型的技术创新生态主体在组织文化、技术能力、资源要素、观念意识等方面能够兼容，也就是说在选择节点时，要注意节点之间在组织文化、技术能力、资源要素、观念意识等方面兼容性。只有节点间在组织文化、技术能力、资源要素、观念意识等方面具有兼容性，节点之间才能有效地整合，实现有效对接和链接，确保资源流转的顺畅，进而完成技术创新活动。如果节点间在组织文化、技术能力、资源要素、观念意识等方面不具有兼容性，即使节点间技术资源互补性再高，也很难实现协同创新、长期共存。

（4）核心能力原则。

核心能力是指组织在长期生产经营过程中的知识积累和特殊的技能

（包括技术的、管理的）以及相关的资源（如人力资源、财务资源、品牌资源、企业文化等）组合成的一个综合体系，是组织独具的，与他人不同的一种能力。在技术创新生态系统中，核心能力是一个技术创新生态主体具有的强项，是其他技术创新生态主体难以模仿和不可替代的能力，是其确保其核心竞争力的基础。核心能力原则要求技术创新生态链上选择节点时要考察节点的核心能力，确保其具有独特的核心能力，并且能够将这一核心能力与链上其他节点共享。技术创新生态链是以技术创新和获取利益为目标的生态链，链上的每一个节点都应该具有其独特的核心能力，在链上发挥作用，参与链上的利益分配。反之，若链上节点不具有其独特的核心能力，在链上不能发挥作用，不仅很难参与链上利益分配，获得能力提升，而且会影响到整条链运行的效率和演进的速度，长此以往，只能主动或被动地退出技术创新生态链。

（5）风险最小化原则。

高风险性是技术创新的基本特征。技术创新生态链的构建能够在链上的节点间分担技术创新风险，降低单个节点所需要承担的风险，但这并不意味着风险消失，只是风险在多个技术创新生态主体上的共担。为了尽可能地降低技术创新生态链整体运行风险，在进行节点选择时，需要考虑各个技术创新生态主体的加入对链上风险的影响，遵循风险最小化原则，尽可能地降低技术创新生态链的整体风险。

4.2.2 技术创新生态链节点选择流程

在技术创新生态链节点选择过程中，起主导作用的主要是核心节点或主导性节点。下面以这类节点为例，说明一下技术创新生态链节点选择流程。

1. 构建选择标准

节点选择标准的建立一方面能够使节点选择有的放矢，在较快的时间内选择到最佳的共生节点；另一方面能够使节点选择过程规范，标准统一。核心节点或主导性节点在进行节点选择时，首先，要根据上一节中所确定的节点选择标准，结合技术创新生态链和自身的需求、类型、战略、目标、市场需求等内容，确定节点选择在战略目标一致、技术资源互补兼容、意识观念文化兼容、节点质量信誉、节点核心能力、风险等方面的详细标准。其次，当链上参与节点选择的主导性节点有多个时，需要在多个节点之间进行协商来决定详细的节点选择标准。

2. 评估与选择

核心节点或主导性节点建立节点选择的详细标准之后，接下来就要根据所建立的详细标准，在技术创新生态系统中所有可能的技术创新生态主体中进行初步的筛选。在初步筛选出一些技术创新生态主体之后，需要对这些技术创新生态主体进行评价。在评价时，首先要选择合适的评价方法来对这些技术创新生态主体进行评价，具体的评价方法有层次分析法、模糊评价法、灰色评价法、遗传算法等。其中，如果采用层次分析法、模糊评价法、灰色评价法这几类方法，则还需要根据选择标准、技术创新生态主体的类型构建评价的指标体系。如果采用遗传算法则不需要构建评价指标体系。其次结合所选的评价方法和构建的指标体系，收集相应的技术创新生态主体数据进行评价。在收集技术创新生态主体数据时，需要对数据进行详细认真地甄别和筛选，以确保数据的准确性和真实性，进而确保技术创新生态主体评价的公正性和准确性。

3. 建立合作关系

核心节点或主导性节点选择出合适的技术创新生态主体后，需要与其进行协商，签订合同，建立合作关系，将技术创新生态主体吸纳到技术创新生态链上来。签订合同建立合作关系后，意味着节点选择的主要任务基本完成。

4. 合作关系动态监控

在节点选择主体任务基本完成后，通过节点选择出的技术创新生态主体会加入技术创新生态链上，开展技术创新活动。在技术创新活动开展过程中，仍然需要对新加入节点的合作与运行状况进行动态的监控。这是由于新加入的节点在合作与运行过程中，仍然可能会出现一些不利于合作共生的状况，通过动态的监控，一方面，可以在出现不利状况和风险时，尽可能地进行调节，降低风险，减少不利状况的负面影响；另一方面，如果新加入节点与原有节点对其预期之间存在多方面的较大偏差，则需要尽快终止与其的合作关系，让其退出技术创新生态链。

4.2.3　技术创新生态链节点选择评价模型

技术创新生态链中节点选择是技术创新生态链良好运行和健康发展的关键因素之一，而节点选择的关键就在于如何对备选节点进行评价。层次分析法把研究对象作为一个系统，采用定性和定量相结合的方法，按照分解、比较判断、综合的思维方式进行决策，成为系统分析的重要工具。本书采用层次分析法，在遵循上文提出的节点选择原则的基础上，构建技术创新生态链节点选择评价模型，从而探讨解决技术创新生态链节点选择问题。

1. 技术创新生态链节点选择评价指标体系

国内学者针对技术创新节点选择评价指标体系研究非常丰富，不同的学者从各种不同的角度构建了不同的评价指标体系，具体如表 4.1 所示。

表 4.1　　　　　　　　技术创新节点选择评价指标总结

文献来源	采用的指标
王若男（2019）	实力相当、资源互补、公平自愿、风险最小
尹士（2019）	绿色创新能力、信任和沟通程度、兼容性水平
李锋等（2019）	知识特征、知识发送能力、知识转移成本、知识发送渠道、知识发送情境
叶卫正（2018）	战略相关性、管理运营能力、价值创造能力
喻志鹏（2018）	知识发送方：知识转移人才情况、知识研发条件、专利情况、科技创新投入水平、知识发送情境 知识接收方：知识吸收能力、知识产出水平、合作产品市场效益状况、产出水平、知识接受情境
姚升保（2017）	兼容性、资源与能力、承诺
张经纬（2017）	企业创新能力、企业异质化水平、企业信誉、企业信息化水平、企业合作能力

文献来源	采用的指标
边伟军（2017）	创新资源维度、合作文化维度、外部支持关系维度
游达明等（2016）	专有技术能力及资源、技术研发能力、生产制造能力、市场营销能力、组织管理能力、资源水平
潘红玉（2016）	资源水平、创新能力、投入能力、兼容性
张敬文等（2016）	技术层面、文化制度层面、资源获取能力、组织管理能力、信息沟通能力
江晓珊（2016）	技术资源、文化背景、信息沟通、合作意愿、合作伙伴选择
严进（2015）	基础条件、资源投入能力、核心能力
殷群等（2014）	联盟的功能、伙伴选择要求、政府政策
侯蕴慧等（2014）	创新能力、市场行为能力、诚信度、融洽度、资源互补
林晶（2014）	研究的基础、技术产出能力、企业信誉度、抗风险能力、企业兼容度
熊伟（2014）	合作伙伴之间技术、能力与资源的互补、合作伙伴之间的相容性或兼容性水平、合作伙伴的承诺性
聂会星等（2013）	技术创新能力、企业资源水平、兼容性、长期合作潜力
林雨洁等（2013）	内部因素：企业文化、战略愿景、研发投入、资源与产权、信任与承诺、相容与互补 外部因素：信息资源、资金资源、政策资源
黄燕兴（2013）	财务资产、人力资源管理、市场营销能力、知识和技术管理、产品研发和物流管理、伙伴关系管理
迟冰芮（2013）	企业：能力、协调性、互补性、信誉 高校及科研机构：科研能力、研发资源、合作态度
王虹等（2013）	企业：核心能力、技术水平、技术团队、产业熟悉度、实验设备 高校：管理、被认同度、积极主动性、经验、成功率
刘林舟等（2012）	外部特征因素：产品品牌、企业规模、基础设施、市场优势、区域位置 内部本质因素：企业文化、研发投入、战略目标、资源优势、知识产权
周海燕（2011）	企业：创新能力、匹配能力、市场影响力、综合能力 高校与科研机构：技术实力、资源水平、资信与合作态度
楼高翔等（2011）	利益相似性、观点一致性、能力匹配性
戴彬等（2011）	相容性、信誉度、互补性
鄢露林（2011）	企业发展战略与规划、开发技术的解决方案、信息技术能力、市场能力、灵活性、成本控制能力、风险控制能力、其他
赵世贤等（2010）	创新资源的投入强度、创新资源的研发能力、技术创新的管理能力、技术创新的产生能力、技术创新的营销能力

文献来源	采用的指标
曾德明等（2009）	创新资源投入能力、研发能力、技术标准能力、兼容性、信任度、学习能力、创新产出能力
李潭（2008）	相容性、一致性、技术创新能力、财务风险能力、生产制造能力、组织管理能力、营销能力
何昌（2007）	能力、贡献、互补性、兼容性、信誉
桂黄宝等（2007）	研发创新能力、合作伙伴的核心能力贡献情况、能否产生协同效应、优势互补能力、合作战略的成本、风险情况
王幼林（2007）	合作伙伴的技术创新能力、合作伙伴的技术动态能力、合作伙伴技术创新资源状况、合作伙伴的声誉、合作伙伴的相容性
董雅文（2006）	技术互补性、管理兼容性、合作协同性

基于上述专家学者提出的指标，结合技术创新生态链的特点和链上节点选择的原则，构建的技术创新生态链节点选择评价指标体系包括以下五个方面的内容。

（1）节点质量状况。

节点质量状况是指技术创新生态链上节点及技术创新生态链上备选技术创新生态主体的质量。节点质量对技术创新生态链创新活动的顺利开展、技术创新生态链上资源高效流转、技术创新生态链结构稳定性和高质量发展等具有重要的意义，因此，在技术创新生态链上进行节点选择时，首先要考核节点质量状况。节点质量状况具体包括以下几个方面：创新实力、资源水平、信誉状况。创新实力是技术创新生态链上节点及技术创新生态链上备选技术创新生态主体开展技术创新活动的能力。资源水平是技术创新生态链上节点及技术创新生态链上备选技术创新生态主体拥有知识资源、技术资源、信息资源、物质资源、人才资源、资金资源的状况水平。信誉状况是技术创新生态链上节点及技术创新生态链上备选技术创新生态主体在合作、财务、技术、商务等方面表现出的诚实守信的声誉及所树立的形象。

（2）节点间互补状况。

节点间互补状况是指技术创新生态链上节点及技术创新生态链上备选技术创新生态主体在技术、资源、研发、市场等方面所展现出的互为补充的状态。在技术创新生态链中，需要参与技术创新生态链的各类高校、科研机构和企业等技术创新生态主体各方拥有各自不同的优势，以此相互配合、资源互补、共同开发，从而达到弥补各主体自身能力和资源的不足，形成协同效应，提高技术创新的效率的目的。节点间互补状况包括以下几个方面：技术互补、资源互补、研发互补、市场互补等。技术互补是技术创新生态链上节点及技术创新生态链上备选技术创新生态主体在创新技术上各具特色，互为补充。资源互补是技术创新生态链上节点及技术创新生态链上备选技术创新生态主体在知识资源、技术资源、信息资源、物质资源、人才资源、资金资源等方面存在差异，能够互为对方所用，弥补对方资源短板。研发互补是技术创新生态链上节点及技术创新生态链上备选技术创新生态主体在技术创新研究开发方面能够互为补充。市场互补是技术创新生态链上节点及技术创新生态链上备选技术创新生态主体在市场地位、营销能力、市场占有率等方面能够互为补充，从而能够联合发挥更大的市场优势。

（3）节点间兼容状况。

节点间兼容状况是指技术创新生态链上节点及技术创新生态链上备选技术创新生态主体在创新战略、创新文化、经营管理、创新技术等方面所展现出来的彼此配合、互相协调的状态。节点间兼容状况要求技术创新生态链上节点及技术创新生态链上备选技术创新生态主体之间在开展技术创新活动时能够保持和谐一致，不会发生较大的冲突。节点间兼容状况是链上节点选择的前提条件，如果选择的节点间不具备兼容性，则技术创新生态链在开展技术创新活动时，极易发生冲突，且难以处理，长此以往对技术创新生态链的运行和发展极为不利，甚至会导致技术创新生态链断裂或解散。节点间兼容状况包括以下几个方面：创新战略同一性、创新文化相容性、经营管理配合性、创新技术通用性等。创新战略同一性是技术创新生态链上节点及技术创新生态链上备选技术创新生态主体各自创新战略之间，以及各自创新战略与链上总体战略之间保持一致，且有利于链上总体战略和长期战略的达成。创新文化相容性是技术创新生态链上节点及技术创新生态链上备选技术创新生态主体在节点愿景、文化观念、价值观念、节点精神、道德规范、行为准则、历史传统等方面能够相互融合。经营管理配合性是技术创新生态链上节点及技术创新生态链上备选技术创新生态主体在经营体制、管理方法等方面具有一定的相似度，能够相互配合。创新技术通用性是技术创新生态链上节点及技术创新生态链上备选技术创新生态主体在创新技术能力方面具有一定的相互匹配性，能够实现互联互通。

（4）沟通合作状况。

沟通合作状况是指技术创新生态链上节点及技术创新生态链上备选技术创新生态主体所展现出来的相互沟通、互相协作的状况。技术创新生态链上节点在开展技术创新活动时，相互之间必须要相互沟通、相互配合，这样才能更好地实现链上的技术创新，提高链上资源流转的效率，提升链上技术创新的效益。沟通合作状况包括以下几个方面：合作意愿、协作能力、知识转移能力、沟通能力、利益分配共识度。合作意愿是技术创新生态链上节点及技术创新生态链上备选技术创新生态主体在合作愿望方面主观意识的强度。协作能力是技术创新生态链上节点及技术创新生态链上备选技术创新生态主体在技术创新生态链中发挥团队精神、互补互助以达到团队最大工作效率的能力。知识转移能力是技术创新生态链上节点及技术创新生态链上备选技术创新生态主体在知识发送、知识接受等方面的能力。沟通能力是技术创新生态链上节点及技术创新生态链上备选技术创新生态主体相互沟通协调的能力。利益分配共识度技术创新生态链上节点及技术创新生态链上备选技术创新生态主体在利益分配上能够达成共同认识的程度。

（5）外部支撑条件状况。

外部支撑条件状况是指技术创新生态链外部环境中，支持技术创新生态链上节点及技术创新生态链上备选技术创新生态主体协作的条件。技术创新生态链上节点选择，以及所选择节点的组合离不开外部条件的支撑。外部支撑条件状况包括以下几个方面：区域位置、政府政策、产业关联度。区域位置是技术创新生态链上节点及技术创新生态链上备选技术创新生态主体在地理位置上的邻近性。政府政策是政府为促进和支持技术创新生态链上节点选择及其后节点组合所构建的立法支持、产业政策、专项计划、财税调控、金融政策和投融资政策等。产业关联度是技术创新生态链上节点及技术创新生态链上备选技术创新生态主体所处行业的密切程度和关联强度。

2. 基于 AHP 的技术创新生态链节点选择评价模型

基于上述指标体系，结合层次分析法，本书将技术创新生态链节点选择评价模型分为三层，最高层为目标层，即技术创新生态链节点选择评价。这一综合评价指标最终会以数值的形式给出所需选择节点的整体水平，数值越高说明节点的整体水平越高，越值得选择；反之，则说明节点的整体水平偏低，不值得选择。第二层为准则层，包含节点质量状况、节点间互补状况、节点间兼容状况、沟通合作状况、外部支撑条件状况，用于评价技术创新生态链所需选择的节点；第三层为指标层，是第二层五个评测指标的细化影响因素，用于对上一层的指标进行细化测评。整个评价模型如图 4.2 所示。

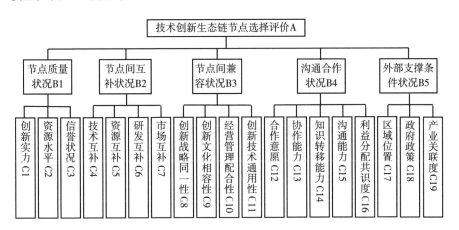

图 4.2　技术创新生态链节点选择评价模型

根据所建立的层次结构模型，从模型的第二层准则层开始，对于从属于上一层某个因素下的同一层诸因素，用成对比较法和 Satty 提出的 1－9 级标度法构造成对比较阵，直至最下层。即首先，在第二层，对于从属于上一层目标层的五大指标：节点质量状况、节点间互补状况、节点间兼容状况、沟通合作状况、外部支撑条件状况相对于上一层技术创新生态链节点选择评价的重要性程度进行两两比较，确定各指标间的相对重要程度；

其次，在第三层，对于同属于准则层某一指标的三层细化指标对于上层这一指标的重要性程度进行两两比较，确定各指标间的相对重要程度。例如，对于从属于上一层节点质量状况的三个指标：创新实力、资源水平、信誉状况相对于上一层节点质量状况的重要性程度进行两两比较，确定各指标间的相对重要程度，直至所有的三层细化指标均比较完毕。最后，按照层次构造指标的判断矩阵。

其中，下层级两个指标相对于其从属的上一层级指标的相对重要程度由多名专家打分并取平均值的方式确定，具体而言，下层级两个指标相对于上一层级指标的重要程度为前者比后者同等重要、略微重要、重要、很重要及极端重要时，对应赋值分别为1、3、5、7、9，如果对比重要性介于上述相邻两者之间，则赋值分别为2、4、6、8；反之，下层级两个指标相对于上一层级指标的重要程度为前者比后者略不重要、不重要、很不重要、极不重要，则赋值分别为1/3、1/5、1/7、1/9，介于之间则赋值分别为1/2、1/4、1/6、1/8。然后用方根法计算各判断矩阵的特征向量 W。构造的判断矩阵如表4.2至表4.7所示。

表 4.2 A - B 层判断矩阵

技术创新生态链节点选择评价 A	B1	B2	B3	B4	B5	权重 W
节点质量状况 B1	1	1/2	1/2	1/3	2	0.1171
节点间互补状况 B2	2	1	1	1/2	4	0.2211
节点间兼容状况 B3	2	1	1	1/2	4	0.2211
沟通合作状况 B4	3	2	2	1	5	0.3800
外部支撑条件状况 B5	1/2	1/4	1/4	1/5	1	0.0607

表 4.3 B1 - C 层判断矩阵

节点质量状况 B1	C1	C2	C3	权重 W
创新实力 C1	1	3	5	0.6370
资源水平 C2	1/3	1	3	0.2583
信誉状况 C3	1/5	1/3	1	0.1047

表 4.4   B2 – C 层判断矩阵

节点间互补状况 B2	C4	C5	C6	C7	权重 W
技术互补 C4	1	2	1/2	4	0.2755
资源互补 C5	1/2	1	1/4	2	0.1378
研发互补 C6	2	4	1	6	0.5127
市场互补 C7	1/4	1/2	1/6	1	0.0740

表 4.5   B3 – C 层判断矩阵

节点间兼容状况 B3	C8	C9	C10	C11	权重 W
创新战略同一性 C8	1	1	3	5	0.3909
创新文化相容性 C9	1	1	3	5	0.3909
经营管理配合性 C10	1/3	1/3	1	3	0.1509
创新技术通用性 C11	1/5	1/5	1/3	1	0.0675

表 4.6   B4 – C 层判断矩阵

沟通合作状况 B4	C12	C13	C14	C15	C16	权重 W
合作意愿 C12	1	1/2	1/6	1/2	1/4	0.0638
协作能力 C13	2	1	1/4	1	1/2	0.1204
知识转移能力 C14	6	4	1	4	2	0.4547
沟通能力 C15	2	1	1/4	1	1/2	0.1204
利益分配共识度 C16	4	2	1/2	2	1	0.2408

表 4.7   B5 – C 层判断矩阵

外部支撑条件状况 B5	C17	C18	C19	权重 W
区域位置 C17	1	1/4	1/2	0.1429
政府政策 C18	4	1	2	0.5714
产业关联度 C19	2	1/2	1	0.2858

　　由于评价指标的多样性、复杂性和人判断力的矛盾性、模糊性，需要对判断矩阵进行一致性检验，确保模型的合理性。检验一致性的公式为一致性比率 $CR = CI/RI$，其中 CI 为判断矩阵的一致性指标，可通过 $CI = (\lambda_{max} - n)/(n-1)$ 公式计算获得，λ_{max} 为矩阵的最大特征根，n 为列数；RI 为平均随机一致性指标，可查表获得。当计算所得的 CR 值小于 0.1 时，

判断矩阵具有满意的一致性，否则需要对其进行修正。各层计算获得的 λ_{max}、CI、CR 的值如表 4.8 所示。由表 4.8 可知，各层次判断矩阵一致性比率 CR 均小于 0.1，一致性检验通过。

表 4.8　　　　　　　　　判断矩阵一致性检验结果

判断矩阵层次	λ_{max}	CI	RI	CR
A – B 层	5.026	0.0065	1.12	0.006
B1 – C 层	3.039	0.0195	0.52	0.037
B2 – C 层	4.01	0.0033	0.89	0.0037
B3 – C 层	4.043	0.0143	0.89	0.0161
B4 – C 层	5.01	0.0025	1.12	0.0022
B5 – C 层	3.0	0.0	0.52	0.0

最后根据表 4.2 ~ 表 4.7 的结果进行层次总排序一致性检验，计算获得层次总排序如表 4.9 所示。其中 Bi 的值为表 1 中 Bi 对应的权重值，Ci 的值为表 2 – 7 中 Ci 对应的权重值与其隶属的上一层级 Bi 权重值之乘积，例如，C1 = 0.6370（C1 对应的权重值）× 0.1171（其隶属的上一层级 B1 权重值）= 0.0746。

表 4.9　　　　　　　　　　　层次总排序

A – B 层	C 层总排序
B1 = 0.1171	C1 = 0.0746、C2 = 0.0302、C3 = 0.0123
B2 = 0.2211	C4 = 0.0609、C5 = 0.0305、C6 = 0.1134、C7 = 0.0164
B3 = 0.2211	C8 = 0.0864、C9 = 0.0864、C10 = 0.0334、C11 = 0.0149
B4 = 0.3800	C12 = 0.0242、C13 = 0.0458、C14 = 0.1728、C15 = 0.0458、C16 = 0.0915
B5 = 0.0607	C17 = 0.0087、C18 = 0.0347、C19 = 0.0173

层次总排序一致性检验方法为：底层对上层因素的层次单排序的一致性指标为 CI1、CI2、CI3、CI4、CI5，随机一致性指标为 RI1、RI2、RI3、RI4、RI5，上层元素相对于目标层的权重为 a1、a2、a3、a4、a5，则层次总排序的一致性比率为 $CR = \dfrac{a1\,CI1 + a2\,CI2 + a3\,CI3 + a4\,CI4 + a5\,CI5}{a1\,RI1 + a2\,RI2 + a3\,RI3 + a4\,RI4 + a5\,RI5}$。通过计算可知，CR = 0.0079 < 0.1，层次总排序一致性检验通过。

基于此，技术创新生态链上节点选择即可根据上述模型进行评价选择。

4.3 技术创新生态链协同竞争机制

4.3.1 技术创新生态链协同竞争的概念与类型

1. 技术创新生态链协同竞争的概念

（1）协同的概念。

"协同"一词来自古希腊语，它随着人类社会的出现而出现，并随着人类社会的进步而发展。协同概念的正式界定是由德国物理学家哈克（Haken）于20世纪70年代首次提出，他认为群体中单个成员间的相互合作能够达到在相同条件下单打独斗无法实现的共赢效果，并基于此提出协同学理论。随后，协同的概念和理论被应用到包括管理学在内的多种学科中。在管理学中，安索夫（Ansoff，1965）首先提出了协同的概念，他认为企业在协同时企业总体规模的收益优于各个体的总和。

一般而言，协同是指协调两个或者两个以上的不同资源或者个体，协同一致地完成某一目标的过程或能力。

（2）竞争的概念。

达尔文（Darwin，1859）提出的进化论认为，生物之间存在生存竞争，适应者生存下来，不适者则被淘汰，这就是自然的选择。自从达尔文发现了自然界的"物竞天择，适者生存"的竞争现象后，人们开始逐渐认识到社会科学中的竞争现象。在人类社会中，竞争也是普遍存在的，在事物的变化发展中起到推动作用。竞争既是一种激励机制又是一种淘汰机制，竞争失败可能被淘汰的后果会促使竞争者不断努力，不断向前发展，从而形成推动社会进步的动力。

一般而言，竞争是指具有某种共同需要的双方或多方在一定的环境条件下，为达到各自既定目标，按照一定的规则，采取相应手段，在一定时空范围内进行角逐和较量的活动。

（3）协同竞争的概念。

从协同和竞争的概念上看，协同和竞争是两种截然相反、相互矛盾的概念。但随着社会的不断发展，人们认识到事物之间，尤其是企业之间并不仅存在单一的协同关系或单一的竞争关系，还存在一种既竞争又协同的复杂关系，即协同竞争关系。协同竞争是指协同与竞争矛盾的双方相互联系、相互依赖、相互引导、相互转化的对立统一过程，竞争导致协同，协同引导竞争。主体在参与竞争时，为了提高竞争力，会采取与其他主体协同的方式来提升自身的竞争力，而通过协同提高竞争力后，又会引发更为激烈的竞争，竞争与协同相互作用、相互促进。

（4）技术创新生态链协同竞争。

在技术创新生态链的协同竞争主要发生在链上的技术创新生态主体，即节点之间。链上节点之间存在着各种竞争、各种协同，以及各种既竞争又协同的关系。技术创新生态链协同竞争是指在技术创新生态链中，在共同目标和整体有序的作用下，节点之间相互作用、相互依存，协同与竞争并存的一种状态。

2. 技术创新生态链协同竞争的类型

技术创新生态链协同竞争主要发生在链上节点之间。技术创新生态链上节点之间协同竞争的类型具体包括三种，即协同、竞争及既竞争又协同。

（1）节点之间的协同。

技术创新生态链上节点之间的协同非常常见。首先，链上不同类节点之间主要以协同合作为主。链上不同类节点在技术创新生态链中承担不同的角色，发挥不同的功能，为了确保链上技术创新活动的顺利完成和其他目标的顺利实现，不同类节点之间必须要建立协同关系，这也是技术创新生态链得以形成和不断演化的基础。不同类节点之间的协同可以发生在技术创新生产者与技术创新传递者之间，可以发生在技术创新传递者与技术创新消费者之间，也可以发生在技术创新生产者和技术创新消费者之间。其次，链上同类节点之间可以建立协同关系。技术创新生态链上同类节点之间可以为了共同完成某一目标而建立协同关系。同类节点间的合作关系可以发生在技术创新生产者之间，也可以发生在技术创新传递者之间，还可以发生在技术创新消费者之间。但是，由于同类节点在链上承担相同的角色，发挥相同的功能，利用相同或相似的资源，这不可避免地导致其之间必然会出现竞争，因此，协同关系并不是链上同类节点之间最主要的关系，也不是其存在频率较高的关系。

（2）节点之间的竞争。

技术创新生态链上节点均是独立的经济实体，需要追求利益，需要不断提升自身的竞争力，因此技术创新生态链上必然存在竞争关系。首先，链上同类节点之间存在竞争关系。如前所述，同类节点在技术创新生态链上承担相同的角色，发挥相同的功能，利用相同或相似的资源，这不可避免地会导致同类节点之间存在竞争关系。竞争关系也是链上同类节点之间最主要的关系之一。链上技术创新生产者与技术创新生产者之间、技术创新传递者与技术创新传递者之间、技术创新消费者与技术创新消费者之间均会产生竞争关系。其次，链上不同类节点之间也可能会存在竞争关系。链上不同类节点之间虽然以合作关系为主，但链上同类节点之间在某些时刻，出于某些目的，可能会产生竞争关系。链上技术创新生产者和技术创新传递者之间、技术创新传递者和技术创新消费者之间、技术创新生产者和技术创新消费者之间均有可能在某些时刻出现竞争关系。

（3）节点之间的既竞争又协同。

随着竞争环境的不断变化，竞争与协同共存的现象越发普遍，技术创新生态链上节点为了追求利益最大化，必须开展竞争；受自身资源和能力所限，为了提高自身竞争力，节点又必须开展协同合作，由此链上节点出现既竞争又协同的关系。首先，链上不同类节点之间存在既竞争又协同的关系。链上不同类节点之间在某些时刻可能会产生既竞争又协同的关系，且是以协同为主竞争为辅的既竞争又协同的关系。链上技术创新生产者和技术创新传递者之间、技术创新传递者和技术创新消费者之间、技术创新生产者和技术创新消费者之间均有可能出现既竞争又协同的关系。其次，链上同类节点之间存在既竞争又协同的关系。链上同类节点之间在某些时刻可能会产生既竞争又协同的关系，但与不同类节点之间不同的是，同类节点之间主要是以竞争为主协同为辅的既竞争又协同的关系，或是竞争协同相均衡的既竞争又协同的关系。链上技术创新生产者与技术创新生产者之间、技术创新传递者与技术创新传递者之间、技术创新消费者与技术创新消费者之间均会产生既竞争又协同的关系。

总的来说，链上节点之间的关系虽然在不同的情况下，均可能会出现协同关系、竞争关系、既协同又竞争关系，但链上同类节点之间以竞争关系和既协同又竞争关系为其主要关系，链上不同类节点之间以协同关系为其主要关系。

4.3.2　技术创新生态链协同竞争的形式

在技术创新生态链上协同竞争的三种类型中，每种类型都具有多种协同竞争形式，因此，下述对技术创新生态链协同竞争形式的探讨仍然从三种类型的视角展开讨论，即技术创新生态链上协同的形式、技术创新生态链上竞争的形式、技术创新生态链上既竞争又协同的形式。

1. 技术创新生态链上协同形式

技术创新生态链上协同形式主要有资源共享、技术转让、合作开发、联合共建及人才培养。

（1）资源共享。

资源共享是指技术创新生态链上的技术创新生态主体相互之间共享其所拥有的知识资源、技术资源、信息资源、人才资源等各类资源。其中，知识资源、技术资源和信息资源属于虚拟类资源，更有利于实现在各个主体之间共享；人才资源虽属于实体类资源，但人才自身拥有大量隐形的知识资源及技术资源，人才在技术创新生态主体之间流动时就能实现人才资源的共享。技术创新生态链上资源共享能够更好地满足参与共享的各个技术创新生态主体的资源需求；更有利于实现资源的优化配置，最大限度地发挥资源的作用；能够有效地降低收集、加工、处理、存储资源的成本，提高资源的运作效率。资源共享作为技术创新生态链上最基本的协同形式，可以发生在链上的各个节点之间，即同类节点之间可以进行资源共享，不同类节点之间也可以进行资源共享。但出于资源在链上流转的特性，不同类节点之间资源共享更为普遍。

（2）技术转让。

技术转让是指技术创新生态链上技术创新生产者通过各种方式，将自身发明创造的技术创新成果及有关权利转让给技术创新消费者的行为。技术转让分为有偿转让和无偿转让两种方式，在转让过程中，要根据国家有关政策和法律规定在转让双方之间签订转让合同。技术创新生态链上技术转让一方面能够让技术创新生产者生产的技术创新成果发挥效益，让技术创新消费者以较小的付出快速地获得自己所需要的技术创新成果；另一方面可以避免重复性的研究开发，造成资源的浪费。技术转让这种协同形式主要发生在链上不同类节点之间，并且主要是技术创新生产者和技术创新消费者之间，技术创新传递者在其中主要起到中介的作用。

（3）合作开发。

合作开发是指技术创新生态链上多个技术创新生态主体以合同、契约等形式作为约束条件，通过资金、技术、知识、人才、设备等资源共享，共同开展技术创新活动。技术创新生态链上合作开发能够充分发挥链上各技术创新生态主体的优势，有效规避各自的劣势，实现链上不同主体之间优势互补；能够细化链上技术创新生态主体的分工，提高主体专业化程度，进而提高技术创新的效率和质量，促进技术创新成果转化；能够加大链上技术创新生态主体之间资源共享的广度，加深链上技术创新生态主体之间资源共享的深度；能够有效缓解技术创新生态主体独立开发所承担的风险问题，提高技术创新生态主体创新的积极性；能够提高参与合作的各个技术创新生态主体的创新能力和研发能力。合作开发这一协同形式可以发生在技术创新生态链上同类节点之间和不同类节点之间。同类节点之间的合作开发可以发生在技术创新生产者与技术创新生产者之间、技术创新传递者与技术创新传递者之间、技术创新消费者与技术创新消费者之间，其合作开发的内容可以是共同开展技术创新研发活动、共同提供技术创新各种中介服务、或共同完成技术创新成果商业化等活动。不同类节点之间的合作开发可以发生在技术创新生产者与技术创新消费者之间，或是技术创新生产者、技术创新传递者与技术创新消费者三者之间，其合作开发的内容可以是技术创新消费者根据市场或自身发展的需求提出技术创新要求，与技术创新生产者合作开展技术创新活动；或者由技术创新生产者根据其拥有的知识、技术开展技术创新，并由技术创新消费者将其投入生产；技术创新传递者在其中主要起到中介的作用。

（4）联合共建。

联合共建是指技术创新生态链上技术创新生产者经过协商，在共同的意愿上组建实体，开展技术创新活动。联合共建能够加深链上技术创新生态主体之间的合作，使链上主体之间协同更加持久，关系更加紧密；能够确保技术创新生态链的和谐稳定，促进技术创新生态链动态平衡；能够充分发挥和利用各技术创新生态主体的研发能力，并更有利于知识、技术和创新成果的扩散和共享；能够促进链上技术创新生态主体间资源配置的最优化。联合共建具备多种协同形式，例如，链上技术创新生态主体联合共建实验室或工程技术中心等科研基地，链上技术创新生态主体联合共建企业，链上技术创新生态主体共建交流平台等。联合共建这一协同形式可以发生在链上同类节点之间，也可以发生在链上不同类节点之间，链上不同类节点之间的联合共建协同更为常见。

（5）人才培养。

人才培养是指技术创新生态链上技术创新生态主体之间通过交流、学习、合作等方式，实现主体内人才的教育和培训。人才培养常见的方式可以是技术创新生产者派人才到技术创新消费者主体中培训、实习、担任顾问，或者是技术创新消费者派人才到技术创新生产者中培训、实习、担任顾问，或者是技术创新生产者之间、技术创新传递者之间、技术创新消费者之间互派人才进行交流、学习等。技术创新生态链上人才培养能够促进链上技术创新生态主体之间知识、技术的相互交流学习，提高知识资源、技术资源在主体之间流转的效率，提高技术创新活动的效率。人才培养这一协同形式可以发生在链上同类节点之间，也可以发生在链上不同类节点之间，且同类节点之间和不同类节点之间均比较常见。

2. 技术创新生态链上竞争形式

技术创新生态链上竞争形式主要有资源竞争、收益竞争及市场竞争。

（1）资源竞争。

资源竞争是指技术创新生态链上节点对知识资源、技术资源、信息资源、资金资源、人才资源、物质资源等资源的争夺。在技术创新生态链上，技术创新生态主体拥有和创造的资源均是有限的，在资源有限的情况下，势必会引发链上主体之间对资源的争夺。在技术创新生态链上，同类节点之间出于功能职能的同质性，对资源的需求和利用较为相似，出现资源竞争的频率和可能性更高，并会出现针对知识资源、技术资源、信息资源、资金资源、人才资源、物质资源等各种资源在内的竞争；不同类节点之间出现竞争的频率和可能性较低，且不同类节点之间的资源竞争主要发生在资金资源、人才资源上。这是因为：第一，资金资源和人才资源属于实体类资源，在使用上本身就具有一定的排他性，且技术创新生态链上各个节点均具有对足量资金资源和高质量人才资源的需求；第二，知识资源、技术资源、信息资源属于虚拟性资源，本身就具有共享性，同时会随着技术创新活动的开展，不断地在链上不同类节点之间流动和转化；第三，物质资源虽也属于实体类资源，但各个不同类型的节点对物质资源的需求存在较大差异，且物质资源也会随着技术创新活动的开展在链上不同类节点之间流动和转化。

（2）收益竞争。

收益竞争是指技术创新生态链上节点对经济收益分配量的争夺。技术创新生态链上各节点均是独立的经济实体，需要追求自身利益的最大化，其参与技术创新生态链的最重要目的之一就是为了尽可能多地获得收益。但每一条技术创新生态链上所能获得的整体收益是有限的，在有限收益的情况下，每个技术创新生态主体想获得更多的收益，就必然会引发链上节点间收益的竞争。链上同类节点和不同类节点间均会发生收益竞争。链上不同类节点之间在进行收益协商或收益分配时，势必会引发这些不同类节点之间的收益竞争。链上同类节点之间因开展合作而进行收益协商或收益分配时，也会引发同类节点之间的收益竞争。

（3）市场竞争。

市场竞争是指技术创新生态链上节点对外界技术创新生态系统中市场份额的争夺。技术创新生态链开展技术创新活动的最终结果是将技术创新成果商业化、产品化，并在市场中进行销售，从而获得社会经济效益。当技术创新生态链上不同节点所产出的技术创新商业化、产品化成果具有同质性或部分功能重叠时，这些节点所面临的市场也会存在重叠，就势必会引发这些节点对市场份额的争夺。技术创新生态链上节点间的市场竞争主要发生在技术创新消费者和技术创新消费者之间，这时，由于在技术创新生态链上，面对市场和进行产品销售的主要是技术创新消费者，这些技术创新消费者在面临同一市场或相互重叠的市场时，相互之间就会产生对市场的争夺。技术创新生态链上其他类型的节点，技术创新生产者和技术创新消费者出于其功能特性，在大多数情况下不需要直接面对市场，因此相互之间不存在对市场的争夺。

3. 技术创新生态链上既竞争又协同的形式

在技术创新生态链上，技术创新生态主体之间除了存在单纯的竞争、单纯的协同外，还存在既竞争又协同的形式，也就是说链上技术创新生态主体之间同时存在竞争关系与协同关系。既竞争又协同的形式可以存在于同类节点之间，也可以存在于不同类节点之间。结合上述所探讨的竞争形式和协同形式，技术创新生态链上同类节点和不同类节点之间可能存在的既竞争又协同的形式，如表 4.10 所示。

表 4.10 技术创新生态链上既竞争又协同的形式

技术创新生态主体		竞争	协同
同类节点之间	技术创新生产者之间	资源竞争、收益竞争	资源共享、合作开发、联合共建、人才培养
	技术创新传递者之间	资源竞争、收益竞争	资源共享、合作开发、联合共建、人才培养
	技术创新消费者之间	资源竞争、收益竞争、市场竞争	资源共享、合作开发、联合共建、人才培养
不同类节点之间	技术创新生产者与技术创新传递者之间	资源竞争、收益竞争	资源共享、技术转让、合作开发、联合共建、人才培养
	技术创新传递者与技术创新消费者之间	资源竞争、收益竞争	资源共享、技术转让、合作开发、联合共建、人才培养
	技术创新生产者与技术创新消费者之间	资源竞争、收益竞争	资源共享、技术转让、合作开发、联合共建、人才培养

4.3.3 技术创新生态链协同竞争的影响因素

技术创新生态链协同竞争受多种因素的影响。具体而言，包括以下几个方面：链上资源状况、链的结构、节点生态位的重叠与互补、链际协同竞争关系及链外政策制度。

1. 链上资源状况

链上资源状况对链上节点间的协同竞争具有影响，具体而言表现如下。

首先，链上资源的丰富程度对链上节点间的协同竞争具有影响。链上资源越丰富，各节点能够占有和利用的资源就越丰富，节点间为占有和利用资源而出现协同或竞争或既协同又竞争的可能性就越小。链上资源越稀缺，各节点为能够占有和利用足够的资源，就会出现对资源的争夺，或出现针对资源的协同，从而形成节点的协同或竞争或既协同又竞争。

其次，链上资源所有权状况对链上节点间的协同竞争具有影响。当链上资源所有权为链上多数节点或全部节点所共享时，链上大多数节点或全部节点均具有资源的使用权，则节点间缺乏因资源所有权问题出现协同或竞争的动力，链上节点间协同或竞争或既协同又竞争意愿不强烈。当链上资源所有权仅为单个节点或少数节点拥有时，链上人多数节点不具备资源的使用权，则当这些节点对该资源具有需求时，会选择与拥有资源节点协同或竞争或既协同又竞争的方式来争取获得资源的使用权，链上节点间协同或竞争或既协同又竞争意愿更强烈。

2. 链的结构

技术创新生态链结构对链上节点间的协同竞争具有影响，具体而言表现如下。

首先，技术创新生态链宽度对链上同类节点间的协同竞争具有影响。技术创新生态链宽度越宽，意味着链上同一层级中，发挥相同或类似功能的同类节点数量越多，同类节点相互间竞争就会越激烈。技术创新生态链宽度越窄，意味着链上同一层级中，发挥相同或类似功能的同类节点数量越少，同类节点之间竞争就会越不激烈。此外，在当前竞争环境和发展趋势下，单个节点独立竞争往往很难具备优势，因此，当技术创新生态链宽度越宽，竞争越激烈的情况下，部分节点为了在竞争中胜出，越会选择与同类其他节点进行协同，出现既竞争又协同的状况。当技术创新生态链宽度越窄，同类节点之间不存在或仅存在少量的竞争时，节点之间竞争压力小，与同类节点进行协同提升竞争力的动力也小，因此出现既竞争又协同的可能性也比较小。

其次，技术创新生态链长度对链上不同类节点间的协同竞争具有影响。技术创新生态链长度越长，意味着链上不同类节点数量越多，节点之间分工越精细，为了完成整条链的技术创新活动，就越需要不同类节点之间进行协同合作，也就是说链的长度越长，链上不同类节点之间合作强度就越大。技术创新生态链长度越短，链上不同类节点数量越少，同一层级节点所承担的角色和功能就越多，不同类节点间合作动力小，不同类节点间合作强度就越弱。此外，技术创新生态链长度越长，不同类型节点数量越多，合作强度越大，参与收益分配的节点数量就越多，节点间收益竞争就会越激烈。技术创新生态链长度越短，不同类型节点数量越少，合作强度越弱，参与收益分配的节点数量就越少，节点间收益竞争就会越不激烈。

3. 节点生态位的重叠与互补

在生态学中，生态位是指一个种群在生态系统中，在时间空间上所占据的位置及其与相关种群之间的功能关系与作用，又可称生态龛，表示生态系统中每种生物生存所必需的生境最小阈值。借鉴这一概念，可以将技术创新生态链中节点生态位界定为技术创新生态链上节点在技术创新生态环境及与链上其他节点互动过程中，所占据的特定位置。节点的生态位可以划分为三个维度：一是功能生态位，二是资源生态位，三是时空生态位。节点功能生态位是指节点在技术创新生态链上所充当的角色和发挥的功能。节点资源生态位是指节点在技术创新生态链上占有和利用各类资源的状况。由于链上资源类型众多，因此，节点资源生态位是一个复合生态位，具体包括知识资源生态位、技术资源生态位、信息资源生态位、资金资源生态位、人才资源生态位、物质资源生态位。节点时空生态位是指节点在技术创新生态链中开展技术创新活动所占据的时间和空间。节点时空生态位包括节点的时间生态位和空间生态位，也是一个复合生态位。

节点生态位的重叠与互补对链上节点间的协同竞争具有影响，具体如下。

首先，节点生态位的重叠状况对链上节点间的竞争具有影响。在自然生态系统中，当两个生物需求同一环境资源时，就会有一部分生态位为两个生物所共有，出现生态位重叠现象①。在技术创新生态链中，节点生态位重叠是指链上两个或两个以上节点的生态位出现部分相同或全部相同的状况。节点生态位出现重叠时，链上存在不同节点充当相同或相近的角色和发挥相同或相近的功能，或占有和利用相同或相近的各类资源，或占据相同或相近的时间和空间，或同时出现上述三种状况中的两种或三种的状况，这势必会引发这些节点之间的竞争，且不同节点间生态位重叠越多，则竞争越激烈。不同节点间生态位重叠越少，甚至出现生态位完全不重叠，即生态位分离时，则节点间竞争越不激烈，甚至不存在竞争。节点生态位重叠状况主要发生在同类节点之间；不同类节点之间出现生态位重叠的可能性较小，且出现生态位重叠时，重叠部分相对同类节点重叠部分而言，也相对较少。

其次，节点生态位的互补状况对链上节点间的协同具有影响。在技术创新生态链中，节点生态位互补是指链上两个或两个以上节点的生态位相互补充。节点生态位出现互补时，链上存在不同节点相互之间能在功能、资源和时空三个方面出现一个、两个或三个方面的互为补充状况，这势必会出于功能、资源或时空等方面的互补，引发这些节点之间的协同，且不同节点之间互补的程度越高，则这些节点间协同的动力越强，协同程度越高。不同节点间生态位互补程度越低，则这些节点间协同动力越弱，协同程度越差。节点生态位互补状况既可以发生在同类节点之间，也可以发生在不同类节点之间，但不同类节点之间出现生态位互补状况的程度会更

---

① 许芳，李建华．企业生态位原理及模型研究［J］．中国软科学，2005（5）：130-139．

高，可能性会更大。

4. 链际协同竞争关系

技术创新生态链链际协同竞争是指技术创新生态链与技术创新生态链之间的协同竞争。链际协同竞争关系对链上节点间的协同具有影响，具体如下。

首先，技术创新生态链链际竞争会影响链上节点之间的协同。技术创新生态链链与链之间竞争越激烈，参与竞争的技术创新生态链为提高自身竞争力，就必须加强链内节点之间的协同，一致对外。技术创新生态链链与链之间竞争越不激烈，处于其中的技术创新生态链缺乏竞争所带来的压力和动力，节点之间协同意愿不强烈，协同程度也会受到影响。

其次，技术创新生态链链际合作会影响链上节点之间的协同。技术创新生态链链与链之间协同程度越高，为了完成协同的任务和目标，技术创新生态链就必须组织链内节点展开协同，共同参与链际协同项目。

5. 链内外政策制度

技术创新监管者会根据链外技术创新生态系统和技术创新生态链自身的状况制定各种政策制度，技术创新生态链自身也会制定各种政策制度。这些政策制度对链上节点间协同竞争具有影响，具体如下。

首先，技术创新生态链链内外可以制定关于链上节点准入准出的政策制度影响链上节点间协同竞争状况。链上节点的准入准出政策制度能够在一定程度上控制链上同类节点和不同类节点的数量，即通过控制技术创新生态链的长度和宽度，进而控制链上节点间协同竞争状况。

其次，技术创新生态链链内外可以制定关于链上节点间协同竞争的政策制度影响链上节点间协同竞争状况。技术创新生态链链内外可以制定政策制度鼓励或引导链上节点之间开展竞争，或开展协同，或既竞争又协同。

最后，技术创新生态链链外可以通过政策制度为链内节点提供良好的资源环境控制链上节点间的协同竞争状况。技术创新生态链链外技术创新监管者可以通过政策制度的方式，为链内节点提供开展技术创新活动所需要的各种资源，或鼓励链内或链际节点间资源共享，通过为链内节点提供良好的资源环境来控制链上节点间的协同竞争状况。

4.4 技术创新生态链知识转移机制

在本章4.1节中虽然已经讨论了技术创新生态链资源流转机制，但是是将各种不同类型的资源作为一个整体进行讨论的，知识资源作为技术创新生态链中最重要的资源，其知识转移也非常重要。因此，接下来将对技术创新生态链知识转移机制单独进行探讨。

4.4.1 知识转移的概念及内涵

1. 知识的概念及类型

知识是人们在改造世界的实践中所获得的认识和经验的总和。知识的内涵丰富又复杂，关于其概念的界定有很多。塔森等（Tuthan et al., 1992）认为，知识是经过加工的信息，用于解决问题和作出决策。竹内和野中（Takeuchi & Nonaka, 1995）则认为知识具有多重构面性，其具体内涵也具有多层次性，他们提出"知识是一种经过充分证实的真实信仰，是保证个体信念不断接近真理的动态过程"。达文波特和普鲁士萨克（Davenport & Prusark, 1998）认为，知识是结构性经验、价值观念、关联信息及专家见识的流动组合。《韦伯字典》从知识的形态和形成过程，将知识从以下几个方面进行了界定：一是从研究、调查、观察或经验中获取的事实或想法；二是有关人类本质的知识十分丰富；三是学问，特别是通过正规学校教育，经常是通过高等教育获得的知识；四是包含有大量学问的书籍。《中国大百科全书·教育》中"知识"条目是这样表述的：所谓知识，就它反映的内容而言，是客观事物的属性与联系的反映，是客观世界在人脑中的主观印象。由此可见，知识是一个非常广泛、复杂、抽象，甚至模糊的概念，不同的人可以用不同的角度来定义，例如以哲学观点或实务观点来诠释、从狭义到广义，均可从不同的着重点来区分，因此很难以单一的标准来定义。

从不同的角度，可以将知识分为许多不同的类型，其中比较有代表性的观点如下。联合国经济合作与发展组织发表的《以知识为基础的经济》将知识分为四类：一是知道是什么的知识（know – what），主要是叙述事实方面的知识；二是知道为什么的知识（know – why），主要是自然原理和规律方面的知识；三是知道怎么做的知识（know – how），主要是指对某些事物的技能和能力；四是知道是谁的知识（know – who），涉及谁知道和谁知道如何做某些事的知识。从知识存在形态的角度，可以将知识分为显性知识和隐性知识，其中显性知识是可以用文字、数字、图形或其他象征物清楚地表达出来的知识；隐性知识是高度个性化、只可意会，难以形式化、记录、编码或表述的知识。根据知识的存储单位，可以分为个人知识和组织知识，其中个人知识是个人自己的知识，包括技能、经验、习惯、自觉、价值观等；组织知识是内含于组织实体系统中的知识。按照反映深度的不同，知识可划分为感性知识和理性知识，感性知识是对事物的外部特征和外部联系的反映；理性知识是反映事物的本质特征与内在联系。根据知识功能的不同，知识可以划分为陈述性知识和程序性知识，其中陈述性知识是个人具有有意识地提取线索，因而能直接陈述的知识；程序性知识是个人没有意识地提取线索，只能借助某种作业形式间接推论其存在的知识。

2. 知识转移的定义

知识转移的概念最早是由美国学者蒂斯（Teece）于 1977 年提出的，他指出跨国公司之间彼此知识互换可以拉近地区间的知识距离，增加企业资源及创新理论契机，他将知识转移定义为"组织间通过知识流转，从而实现技术扩散"的现象。此后，知识转移不断引起各国学者的关注。

关于知识转移概念，学者们从各自不同的角度对其进行了界定。苏兹兰斯基（Suzlanski，1996）等认为，知识转移是一段特定的信息传播过程，该过程包含三个基本要素，即存在知识情境、知识源单元、知识接收单元。达尔和库尔茨伯格（Darr & Kurtzberg，2000）认为知识转移发生于提供者分享接受者所采用的知识的时刻。米尔娜·吉尔伯特（Myrna Gilbert，

1996）和罗伯特·帕伦特（Robert Parent，2007）等将知识转移看作是一个流动的过程，知识的发送方和知识的接收方都在这一过程中不断发生变化。南希·M. 狄克逊（2002）在其专著《共有知识——企业共享知识的方法》中，将知识转移界定为让一个组织或部门的知识应用到其他组织或部门的过程。经济合作发展组织认为，知识转移是专业知识在人与人之间的传播过程，通过知识转移，组织可以有效提高人力资源水平进而获得竞争优势。董小英（2002）认为知识转移强调知识在转移过程中发生新的变化，这种新的变化会使知识接收方企业的组织能力得到提升。左美云（2004）认为知识转移是指知识势能高的主体向知识势能低的主体转移知识内容的过程，这个过程伴随着知识的使用价值让渡，一般会带来相对应的回报。从上述概念界定中可以看出，学者们对知识转移概念的界定主要集中于以下几个视角：一是强调知识内容的传递；二是强调知识发送方和知识接收方在知识转移过程中的收益；三是强调知识转移的过程、知识的应用和收益。

3. 知识转移的内涵

基于对知识转移概念的分析，可以认为知识转移的内涵包括以下几个方面。

第一，知识转移包括三个基本要素，即知识发送方、知识接收方和知识转移内容，其中知识发送方和知识接收方属于知识转移主体，知识转移内容属于知识转移客体。

第二，知识转移需要借助一定的技术工具或媒介，受转移过程的内外部情境影响，其中知识转移情境是知识转移过程发生时所处的环境。

第三，知识转移是知识从知识发送方到知识接收方的转移过程，知识转移的成功体现在知识接收方能够有效接受并利用知识发送方发送的知识。

4. 技术创新生态链知识转移概念

综合以上分析，将技术创新生态链知识转移的概念界定为：技术创新生态链的技术创新生态主体之间通过知识传递、知识获取、知识吸收和知识利用等一系列活动而形成的从技术创新生产者到技术创新消费者的知识转移过程，并通过这一过程促进主体间技术创新活动的实现和价值的增值。

4.4.2 技术创新生态链知识转移的过程要素与流程

1. 技术创新生态链知识转移过程要素

一般而言，要素是指构成一个客观事物的存在并维持其运动必要的最小单位，是构成事物必不可少的现象，又是组成系统的基本单元，是系统产生、变化、发展的动因。在技术创新生态链上知识转移过程中，也具有构成其转移过程的基本单元。基于上述对知识转移和技术创新生态链知识转移概念和内涵的分析，技术创新生态链知识转移过程要素主要包括知识转移客体、知识转移主体、知识转移渠道和知识转移情境四个方面。

（1）知识转移客体。

知识转移客体是在技术创新生态链上知识转移的对象和内容，也就是链上的各种知识。在技术创新生态链上转移的知识主要是知识发送方所产生的各种知识。根据上一节对知识类型的分析，转移的知识既包括链上知识发送方所创造的显性知识，如文献资料、文档记录、数据公式等；又包括链上知识发送方所创造的隐性知识，如技术经验、灵感直觉、观点诀窍、阅历心智等。同时也包括链上知识发送方内部个体专家所产生和拥有的个人知识，如专业知识、技术经验、灵感直觉、观点诀窍、阅历心智等；还包括链上知识发送方作为一个整体组织所创造的组织知识，如作业流程、技术系统、组织制度、组织文化等。如果在技术创新生态链上不存在这些知识，技术创新生态链上知识转移活动就成了无源之水、无本之木。

（2）知识转移主体。

知识转移主体是技术创新生态链上参与知识转移活动的，并影响链上知识转移活动效果和效率的技术创新生态主体。具体而言，包括链上参与知识转移活动的各种组织、机构或个人等，如高校、科研机构、企业、各种中介机构及这些组织结构中所拥有的专家学者、技术人员、科研人员等。其中，知识发送方主要是高校、科研机构、企业研发部门，以及这些组织内部拥有的专家学者、技术人员和科研人员等；知识接收方主要是企业，以及企业内部的技术人员等。

（3）知识转移渠道。

知识转移渠道是技术创新生态链上知识发送方和知识接收方之间沟通和交流知识的通道，是知识转移的媒介。技术创新生态链上知识转移的渠道形式多样，包括面对面交流、培训、宣讲、QQ、邮箱、电话会议、视频聊天、科技出版等。这些渠道一般可以分为正式渠道和非正式渠道两类。正式渠道则指在知识发送方和知识接收方之间存在独立控制者的转移渠道，正式渠道中的知识将在控制者的控制下经过一系列有序的环节流向知识接收方，如知识发送方的知识通过技术创新平台整理后在转移给知识接收方。非正式渠道指在知识发送方和知识接收方之间不存在控制者，知识不经过其他中介环节而直接从知识发送方转移到知识接收方，如知识发送方和知识接收方之间面对面地交流等。知识转移渠道技术创新生态链上知识转移过程中发挥重要作用，链上参与知识转移活动的各种技术创新生态主体之间的知识转移都离不开渠道，没有转移渠道，知识转移也很难实现。

（4）知识转移情境。

情境是指在一定时间内各种情况的相对或结合的境况。在技术创新生态链中，知识转移是处于一定情境之中的。链上知识转移情境是链上知识在转移过程中所处于的环境要素。知识转移情境对链上知识转移的效果和效率具有较大的调控和影响作用，是知识转移活动的基础。链上知识转移情境具体可以划分为两大类，一类是链内的知识转移情境，另一类是链外的知识转移情境。链内知识转移情境是链上知识转移过程中所处的链内的环境要素，包括主体之间的信任、主体之间的关系、主体知识存量、主体沟通、链内的文化规章制度等。链外知识转移情境是链外技术创新生态系统中对链上知识转移具有影响的环境要素，包括政治环境、市场环境、经济环境等。其中，链内知识转移情境对知识转移影响显著，链外知识转移情境对知识转移影响相对较弱。

2. 技术创新生态链知识转移流程

知识转移是一个过程，是知识从知识发送方向知识接收方转移的一个动态过程。关于知识转移过程研究，最早是由日本学者野中（Nonaka，1991）提出来的，他提出了具有广泛影响力和代表性的知识转移 SECI 创造螺旋模型，具体包括知识社会化、外显化、组合化和内隐化一系列流程，总结了知识从显性到隐性的循环转化螺旋递升过程。其中，社会化是第一个阶段，是指个人隐性知识向他人传递并实现隐性知识的群体共享。在这一过程中，个人可以从他人那里通过观察、模仿和实践等方法，而不通过语言符号中介直接获得隐性知识，例如，师傅教授徒弟，职场培训等。外显化是第二个阶段，是指隐性知识向显性知识的转化。这一阶段是将隐性知识用符号化的概念和语言描述和表达的过程，实现知识的外显。通过这一转化过程，可以有效地将知识从个体内部转移到外部。组合化是第三个阶段，是指零散的显性知识向体系化知识的转化，它是一个通过各种方式把形形色色的知识概念组合化和系统化的过程。具体方法有整理、增添、结合和分类等，最终重新构造既有信息并催生新知识。通过这一过程，将个体乃至群体的知识变成组织的知识，把散乱的知识变成系统的知识。内隐化是第四个阶段，是指显性知识向隐性知识的转化，从组织的知识储备到个人的知识创造的转化。在这一阶段，组织的共有技术诀窍和心智模式，再内化到个体的隐性知识之中，新知识被组织内部员工吸收、消化，并升华成他们自己的独特的新的隐性知识，从而拓宽、延伸和重构组织成员的隐性知识。具体过程如图 4.3 所示。

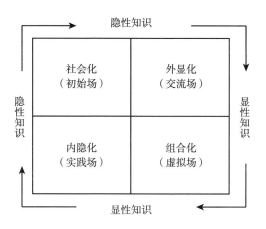

图 4.3　SECI 模型

苏兰斯基（Szulanski，1996）对最佳实践知识转移过程进行了分析，提出知识转移分为四阶段模型：初始阶段、实施阶段、调整阶段和整合阶段。其中，初始阶段是指源单元识别可以满足对方要求的知识。当知识接受单元发生知识不足的状况时，便开始寻求知识转移单元，并向确认的知识转移单元发送知识转移请求，知识转移单元识别可以满足知识接收单元需求的知识。实施阶段是指双方建立适合知识转移的渠道，同时源单元对拟转移的知识进行调整以适应接收单元的需要。在这一阶段，发送知识转移的单元双方需要根据双方的需求、以往的经验选择并建立一条或多条转移渠道，源单元也会完成相应的知识转移前期准备工作。调整阶段是指知识接收单元对知识进行调整以适应新的情境。在这一阶段，知识接收单元会根据自身的各种情境因素，对所接收的知识进行调整。整合阶段是指知识接收单元对知识进行制度化并成为自身知识的一部分。在这一阶段，知识接收方会将接收的知识与自身已有的知识进行整合，形成新的知识，并进行知识的应用以获得满意的效果。

基于此，技术创新生态链知识转移过程可以总结为以下四个阶段：准备阶段、实施阶段、整合与应用阶段及反馈阶段。

（1）准备阶段。

知识转移的准备阶段是技术创新生态链上知识转移的初始阶段和准备阶段。在这一阶段中，知识转移的发起可以由链上知识转移接收方发现自身知识存量不足而发起，也可以由链上知识转移发送方出于研发出新的技术创新成果而发起。知识转移发起后，双方会就知识转移的时机、知识转移的目标、知识转移的内容、知识转移的范围、知识转移情境、知识转移的收益分配、知识转移的风险等方面进行考量和协商，制定相应的知识转移决策。

（2）实施阶段。

知识转移实施阶段是技术创新生态链上知识转移的核心阶段。在这一阶段，链上知识转移双方在上一阶段确定知识转移意向和知识转移决策后，开始实施知识转移决策。链上知识发送方根据知识接收方的知识需求，从自身的知识库中进行筛选、整理，根据知识不同类型选择不同的知识转移渠道，根据知识接收方的接收能力选择适合的转移时机和方法，根据知识转移内容创建适宜的知识转移情境。一般而言，转移的知识中，显性知识如相关技术创新文献资料等比较好转移，隐性知识如技术、经验等较难转移，要根据隐性知识的类型选择语言编码、面对面交流、技术讲座等恰当的方式进行转移。还要考虑知识转移双方的信任度，在双方信任度不高的时期，更适宜转移显性知识，在双方信任度较高的时期，更适合转移隐性知识。此外，在实施阶段运作过程中，知识转移双方还需要对照上一阶段制定的知识转移决策和现实执行情况作出相应的调整。

（3）整合与应用阶段。

在汉语词典中，"整合"是指通过整顿、协调使分散的彼此衔接，并最终形成整体。知识转移的整合与应用阶段是技术创新生态链上知识接收方运用科学的方法，将从知识发送方处获取的各种知识进行整理归类，消化吸收，由原来较为零散的知识整合吸收形成新的知识体系，并将其应用到技术接收方的生产实践活动中的阶段。具体而言，在这一阶段，知识接收方要先将接收的知识进行总结，在总结过程中将知识转移过程中产生的知识噪声和不需要的知识去除，然后结合自身的知识存量，在充分理解新知识的基础上，对其进行吸收、组合，纳入自身的知识体系中，形成新的知识体系，应用在知识接收方的具体情境中。

（4）反馈阶段。

当新知识被用于研发和生产之后，知识转移就到了最后的信息反馈阶段。协同创新是一种长期的合作关系，为了知识发送方和知识接收方协同创新的长远发展，反馈阶段就是将新知识在应用中遇到的问题与可能改进的方向记录下来，反馈给知识提供方，从而使新知识具有更长远的生命力；另外，反馈的信息有助于协同双方开展进一步的合作项目，使协同创新联盟关系更加稳固。

4.4.3　技术创新生态链知识转移影响因素

1. 知识转移主体属性

知识转移主体包括知识的发送方和知识的接收方。在技术创新生态链中，知识发送方主要是链上的技术创新生产者，知识接收方主要是链上的技术创新消费者。这些知识转移主体的属性对技术创新生态链上知识转移具有影响。

（1）技术创新生产者属性。

在技术创新生态链中，技术创新生产者作为链上的知识生产者和知识源，其知识转移意向、知识转移能力对链上知识转移具有较大的影响。首先，技术创新生产者的知识转移意愿是技术创新生态链上知识转移的原动力，链上知识转移活动得以发生的前提条件就是链上技术创新生产者具有知识转移、知识共享的意愿。链上技术创新生产者知识转移意愿越强烈，则知识保护意识越淡薄，所转移知识的数量和质量越高，获得更好的知识转移效果；反之，链上技术创新生产者知识转移意愿越薄弱，则知识保护意识越强烈，极易出现知识隐藏或知识共享数量不足、质量不高的现象，影响知识转移效果。其次，技术创新生产者仅拥有知识转移意愿还不够，还需要具备知识转移能力。知识转移能力是知识发送方能够对知识进行清晰的编码、有效的传播、适宜的表述，将知识转移给知识接收方的能力。链上技术创新生产者知识转移能力越强，则知识编码效果越好，表达方式越适宜、转移方式越合适，知识转移效率就越高；反之，链上技术创新生产者知识转移能力越弱，则知识编码效果越差，表达方式越不适宜、转移方式越不合适，知识转移效率就越低。不仅如此，在技术创新生态链上转移的知识中，占据数量较多、且更为关键的往往是隐性知识，相较于显性知识而言，隐性知识更难以编码且更具个性化，需要技术创新生产者具备隐性知识转移的技巧和表达能力，并需要借助一定的工具或行为促使隐性知识显性化，在这一过程中，技术创新生产者的知识转移能力会对隐性知识转移的效果起到较大的影响。

（2）技术创新消费者属性。

在技术创新生态链中，技术创新消费者作为知识转移的接收方，其知识接收意愿和知识接收能力对链上知识转移具有较大的影响。首先，当技术创新生态链上技术创新消费者知识接收意愿不强烈时，一方面，技术创新消费者吸收和利用新知识缓慢，处于被动接受和被动应对的状态，链上的知识转移将很难完成并很难取得较好的知识转移效果；另一方面，会对链上技术创新生产者知识供给意愿产生负面影响，进而不愿意共享和发送自身所生产的知识。反之，链上技术创新消费者如果具有非常强烈的知识接收意愿，一方面，消费者强烈的知识接收意愿会促使其积极主动地联系技术创新生产者，吸收其转移的知识，获得较高的知识转移效率；另一方面，这一知识接收意愿还能够帮助其克服和化解知识转移过程中存在的问题和阻碍，使知识转移过程更为顺利。其次，技术创新生态链上技术创新消费者的知识接收能力对于链上知识转移来说也很重要。技术创新消费者的知识接收能力是技术创新消费者发现知识、学习知识、整合知识并应用知识的能力。技术创新生态链知识转移过程也是技术创新消费者知识学习的过程，需要经过技术创新消费者对知识的发现、学习、整合及应用，整个知识转移过程才算真正完成。具体而言，技术创新消费者的知识发现能力是决定消费者是否能够积极主动、准确无误地认知到自身所需的知识，并快速准确寻找到对应的技术创新生产者的能力；知识学习能力是决定消费者是否能够准确无误地对知识发送方发送的知识进行解码、理解并吸收的能力；知识整合能力是决定消费者是否能够将现有积累的存量知识与新吸收的知识进行融合的能力；知识利用能力是决定消费者是否能够将吸纳的新知识利用于自身发展和创新的能力。这些能力均会较大地影响到技术创新生态链上知识转移的效果和效率，知识接受能力强则知识转移效果好，效率高；知识接受能力弱则知识转移效果差，效率低。

2. 知识特性

知识内涵复杂又丰富，会展现出许多不同的特性，这些特性会影响到技术创新生态链上的知识转移。具体而言，这些特性包括知识的形态性、复杂性、内嵌性、专用性等。首先，根据知识形态的不同，可以将知识划分为显性知识和隐性知识，显性知识是相对比较直观、易于理解、容易编码的以文字形式固定下来知识，这类知识在转移过程中，不仅极易被技术创新生产者传递出去，也极易被技术创新消费者所接受和利用。隐性知识是相对难以表达、难以理解、难以编码、难以用文字记录的知识，这类知识在转移过程中，不仅模糊性高不易转移，而且必须通过经验分享、知识传承等人际互动方式实现转移，更加增加转移的难度，降低转移的效率。其次，知识具有的复杂性对技术创新生态链上知识转移具有影响。知识复杂性是与特定的知识或资产存在关联的技术、惯例、个体及资源的数量。

技术创新生态链形成与运行机制研究

知识越复杂，该知识在转移过程中涉及的技术、惯例、部门或个人、资源数量就越多，知识就越难被理解，越难被转移；反之，知识越不复杂，在转移过程中涉及的各方面内容数量越少，知识就越容易被理解，越容易被转移。再次，知识内嵌性对技术创新生态链上知识转移具有影响。知识内嵌性是知识内嵌在技术创新生态链上技术创新生态主体的组织文化、沟通方式、运作流程、技术工具之中。而链上不同的技术创新生态主体，其组织文化、沟通方式、运作流程和技术工具等存在较大差异，因此，知识内嵌程度越高，则越难以被转移；反之，知识内嵌程度越低，则越容易被转移。最后，知识专用性对技术创新生态链上知识转移具有影响。知识专用性是知识与知识拥有者之间的依存程度。知识专用性越高，则知识与特定的知识拥有者之间依存程度就越高，一方面，知识很难离开其知识拥有者发生转移；另一方面，知识在离开该知识拥有者后往往很难保持较高的使用价值，从而增加知识转移难度，降低知识转移效果；反之，知识专用性越低，则知识与特定的知识拥有者之间依存程度就越低，越有利于知识的转移。

3. 转移渠道

知识转移渠道是知识转移过程中必备的要素之一，对知识转移非常重要。首先，在知识转移过程中，可以通过正式渠道和非正式渠道进行转移，这两种渠道各具特色，正式渠道中转移的知识具有较强的系统性、整体性、稳定性和可控性，但具有一定的时滞性；非正式渠道中转移的知识具有较强及时性、新颖性，但具有一定的主观随意性和瞬时性。因此，技术创新生态链上知识转移渠道必须要丰富，渠道丰富程度越高，知识转移效率越高，效果越好；反之，渠道丰富程度越低，知识转移效率越低，效果越差。其次，链上知识转移渠道的先进性对知识转移也具有影响，知识转移渠道越先进，知识转移效率越高，效果越好；反之，知识转移渠道越落后，知识转移效率越低，效果越差。

4. 技术创新生态链内情境因素

技术创新生态链内情境因素是链上知识转移的背景，内部情境因素中的主体间文化差异、主体共同目标愿景、主体间信任关系、沟通频度等，会对链上知识转移产生影响。首先，链上参与知识转移的技术创新生态主体之间文化差异对链上知识转移具有影响。链上技术创新生态主体之间文化差异较大，价值观相差较远，会对主体间知识转移造成障碍，影响链上知识转移的范围、程度和可持续性；反之，当链上技术创新生态主体之间文化氛围相近，价值观比较一致，则主体之间知识转移会比较顺畅。其次，链上参与知识转移的技术创新生态主体共同目标愿景对链上知识转移具有影响。共同目标愿景是链上参与知识转移的技术创新生态主体对于链上技术创新的长远目标和发展前景的一致性理解和构建。当链上参与知识转移的主体间构筑共同目标愿景后，将有利于主体之间长期互利共生关系的建立，对主体间知识转移产生积极正面的影响，提高知识转移效率和效果。不仅如此，共同目标愿景的构筑还能增强知识发送方和知识接收方之间知识发送和知识接受的意愿，缓解或避免双方之间发生冲突，进而促进链上主体间的知识转移。再次，参与知识转移的技术创新生态主体之间的信任关系会影响链上知识转移。技术创新生态链上各种技术创新生态主体虽然以技术创新为其共同目的链接起来，但主体仍然拥有各自不同的目的和追求，且均对利益有较高的追求。在这种情况下，链上主体之间要实现技术转移，主体之间必须建立信任关系。当链上技术创新生态主体之间建立较高水平的信任关系后，主体之间共生互利关系牢固，主体之间会具有更大的意愿并在更大程度上共享、转移知识，减少不必要的纠纷，主体间知识转移活动也会更为高效、顺畅；反之，当链上技术创新生态主体之间信任程度较低时，主体之间相互防备、关系松散，知识共享转移意愿较低，这不仅会影响到知识转移的效率、广度和深度，而且也会影响到技术创新生态链的稳定性和可持续发展性，技术创新生态链稳定性不高、可持续发展性较差又会进一步地对主体间知识转移造成负面影响，形成恶性循环。最后，技术创新生态链上参与知识转移的技术创新生态主体之间沟通频度对链上知识转移具有影响。链上知识发送方和知识接收方在知识转移过程中需要沟通，即这一过程中需要双方交换知识、意见等，沟通频度直接反映了知识转移过程中双方之间交换知识、意见等的有力程度。基于链上转移的知识复杂性，高频率的沟通可以使知识发送方和知识接收方之间更加了解和相互信任，加速知识转移的速度，提高知识转移的效率；反之，双方之间沟通频度较低，知识转移速度就相对较慢，知识转移效率也相对较低。不仅如此，在链上转移的知识中，含有大量隐性程度高、内嵌性较高、专用性较强的知识，这类知识黏性较强，极难转移，必须依靠知识发送方和知识转移方之间高频度、高效率的沟通才能使其外化，实现转移和有效利用。

5. 技术创新生态链外情境因素

技术创新生态链所处的外部情境因素对链上知识转移的影响虽然没有内部情境因素影响大，但也具有一定的影响。首先，政府在技术创新生态链上知识转移中发挥重要作用。政府作为技术创新生态系统中的监管者，能对链上的知识转移活动起到引导、规范、监管、促进等作用。具体而言，政府可以通过制定政策、健全法律法规来引导链上知识转移活动，规范知识转移行为，破除知识转移过程中的障碍，弥补知识转移过程中存在的市场缺陷，为知识转移提供相应的法律保障；政府可以通过给予知识转移税收减免、经费支持来提高技术创新生态链上技术创新生态主体知识转移的积极性和意愿，促进链上知识转移活动的开展，提高知识转移的效率和成功率。其次，市场在技术创新生态链上知识转移中也发挥了重要作用。市场需求和市场竞争是推动技术创新生态链上知识转移的重要因素之一。技术创新生态系统中技术创新生态主体组建技术创新生态链，并实现链上知识转移的主要动因之一就是因为单个的技术创新生态主体难以满足市场需求及其快速的变化，难以应对激烈的市场竞争。当链上技术创新消费者面临飞速变化的市场需求时，技术创新消费者必须能够快速的调整自身的产品或服务来满足市场需求，这就需要技术创新消费者学习新知识、开发新技术，从而形成对链上知识转移的迫切需求，提高技术创新消费者的接受意愿，加快链上知识转移的速度。当链上技术创新生态主体面临激烈的市场竞争时，这种市场竞争会转化成技术创新生产者开发新知识、获取利益的动力，会转化成技术创新消费者学习新知识、开发新技术的动力，并以此来提高技术创新生态主体的竞争力，因此，市场竞争会激发技术创新生态主体对知识转移的意愿，加速链上知识转移的速度。

4.5 技术创新生态链共生互利机制

4.5.1 技术创新生态链共生互利的概念及其内涵

1. 共生的概念及其内涵

在生物界中，共生是其中存在的一个普遍现象，最早是由德国真菌生物学家德贝里（Debary）于 1879 年提出的，他认为共生是指两种不同种属的生物一起生活，相互联系、共同生存、协同进化的共生关系。随后，经过学者范明特（Famintsim）、保罗布克那（Prototaxis）的补充完善，指不同种属按某种物质联系生活在一起，在一定的环境中依照共生模式形成的相互依存的共生关系，是生物之间相互发展的高级形式。如今，经过多年的发展，共生概念的应用已经非常广泛，不仅限于生物学领域，还更多地用于工业、经济管理等领域。

一般而言，共生是指两种及两种以上共生主体在共生环境下，通过一定的共生模式结合而成的，能够产生和分享共生利益的共同生存关系。

其中，共生主体是形成共生的最基本的单元。例如，在技术创新生态链上所形成的共生关系中，共生主体就是技术创新生态链上的各种技术创新生产者、技术创新传递者和技术创新消费者。

共生环境是除共生主体以外的所有要素的总和，是共生主体及其共生关系产生和发展的基础条件。例如，在技术创新生态链上共生主体所在的共生环境就是其所面临的外部环境，包括技术环境、经济环境、政治环境、地理环境、社会环境、文化环境等。

共生模式是指共生主体相互作用的方式或相互结合的形式。根据共生关系运作组织情况不同，可将共生关系分为点共生、间歇共生、连续共生、一体化共生四种模式。根据共生行为模式的差异，可将共生关系分为寄生、偏利共生、互惠共生三种模式。这里详细说明一下根据共生行为模式差异划分的三种模式。寄生是两种共生主体在一起相互作用，一方受益，另一方受害，后者给前者提供能量资源和居住场所。偏利共生是两种共生主体在一起相互作用，对一方没有影响，而对另一方有益。互惠共生是两种共生主体在一起相互作用，双方都能从中获得利益。

2. 共生互利的概念及其内涵

互利是指具有共同生存关系的两个或两个以上主体互相有利，彼此受益。技术创新生态链共生互利是指技术创新生态链上共生主体在共生利益分配中的互利关系。其中，共生主体是指技术创新生态链上具有共生关系的技术创新生态主体。共生利益是指技术创新生态链中共生主体通过共生作用所创造的利益。

具体而言，技术创新生态链共生互利内涵主要包括以下两个方面。

首先，技术创新生态链共生互利的本质是技术创新生态链上技术创新生态主体在共生关系中的利益分配。其中链上技术创新生态主体之间共生关系是前提条件，在共生关系上的对共生主体均有利的利益分配是宗旨。因此，技术创新生态链共生互利探讨的是如何在共生主体之间实现互利，完成利益的分配。

其次，技术创新生态链共生互利要求技术创新生态链在运行过程中，共生的技术创新生态主体之间互相有利，互相得益。链上共生的技术创新生态主体在相互作用、运行发展的过程中，会产生不同的共生效益，包括只对一方有利，对另一方无利也无害；对一方有利，对另一方有害；对双方均有利等。但技术创新生态链共生互利要求链上共生主体之间一定是对共生主体均有利的状态。

4.5.2 技术创新生态链共生互利的原则及方式

1. 技术创新生态链共生利益

技术创新生态链共生利益是指技术创新生态链上共生主体通过共生作用所产生的可供分配的利益。链上共生利益可以从多个角度进行分类，将其划分为不同种类的利益。

从链上共生利益的可量化程度，可以将共生利益划分为可量化的有形利益和不可量化的无形利益。有形利益是指直接获得的可以量化的利益，是链上共生主体和整条链所获得的利润、技术创新成果等。无形利益是指不能直接计量的非财务性收益，是链上共生主体和整条链所获得的生态效益、社会形象、社会信誉、知识经验、品牌商标、知识产权等。

从链上共生利益形态的不同，可以将共生利益划分为经济利益、素质利益和形象利益。其中，经济利益是指能用经济指标进行衡量的价值，是链上共生主体和整条链所获得的经济收入及开展活动所耗费的经济成本的差额。素质利益是指链上共生主体和整条链在素质方面的变化，是链上共生主体和整条链在观念、能力、知识、技术等方面的优化和提升。形象利益是指链上共生主体和整条链在大众形象方面的变化，是链上共生主体和整条链在社会地位、社会影响力和社会认同度等方面的提升。

2. 技术创新生态链共生互利的原则

各种技术创新生态主体加入技术创新生态链并参与共生的主要目的之一就是为了获得某种或某几种利益。技术创新生态链共生主体进行利益分配是否合理和公平不仅会影响到链上共生主体参与链上技术创新活动的积极性和主动性，也会影响整条链的稳定运行和持续发展。因此，技术创新生态链共生主体在进行利益分配时必须遵循一定的原则，具体包括以下几个方面。

（1）公平与效率兼顾原则。

公平原则是共生主体在进行分配时需要遵守的基本原则。公平原则要求在利益分配过程中，尊重各共生主体的利益诉求，按照分配标准进行分配，确保利益分配过程和结果的公平、公开和透明。此外，为了利益分配整体效率的最大化，在确保利益分配公平的同时还要兼顾利益分配的效率，在两者之间寻求一个平衡。

（2）互利互惠原则。

技术创新生态链上共生互利的技术创新生态主体在进行利益分配时，要以共生主体之间互利互惠、实现共赢作为前提条件，确保利益分配能够给各共生主体均带来利益，使共生主体所能获得的利益大于其不参与共生所能获得的收益，任何一个共生主体利益的获取都不以牺牲其他任何共生主体的利益为代价。

（3）投入收益对等原则。

在技术创新生态链上，共生主体在参与技术创新活动时，具有多种多样形式的投入，包括资金、技术、人才、设备等。这些投入既有有形的资产，也有无形的资产，且各项资源在技术创新活动中发挥的作用和重要性程度也各不相同。因此，在链上共生主体之间进行利益分配时，要科学合理地评估各共生主体投入资源的价值，确保投入与收益相一致，投入越大收益越高。

（4）风险利益对等原则。

技术创新生态链上共生主体在技术创新活动所承担的风险程度也是共生主体间利益分配所需要考虑的要素。在链上共生主体的技术创新活动中，各共生主体负责的任务不同，其所承担的风险也不同。共生主体所承担的风险越高，其在开展创新活动中所需要投入的精力和成本也越高，其失败的可能性也越高。因此，在链上共生主体之间进行利益分配时，需要考虑到各共生主体所承担风险的大小，在利益分配机制中应引入风险调节系数对共生主体承担的风险进行补偿，确保共生主体的利益与风险相匹配，并以此来确保高风险创新模块共生主体参与与完成的积极性和主动性。

3. 技术创新生态链共生互利的方式

在技术创新生态链共生互利中，共生主体可分配的利益包括可以量化的有形利益和不可以量化的无形利益。由于无形利益是不能直接计量的非财务性收益，因此在分配时可以先将无形利益进行合理量化，再与有形利益共同参与分配。

技术创新生态链上共生主体利益分配的主要方式有以下四种。

（1）固定支付。

固定支付是指技术创新生态链上共生主体在进行利益分配时，按照预先制定的利益分配模式，在链上技术创新活动全部完成后将利益一次性或分期支付给共生主体的方式。固定支付方式的优点是操作起来简单易行，比较方便。但缺点是分配方式过于简单，没有将收益与技术创新活动中的风险、投入等完全对等，因此对于参与利益分配的共生主体来说，缺乏激励机制，容易在技术创新开展过程中逐渐丧失动力和积极性。

（2）提成支付。

提成支付是指技术创新生态链上共生主体事先协商签订好收益分成合同，在利益分配时，以经济上的使用效果（产量、销售额、利润等）作为基础，按照合同规定的分成比例，获取收益的方式。相比固定支付而言，提成支付根据最终收益按照分成的方式分配收益，能够更好地激励共生主体参与技术创新活动，提升共生主体的积极性和主动性。此外，在提成支付中，技术创新成果最终的商品化表现优劣直接决定了共生主体的分成额度，因此，链上共生主体在技术创新活动中，会更加注重市场需求，加强共生主体中技术创新生产者、技术创新传递者和技术创新消费者的协同合作，共担风险，共享利益。但是，在参与提成支付的共生主体中，技术创新消费者相比技术创新生产者和技术创新传递者而言，对最终成果的商品化表现更为了解，从而容易造成共生主体的信息不对称，使部分共生主体利益受损。

（3）混合支付。

混合支付是指在技术创新生态链上对共生主体进行利益分配时，同时采用固定支付和提成支付两种分配方式。具体分配过程一般如下，技术创新监管者如政府，或者链上共生主体技术创新消费者按照一定的数额预先支付给技术创新生产者，待技术创新成果商业化后，再按照提成支付方式进行利益分配。混合支付方式兼具固定支付和提成支付两种方式的优点，而且由于固定支付部分采取的是提前支付的方式，为链上共生主体技术创新生产者提供资金等资源的支撑，有助于其开展技术创新活动。

（4）按股分配。

按股分配是指技术创新生态链上共生主体将各自有形投入如资金资源、物质资源、人才资源等实体资源，以及无形投入如知识资源、技术资源、信息资源等虚拟资源作价入股，在进行利益分配时就按照入股比例进行分配的方式。按股分配方式将风险、投入和收益很好地对等起来，使共生主体之间的利益分配更加公平公正，同时将共生主体各自的利益与整条技术创新生态链的利益紧密关联起来，有利于实现整条技术创新生态链利益的最大化。

4.5.3　技术创新生态链共生互利的影响因素

1. 链上共生主体的贡献度

技术创新生态链上共生主体对链上技术创新活动的贡献度对链上共生互利具有较大影响。链上共生主体对链上技术创新活动的贡献度包括投入资源、社会影响力、努力程度、产出成果等。其中，投入资源是指链上共生主体为技术创新活动所投入的各种有形的资源和无形的资源。社会影响力是指链上共生主体的社会影响力，共生主体社会影响力越大，对整条链的影响力提升就越高。努力程度是指链上共生主体参与链上技术创新活动的努力程度。产出成果是指链上共生主体参与链上技术创新活动的产出。链上共生主体对链上技术创新活动的贡献度越高，按照投入收益对等分配原则，其所分配的利益就越多；链上共生主体对链上技术创新活动的贡献度越低，按照投入收益对等分配原则，其所分配的利益就越少。基于此，当链上各共生主体的贡献度存在差异越大，链上共生主体间利益分配就越不均衡；反之，当链上各共生主体的贡献度存在差异越小，链上共生主体间利益分配就越均衡。

2. 链上共生主体的风险承担情况

技术创新生态链上共生主体的风险承担情况对链上共生互利具有较大影响。链上共生主体在参与技术创新活动时，需要承担一定的风险。链上共生主体所需承担的风险包括：技术风险、市场风险、财务风险、政策风险等。其中，技术风险是指链上共生主体所负责技术创新环节的技术难度和技术不确定性。市场风险是指链上共生主体所面临的市场不确定性。财务风险是指链上共生主体所面临的资金方面的风险。政策风险是指链上共生主体所面临的政府政策的变动性和不确定性。链上共生主体承担风险越高，根据风险利益对等分配原则，其所分配的利益就越多；链上共生主体承担风险越低，根据风险利益对等分配原则，其所分配的利益就越少。基于此，当链上各共生主体承担风险差异越大时，链上共生主体间利益分配就越不均衡；反之，当链上各共生主体承担风险差异越小时，链上共生主体间利益分配就越均衡。

3. 链上共生主体的议价能力

技术创新生态链上共生主体间利益分配方式和内容的确定是需要经过一个协商、谈判的过程的。在这个过程中，共生主体根据自身的议价能力，相互之间进行协商、谈判和博弈，最终形成一个确定的利益分配方案。共生主体议价能力是指共生主体在利益分配过程中讨价还价的能力。共生主体议价能力会影响到链上共生主体之间的利益分配。在技术创新生态链共生主体谈判过程中，共生主体凭借自身的创新能力、创新资源和资金等方面的实力和自身投入的资源获得相应的议价能力、话语权和主动权。共生主体实力越强，投入资源尤其是核心类、关键类资源越多，其议价能力、话语权和主动权就越强，最终所能获得的利益将越多；共生主体实力越弱、投入资源越少，其议价能力、话语权和主动权就越弱，最终所能获得的利益将越少。基于此，技术创新生态链上共生主体之间议价能力差异越大，共生主体间利益分配就越不均衡；链上共生主体之间意见能力差异越小，共生主体利益分配就越均衡。

4. 链内主体间的合作关系

首先，技术创新生态链内参与合作的主体类型对链上共生互利具有影响。根据技术创新生态链内合作主体类型的不同，可以将其分为不同类主体之间的合作和同类主体之间的合作。技术创新生态链上不同类技术创新生态主体之间的合作会发生垂直共生。垂直共生是指技术创新生态链上上下游不同类技术创新生态主体之间的共生。在垂直共生中，共生主体之间占据不同的生态位，通过功能互补、资源互补、资源共享等共同创造共生利益。因此，这些共生主体对利益类型、利益内容等的诉求也存在区别，有利于共生主体之间利益分配。技术创新生态链上同类技术创新生态主体之间的合作会发生水平共生。水平共生是指技术创新生态链上同一层级的同类节点之间的共生。在水平共生中，共生主体之间占据相同或相似的生态位，所拥有的资源也具有较大的相似性，即通过资源整合和协作创造共生利益，但这些共生主体对利益类型、利益内容等的诉求会存在重叠，这容易引发水平共生之间关于利益的竞争，不利于共生主体之间的利益分配。

其次，技术创新生态链内技术创新生态主体间合作关系的密切程度对链上共生互利具有影响。根据链上主体间合作关系的密切程度，可以将其划分为关系密切的合作关系和关系不密切的合作关系。链上主体间合作关系密切，主体间容易产生连续共生和一体化共生关系。链上主体间合作关系不密切，主体间容易产生点共生或间歇共生。点共生是指技术创新生态链上各共生主体间临时性、一次性的共生。间歇共生是指技术创新生态链上各共生主体间在一段时间内间歇性的、不连续地多次发生共生关系。连续共生是指技术创新生态链上各共生主体在一段时间内产生连续不间断的共生关系。一体化共生是指技术创新生态链上各共生主体形成了具有独立性质和完整功能的共生体。在点共生、间歇共生、连续共生和一体化共生四种共生关系中，共生主体之间合作关系的紧密程度、稳定程度层层增强，合作时间和频度也不断提高，进而共生主体间利益分配的方式和内容也会不断完善，更有利于共生主体间的利益分配。

5. 链内组织管理制度

技术创新生态链链内的组织管理制度对技术创新生态链上共生互利具有影响。链内管理制度规定了技术创新生态链内共生主体之间合作内容、合作方式、利益分配方式等，链内共生主体的这些活动需要严格遵循技术创新生态链内的组织管理制度。不同技术创新生态链内组织管理制度不同，其共生主体之间合作内容、合作方式存在差异，这会使共生主体间通过技术创新活动所产生的利益结构和类型也存在差异，进而影响到共生主体之间利益分配内容存在差异；不同技术创新生态链内组织管理制度中关于利益分配制度的不同，会直接影响链内共生主体利益分配的方式、内容、类型等，使其存在差异。此外，技术创新生态链内组织管理制度的科学性和完整性也会对链上共生主体利益分配的合理性和完善性产生影响。链内组织管理制度越科学、越完整，链内共生主体之间利益分配制度也就越合理、越完善，同时还能有效地防止或减少共生主体之间因为利益分配而产生的矛盾与冲突，对链上共生主体的利益分配起到有效的积极、正面的作用。

第5章

技术创新生态链链内优化

技术创新生态链优化是对前述技术创新生态链理论研究成果的应用，是技术创新生态链实践研究的核心内容。技术创新生态链优化主要包括三部分：技术创新生态链链内优化、技术创新生态链链间优化和技术创新生态链环境优化。这三部分内容分为三章进行探讨，本章仅讨论技术创新生态链链内优化相关内容，技术创新生态链链间优化和技术创新生态链环境优化的内容分别在第6章和第7章进行探讨。

5.1 节点优化发展

在技术创新生态链形成、发展与运行过程中，节点发挥了很重要的作用。节点作为链上具有主观能动性的构成部分，不仅能实现链上技术创新，还能主导技术创新生态链运行和发展的方向，引导技术创新生态链向前发展。因此，技术创新生态链链内优化首先要注重链上节点的优化发展。

5.1.1 选择正确的发展方向

技术创新生态链上节点尤其是占据主导地位的主导性节点，选择正确的发展方向对于链的优化发展具有十分重要的意义。这不仅关系到链上节点将如何发展，也将关系到链上其他节点和整条链的发展。

节点在选择发展方向时要注意以下几个方面。第一，节点发展方向的选择首先要与技术创新生态链的战略目标保持一致，不得与整条链的战略目标相违背。如果节点发展方向与整条链的战略目标相违背，这不仅会影响节点自身的发展，使节点发展处处受限，也会影响节点与链上其他节点之间的合作，严重情况下甚至会影响整条技术创新生态链的运行和发展。第二，节点在选择发展方向时，还要结合自身的特点、功能应用状况、已经拥有和能够获得的资源、节点的外部环境等多个方面综合考虑来选定自身的发展方向。第三，节点在选择发展方向时，还要考虑链上其他节点的发展情况和发展方向的选择，主导性节点要充分发挥起主导作用，引导链上其他普通节点方向的选择；普通节点在选择发展方向时，要注意与主导性节点大致保持一致。第四，在确定发展方向时，节点应首先制定出发展方向的几种备选方案，再通过反复地比较和评价，选择出最优的发展方向，同时，注重发展方向的可行性。

5.1.2 不断提升节点自身质量

节点质量的好坏直接影响到技术创新生态链质量的好坏及链上技术创新活动的好坏。节点质量主要包括三个方面，即节点实力、节点经验和节点信誉。技术创新生态链上节点质量的提升要从这三个方面展开。

1. 节点实力提升

节点实力是指技术创新生态链上节点资源流转实力、经济实力和社会影响力。节点资源流转实力是资源在节点内部收集、整理、处理、传递和利用的能力，该能力的提升可以通过优化升级技术设备、提高人才的资源处理能力、优化节点内部资源流转流程、采用先进现代化的资源流转方法等方式实现。节点经济实力是节点盈利能力和资本实力，可以通过提高利润额、降低成本、优化利润来源等方式实现。节点社会影响力是节点对社会行为的影响能力和对社会资源的支配能力，可以通过提高节点知名度、塑造节点价值点、构建有影响力的企业文化、采用适当的方法进行宣传推广等方式实现。

2. 节点经验提升

节点经验是指技术创新生态链上节点在开展技术创新实践活动中积累起来的隐性知识和技能。经验不足的节点往往在应对技术创新活动中各种问题时，很难及时正确地应对，并作出正确的决策，在节点环境发生变化时，很难快速地适宜其变化。有经验的节点不仅能够更好地对应对技术创新活动中存在的各种问题和风险，而且能够更加高效地收集、整理、加工、传递和应用各种资源，以较少的资源获得更佳的技术创新成果，还能够更加迅速地适应各种环境的变化。节点经验的提升可以通过注重日常经验的积累，注重隐性知识和技能在节点内的传授和共享，注重节点与节点之间、节点与技术创新生态系统中其他技术创新生态主体交流分享经验的方法实现。

3. 节点信誉提升

节点信誉是指技术创新生态链上节点在开展技术创新活动及其相关活动所展现出来的信用和名声。信誉较差的节点不仅会影响技术创新生态链资源流转的效率和真实性，还会影响链上节点之间的相互信任关系，更会影响整条技术创新生态链的信誉及其在技术创新生态系统中的名声。信誉良好的节点不仅可以保障资源流转的效率和真实性，为节点间信任关系的建立提供坚固的保障，而且也会带动节点信誉的提升，进而提高整条技术创新生态链的信誉，吸引更多优质的、拥有信誉的技术创新生态主体加入链中，形成良性循环。节点信誉的提升可以通过重视节点信誉的建立和维护，制定诚实守信的节点运作准则并严格执行，对破坏节点信誉的行为进行惩戒和弥补，创建诚实守信、注重信誉的企业文化等方式实现。

5.1.3 合理定位自身生态位

节点生态位的合理性对于节点的优化发展也十分重要。节点生态位的合理定位包括以下三个方面。

第一，节点首先要查验自身是否有明确的生态位定位。如果没有则应根据自身的特色性质、在技术创新生态链上所处位置、链上分工的要求、自身的技术创新能力和竞争能力等，确定自己的技术创新功能生态位；其次根据功能生态位的定位状况，结合自身资源拥有状况、其他节点资源状况、技术创新生态链内外资源状况、节点开展技术创新活动的时间空间等，确定节点的资源生态位和时空生态位。

第二，节点构建起自身的生态位后，需要不断巩固自身的生态位。首先，节点要注重自身角色、功能的不断完善、资源的可持续获得性、时间空间的可持续利用性。其次，节点要不断强化自身，注重核心竞争力的培养优化，以此来支撑自身技术创新生态链的巩固。

第三，节点要根据自身、其他节点、技术创新生态链和环境的不断变化发展对自身的技术创新生态位进行调整。节点在自省自身生态位存在问题时，也需要对自身的生态位进行调整。技术创新生态位的调整包括生态位的扩展、压缩和移动。技术创新生态位的调整包括生态位的扩展、压缩和移动。技术创新生态位的扩展是指节点技术创新生态位宽度的扩大。技术创新生态位包括三个维度，生态位宽度的扩大可以是某一个维度上的宽度扩大，也可以是某几个或全部维度上的宽度扩大。生态位宽度的扩大可以通过以下几种方式实现：一是随着节点自身的不断发展和实力的增强，节点可以在已有的技术创新生态位基础上开发出新的技术创新生态位，包括创造出新功能、承担新角色、引入新资源和扩展新的技术创新时空。二是通过节点竞争力的增强，获取或占据原本属于其他节点的资源和技术创新活动的时间空间。三是通过节点之间的合作，通过共享来获取新的资源和时空范围。生态位的压缩是指节点技术创新生态位宽度的缩小。同样，生态位宽度缩小可以是某一个维度上的缩小，也可以是多个维度上的同时缩小。在节点发展过程中，其技术创新生态位宽度的缩小可能发生的情况及对应应采取的措施如下：一是在节点与同类节点之间重叠度较大，竞争日益激烈时，节点为了避免过度竞争而压缩自身的生态位。这时，节点应该撤销对竞争过于激烈的功能、角色的掌握、资料的占有及技术创新活动时间空间的占据，取消相对劣势的功能和角色，以及为这些功能角色的实现所投入的资源、时间和应用的空间，将资源、时间和空间都投入具有优势的功能和角色中，塑造自身的核心竞争力。二是当节点的某些功能角色难以实现、某些资源占有和利用的难度和成本加大、开展技术创新活动的某些时间和空间难以得到保障时，节点需要压缩自己的生态位。节点需要从可持续发展的角度出发，综合衡量实现这些功能角色、获得这些资源、时间空间的利弊，去除掉一些不必要的投入，减轻节点的运营负担。节点技术创新生态位的移动是指节点从一个技术创新生态位移动到另一个完全不同的生态位。这种情况一般发生在节点自身或其他与该节点联系紧密的节点或节点环境发生突变时，节点为谋求新的发展，就必须抓住机遇，转变其原有的技术创新生态位，开辟新的生态位。不管节点的技术创新生态位是发生扩展，还是压缩、移动，其目的都应该是为了确保节点能够快速发展。换句话说，节点应该结合自身发展的需要和特点选取适合自身的、能促进节点发展的生态位调整策略。

5.1.4　注重创新能力的培养和提升

创新是人们为了发展的需要，运用已知的信息，不断突破常规，发现或产生某种新颖、独特的有社会价值或个人价值的新事物、新思想的活动。创新是人类主观能动性的高级表现形式，是促进民族进步和社会发展的不竭动力。对于技术创新生态链及链上节点来说，创新更是其赖以生存的源泉，也是其首要任务。因此，链上节点要注重创新能力的培养和提升。

1. 强化节点创新意识

第一，节点要充分意识到创新的重要性。在创新意识方面，首先，节点要充分意识到技术创新的重要性，以及技术创新能够给节点带来的巨大效益。其次，在节点内部，严格选拔具有较强创新意识的领导者，并不断强化领导者的创新意识，同时鼓励企业家参与各种培训与专业教育活动，更新其经营思想和经营观念，实现知识结构调整和管理经验的升华，把技术创新放到战略高度来认识和实践。再次，在节点内部领导者的带领下，培养员工，尤其是研发人员和技术人员的创新意识，以自我创新价值的实现为动力，积极发挥自己的创新潜能。最后，将创新作为节点生存发展的口号之一，在内部进行宣传，形成浓厚的创新氛围。

第二，构建创新型组织文化。首先，创建以创新为核心的企业文化。在节点内部创建以创新为核心，有利于提升节点及节点内部创新能力的组织文化，营造创新氛围，通过学习、宣传和构建相应的管理制度等方面，将组织文化根植于节点内部。其次，加强节点内部员工对创新型组织文化的认同，充分发挥组织文化在节点中的作用，组织文化需要得到节点内部员工的认同。在构建创新型组织文化之前要在节点内部广泛征求意见，共同探讨组织文化。在确定了创新型组织文化后，要将组织文化与员工的日常技术创新活动及其他相关活动相结合。对与组织文化相契合的先进人物和事迹进行宣传报道。再次，在节点内部建立良好的激励机制，对内部的创新行为进行奖励，宽容对待内部的创新失败行为，鼓励内部员工的创新激情。最后，不断结合国家政策、创新发展、技术创新生态链及节点自身的变化发展状况，对节点内部的企业文化进行优化。

2. 加强创新要素投入与管理

第一，确保创新资金的充足和投入。资金要素是链上节点开展技术创新活动的重要投入要素。首先，节点可以通过设立节点创新专项基金，将其所获得资金的一部分专门用作创新，并结合节点自身的发展情况和对创新需要的紧迫程度，不断加大对创新的资金投入。其次，节点要不断拓展外部资金来源，获得更多的外部资金投入。其中，高校和科研机构类节点的主要资金来源是科研经费，高校和科研机构类节点一方面要积极争取各项政府拨款；另一方面也要不断丰富获取科研经费的渠道，例如，与技术创新生态系统或技术创新生态链上企业类技术创新生态主体合作，筹措资金或设备等。企业类节点获取资金的来源和渠道虽然更为丰富，但仍需不断拓宽资金来源渠道。具体而言，企业类节点应充分利用自身创新特色和优势，争取国家或各地政府各项资金政策的倾斜；与银行、金融机构等组织建立良好长期的合作关系，开展融资活动，吸引金融资本、民间资本进行风险投资等。最后，根据链上节点技术创新的需要和阶段，不断进行创新资源结构的调整和优化。

第二，注重创新人才的引进和培养。创新人才是节点创新的中坚力量和领军人物，是节点中最为关键的资源。首先，节点要重视创新人才的引进。根据节点发展需求，制订周密详细的人才引进计划，并认真按照计划完成人才引进工作。不断扩大人才引进的范围，注重人才引进的多渠道性和广泛性。不断增加人才引进经费，为引进人才提供良好的技术创新条件，以吸引更多的人才加入节点。其次，节点要注重创新人才的培养。相较于引进人才而言，节点创新人才的培养成本相对较低。节点要积极挖掘具有创新潜力、思维活跃、创新意识较强的人才，针对每个人才的特点，为其安排最适宜的培养方式。委托经验丰富、知识渊博的机构为节点提供专业性、技术性较强的各种学习、观摩、交流和培训工作。促进节点与节点之间，节点与链外技术创新生态主体之间的相互交流和学习。

3. 选择合适的创新模式

结合节点自身的运行发展状况，选择合适的创新模式。在节点创新条件不完备或创新能力不强时，节点宜采用合作创新、集成创新或引进消化吸收再创新的模式。合作创新是指企业、研究机构、学校在保持自身独立的基础上，相互之间建立一段时间的合作创新关系，进行技术、产品或服务等的合作研发，实现技术、产品或服务创新的活动。集成创新是通过应用信息技术、管理手段与工具等，整合、优化各种创新要素，集成优势互补的一个有机整体，从而实现创新的过程。集成创新能创造较大的价值。引进消化吸收再创新是利用各种引进的技术资源，在消化吸收基础上完成的创新。合作创新可以整合其他主体的创新能力和条件，集成创新和引进消化吸收再创新都是利用已经存在的技术为基础，在这些技术之上做出的创新，这几种模式都大大减小了创新难度及所需要的资源投入，较易实现。

在节点创新条件完善或创新能力强大时，节点可考虑采用独立创新或原始创新的模式。独立创新是依靠自己的力量自行研制并组织生产，独立创新的成果往往具有首创性。原始创新是最根本的创新，是指史无前例的重要科学发现、技术发明、原理性主导技术等创新成果。原始创新是大量智慧的结晶。独立创新和原始创新创新强度非常大，节点通过独立创新和原始创新，能够获得其他节点可能在很长一段时间内都无法模仿的能力和优势，从而确保节点的主导地位和快速的发展。总之，节点要先从合作创新、集成创新或引进消化吸收再创新这些二次创新模式起步，以不断增强节点的实力，并在此过程中锻炼和提高自身的创新能力，积累自身的创新成果，在时机成熟时，再进行独立创新和原始创新。

5.2 技术创新生态链结构优化

技术创新生态链结构优化包括节点层次优化、节点链接优化、节点组合优化和节点关系优化。

5.2.1 节点层次优化

技术创新生态链可分为三个层次：核心层、主干层和扩展层。核心层由技术创新生态链中起主导作用的某一节点构成，位于技术创新生态链的中心位置，是技术创新生态链上最重要的部分。核心层通常拥有整个技术创新生态链中最核心最关键的资源，决定着整个链的生存方式和发展方向。主干层由技术创新生态链中必不可少的重要节点构成，位于核心层周围，是技术创新生态链上次等重要的部分。主干层拥有链中部分资源，对维持链的正常运转起到较为重要的作用。扩展层由技术创新生态链中辅助性节点构成，位于整个技术创新生态链的外围，不是技术创新生态链必不可少的部分。扩展层不会直接影响到技术创新生态链的基本正常运转，拥有的资源在链中通常只起到辅助性的作用。整个层次如图 5.1 所示。

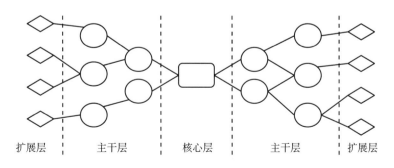

图 5.1 技术创新生态链层次模型

在技术创新生态链运行发展过程中，技术创新生态链的核心层和主干层作为拥有链上的核心和主导性节点的层次，是链上必须具备和完备的层次，也是链上需要首先集中力量完善和构建的层次。此外，扩展层作为链上辅助性层次，在链上发挥作用较小，拥有资源较少，往往在发展过程中容易被忽略。扩展层虽然没有掌握技术创新生态链的核心重要资源，但能够提高技术创新生态链信息流转功效，提高链的价值增值，使技术创新生态链更加完备强大。因此扩展层的完备加强也是需要关注的问题。在技术创新生态链形成和发展初期，链上支撑服务功能往往是由链上核心层和主干层节点完成的。但是随着技术创新生态链快速发展扩展，链上对技术创新支撑服务的需求越来越高、越来越专业化，这时，就需要将支撑服务的功能从主导性节点的功能和角色中分离出来，交给专业化的、专门性的辅助性节点完成。因此，在技术创新生态链运行和发展过程中，要不断构建完善扩展层，根据支撑服务的任务量确定合理的辅助性节点数量，确保扩展层的完备性和整个技术创新生态链层次的完备性。

5.2.2 节点链接优化

在本书第 2 章中，针对节点链接可供选择的各种类型方式进行了界定。从链上节点间链接渠道的不同，可以将节点间链接划分为线上链接、线下链接和混合链接三种。在这三种链接方式中，相比线下链接方式，线上链接方式对传输信息、知识等虚拟类资源更有优势，速度更快。物质等实体类资源必须通过线下链接方式传输。因此，技术创新生态链应尽可能使用混合链接方式，同时将信息、知识等虚拟类资源通过线上方式传输，物质等实体类资源通过线下的方式传输。同时，应尽量采用技术、设备更先进、更高级的线上、线下链接方式。

从链上节点间链接时间频度的不同，可以将节点间链接划分为固定链接和临时链接两种。在这两种链接方式中，固定链接稳固、持续时间长，节点间关系良好，资源流转的速度和质量也较好；临时链接不稳定、持续时间不长，节点间关系不够密切，资源流转速度和质量也相对较差。因此，技术创新生态链节点间应尽量建立固定链接，对于建立临时链接的节点，要加强两个节点之间的联系、加深节点间合作程度、提高合作频度，尽量从临时链接转化为固定链接。

从链上节点间链接正式程度不同，可以将节点间链接划分为正式链接和非正式链接。在这两种链接方式中，正式链接具有法律的保障性和强制性，更加安全且高效；非正式链接不具有法律的保障性和强制性，随意性较强，不够安全。因此，技术创新生态链上节点链接应尽量建立正式链接，对于链上建立非正式链接的节点，要尽快通过一定法律程序建立正式链接，以保障节点的权益。

不仅如此，技术创新生态链上节点间链接方式还需要尽可能多重化。也就是说，链上节点之间的链接方式不能太过单一，尽量多采用一些高级的组合链接方式，来获取这些不同链接方式的优点，建立更好的链接关系。例如，链上节点之间可以既采用线上链接方式，又采用正式链接方式；或者链上节点之间可以既采用固定链接方式，又采用正式链接方式；等等。

5.2.3　节点组合优化

节点组合方式是技术创新生态链上所拥有节点的数量情况、类型状况、数量类型组合情况及区域分布状况，这些组合方式决定了技术创新生态链的长度、宽度和广度。节点组合优化即是对技术创新生态链长度、宽度和广度的优化。

1. 技术创新生态链长度优化

在技术创新生态链上，链的长度过长或过短均不利于技术创新生态链的运行与发展。技术创新生态链长度过长会带来三个方面的负面影响。一是降低节点的创新性。长度过长意味着技术创新生态链上节点分工太细。分工虽然有利于各不同类节点核心竞争力的培养，形成规模效应，但过细的分工会导致节点分工过于明确，节点信息活动过于固定，久而久之，会使节点缺乏创造力和主动性。二是资源流转效率降低。不同类节点数量越多，资源流转的路径越长，流转的速度越慢，流转成本越增加。不仅如此，长度太长还有可能会降低资源流转的质量。尤其是信息资源和知识资源等虚拟类资源，在过长的技术创新生态链上流转的过程中，很有可能会因为部分节点的主观行为，降低这些类型资源的真实性和可靠性，降低这些类资源流转的质量。三是不利于技术创新生态链的管理。技术创新生态链上不同类节点数量越多，要维持不同类节点之间协作有序状态就越难，节点之间存在的问题、矛盾也会越多，因此会越不利于整条链的和谐稳定和管理。技术创新生态链长度过短会带来两个方面的负面影响。一是降低资源流转的质量。链上不同类节点数量过少，同一层级节点承担的功能任务就越重，从而影响资源处理的熟练程度和专业程度，使得资源流转质量降低。二是部分节点过于庞大臃肿，不利于节点本身的发展。链上不同类节点数量过少，同一层级节点功能任务过重，而当这一层级节点数量偏少时，繁重的任务需要由少数节点承担，这些节点必然庞大臃肿，内部部门众多，过于复杂，这非常不利于节点自身的发展。

因此，要确保技术创新生态链的长度合理。第一，确定技术创新生态链的合理长度。不同的技术创新生态链适合的长度不一样，要根据技术创新生态链所属类型、当前结构、特点，确定技术创新生态链的合适长度。第二，根据所确定的长度，对技术创新生态链当前长度进行调整。当技术创新生态链长度过长时，链上上下游节点之间既可以结合自身的状况进行适当的整合兼并，缩短技术创新生态链；也可以通过去掉一些不必要的分工节点，同时由其上游或下游的节点扩充自身的功能角色，代替其完成相应技术创新活动。当技术创新生态链长度过短时，可积极纳入新的不同类型节点，适当减少功能过多，任务过重节点的功能和任务，将其交给新加入的节点来承担。

2. 技术创新生态链宽度优化

在技术创新生态链上，链的宽度过宽或过窄均不利于技术创新生态链的运行与发展。技术创新生态链同种类型节点过多，宽度过宽会造成链上同类节点间生态位重叠严重，竞争过于激烈，容易形成恶性竞争，不利于节点和整条链的发展。技术创新生态链同类节点过少，宽度过窄会带来两个负面影响。一是链上同类节点数量过少，节点之间不存在或仅存在少量的竞争，节点缺乏竞争压力，进而缺乏创新发展的动力，不利于节点快速发展。二是链上同类节点数量过少，同一层级的节点容易形成垄断，不利于资源的流转、共享和技术创新的实现。三是同类节点数量过少，当某一层级节点出现问题时，由于可替代节点过少，容易出现技术创新生态链的断裂，进而不利于技术创新生态链的运行与发展。

技术创新生态链宽度合理性策略包括：第一，确定技术创新生态链不同层次最适合的宽度。对于核心层来说，只能有一个核心节点。对于主干层来说，可以有多个节点，但是节点数量不宜过多。第二，在确定每一层次节点数量时，要考虑与其上下游节点数量、技术创新能力的匹配。当上游节点数量巨大、传递的资源量较大时，该层级节点的资源处理能力总和应该保证能够接受、传递、转化上游传递的资源；当下游节点资源需求量较大时，该层级节点的资源处理能力总和应该能够保证下游节点资源需求充分得到满足。第三，同类节点整合兼并时，要考虑同类节点的多元性。节点的多元化程度决定了其下游节点资源的丰富程度和技术创新生态链的稳定程度。节点组成越多元化，下游节点的资源来源渠道越多，其资源需求就越容易满足。当上游某一技术创新生态主体功能崩溃时，下游主体仍可以从其他具有相似功能的主体那里获取资源，技术创新生态链不会断裂且仍能正常运行，链的结构稳定性得以保证。

3. 技术创新生态链广度优化

在技术创新生态链上，链的广度过广或过窄均不利于技术创新生态链的运行和发展。当技术创新生态链广度过广时，可能会超出链上资源流转的能力，造成实体类资源流转速度过慢，隐性知识、技术等虚拟类资源流转质量降低等问题，进而影响到整个技术创新生态链资源流转和技术创新的效率。当技术创新生态链广度过窄时，虽然对链上资源流转有利，但是却不利于技术创新生态链上创新思维的激发和扩展，进而影响链上技术创新活动的开展和顺利实现。

因此，要确保技术创新生态链的广度合理。第一，应根据技术创新生态链的类型、战略目标、核心节点和主导节点的资源流转能力确定技术创新生态链最合适的广度。第二，根据所确定的技术创新生态链的适宜广度，对技术创新生态链的广度进行调整。当技术创新生态链广度过广时，可游说与其他节点，尤其是与核心节点和主导节点相隔甚远，处于偏远地区的节点退出技术创新生态链，降低技术创新生态链的广度。当技术创新生态链广度过窄时，可慎重挑选分别在不同区域的技术创新生态主体加入技术创新生态链中，扩展技术创新生态链的广度。

5.2.4 节点关系优化

节点关系优化包括以下几个方面。

1. 构建多元化的节点关系

技术创新生态链上节点间关系可以从多个角度进行划分，从节点在技术创新生态链上发挥重要性程度的不同，可以将节点关系划分为主次关系和平行关系。按节点之间竞合关系的不同，可以将节点关系划分为合作关系、竞争关系和协作性竞争关系。按节点之间利益分配和共生状况的不同，可以将节点关系划分为互利共生关系、偏利共生关系和偏害共生关系。这些节点关系各具特色，也拥有不同的优势和劣势。因此，节点间在建立关系时，应该结合自身需求和特点，有选择性地建立多种节点关系，一方面，多元化的节点关系可以确保节点间关系的明确性和稳固性；另一方面，多元化的节点关系可以使节点充分发挥各种关系的优势，构建更优化的节点关系，进而提高技术创新生态链运行和发展的效率。

2. 不断优化节点间竞合关系

在技术创新生态链上，各节点之间不可避免地会存在竞争关系或合作关系或协作性竞争关系，需要对节点间存在的竞合关系进行优化。

第一，在技术创新生态链不同类节点之间，鼓励构建合作关系。一般而言，技术创新生态链不同类节点之间关系主要以合作为主、竞争为辅。其中，合作关系是技术创新生态链形成、运行和发展过程中，不同类节点之间必须要建立的关系。只有在不同类节点之间形成了合作关系，技术创新生态链才能形成，并实现技术创新。竞争主要集中在不同类型节点对价值、利益的竞争，这种竞争会影响节点之间建立的合作关系，严重的情况下会导致链上价值分配不公，技术创新生态链断裂。因此，在同类节点之间应构建良好的合作共赢关系，并不断加大节点之间合作力度，引导和鼓励节点采用多种合作模式，构建多种不同的合作项目，不断加深节点间合作关系，达到最佳的互利共赢状态。

第二，在技术创新生态链同类节点之间，鼓励构建良性竞争或协作性竞争关系。技术创新生态链同类节点之间由于其技术创新生态位极易发生重叠，极易产生竞争关系，但也存在其他多种情况，如合作关系、协同竞争关系。同类节点之间竞争太过激烈或不存在竞争都不利于技术创新生态链的运行与发展。竞争太过激烈会使节点间形成不利于自身和链发展的恶性竞争关系。同类节点之间不存在竞争会使节点出现惰性，满足于现状，缺乏向前发展的动力，不利于这类节点和技术创新生态链的发展。因此，技术创新生态链上的同类节点适宜建立合理的、适度的竞争关系或协同竞争关系。同类节点之间的适度竞争或协同竞争关系能促进节点多样化发展、信息流传途径的多样化，保证技术创新生态链不因某一个节点的消失而出现断链现象，有利于链的稳定；适度的竞争能够促使节点不断加强自身的素质能力、合理配置资源、调整组织结构、注重技术创新，与时俱进不被淘汰。当同类节点之间竞争关系过于激烈时，首先，可以通过整合，减少同类节点的数量降低竞争程度；其次，可以通过采取生态位错位策略来降低竞争的激烈程度，即通过优化、调整节点功能、资源、时间空间生态位的定位，将同类节点之间生态位重叠的部分分离开来，使节点之间尽可能地减少生态位的重叠；最后，可以建立相应的规章制度，阻止节点之间的恶性竞争。当同类节点之间不存在竞争关系，仅存在合作关系或不存在关系时，可以通过引入适当竞争机制，使节点之间产生一种协同竞争的关系。

3. 构建良好的节点间共生互利关系

在技术创新生态链节点间构建良好的共生互利关系。节点间良好共生互利关系的构建非常重要，链上各个节点加入技术创新生态链，参与技术创新生态链上技术创新活动的主要目的之一就是为了获得更好的发展机会，获得其单独发展所不能获得的利益。如果链上节点间共生关系构建不佳，利益分配不均，不仅会严重影响到链上节点之间的关系，而且会影响到整条链的稳定性和运行效率。构建良好的节点间共生互利关系，需要做到以下几个方面。第一，链上各节点要充分意识到利益关系的多元性，不过分追求经济利益关系。链上节点间利益关系除经济利益关系外，还存在素质利益关系、形象利益关系等。链上节点不能过分关注有限的经济利益，还应该注重构建素质利益关系和形象利益关系等。第二，技术创新生态链上必须构建通畅有效的利益表达机制，让链上各节点能够充分全面地表达自身的利益诉求，也能够充分全面地了解链上其他节点的利益诉求，以便更好地建立起节点间的利益关系。第三，在链上节点间尽量建立对各节点均有利的，能够确保技术创新生态链和谐稳定的互利互惠共生关系，消除链上存在的一些不利关系，例如对一方节点有利，对另一方节点有害的偏害关系；对一方节点有利，对另一方节点无利的偏利关系等。第四，在技术创新生态链上通过节点间协商，构建良好的利益分配模式，制定合理的利益分配机制及相关保障利益分配的规章制度。第五，在节点间发送利益冲突时，及时有效地协调节点间的利益分配关系。

5.3 技术创新生态链协同创新强化

技术创新生态链作为以技术创新活动为主导的生态链，创新是非常关键的。在技术创新生态链中，不仅节点之间要不断进行集成创新、引进消化吸收再创新、独立创新、原始创新，甚至整个链都要进行协同创新。协同创新是指参与要素在发挥各自作用提升自身效率的基础上，通过复杂非线性相互作用产生单独要素无法实现的整体协同创新效应的过程。技术创新生态链的协同创新是指以政府导向、市场需求或生产者研发为出发点，以链上技术创新生产者、传递者、消费者在技术创新生产、发布、传递、接受、利用过程中全方位的协同创新为手段，以提高技术创新生态链价值创造及创造力和竞争力为目标的过程。技术创新生态链的协同创新能够降低创新的不确定性，表现出放大效应、互补效应、优化效应和整合效应，有利于降低创新成本，有利于节点间密切关系的维持，有利于技术创新生态链创新资源的获得、知识外溢和价值增值，有利于专业化创新人才和创新资源的聚集、配置和合理利用，还有利于节点自身创新能力和合作创新能力的提升。因此，要不断强化技术创新生态链的协同创新。

5.3.1　构建并强化节点的协同创新意识

协同是指协调两个或两个以上的不同资源或个体，协同一致地完成某一目标的过程或能力。合作是指个人与个人、群体与群体之间为达到共同目的，彼此相互配合的一种联合行动、方式。协同与合作不同，协同强调的是不同资源或个体之间的协调一致、相互配合、相互协作，以此形成拉动效应，推动事物共同前进，强调的是系统内部各要素之间的互动、沟通及整个系统功能和结构的最大化。对于技术创新生态链及链上节点而言，协同创新的前提是链上节点具有协同创新意识。链上节点不具备协同创新意识，在技术创新活动中各自为战，不仅很难实现链上节点间的合作共赢，而且会影响到技术创新活动最终的实现。构建并强化节点的协同创新意识可以从以下几个方面展开。第一，加强节点对协同创新的认识，节点要意识到协同创新并不仅是各种资源要素的简单相加，而是各种资源要素的有机整合和有效汇聚；不仅仅是节点之间简单的合作，而是节点之间深入融合、相互配合和创新互惠。第二，在节点及技术创新生态链中针对协同创新的方法和内容进行深入的宣传和学习。第二，协同创新是动态的，是不断变化发展的，因此，在节点和技术创新生态链上构建起协同创新意识后，还需要不断强化、更新节点的协同创新意识。

5.3.2　提升技术创新生态链的团队学习能力

团队学习是发展成员互相配合、整体搭配及实现共同目标能力的学习活动及其过程。团队学习不仅是协同创新的内在要求，也是提高协同创新效率和效益的重要途径，有助于实现协同创新资源流转链的完整，保证整个协同创新过程的连续和顺畅。在技术创新生态链上构建并不断提升链上节点的团队学习能力具有十分重要的意义。

首先，要不断提升技术创新生态链上节点及节点内部个体的学习能力，个体学习能力是团队学习能力的基础。团队学习能力的提高是以各个节点自身学习能力的提高为前提的，节点不仅要保持持续学习的良好习性，而且要不断提升自身的学习能力，尤其是管理水平、交流沟通和技术创新等方面能力的提升。其次，强化链上节点间的学习协作。在节点间开展各种不同形式的学习协作，为节点间智慧和灵感的碰撞创造机会和条件，激发节点技术创新。再次，构建技术创新生态链上节点共享知识库。严格把关知识库的内容，不断更新知识库，并将知识库的内容向链上节点进行推广。最后，创建良好的团队学习环境。在链上构筑统一的协同创新文化，构造一个所有节点共同的学习创新愿景和创新发展愿景，创建技术创新生态链上节点间共同认可的协同创新目标，不断增强节点间相互信任和协同关系，结合链内外的环境变化不断优化协同创新文化内涵。优化技术创新生态链学习和创新环境，为节点的知识外溢、节点信息和知识共享创造一个良好的条件。在节点间建立正式和非正式交流的渠道，使节点之间能够进行顺畅的互动和交流，并在这个过程中分享彼此的观点、知识、资源等。

5.3.3　实现技术创新生态链的纵向协同创新和横向协同创新

纵向协同创新是链上技术创新生产者、传递者和消费者之间的协同创新。纵向协同创新主要包括技术创新产品、服务的协同创新及需求的协同创新。技术创新产品和服务的协同创新是通过生产者、传递者与消费者的合作，了解市场需求，再由生产者开展技术创新活动，生产创新产品和服务，并以消费者需要的方式传递给消费者。产品和服务的协同创新可以使设计生产出来的技术创新产品既符合消费者和市场的需求，又在生产者、传递者的能力范围内，使创新真正切实可行。需求的协同创新是消费者在接受、利用技术创新产品和服务的过程中，通过整合技术创新生态系统中的市场需求和自身需求进行需求创新，并将新的需求反馈给生产者或传递者。生产者和传递者要对消费者的创新需求进行合理的引导，使消费者的创新需求符合实际，且能够与生产者和传递者的生产创新能力相符。横向协同创新是链上同类技术创新生产者，或同类技术创新传递者，或同类技术创新消费者之间的协同创新。横向协同创新主要是同类节点技术知识的创新。节点通过与同类节点间分享技术、知识，产生新知识、新技术，创造协同效应，实现技术、知识的创新。要实现技术创新生态链上的纵向协同创新和横向协同创新，要鼓励链上节点在链内广泛地开展技术创新合作，减少链上同类节点和不同类节点间不必要的竞争，并为链上同类节点和不同类节点间的协同创新创造条件。

5.3.4 构建链内协同创新平台

技术创新生态链链内协同创新平台的构建对于链上节点之间协同创新的高效实现具有十分重要的意义。通过技术创新平台，可以有效的进行链上节点间知识的共享、成果的展示，可以高效地将技术创新生产者的供给信息和技术创新消费者的需求信息进行匹配，推动创新资源的优势互补和供需对接，可以加速技术创新生态链上技术成果的转化，降低链上节点技术创新的成本和风险。首先，结合技术创新生态链的特点和需求，确定搭建技术创新平台的规模和类型。其次，根据构建的平台，制定相应的管理办法、规章制度和考核机制，并按照其运行。最后，不断优化技术创新平台，注重平台的功能完备性、服务个性化、模式创新性等。

5.3.5 健全协同创新的规制安排和制度保障

技术创新生态链协同创新的实现需要完善的规制、制度作保障。首先，对链上节点实行有效的激励和约束机制。根据链上各节点的特点，对节点进行合理的分配和分工，明确链上各个节点的权利和义务。建立完善的激励机制，对链上技术创新活动有突出贡献的个人或节点要予以资源和利益分配上的倾斜，对未能及时认真完成链上技术创新活动或对技术创新活动产生危害的个人或节点要予以相应的处罚。在链上建立完善的技术创新绩效评价机制，对链上个人或节点的技术创新活动效率予以评价。其次，建立科学合理的研发投入机制。制定规范的研发投入管理制度和审批流程，并结合链内外环境的变化发展，不断对其进行完善。在技术创新生态链中设立研发投入专项基金，并不断丰富研发投入的资金来源。在链上单次技术创新活动开展之前，对单次技术创新活动进行评估，根据评估的结果确立该次技术创新活动的研发投入。最后，在技术创新生态链上构建高效的沟通交流机制。技术创新生态链上节点协同创新离不开节点之间高效的沟通交流。在技术创新生态链上构建高效的沟通交流机制，定期在节点之间交流技术创新的经验和成果，不断完善节点之间沟通交流的渠道和方法。

5.4 技术创新生态链利益分配协调

5.4.1 制定弹性合理的利益分配方案

在技术创新生态链上，设计科学合理的利益分配方案非常重要，不仅关系到链上各节点的利益分配是否合理，而且关系到技术创新生态链稳定长久的可持续发展。不合理的利益分配方案，不仅会损害链上节点的利益和创新的积极主动性，而且会引发链上节点之间的矛盾，造成技术创新生态链的不稳定，影响其长久的可持续发展。链上利益分配方案的制定要注意以下几个方面。首先，要制定科学合理的评价指标体系和评价方法，根据链上各节点的资源投入状况、技术贡献状况、风险承担状况和任务承担状况等，对链上利益进行分配。在选择评价指标时，应按照公平与效率兼顾原则、互利互惠原则、投入收益对等原则、风险利益对等原则等科学地选择，同时，合理地确定各项指标的权重，并确定适当的评价方法。其次，在制订利益分配方案时，要充分考虑各个节点对利益的诉求，以及可分配利益的各种不同的形式。在技术创新生态链上，可供分配的利益存在两种不同的形式，有形利益和无形利益。有形利益包括利润、技术创新成果等。无形利益包括生态效益、社会形象、社会信誉、知识经验、品牌商标、知识产权等。部分节点可能比较看重利益和技术创新成果，部分节点可能更看重社会形象、知识经验等，因此，要充分考虑各个节点对利益的诉求和侧重点，结合各种利益分配形式，对各种不同类型的利益进行合理高效地分配，并使各个参与分配的节点满意。最后，在设定好分配方案后，在实际的技术创新运作和分配过程中，难免会发生一些变化，致使实际情况与分配方案之间出现偏差，这时，就需要根据实际创新过程中各节点所作的贡献和努力，以及利益分配的原则，对原来的利益分配方案进行相应的修正，弹性地实施利益分配方案，使其更加贴合实际运作状况。

5.4.2 签订合理全面的利益分配协议

在技术创新生态链上节点间利益分配方案确定好后，要以签订正式的利益分配协议方式将其确定下来。利益分配协议的签订是链上节点之间利益分配的基础，也是链上节点之间利益分配的依据。只有事先签订了合理全面的利益分配协议，才能保障链上节点在进行利益分配时有据可查、有据可依，才能通过协议约束链上节点的利益分配行为。链上节点在签订利益分配协议时，要考虑以下几个方面。首先，在签订利益分配协议时，要全面系统地考虑利益分配的影响因素，以及各个影响因素对参与利益分配节点的不同影响，并在利益分配协议中有所体现。其次，由于利益分配协议是事前签订的协议，在实际执行的过程中，可能会由于技术创新生态链技术创新活动的变化，出现一些不确定的因素，因此，在实际运作过程中还需要考虑对利益分配协议的不断完善。最后，在签订协议时，还要充分考虑链上参与利益分配节点违约的可能性，并据此制定一些违约措施和惩戒措施，以保障链上节点利益分配的合法权益和利益分配的有效运行。

5.4.3 构建公平公正的利益分配监督机制

为了确保链上利益分配的公平合理，除了制订弹性合理的利益分配方案，并在此基础上签订合理全面的利益分配协议外，构建公平公正的利益分配监督机制也是必不可少的。建立链上利益分配的监督机制，不仅是链上节点间利益分配的需要，更是链上节点间利益分配公平公正的体现。链上利益分配监督机制的建立要注意以下几个方面。首先，构建技术创新生态链链内外的监督机制。技术创新生态链链内监督机制即链上节点间的相互监督机制，充分发挥链内节点间互相依存、互相作用的优势，公平有效地衡量各个节点的资源投入情况、贡献情况和风险承担情况等。技术创新生态链链外监督机制即链外技术创新生态系统中第三方技术创新生态主体的监督机制。链上利益分配的监督不仅需要链内的相互监督，还需要链外第三方的监督。这是由于在技术创新生态链上，往往存在着核心节点或主导性节点，这类节点掌握着链上核心或稀缺的资源和创新能力，而且地位超群，在利益分配和监督中具有优势，这样往往会造成监督失灵、利益分配失衡等状况，不利于技术创新生态链的稳定和可持续发展。因此，除了链内节点间相互监督之外，还需要链外权威的第三方技术创新生态主体对链内节点的贡献状况进行客观评价，对链内的利益分配状况进行客观监督。其次，对链上节点定期进行考察，检测链上各个节点的有效投入和风险承担情况，不断提高利益分配的公平性。最后，制定多样化监督审查方式，落实利益分配公示制度，确保链上所有的节点享有充分的知情权。

5.4.4 妥当处理技术创新生态链上利益冲突

在技术创新生态链上，各节点均希望追求利益的最大化，即使在完善的利益分配方案和公正的利益分配监督之下，仍有可能会发生利益冲突。利益冲突是指利益双方基于利益矛盾而产生的利益纠纷和利益争夺过程。技术创新生态链上利益冲突是链上节点之间基于利益分配矛盾而产生的利益纠纷和利益争夺，主要发生在链上同类节点之间和不同类节点之间。同类节点之间的利益冲突是链上处于同一生态位，发挥相同功能的节点之间在利益分配时产生的矛盾。不同类节点之间的利益冲突是链上处于上下游，占据不同生态位的节点之间在利益分配时产生的矛盾。这些利益冲突发生的主要原因在于以下几个方面。第一，节点所期望获得的利益与实际获得的利益不相符，存在较大的差距。第二，节点所获得的利益类型与其所需求的利益类型不相符，例如，某节点所需求的利益类型为社会形象和知识产权，但分配的利益为经济利益，从而引发利益冲突。第三，以上两种情况均有发生。不论是以上何种原因，技术创新生态链上利益冲突容易引发节点之间的矛盾，不利于节点之间协同信任关系的建立，影响节点参与技术创新活动的积极性和主动性，还会导致部分节点因为利益冲突退出技术创新生态链，不利于技术创新生态链的稳定和可持续发展，因此应妥善处理链上节点间的利益冲突。具体而言，充分了解链上各个节点的利益诉求，不断完善链上的利益分配方案和利益分配监督制度，尽量避免节点之间发生较为严重的利益冲突。及时发现链上节点之间的利益冲突矛盾，通过协商或采取法律手段等方法，缓和或消除节点间的利益冲突。在技术创新生态链内构建和谐的文化，通过文化的引领，促进链上节点之间的和谐，减少节点之间的利益冲突。培养链上节点的全局意识，只有整条链和谐、稳定地不断演进，才能获得更大的可供分配的利益。

5.4.5 提高节点自我认知和自我调节能力

在技术创新生态链上，由于链上节点在技术创新活动和整条链的资源投入、风险承担、技术贡献等方面存在较大差异，在利益分配时也会存在较大差异；不仅如此，在链上利益分配过程中，也会存在部分节点利益诉求无法全部得到满足的状况，这些都容易引发链上节点对利益分配的不满情绪，影响链的和谐稳定。因此，链上节点要不断提高自身对自我的认知，提升自身的自我调节能力。首先，链上节点要对自身有一个客观清晰的认知，能够正确客观地评估自身的能力，能对链上技术创新和链的发展作出贡献，通过自身获得利益类型和数量。不会因为过高地估计自己，对利益分配产生过高的期望，而实际所得与期望相差较大的状况；也不会因为过低地估计自己，丧失信心，不积极主动参与技术创新活动的状况。这样就能减少因自身认知能力不足而引发利益分配矛盾或其他问题的状况。其次，链上节点要提高自身的议价能力。当自身利益受损时，可以通过自身议价能力与链上其他节点进行沟通，挽回损失。节点议价能力的提升可以通过积累谈判议价的经验，培训以掌握谈判议价经验，充分认识、发挥和展示自身的优势,不断提升自己的创新能力等方式实现。最后,链上节点要提高自身的利益转换能力。当链上节点所获得的利益类型与其所期望的利益类型不一致时,节点应该学会能够通过相应的途径,将其转换为自身所期望的利益类型。例如,当链上节点所期望的利益为经济利益,但所获取的利益为形象利益时,节点应该学会利益所获得的形象价值提高其社会影响力和声望,以获得更高的经济利益。

5.5 技术创新生态链知识转移优化

5.5.1 慎重选择知识转移合作伙伴

技术创新生态链上节点要慎重选择知识转移合作伙伴节点,这不仅关系到节点和合作伙伴节点的知识转移水平能否得到提升,节点知识的结构能否得到优化,节点知识的存量能否得到扩充,也关系到链上知识转移效率和效果的高低。技术创新生态链上节点在选择知识转移合作伙伴节点时,要注意以下几个方面。首先,链上节点在选择知识转移合作伙伴节点时,要把握一个总体的原则,即充分考量合作节点的节点规模、创新能力、资源情况、转移经验、知识结构、技术水平、开放程度等情况,选择对自身发展有利,能提高知识转移效率和效果的合作伙伴节点。其次,技术创新生态链上节点在选择合作伙伴节点时,尤其要注重节点的知识匹配度,要选择知识匹配度高的节点。知识匹配度高意味着链上知识转移的节点之间知识差距合适,知识资源互补性强。知识差距合适即链上知识转移的节点之间知识资源、技术能力的差距较为合适,知识基础匹配度较高,不会出现因为知识差距太大而造成知识转移成本过大,知识转移效率不高,甚至知识转移失败,影响技术创新生态链稳定性的状况,也不会出现因为知识差距太小而造成知识转移意义不大,效果不明显的状况。知识资源互补性强即链上知识转移节点之间拥有知识资源、技术能力的异质程度较高,这样,链上参与知识转移的节点,尤其是知识转移接收方节点才能较大的扩充自身的知识存量,提高自身的知识水平,充分确保知识转移的有效性，实现知识资源的高效配置。最后，链上节点在选择知识转移合作伙伴节点时，还需要考虑节点之间文化的匹配性和目标的协调性。文化的匹配性要求参与知识转移的节点之间在节点理念、制度体系、行为准则等方面比较匹配，不存在较大差异，且节点均乐于进行知识的共享，具有合作精神。目标的协调性要求参与知识转移的节点之间在知识转移目标上比较一致，能够实现统一。

5.5.2 提升节点的知识转移能力

技术创新生态链上节点要不断提升自身的知识转移能力。节点的知识转移能力包括两个方面，一方面是知识发送方向知识接收方传递知识的能力，另一方面是知识接受方获取、吸收和利用知识的能力。链上知识发送方传递知识能力会影响发送方对知识的编码、表达和诠释，以及链上知识分享的深度和广度。当链上知识接收方获取、吸收和利用知识的能力会影响知识转移效果和效率的好坏。因此，节点需要不断提升自身的知识转移能力。首先，要不断提升知识发送方节点的知识输出能力和创新能力，不断提升知识接收方节点的知识接受理解能力和吸收利用能力。知识发送方节点需要不断提高自身的研发能力和技术创新能力，积极主动地掌握和储备更多的知识，与知识接收方节点维持一个良好的知识势差；同时，不断提升自身的知识技术编码和表达能力，提高知识转移的深度和广度，为知识接收方节点的知识接受打下良好的基础。知识接收方节点需要不断提高自身的知识理解和整合能力，能够较好地将知识发送方发送的知识与自身的知识相融合；同时不断提高自身知识创新和知识利用的能力，通过知识的整合，实现知识的创新和知识的高效利用。其次，技术创新生态链上节点均需要不断提高自身的学习能力。较强的学习能力能够促使节点良好地表达、接收、吸收和利用各种转移的知识。节点学习能力的不断提升可以通过建立长期有效的学习机制，不断激发节点内部员工的学习潜能；在节点内部倡导不断学习的企业文化和理念，营造积极的学习氛围；鼓励节点内员工积极参加各种知识、技能的培训，不断丰富并拓宽其学习的渠道和内容；制定完备的奖励机制，对于学习成果卓越的员工予以激励。最后，节点要提高自身的环境洞察力和适应能力。技术创新生态链上节点还需要不断提高自身的环境洞察能力和环境适应能力，及时了解市场需求、市场发展趋势、技术发展状况、行业发展态势及国家的行业发展政策，将链上的知识转移与上述各方面良好地结合起来，使链上的知识转移与实践发展需求相匹配，这样，不仅可以提高知识转移的成功率和效率，而且可以通过这样的过程，不断地积累节点正确高效的知识转移经验，提高节点知识储备量和知识利用能力。

5.5.3 构建良好的知识转移渠道

知识转移渠道作为技术创新生态链上节点之间知识转移的媒介，知识转移渠道的丰富性和适合性极大地影响了链上知识转移的质量、效率和效果。知识转移渠道越丰富，越有利于提高知识转移的速度，越有利于知识发送方和接收方之间的沟通交流。知识转移渠道越适合，越有利于知识发送方节点选择合适的渠道、传递不同类型的知识，越有利于提高知识转移的质量。首先，链上知识发送方节点和知识接受方节点应该尽可能多地构建知识转移的渠道，包括面对面交流、培训、宣讲、QQ、邮箱、电话会议、视频聊天、科技出版等在内的各种线上和线下的渠道。同时注意这些渠道，尤其是线上渠道的技术先进性，避免因技术过于陈旧而影响知识转移渠道功能的发挥。其次，链上知识发送方应根据所需转移知识的特性，选择最恰当的渠道进行知识转移。同时，当单一的知识转移渠道不足以较好地转移知识时，应考虑再选择其他渠道进行补充，弥补单一渠道知识转移效果的不足。再次，注重面对面知识转移渠道的应用。面对面的知识转移渠道能够使双方之间即时地沟通交流，同时还能通过表情、动作等将传递的知识予以强化，是知识转移渠道中效果最佳、丰富度最高的渠道之一。不仅如此，由于部分知识、技术转移内容的高难度和特殊性，往往只有面对面交流的知识转移渠道能够很好地完成知识转移的目标。因此，链上节点应该重视面对面的交流，为面对面交流创造各种条件，鼓励成员之间进行面对面交流，制定制度定期开展面对面交流等，通过这些措施来提高节点间面对面交流的概率。最后，鼓励链上节点之间通过知识转移渠道多进行沟通和交流，在沟通和交流的过程中，发现当前渠道存在的不足，并结合实际需要和发展变化情况不断对知识转移渠道进行优化。

5.5.4 营造优质的节点信任氛围

在技术创新生态链中，节点之间的信任程度会对链上的知识转移产生较大影响。信任作为链上节点之间实现知识转移的基础因素之一，能够减少节点之间知识转移的阻碍，提高节点之间沟通的频度，降低知识转移的成本，扩大知识转移的深度和广度，提升知识转移的效率和效果。具体而言，节点间信任的建立和强化可以通过以下几个方面实现。首先，增进节点之间的沟通交流，不断提高节点之间的信任水平。技术创新生态链从无到有，并逐步发展，链上节点之间也会经历一个从不熟悉到熟悉的过程，在这一过程中，为了培养节点之间的信任关系，不断提高节点之间的信任水平，节点需要多多进行沟通交流。通过沟通交流熟悉彼此，从而构建一个良好的信任关系。例如，节点之间可以通过各种正式和非正式的渠道，如技术培训会、学术研讨会、参观访问、学术深造、电话、互联网等进行沟通交流。不仅如此，当节点之间出现问题时，更加要提高节点间沟通交流的频率，完美地解决问题，提高节点之间的信任程度。其次，节点之间要构建信任保障制度。节点之间需要为信任关系的构建和优化构建配套的信任保障制度，包括信任监督机制、信任保护机制、信任制度执行机制等，通过信任保障制度的建立和执行，节点才能产生信赖感，才能对整条技术创新生态链和链上其他节点保持一个基本的信任。最后，构建链上知识转移主体信任关系的评价模型，从节点间信任认知、信任水平、信任相关制度等重要指标入手，选择合适的评价方法，针对链上知识转移主体之间的信任关系进行评价，以便了解当前主体间的信息状况，找出其中存在的问题，予以解决和优化，从而提升链上知识转移主体之间的信任程度。

5.5.5 构筑完善的知识转移平台

在技术创新生态链上知识转移过程中，知识转移平台也发挥着重要的作用。链上的知识转移平台不仅能够为链上的知识转移提供诸如信息服务、知识产权服务、法律服务等全方位、多角度的专业服务，而且还能够促进链上节点之间知识资源的共享，为知识转移提供渠道，缩短链上知识发送方和知识转移方的距离，提升知识转移的效率和效果。链上知识转移平台的构建需要注意以下几个方面。首先，链上知识转移平台的构建需要在链上核心节点和主导性节点的主导下，结合链上其他节点力量，整合链内外的各种资源予以实现。其次，知识转移平台对信息技术有非常高的依赖性，信息技术雄厚先进，则知识转移平台先进高效，因此，在构建知识转移平台时还需注意信息技术的使用，尽量使用先进的、最合适的信息技术。最后，在技术创新生态链发展过程中，结合链内节点发展的需求和链外环境的变化，不断优化和完善链上的知识转移平台，为链上的知识转移提供服务。

5.5.6　优化知识转移的激励机制

在技术创新生态链中，节点的知识转移意愿会在较大程度上影响节点的知识转移行为。如果节点不具备知识转移意愿，节点也就很难实施知识转移行为。因此，在技术创新生态链中，需要构建和优化知识转移激励机制，以激发节点的知识转移意愿，鼓励节点的知识转移行为，加速链上知识转移。首先，在技术创新生态链上要建立全方位、多角度的激励制度。在以知识创新为主要目的的技术创新生态链上构建和实施对节点的激励时，不能仅从单一方面如物质激励等进行考虑，而是需要从多方面、多角度进行考量，建立一套全面完善的激励制度。激励制度需要包括物质激励、精神激励和情感激励三大方面。其中，物质激励包括报酬奖励、知识产权激励、股权期权奖励等，精神激励包括节点地位晋升激励、员工晋升激励、荣誉称号激励、宣传激励等，情感激励包括嘉奖激励、表扬激励和认同激励等。同时，充分发挥这三大激励要素的协同作用，产生最优化的激励效果。其次，注重激励机制的差异性和个性化。在技术创新生态链上，各个节点及节点内部各个员工的需求存在区别，其所需要的激励内容也存在区别。是否对链上各个节点及节点内成员产生了激励效果，取决于激励机制是否能满足其各自不同的需求。因此，需要在充分了解各个节点及节点内各个员工需求的基础上，制定差异化和个性化的激励机制，以满足其各自不同的需求，切实产生有效的激励效果。再次，需要对链上激励机制的效果进行评价。技术创新生态链上构建的激励机制能否发挥效用，发挥了多大的激励效用，需要定期对其进行考核评价，并通过考核评价，找出其中存在的问题，不断对其进行调整优化。最后，需要注重激励机制的长效性。对于技术创新生态链上的知识转移活动和整条链的长远发展而言，短效的激励机制所发挥的效用要远小于长效的激励机制所发挥的效用。要注意激励机制的长效性，多构建能发挥长效激励作用的激励机制，例如，股权期权奖励、节点价值实现、节点优化发展等，将节点的成长与整条链的演进紧密结合起来，形成节点的全局意识和长期发展观，为链上知识转移构建稳定优质的环境。

第6章

技术创新生态链链间优化

在技术创新生态系统中，存在数量众多、类型多样的技术创新生态链，这些技术创新生态链在同一或不同一的技术创新生态环境中运行，相互之间并不是独立存在的，而是存在着相互联系、相互作用的关系。根据技术创新生态链链间的关系和相互作用机制，可以对一定技术创新生态环境中的技术创新生态链链间进行优化，从而达到加强链际关系、实现链间优势互补和合理竞争、提高技术创新生态链创新效率的目的。

6.1 加强技术创新生态链链间互利合作

6.1.1 提高区域内的链间协同发展

在一定地区和区域内部，存在多条同种类型和不同种类型的技术创新生态链。要加强这些技术创新生态链之间的协同发展和互利合作，充分发挥各条技术创新生态链的优势，形成不同技术创新生态链之间的互相支撑，在更大范围内实现资源、优势等的互利互补。

1. 大力发展创新型产业集群

产业集群是指在特定区域中，具有竞争与合作关系，且在地理上集中，有交互关联性的企业、专业化供应商、服务供应商、金融机构、相关产业的厂商及其他相关机构等组成的群体。产业集群能在一定区域范围内确保产业的高度集中，有利于降低企业成本，提高规模经济效益和范围经济效益，提高产业和企业的市场竞争力。在一定区域内的技术创新生态环境中，多条技术创新生态链及链上的各种技术创新生态主体可以形成创新型的产业集群。创新型产业集群是以创新型企业和人才为主体，以知识或技术密集型产业和品牌产品为主要内容，以创新组织网络和商业模式等为依托，以有利于创新的制度和文化为环境的产业集群。创新型产业集群除具有上述产业集群的优势外，还能够提高技术创新生态链和技术创新生态主体的创新效率，提高其技术创新水平。首先，区域内地理位置相近或相邻的技术创新生态链之间要加强信息、知识、技术、人才等方面的交流、合作与共享，加强各类创新基础设施的共建共享，形成各类创新型产业集群。其次，按照创新型产业集群的发展规律，结合区域技术创新需求和产业特色，明确集群的定位，确定集群的发展目标和发展战略；同时，充分调动区域内各技术创新生态主体和技术创新生态链的积极性和创新性，结合技术创新生态链和链上技术创新生态主体的优势与特色，促进技术创新生态链和技术创新生态主体的深度分工协作，不断提高集群的竞争力，大力发展创新型产业集群。再次，加强各类技术创新产业园区或产业开发区的建设，在园区内搭建创新服务平台，为产业集群的发展创造良好的条件。从次，鼓励创新型产业集群内技术创新生态链开展合作，构建区域产业知名品牌、整体品牌和形象。最后，构建有利于创新型产业集群发展的服务支撑体系。发展风险投资，在集群内构建各类投融资信用服务体系，完善金融服务体系。鼓励创新型产业集群内技术创新生产者之间的广泛合作，建立高水平研发服务体系。加强集群内各种硬件服务设施和软件服务设施的建立，构建高水平的信息服务平台、现代化的交通和物流体系、高水准的通信体系等。不仅如此，还需在产业集群内构建技术培训基地、教育培训机构、法律服务机构、创新咨询机构等，构建全方位的服务支撑机构体系，实现对集群运行和发展的全范围服务。

2. 鼓励跨产业的产业技术创新联盟

科学技术部、财政部、教育部、国务院国资委、中华全国总工会、国家开发银行等六部委早在 2008 年下发的《关于推动产业技术创新战略联盟构建的指导意见》文件中，就对产业技术创新联盟的内涵作出了明确界定。即产业技术创新联盟是指由企业、大学、科研机构或其他组织机构，以企业的发展需求和各方的共同利益为基础，以提升产业技术创新能力为目标，以具有法律约束力的契约为保障，形成联合开发、优势互补、利益共享、风险共担的技术创新合作组织①。此外，许多国内外专家学者也对产业技术创新联盟的概念内涵等进行了研究界定。美国学者古拉蒂（Gulati，1998）认为产业技术创新联盟是指企业之间交换、共享或共同开发新产品或服务的自发性活动②。丹（Dam，2005）则认为产业技术创新联盟是基于某一产业的创新技术研发及推广全过程的共同目标，将具有类似产业背景的企业联合起来，选择合适的组织模式，建立相应运行机制的一种产业组织形式③。陈宝明（2007）通过研究，认为其是以技术进步为目标，由产业内两个或两个以上技术创新主体形成的相互联合致力于技术创新活动的组织④。赵志泉（2009）认为，产业技术创新联盟是指各参与主体为了实现共同的战略性创新目标，通过各种长期契约安排、股权安排和彼此间的默契而结成的利益共享、风险共担、要素水平式双向或多向流动的松散网络型组织体⑤。蒋樟生（2011）认为产业技术创新联盟是以某一产业的技术研发、技术产业化、市场拓展等成员组织的共同目标为基础，通过适当的组织形式和运行机制，由企业与大学、科研机构联合起来，致力于技术创新活动的、具有战略意义的产业组织形式，它为联盟成员在集聚优质资源、分担创新风险、提高合作的深度与效率、实现合作共赢，提高联盟成员的核心竞争力，促进联盟成员的自身发展及相关产业的繁荣⑥。龚

---

① 科技部等六部门发布《关于推动产业技术创新战略联盟构建的指导意见》［N］. 科技日报，2009 – 07 – 06.

② R. Gulati. Alliances and Network Strategic ［J］. Management Journal, 1998 (19)：439 –459.

③ Elmuti Dam, Nicolosi M. An Overview of Strategic Alliances between Universities and Corporations. Journal of Workplace Learning, 2005 (17)：115 – 129.

④ 陈宝明. 产业技术联盟：性质、作用与政府支持 ［J］. 中国科技论坛，2007 (7)：34 –37.

⑤ 赵志泉. 产业技术创新联盟的运行机制研究 ［J］. 创新科技，2009 (4)：18 – 19.

⑥ 蒋樟生. 产业技术创新联盟稳定性管理——基于知识转移视角 ［M］. 中国经济，2011：30 – 33.

新龙（2019）提出产业技术创新联盟是通过技术知识为核心的合作组织，可以让联盟内部成员之间形成的优势互补、要素多向流动及风险共担的关系。能够大幅度地提升企业的合作创新能力①。基于此，结合技术创新生态链等相关概念，可以认为，在技术创新生态环境中，产业技术创新联盟的内涵主要包括以下几个方面：第一，在技术创新生态环境中，产业技术创新联盟是由多个技术创新生态链或多个技术创新生态主体构成；第二，产业技术创新联盟构建的目的是为了满足技术创新生态环境中产业技术创新需求；第三，产业技术创新联盟中的技术创新生态主体需要遵守联盟的法律法规、协议条款和各项制度，同时履行各技术创新生态主体在联盟中所需承担的责任和义务。产业技术创新联盟的构建有利于提高技术创新生态链和技术创新生态系统的稳定性；有利于整合产业技术创新资源，形成创新要素在更大范围内的优化配置；有利于促进技术集成创新，提升产业和技术创新生态链的核心竞争力。

但就目前技术创新生态环境中的产业技术创新联盟，尤其是我国的产业技术创新联盟来说，还存在部分产业技术创新联盟以产业为界限，缺乏跨产业的合作交流，同类产业技术创新联盟之间也多以竞争形式共存，地区之间保护主义仍然存在。因此，鼓励并构建跨产业的产业技术创新联盟十分必要。首先，鼓励区域内产业间、行业间的技术创新交流和共享，尤其是人才资源、信息资源的交流和共享，对跨行业、跨产业的产业技术创新联盟建立予以政策上的优惠、制度上的倾斜和流程上的简化。其次，加强产业技术创新联盟的开放性，建立合理有效、具有外溢性的技术扩散机制。完善联盟内技术创新生态主体或技术创新生态链的进入或退出机制，结合联盟及技术创新生态环境的发展阶段和发展需求，不断优化调整产业技术创新联盟成员的准入标准，注重吸纳更多产业、更多行业的技术创新生态主体或技术创新生态链加入产业技术创新联盟；健全联盟成员退出机制，一方面允许技术创新生态主体或技术创新生态链自由退出，另一方面构建高效的惩戒手段严惩并清除问题成员退出联盟。最后，注重产业技术

---

① 龚新龙. 基于博弈论的产业技术创新联盟运行机制研究［D］. 武汉：华中科技大学，2019：20.

创新联盟的沟通协调。跨产业跨行业构建产业技术创新联盟，联盟内部存在的问题必然很多。联盟内部应当具有良好的沟通协调机制，以解决运行发展过程中出现的各种问题，确保联盟稳固有效的运行发展。不仅如此，优质稳定的跨产业跨行业产业技术创新联盟更有利于形成良好的形象和口碑，从而吸引更多同类或不同类的技术创新生态主体或技术创新生态链加入联盟。具体而言，应该在构建产业技术创新联盟时优先考虑构建统一的战略目标，并不断对其进行调整优化；注重成员之间的沟通交流，建立定期或不定期的沟通交流机制；建立联盟危机处理机制，及时处理联盟中出现的各种问题。

3. 提高区域内技术关联度

罗森伯格和弗里施塔克（Rosenberg & Frischtak，1983）首次提出"关联技术"这一概念，认为关联技术可以通过互补又密切相关的基础技术之间的相互作用而形成"创新家族"并认为其对技术创新有重要影响[①]。陈禹辰和李昌雄（2000）认为技术关联是"组织整合在不同时点所采用的技术以产生综效的可能性"。郭琪和贺灿飞（2018）认为从横向空间层面来说，技术关联是在知识溢出过程中所产生的作用；从纵向时间层面来说，技术关联是创新主体在技术创新过程中对历史路径的依赖[②]。结合上述技术关联概念的界定，可以认为，在技术创新生态环境中，具有技术关联性的产业之间一个技术创新生态主体进行技术创新时，对相关产业内的技术创新主体具有技术创新需求；一个产业内技术创新生态主体的技术创新对相关产业内的技术创新生态主体技术创新具有较大的启示和促进作用，从而促使相关产业的技术创新更容易实现；一个产业内技术创新生态主体的技术创新带来的收益将会以某种利润驱动形式促进相关产业对技术创新的投入。由此可见，提高区域内技术关联度对于区域内技术创新生态链的互利合作和相互促进具有十分重要的意义。

---

① Rosenberg N., Frischtak C. R. Long waves and economic growth：a critical appraisal [J]. The American Economic Review，1983，73（2）：146 – 151.

② 郭琪，贺灿飞. 演化经济地理视角下的技术关联研究进展 [J]. 地理科学进展，2018，37（2）：229 – 238.

首先，结合区域不同的技术创新发展状况，提高区域的技术关联度。在区域技术创新生态环境中，技术创新生态链与技术创新生态主体中技术创新水平较高，则需不断提高区域技术关联度，促进技术创新生态链与技术创新生态主体向更复杂的技术创新演进；在区域技术创新生态环境中，技术创新生态链与技术创新生态主体技术创新水平不高或较低，则需优先考虑与区域现有知识技术关联度高的领域进入，加强知识关联度高的技术创新生态主体或技术创新生态链之间的合作，在不断提升技术创新产出能力的同时，建立较强的区域技术关联度。其次，重点支持和关注区域内技术关联紧密的领域或产业，以及该领域或产业内的技术创新生态主体和技术创新生态链，不断巩固其优势，避免技术不相关带来的资源分散和不确定性风险等负面影响。再次，区域内在推进新技术发展时，不仅需要关注新技术所涉及的技术创新生态链和技术创新生态主体，也需要关注其关联技术所涉及的技术创新生态链和技术创新生态主体，形成区域内链与链之间，主体与主体之间的协同培育，充分发挥知识溢出效应，不断提高技术关联度。最后，识别技术关联密度较低的技术创新生态链或技术创新生态主体，通过政策限制等方式，引导其转型或退出。

6.1.2 注重跨区域的链间协调发展

在技术创新生态环境中，区域间知识分布、人才资源分布不均，相互之间存在较大的差异性，其知识创造活动和技术创新能力也存在较大的差异性，部分区域技术创新能力强，部分区域技术创新能力薄弱。跨区域技术创新生态链和技术创新生态主体之间的技术创新合作，能够实现创新资源和成果在更大范围内的交流和共享，有效弥补不同区域技术创新能力差距和资源差距，促进技术创新生态链和技术创新生态主体，尤其是落后区域的技术创新生态链和技术创新生态主体优化发展，为技术创新生态链间的互利合作提供更多优质的合作机会，确保创新资源在整个技术创新生态系统中，甚至跨系统的优化配置。

1. 建立跨区域的技术创新协同发展机制体系

跨区域技术创新协同发展机制体系的建设是跨区域技术创新协同发展

的根本和首要条件。只有构建好了跨区域技术创新协同发展机制体系，跨区域技术创新协同发展才有可能很好地开展并进行下去。首先，不同区域在技术创新管理体制机制存在差异和壁垒，这些差异和壁垒会为区域间技术创新合作造成不利影响和障碍。因此，为促进区域间技术创新合作，并为合作创造良好的条件和保障，首先，要构建跨区域技术创新协同发展机制，在创新规划整体建构、联合研发、异地创新成果转化、技术创新共建共享等方面构建完善的体制机制，打破区域间壁垒，统一规划，各展所长，形成跨区域技术创新共同体。其次，形成跨区域技术创新协同发展的文化氛围。相近的文化氛围有利于促进跨区域技术创新协同发展。加强区域间文化交流，组织跨区域大型技术创新交流和宣传展示活动，不断提升技术创新生态主体跨区域协同创新意愿，树立跨区域技术创新协同典范并大力宣传，营造跨区域技术创新协同创新文化氛围。最后，提升跨区域技术创新协同发展服务能力，完善跨区域技术创新协同发展服务体系。跨区域技术创新协同发展的实现，必要的服务体系和高效的服务能力必不可少，具体包括跨区域的技术转移服务、中介服务、平台服务等。跨区域技术转移服务对推动技术创新成果在区域间流动和转化，促进跨区域技术创新协同发展具有重要作用。引导和鼓励跨区域技术转移服务主体的构建，推进跨区域技术创新成果转移转化示范区和示范基地的建设和经验推广；开展专题培训活动，提高技术创新生态主体内技术创新转移服务人员的能力；制定针对性措施，鼓励跨区域的技术创新成果转移转化，带动并促进相关服务机构的发展壮大。跨区域共建或跨区域建设科技产业园区、科技企业孵化器、创业中心、科技评估中心等多种形式的技术创新中介服务机构，健全跨区域技术创新中介服务市场；加强各类中介服务机构硬件设施、软件设施和从业人员的建设，不断提高服务机构服务能力和服务效果；分门别类对各类中介服务机构进行管理，加强行业自律，促进中介服务机构健康发展，为跨区域技术创新协同发展提供各种专业化、高效化的服务。此外，跨区域技术创新服务平台对于跨区域技术创新协同发展而言也必不可少。推动跨区域技术创新服务平台的建设，引导不同区域技术创新生态主体加入，不断扩大平台的覆盖区域和范围，优化平台的功能，强化平台协同服务效果。

2. 促进跨区域的资源流动配置

促进和加强跨区域资源，尤其是知识、人才、技术和资金等资源的流动和配置，是促进跨区域技术创新生态链和技术创新生态主体协调发展和协同演进的重要因素之一。在不同区域的技术创新生态系统中，部分区域创新资源丰富，部分区域创新资源相对欠缺，在一定程度上制约了跨区域技术创新生态链和技术创新生态主体的协调发展和欠发达区域技术创新的发展。通过区域间创新资源的流动、共享和优化配置，能够有效解决这一问题，为跨区域技术创新生态链和技术创新生态主体的协调发展和欠发达区域技术创新的发展提供支撑。首先，建立区域间人才交流与合作机制。在技术创新生态系统中，人才是知识和技术最重要的载体之一，加强区域间人才的流动和合作，能够有效缓解区域间创新资源的差异，提高欠发达区域技术创新能力。鼓励区域间技术创新生态主体及主体内部人才之间的交流和合作，构建跨区域的联合培养基地和实训基地，组织跨区域的人才招聘和聘用活动，构建跨区域的人才市场网络。其次，加强区域间创新基础设施和创新服务网络的共建共享。区域间创新基础设施和创新服务网络的共建共享能够为区域间技术创新生态链之间、技术创新生态主体之间的合作提供机会，提高其合作效率和效果。根据区域技术创新发展战略和规划，选择合适的区域，结合各自特色资源和优势，联合共建跨区域的技术创新基础设施和服务网络；同时，健全区域间技术创新基础设施和服务网络的共享机制，使其能够跨区域地提供相关服务。再次，建立完善的跨区域沟通交流机制。通过完善的跨区域沟通交流机制，可以高效地在区域之间传递知识、信息和技术，可以高效地进行跨区域技术创新生态主体之间知识、信息等资源的共享，为不同区域间技术创新生态链的互利共享提供支撑。鼓励更多技术创新生态主体承担技术创新传递者角色，并不断强化完善自身功能，为跨区域技术创新生产者和技术创新消费者提供专业化的中介传递服务。丰富区域间沟通交流的渠道和形式，建立并完善区域之间线上线下多样化的沟通交流渠道，丰富区域之间沟通交流形式，比如基础科学研究合作、研发项目合作、科技成果转移转化等。最后，设立跨区域协同发展投资引导基金。以政府资金为引导，社会资本参与，设立跨区域协同发展投资引导基金，优先支持跨区域协同发展项目，加强对跨区域间技术创新生态链合作的资金支持。

3. 构建合理的区域分工和区域特色

知识和创新对于区域经济的发展十分关键，区域与区域之间难免存在技术创新的竞争，存在对创新资源、创新资源和创新人才的竞争。适当的竞争虽然有利于区域内技术创新生态链的演进发展，但如果区域与区域间竞争过于激烈，势必会阻碍跨区域技术创新的协同发展。因此，跨区域技术创新协同发展需要合理构建区域分工和区域特色，差异化选择技术创新发展路径，避免区域间竞争过于激烈，影响区域间技术创新协同合作。首先，各区域应该基于自身的资源禀赋、特色优势和基础条件，充分发展自身的特色和优势，鼓励区域内技术创新生态链和技术创新生态主体的演进发展，形成自身技术创新特色产业和优势产业。其次，在选择跨区域合作伙伴时，首先应考虑与自身资源互补，特色各异的区域开展互利合作，在面对与自身资源特色较为相近的区域时，可选择与之形成协同竞争关系，共同开展技术创新活动。再次，在区域间形成合理的技术创新分工，避免区域间形成恶性竞争。加强区域间的分工协作，避免创新资源的重复投入和重复建设，减少创新资源的浪费，优化创新资源配置。最后，技术创新欠发达区域在技术创新发展领域选择上，要注重差异化发展，一方面要避免与技术创新发达区域形成竞争关系，另一方面也更易与其他区域产生资源互补，形成区域间技术创新互利合作。

4. 不断提升落后区域技术创新能力

区域间适当的技术创新能力差距和相关环境差距，能够促进跨区域的技术创新合作，但一旦区域间技术创新能力和相关环境差距过大时，则不利于跨区域技术创新合作的产生，也就不利于跨区域技术创新生态链之间的互利合作。因此，提升区域技术创新能力，尤其是落后区域的技术创新能力，缩小与发达区域技术创新能力之间的较大差距，能够增加区域间技术创新合作机会，是推动跨区域技术创新合作的重要举措。首先，在落后区域，应注重技术创新投入，不断完善技术创新服务支撑体系，加大人才资源引进力度，加大技术创新生态链和技术创新生态主体开放共享程度，不断提升区域内技术创新生态链和技术创新生态主体的技术创新能力，促进区域内技术创新生态链和技术创新生态主体的互利合作、协同发展。其次，不断优化区域内相关环境和基础，包括不断加快区域产业发展，注重创新驱动发展战略的实施，提升城市综合配套体系，如交通、医疗、教育、卫生、娱乐、商业和社会保障等。

5. 加强链间国际化合作

加强技术创新生态链链间国际化合作，能够极大地扩展区域间合作的范围，吸引国际上优质的创新资源，最大限度地发挥技术创新的溢出效应。首先，技术创新生态链及链上技术创新生态主体积极扩展和深化与国际先进创新领域的合作，鼓励各类技术创新生态主体在境外设立孵化平台、研发中心等。其次，加强技术创新成果的国际化交流与共享，以及成果转化的国际化。鼓励区域内技术创新传递者开展跨国技术转移服务，不断拓展国际技术转移渠道，不断提升国际化技术转移服务、信息服务、市场评估等专业化中介服务能力。再次，加强国际间创新人才交流合作，结合区域内部技术创新生态链和技术创新生态主体的优势领域和共性基础技术创新领域，引进国际相关技术创新人才。加大国际间人才交流力度，共同搭建交流平台。设立专项基金或专项计划，引进国际化人才。最后，注重外资的引入。鼓励外资在区域内设立合法的外商投资机构，如研发创新中心、开放创新平台等。鼓励国际科技组织、国际科研机构、跨国技术转移服务机构等在区域内设立机构。不断加大对外资研究机构放开科技研究计划参与的资质，鼓励外资研发机构与区域内技术创新生态主体，尤其是技术创新生产者开展合作。

6.1.3 丰富链间合作的形式

技术创新生态链与技术创新生态链之间的合作形式需要丰富多样化，以便链与链之间能够结合自身实际情况，选择最合适的单个或多个合作形式，达到最优化的合作效果。第一，在技术创新生态链链间合作周期上，既需要具有战略意图的长期合作，如战略技术联盟、网络组织，也需要有针对特定项目的短期合作，如单次联合开发等。第二，在技术创新生态链链间合作深度上，既需要有深层次的合作，如以合资或合并的方式开展合作；也需要有稍浅层次的合作，如构建合作研发组织、虚拟组织、战略联盟等；还需要有最浅层次的合作，如知识、技术或信息的沟通交流等。第三，在技术创新生态链链间合作方向上，既需要有链间纵向合作，即位于供应链上下游的技术创新生态链之间的合作；也需要有链间横向合作，即同种类型的技术创新生态链之间的合作。第四，在技术创新生态链链间合作内容上，更是需要丰富多样，具体可以包括：资源交流共享、技术创新项目合作开发、技术创新基础设施或平台的共建共享、链间技术创新业务外包、跨链功能整合等。第五，在技术创新生态链链间合作模式上，既需要有合同创新模式，即技术创新生态链之间以合同形式确定合作的模式；也需要有项目合伙创新模式，即技术创新生态链之间通过合伙投入的方式形成合作组织，共同开展技术创新活动的模式；还需要有基地合作创新模式，即技术创新生态链之间通过共同建立技术创新基地开展合作创新的模式。

6.1.4 构建链间互利合作保障措施

1. 加强链间协同治理

链间合作的各个技术创新生态链来自不同的技术创新生态链，其相互联系、相互作用关系相对比较松散，没有技术创新生态链内部关联紧密，在战略目标、管理模式、机制体制、运行方式等各个方面也存在较大差异。因此，为了保障技术创新生态链链间互利合作的顺利开展，必须要加强技术创新生态链链间的协同管理。第一，以市场需求为导向，结合区域发展、行业产业发展等状况，制订链间合作发展的战略和计划，确保链间合作方向的正确性和目标的一致性。第二，成立强有力的链间协同治理小组，小组成员可以包括第三方技术创新监管者、技术创新生态链上重要节点的负责人、技术创新生态链上项目负责人等，并做好明确的管理责任划分，共同治理链间协同合作，对技术创新生态链合作整个过程中涉及的决策、合作方案、资源配置、进度控制、成本控制、纠纷调解、后期评价等各个方面进行全方位的管理和协调。第三，制定并不断完善链间合作的制度。技术创新生态链链间合作比较松散，必须制定相应的规章制度，对各个技术创新生态链的合作行为进行制约规范，确保合作的顺利开展。链间合作制度应具体包括链间合作权益分配方案、链间合作行为准则、链间合作道德规范、链间合作目标考核方法与链间合作奖惩方式等。须在征求各个技术创新生态链意见的基础上，清晰明确地制定上述各项内容详细的规章条款，并予以公告，确保各个参与方均明确知晓各项规章制度的内容。第四，参与链间合作的技术创新生态链之间需签订合理明确的契约，契约中需包含以下必备内容：一是明确参与的各方技术创新生态链在合作中的功能作用、任务分工、权利义务等；二是明确参与的各方技术创新生态链在合作中的利益分配方式，尤其是技术创新成果、知识产权等的分配方式。此外，还需确保契约的合法合规，具有法律保障。第五，建立合理完善的链间合作准入退出机制。参与链间合作的技术创新生态链可以是两条或两条以上的技术创新生态链，在构建链间合作的过程中，需要根据合作目的和相应标准，对预备参与合作的技术创新生态链进行筛选和过滤，避免合作规模的过度膨胀和无序增长带来不必要的负面影响；同时，建立合理自由的退出机制，允许不再具有参与意愿的技术创新生态链退出链间合作，从而达到不断提高技术创新生态链链间合作效率，不断优化链间合作规模和状态的效果，促进链间合作健康、可持续地发展。

2. 健全链间利益协调机制

技术创新生态链的首要目的之一是为了获取利益，其链间合作关系的建立必须要建立在互利互惠且能够在一定程度上实现技术创新生态链利益诉求的基础上。不仅如此，在合作过程中，链与链之间出现较为严重的利益冲突，也势必会影响链与链之间的合作，甚至会致使链间合作无法顺利开展。因此，健全的链间利益协调机制是技术创新生态链链间合作的基础保障。第一，建立健全的利益表达与识别机制。鼓励参与链间合作的技术创新生态链积极充分、真实完整地表达自身的利益诉求，充分了解其他合作方的利益诉求。建立便利的利益诉求反应机制和利益分配反馈机制，积极收集参与合作的各方技术创新生态链的利益诉求和对利益分配的反馈意见。第二，建立健全的利益分配机制。在充分了解链间各技术创新生态链利益诉求的基础上，从公平公正的角度出发，基于链间合作的整体利益诉求最大化原则，针对链间各合作方分工状况、投入状况、贡献状况和所承担的风险状况，在链间各合作方充分探讨和协商的基础上，建立链间利益分配机制。第三，建立健全的风险分担机制。技术创新是一项风险较高的活动，链间合作开展技术创新活动，也必然会遇到不同程度的风险。与技术创新相关的各种风险需要以某种方式在链间合作的各个参与方之间进行分配，实现风险分担，以便风险发生时能共同抵御风险。在充分分析和评估风险的基础上，确定风险的类别和危害，在链间合作的各参与方之间签订合同界定风险分担机制，当风险发生时，各参与方按照合作约定各自履行合同义务，共同承担风险。第四，建立健全的利益协调机制。链间合作相较链内合作而言，其参与的技术创新生态主体更多，相互关系更复杂，因此，更容易发生链与链之间、主体与主体之间的利益冲突和矛盾。要兼顾好链间合作整体利益与单个技术创新生态链或单个技术创新生态主体利益，在确保整体利益最大化的情况下，兼顾单个技术创新生态链或单个技术创新生态主体利益。不断对利益分配机制进行优化，确保利益分配的公平、公正和公开。加强链间利益分配的沟通协调，预防或减少因分配不当或其他原因所产生的利益冲突。建立利益冲突预警机制，对影响链间合作和稳定性的各种矛盾和风险进行收集，进行科学的预测和分析，及时采取措施予以化解。在利益冲突发生时，积极缓解冲突，确保链间合作的稳定。第五，建立健全的利益保护机制。在链间合作过程中，难免会出现损害技术创新生态链利益的行为出现。依据法律规范和制度规章，严厉惩戒损害技术创新生态链利益和链间合作整体利益的行为和活动，严重情况下，可以将违反规定的技术创新生态链或技术创新生态主体强制清退出链间合作关系，以确保链间合作整体利益和各合作方利益得到公平对待和有效保护。

3. 构建并完善链间创新网络

创新网络衍生于社会网络理论，其概念最早是由英国经济学家弗里曼

（1991）提出的，他认为创新网络是一种用来回应系统创新的基本制度安排，同时也可以被视为组织同市场之间互相进行渗透的一种松散耦合组织，其中，网络配置的关键联系机制是企业间的协作关系①。里克罗夫特和克拉什（Rycroft & Krash，2004）提出创新网络是企业、大学、政府机构及其他相互联系的组织间组织起来的复杂网络关系，其目的是创造、获取和整合各种知识和技能②。拉姆佩萨德等（Rampersad et al.，2010）认为创新网络是涵盖企业、科研机构、高校和政府机关在内的，一种具有松散关联的组织，成员通过彼此之间的频繁沟通交流与合作，进而达成共同的创新愿景③。阿尔韦勒和基恩（Ahrweiler & Keane，2013）认为创新网络是社会组织与创新认知之间的互动交流④。李金华和孙东川（2006）提出创新网络是企业为了适应所处的动态复杂的创新环境，与其他创新成员之间正式与非正式关系所交织形成的组织涌现⑤。李柏洲等（2022）认为创新网络是指不同创新主体跨越组织边界或地域边界进行合作创新的网络化合作模式⑥。由上述概念界定可知，创新网络的建立和不断完善对于链间互利合作来说，也是必不可少的。通过创新网络，技术创新生态链之间、技术创新生态主体之间能够快速高效地交流分享知识、信息和技术等资源，实现创新资源在不同技术创新生态链之间、不同区域之间的整合，降低链间、区域间合作成本。

首先，联合一定区域范围内的技术创新生态主体，积极在区域内搭建创新网络，包括如定期举办学术会议、企业博览会等交流活动；创建孵化器、加速器和众创空间等企业孵化载体；通过联合培养人才、共建研发实

---

① Freeman C. Networks of Innovators：A Synthesis of Research Issues ［J］. Research Policy，1991，20（5）：499 – 514.

② Rycroft R. W.，Kash D. E. Self – organizing Innovation Networks：Implications for Globalization ［J］. Teclmovation，2004，24（3）：187 – 197.

③ Rampersad G.，Quester P.，Troshani I. Managing Innovation Networks：Exploratory Evidence from Iet，Biotechnology and Nanotechnology Networks ［J］. Industrial Marketing Management，2010，39（5）：793 – 805.

④ Ahrweiler P.，Keane M. T. Innovation Networks ［J］. Mind & Society，2013，12（1）：73 – 90.

⑤ 李金华，孙东川. 创新网络的演化模型 ［J］. 科学学研究，2006（1）：135 – 140.

⑥ 李柏洲，王雪，薛璐绮，苏屹. 战略性新兴产业创新网络形成机理研究 ［J］. 科研管理，2022，43（3）：173 – 182.

验室和科技园区等方式推动产学研合作等。在此基础上，联合不同区域力量，扩大合作范围，不断扩展创新网络。当创新网络发展到一定程度后，积极融入全球创新网络，最大限度确保创新网络覆盖范围。其次，搭建网络平台，更好地进行资源共享。在技术创新生态环境中，创新资源在不同区域或同一区域内部的分布是不均匀的，具有较大的差异性。网络平台的建立能够较好地解决资源，尤其是虚拟类资源分布不均所带来的链与链之间、区域与区域之间创新能力差距日益增大的问题，并通过对落后区域和技术创新生态链发展的拉动，促进其快速发展，以便更好地与其他技术创新生态链合作。网络平台的构建主要包括创新资源数据库和共享平台、信息交流平台、技术创新服务平台等。最后，根据技术创新生态链之间、系统内各种不同技术创新生态主体之间的各种不同类型和特点，构建不同类型、不同模式、不同主体间的创新网络，满足技术创新生态系统中各种创新网络需求，更好地促进链间合理合作。

4. 充分发挥行业协会类技术创新生态主体的协调作用

行业协会是介于政府、企业之间，商品生产者与经营者之间，并为其服务、咨询、沟通、监督、公正、自律、协调的社会中介组织。其主要职能包括以下几个方面：第一，沟通。作为政府与企业之间的桥梁，向政府传达企业的共同要求，同时协助政府制定和实施行业发展规划、产业政策、行政法规和有关法律。第二，协调。制定并执行行规行约和各类标准，协调本行业企业之间的经营行为。第三，监督。对本行业产品和服务质量、竞争手段、经营作风进行严格监督，维护行业信誉，鼓励公平竞争，打击违法、违规行为。第四，公正。受政府委托，进行资格审查、签发证照，如市场准入资格认证，发放产地证、质量检验证、生产许可证和进出口许可证等。第五，统计。对本行业的基本情况进行统计、分析，并发布结果。第六，研究。开展对本国行业国内外发展情况的基础调查，研究本行业面临的问题，提出建议、出版刊物，供企业和政府参考。从其功能上看，行业协会类技术创新生态主体对于复杂多变的链间合作具有重要的管理、约束、支撑作用，是技术创新生态链，尤其是跨区域、国际化技术创新生态链间合作必不可少的第三方机构之一，应充分发挥行业协会类技术创新生态主体的相关作用，助力技术创新生态链链间互利合作的顺利开展。首先，行业协会应全面充分发挥自身功能和作用，切实成为政府等技术创新监管者与高校、科研机构和企业类技术创新生态主体之间的桥梁，通过全面深入的行业分析研究，了解行业发展趋势，推进能促进和支撑链间合作的规划、产业政策、行政法规、法律、行规行约和各类标准的制定和完善。其次，行业协会类技术创新生态主体应在技术创新生态系统中积极搭建各类技术创新生态主体交流和沟通的平台，吸纳系统中各区域的技术创新生态主体加入，促进区域内外技术创新生态链链间的合作。同时，定期或不定期组织行业内部或跨行业的经验交流会议和座谈会议，增强技术创新生态主体之间的互通互联和开放共享。再次，通过大数据等先进手段充分收集和深入挖掘行业相关信息，定期在协会平台上发布，为技术创新生态链之间合作提供指导和数据支撑。最后，技术创新生态链及链内技术创新生态主体也应该积极加入其所在及相关行业的行业协会，充分利用行业协会所提供的各种资源，积极开展链间合作。

6.2 确保技术创新生态链链间合理竞争

在自然生态系统中，竞争主要表现为种群内个体间和种群间对资源的争夺。一般而言，竞争是指个体或群体间力图胜过或压倒对方的心理需要和行为活动。竞争作为一种非常普遍存在的社会现象，在技术创新生态链链与链之间也必然存在。技术创新生态链链间合理竞争是指技术创新生态链之间为争夺市场、资源，树立自身核心竞争力和确保更大发展空间，而引发的链与链之间适度、正当的竞争行为。技术创新生态链链间合理竞争的优势包括以下几个方面：第一，有利于增强技术创新生态链链内合作力度的加强，提升链内节点间凝聚力。技术创新生态链链间竞争会促使链内节点通力合作，一致对外，从而增强链内凝聚力。第二，有利于技术创新生态链技术创新活动和资源流转活动效率的提升。技术创新生态链链间竞争会给技术创新生态链运行和发展带来压力，形成技术创新生态链技术创新和演进发展的动力，促使技术创新生态链不断提高技术创新活动的效率和资源流转活动的效率。第三，有利于技术创新资源的合理配置和高效利用。技术创新生态链之间对于资源合理正当的争夺，有利于资源向更有竞争力的技术创新生态链流动，进而不断淘汰不具竞争优势的技术创新生态链。不仅如此，获得资源的技术创新生态链出于竞争压力，也会更加优化配置和利用资源，以发挥更大的功效。第四，有利于更好地满足市场需求。技术创新生态链链间合理竞争主要以提升技术创新产品和服务的质量和效率等为竞争手段，而非以虚假宣传、倾销、混淆行为、商业贿赂等不正当竞争手段开展，通过形成一种良好的竞争秩序，更好地满足市场需求。

6.2.1 采用合理的手段开展链间竞争

技术创新生态链链间需要采用合理手段开展链间竞争。具体而言，其需要注意以下几个方面。

1. 注重采用合理的手段开展链间竞争

技术创新生态链链间可采用的合理竞争手段有质量竞争、服务竞争、价值竞争、价格竞争、信息竞争、资源竞争、人才竞争、特色竞争和技术竞争等。其中质量竞争可以通过提高技术创新生态链上技术创新产品质量，从而在竞争中占据优势。服务竞争可以通过提升链上技术创新产品在市场上售前、售中和售后服务的质量来提升自身竞争优势。价值竞争可以通过提高市场中消费者所能获得的产品价值、服务价值、功能价值等方式来提升自身竞争优势。价格竞争是技术创新生态链以价格为手段，通过价格的提高、维持或降低，以及对竞争方定价或变价的灵活反应等，来获取竞争优势的方式。但需要注意的是，不能将价格看作决定竞争优势的唯一因素，这样难免会造成价格竞争的泛滥。信息竞争可以通过技术创新生态链率先获得市场信息，从而在竞争中占据优势。资源竞争可以通过技术创新生态链占据技术创新所必需的稀缺资源或原料资源，从而获得竞争优势。人才竞争可以通过技术创新生态链获得优质的技术创新人才来确保其竞争优势。特色竞争可以通过增加技术创新生态链上产品或服务的特色来获得竞争优势。技术竞争可以通过提高产品或服务的科技含量来获得竞争优势。技术创新生态链可以结合自身状况，选择其中一种或多种方式开展链间竞争，并获得竞争优势。

2. 实行差异化竞争策略

在技术创新生态环境中技术创新生态链数量众多，在采取众多措施强调和执行合理竞争的情况下，难免仍不可避免地出现过度竞争、垄断等现象。因此，采用差异化竞争策略，打造出自身独特核心的竞争力，对于技术创新生态链合理竞争来说也十分重要。差异化竞争是将技术创新生态链提供的产品或服务差异化，树立起技术创新生态链在全行业范围中独特性的东西，是一种战略定位，即技术创新生态链设置自己的产品、服务和品牌以区别于竞争者。首先，找准市场定位。技术创新生态链在采用差异化竞争策略时，先要考虑市场需求，通过分析市场需求进行市场细分，结合自身优势资源找准市场定位，进而开展技术创新活动，创造满足该类市场需求的独特产品或服务。技术创新生态链可采用的差异化竞争方式主要有产品差异化、服务差异化、形象差异化和市场差异化。产品差异化是技术创新生态链创造的产品，在质量、性能上明显优于同类产品，从而形成独特的市场。服务差异化是技术创新生态链能够针对不同顾客提供特殊性、个性化、情感性等特色服务。形象差异化是技术创新生态链通过实施品牌战略和形象战略而产生的差异。市场差异化是技术创新生态链通过产品的销售价格、分销渠道、售后服务等符合具体市场环境条件而形成差异。其次，注重对竞争对手的分析。技术创新生态链要开展差异化竞争策略，必须要充分了解自身的竞争对手，包括竞争方技术创新生态链的资源优势、产品或服务状况、在市场中所处的位置等。再次，注重市场反馈。时刻注重市场反馈信息是差异化竞争的关键环节。采用差异化竞争策略的技术创新生态链需要时刻关注市场对自身产品或服务的反馈状况，时刻保持与市场需求的同步。最后，不断保持创新。技术创新生态链采用差异化竞争策略并不能完成阻止其他技术创新生态链的模仿，因此，为了限制其他技术创新生态链的模仿行为，技术创新生态链需要不断创新，优化产品或服务，使其产品或服务具有不可替代性，或通过不断创新，使模仿方技术创新生态链始终处于模仿滞后的状态。

3. 避免采取不合理、不合法和不合规的竞争手段开展链间竞争

不合理、不合法和不合规的竞争手段会扰乱市场环境，使技术创新生态链自身乃至其所处的技术创新生态环境处于危险境地，影响技术创新生态链和技术创新生态系统持续稳定健康地发展。当前主要的一些不合理、不合法和不合规的竞争手段有：商业诋毁、窃取商业机密、商业贿赂、商业混淆、低价倾销、滥用市场支配地位等。其中，商业诋毁是通过诋毁竞争对手的声誉转移消费者的偏好；窃取商业机密是通过商业间谍等方式，获取竞争对手技术创新生态链的商业秘密；商业贿赂是通过贿赂的方式获取竞争优势的行为；商业混淆是通过仿冒技术创新产品让市场误认为该产品和畅销产品一样或有关联；低价倾销是通过低于成本的价格倾销，占领市场，但不包括临期产品，积压产品等；滥用市场支配地位是当一条技术创新生态链在某一市场占据支配地位后，利用自身优势，控制市场的行为。技术创新生态链要避免采用这些不合理、不合法和不合规的竞争手段。

6.2.2 良性争夺链上所需资源

技术创新生态链开展技术创新活动、运行与发展的过程中，必须有各种资源作为支撑。由于部分知识资源、人才资源和技术资源具有稀缺性，因此，不可避免地会引发技术创新生态链链间关于资源的争斗。合理的资源竞争不仅能够优化资源的配置，提高资源的利用率，提升资源利用的效果，而且能够激发更多更优质技术创新成果的出现。不合理的资源竞争会导致资源的浪费和资源利用成本的升高，降低资源利用的效率，影响技术创新生态链的运行与发展。因此，需要采取各种措施来保障技术创新生态链在链间竞争过程中对资源进行合理、良性地争夺。

在技术创新生态链中所涉及的资源种类众多，包括知识、技术、信息、资金、人才、物质等，但出于技术创新生态链的特殊性，这些资源对于技术创新生态链开展链间竞争的重要性程度有所差异，其对这些资源的竞争程度也有所差异，相较于物质、信息等资源而言，技术创新生态链对

知识、技术、资金和人才的争夺更为激烈，而其中知识、技术的掌握者主要是人才，因此，技术创新生态链链间资源竞争的焦点主要落在人才和资金上，在此，主要针对这两项资源的良性争夺策略展开讨论。

1. 人才资源的良性竞争

人才资源是技术创新生态链最重要的资源之一，其涉及技术创新生态链所拥有的知识、技术、信息及创新能力等，人才潜力是技术创新最宝贵的创新源泉，技术创新生态链开展技术创新活动必定离不开人才资源，尤其是优秀稀缺的人才资源。因此，为了避免人才资源的恶性竞争，确保技术创新生态链链间保持人才资源良性竞争，需要注意以下几个方面。首先，注重链外人才资源的合理引进。结合自身发展状况和需求状况，做好人才资源引进的合理规划，确定人才需求的类型和数量，不盲目引进人才。建立科学有效的人才引进标准和考察机制，确保引进人才符合自身需求。营造良好的人才工作与发展环境，吸引人才的加入。不断拓宽人才引进的渠道，利用媒体、网络、人才交流中心、猎头公司等多种途径进行招聘，减少与技术创新生态系统内其他技术创新生态链发生激烈人才资源争夺的概率。其次，关注链内人才资源的优质培养。链内人才的优质培养需要注重三个方面：一是注重链内人才的挖掘，不能埋没人才；二是注重链内人才的不断培养，为链内人才提供良好的培训、进修、交流机会和平台，使链内人才在知识、技能、工作方法等方面不断得到优化提高，从而发挥更大的潜力；三是注重链内人才的配置，将人才配置到最合适的岗位上，发挥最大的功效。再次，强化链间人才的交互流动。技术创新生态链不仅需要注重人才在链内的培养，还需要采取开放式的态度，加强链间人才的交流和流动，开拓人才的视野，提高人才的质量，获取更多的知识、技术和信息。强化链间人才交互流动需要注重以下三个方面：一是构建畅通的人才流通渠道，建立人才流动制度，并严格执行；二是提高人才流动的宽容度，鼓励人才在技术创新生态链之间进行流动；三是建立区域、产业或全国的人才数据库，并实现数据库的共享。从次，加强优质人才资源的流失预警。链内优秀人才对于链上创新活动的顺利完成和技术创新生态链的演进发展具有十分重要的意义，这类人才的流失会对技术创新生态链造成比较大的打击，甚至会面临整条链断裂的危险。因此，要加强优质人才资源的流失预警。建立人才资源流失预警机制，一旦发现存在人才流失风险，则尽快采取措施，挽留人才。在技术创新生态链内构建专门的人才流失管理组织，由专人负责人才流失的预防、控制和管理，并为之构建相应的规章制度作为支撑。不断提升优质人才的待遇，为优质人才提供其所需的各种要素、资源和提升空间，营造良好的环境氛围。建立关键人才预备库，防止出现因关键人才的突然流失而导致技术创新生态链无法顺利运转的状况，减少链所承担的风险和损失。最后，技术创新生态系统中的技术创新监管者需要对技术创新生态链链间恶意挖人等不合理的人才资源竞争手段进行通报批评，责令其进行整改，严重者可将其列入行业黑名单，以此来对技术创新生态链链间人才资源竞争进行监管，维护人才资源的理性竞争。

2. 资金资源的良性竞争

技术创新生态链具有大量旺盛的资金需求，需要资金资源的持续投入。资金是技术创新生态链运行和发展成败的关键因素之一，其规模、成本和多样性将直接影响技术创新生态链技术创新活动的开展、成果实现、链的演进发展等。在技术创新生态环境中，可供提供的资金资源往往是有限，这样不可避免地会出现技术创新生态链链间对于资金资源的竞争。第一，主动构建良性的资金资源竞争格局。技术创新生态系统中的资金管理机构和相关监管部门需要共同努力，主动构建良性的资金资源竞争环境和格局，不断提高资金运行、分配、管理的透明度。第二，建立资金资源公平竞争的审查制度，构建详细明确的审查依据和标准，加强政府部门的自我审查和外部第三方的督察。第三，打破技术创新生态环境中不合理的垄断和区域间的市场壁垒，营造权力公平、机会公平和规章公平的投资环境。第四，技术创新生态链及链上节点要采取积极合理的措施获取链外资金资源。技术创新生态链链外资金资源获取的渠道有许多，如政府资助、社会赞助、风险投资等。技术创新生态链可以通过准确把握政府对于技术创新的政策导向、积极扩大自身社会影响力、不断提升自身社会价值、不断提高自身技术创新能力、不断优化自身品牌形象等多种合理合法手段来获取更多的链外资金资源。第五，技术创新生态链及链上节点要避免采用一些不合理、不合规和不合法的手段获取链外资金资源，这些不合理、不合规和不合法的手段包括编造虚假项目、虚假宣传造势、承诺高额回报、订立陷阱合同、非法发行有价证券等。

6.2.3　加强链间合理竞争的宣传

技术创新生态链链间合理竞争需要在技术创新生态链中、技术创新生态主体中强化合理竞争政策制度的倡导，加强优质竞争文化的宣传，树立合理竞争的理念和意识，确保技术创新生态链和技术创新生态主体采用合理合规的方式方法开展链间竞争。首先，网络信息监管者、网络信息生态链内部管理机构需要认识到链间合理竞争的重要性，重视对链间合理竞争的宣传推广和普及教育。其次，采用多种方式在技术创新生态链内和技术创新生态链间开展宣传活动，具体可采用的方式有，通过在技术创新生态链内技术创新生态主体中设置宣传栏、宣传台、宣传展板等方式进行相关内容的宣传展示；通过在技术创新生态链中印发文字材料、填写问卷调查、开展专题培训、组织会议等方式进行宣传教育；通过微信公众号、技术创新服务网络平台等新媒体平台广泛宣传公平竞争、合理竞争的相关法律法规、政策制度；在技术创新生态链中广泛开展合理竞争宣讲活动等。再次，大力宣传恶性竞争的危害和后果，让技术创新生态主体充分意识到恶性竞争危害，这样才能趋利避害，主动舍弃恶性竞争，采取合理竞争方式开展竞争活动；同时，大力宣传恶性竞争的典型事例及其带来的危害。最后，在技术创新生态链间定期或不定期地开展交流研讨活动，在增强主体合理竞争、公平竞争意识的基础上，研讨合理竞争、公平竞争的方式方法。

6.2.4　构建完善的链间合理竞争政策法规

要确保技术创新生态链链间合理竞争，还需要制定科学、完善、便于执行的政策法规，确保技术创新生态链链间的竞争行为依据相应的政策法规开展，且一旦出现违反了政策法规的竞争行为，能够依据政策法规予以阻止或纠正，使竞争行为回归到合理竞争的范畴之内。首先，构建合理竞争政策制度和相关规则。合理竞争政策制度和相关规则有利于解决链间竞争中存在的一些问题，有助于合理竞争环境体系的建设。构建与链间合理竞争完全适应的政策体系，并建立与之匹配的竞争执法机构。强化合理竞争政策的基础性作用和基础性地位，确保其他政策的制定均不会影响其所发挥的基础性作用。在行业内部、技术创新生态链内部构建合理竞争的规则，并不断结合自身的发展变化进行完善，规范竞争行为，抵制不正当竞争，尤其是行业主管部门应结合行业特色、链间竞争状况推动相关行业规则的制定与优化。其次，不断完善合理竞争的法律制定。技术创新生态链链间竞争相较一般性技术创新生态主体之间竞争而言，涉及面更广，更为复杂，因此，需要在构建科学性、完备性、透明度和可预期性的公平竞争法律法规体系的基础上，针对技术创新生态链链间竞争的复杂化特点，细化和增设相关法律法规，为链间合理竞争行为提供进一步规范引导，为强化链间合理竞争政策执行提供充分完善的法律保障。针对各种不正当竞争的新型表现，不断增设相关法律法规，确保法律法规的适用性和前瞻性。再次，构建链间合理竞争的评价。对技术创新生态链链间合理竞争的评价也非常重要，通过评价，找出合理竞争中存在的问题，积极进行完善与优化。链间合理竞争的评价要在构建全面完善的评价指标体系的基础上，选择合理的评价方法，对链间合理竞争行为进行评价。最后，形成协同监管的合力。推进市场准入、行业监管和竞争监管等多方面更加紧密地衔接，推动构建全方位、多层次、立体化的监管体系。

技术创新生态链形成与运行机制研究

第7章

技术创新生态链环境优化策略

技术创新生态链环境优化是对技术创新生态链所处的环境，即技术创新生态环境的优化。技术创新生态链环境优化对于优化技术创新生态链的运作和结构、提升技术创新生态链运行效率和效果、完善技术创新生态系统的结构和平衡稳定具有十分重要的意义。技术创新生态链环境优化主要包括技术创新生态链资源环境优化、技术创新生态链政策环境优化、技术创新生态链法制环境优化、技术创新生态链市场环境优化、技术创新生态链文化环境优化、技术创新生态系统优化等方面。

7.1 技术创新生态链资源环境优化

资源是技术创新生态链及链上各主体开展各项技术创新活动的基础，也是链和主体生存发展的前提条件。技术创新生态链技术创新活动的开展必须有大量的知识、技术、信息、人才、物质和资金资源作为支撑。这些资源一方面来自技术创新生态链的内部节点自身所拥有的资源，另一方面更多的则是来自技术创新生态链外部，在技术创新生态链与外界环境进行交互的过程中获取的。因此，技术创新生态链资源环境优化对于链上技术创新活动的顺利开展、节点和链的发展非常重要。

7.1.1　注重各类资源的积累

在技术创新生态环境中，知识、技术、信息、人才、物质和资金等资源积累非常重要，其决定了技术创新生态链上所能获取资源的丰富程度和完善程度。在知识、技术、信息、人才、物质和资金这些资源中，知识、技术、人才和资金资源对技术创新生态链的影响更是尤为重要，这里主要针对这四项资源的积累进行探讨。

1. 知识资源

技术创新生态链本质上是一条知识流转链，知识是链上最关键、最核心的资源，是其他一切资源的基础。知识的积累不仅为技术创新生态链上技术创新活动提供必要的知识，也是知识生产和创造的基础。首先，技术创新生态系统中各技术创新生态主体要注重日常知识的学习和积累。通过交流学习、讲解培训、传帮带等方法获取各种各样与技术创新生态主体需求相符的知识，并对获取到的知识进行组织和存储，将隐性知识显性化，以提高知识的有序度，使知识能够更大限度的共享和利用。其次，加强技术创新生态主体之间知识的共享。通过技术创新生态主体间知识的共享，减少单个技术创新生态主体知识获取的工作量和成本，扩大技术创新生态主体的知识拥有量，提升知识利用效率。树立知识共建共享的理念，在技术创新生态系统中的同类技术创新生态主体之间、不同类技术创新生态主体之间签订知识共享协议或建立知识共享联盟。在技术创新生态系统中应用先进技术构建知识共享的平台，建设共享知识库。再次，提高技术创新生态主体之间交流的频率和深度。鼓励技术创新生态主体之间通过采用学术会议、头脑风暴、研讨会等方式，大力开展主体之间的知识交流，并通过既有知识组合碰撞出新的知识，提高系统中知识的存量。最后，加速知识在技术创新生态系统中的流动。加速知识在系统各类主体之间的流动，尤其是知识研发类主体向知识应用类主体的知识流动，同时，加速系统内技术的扩散和知识人才的流动，通过技术扩散和人才流动促进系统内知识的流动。

2. 技术资源

技术对技术创新生态链上的创新活动发挥积极的作用，尤其是技术创新生态系统中基础性技术、关键性技术和前沿技术的应用和发展，对技术创新生态链上的创新活动发挥着重要的支撑和引领作用。首先，注重对先进技术的引进和购买。在技术创新生态系统中，技术创新生态主体之间存在技术上的差异，例如，我国部分产业技术水平与国际先进技术水平之间还存在较大差距。通过引进和购买先进技术，能够快速弥补自身的不足，是提升系统内技术创新生态主体技术水平和创新效率的有效手段。不断扩大先进技术的引进规模，简化技术引进的规程手续，确保技术引进的渠道通畅、速度高效。技术创新生态主体要注重对引进和购买技术充分的消化吸收，并在此基础上实现再创新活动，切实提升对外部技术的利用率。技术创新生态主体要制订完善、合理的技术引进购买计划，确保关键性技术和重大技术的引进优先级，同时避免出现重复引进，盲目引进，引进技术陈旧，引进速度过快或过慢等状况。其次，注重技术资源中薄弱环节的强化。技术资源中的薄弱环节，尤其是一些基础性技术、关键性技术和前沿技术的薄弱环节，会对系统中大量技术创新生态主体和技术创新生态链的技术创新活动产生负面影响。技术创新生态系统需要找准技术资源中的薄弱环节，在政策和研发上予以倾斜，加强对薄弱环节的技术研究突破，同时紧跟当前前沿技术，注重技术的前瞻性。再次，提高系统内技术关联度。技术关联是指生产过程中不同行业之间的技术具有相互影响、相互补充的关联性。较高的技术关联度能够转化成关联技术内生的演化发展动力，建立起相关的技术系统，进而衍生出更多的技术，实现自主持续发展的潜力，积累大量的技术资源。最后，加大力度构建系统内技术服务体系。技术创新生态系统中技术资源积累和应用活动还需要系统中各类服务机构的支持和服务，包括技术创新生态主体所需要的知识产权服务、技术决策服务、技术引入服务等。应该加大力度构建技术创新生态系统内公共的技术服务体系，为系统内各项技术活动提供保障。

3. 人才资源

技术创新生态链上大多数技术创新活动都需要人才来完成。人才资源是影响技术创新生态链未来成长潜力的重要因素，高素质的管理人员和技术创新人员在技术创新生态系统中的储备情况极大地影响了系统内技术创新生态链和组织型节点演进和发展，以及技术创新活动的开展。技术创新生态环境要注重人才资源的培养、储备和应用。首先，注重人才的培养。技术创新活动对于人才质量要求高，尤其对其知识储备量，专业技术能力，知识处理能力、知识利用能力和知识创新能力均有较高的要求。因此，必须要建立完善的人才培养体系，为技术创新生态链上的技术创新活动提供人才供给保障。在人才培养机构如高校方面，需要在加强学生基础理论知识培养的基础上，通过各种比赛、实践活动、仿真实验等手段，提高学生的实践动手能力及应用理论知识分析和解决实际问题的能力。注重学生创新精神和创新能力的培养。充分利用学生的创新精神，在注重知识积累丰富的基础上，培养学生对技术创新的兴趣。高校需要根据技术创新生态系统及技术创新的实际发展需求，结合市场需求，不断加强相应专业的建设，不断增设相应的专业，大力培养相关人才，满足技术创新生态系统人才需求。加强国内外高水平教育机构、科研机构和企业之间的合作，通过联合培养模式，造就高水平、高能力、高技术，具有国际视野的人才。企业类技术创新生态主体也要注重人才的培养，制订完整有效的人才培养和开发计划，通过联合培养、定期培训、以老带新、交流合作等多种形式，不断提高人才质量，挖掘人才潜力。其次，注重人才的引进。根据技术创新生态系统和技术创新的需要，投入资金大力引入高素质的创新人才，尤其是高水平的技术创新带头人等。注重技术创新人才团队的引进，减少引进人才的磨合时间。做好引进人才管理工作，将人才配置到最适合的岗位上去，给予最大可能的优质待遇；通过职业发展规划、人才晋升等路径，给引进人才提供更多的发展机会；在引进人才遇到困难时，尽最大可能积极予以帮助和解决，留住人才。再次，注重人才的激励工作。对人才的激励要注意人才的个体差异。根据各个不同人才的激励需求，因人而异，满足人才个人的激励需求。同时，结合才人成长发展状况，不断对激励措施和手段予以调整，做到与时俱进。注重激励方式的多样性和丰富性，将物质激励和精神激励相结合，通过各种激励组合，最大限度地激发人才的创新积极性和主动性。建立科学合理的人才考评制度和激励制度，并赋予人才一定的自主工作和创新的权限，以便最大限度地调动人才工作的积极性和创造性，同时留住人才。最后，加强低龄化学生基础科学知识的普及和培养。激发低龄化学生对基础科学知识的兴趣，重视相关学科的学习和创新思维培养，为未来技术创新研究和科学技术研究打下良好的基础，培养人才。

4. 资金

资金是网络信息生态链开展技术创新活动、自身演进发展必不可少的基本保障之一，对技术创新活动效率的提升也具有显著作用。首先，在技术创新生态系统内构建丰富多元的投融资体系，确保各种不同类型、不同需求、不同功能的技术创新生态主体均能通过各种有效手段获取自身的资金需求。其次，大力发展科技金融。科技金融是促进科技开发、成果转化和高新技术产业发展的一系列金融工具、金融制度、金融政策与金融服务的系统性、创新性安排，是由向科学与技术创新活动提供融资资源的政府、企业、市场、社会中介机构等各种主体及其在科技创新融资过程中的行为活动共同组成的一个体系，是国家科技创新体系和金融体系的重要组成部分。技术创新生态系统中的各类技术创新监管者应该通力合作，大力发展科技金融，为技术创新生态主体，尤其是技术创新生产者提供各种金融服务和金融资源。最后，构建完善的金融服务机构体系，并不断提升金融服务机构的专业化水平和服务质量，为技术创新生态主体提供高质量全面的金融服务。

7.1.2 加强资源的配置与管理

在技术创新生态环境中，所拥有的资源是有限的，尤其是稀缺型的资源更是极其有限。因此，在技术创新生态环境中，必须注重资源的合理配置和高效管理，为技术创新生态链上的资源需求提供有效的保障，同时实现资源利用率的最大化和高效化。首先，注重各种资源的组成和结构，尤其是资金和人才的组成和结构。在技术创新生态环境中，资金资源是由各种不同类型的资金构成的，各类资金的比例组合状况对技术创新活动的效率具有十分重要的影响。在进行资金投入组合时，要注意技术创新所处的阶段、资金获取的难易程度、资金的使用期限、资金收益和风险的构成关系等，优化资金的比例结构。人才资源的结构也对技术创新活动效率有较大的影响。要注重各类人才的配比结构，不能一味增加研发人才的数量，其他人才数量和质量受限，研发人才数量再多，创新成果产出再多，也无法及时地转化为新产品，实现创新的市场化，获得经济价值。因此，要合理确定各类从业人才的配比和结构，避免出现人才配置过量的状况。其次，市场机制在资源配置过程中发挥基础性和重要性作用，但市场配置资源难免会存在一些不足和不合理的地方，当市场配置资源出现失衡时，需要通过计划配额、行政命令的方式，从整体上协调资源的配置，避免资源配置的不合理，造成资源的浪费。再次，不断提高资源的使用效率和有效利用水平，努力降低资源消耗，对于稀缺型资源，应尽量寻找可替代品或可替代措施。保障重点技术创新生态主体或技术创新生态链对资源的需求，优先满足这些主体或链对资源的需求，给予其重点支持。设立各类资源交易平台，并对其进行整合、监督和管理，确保其规范高效、公开透明。同时，平台的构建和优化要注重对大数据、云计算等现代化信息技术的应用。最后，加强重大科研基础设施和大型科研仪器的共享。重大科研技术设施和大型科研仪器是促进技术创新的重要工具，加强重大科研基础设施和大型科研仪器的共享，有利于提高设施仪器的使用效率，进一步优化创新资源的配置。制定完善全面的设施仪器共享制度，建立设施仪器共享信息管理系统，不断提高技术创新生态主体的设施仪器开放共享意识，建立考核评价体系对开放共享程度进行评价和不断优化。

7.1.3 不断优化资源投入结构

在技术创新活动中，并非资源投入越多，技术创新效率效果越好。在技术创新生态环境中，需要注重资源投入的结构，并不断对资源投入结构进行优化，以获得更好的技术创新效率效果。首先，注重人才资源投入的质量。人才资源数量和工作量投入的增长并不一定能带来技术创新效率效果的提高，人才投入的质量往往更为重要，这也是人才资源投入的关键性问题。因此，需要不断提升人才资源的质量，打造具有竞争力的人才队伍。其次，尤其要注重人力资源和资金资源的投入结构问题。当人力资源和资金资源投入不匹配时，不仅会使部分技术创新生态主体因缺乏资源而失去技术创新的积极性，也可能会使部分资源过剩的技术创新生态主体降低技术创新的效率。因此，人力资源和资金资源投入结构均衡十分重要。再次，加强资源在技术创新生态环境中的流动，构建技术创新生态主体、技术创新生态链之间资源联动机制，引导资源富裕环节的资源向外流动。最后，针对资源投入产出比例，构建动态评价机制，对技术创新生态系统内的各种投入产出进行衡量，并结合衡量结果不断调整优化资源投入结构。

7.2 技术创新生态链制度环境优化

技术创新生态链制度环境是指技术创新生态环境中，对技术创新生态链上技术创新生态主体及各种技术创新活动行为起到引导、约束和规范作用的各种政策制度、法律法规及其执行情况的总和。其中，政策是国家政府机关、政党组织和其他社会政治集团为了实现自己所代表的阶级、阶层的利益与意志，以权威形式标准化地规定在一定的历史时期内，应该达到的奋斗目标、遵循的行动原则、完成的明确任务、实行的工作方式、采取的一般步骤和具体措施。制度是指在一个社会组织或团体中要求其成员共同遵守并按一定程序办事的规程。法律法规是指国家现行有效的法律、行政法规、司法解释、地方法规、地方规章、部门规章及其他规范性文件，以及对于该法律法规的不时修改和补充。建立和完善技术创新生态环境中的政策制度、法律法规，对于建立公平、公正的技术创新生态主体运行环境和规范的技术创新活动秩序，具有非常重要的作用，也为技术创新生态链的长远发展提供良好的基础环境，有助于技术创新生态链健康、协调的发展。

1. 加强政府政策的导向作用

技术创新生态链需要有政府政策的扶持和培育才能逐步发展演进，并走向成熟完善。通过制定各种政策，政府承担技术创新生态链涉及行业和企业的发展指导者、交易市场的监督者、资金投资者等多重功能和角色扮演。首先，政府要积极利用政策来间接干预和指导技术创新生态链及链上主体的发展，引导技术创新生态链及链上主体向正确的方向发展。积极引导技术创新生态链上主体之间及不同技术创新生态链的主体之间进行协作。其次，对技术创新生态链上投入的资源进行适当的调控，提高资源配置的效率，防止链上主体盲目的资源投入和重复性的建设。利用财政和税收政策为组织型技术创新生态主体提供良好、多元化的融资渠道和优惠政策。营造良好的技术创新生态环境来促进技术创新生态链的发展。再次，构建政策构建执行的全过程管理机制。加强政策制定之前的预研，通过广泛而深入的调查研究，了解技术创新生态环境及技术创新生态主体的真实状况和需求，同时，鼓励技术创新生态系统中各类技术创新主体积极参与其中，积极配合，提高政策的科学性和适用性。加强政策执行过程中的过程监测，构建科学、合理、高效的评价指标体系，运用合理的方法，对政策执行过程进行定期和不定期的监测。建立良好的政策反馈机制，积极对技术创新生态环境中的技术创新生态主体进行调研和走访，及时发现政策执行过程中出现的一些问题，准确了解政策执行所产生的效果，不断对政策进行调整、优化和完善。最后，加强政府采购。政府采购是指各级政府为了开展日常政务活动或为公众提供服务，在财政的监督下，以法定的方式、方法和程序，通过公开招标、公平竞争，由财政部门以直接向供应商付款的方式，从国内外市场上为政府部门或所属团体购买货物、工程和劳务的行为。通过政府采购，不仅可以为技术创新生态链上所创造的新技术、新产品提供销售宣传推广渠道，保障一定的市场需求，而且可以为技术创新生态链上的技术创新活动提供指引，为链上技术创新提供动力，降低链上技术创新的风险。不断加大对技术创新服务和技术创新产品的采购力度，根据技术创新生态链和技术创新活动发展的不同阶段制定阶段性的、具体的采购政策，同时认真执行采购政策。

2. 制定并完善相关法律法规

当前虽然已经有了不少与技术创新相关的法律法规，并且能对技术创新管理和技术创新活动产生一定的指导约束作用，但技术创新发展太过迅速，不断会出现新的问题，因此，要不断根据实际中新出现的问题、情况对现有的法律法规进行调整和完善。法律法规的完善必须要有专门的机构和人员完成，通过收集法律法规实施的反馈信息及实施效果的评价分析，了解现有法律法规中存在的问题和不足，有针对性地进行调整和修订。同时，当前专门针对该方面制定的法律法规数量还太少，很多都是在原有法律条款上增添的关于技术创新的内容，这些远远不能满足创新管理的要求，因此还要专门为技术创新制定有针对性的、全面的法律法规。制定和完善法律法规之后，要注意在技术创新生态系统、技术创新生态链上进行法律法规的宣传，通过各种方式严肃认真、系统规范地说明法律法规的内容和重要性，让技术创新生态主体能够清晰、准确地了解相关内容，从而为法律法规的具体实施创造一个良好的氛围及广泛的认同感。

3. 健全知识产权保护制度

在技术创新生态环境中，技术创新生态主体往往面临着巨大的知识产权风险，需要知识产权的保护才能确保技术创新成果不被剽窃，才能确保技术创新活动顺利开展，才能维护和激发技术创新生态主体创新的积极性和主动性，才能减少技术创新生态主体之间由于技术创新成果归属性问题可能产生的纠纷。加强知识产权的保护，健全知识产权保护制度，对技术创新生态链来说至关重要。首先，增强技术创新生态主体及主体内员工的知识产权保护意识。在技术创新生态环境、技术创新生态主体及主体内部中宣传知识产权保护的必要性和重要性，确保其增强知识产权相关意识，遵守知识产权保护的相关法律法规和制度，既尊重他人的知识产权，也注重自身知识产权的保护。其次，从立法角度入手，建立完善的知识产权保护法律法规，增强法律法规的可操作性，且不断根据实际需求的发展，弥补法律法规中存在的漏洞和不完善的地方，不断优化。最后，坚决与侵害知识产权的不法行为作斗争，积极举报相关违法行为，同时，加大对侵犯知识产权的技术创新生态主体或个人的惩戒力度。

4. 构建良好的制度评价体系

制度评价是指相关评价主体依据一定的评价标准，采用特定的方法，对相关制度进行合理性和价值评估①。在技术创新生态环境中，制度评价十分重要。通过制度评价，可以衡量技术创新生态环境中制度质量的高低，可以评价制度实施的效率并对其进行优化，可以了解制度实施的效果，可以为制度资源的分配提供依据。首先，注重制度评价体系的完整性。在技术创新生态环境中，制度评价的内容和对象主要包括以下几个方面：制度的内容、制度的建设状况、制度的实施状况等。在进行制度评价时，要注重制度评价的完整性，不光对制度的内容进行评价，还要就制度的建设状况和实施状况进行评价。其次，合理制定制度评价的标准。制度评价标准是制度评价过程中所需参考的参照物。在技术创新生态环境中，制度评价标准主要包括：合法性、合理性、合规性、兼容性、完整性、完善性和可执行性等。同时，在实际的评价过程中，结合评价的目标，根据评价内容和对象的不同，灵活地选择和构建不同的评价标准。再次，制定科学合理、详细、操作性高的制度评价方法。制度评价方法是对技术创新生态环境中各种制度评价内容和对象进行评价的方法和手段。制度评价方法需要科学合理、详细和可操作性强，这样才能确保评价活动的顺利开展，保障评价结果的科学性和合理性。最后，构建制度评价相关机构。在技术创新生态环境中，为了保障制度评价顺利开展并达到目标，还需要在生态环境中建立制度评价的管理机构和实施机构，由这些机构负责定期或不定期地对制度进行评价，对评价实施状况进行管理。

5. 不断提升制度的实施能力

在技术创新生态制度环境中，制度实施能力也是一个重要的方面。如果制度实施能力不强，即使制定了完备的制度，技术创新生态环境及环境中技术创新生态主体的各项活动的规范化、制度化依然难以实现。首先，强化技术创新生态主体的制度意识。增强技术创新生态主体自觉对制度的了解、认同是提高制度实施能力的重要前提。在技术创新生态主体中进行宣传，树立技术创新生态主体及其员工维护制度权威的意识，自觉学习制

① 苏茂林. 制度评价的内涵、系统及意义 [J]. 中共山西省直机关党校学报，2010（6）：20－22.

度，自觉遵守制度，严格按照制度开展各项技术创新活动。其次，不断提高技术创新生态主体的素质。技术创新生态环境中制度实施能力与生态环境中技术创新生态主体素质的高低有较强的关联性。要增强技术创新生态环境中制度实施能力，必须要不断提高技术创新生态主体的素质。其中，制度实施管理主体需要不断提高自身的政治理论水平、制度理解水平、组织管理能力、协调沟通能力等，通过这些能力的培养，从而能够更好地宣传与推广制度，解读、管理与实施制度，调节与制度有关的纠纷。制度实施对象主体需要不断提高自身的认知水平、业务技术等，从而能够更好地学习和理解制度，在实际业务工作中执行制度。最后，监督制度的实施。提升制度的实施能力离不开外在对制度实施的监督。健全技术创新生态环境中制度实施监督机制，构建监督机构，对制度实施情况进行监督，确保制度落到实处，实施到位。

6. 完善制度实施体制机制

在技术创新生态环境中，除了制定完善的制度、提升制度实施能力外，还需要不断完善制度实施的体制机制，从而更进一步地将制度执行到位、落实到底，更好地保障技术创新生态环境的公平公正、规范有序。首先，技术创新监管者需要联合技术创新生产者、技术创新传递者和技术创新消费者等技术创新生态主体，针对技术创新生态环境中的各种政策制度、法律法规等，制定其实施的体制机制，并调动各类技术创新生态主体的积极性和主动性，按照制度开展技术创新活动，承担自身所需承担的各种责任义务，更好地促进制度实施体制机制的落实。其次，形成标准化的实施流程、公开化的实施监督机制、多元化的实施保障措施、规范化的实施分工合作形式、便利化的实施反馈渠道等。再次，注意制度实施体制机制的共性和特性。在复杂的技术创新生态环境中，制度实施的各项体制机制既存在共性的一般体制机制，也存在特性的特殊体制机制。要注意到共性体制机制与特性体制机制的联系与区别，充分考虑到共性体制机制的广泛性和特性体制机制的针对性，制定全面完善的制度实施体制机制。最后，技术创新生态环境中，制度实施是一项长期的工作，需要根据技术创新生态环境、技术创新生态主体的各种发展变化，不断对制度实施的体制机制进行优化调整，以适应环境和主体的最新要求。

7.3 技术创新生态链市场环境优化

市场环境对技术创新生态系统中的技术创新生态链和技术创新活动具有较大影响。市场需求引导着技术创新生态链和技术创新活动演化发展的方向，市场竞争状况影响了技术创新生态主体的生态位定位状况和技术创新生态链的发展潜力，市场机制规范健全状况影响了技术创新生态链和技术创新生态主体的运行和发展。总之，技术创新生态链需要一个健全完善的市场环境。

1. 规范市场竞争机制

竞争是市场中必不可少的要素，适当的市场竞争为技术创新生态主体和技术创新生态链提供动力，推动技术创新生态主体和技术创新生态链向前发展；同时在技术创新生态环境中形成优胜劣汰，优化环境中资源的配置。但过度竞争会造成技术创新生态环境中资源的浪费，使技术创新效率效果低下。而垄断则会打破良性竞争，违背市场法则，使市场变得扭曲，极不利于技术创新生态环境中技术创新生态主体的运行与发展，以及技术创新活动的多元化发展。不断调整优化市场竞争秩序和机制，打破技术创新生态环境中的地方保护主义，减少和消除垄断。加强相关法律法规、制度和监督体系的建设与完善，营造良好的市场环境。技术创新生态主体要不断提高自身的竞争意识，通过自身技术创新水平能力的提升来增强自身的竞争能力，避免通过价格战等手段，扰乱市场竞争秩序，损害其他技术创新生态主体的合法权益。技术创新监管者，如行业协会等，要注重对市场竞争的合理引导，鼓励技术创新生态主体之间构建合作关系或协同竞争关系。

2. 加大市场开放程度

加大市场开放程度，为技术创新生态系统与技术创新生态系统之间、不同国家的技术创新生态主体之间的技术交流创造机会，有利于技术落后的技术创新生态系统和技术创新生态主体引进先进的知识技术,通过学习和创新,提高自身的技术创新能力。同时,市场开放程度越大,技术创新成果的销售应用市场就越大,从而可以提高技术创新生态链上技术创新活动的效益。

3. 活跃技术交易市场

技术创新活动的最终结果需要接受市场的检验。技术交易市场越活跃,给技术创新生态系统中的技术创新活动带来越多的机会,也带来更大的推动力。技术创新生态系统中的技术创新活动应该以市场为导向,获得创新的正效应,实现技术创新的市场价值,并获得激励技术创新生态主体持续创新的动力。提高技术交易国际合作的广泛度,提前布局技术交易市场的发展战略规划,构建良好的技术交易市场监督评价体系,培养技术交易市场所需的各类人才。

7.4 技术创新生态链基础设施环境优化

7.4.1 重视创新基础设施的部署和建设

创新技术设施是指支撑科学研究、技术开发、产品研制的具有公益属性的基础设施,例如,重大科技基础设施、科教基础设施、产业技术创新基础设施等。创新基础设施是实现技术创新、促进创新成果转化的重要支撑,对技术创新生态主体和技术创新生态链创新效率和成果具有重要的提升效果。首先,在政府主导下,面向全球科技前沿,结合新一轮科技发展创新的方向,建设超级计算机、大型电子对撞机、大型材料实验室等新型创新基础设施,提高极限研究手段,不断提升创新能力,为重大科技突破提供支撑。其次,加大对创新基础设施的投资力度,鼓励技术创新生态系统中各种技术创新生态主体如高校、科研机构、企业等共同参与创新基础设施的投资建设,共建更多高能级创新基础设施。再次,优化创新基础设施的系统发展布局。结合技术创新生态系统的内部发展需求、创新资源优势和主体创新能力，通过产业集群、产业链等形式，优先布局发展部分创新基础设施，弥补系统内部创新基础设施的发展短板，避免创新基础设施布局发展的无目的性。最后，提升创新基础设施的开放共享水平。打破创新基础设施之间的孤岛效应，建立统一开放、互联互通的创新基础设施共享平台，不断探索、提高创新基础设施的共享程度，推动科学数据、创新成果的开放共享和循环利用。

7.4.2　加强信息基础设施的建设和应用

信息基础设施是指基于新一代信息技术演化生成的基础设施，例如，以5G、物联网、工业互联网、卫星互联网为代表的通信网络基础设施，以人工智能、云计算、区块链等为代表的新技术基础设施，以数据中心、智能计算中心为代表的算力基础设施等。当前技术创新生态链上众多知识、信息等收集、加工、处理、传输、存储等工作都需要依赖信息基础设施来完成。信息基础设施的先进与否、优质与否也极大地影响了技术创新生态链上的各种知识信息处理活动的效率和效果。因此，需要不断加强信息基础设施的建设，并注重对先进信息基础设施的应用。首先，不断健全信息基础设施。完善的信息基础设施是技术创新生态主体能够无任何障碍地生产、获取和利用知识、信息的基础和保障。加大对信息基础设施的投入，结合信息技术发展趋势和基础设施功能演化需求，打造集感知设施、网络设施、算力设施、数据设施、新技术设施于一体的新型信息基础设施体系。不断完善已有的信息基础设施，应用新技术实现设施升级，如推动移动通信网络从4G向5G升级、固定接入网络从百兆向千兆升级、加快下一代互联网规模应用等，根据新需求优化提升设施性能，如适应智能社会发展需求推动数据中心体系向多层次、体系化算力供给体系演进，适应数据流量增长和流向变化趋势优化网络架构，推进云网协同和算网融合发展等。同时，继续加强信息基础设施的共建共享，避免重复性的投资和建设。其次，加强信息技术的创新和应用。加强信息技术创新的自主创新，在量子计算、集成电路、新型显示、移动通信、虚拟现实、先进计算、大数据、人工智能、物联网等领域不断实现突破和超越。在技术创新生态系统中，加快信息技术架构的优化升级，推进先进信息技术的广泛应用。推动信息技术与技术创新生态链的深度融合，深化虚拟现实、先进计算、大数据、人工智能、物联网等新一代信息技术在技术创新生态链和技术创新生态主体中的融合、创新与应用，全面提升技术创新的智能化与信息化水平，促进信息技术与技术创新生态系统相互依赖、相互作用，协同有序的发展。最后，加强信息技术薄弱环节的研究突破。信息技术薄弱环节如知识处理技术、信息安全技术等会极大地影响技术创新生态链上知识转移、信息处理等环节的工作。加强知识处理技术、信息安全技术等薄弱环节的研究，争取新的突破，弥补当前较薄弱的技术，提高信息技术的整体性能和水平。

7.4.3　健全现代化的物流配送体系

物流配送是技术创新生态链上物质运转必不可少的基础环节。物流配送体系是否健全会影响链上物资运转的效率，进而影响整条链的运转。首先，建立大型专业化的物流中心。对于技术创新生态链上的节点而言，其实物类资源流转过程中，必定会涉及物流。链上节点不宜采用自建物流这种模式，因为自建物流投资大、成本高，且不易于节点核心竞争力的凝聚，而是应该采用外包方式，交给第三方专业化的物流中心来完成。因此，需要建立功能齐全、层次结构完备、集散能力强大、辐射范围广泛的大型专业化物流中心来满足节点的需求。其次，采用现代化的物流配送技术。现代化物流配送技术包括物流配送手段的机械化和自动化，如自动引导车、自动分拣存取系统、射频自动识别系统、货物自动跟踪系统等，实现货物包装的标准化和分拣、装卸、搬运的机械化与自动化，以及物流配送信息的电子化和网络化，包括物流信息收集、处理、传递的计算机化、实时化，物流信息存储的数字化等。应用现代化的物流配送技术，构建公共物流信息平台，与技术创新生态链上节点相衔接，提高配送效率和服务质量，降低物流成本，满足各种资源和技术创新成果流转的需求。再次，加强物流节点间的合作。单个物流节点的物流配送能力和覆盖范围是有限的。为了提高各节点的竞争力和服务能力，节点之间可以进行合作，组成物流联盟，共享物流资源，相互之间取长补短，这样不仅可以避免重复性的投资建设，也有利于节点之间形成相互信任、共担风险、共享收益的物流伙伴关系，从而达到比单独进行物流活动更好的效果和效益。

7.4.4 加强网络安全管理

随着信息技术的发展，技术创新生态链上许多技术创新活动都是在网络系统中完成的。技术创新生态链的网络安全就是要确保技术创新生态链上的各种硬件、软件及其知识数据信息，链上通过网络系统开展的各种技术创新活动，以及技术创新生态链的虚拟类资源流转受到保护，不被恶意或偶然的破坏。技术创新生态链的网络安全管理可以从以下几个方面展开。首先，加强网络安全法律法规的建设。网络环境和技术创新生态链上网络安全的保障离不开严格完善的法律法规。要加强网络安全法律法规的建设，尤其是在网络安全相关法律法规滞后于网络安全管理现状的情况下。网络相关监管部门应该积极主动调查网络安全的现状和法律法规建设现状，找出其中的差距和亟待修补完善的地方，联合有关部门不断完善当前的法律法规或制定新的法律法规。与此同时，鼓励网络行业协会等组织参与到网络安全法规制定中，并利用行业监管和自律手段进一步完善网络相关行业规范和章程。其次，加强技术创新生态主体的自律。技术创新生态系统上网络安全的保障离不开自身的监管控制。技术创新生态主体要先要充分认识到保障网络安全的重要性，加强主体内部的网络安全教育和宣传。技术创新生态主体要结合自身的安全需求，建立相应的安全管理措施，包括确定主体内部各项系统、数据信息、信息活动的安全等级，确定链上安全管理的范围，建立严格的节点使用权限和使用环境、网络信息活动操作规程和完备的网络安全维护制度等。提高技术创新生态主体的安全性，主体的安全与否极大地影响了技术创新生态系统和系统中其他主体的安全，各主体要积极地采取各种安全措施，并严格按照安全要求和规程进行信息活动。最后，加强网络安全技术的应用，构建网络安全体系。当前网络安全技术主要有：防火墙技术、身份识别技术、入侵检测技术、访问控制技术、数据备份技术、数据加密和认证技术、病毒防范技术、监控审计技术、拟态防御技术、蜜罐技术等，技术创新生态系统和技术创新生态主体要加强对这些技术的应用，利用这些安全技术构建网络安全体系，保障链上的网络安全。

7.5 技术创新生态链文化环境优化

在技术创新重要性凸显背景下，技术创新不仅是技术创新生态主体的使命，更是整个技术创新生态系统、整个社会的责任。在技术创新生态环境中营造良好的文化氛围，鼓励创新，对于技术创新效率提升和技术创新生态链持续稳定地发展具有重要作用。不仅如此，文化氛围对技术创新生态链的运行发展有较大的影响，低俗的文化会给整个技术创新生态环境、技术创新生态主体及技术创新生态链带来不利影响。因此要加强文化的建设，营造文明健康、积极向上、注重创新的文化氛围。

1. 提倡和塑造创新文化

全民的创新意识和创新精神是推进技术创新快速发展的重要因素。加强创新文化的宣传力度，增强技术创新生态主体的创新意识，在技术创新生态环境中构建良好的、积极向上的创新文化氛围。加大对创新成功的技术创新生态链、技术创新生态主体和科研人员的宣传力度，在技术创新生态环境中营造积极创新、勇于应用创新成果的舆论氛围，激发社会大众和技术创新生态主体的创新意识。建立良好的创新激励机制，通过人性化的人才激励机制，具有竞争力的受益制度，鼓励创新、容忍失败的创新环境和文化氛围，充分调动全社会创新的积极性，激发和保持创新的热情。完善创新保障制度，规范社会的创新行为。

2. 加强舆论引导，形成积极向上的主流舆论

要做好正面舆论的宣传工作，确保正面舆论的强势和主导地位。要做好热点的引导工作，热点是技术创新生态主体关注的焦点，也是舆论引导的重点，要挖掘具有积极意义的热点，以及热点中的有益因素，广泛宣

传、扩大影响。技术创新生态系统中主导性节点要充分发挥其强大的凝聚力和向心力，引导整个系统的舆论朝正面积极的方向发展。

3. 提高文化产品和服务的供给能力

增强文化产品和服务的供给能力是建设文化的基础。推动传统优秀文化产品的传播，加强高品位文化产品的传播。增强文化产品和服务的创新能力，积极研发新的文化产品、服务及文化业态，制作生产适合传播的影视短片、娱乐节目、多媒体杂志和音乐美术文学作品，大力开发具有自主知识产权、健康有益的动漫游戏等新产品，使积极健康的文化产品占据主导地位。

4. 倡导自律

加强技术创新生态主体自律建设，倡导依法开展技术创新活动。倡导技术创新生态主体能够共同遵守伦理和道德规范。加强素质教育和文明宣传，让技术创新生态主体更科学、合理地开展技术创新活动，并提高主体防范有害、垃圾信息及不法行为的意识和能力。

5. 加强媒体建设

媒体能够引导文化的发展方向、掌握舆论主导权，对文化的健康发展具有十分关键的作用。媒体必须要加快建设步伐，提升原有优势，培育新的优势，将自身打造成具有广泛影响力的思想文化平台。具体而言，从媒体自身的角度来讲，要加快自身体制机制、管理模式等方面的革新；同时推进自身的技术创新，积极利用新技术扩展新业务、提供新服务，满足技术创新生态主体的需求。从政府及媒体相关管理机构的角度来讲，要加大对媒体建设的支持力度，给予各种帮助，尤其是当其遇到问题时，要帮助其解决，为其更好地发挥作用创造条件。

7.6 构建和维护技术创新生态系统的平衡

生态平衡是指在一定时间和相对稳定的条件下，生态系统内各部分

（生物、环境和人）的结构和功能处于相互适应与协调的动态平衡，是生态系统的一种良好状态。借鉴这一观点，技术创新生态系统平衡可定义为技术创新生态系统中各构成要素间协调互补、相互适应，系统结构优化、功能完善的一种相对稳定状态。作为技术创新生态链生存的环境，技术创新生态系统的平衡对于技术创新生态链维持成熟稳定状态非常重要。技术创新生态系统的平衡稳定能为技术创新生态链的平衡稳定提供一个良好的基础，它不仅可以降低技术创新生态链外界干扰的强度，减少外界干扰的次数，而且可以降低外界环境发生突变的可能性，进而降低技术创新生态链因外界环境突变而发生突变的概率。技术创新生态系统平衡具体表现为：技术创新生态系统结构优化、技术创新生态系统功能良好及技术创新生态系统相对稳定。技术创新生态系统结构优化是指技术创新生态系统的各构成要素之间相互匹配、相互协调、相互适应、相互补充，包括技术创新生态主体种类和数量合理匹配、技术创新生态环境因子相互协调、技术创新生态主体与技术创新生态环境相互适应。技术创新生态系统功能良好是指技术创新生态系统所具备的功能能够得到良好地发挥。技术创新生态系统的基本功能是技术创新生态主体之间的资源流转，功能良好表现为资源流转畅通高效，包括资源渠道畅通、资源流转快速、资源转化准确及资源出入相当。技术创新生态系统相对稳定是指技术创新生态系统的平衡不是短时间的平衡，而是在较长一段时间内，技术创新生态系统的结构优化和功能良好状况都不随着时间的推移而发生较大改变。

7.6.1 从链的角度促进和维护技术创新生态系统平衡

在技术创新生态链的角度可以从以下几个方面来促进和维护技术创新生态系统的平衡。

1. 提高链上技术创新生态主体与技术创新生态环境的适应程度

技术创新生态系统是由技术创新生态主体和技术创新生态环境构成的一个人工系统。在这个系统中，技术创新生态主体具有主观能动性，发挥着主导作用，不仅构建了技术创新生态环境，而且对技术创新生态系统平衡的实现和维持起着至关重要的作用。要实现和维持技术创新生态系统平衡，链上的主体要不断提升自身的素质和能力，并致力于构建一个能够满足主体需求，与主体能力、素质相匹配的技术创新生态环境。反过来，技术创新生态环境是由系统中所有技术创新生态主体所构建的，其变化发展不能由某一条技术创新生态链上主体决定，所以技术创新生态环境的变化又会对链上技术创新生态主体生存发展带来影响，因此，主体还要能够不断调整自己，使之能够适应环境的不断变化。

2. 在链与链之间建立适度竞争机制

在技术创新生态系统中，由于资源的有限性，竞争普遍存在于同类技术创新生态链之间，以及不同类互补型技术创新生态链之间。同类或不同类互补型技术创新生态链的数量越多，它们之间的竞争就越激烈。太过激烈的竞争往往容易导致链间的恶性竞争，而不利于技术创新生态链稳定状态的维持和整个技术创新生态系统的平衡。但如果技术创新生态链间不存在竞争，也会使技术创新生态链缺乏发展的压力和动力，维持现状。因此，在技术创新生态链之间建立适度的竞争机制是非常有必要的。同技术创新生态主体一样，适度的竞争机制的建立需要各个技术创新生态链采取差异化战略，寻找最适合自身的生态位。这就要求技术创新生态链弄清楚自身的资源、功能和应用优势，以及同类和补充型不同类技术创新生态链的整体发展态势，认清自身在这些链中及整个技术创新生态系统中的地位和价值，结合自身优势和地位价值状况，寻找最适合自身的生态位。同时，还可以采取与其他技术创新生态链进行合作或协同竞争的方式来降低链与链之间竞争的激烈程度。

7.6.2 从整体角度构建和维护技术创新生态系统平衡

整个技术创新生态系统的角度可以从以下几个方面来构建和维护技术创新生态系统的平衡。

1. 形成开放型的技术创新生态系统

技术创新生态系统要保持与外界的物质、能量和信息等资源的交互，形成开放型的技术创新生态系统。技术创新生态系统在运行过程中，会不断消耗各种物质、能量、信息、技术、劳动力、资金等资源，需要系统外界提供各种要素资源的补给，以维持技术创新生态系统的正常运行。同时，技术创新生态系统通过消耗各种资源、利用各种技术设施，生产出各种技术创新产品和服务，这些技术创新产品和服务需要向外界环境输出，实现其价值。与此同时，外界环境中技术设施等资源会不断进步，技术创新产品和服务的需求也会不断变化，技术创新生态系统要适应外界环境的变化，与其保持一致，也需要外界向其输入最新的技术设施等资源，提供最新的技术创新产品和服务需求信息。因此，技术创新生态系统必须要与外界交互，形成开放型系统，使得系统内各种资源禀赋保持在一定量和一定水平，并且能够与时俱进随着外界环境的变化而变化，确保技术创新生态系统的平衡稳定。

2. 技术创新生态位的合理分化

技术创新生态位的合理分化有利于技术创新生态系统结构的有序和功能的优化，从而维持技术创新生态系统的平衡。技术创新生态位的合理分化要求技术创新生态系统中各技术创新生态主体的生态位定位合理，既不存在过度重叠也不存在过度分离，并无生态位空缺，系统中有不同的技术创新生产者生产不同类型、不同层次的技术创新成果；有各种不同的技术创新传递者以不同的方式、不同的渠道、不同的技术传递技术创新产品，以满足技术创新消费者多样化的技术创新需求；有不同的技术创新消费者以不同的技术、不同的方式将技术创新成果商品化、产业化，并通过各种不同的渠道方式输送到市场。如果技术创新生态位的分化程度较低，则意味着技术创新生态系统中信息活动分工比较粗糙，技术创新生产者生产的技术创新成果的类型和层次单一，技术创新传递者的技术创新传递方式比较单一，技术创新消费者的技术创新产品少，难以满足市场多样化的技术创新需求。技术创新生态位的合理分化既能避免资源的供不应求或资源的浪费，又能保证技术创新生态主体之间的适度竞争和技术创新活动的丰富多样，有利于技术创新生态系统平衡的实现。技术创新生态位的合理分化要求：首先，技术创新生态系统中技术创新生态主体种类齐全，具有技术创新生产者、技术创新传递者、技术创新消费者和技术创新监管者，各类型技术创新生态主体定位合理，分工明确。其次，同类技术创新生态主体数量适中，不存在技术创新生态位上的过度重叠，造成主体间对资源、时间和空间的过度竞争。最后，技术创新生态主体能够通过竞争和能动性选择，使生态位合理分化、适当错位，合理利用技术创新生态系统中各种资源和技术创新活动时间、空间，充分发挥自身的功能角色。

3. 形成错综复杂的技术创新生态网

在生态系统中，大多数动物的食物都不是单一的，取食和被取食关系复杂，食物链之间还存在相互交错的联系，形成错综复杂的网状食物关系。这种生物成分之间通过能量传递关系形成错综复杂的普遍联系，能将所有生物都包括进去，使生物之间构成各种各样直接或间接的联系，这就形成了食物网。从生态学角度而言，食物网越庞杂，生态系统会越稳定。这是由于：食物网越复杂，生态系统越能抵抗外界对其的干扰；食物网越简单，生态系统就很容易随外力变动或被外力摧毁。技术创新生态系统中也是一样，技术创新生态链越多，相互之间纵横交错、相互联结形成的技术创新生态网越复杂，越有利于技术创新生态系统平衡稳定。这是由于：在复杂的技术创新生态网中，主体种类繁多，同类主体数量较大，并构成各式各样同类型和不同类型的技术创新生态链。技术创新生态主体可以通过多条技术创新生态链和多个技术创新生态主体采用多种方式获取自己所需的资源，确保资源获取渠道和获取方式的丰富多样，当技术创新生态系统中某一条技术创新生态链断裂或某一个技术创新生态主体消失时，可以通过其他同类或提供相似资源的不同类技术创新生态链、同类技术创新生态主体来调节和补充。技术创新生态网越复杂，技术创新生态系统的抗干扰能力和自我修复能力越强，越能维护和保持技术创新生态系统的平衡。

4. 健全技术创新生态系统中的市场运行机制

市场运行机制是指通过市场价格的波动、市场主体之间的利益竞争、市场供求关系的变化来调节经济运行的机制，包括价格机制、供求机制、竞争机制和风险机制。市场运行机制有利于技术创新生态系统中资源的优化配置，有利于技术创新生态系统中公平有序竞争环境的形成、技术创新生态系统中竞争的活力和生机保持。适当的竞争可以使技术创新生态系统中技术创新生态主体的数量根据可利用和可获得资源状况而保持在一个合理的范围之内，并且通过技术创新生态主体之间的竞争实现优胜劣汰，提高技术创新生态主体的质量，丰富技术创新生态系统中主体种类，保持主体种类的多样化。由此可见，市场运行机制所带来的资源优化配置和适度竞争有利于技术创新生态系统平衡的维持。

5. 加强技术创新生态系统的监管

技术创新生态系统的监管是指运用法律、行政、经济、技术等手段对技术创新生态系统的运行进行监督、管理和检查，以达到调节和维护系统平衡稳定的效果。法律法规是技术创新活动和技术创新生态系统运行得以保障的根本。运用法律手段对技术创新生态系统进行监管是一种强制性的监管，它通过建立全面完善的法律法规，借助国家强制力，调整技术创新生态主体之间的关系，处理主体间的矛盾和纠纷，惩办技术创新违法行为，确保技术创新生态系统的正常秩序。行政手段是一个国家通过行政机构，利用行政命令、指示、规定等强制性的手段，来监督、管理和调控技术创新生态系统。它同样具有权威性和强制性，通过行政组织系统的层级纵向直线传达，管理约束技术创新生态系统中的技术创新活动和技术创新行为。经济手段是在价值规律的基础上运用财政手段、金融手段、经济法制手段、经济政策等经济杠杆调节手段调节技术创新生态系统中主体之间的经济利益关系，实现主体个人利益和系统整体利益有机统一的过程。与法律手段和行政手段的直接干预不同，经济手段是一种间接控制法，核心在于利益，注重等价交换。技术创新生态系统监管有别于传统的仅用法律、行政、经济监管的方式，还需要技术的监管。技术监管是充分运用现代信息技术、通信技术、计算机技术等，对技术创新生态系统中的技术创新活动和技术创新行为进行记录和约束。通过技术监管可以极大地提升对技术创新生态系统秩序的控制力。

6. 增强核心技术创新生态主体的自组织能力

在技术创新生态系统中，核心技术创新生态主体占据主导地位，对系统的运行、发展和平衡起到很重要的影响作用。核心技术创新生态主体自组织能力的强弱会影响整个系统抗干扰能力的强弱，进而影响整个系统的平衡稳定。核心技术创新生态主体自组织能力是指核心技术创新生态主体通过自我调节的方式维持或者恢复相对平衡状态的能力，主要包括创新影响能力、资源整合能力和组织协调能力。创新影响能力是指核心技术创新生态主体在技术创新生态系统乃至多个系统中所具备的影响力和号召力。系统中核心技术创新生态主体通过其强大的影响力和号召力，吸引众多有能力、质量高的技术创新生态主体加入技术创新生态系统中，形成牢固的技术创新生态链和错综复杂的技术创新生态网，提高技术创新生态系统的稳定性和平衡性。资源整合能力是指核心技术创新生态主体对不同来源、不同层次、不同内容的知识、信息、技术、资金、人才、物质进行识别与选择、汲取与配置、激活与融合，并实现资源创新的动态过程。即优化资源配置，获得整体最优的能力。组织协调能力是指核心技术创新生态主体根据技术创新目标，分配资源，控制、激励和协调其他技术创新生态主体开展技术创新活动的过程，具体包括组织能力、授权能力、冲突处理能力和利益分配能力等。组织能力是核心技术创新生态主体组织各类主体完成技术创新目标的能力。授权能力是核心技术创新生态主体将任务分解，准许并鼓励其他主体完成任务，达到预期效果的能力。冲突处理能力是核心技术创新生态主体解决技术创新过程中其他主体之间发生冲突和矛盾的能力。利益分配能力是核心技术创新生态主体协调主体间利益分配关系的能力。通过这些能力的提升，不仅能够提升核心技术创新生态主体的自组织能力，而且能够增强技术创新生态系统的抗干扰能力，从而达到维持系统整体平衡的目的。

7. 建立多元化共享平台实现系统内创新要素自由流动

技术创新生态系统的平衡除了在系统中构建技术创新生态链、技术创新生态网等技术创新生态主体之间的共生关系外，还需要系统内各要素的共生关系。技术创新生态系统内各要素主要包括知识、信息、技术、人才、资金、物质等，这些要素之间共生关系的建立主要是通过要素共享来实现的。系统中要素的共享不仅能够提高技术创新活动的成功率，降低技术创新活动的风险，而且能够降低技术创新生态主体的创新成本，加强技术创新生态主体之间的互通互联，有利于技术创新生态链和技术创新生态网的形成和运行稳定。首先，建立多元化的资源共享平台。建立包括创新技术共享平台、科研院所产学研共建平台、创新型人才库共享平台、科技与金融融合服务平台等在内的资源共享平台，并实现各种同类平台和不同类平台之间的互通互联，确保各种资源在整个系统内实现共享。其次，通过平台的构建，进一步促进技术创新生态系统内技术创新生态主体之间的沟通交流，加快资源在系统内的流动。再次，注重各种共享平台的利用效率和效果。定期对平台利用的效率和效果进行评价，并根据评价的结果，采取措施，不断对平台进行优化。同时，结合实际发展需求，不断对平台进行优化调整。最后，实时跟踪系统内外平台的构建情况，不断在多元化共享平台体系中纳入最新的平台，不断扩大资源共享流动的范围。

技术创新生态链环境优化策略

第8章
总结及研究展望

8.1 本书总结

    本书借鉴生态学、生态链、信息生态学、技术创新学、创新理论、价值链、产业链等理论对技术创新生态链形成、运行机制和优化策略进行了研究。文章在界定了技术创新生态链的概念与特点、构成要素及其作用、类型与结构模型的基础上，分析了技术创新生态链形成的标志与过程、技术创新生态链形成的动力与条件、技术创新生态链形成的方式与途径等，探讨了技术创新生态链资源流转机制、技术创新生态链节点选择机制、技术创新生态链协同竞争机制、技术创新生态链知识转移机制与技术创新生态链共生互利机制，形成一个较为完整的技术创新生态链形成与运行机理体系。结合上述理论研究，本书提出技术创新生态链链内、技术创新生态链链间和技术创新生态链环境的优化策略，主要观点与结论如下。

    （1）技术创新生态链是指在技术创新生态系统中，技术创新生态主体之间通过知识与技术流转所形成的链式依存关系。其内涵包括以下三个方面：一是在技术创新生态链处于技术创新生态系统中，系统中部分类型技术创新生态主体构成了技术创新生态链；二是技术创新生态主体之间存在链式依存关系；三是技术创新生态链上存在以知识和技术为核心的各类资源的流转。技术创新生态链除了具有技术创新的一些特点，也具有生态链的部分特色，具体包括：目的性、共生性、动态性、开放性和不确定性。

技术创新生态链的构成要素是构成技术创新生态链的基本构件，包括：节点、节点链接方式、节点组合方式及节点相互关系，这些构成要素在链中各自发挥重要且存在差异性的作用，其中节点和节点链接是构成技术创新生态链的最基本要素，节点组合是决定技术创新生态链结构形态的重要因素，节点关系是决定技术创新生态链结构稳定性的重要要素。从不同的视角进行划分可以将技术创新生态链分为不同的类型。按产出成果形态划分，可以将技术创新生态链划分为产品创新型技术创新生态链和工艺创新型技术创新生态链。按照外部主导因素划分，可以将技术创新生态链划分为政府主导型技术创新生态链、市场主导型技术创新生态链，以及政府和市场相结合的混合型技术创新生态链。按照内部主导因素划分，可以将技术创新生态链划分为生产者主导型技术创新生态链、传递者主导型技术创新生态链和消费者主导型技术创新生态链。技术创新生态链最基本的结构模型构成为技术创新生态链上有且仅有一个技术创新生产者节点、技术创新传递者节点和技术创新消费者节点，相邻两个节点之间进行资源正向的传递或反向的反馈。在此基础上，技术创新生态链会衍生变化成许多不同的结构模型，这些衍生变化包括横向变化发展、纵向变化发展和广度变化发展；技术创新生态链横向变化发展是技术创新生态链在基础结构模型的基础上同类节点数量的变化发展；技术创新生态链纵向变化发展是技术创新生态链在基础结构模型的基础上不同类节点数量的变化发展；技术创新生态链广度变化发展是技术创新生态链在基础结构模型的基础上，节点分布区域发生的变化。

（2）技术创新生态链必然要经过一个从无到有的过程，这一过程就是技术创新生态链形成过程。技术创新生态链的形成可以认为是技术创新生态系统中部分主体、主体间关系等发生变化而致使一条技术创新生态链产生从无到有的变化。其形成的标志包括：链上具有一定数量、承担不同功能的技术创新生态主体，链上技术创新生态主体之间形成基本的链式依存关系，链上存在资源流转。技术创新生态链的形成需要经历一定的过程，其形成过程可以划分为三个阶段：第一阶段，一定数量具有不同功能的技术创新生态主体相互链接；第二阶段，技术创新生态主体之间形成依存关系；第三阶段，技术创新生态主体之间实现资源流转。技术创新生态链的形成是建立在一定动力和条件上。其中，技术创新生态链形成的动力主要来自技术创新生态链内部和外部。技术创新生态链形成的内部动力主要来源于链内部的各类技术创新生态主体，包括高校、科研机构、企业及各种中介及服务公司等对利益、资源、创新能力等的需求。技术创新生态主体的这些需求会产生一种内驱力，推动技术创新生态链形成。技术创新生态链形成的外部动力主要来源于链外部技术创新生态环境，主要包括政府、市场需求、市场竞争和科学技术。这些外部动力从不同角度和不同方向作用于技术创新生态链的形成，为技术创新生态链的形成提供动力。技术创新生态链形成的条件是技术创新生态链形成所需要满足的因素，可以分为两类：一类是基本条件，另一类是环境条件。技术创新生态链形成的基本条件是技术创新生态链形成所必须满足的根本因素，是决定技术创新生态链是否能够形成的决定性因素，包括：技术创新生态主体之间利益诉求吻合、技术创新生态主体之间资源供求匹配、技术创新生态主体之间运行规则认同。环境条件是技术创新生态链形成所必需的，在环境中满足这些条件后，技术创新生态链就能够顺利形成，具体包括：资金、创新文化、创新人才、法律制度。技术创新生态链形成方式是技术创新生态链在上述动力因素和条件因素的作用下，从无到有的形成过程中所采用的方法。根据技术创新生态链形成来源的区别，可以将技术创新生态链形成的方式划分为两大类：自组织形成方式和他组织形成方式。自组织形成方式是技术创新生态链在链内各种不同类型的技术创新生态主体的作用下，自发地形成技术创新生态链的方式，可以根据主导的技术创新生态主体类型的不同，划分为技术创新生产者主导形成方式、技术创新传递者主导形成方式和技术创新消费者主导形成方式。技术创新生态链他组织形成方式是技术创新生态链在链外部因素的作用下，形成技术创新生态链的方式，可以根据主导因素的不同，划分为政府主导形成方式、需求主导形成方式及联合主导形成方式。

（3）技术创新生态链形成之后，技术创新生态链会开始正常运行。技术创新生态链运行机制主要包括技术创新生态链资源流转机制、节点选择机制、协同竞争机制、知识转移机制和共生互利机制。

技术创新生态链资源流转是技术创新生态链上技术创新生态主体开展

技术创新活动所涉及的资源在技术创新生态链上的流动与转化，其中，资源流动是资源在技术创新生态链上的技术创新生态主体之间的运动。资源转化是资源在技术创新生态链上的技术创新生态主体之间流动的过程中发生质量、形态、结构、内容、价值、功能等方面的变化。技术创新生态链资源流转的内容包括知识资源、技术资源、信息资源、资金资源、人才资源、物质资源等。这些资源的流转与转化方式因资源特征的不同存在一定的异同。技术创新生态链的流转模型一般情况下包括两个方面：一是资源在技术创新生产者、技术创新传递者和技术创新消费者之间开展的正向和反向的资源流动；二是资源在技术创新生产者中发生的资源收集、资源生产，在技术创新传递者中发生的资源收集、资源整合、资源加工，在技术创新消费者中发生的资源收集、资源利用、资源再加工等转化活动。技术创新生态链资源流转的效率为资源在技术创新生态链上流动和转化所具有的速率，所产生的效果和所消耗的成本，具体表现为资源流转的速度、质量和成本三个方面。技术创新生态链的长度、技术创新生态链的宽度、技术创新生态链上节点质量、技术创新生态链上节点间协同程度、软硬件设施的先进程度会影响技术创新生态链资源流转效率。

技术创新生态链节点选择是在技术创新生态链上形成与发展的过程中，链上节点选择合适的节点加入技术创新生态链，或者技术创新生态系统中技术创新生态主体选择合适的技术创新生态链加入的状况。在技术创新生态链节点选择过程中，一般起主导作用的主要是核心节点或主导性节点，在这些节点的主导下，节点选择会经历构建选择标准、评估与选择、建立合作关系、合作关系动态监控这一系列过程。

技术创新生态链协同竞争是在技术创新生态链中，在共同目标和整体有序的作用下，节点之间相互作用、相互依存，协同与竞争并存的一种状态，具体包括三种：协同、竞争和既竞争又协同。链上节点之间的关系可能会出现协同关系、竞争关系、既协同又竞争关系，但链上同类节点之间以竞争关系和既协同又竞争关系为其主要关系，链上不同类节点之间以协同关系为其主要关系。技术创新生态链上协同形式主要有资源共享、技术转让、合作开发、联合共建及人才培养。技术创新生态链上竞争形式主要有资源竞争、收益竞争及市场竞争。技术创新生态链上既竞争又协同的形式是上述协同和竞争两个形式共存的各种组合。技术创新生态链协同竞争会受链上资源状况、链的结构、节点生态位的重叠与互补、链际协同竞争关系及链外政策制度等因素的影响。

技术创新生态链知识转移是技术创新生态链的技术创新生态主体之间通过知识传递、知识获取、知识吸收和知识利用等一系列活动而形成的从技术创新生产者到技术创新消费者的知识转移过程，并通过这一过程促进主体间技术创新活动的实现和价值的增值，其要素主要包括以下几个方面：知识转移客体、知识转移主体、知识转移渠道、知识转移情境。技术创新生态链知识转移过程包括四个阶段：准备阶段、实施阶段、整合与应用阶段及反馈阶段。知识转移主体属性、知识特性、转移渠道、技术创新生态链内情境因素、技术创新生态链外情境因素会对技术创新生态链知识转移产生影响。

技术创新生态链共生互利的本质是技术创新生态链上技术创新生态主体在共生关系中的利益分配，要求技术创新生态链在运行过程中，共生的技术创新生态主体之间互相有利，互相得益。技术创新生态链共生主体在进行利益分配时必须遵循一定的原则，具体包括公平与效率兼顾原则、互利互惠原则、投入收益对等原则、风险利益对等原则。技术创新生态链上共生主体利益分配的主要方式可以有固定支付、提成支付、混合支付及按股分配等。链上共生主体的贡献度、链上共生主体的风险承担情况、链上共生主体的议价能力、链内主体间的合作关系、链内组织管理制度会对技术创新生态链的共生互利产生影响。

（4）基于对技术创新生态链基本理论、形成机制和运行机制的研究，可以在此基础上对技术创新生态链优化策略进行探讨。技术创新生态链优化是对前述技术创新生态链理论研究成果的应用，是技术创新生态链实践研究的核心内容。技术创新生态链优化主要包括三部分：技术创新生态链链内优化、技术创新生态链链间优化和技术创新生态链环境优化。

① 技术创新生态链链内优化策略。

第一，节点优化发展。节点作为链上具有主观能动性的构成部分，不仅能够实现链上技术创新，还能够主导技术创新生态链运行和发展的方向，引导技术创新生态链向前发展。因此，技术创新生态链链内优化先要注重链上节点的优化发展。首先，链上节点尤其是占据主导地位的主导性节点要选择正确的发展方向，这不仅关系到链上节点将如何发展，也将关系到链上其他节点和整条链的发展。其次，节点质量的好坏直接影响技术创新生态链质量的好坏及链上技术创新活动的好坏，需要从节点实力、节点经验和节点信誉等方面不断提升节点自身质量。再次，节点生态位的合理性对于节点的优化发展也十分重要。节点要先查验自身是否有明确的生态位定位；节点构建起自身的生态位后，需要不断巩固自身的生态位；节点要根据自身、其他节点、技术创新生态链和环境的不断变化发展对自身的技术创新生态位进行调整。最后，对于技术创新生态链及链上节点来说，创新更是其赖以生存的源泉，也是其首要任务。因此，链上节点要注重创新能力的培养和提升。在强化节点创新意识的基础上，加强创新要素投入与管理，并注意选择合适的创新模式。

第二，技术创新生态链结构优化。技术创新生态链结构优化需要从节点层次优化、节点链接优化、节点组合优化和节点关系优化这四个方面展开。首先，技术创新生态链可分为三个层次：核心层、主干层及扩展层，每个层次掌握不同的资源，发挥不同的功能和作用，其中以核心层最为关键，主干层次之，最后是扩展层。技术创新生态链的核心层和主干层是链上必须具备和完备的层次，也是链上需要首先集中力量完善和构建的层次。扩展层需要根据支撑服务的任务量确定合理的辅助性节点数量，确保扩展层的完备性和整个技术创新生态链层次的完备性。其次，节点链接优化。技术创新生态链节点链接方式多样，总的来说，技术创新生态链应该构建与选择更先进、更固定、更正式且多样化的链接方式。再次，节点组合优化。节点组合方式是技术创新生态链上所拥有节点的数量情况、类型状况、数量类型组合情况以及区域分布状况，这些组合方式决定了技术创新生态链的长度、宽度和广度。要确保技术创新生态链的长度、宽度和广度的合理性。根据技术创新生态链所属类型、当前结构、特点确定技术创新生态链的合适长度，再根据所确定的长度对技术创新生态链当前长度进行调整。确定技术创新生态链不同层次最适合的宽度，同时确保层次之间节点数量、技术创新能力的匹配。在同类节点整合兼并时，要考虑同类节点的多元性。根据技术创新生态链的类型、战略目标、核心节点和主导节点的资源流转能力确定技术创新生态链最合适的广度，然后根据所确定的技术创新生态链的适宜广度，对技术创新生态链的广度进行调整。最后，节点关系优化。要构建多元化的节点关系，优化节点间竞合关系，构建良好的节点间共生互利关系。

第三，技术创新生态链协同创新强化。技术创新生态链作为以技术创新活动为主导的生态链，创新是非常关键的。首先，构建并强化节点的协同创新意识，加强节点对协同创新的认识，并不断强化和更新，在节点及技术创新生态链中针对协同创新的方法和内容进行深入的宣传和学习。其次，提升技术创新生态链的团队学习能力。要不断提升技术创新生态链上节点及节点内部个体的学习能力，同时构建技术创新生态链上节点共享知识库，创建良好的团队学习环境。再次，实现技术创新生态链的纵向协同创新和横向协同创新。要鼓励链上节点在链内广泛开展技术创新合作，减少链上同类节点和不同类节点间不必要的竞争，并为链上同类节点和不同类节点间的协同创新创造条件。从次，构建技术创新生态链链内协同创新平台，结合技术创新生态链的特点和需求，确定搭建技术创新平台的规模和类型；制定相应的管理办法、规章制度和考核机制，并按照其运行；不断优化技术创新平台，注重平台的功能完备性、服务个性化、模式创新性等。最后，技术创新生态链协同创新的实现需要完善的规制、制度作保障。对链上节点实行有效的激励和约束机制，建立科学合理的研发投入机制，构建高效的沟通交流机制。

第四，技术创新生态链利益分配协调。技术创新生态链上各节点均以获得利益为其首要的目标之一，因此技术创新生态链利益分配协调非常重要。首先，在技术创新生态链上，要制订科学合理的利益分配方案，这不仅关系到链上各节点的利益分配是否合理，而且也关系到技术创新生态链稳定长久的可持续发展。其次，在技术创新生态链上节点间利益分配方案确定好后，要以签订正式的利益分配协议方式将其确定下来。利益分配协议的签订是链上节点之间利益分配的基础，也是链上节点之间利益分配的依据。再次，为了确保链上利益分配的公平合理，除了制订弹性合理的利益分配方案，并在此基础上签订合理全面的利益分配协议外，构建公平公正的利益分配监督机制也是必不可少的。从次，在技术创新生态链上，各节点均希望追求利益的最大化，即使在完善的利益分配方案和公正的利益分配监督之下，仍有可能会发生利益冲突。因此，要充分了解链上各个节点的利益诉求，不断完善链上的利益分配方案和利益分配监督制度，尽量避免节点之间发生较为严重的利益冲突。最后，在技术创新生态链上，由于链上节点对技术创新活动和整条链的资源投入、风险承担、技术贡献等方面状况存在较大差异，在利益分配时也会存在较大差异；不仅如此，在链上利益分配过程中，也会存在部分节点利益诉求无法全部得到满足的状况，这些都容易引发链上节点对利益分配的不满情绪，影响链的和谐稳定。因此，链上节点要不断提高自身对自我的认知，提升自身的自我调节能力。

第五，技术创新生态链知识转移优化。技术创新生态链上知识转移是技术创新生态链上最重要的一项创新活动，需要不断对其进行优化。一是技术创新生态链上节点要慎重选择知识转移合作伙伴节点，这不仅关系到节点和合作伙伴节点的知识转移水平能否得到提升，节点知识的结构能否得到优化，节点知识的存量能否得到扩充，也关系到链上知识转移效率和效果的高低。二是技术创新生态链上节点要不断提升自身的知识转移能力，具体包括两个方面，一方面是知识发送方向知识接收方传递知识的能力，另一方面是知识接受方获取、吸收和利用知识的能力。三是知识转移渠道作为技术创新生态链上节点之间知识转移的媒介，知识转移渠道的丰富性和适合性极大地影响了链上知识转移的质量、效率和效果。知识转移渠道越丰富，越有利于提高知识转移的速度，越有利于知识发送方和接收方之间的沟通交流。知识转移渠道越适合，越有利于知识发送方节点选择合适的渠道传递不同类型的知识，越有利于提高知识转移的质量。所以，要构建良好的知识转移渠道。四是在技术创新生态链中，节点之间的信任程度会对链上的知识转移产生较大的影响。技术创新生态链上需要营造优质的节点信任氛围。另外，链上的知识转移平台不仅能够为链上的知识转移提供诸如信息服务、知识产权服务、法律服务等全方位、多角度的专业服务，而且还能够促进链上节点之间知识资源的共享，为知识转移提供渠道，缩短链上知识发送方和知识转移方的距离，提升知识转移的效率和效果，因此链上要构建知识转移平台。五是在技术创新生态链中，节点的知识转移意愿会在较大程度上影响节点的知识转移行为。因此，在技术创新生态链中，需要构建和优化知识转移激励机制，以激发节点的知识转移意愿，鼓励节点的知识转移行为，加速链上的知识转移。

② 技术创新生态链链间优化策略。

第一，加强技术创新生态链链间互利合作。首先，在一定地区和区域内部，存在多条同种类型和不同种类型的技术创新生态链。要加强这些技术创新生态链之间的协同发展和互利合作，充分发挥各条技术创新生态链的优势，形成不同技术创新生态链之间的互相支撑，在更大范围内实现资源、优势等的互利互补。通过大力发展创新型产业集群，鼓励跨产业的产业技术创新联盟，提高区域内技术关联度等方面不断提高区域内的链间协同发展。其次，跨区域技术创新生态链和技术创新生态主体之间的技术创新合作，能够实现创新资源和成果在更大范围内的交流和共享，有效弥补不同区域技术创新能力差距和资源差距，促进技术创新生态链和技术创新生态主体尤其是落后区域的技术创新生态链和技术创新生态主体优化发展，为技术创新生态链间的互利合作提供更多优质的合作机会，确保创新资源在整个技术创新生态系统中，甚至跨系统优化配置。注重跨区域的链间协调发展，在建立跨区域的技术创新协同发展机制体系基础上，促进跨区域的资源流动配置，构建合理的区域分工和区域特色，不断提升落后区域技术创新能力，并加强链间国际化合作。再次，技术创新生态链与技术创新生态链之间的合作形式需要丰富多样化，以便链与链之间能够结合自身实际情况，选择最合适的单个或多个合作形式，达到最优化的合作效果。最后，通过加强链间协同治理、健全链间利益协调机制、构建并完善链间创新网络、充分发挥行业协会类技术创新生态主体的协调作用，为链间互利合作构建保障。

第二，确保技术创新生态链链间合理竞争。技术创新生态链链间合理竞争是技术创新生态链之间为争夺市场、资源，树立自身核心竞争力和确保更大发展空间，而引发的链与链之间适度、正当的竞争行为。首先，技术创新生态链间需要采用合理手段开展链间竞争。技术创新生态链链间要注重采用质量竞争、服务竞争、价值竞争、价格竞争、信息竞争、资源竞争、人才竞争、特色竞争和技术竞争等合理竞争手段开展链间竞争。在技术创新生态环境中技术创新生态链数量众多，在采取众多措施强调和执行合理竞争的情况下，仍不可避免地出现过度竞争、垄断等现象。因此，采用差异化竞争策略，打造出自身独特核心的竞争力，对于技术创新生态链合理竞争来说也十分重要。不合理、不合法和不合规的竞争手段会扰乱市场环境，使技术创新生态链自身乃至其所处的技术创新生态环境处于危险境地，影响技术创新生态链和技术创新生态系统持续稳定健康地发展。因此，要避免采用不合理、不合法和不合规的竞争手段。其次，良性争夺链上所需资源。通过注重链外人才资源的合理引进，关注链内人才资源的优质培养，强化链间人才的交互流动，加强优质人才资源的流失预警，技术创新监管者加强技术创新生态链链间人才资源竞争的监管等方法来确保人才资源的良性竞争。通过主动构建良性的资金资源竞争格局；建立资金资源公平竞争的审查制度；打破技术创新生态环境中不合理的垄断和区域间的市场壁垒，营造权力公平、机会公平和规章公平的投资环境；采取积极合理的措施获取链外资金资源；避免采用一些不合理、不合规和不合法的手段获取链外资金资源等方式方法来确保资金资源的良性竞争。再次，技术创新生态链链间合理竞争需要在技术创新生态链中、技术创新生态主体中强化合理竞争政策制度的倡导，加强优质竞争文化的宣传，树立合理竞争的理念和意识，确保技术创新生态链和技术创新生态主体采用合理合规的方式方法开展链间竞争。最后，要确保技术创新生态链链间合理竞争，还需要制定科学、完善、便于执行的政策法规，确保技术创新生态链链间的竞争行为依据相应的政策法规开展，且一旦出现违反了政策法规的竞争行为，能够依据政策法规予以阻止或纠正，使竞争行为回归到合理竞争的范畴之内。

③ 技术创新生态链环境优化策略。

第一，技术创新生态链资源环境优化。技术创新生态链资源环境优化对于链上技术创新活动的顺利开展、节点和链的发展非常重要。首先，在技术创新生态环境中，知识、技术、信息、人才、物质和资金等资源积累非常重要，它决定了技术创新生态链上所能获取资源的丰富程度和完善程度。因此，要注重技术创新生态环境中各类资源积累。其次，在技术创新生态环境中，所拥有的资源是有限的，尤其是稀缺型的资源更是极其有限。因此，在技术创新生态环境中，必须注重资源的合理配置和高效管理，为技术创新生态链上的资源需求提供有效的保障，同时实现资源利用率的最大化和高效化。最后，在技术创新生态环境中，需要注重资源投入的结构，并不断对资源投入结构进行优化，以获得更好的技术创新效率效果。

第二，技术创新生态链制度环境优化。建立和完善技术创新生态环境中的政策制度、法律法规，对于建立公平、公正的技术创新生态主体运行环境和规范的技术创新活动秩序，具有非常重要的作用，也为技术创新生态链的长远发展提供良好的基础环境，有助于技术创新生态链健康、协调地发展。首先，技术创新生态链需要有政府政策的扶持和培育才能逐步发展演进，并走向成熟完善。通过制定各种政策，政府承担技术创新生态链涉及行业和企业的发展指导者、交易市场的监督者、资金投资者等多重功能和角色。其次，要不断根据实际中新出现的问题、情况对现有的法律法规进行调整和完善。法律法规的完善必须要有专门的机构和人员完成，通过收集法律法规实施的反馈信息及实施效果的评价分析，了解现有法律法规中存在的问题和不足，有针对性地进行调整和修订。再次，加强知识产权的保护，健全知识产权保护制度，对技术创新生态链来说至关重要。增强技术创新生态主体及主体内员工的知识产权保护意识，从立法角度入手，建立完善的知识产权保护法律法规，坚决与侵害知识产权的不法行为作斗争。从次，注重制度评价体系的完整性，合理制定制度评价的标准，制定科学合理、详细、操作性高的制度评价方法，构建制度评价相关机构。另外，强化技术创新生态主体的制度意识，不断提高技术创新生态主体的素质，监督制度的实施。最后，在技术创新生态环境中，除了制定完善的制度、提升制度实施能力外，还需要不断完善制度实施的体制机制，从而更进一步地将制度执行到位、落实到底，更好地保障技术创新生态环境的公平公正、规范有序。

第三，技术创新生态链市场环境优化。市场环境对技术创新生态系统中的技术创新生态链和技术创新活动具有较大的影响。技术创新生态链需要一个健全完善的市场环境。首先，不断调整优化市场竞争秩序和机制，加强相关法律法规、制度和监督体系的建设与完善，技术创新生态主体要不断提高自身的竞争意识，技术创新监管者例如行业协会等要注重对市场竞争的合理引导。其次，加大市场开放程度，为技术创新生态系统与技术创新生态系统之间，不同国家的技术创新生态主体之间的技术交流创造机会，同时，扩大技术创新成果的销售应用市场。最后，提高技术交易国际合作的广泛度，提前布局技术交易市场的发展战略规划，构建良好的技术交易市场监督评价体系，培养技术交易市场所需的各类人才。

第四，技术创新生态链基础设施环境优化。首先，创新基础设施是实现技术创新、促进创新成果转化的重要支撑，对技术创新生态主体和技术创新生态链创新效率和成果具有重要的提升效果，要重视创新基础设施的部署和建设。其次，当前技术创新生态链上众多知识、信息等收集、加工、处理、传输、存储等工作都需要依赖信息基础设施来完成。信息基础设施的先进与否、优质与否也极大地影响了技术创新生态链上的各种知识信息处理活动的效率和效果。因此，需要不断加强信息基础设施的建设，并注重对先进信息基础设施的应用。再次，物流配送是技术创新生态链上物质运转必不可少的基础环节。物流配送体系是否健全会影响到链上物资运转的效率，进而影响到整条链的运转，要健全现代化的物流配送体系。最后，加强网络安全管理，确保技术创新生态链上的各种硬件、软件及其知识数据信息，链上通过网络系统开展的各种技术创新活动，以及技术创新生态链的虚拟类资源流转受到保护，不被恶意或偶然地破坏。

第五，技术创新生态链文化环境优化。在技术创新生态环境中营造良好的文化氛围，鼓励创新，对于技术创新效率提升和技术创新生态链持续稳定地发展具有重要作用。一是，全民的创新意识和创新精神是推进技术创新快速发展的重要因素。在技术创新生态环境中营造积极创新、勇于应用创新成果等的创新文化。二是，要做好正面舆论的宣传工作，确保正面舆论的强势和主导地位。三是，增强文化产品和服务的供给能力是建设文化的基础，需要不断加强。四是，要加强技术创新生态主体自律建设，倡导依法开展技术创新活动。五是，媒体能够引导文化的发展方向、掌握舆论主导权，对文化的健康发展具有十分关键的作用。媒体必须要加快建设步伐，提升原有优势，培育新的优势，将自身打造成具有广泛影响力的思想文化平台。

第六，构建和维护技术创新生态系统的平衡。技术创新生态系统的平衡稳定能为技术创新生态链的平衡稳定提供一个良好的基础，它不仅可以降低技术创新生态链外界干扰的强度，减少外界干扰的次数，而且可以降低外界环境发生突变的可能性，进而降低技术创新生态链因外界环境突变而发生突变的概率。首先，从链的角度促进和维护技术创新生态系统平衡，提高链上技术创新生态主体与技术创新生态环境的适应程度，在链与链之间建立适度竞争机制。其次，从整体角度构建和维护技术创新生态系统平衡，形成开放型的技术创新生态系统，合理分化技术创新生态主体的技术创新生态位，形成错综复杂的技术创新生态网，健全技术创新生态系统中的市场运行机制，加强技术创新生态系统的监管，增强核心技术创新生态主体的自组织能力，建立多元化共享平台实现系统内创新要素自由流动。

8.2 研究展望

本书对技术创新生态链形成与运行机制进行研究，构建了技术创新生态链的概念、特点、构成要素、类型与结构模型等基本概念与内涵，并结合技术创新企业、技术创新链的形成、运行和发展状况，构建了技术创新生态链形成与运行的机制，提出了不同范围技术创新生态链的优化策略。但由于当前对技术创新生态链形成与运行等方面的研究还不够充分，笔者的研究水平有限，书中还存在许多不足之处，有待今后进一步进行探索、研究。

（1）技术创新生态链形成动力与条件因素的定量化分析。本书在探讨技术创新生态链形成的动力与条件时，仅从定性的角度分析了技术创新生态链形成的各种动力因素和条件因素，缺乏定量的分析，分析不够完善，且缺乏数据和实证的支撑。在后续研究中，还要应用灰色关联分析法、相关分析法、主成分分析法等定量的方法，探讨各种动力因素和条件因素之间的相互关系，确定技术创新生态链形成的主要动力因素和条件因素以及这些因素对技术创新生态链形成的影响程度和作用方向。

（2）技术创新生态链形成数学模型的构建。本书仅就技术创新生态链形成的过程阶段及各阶段的特点进行了分析，没有在此基础上构建形成的数学模型，进一步对形成过程进行分析说明。今后还要继续深入研究，构建技术创新生态链的数学模型，从定量和定性的角度，更为全面地分析技术创新生态链形成的规律、特点、表现。

（3）技术创新生态链运行机制的进一步完善。技术创新生态链运行是一个较为复杂的东西，技术创新生态系统中也存在各式各样、形式各异的技术创新生态链，各种技术创新生态链运行的方式、规律等既存在较大共性也存在一定的差异性。本书归纳了当前一般性技术创新生态链运行的机制，但未对不同类型技术创新生态链运行机制的独特性进行阐述，因此今后还要对不同类型技术创新生态链，尤其是一些重要类型技术创新生态链运行机制的独特性进行深入分析。

（4）技术创新生态链实证研究的加强。限于文章篇幅，本书在部分章节内容中列举出了一些技术创新生态链，对其进行了分析探讨，这对于技术创新生态链的实践研究来讲还远远不够。今后，还要选取国内外各种主要、典型的技术创新生态链，对其基本结构、形成过程、运行模式、所采用的优化发展策略等进行研究，比较其中的共性和差异，总结其经验，提出更贴近实际的发展策略和建议。

参 考 文 献

［1］毕强，周浩，王雨．信息供应链成员组织间信息传递的动力因素及其规律研究——基于产学研合作视角［J］．情报理论与实践，2013，36（11）：10-15．

［2］边伟军．核心企业主导型技术创新生态系统形成、运行与演化机理研究［D］．青岛：青岛科技大学，2017．

［3］曹静．区域产学研结合技术创新体系研究［D］．哈尔滨：哈尔滨工程大学，2010．

［4］曹啸宇．研究型大学主导的技术创新生态系统模式建构和应用［D］．天津：天津大学，2019．

［5］陈超．产学研联盟内的知识转移及其对企业技术创新的影响［D］．延边：延边大学，2018．

［6］陈畴镛，胡枭峰，周青．区域技术创新生态系统的小世界特征分析［J］．科学管理研究，2010，28（5）：17-20，30．

［7］陈斯琴，顾力刚．企业技术创新生态系统分析［J］．科技管理研究，2008（7）：453-454，447．

［8］陈斯琴．企业技术创新生态系统研究［D］．北京：北京工业大学，2008．

［9］陈伟，刘波．基于技术创新链理论的科技金融结合路径研究［J］．金融发展评论，2013（1）：153-158．

［10］陈瑶．产业技术创新联盟社会资本对企业联盟绩效的影响研究［D］．成都：电子科技大学，2017．

［11］程东泽．新能源汽车产业生态链协同创新发展研究［J］．大庆师范学院学报，2018，38（1）：46-50．

［12］程骄杰，赵文华．产学研结合技术创新链的主体要素、问题及

对策辨析 [J]. 上海管理科学, 2011, 33 (1): 81 - 84.

[13] 池佳伟. 产业技术创新生态系统成长性评价研究 [D]. 天津: 河北工业大学, 2016.

[14] 池佳伟. 产业技术创新生态系统成长性研究 [J]. 商业经济研究, 2015 (26): 124 - 125.

[15] 迟冰芮. 装备制造业产业技术创新联盟绩效评价研究 [D]. 沈阳: 沈阳工业大学, 2013.

[16] 戴彬, 屈锡华, 李宏伟. 基于模糊综合评价的技术创新合作伙伴选择模型研究 [J]. 科技进步与对策, 2011, 28 (1): 120 - 123.

[17] 戴宁. 企业技术创新生态系统研究 [D]. 哈尔滨: 哈尔滨工程大学, 2010.

[18] 戴胜利, 李迎春, 张伟. 技术创新联盟影响因素与路径框架——基于扎根理论的探索性研究 [J]. 科技进步与对策, 2019, 36 (19): 17 - 25.

[19] 党兴华, 黄继勇. 技术创新网络的形成机理与组织结构研究 [J]. 经济管理, 2004 (20): 43 - 48.

[20] 党兴华, 王幼林. 技术创新网络中核心企业合作伙伴选择过程研究 [J]. 科学学与科学技术管理, 2007 (1): 139 - 144.

[21] 邸晓燕. 新兴产业形成中的产业技术创新战略联盟标准: 概念内涵与现实需求 [J]. 科学管理研究, 2017, 35 (2): 54 - 57.

[22] 丁绪辉. 高技术产业集聚与区域技术创新效率研究 [D]. 兰州: 兰州大学, 2015.

[23] 丁远一. 产业技术创新联盟创新合作演化博弈分析——基于大数据辅助监管视角 [J]. 工业技术经济, 2022, 41 (7): 35 - 41.

[24] 董津津, 陈关聚. 技术创新视角下平台生态系统形成、融合与治理研究 [J]. 科技进步与对策, 2020, 37 (20): 20 - 26.

[25] 董雅文. 基于虚拟企业运作模式的企业技术创新项目运作研究 [D]. 西安: 西安理工大学, 2006.

[26] 杜爱霞. 产业技术创新联盟知识产权共享机制可行性研究 [J]. 创新科技, 2017 (10): 11 - 13.

［27］杜昊．我国产业技术创新联盟发展面临的问题及对策建议［J］.现代经济信息，2017（4）：129.

［28］范洁．创新生态系统案例对比及转型升级路径［J］.技术经济与管理研究，2017（1）：32－37.

［29］范洁．创新生态系统的理论逻辑与治理机制——基于生命周期演化的视角［J］.技术经济与管理研究，2017（9）：32－36.

［30］冯锋，汪良兵．技术创新链视角下我国区域科技创新系统协调发展度研究［J］.中国科技论坛，2012（3）：36－42.

［31］符刘才．校企产学研战略联盟技术创新驱动力的形成模式［J］.价值工程，2012，31（10）：7－8.

［32］付晔，欧阳国桢．基于知识链的产学研合作中知识产权问题研究［J］.科技管理研究，2014，34（11）：126－131.

［33］高寿华．产学研协同推进区域产业技术创新的路径——以纺织产业为例［J］.中国高校科技，2016（3）：36－38.

［34］高晓瑾，杨晓梅，魏兵．产学研合作技术创新模式分析［J］.科技创新与应用，2015（35）：55.

［35］高兴民，张扬．产学研技术创新联盟合作动机、渠道和形式的实证研究［J］.信息系统工程，2013（1）：92－94.

［36］龚敏．多主体视角下绿色技术创新生态系统演化研究［D］.南昌：南昌大学，2022.

［37］龚新龙．基于博弈论的产业技术创新联盟运行机制研究［D］.武汉：华中科技大学，2019.

［38］官仲章．高校在技术创新链中的功能定位及其实现路径［J］.温州医科大学学报，2020，50（6）：506－509.

［39］桂黄宝，赵付民．基于模糊层次分析法（FAHP）的合作技术创新伙伴选择研究［J］.科学学与科学技术管理，2007（9）：50－54.

［40］郭霞．新一代数字电视技术及产业创新战略联盟：促成产业技术创新链各环的紧密衔接［J］.华东科技，2011（9）：32－33.

［41］何昌．基于博弈的中小企业合作技术创新问题研究［D］.南宁：广西大学，2007.

［42］何战宁. 刍议产学研结合技术创新协同机制［J］. 电子世界，2018（15）：55，57.

［43］侯蕴慧，王学军，郑迎. 产业技术创新战略联盟伙伴选择策略研究——基于山西装备制造业构建产业技术创新联盟［J］. 科技和产业，2014，14（1）：65-68，101.

［44］侯蕴慧. 山西装备制造业技术创新联盟构建研究［D］. 太原：太原科技大学，2014.

［45］胡耀辉. 产业技术创新链：我国企业从模仿到自主创新的路径突破——以高端装备制造企业为例［J］. 科技进步与对策，2013，30（9）：66-69.

［46］黄鲁成. 论区域技术创新生态系统的生存机制［J］. 科学管理研究，2003（2）：47-51.

［47］黄鲁成. 区域技术创新生态系统的调节机制［J］. 系统辩证学学报，2004（2）：68-71.

［48］黄鲁成. 区域技术创新生态系统的特征［J］. 中国科技论坛，2003（1）：23-26.

［49］黄鲁成. 区域技术创新生态系统的稳定机制［J］. 研究与发展管理，2003（4）：48-52，58.

［50］黄鲁成. 区域技术创新生态系统的制约因子与应变策略［J］. 科学学与科学技术管埋，2006（11）：93-97.

［51］黄燕兴. 面向突破性技术创新的供应链合作伙伴选择研究［D］. 长沙：中南大学，2013.

［52］惠青，邹艳. 产学研合作创新网络、知识整合和技术创新的关系研究［J］. 软科学，2010，24（3）：4-9.

［53］贾卫峰，党兴华. 技术创新网络中核心企业形成的动因及演化路径——基于企业间关系耦合的分析［C］//第四届（2009）中国管理学年会——技术与创新管理分会场论文集，2009：139-151.

［54］江晓珊. 战略性新兴产业技术创新联盟合作伙伴选择研究［D］. 南昌：江西师范大学，2016.

［55］蒋维平，彭桂花，黄文龙. 医药产业技术创新战略联盟利益相

关者及其作用辨析——基于技术创新链的视角［J］. 科技管理研究, 2016, 36 (24)：77 - 82.

[56] 揭俊峰. 我国企业生态系统协同竞争机制研究［D］. 衡阳：南华大学, 2010.

[57] 靖鲲鹏, 宋之杰. 健康度视角下区域技术创新生态系统的进化与提升路径——京津冀与长三角的实证研究［J］. 企业经济, 2022, 41 (1)：143 -152.

[58] 李琛. 产业技术创新联盟 (ITIA) 中知识转移障碍及对策研究［D］. 青岛：青岛大学, 2015.

[59] 李丹. 产业技术创新联盟合作伙伴选择研究［D］. 南京：南京邮电大学, 2014.

[60] 李锋, 喻志鹏, 冯瑶. 基于知识转移视角的产业技术创新联盟内部合作对象匹配研究［J］. 江苏科技大学学报 (自然科学版), 2019, 33 (2)：81 -87.

[61] 李恒毅, 宋娟. 新技术创新生态系统资源整合及其演化关系的案例研究［J］. 科技创新导报, 2014, 11 (26)：7 -10, 14.

[62] 李恒毅. 技术创新生态系统协同发展研究［D］. 长沙：中南大学, 2014.

[63] 李建国. 构建产学研相结合的技术创新体系研究［J］. 通讯世界, 2015 (11)：260 -261.

[64] 李明传. 美国技术创新的历史考察［M］. 武汉：武汉大学出版社, 2013.

[65] 李培杰. 中国装备制造企业技术创新网络形成及演化路径研究［D］. 秦皇岛：燕山大学, 2013.

[66] 李荣平, 刘刚海等. 技术创新能力与活力评价理论和实证研究［M］. 天津：天津大学出版社, 2005.

[67] 李潭, 胡珑瑛. 基于灰色关联度的技术创新合作伙伴选择方法［J］. 技术经济与管理研究, 2005 (4)：36 -37.

[68] 李潭. 信息不完全情况下技术创新合作伙伴选择研究［J］. 科技和产业, 2008 (7)：41 -43, 90.

技术创新生态链形成与运行机制研究

［69］李文宝壮.黑龙江省制造业技术创新生态系统构成与技术扩散研究［D］.哈尔滨：哈尔滨工程大学，2018.

［70］李先科.企业技术创新网络的形成与结构——兼论市场与政府作用的边界［J］.改革与战略，2020，36（5）：103 - 110.

［71］李翔龙，王庆金，黄帅.军民融合企业技术创新生态系统协同机制研究［J］.财经问题研究，2021（12）：133 - 143.

［72］李小群.企业技术创新生态系统风险评价研究［D］.重庆：重庆师范大学，2011.

［73］李应，丰子鹏，武文颖.产业技术创新联盟发展及其市场化运作研究［C］//第十二届（2017）中国管理学年会论文集，2017：398 - 403.

［74］李振华.基于复杂性的企业协同竞争机制研究［D］.天津：天津大学，2005.

［75］林晶.高技术企业技术创新合作伙伴评估指标构建和赋权研究［J］.福建江夏学院学报，2014，4（5）：11 - 17.

［76］林淼，苏竣，张雅娴，陈玲.技术链、产业链和技术创新链：理论分析与政策含义［J］.科学学研究，2001（4）：28 - 31，36.

［77］林婷婷.产业技术创新生态系统研究［D］.哈尔滨：哈尔滨工程大学，2012.

［78］林雨洁，谢富纪.基于协同创新理论的产业技术创新战略联盟伙伴选择研究［J］.科技与经济，2013，26（6）：6 - 10.

［79］林雨洁.上海市移动互联产业技术创新战略联盟构建模式研究［D］.上海：上海交通大学，2014.

［80］刘斌.产学研纵向合作技术创新战略联盟运行机制研究［J］.神华科技，2011，9（5）：10 - 13，16.

［81］刘常鹏.浅析不确定性及技术创新障碍对中小企业技术创新联盟的影响及对策［J］.现代经济信息，2019（23）：34 - 35.

［82］刘枫，何燕，栾奕.山西农业产业技术创新联盟运行模式及激励机制研究［J］.山西科技，2019，34（4）：1 - 3.

［83］刘洪民.技术创新链视角下我国产业共性技术研发管理创新研究［J］.情报杂志，2013，32（2）：196 - 200.

［84］刘炬．企业技术创新网络形成机理研究［D］．成都：电子科技大学，2010.

［85］刘军，徐丰伟．产业技术创新视角下产学研战略联盟模式选择［J］．中国高校科技与产业化，2010（10）：37－39.

［86］刘林舟，武博．产业技术创新战略联盟合作伙伴多目标选择研究［J］．科技进步与对策，2012，29（21）：55－58.

［87］刘明广．区域创新系统的效率评价与演化研究［M］．广州：中山大学出版社，2014.

［88］刘鹏，吴洁．企业技术创新联盟演化动力学多主体建模框架研究［J］．江苏科技大学学报（自然科学版），2019，33（4）：82－89.

［89］刘启强，何静，罗秀豪．广东产学研技术创新联盟建设现状及存在问题研究［J］．科技管理研究，2014，34（9）：31－34.

［90］刘晓燕，阮平南，李非凡．基于关键成功因素的技术创新网络动态伙伴选择模型［J］．软科学，2014，28（7）：25－28.

［91］刘勇，菅利荣，赵焕焕，林益．基于双重努力的产学研协同创新价值链利润分配模型［J］．研究与发展管理，2015，27（1）：24－34.

［92］刘友金，易秋平．技术创新生态系统结构的生态重组［J］．湖南科技大学学报（社会科学版），2005（5）：67－70.

［93］柳江．产业集群中技术创新链的发展环境与实现路径［J］．科学管理研究，2012，30（5）：52－55.

［94］龙跃，顾新，张莉．产业技术创新联盟知识交互的生态关系及演化分析［J］．科学学研究，2016，34（10）：1583－1592.

［95］楼高翔，万宁．基于供应链的技术创新协同伙伴选择与评价［J］．科技进步与对策，2011，28（24）：153－155.

［96］卢东宁．农业技术创新链的超循环理论与机理研究［J］．农业现代化研究，2011，32（4）：453－456.

［97］卢东宁．农业技术创新链循环研究［D］．咸阳：西北农林科技大学，2007.

［98］卢方元，李晓洋．产业集群技术创新体系运行机制分析［J］．商业经济研究，2015（8）：125－126.

[99] 吕鲲．基于生态学视角的产业创新生态系统形成、运行与演化研究 [D]．长春：吉林大学，2019．

[100] 吕玉辉．技术创新生态系统的要素模型与演化 [J]．技术经济与管理研究，2011 (9)：25－28．

[101] 吕玉辉．企业技术创新生态系统探析 [J]．科技管理研究，2011, 31 (16)：15－17, 48．

[102] 罗发友，刘友金．技术创新群落形成与演化的行为生态学研究 [J]．科学学研究，2004 (1)：99－103．

[103] 罗锋，黄丽．广东农业产业技术创新联盟发展现状与策略探讨 [J]．广东农业科学，2016, 43 (11)：136－141．

[104] 罗杰思，赵业群，杜慧英．构建环洞庭湖区企业技术创新生态系统的研究——以常德地区为例 [J]．现代商贸工业，2017 (17)：16－17．

[105] 罗湘龙．产学研技术创新战略联盟模式及运行研究 [J]．当代教育实践与教学研究，2015 (12)：147．

[106] 罗雪英．农业产业技术创新联盟构建及影响因素研究 [J]．福建商学院学报，2017 (6)：1－8．

[107] 罗雪英．农业产业技术创新联盟合作系统运行分析——基于共生理论的视域 [J]．石河子大学学报（哲学社会科学版），2018, 32 (1)：60－67．

[108] 罗亚非，郭春燕．稳健主成分分析在区域技术创新生态系统绩效评价中的应用 [J]．统计与信息论坛，2009, 24 (5)：36－41．

[109] 马瑞．开放式创新模式下产业技术创新联盟利益分配研究 [D]．哈尔滨：哈尔滨理工大学，2019．

[110] 马武松．产学研合作与产业技术创新联盟建设 [J]．中国科技产业，2011 (1)：37．

[111] 马小明，李和昌．构建企业主导型技术创新体系形成广州产业发展核心动力 [J]．科技进步与对策，2003, 20 (5)：51－53．

[112] 马云泽．区域产学研结合技术创新体系的要素构成 [J]．产业与科技论坛，2014, 13 (12)：9－11．

[113] 梅辉洁．电子商务服务生态圈协同竞争机理研究 [D]．武汉：

华中师范大学，2019.

[114] 苗红，黄鲁成．区域技术创新生态系统健康评价研究 [J]．科技进步与对策，2008（8）：146－149.

[115] 聂会星，王磊．产业技术创新联盟合作伙伴评估研究 [J]．价值工程，2013，32（8）：12－14.

[116] 潘红玉．先进制造业产业共性技术创新联盟研究 [D]．长沙：长沙理工大学，2016.

[117] 潘少祠，陈光黎，梁元媛，雷久淮，王微．电子技术的创新生态产业链分析 [J]．电子技术，2022，51（11）：348－349.

[118] 彭坚．技术创新联盟的国际经验与中国策略 [J]．开放导报，2021（4）：100－112.

[119] 彭双，顾新，吴绍波．技术创新链的结构、形成与运行 [J]．科技进步与对策，2012，29（9）：4－7.

[120] 彭思喜，张日新，马佩菲．产学研结合技术创新长效性机制研究——以广东温氏集团为例 [J]．南方农村，2013，29（8）：4－10.

[121] 钱虹．面向技术创新生态系统的科技情报服务平台建设——以陕西省科技情报综合服务平台为例 [J]．中国科技资源导刊，2019，51（5）：83－88.

[122] 钱虹．面向技术创新生态系统的科技情报服务体系研究 [J]．情报理论与实践，2019，42（11）：52－56.

[123] 秦新生．物流产业技术创新生态系统协同研究 [J]．物流工程与管理，2015，37（7）：16－18，50.

[124] 邵伟．产业技术创新联盟的利益分配研究 [J]．商，2016（23）：285.

[125] 佘彩云，谭艳华．技术创新型企业商业生态系统形成机制探讨——基于深圳市大疆创新科技有限公司的案例分析 [J]．郑州航空工业管理学院学报，2019，37（1）：83－91.

[126] 石乘齐，党兴华．技术创新网络中组织间依赖的影响因素及形成研究 [J]．管理工程学报，2017，31（1）：1－9.

[127] 苏和．基于系统动力学的中国稀土产业技术创新生态系统优化

研究［D］. 呼和浩特：内蒙古大学，2019.

［128］孙冰，周大铭. 基于核心企业视角的企业技术创新生态系统构建［J］. 商业经济与管理，2011（11）：36－43.

［129］孙浩进. 我国产学研技术创新战略联盟模式的国际经验借鉴［J］. 中国市场，2018（8）：6－9.

［130］孙圣兰，陈雯，吴祈宗. 突破性技术创新研发联盟伙伴选择研究［J］. 数学的实践与认识，2010，40（16）：25－30.

［131］谭建伟，叶丽，李攀艺. 基于产学研的技术创新战略联盟运行机制研究述评与展望［J］. 重庆理工大学学报（社会科学版），2012，26（6）：32－37.

［132］唐德淼. 基于产学研技术创新联盟模式的创新绩效作用机理分析与测算［J］. 统计与决策，2015（9）：71－74.

［133］唐琼雅. 资源约束区域技术创新生态系统演化动力研究［D］. 南宁：广西大学，2013.

［134］陶诗韵. 基于进化博弈论的汽车集团子企业协同竞争模型研究［D］. 长春：吉林大学，2019.

［135］屠建飞，冯志敏. 基于技术创新链的行业技术创新平台［J］. 科技与管理，2010，12（1）：37－39，44.

［136］汪志波. 产业技术创新生态系统演化机理研究［J］. 生产力研究，2012（3）：192－194.

［137］王纯旭. 产业技术创新生态系统运行存在的问题及其对策研究［J］. 经济研究导刊，2020（17）：38－39.

［138］王纯旭. 高新产业技术创新生态系统运行机制及其优化策略研究［J］. 科技创新与应用，2021，11（28）：22－24.

［139］王纯旭. 新形势下产业技术创新生态系统发展的必然趋向与路向选择［J］. 企业经济，2020，39（10）：67－74.

［140］王东丽. 产业技术创新联盟的金融支持政策研究［D］. 哈尔滨：哈尔滨工业大学，2017.

［141］王发明，刘丹. 产业技术创新联盟中焦点企业合作共生伙伴选择研究［J］. 科学学研究，2016，34（2）：246－252.

[142] 王发明, 杨文骏. 产业技术创新联盟共生演化过程研究: 领导企业视角 [J]. 科技进步与对策, 2017, 34 (5): 58 – 65.

[143] 王虹, 王瑞欢, 张忠德. 信息产业技术创新战略联盟成员选择 [J]. 西安邮电大学学报, 2013, 18 (6): 112 – 116.

[144] 王巾, 马章良. 长三角地区产业技术创新联盟区域协同发展研究 [J]. 科技与经济, 2016, 29 (2): 31 – 35.

[145] 王磊. 基于群决策的产业技术创新联盟伙伴选择方法研究 [D]. 合肥: 合肥工业大学, 2013.

[146] 王丽梅. 高校间协同创新网络形成机理与合作模式研究 [D]. 北京: 北京工业大学, 2018.

[147] 王琳. 成长期产业技术创新联盟知识融合影响因素及风险防控研究 [D]. 长春: 吉林大学, 2021.

[148] 王孟钧, 张镇森. 重大建设工程技术创新网络形成机理与运行机制分析 [J]. 中国工程科学, 2011, 13 (8): 62 – 66.

[149] 王睿. 产业技术创新联盟绩效评价指标体系建设分析 [J]. 管理观察, 2017 (1): 172 – 174.

[150] 王若男. 产业技术创新联盟特征与合作伙伴选择的研究 [J]. 环境保护与循环经济, 2019, 39 (12): 79 – 82.

[151] 王绍丹, 裴庭伟. 创新创业模式下高校产学研合作技术创新研究 [J]. 创新创业理论研究与实践, 2022, 5 (19): 178 – 181.

[152] 王胜, 柴微涛, 周开庆. 产业技术创新联盟发展建议 [J]. 决策咨询, 2019 (4): 74 – 77.

[153] 王小爽. 产业技术创新联盟成员竞合关系研究 [D]. 南京: 南京邮电大学, 2014.

[154] 王小杨, 张雷, 杜晓荣. 基于产业技术创新联盟的产学研合作演化博弈分析 [J]. 经济研究导刊, 2018 (1): 28 – 32, 38.

[155] 王鑫蓉. 积极打造完整的生物产业技术创新链 中国转化医学与生物技术创新联盟在京成立 [J]. 中国科技产业, 2011 (1): 71.

[156] 王尧. 基于创新价值链的产学研合作模式研究 [J]. 生产力研究, 2012 (10): 200 – 201, 204.

[157] 王幼林. 技术创新网络中核心企业合作伙伴选择研究 [D]. 西安：西安理工大学，2007.

[158] 王玉丽. 产业技术创新联盟知识共享影响因素研究 [D]. 大连：大连理工大学，2015.

[159] 韦铁，罗秋月，何明. 资源约束下区域技术创新生态系统演化影响因素研究——以广西北部湾经济区为例 [J]. 改革与战略，2015，31 (12)：94－99.

[160] 温新民. 区域技术创新体系形成运行的科学学分析 [J]. 科学学研究，2003 (S1)：283－288.

[161] 吴泳成. 技术创新链视角下粤港澳大湾区创新系统协同研究 [J]. 山西农经，2020 (10)：26－27.

[162] 仵凤清，郝涛，高林. 基于系统动力学的企业技术创新网络形成机理研究 [J]. 技术与创新管理，2016，37 (4)：350－356.

[163] 武超茹. 基于系统动力学的产业技术创新联盟知识创新机理研究 [D]. 重庆：重庆工商大学，2016.

[164] 肖玲诺，史建锋，孙玉忠，于瀚. 产学研知识创新联盟知识链运作的风险控制机制 [J]. 中国科技论坛，2013 (3)：115－120.

[165] 谢泗薪，张文华. 物流产业集群中技术创新链的动力强化机制与演进路径 [J]. 价格月刊，2014 (2)：55－59.

[166] 谢文，项喜章. 乳制品业技术创新链的构成要素分析 [J]. 科技创业月刊，2010，23 (7)：13－15.

[167] 谢文. 农产品加工业技术创新链的运行机制研究 [D]. 武汉：武汉工业学院，2011

[168] 熊伟. 突破性技术创新合作伙伴的选择及其评价 [J]. 中国商贸，2014 (26)：209－210.

[169] 徐丰伟. 产业技术创新视角下产学研战略联盟模式选择研究 [C] // 中国高校科技，2010：416－419.

[170] 徐建中，王纯旭. 基于粒子群算法的产业技术创新生态系统运行稳定性组合评价研究——以电信产业为例 [J]. 预测，2016，35 (5)：30－36.

[171] 徐莉，姚洁. 江西产业技术创新体系的产学研战略联盟问题研究 [J]. 企业经济，2011，30 (12)：31－33.

[172] 徐莹莹，綦良群，徐晓微. 低碳经济背景下技术创新链式扩散机制研究——基于 Rubinstein 讨价还价博弈理论 [J]. 科技管理研究，2017，37 (16)：209－214.

[173] 许斌丰. 技术创新链视角下长三角三省一市区域创新系统协同研究 [D]. 北京：中国科学技术大学，2018.

[174] 许金红，高兴民. 深圳产学研技术创新联盟发展现状与对策研究 [J]. 西安石油大学学报（社会科学版），2014，23 (6)：33－38.

[175] 许欧阳. 新疆技术创新生态系统优化研究 [D]. 乌鲁木齐：新疆财经大学，2014.

[176] 鄢露林. 网络经济下企业技术创新联盟的运行机制研究 [D]. 西安：西安电子科技大学，2011.

[177] 严进. R&D 导向产业技术创新联盟运行管理机理研究 [D]. 南京：南京邮电大学，2015.

[178] 杨广敏，刘佳弘，王一凡. 产学研相结合技术创新体系中地方政府的路径选择 [J]. 大连大学学报，2014，35 (5)：133－137.

[179] 杨玉武，王露璐，刘先涛，曹玉梅. 技术创新合作伙伴选择研究 [J]. 商业研究，2004 (2)：83－85.

[180] 姚洁，魏英. 论产业技术创新链及营销战略有效整合 [J]. 企业经济，2014，33 (10)：52－55.

[181] 姚升保. 产业技术创新联盟伙伴选择的模糊组合决策方法 [J]. 科技管理研究，2017，37 (1)：194－200.

[182] 叶卫正. 建筑业产业技术创新战略联盟组织模式与利益分配研究 [D]. 南昌：南昌航空大学，2018.

[183] 殷群，李丹. 产业技术创新联盟合作伙伴选择研究 [J]. 河海大学学报（哲学社会科学版），2014，16 (2)：62－66，82，92.

[184] 尹士. 多主体合作下制造业企业绿色技术创新过程及演化研究 [D]. 哈尔滨：哈尔滨工程大学，2019.

[185] 游达明，黄曦子. 突破性技术创新联盟伙伴选择评价指标体系

技术创新生态链形成与运行机制研究

研究［J］.求索，2016（12）：121-126.

［186］余浩.制造业企业技术创新生态系统的创新扩散动力研究［D］.哈尔滨：哈尔滨工程大学，2014.

［187］余凌，杨悦儿.产业技术创新生态系统研究［J］.科学管理研究，2012，30（5）：48-51.

［188］喻志鹏.知识转移视角下产业技术创新联盟中合作伙伴主体匹配研究［D］.镇江：江苏科技大学，2018.

［189］袁野，汪书悦，陶于祥.人工智能关键共性技术创新生态系统构建及其演化机制［J］.科技管理研究，2021，41（18）：1-9.

［190］曾德明，吴传荣.多目标模糊优选模型在技术创新合作中的应用［C］//第八届全国信息隐藏与多媒体安全学术大会湖南省计算机学会第十一届学术年会论文集，2009：427-430.

［191］张建华，赵英.基于技术创新链的我国科技成果产业化研究［J］.现代商贸工业，2015，36（1）：3-5.

［192］张经纬.技术创新联盟竞优协调机制研究［D］.沈阳：东北大学，2018.

［193］张晶.开放治理对制造业集群技术创新生态系统的驱动效应研究［D］.镇江：江苏大学，2018.

［194］张敬文，江晓珊，徐莉.战略性新兴产业技术创新联盟合作伙伴选择及评价研究——基于技术生态位视角［J］.科技管理研究，2016，36（5）：127-132.

［195］张敬文，江晓珊，周海燕.战略性新兴产业技术创新联盟合作伙伴选择研究——基于PLS-SEM模型的实证分析［J］.宏观经济研究，2016（5）：79-86，159.

［196］张敬文，谢翔.战略性新兴产业技术创新联盟研究述评［J］.江西师范大学学报（哲学社会科学版），2014，47（2）：30-35.

［197］张珂.产学研联盟中的技术创新型企业的发展战略研究［D］.长春：吉林大学，2014.

［198］张鹏.基于5G技术的城市产业创新生态链研究——以广州"应用创新实验室"的建设为例［J］.中阿科技论坛（中英阿文），2020

（2）：77 - 78，85.

[199] 张文强. 我国产业技术创新与产学研结合模式研究 [D]. 武汉：武汉理工大学，2013.

[200] 赵长轶，曾婷，顾新. 产学研联盟推动我国战略性新兴产业技术创新的作用机制研究 [J]. 四川大学学报（哲学社会科学版），2013（3）：47 - 52.

[201] 赵世贤，张华，何娜. 基于技术创新能力评价的企业技术联盟合作伙伴的选择 [J]. 西南科技大学学报（哲学社会科学版），2010，27（1）：35 - 39.

[202] 钟庭宽，蒋日富. 船舶工业军民技术创新链的构成及作用机制探讨 [J]. 国防技术基础，2010（9）：59 - 64.

[203] 周超. 创新驱动发展战略下产业技术创新联盟模式探析——以佛山市为例 [J]. 岭南学刊，2019（5）：41 - 48.

[204] 周大铭. 企业技术创新生态系统运行风险评价研究 [J]. 科技管理研究，2014，34（8）：48 - 51.

[205] 周大铭. 企业技术创新生态系统运行研究 [D]. 哈尔滨：哈尔滨工程大学，2012.

[206] 周海燕. 产业技术创新战略联盟的构建研究 [D]. 长沙：湖南大学，2011.

[207] 周浩. 产学研共同体信息供应链信息传递机制和效率研究 [D]. 长春：吉林大学，2013.

[208] 周贺来，吴彤. 技术创新联盟成员间知识共享行为的演化博弈分析 [J]. 价值工程，2019，38（29）：119 - 121.

[209] 周鹏. 国外技术创新中的情报运行机制研究综述 [J]. 科研管理，2019，40（4）：14 - 23.

[210] 周启运. 技术创新链理论下的科技金融结合路径 [J]. 现代营销（下旬刊），2016（5）：112.

[211] 周青，陈畴镛. 中国区域技术创新生态系统适宜度的实证研究 [J]. 科学学研究，2008，26（S1）：242 - 246，223.

[212] 周永红，杨芝. 企业技术创新生态系统及其制约因素 [J]. 科

技创业月刊, 2014, 27 (7): 9-11.

[213] 朱美芳. 产学研合作背景下供应链协同创新利益分配研究 [D]. 南京: 南京航空航天大学, 2020.

[214] Acs Z. J., Audretsch D. B. Innovation in Large and Small Firms: an Empirical Analysis [J]. American Economic Review, 1988, 78 (4): 678 - 690.

[215] Beltagui A., Rosli A., Candi M. Exaptation in a Digital Innovation Ecosystem: The Disruptive Impacts of 3D Printing [J]. Research Policy, 2020, 49 (1): 103 - 833.

[216] Ben Mahmoud-Youini S., Charue-duboc F. Experimentations in Emerging Innovation Ecosystems: Specificities and Roles. The Case of the Hydrogen Energy Fuel Cell [J]. International Journal of Technology Management, 2017, 75 (1 - 4): 28 - 54.

[217] Bloom P., Dees G. Cultivate Your Ecosystem [J]. Stanford Social Innovation Review, 2008 (11): 45 - 53.

[218] Crespo M., Dridi H. Intensification of University-industry Relationships and Its Impact on Academic Research [J]. Higher Education, 2007, 54 (1): 61 - 84.

[219] Cyert R. M, Goodman P. S. Creating Effective University-industry Alliances: An Organizational Learning Perspective [J]. Organizational Dynamics, 1997, 5 (1): 45 - 57.

[220] Daniel C. E. Industrial Ecology and Competitiveness Implications for the Firm [J]. Journal of Industrial Ecology, 1998, 2 (1): 35 - 43.

[221] Dodgson M. Technology Strategy in Small and Medium-sized Firms in: The Economics of Small Firms [M]. Berlin: Kluwer, 1991.

[222] Donald S. Siegel, David A. Waldman, Leanne E. Atwater, Albert N. Link. Commercial Knowledge Transfers from Universities to Firms: Improving the Effectiveness of University-industry Collaboration [J]. Journal of High Technology Management Research, 2003 (14): 111 - 133.

[223] Eom B. Y., Lee K. Determinants of Industry-academy Linkages

and their Impact on Firm Performance. The Case of Korea as a Latecomer in Knowledge Industrialization [J]. Research Policy, 2010, 39 (5): 625 –639.

[224] Fontana R. , Geuna A. , Matt M. Factors Affecting University-industry R&D Projects: The Importance of Searching, Screening and Signaling [J]. Research Policy, 2006, 35 (2): 309 –323.

[225] Fukudaa K. , Watanabe C. Japanese and US Perspectives on the National Innovation Ecosystem [J]. Technology in Society, 2008, 30 (1): 49 –63.

[226] Granstrand O. , Holgersson M. Innovation Ecosystems: A Conceptual Review and A New Definition [J]. Technovation, 2019.

[227] Iansiti Levin. A Process Model of Internal Corporate Venturing in the Diversified Major Firm [J]. Administrative Science Quarterly, 1983 (28): 223 –224.

[228] Iansiti Marco, Roy Levien. Strategy as Ecology [J]. Harvard Business Reviews, 2004, 82 (3): 68 –78.

[229] Iansiti M. , Levien R. Strategy as Ecology [J]. Harvard Business Review, 2004, 82 (3): 68 –81.

[230] Kasia Oksanen, Antti Huhtamaki. Transforming Regions into Innovation Ecosystems: A Model for Renewing Local Industrial Structures [J]. The Innovation Journal, 2014, 19 (2): 3 –16.

[231] Kayano Fukuda, Chihiro Watanabe. Japanese and US perspectives on the National Innovation Ecosystem. Technology in Society, 2008 (30): 49 –63.

[232] Lichtenstein Gregg A. A Case Study of the Ecology of Enterprise in Two Business Incubators (Enterprise Ecology) [M]. Philadelphia: University of Pennsylvania of Dissertation Abstracts International, 1996.

[233] Lynn Mytelka, Fulvia Farinelli. Local Clusters, Innovation Systems and Sustained Competitiveness [R]. Discussion Papers from United Nations University, Institute for New Technologies, The Netherlands, 2000.

[234] Mercanti B. Components of Innovation Ecosystems: A Cross-Country

技术创新生态链形成与运行机制研究

Study [J]. International Research Journal of Finance & Economics, 2011 (76): 102 –112.

[235] Mirjam Knockaert, Deniz Ucbasaran, Mike Wright, Bart Clarysse. The Relationship between Knowledge Transfer, Top Management Team Composition and Performance: The Case of Science-based Entrepreneurial Firms [J]. Theory and Practice, 2011, 35 (4): 777 –803.

[236] Mohnen P., Hoareau C. What Type of Enterprise Forges Close Links with Universities and Government Labs Evidence from CIS [J]. Managerial and Decision Economics, 2003, 24 (1): 133 –145.

[237] Moore J. F. Predators and Prey: A New Ecology of Competition [J]. Harvard Business Review, 1993, 71 (3): 75 –86.

[238] Mowery D., Sampat B. The Bayh-Dole Act of 1980 and University-industry Technology Transfer: A Model for other OECD Governments [C] // Mansfield E, Link A N. Scherer F M (Eds.). Essays in Honor of Edw in Mansfield. NY: Springer. 2005: 233 –245.

[239] Niki Panteli, Siva Sockalingam. Trust and Conflict within Virtual Inter-organizational Alliances: A Framework for Facilitating Knowledge Sharing [J]. Decision Support Systems, 2005 (39): 599 –617.

[240] Nonaka. A Dynamic Theory of Organizational Knowledge Creation [J]. Organization Science, 1994 (5): 14 –37.

[241] Persaud A. Enhancing Synergistic Innovative Capability in Multinational Corporations: An Empirical Investigation [J]. Journal of Product Innovation Management, 2005, 22 (5): 412 –429.

[242] Rich Bendis. Science and Innovation——based Trends in the U. S. [R]. 36th Annual AAAS Forum on Science and Technology Policy, 2011.

[243] Richard B. Freeman. Value Innovation: the Strategic Logic of High Growth [J]. Harvard Business Review, 1997 (1): 102 –112.

[244] Ron Adner. Match Your Innovation Strategy to Your Innovation Ecosystem [J]. Harvard Business Review, 2006, 84 (4): 98 –107.

[245] Roper S., Du J., Love J. H. Modelling the Innovation Value Chain

［J］. Research Policy, 2008, 37（6）: 961 – 997.

［246］ Russell M. G. , Still K. , Huhtamaki J. , Rubens N. Transforming Innovation Ecosystems through Shared Vision and Network Orchestration ［R］. Triple Helix IX International Conference, 2011.

［247］ Sergio Torres Valdivieso. From Boundaries in the Technological Innovation Chain: The Machine-Tool Industry in the Basque Country ［J］. Management Research: The Journal of the Iberoamerican Academy of Management, 2004, 2（1）: 49 – 64.

［248］ Shaker A. Zahra, Satish Nambisan. Entrepreneurship in Global Innovation Ecosystems ［J］. Academy of Marketing Science Review, 2011（1）: 4 – 17.

［249］ Shuang Peng, Shao Bo Wu, Chun Yan Tu. On the Technological Innovation Chain's Structure, Formation and Operation ［J］. Applied Mechanics and Materials, 2012（1801）: 2024 – 2028.

［250］ Still K. , Huhtamaki J. , Russell M. G. , Rubens N. In Sights For Orchestrating Innovation Ecosystems: The Case of EIT ICT Labs and Data-Driven Network Visualizations ［J］. International Journal of Technology Management, 2014（66）: 243 – 265.

［251］ Thomas Walker, Martin Menurid, Extending the Innovation Ecosystem Framework ［R］. Upper Austria University of Applied Sciences School of Business, 2010.

［252］ Valeria Costantini, Francesco Crespi. Alessandro Palma. Charactering the Policy Mix and Its Impact on Eco-innovation in Energy-efficient Technologies ［R］. SEEDS Working Paper Series, 2015（11）: 38 – 51.

［253］ Volberda H. W. , Fuller C. B. Mastering Strategic Renewal ［J］. Long Range Planning, 2001（34）: 159 – 178.

［254］ W. Nasierowski, F. J. Arcelus. On the Efficiency of National Innovation Systems ［J］. Socio-Economic Planning Sciences, 2003（3）: 215 – 234.

［255］ Zahra S. A. , Nambisan S. Entrepreneurship and Strategic Thinking in Business Ecosystems ［J］. Business Horizons, 2012, 55（3）: 219 – 229.

技术创新生态链形成与运行机制研究

理想想

The
Ideal
City

之城

若花燃燃 著

江苏凤凰文艺出版社
JIANGSU PHOENIX LITERATURE AND
ART PUBLISHING

目录
CONTENTS

第一章

故事开始于一个滴水成冰的冬天。

当时苏筱二十五岁，是众建建筑集团商务合约部的一名成本主管，刚刚通过以难考出名的注册造价师考试，所有人都认为她前途无量。一向器重她的上司也暗示，将来退休之后，她是接替他岗位的不二人选。

灿烂光明的未来就在她的眼前，似乎伸手可撷。她也踌躇满志、意气风发，完全没有想到人生还有一个东西叫意外。意外看起来像是突如其来，其实如同黄河改道、大海回潮，一粒沙一滴水的累加，最终是崩盘式的变化。

追根溯源，还是那个滴水成冰的冬天。

近着年尾的一天，特别特别的冷。云层是铅青色的，阳光是灰白色的，落在人身上毫无温度。办公室里暖气开到了最大，但大家还是觉得冷。一个痴迷于周易星座的同事突然抬起头看着窗外，老神在在地说，感觉有什么事情要发生。

说完没三分钟，楼下便传来一阵喧哗。

苏筱的工位临着窗户，稍稍探头，就看到一群农民工和保安们正在推推搡搡。那个时候，她还不知道这件事与她的未来息息相关，回过头说了一句："行呀你，可以去雍和宫门口摆摊了。"

那群农民工将近七八十人，将大门口堵得水泄不通。他们自称是桃源村安居工程项目组的，已经被拖欠工钱半年，马上就要过年了，没钱买车票没钱吃饭，活不下去了，今天必须要讨个说法。

众建的总经理姓潘，从顶楼的办公室下到一楼，亲自出面安抚："农民工朋友们，不要着急，有什么问题咱们一起解决……"又和颜悦色地邀请他们去会议室里坐着，那里有暖气有茶水，可以坐下来慢慢谈。

但是农民工们已经看到大门口上方"欢迎市领导莅临指导"的红色条幅，坚持在门口站着，以便更好地欢迎市领导。总经理回到顶楼办公室，很恼火，将苏筱的顶头上司老余臭骂一顿："……怎么跟你们交代的，我们是国企，做事情一定要考虑社会影响。怎么还能闹出让人堵门口的事呢？而且还是这种非常时期。"

老余叫冤："潘总，这事情不能怪咱们。他们是分包商天科雇佣的农民工，我们已经跟天科结算清楚了，是天科扣了他们的钱……"

潘总不耐烦地举手阻止他往下说："现在说这些废话有什么用，立刻，马上去解决问题，11点之前一定要处理干净。"

老余大名叫余志军，五十来岁，四方脸，嘴角长了一颗黑痣，不说话时还好，一说话的时候，黑痣跟着嘴皮上下翻飞，像是一颗热锅里翻炒的黑芝麻，特别喜感，让人不由自主地联想到电影电视里的丑角媒婆，所以大家私下里都叫他余婆婆。他在这里干了二十多年，按部就班到这个位置，背后有人，是以总经理换了一茬又一茬，他却岿然不动。平时老总们都挺给他面子的，他已经很久没有被这么劈头盖脸地骂过了，内心又是羞耻又是恼火，回到自己的办公室马上把苏筱叫了进来。

"打电话，把黄礼林那个混蛋给我叫过来。"

"我已经联系过黄总了，他说马上过来。"

"把合同、结算单、招标书都找出来。"

苏筱将手里抱着的资料递上去："都在这里，法务那边我也已经联系过了，他们随时介入。"

老余气稍顺。这就是他器重苏筱的其中一个原因，主动性强，做事有规划，不像有些下属，踢一脚动一下。想了想，他又说："等一下黄礼林来了，你来跟他谈。态度强硬点，该怎么谈就怎么谈，该怎么做就怎么做，得让他明白事情的严重性。不要怕出事，出事我来扛。"

这是让她扮黑脸呀，苏筱秒懂，点了点头。

说是马上过来的黄礼林事实上花了四十分钟才赶到，这时离11点只剩一个小时了。老余脸色阴沉，嘴巴紧抿，媒婆痣已经不像芝麻粒，而像火药引线，一颗火星就会炸了。

黄礼林气喘吁吁地走进会议室，先倒打了一耙："我说小苏，你左一个电话右一个电话，差点将我这条老命催没了。"他今年刚刚五十岁，身量中等，肚子不小，圆嘟嘟的脸上总是挂着三分笑意，打眼一看，还挺憨厚的。

苏筱一向不喜欢他，平时维持着公事公办的礼貌，今儿奉旨怼人，当下冷眉冷眼地回了一句："黄总，天科离我们才八公里，您花了四十分钟，我要不催，估计您得晚上才来。"

"我可是一接到电话就来了。咱们这里的路况，你也知道，八公里就是八道坎。"

"那下面的第九道坎，您准备怎么过呢？"

"不是我不给他们钱，就是最近……"黄礼林长长地叹口气，看一眼老余，"手头紧，晚几天，就几天，指定给他们。"

"人都在楼下，而且明确表态了，拿钱才走人。他们等不了几天，我们也等不了几天。11点市里领导要来视察，让他们看到了，小事就成大事了。黄总，我们必须在这之前解决问题。"

"小苏呀，不是我不想解决问题，我是带着十二分的诚意来解决问题的，但是我确实有实际困难，有心无力呀，希望你们也体谅一下……"

不管苏筱说什么，黄礼林一口咬死了就是没钱。

老余看看腕表，心急如焚，暗暗地冲苏筱使了一个眼色。

苏筱会意，语气严厉地说："黄总，咱们也不废话了，摆在眼前只有两条路。第一条路，马上把钱结了。"

"真没钱，不骗人。"

"那就只有第二条路了。"苏筱打开合同，"按照合同约定，你们已经违约，我就正式移交法务了。"

黄礼林脸色一变，突然拔高声音："这是干吗，吓唬人吗？"

不等苏筱说话，他又抢着说："我合作过的甲方多了，没见过你们这么对乙方的。大家都是合作关系，互惠互利，明白吗？别动不动搞这套吓唬人的把戏。"话是对着苏筱说的，眼角余光却看着老余。

老余目光闪了闪。

苏筱说："黄总，没有人要吓唬你。我就一个普通员工，能吓唬您什么。按照我们公司的工作流程，违约问题归属于法务部。我只是正常移交工作。"

"行行行。你们是甲方，你们厉害，你们想怎么样就怎么样。"黄礼林气呼呼地拿过一瓶矿泉水，用力一拧，结果用力过猛，水洒了一身。他连忙站了起来，抖动衣服。

老余说："苏筱，去办公室拿盒纸巾过来。"

苏筱答应一声，起身快步走出会议室。

等她走远，老余不紧不慢地站了起来，关上门。

听到关门声，黄礼林停止抖动衣服，抬起头看老余。老余从口袋里掏出一块手帕递给他。黄礼林不接，继续抖着衣服，一改刚才的激动口气，不紧不慢地说："你们这个苏筱真是蛮不讲理。"

老余笑了笑说："年轻人嘛火气旺，你别跟她计较。"

黄礼林嘿了一声说："我看不是火气旺，是你把她宠坏了，该好好教育教育了。"

老余说："我会的，你先把钱结了。"

"没钱，真没钱。"黄礼林重新坐下，大剌剌地看着他。

老余先是脸色一变，但很快吸了口气，缓和了情绪，恳求地说："11点市里领导要来视察工作，潘总给我下了死命令。现在只剩20分钟了，你就别为难我了。"

"为难？"黄礼林拔高声音，"我为难你？天地良心呀，老余。钱都给你了，我去哪里变出钱来？"

老余神色大变，看一眼门口方向，低声说："先解决眼前的问题，别的事情咱们晚点说。无论如何，你都得拿出钱来，不解决好下面这帮农民工，追究下来，咱们两个都得完蛋。"

黄礼林不为所动："你以为我是人民银行，机器一开，刷刷刷地就来钱了。老余，我告诉你，我真的没钱，你就是扒了这层皮，我还是没钱。"

老余瞪着他："你可别骗我。"

"我骗你做什么，轻重缓急我分不清楚呀？我是真的真的没钱。"

老余目光锐利地盯着黄礼林，黄礼林丝毫不退让。片刻，老余一跺脚，烦躁地来回走动几步，站定，指着黄礼林，恨恨地说："你这是要害死大家。"

苏筱去办公室拿了一盒纸巾，并不着急回去，她很清楚，老余叫她拿纸巾只是支开她方便说话而已。她扮黑脸吓唬黄礼林，老余再扮白脸哄哄他，一来一去事情就成了。所以她拿了纸巾后，就在会议室外面的走廊里站着。

从走廊的窗户往下看，正好可以看到大门口。天色越发昏暗了，刮起了风，光秃秃的树枝跟抽羊癫疯一样打战。那帮农民工躲在墙后，或站或蹲，缩着身子挤成一团，攒动的脑袋一半戴着黑帽子，一半戴着奇怪的会反光的白帽子，她一开始没明白，过了一会儿才恍然大悟，这哪是帽子，这是白色塑料袋呀。眼睛突然就刺痛了，心也堵了。她不是第一次见农民工堵门，可以说时常见到。第一次见到的时候，她非常震惊非常难受，耿耿于怀了很久，男朋友周峻笑话她，你就是一个普通员工，你想什么呢？

现在她已经习以为常了，已经明白这就是她工作的一部分，已经能够平心静气地处理，眼不会刺痛心不会堵，有时候她能帮他们维护利益，有时候她不能。

但是今天，心里又一次堵上了。

会议室的门突然开了，苏筱转头，看到老余气呼呼地走了出来。这是没谈拢？她有些诧异。黄礼林是个成熟而圆滑的乙方，特别会来事，平时老余长老余短，隔三岔五地请吃饭打高尔夫大保健一条龙。就连苏筱这个小兵蛋子，他也客客气气的，逢年过节，月饼粽子土特产，一回都没落下。拖欠农民工劳务费本来就是他的问题，一个圆滑的商人在他违约的情况下突然强硬起来，很耐人寻味。

老余搓着手来回走动一会儿，似乎打定什么主意，冲苏筱摆摆头。苏筱将纸巾搁在窗台上，跟着他进了电梯。到顶楼的总经理办公室，老余简短明了地汇报情况，在潘总发飙之前，抢先说："……我有个办法。"

潘总收了收怒气，问："说。"

"报警。"

苏筱心里打了个突，看着眉头紧皱的潘总。

老余说："……天寒地冻的，让他们在外面吹坏了也不好。既然他们不肯进来，就请他们去派出所里坐坐，那里暖和。我和小苏陪着他们一起到所里慢慢谈，一直谈到他们满意为止。"

送进派出所当然不是什么好办法，但至少比市领导当面撞见要好。当面撞见是即时爆炸，一点缓冲的余地都没有。

潘总的眉头松动了。

"其实还有一个办法。"苏筱忍不住开了口，"我们跟天科还有1000多万工程款没结，可以先垫付给农民工，等以后结算再扣回来。"

潘总和老余都看着她，虽然没说话，眼神分明含着"你是不是脑子进水"的质疑。不是说她的办法没有可行性——事实上国家规定分包商拖欠农民工工资总包负有连带责任，管才是应该的，但实际操作中不会这么做，这是揽事，是职场大忌。职场规则之一，多一事不如少一事。

苏筱已经工作了四年，不是职场菜鸟，知道领导们的忌讳，但实在没办法眼睁睁地看着农民们被送进派出所。老余口口声声说"谈到他们满意"，不过是自欺欺人而已。等领导视察结束，即使他们再堵门口又能如何？马上就要过年了，让他们堵吧。

潘总看看墙上的钟表，说："行吧，就这么办吧。"又叮咛老余，"处理得干净些，不要闹出舆论问题。"

老余拍着胸脯说："领导请放心。"

苏筱知道自己不应该再插嘴了，但是眼前不停地晃动着白色塑料帽子，让她无法保持沉默："天科不是振华集团的子公司吗？我记得他们的董事长赵显坤前不久接受媒体采访时才说过，绝不拖欠农民工一分一厘。如果有农民工被拖欠劳务费，可以直接找他。"

见她三番两次跳出来揽事，老余生气，瞪她一眼："这种话你也信。"

苏筱硬着头皮继续说："我的大学同学就在振华，她跟我说过，他们董事长不是说着玩的，是来真的。前不久，他开了一个分公司经理，就是因为那人拖欠农民工劳务费。潘总，余经理，要不打电话试试？"

潘总犹豫。

苏筱趁热打铁地说："农民工在咱们大门口站了一个多小时，媒体多半已经收到风声，这个时候报警，很可能会把事情闹大。"

潘总扭头吩咐秘书："给我接赵显坤电话。"

苏筱松了口气，这才发现老余看着自己的眼神陌生且冰冷，心里暗道一声糟糕，他一定以为自己在搏出位。正想着怎么解释一句，外面传来很嘈杂的声音，似有不同寻常的事情发生。

老余快步走到窗前，探头张望一番，嚷嚷起来："潘总，他们好像要走了。"

潘总走到窗前察看。

苏筱也好奇地凑了过去。只见楼下大门口停着一辆卡宴和两辆大巴车，卡宴前面站着一个瘦瘦高高穿着黑色大衣的男人，隔着远，看不清楚相貌，只觉得身姿十分挺拔。他正跟农民工们说话，也不知道说了什么，农民工们争先恐后地上了大巴车。

"这个人是谁呀？"潘总问。

"夏明，黄礼林的外甥。"老余说。

此时，会议室里的黄礼林也听到了动静，走到窗前一看，顿时怒了，重重一拍窗台，骂了一声："小兔崽子。"就往会议室外面冲。别看他是个胖子，动作还是挺灵活的。只是等他冲到大门口，卡宴和大巴车都已经走远了。他又赶紧去停车场，开车往公司里赶。

紧赶慢赶，只用十五分钟就回到天科办公室。还是迟了。办公室里挤满了农民工，手里拿着一沓沓粉色钞票眉开眼笑地数着。看到黄礼林，他们下意识地将钞票往兜里塞，警惕地看着他。

黄礼林瞪一眼正在发钱的财务部经理杜永波，往里走。先推开夏明办公室，没有人；再到茶水间，依然没有人；推开会议室，还是没人。他想了想，走到尽头的资料室，一脚踹开门。

夏明的声音响起："舅舅，你来得正好，帮我看看摆哪里？"

资料室里摆放着天科历年所做项目的沙盘、图纸、效果图等各种资料。夏明此时正坐在桌子边搭积木。搭积木是他的业余爱好，每当烦恼或者想事情的时候就喜欢手里拿块积木，不图造型，随意一搭，直到坍塌。这次的已经搭了三个月，是他进天科之后开始搭的，将近半人高了。

黄礼林憋着一肚子的气，指了指一个位置。夏明却在相反的位置上，轻轻地搭上积木。黄礼林顿时火了："你又不肯听我的，问我干吗？自作主张，谁让你发钱的？又不是到我们天科闹，你急什么。"

夏明笑了笑，把刚刚那块积木拿起来，放在黄礼林刚才所指的位置，顷刻，原本看起来稳如泰山的积木坍塌了。黄礼林气焰稍敛，拉开椅子坐下，说："别跟我整这些云里雾里的，我书读得少，你又不是不知道。"

"搭起来要三个月，推倒只需要一秒。"夏明意味深长地说，"舅舅，刚才你就在触碰这一秒。"

黄礼林文化程度不高，人却是鬼精鬼精的，自然听明白他的言外之意。"你以为我想。当年为了搭上老余这条线，我花了足足一年时间，请客吃饭，香港澳门跑了十来趟。我也不想，可是没办法。说好的数目，他直接给我翻一倍，真当我是提款机呀。我必须得治治他，不治治他的毛病，以后会没完没了……"说着说着，火气又上来了，瞪着他，"……我都已经把他逼到无路可退了。要不是你，今天他肯定得让步，现在好了，两头不靠，钱没省下来，人也得罪了。"

话音刚落，手机响了，他接通后脸色微变，语气诚恳地说："许助理，麻烦你跟董事长说一声，这是一个误会。我已经把钱给工头了，是工头没有发下去。我现在正在督促工头解决问题，放心，今天一定把钱发下去……"解释半天，对方才挂电话。黄礼林将手机重重拍在桌子，恨恨地说："老余这个混蛋，居然还跟赵显坤告状了，真不要脸。"见夏明并无意外之色，愣了愣，"你已经猜到了？"

夏明颔首。

黄礼林顿时泄了气，一身精神抖擞的肥肉都趴下了，只趴了十几秒，又重新抖擞起来了，说："也好，赵显坤一直以为天科多赚钱，正好让他看看我有多苦。"

夏明说："舅舅，如果你想要的就是跟老余、董事长他们做这种无谓的意气之争，那你根本没必要叫我来天科。老余不就是想要多点钱嘛，给他就是了。董事长要怎么想你，随便他想。我们的眼光应该放得更长远一点。"

"怎么个长远？"

　　夏明说："建筑业的黄金时代已经过去了，地产的黄金时代刚刚开始，我们不能再错过了。"

　　"你以为我不想做房地产，我做梦都想。那来钱多快呀。但是集团有地产公司，不许咱们转型。"

　　夏明皱眉问："舅舅，难道你还想给赵显坤打一辈子工呀？"

　　黄礼林跳了起来，三步并作两步走到门口，将门反锁，压低声音说："你小心点，公司我清理过，但肯定还有赵显坤的人。"走回桌边坐下，想了想说，"我当然也不想，问题是我这么多年的心血都花在天科上面了。天科是振华的全资子公司，我想独立也不可能带着它独立呀。不带着天科独立，我这十几年心血全浪费了不说，一切还要从头开始，这太难了。"他叹口气，又说："现在想想，当年我真是蠢，赵显坤说给我一个公司管，不用我出钱承担风险，我还觉得他是为我考虑。真是太蠢了。"

　　"这不是什么问题。"

　　黄礼林没明白："什么不是问题？"

　　夏明说："你说的都不是问题。赵显坤也只是一个人，是人就有弱点，有弱点就可以战胜。但是接下来，你都得听我的，不要像今天这样瞒着我，要不是杜经理告诉我，今天这事情一定会闹大，收不了场。"

　　黄礼林内心将信将疑，嘴上却说："以后不会了。"

　　夏明说："老余这个关系现在还不能丢。"

　　"明白，我这两天确实是气蒙了，有点上头，等会儿我打电话给他道个歉，然后把钱给他，他这个人只认钱，拿到钱他就高兴了。"黄礼林拿起手机往外走，走到门口，停下来，转身看着夏明，"舅舅这脑筋你也知道，喝酒拉关系还可以，布局谋划什么的可就不行了，这以后就看你的了。"

　　夏明微微一笑，自信满满地说："放心好了，舅舅，我来天科可不是陪着你给赵显坤打工的。这几个月我把天科的情况摸清楚了，已经想好接下去怎么做了。天科独立只是起点，未来我们会做得比振华集团还大。"

　　夏明带走农民工没有多久，负责联络的工作人员进来汇报，说是市领导的车队已经过了长安街，再过两个红绿灯就到了。潘总赶紧率领副总、部门经理等十来个人在大门口候着。天公作美，开始飘雪，落了他们一身。他们挺着啤酒肚站得比树还直，一动不动，唯恐抖落了身上的雪花，显不出内心的十二万分诚意。

　　苏筱级别太低，没有"接驾"资格，就回到自己的工位，站在窗前等着。她等的不是市领导，而是她的男朋友周峻。周峻和她是不同部门的同事。半年前，市建局人手不足，想要借调两个人去帮忙。想去的人不少，都觉得这是个难得的机会，哪怕将来不能留在局里，在领导们面前露过脸，也只有好处没有坏处。周峻是经过一番明争暗斗后胜出的。今天他陪着领导们一起回单位视察，开着小轿车在前面开路，一个工具人的角色，却也是他跟另一个借调者竞争得来的。

　　两个红绿灯也就是五六分钟的时间，苏筱并没有等多久，就看到车队驶入大门。开路的小轿车停稳，驾驶座下来的年轻男人就是周峻。他快步走到紧随其后的商务车前，刚伸出手准备开门，潘总三步并作两步抢在他前面恭恭敬敬地拉开车门，其他人跟着一拥而上，将他挤出了人群。

市领导扶着潘总的手下来。大家满脸堆笑地围着他，寒暄、握手，一套流程走完，这才往楼里走。周峻落在最后，抬头看着窗前的苏筱，嘴角翘了翘，算是打个招呼。他还不能脱身，得全程跟着，鞍前马后地伺候着，倒茶水递稿子，没有人注意他，但他必须精神抖擞一丝不苟，只要有丝毫懈怠之心，以后就没有机会了。

直到市领导和潘总关起门来说悄悄话，他才得空给苏筱发了一个消息，约她在老地方见面。老地方是商务合约部所在楼层的消防楼道，苏筱来得很快，看到周峻倚着栏杆拿着一支烟嗅着。

"没带打火机吗？办公室里有，我去拿。"

周峻摇摇头说："带了。"顿了顿，补充了一句，"领导不抽烟。"

这是怕身上沾了味儿惹领导反感，苏筱恍然大悟地笑了笑："做领导真幸福啊。"

周峻也笑，揽住她肩膀说："今天我回不去了，晚上还得加班赶稿子。"年底事多，他天天加班赶报告到半夜，便搬到宿舍暂住。两人恋爱多年，早过了腻腻歪歪黏黏糊糊的时期，苏筱摸摸他的脸颊说："你好像瘦了，注意休息，要是忙不过来，我可以帮你写。我这边的工作基本收尾了，现在有时间了。"

"忙得过来，你不用担心。"周峻好奇地问，"不是说有农民工堵门吗？人呢？"

"让人带走了……"苏筱简单地说了一下事情经过。

周峻看着她直摇头："你呀你。"

苏筱心虚地干笑两声，说："知道知道。下次一定不会再管了。"

"多少个下次了。"周峻瞪她一眼，"这下老余肯定对你有看法了，你记得跟他解释清楚。"

苏筱听话地点头："知道的。"

但是年底有太多的杂事，老余在办公室的时间很少，一直到过年放假，苏筱也没有找到解释的机会。老余对她的态度也没有什么变化，她心想，或许人家根本没放在心上，也就渐渐地放下了。

很快到了春节长假，苏筱跟周峻一起回了老家，南方中部某省份下辖的一个山明水秀的三线城市。两人不仅是老乡，还是高中校友，周峻比她高两届。因为都是尖子生，时常在老师嘴里听到各自的名字，时间稍久，便留心上了，只是高中的时候全力以赴奔着学习，并没有确定关系。后来苏筱跟着周峻考进北方某985学校的同一个专业，顺理成章地走到一起。周峻大学毕业后，又读了一个本校的经济管理研究生，苏筱没有读研，因为造价专业没有研究生，她一心一意想考造价师，便出来工作了。

周峻的父母特别喜欢苏筱，觉得姑娘白净秀气又聪明伶俐，家境虽然一般，但父母都是双职工，没有养老的麻烦。所以两人一毕业就催着他们结婚。苏筱的父母却不太积极，倒不是不喜欢周峻，男孩一表人才，做事稳重家世清白，没什么可挑剔的。只是两人结婚就要在北京买房，前些年苏筱的爷爷生病花了很多钱，家里欠着外债，想缓一段时间凑些钱出来再说。苏筱知道父母的顾虑，周父周母提起时，便把原因揽到自己身上，说是想工作出点成绩再结婚。

转眼四年，她升了职，又通过造价师考试，成绩不说斐然也可算优秀。大年初五，周父周母请了苏筱一家三口吃饭，客客气气地又提起了婚事。说话的是周父，他在开发区当主任，官虽不大，但平时迎来送往见的人多，说话很有一套，先是将苏筱一顿猛夸，然后说："……我们想筱筱做儿媳妇都想了四年了，都想成一块心病了，今天你们要是再不点头，我们就不让你们出这个门。"

大家都笑了。

笑罢，苏父和苏母满了酒敬周父周母，郑重地说："我家筱筱就拜托你们了。"

周父周母也满了酒，郑重地说："放心，我们当她是自己的女儿。"

接下去说起婚礼的细节，婚期定在五一，北京和老家各摆一场酒……最后才说到最重要的房子。周父大手一挥，很有气势地说："我家娶媳妇，自然是我家准备房子。亲家你们不用担心，这事包在我身上。"又对苏筱和周峻说，"你们回北京就赶紧看房子，直接看三房，一步到位，省得将来有了孩子还得搬来搬去。"

苏筱有些诧异地看着周峻，原本以为他家比自己家略好一些，没想到好这么多。周峻冲她笑了笑，在桌底握紧她的手，虽无言语却是让她放宽心的意思。苏筱回了他一个笑容，放下心，静静地听双方父母讨论将来要生一男一女凑成个好字，然后又聊到小孩子取名叫周爱苏会不会太肉麻了……都是一些遥远的事情，他们聊得兴致勃勃，她听得津津有味，因为那都是她期待的。

第二天，苏筱和周峻返回了北京，一边工作一边看房子。

周峻很忙，都是苏筱在跑。她拉着好朋友兼大学同学吴红玫一起将周边的楼盘都看了个遍，还做了一个楼盘的优劣势分析表，周峻也会忙里偷闲抽出时间来跟她讨论地段、户型、配套……这样持续到三月份，有一天晚上，他突然态度淡了，消息回得慢，说是工作太多了。当时正好是两会期间，政府部门都忙到飞起，苏筱以为他真的忙，无心他顾。

两会结束后没多久，她看到一套喜欢的房型，兴奋地发了资料给周峻，左等右等，只等来一句："我觉得一般，再看看吧。"她终于意识到不对劲了，想来想去可能跟工作有关，问："你最近怎么了，是不是累着了？"

周峻回了一句："是有些累。"

"其实不用这么拼，实在不行，回原单位就是了。"

"那不行，既然出来了，就没有回去的道理。"

苏筱又婉转劝了几句，周峻有些不耐烦了，态度强硬地说："我心里有数，你不用担心，照顾好自己就行了。"苏筱吃惊，不说话了。他大概意识到不妥，缓和语气说："筱筱，我要给你最好的生活。"

"现在就很好了。"

"现在算什么好。"周峻的语气带着一丝愤懑。顿了顿，又说，"别人有的，你也应该有。"

虽然觉得他态度奇怪，但能感觉到他心心念念地想着自己，苏筱只当他压力太大了，没有再过多纠结。过了两天，她上班的时候，父亲打来电话，先拉家常般地问了问她和周峻的近况，突然语气郑重地说："筱筱，我跟你说个事，你先得答应我要冷静处理。"

苏筱觉得好笑："老爸，我的性格你还不知道呀。"

父亲说："那个……周峻他爸爸被免职了。"

苏筱吃惊："什么？"

父亲详细地说了一下事情的经过。有一天，他在超市里碰到周母，正想打招呼，对方却装作没看见躲开了。他觉得奇怪，就打听了一下，才知道周父收了贿赂，让上司发现了，上司念他初犯，让他把钱退了，免了他的职务。周父抹不开面子，直接以身体原因办理了内退。父亲愧疚地说："……他当了这么久的开发区主任，一直名声不错，临到退休了，突然收钱，大家都不理解。我寻思着他是想给你和周峻在北京买房才铤而走险，筱筱，你可不能因为这件事看轻他们。"

苏筱也觉得愧疚："我怎么会看轻他们呢？我不会的，爸你放心吧。原本我就和周峻说过，在北京买房靠我们自己的能力，有多大能力就买多大房。怪我，没早点跟他们说清楚。"

父亲松了口气："你能这么想就好。你们俩还年轻，两个人一起奋斗，买房也不是难事。既然周峻没跟你说，你也就装不知道好了。婚还是要结的，咱们不能负了人家。"

苏筱郑重地说："我懂的。"

她装不知道，又怕周峻知道她装不知道，于是照样看房，照样做楼盘优劣分析表。只是在周峻说话之前，先将地段户型批得一钱不值。又在周峻从宿舍回来那天，按着腰愁眉苦脸地说太累不想看房了，看来看去也没有合适的，其实结婚以后再买也一样。周峻当时没有太多表情地说了一声"那就以后再买"。晚上苏筱睡熟了，突然感觉有些喘不上气，模模糊糊地醒来，发现他紧紧地抱着自己，抱了很久才松开。

一晃眼就到四月，桃源村安居工程封顶了。这是民生工程，市里很重视，要到现场视察。接待是工地现场的事情，苏筱坐办公室的，和她无关。周峻自然又要充当工具人陪同前往。

视察定在上午，天气很好，阳光灿烂，一栋栋崭新的楼房整齐又清爽。市领导在潘总的陪同下，走走停停，指指点点，说说笑笑。后面跟着一串人，老余、黄礼林、其他分包商、项目经理们、监理公司总监、随行官员等。另有十来个拿着长枪短炮的记者，时不时地咔嚓一下。

黄礼林拉着老余落到最后，低声问："你们那个市政工程什么时候招标？"

余经理说："那个你就别想了。"

黄礼林问："怎么了？"

老余没好气地说："搞出这么多事你还想呀。"

黄礼林急眼了："老余呀老余，你说说，这么多年我对你是不是掏心掏肺的？就那一回，我是真没钱，后来那钱是跟集团调的。倒是你，就为这么一点小事，还跟我们董事长告状了。"

老余说："不是我，是苏筱跟潘总建议的，当时我也挺生气的。"

黄礼林愣了愣："她呀。"

老余说："那个市政工程真不行，你们的资质够不着。"

黄礼林一听有戏，轻轻撞他胳膊："不是有你嘛，条件都好说。"

这时，前头的领导们已经走到一堵写着"保质保量铸辉煌"的墙壁前，记者们嚷嚷着："领导，在这里拍个照吧。"

市领导看了一眼墙壁说："保质保量铸辉煌，行呀，就这儿吧。"走到墙壁前站定，记者们围着他一阵猛拍，闪光灯大作。

黄礼林蠢蠢欲动，就要往前挤："我去找他合个影，挂在办公室里。"

老余拽住他："现在合适吗？晚点吧，座谈会以后。"

话音刚落，听到一声巨响传来。两人大吃一惊，抬头一看，尘土飞扬，几个人扶着市领导向前跑着。刚才的墙壁已经不见了，地上乱七八糟全是砖头、水泥渣子，一片狼藉。

混乱之中，有人大喊了一声："不好，领导流血了。"

紧跟着又有人大喊："赶紧送医院。"

市领导气愤地喊了一句："这就是你们说的保质保量！"然后就被大伙儿抬走了。

黄礼林先是蒙了，等回过神，顿时万念俱灰。老余脸色发白地抓起水泥砂浆，摩挲片刻，明白是沙子掺多了，心里又是恼火又是害怕，指着黄礼林半天没说出一个字。他跺跺脚，追着领导去了。记者们没有走，比刚才还起劲，对着水泥砂浆、砖头和一摊鲜血一阵咔嚓咔嚓，然后各自散开，拉着工地上的人开始采访。

黄礼林回过神，先给项目经理下了封口令，又安排保安去拉警戒守着现场，不让闲杂人等靠近。然后给夏明打了一个电话："工地出事了，你赶紧过来一趟。"挂断电话，正琢磨着要不要跟集团报告一声，手机响了，是董事长助理许峰打来的。他在心里暗叫一声"完了"，硬着头皮接通了电话。

许峰的声音永远是一板一眼的："董事长让我问你怎么回事。"

黄礼林不敢隐瞒，将事情的经过说了一遍。想着一顿骂是少不了，没想到许峰听完，一句话没说，直接将电话挂断了。他越发不安，脑袋里乱哄哄的，想了很多应对之法又一一否决了。怎么看，都是一个死局。

夏明大概半个小时后赶到工地，往现场一站，便明白来龙去脉。他生气地看着黄礼林："你到底还有多少事情瞒着我？"

黄礼林说："没有。这次是意外。我干了这么多年的工程，做事还是有数的。这堵墙就是一个临时建筑，搁两年就拆了，所以就……毛糙了一点。"

夏明反问："这是毛糙吗？"

黄礼林干笑两声："这一回长教训了，以后绝不再犯。你主意多，快帮我想想办法，董事长已经知道了，刚才让许峰打电话来问了。"

夏明不说话，只是看着他。

黄礼林明白他的意思，说："真没有，凡是永久性的真没有偷工减料，我做了这么多年，还不知道点好歹呀。"

夏明默了默，说："这件事太大了，咱们扛不下来的，必须得找人一起扛。"

黄礼林说："找谁呀？"

"汪明宇。"

汪明宇是振华集团分管施工的副总经理，也是集团第一副总。他是山东人，身材高大壮实，在加入振华之前，他是某建筑学院的老师，爱读书勤思考。过多的思考催人老，他明明比黄礼林小好几岁，但看起来年纪却差不多，宽大的额头上一道道抬头纹层次分明如同梯田。

他的办公室在振华大厦二十九层，很大，从窗口可以看到内环的风景。办公室装潢很豪华，整面墙做成巨大的书柜，摆放着《二十四史》《资治通鉴》《三国演义》《曾国藩家书》等高大上的书籍，在这些书籍的正中间搁着一个裂痕纵横的安全帽，上面写着"赵显坤"的名字。

现在，他就坐在赵显坤名字正前方的真皮大班椅上，双手按着扶手，不怒而威地看着黄礼林说："老黄啊老黄，让我怎么说你？你可真是凭一己之力，把整个集团都坑了。"

黄礼林讪讪地说：“汪总，你这也太夸张了吧。”

"夸张？你把领导砸了，这是夸张吗？董事长原本要去美国谈合作，都上了飞机马上要起飞，就因为你搞出的破事取消了，现在正赶往医院，能不能见到领导还是个未知数，你说这夸张吗？"

黄礼林心虚，嘴巴却依然很硬：“看你说的，好像我存心要砸领导似的。安居工程，长脸的机会，我又不傻。这次是意外事故，我也头疼。”

汪明宇一字一顿地说：“没有什么事故是意外的。”

黄礼林赌咒发誓：“真是意外。”

汪明宇摇摇头，露出夏虫不可语冰的神色：“得了，咱们认识二十年了，你那点小动作能瞒得过我吗？你想清楚，这件事你是扛不下来的，你要不交代清楚，集团怎么帮你？”顿了顿，见黄礼林眼神闪动，又劝了一句，“说吧，事故原因，责任人。”

夏明按住黄礼林，说：“汪总，这次事故责任人不是别人，是您。”

汪明宇嗤笑一声：“什么意思，想拉我下水呀？”

夏明摇摇头说：“用不着拉，您就在水里。事故原因有两方面，一是水泥质量不过关，二是施工时掺多了沙子。您作为集团副总经理，分管施工和物资，天科是您管的，水泥厂也是您管的，无论哪一家出事都是您管理不善。您在二把手位置上十几年了，集团里、董事会多少只眼睛盯着。这么一个难得的机会，汪总觉得别人会放过吗？”

汪明宇眼神微动，打量着夏明：“早就听老黄说你是个高才生，看来还真是呀，很会蛊惑人心。不过年轻人，我在这位置上十几年，一点风吹草动，就想撼动我，搞笑了吧。”

"那就当我是搞笑吧。"夏明将媒体名单推过去，"这是今天的随行媒体名单。最快的晚报下午四点钟印刷，一旦见报就没有小事了。汪总，留给您的时间不多了。"

汪明宇看看名单，又看看夏明，眼神捉摸不定。座机突然响了，他接起来。电话是董事长秘书打来的，说是董事长马上回集团，请他去会议室开个紧急会议。挂断电话，汪明宇思索片刻，看着黄礼林和夏明，缓和口气说：“说吧，是什么样的意外？”

黄礼林心里一喜，说：“那堵墙是个临时建筑，以后要拆的。”

"董事长从医院里回来了，要开紧急会议，你们俩先不要走，在办公室等我。"汪明宇站起来，拿了媒体名单，走出办公室。

等他出门，黄礼林松了口气，赞许地拍拍夏明的胳膊。

夏明看着书柜上写着赵显坤名字的安全帽问："这帽子是怎么回事？"

"以前，那个时候我们刚开始做项目，工地没有规范安全施工，乱七八糟的，有一回，一块钢筋掉下来了，差点砸在汪明宇身上，董事长把他推开了，自己挨了一下。"黄礼林拍拍脑袋，"就这位置，缝了好几针。后来，汪明宇就把这顶帽子供起来了。他是知识分子，文化程度高，拍马屁也比其他人高明。"

汪明宇到会议室时，总经济师徐知平、总工程师胡昌海、总会计师高进、人力资源主管玛丽亚都已经在了，正脸色凝重地细声讨论着。他心里想着夏明那番话，没有加入他们的讨论，坐了一会儿，听到开门声，以为是赵显坤来了，下意识地站了起来。

没想到进来的是分管地产公司的集团副总经理林小民，他嘻嘻笑着说："汪总不用客气，请坐请坐。"

汪明宇白他一眼，坐下，问："你怎么回来了？不是要出差吗？"

林小民在他对面坐下，跷起二郎腿说："董事长都从国际航班上下来了，我这个副总能不赶回来吗？"看一眼其他人，"一个个黑着脸，默哀吗？"

汪明宇皱眉说："你这张嘴巴，一天到晚没有吉祥话。"

"不要上纲上线，我只是让大家放轻松点，别死气沉沉。咱们集团也不是没有经过大风大浪。"林小民不以为然地说，拍了拍裤子上的灰。他三十七岁，除了走后门的玛丽亚，振华集团领导班子里就数他最年轻，年纪轻轻身居高位，虽不是刻意嚣张，但那股劲总时不时地露了出来。

开门声再次响起，汪明宇下意识地站了起来，但看到林小民还坐着，他一下子僵住了，屁股半抬着。林小民理理西服，潇潇洒洒地站了起来。其他人也站了起来。汪明宇反而变成最后一个站起来的人。

这次进来的是振华集团的董事长赵显坤和董事长助理许峰。

赵显坤四十多岁，典型的中原人长相，细看五官都不突出，但是组合在一起就觉得周正，颧骨不显，眉眼线条柔和，好在长了一个方方正正的下颌，给他增添了几分硬朗，使他整个人看起来平易近人而又不失威严。

他摆摆手，示意大家坐下："都坐吧，说说你们的想法。"

汪明宇关切地问："领导伤得严重吗？"

赵显坤说："脚砸伤了，缝了几针，没伤到骨头。"

汪明宇松了口气。

林小民看着他说："汪总你这口气松得太早了吧。砸到领导的一根头发都是大事，现在还伤了脚缝了针，那就是大事中的大事了。"

汪明宇不搭理他，看着赵显坤说："我问过黄礼林了，他说那堵墙是个临时建筑物……"

林小民打断他说："这话你也相信。"

汪明宇说："我相信。我认识他十几年了，他虽然爱偷奸耍滑，但是大事上没有含糊过。"

林小民说："行，就算真像他说的，这堵墙是临时建筑，但是这堵墙倒了，它就是一个事故。而且它倒在领导面前了。你跟领导说这是一堵临时建筑，他信吗？他不会信，还会认为整个安居工程所有的墙都是这样的。所以，现在倒下的不是墙，而是整个安居工程的质量。"

"小民，咱们说的是两回事。你说的是事情的严重性，我说的是事实真相，这堵墙是个临时建筑，这就是事实。"汪明宇举手阻止林小民说话，"大事小事，咱们先放放，先把这件事处理好。处理得好，大事也会化成小事，是不是？"

赵显坤颔首："明宇说得对，现在确实不是追究责任的时候，先解决眼前的问题吧。"

"那我先来说说吧。首先，跟甲方成立联合调查小组，在政府部门过问之前，先进行自查自纠，把咱们的态度亮出来。其次，控制舆情，最大化地减少负面影响。"汪明宇说。

赵显坤赞许地点点头。

汪明宇扫一眼会议室："大家要是没意见的话，我就先这么处理了。"

林小民想了想说："媒体这块交给我来处理吧。我们地产公司每年在媒体有大量的广告投放，容易说上话。"

汪明宇正想说不用麻烦了，赵显坤说话了："也行，你们俩分个工，动作可以更快。媒体交给小民，明宇你呢尽快把联合调查小组落实下来，处理好后续事情。同时组织所有项目组自查自纠，进行安全教育。"

汪明宇点点头，将媒体名单递给林小民说："辛苦小民了。"

作为一个老江湖，汪明宇收到安居工程出事的消息后就猜到这件事自己躲不开干系，他原想着让黄礼林揽下全部责任，然后自己处理好后续事情将大事化小，将来董事会问责，也就是一个"治下不严"，动不了他分毫。

但是一个个都不肯让他如意，先是夏明扯到水泥质量，接着林小民又抢走公关媒体的活，将来即使大事化小，他也没有办法说是凭一己之力了。汪明宇心里怄火，面上却还是平静的，回到办公室对黄礼林和夏明说："我已经和潘总约好了开会，你们先过去，我随后就到。"

夏明试探着问："我从前在其他公司工作时，跟媒体打交道比较多，有一些资源，要不要我来跟他们对接？"

汪明宇摆摆手说："不用了，媒体我已经交给林副总了，地产公司每年都投放大量广告，让他来处理比较合适。"

夏明顿时明白，汪明宇在林小民那里吃了暗亏，便不再多说。等和黄礼林到地下停车场坐上车，他问起林小民其人。他进天科不到半年，人都还没有认全，和林小民只在走廊里打过照面。

"林小民这个人野心大着呢，能力也很强。"黄礼林说，"地产公司是他一手干起来的，这两年发展得越来越好，营收快赶上汪明宇管的总承包公司了。董事长很看重他，他心思就大了，不甘心屈居汪明宇之下当第二副总，明里暗里地对着干。董事长心里清楚，也只是睁一只眼闭一只眼。"

夏明说："这对咱们来说是好事，汪明宇要是不想被林小民咬，只能下功夫大事化小，小事化了。"

赶到众建建筑集团大厦时已经下午了。

夏明走进会议室时，看到一个年轻姑娘正埋头整理合同、标书、结算单等资料，应该是众建商务合约部的员工。听到动静，那姑娘抬头看了他们一眼，又低下头继续工作。夏明不属于那种会主动来事的人，加上心里有事，拉开椅子坐下后便从公文包里拿出标书看。黄礼林拿下桃源村安居工程的时候他还没有进天科，标书不是他经手的，之前没有认真看过，只能现学现用了。

黄礼林坐下，客客气气地喊了一声小苏，又说辛苦了。

苏筱抬头看他一眼，没说话，继续低头翻着标书，在可能用得上的地方贴便利贴。

黄礼林的性格正好和夏明相反，属于跟谁都能唠几句，跟谁都能自来熟，越是心里有事越喜欢唠叨的人。他看苏筱把标书翻得哗哗作响，叫人莫名心慌，说："小苏，不用这么认真，这次是意外，那堵墙是临时建筑物。"

苏筱淡淡地说："这可不是意外，这是必然。"

黄礼林怔了怔："怎么说？"

"拖欠农民工薪水，偷工减料，这不是黄总您一贯的做事逻辑吗？"

黄礼林皱眉说："小苏，我怎么觉得，你对我意见很大呀。"

苏筱正色说："我跟您就是工作关系，能有什么意见？我只是……"语气突然沉了下去，带着一丝无奈，"只是想对造价表负责。我上大学的第一堂课，老师就告诉我们，造价师的职责是保证造价表的干净。造价表的干净就是工程的干净。"

夏明抬起眼皮，非常认真地看了苏筱一眼。这个年轻姑娘穿着白色衬衣，头发简单地扎成马尾，白净的脸上一双眼睛黑白分明，整个人看起来特别明亮，就像清晨落在树梢的第一道阳光。

黄礼林被震住了，不再说话，会议室里的气氛有点尴尬。老余推门进来，感觉到气氛诡异，扫了三人一眼："这是怎么了？"

黄礼林干笑两声说："你们苏筱在给我上造价课呢。"

虽不明白究竟，但老余了解苏筱，猜了个七七八八，看着苏筱问："整理好没？"

"好了。"苏筱将贴了便利贴的合同、标书、结算单等一股脑儿推到老余面前。

老余点头说："你先出去吧，别着急下班，等我通知。"

苏筱点头，走了出去，并带上门。

关门声传来，老余立刻变了脸色，瞪着黄礼林说："真是被你害死了。"

黄礼林叹口气说："老余，你觉得我想吗？"

老余又瞪他一眼，拉开椅子坐下，没有再说什么，毕竟现在说再多也无济于事。一会儿，潘总和汪明宇一起进来了，后面跟着众建集团和监理公司的几个高管，大概七八号人物，一一落座，会议室里顿时拥挤起来了。

潘总先发话，意思是大家都在一条船上，现在必须齐心协力共渡难关。紧接着汪明宇表态，说了一些类似于我们振华集团将全力以赴消除不良影响之类的话，然后监理公司也跟着做了配合工作的表态。但是具体到责任划分时，谁也不让谁了，开始只是互相指责，到后来拍桌子，指着鼻子对骂，眼看着就要打起来了，又奇迹般峰回路转，好声好气地商谈起来……快下班的时候，终于明确各自的责任，达成阶段性目标，大家松了口气。潘总提议休息一会儿，顺便吃点东西。大家都表示赞同，吵了一个下午，吵累了，也吵饿了。

老余打电话给苏筱让她去食堂里打十几份饭菜过来，其他人喝茶的喝茶，抽烟的抽烟，刚才吵得面红耳赤的人开始和风细雨地聊起天。夏明整个下午没有说几句话，也轮不到他说话，但是被迫接受其他人的噪音轰炸，以及观看了各人在利益面前的嘴脸，让他有些疲惫以及厌恶。他躲到空无一人的走廊，倚着墙，点了一支烟。

苏筱拎着两大袋饭菜从电梯里出来，一眼就看到他。他正吐出一个烟圈，烟圈慢慢散开。他五官深邃，眉目冷峻，原本就自带疏离感，灰白色的烟雾又给他增添了一丝萧瑟，以及一丝寂寥。他看起来并不属于这里。这是苏筱的感觉。他身上有那种很浓烈的商务精英气息，应该在律师楼里、CBD的投行办公室里、跨国企业的董事会上，就是不应该在满是沙与尘的建筑圈。建筑圈里最多的就是糙爷们，就像会议室里的其他人，长着一张风吹日晒的黑红脸膛，说话粗粗鲁鲁，举止大大咧咧，即使穿着最好的西服，口袋里也兜着几颗沙砾。

他应该有个很不错的家境。苏筱这么想着，目不斜视地经过夏明身侧，耳边突然响起一个低沉的声音："我大学的第一堂课，老师也跟我们说了这么一句话——造价师的职责就是保证造价表的干净。"

苏筱停下脚步，诧异地看着他。他的眼睛没有看她，就像是在自言自语，但这句话分明就是对她之前在会议室里那番话的回应。

"我读研究生的时候，老师告诉我，这句话其实还有下半句。"夏明转眸看着她，一字一顿地说，"每一张造价表都是一张关系表。"

苏筱迎着他的目光，脑海里电石火花般闪过许多念头。一开始是迷惑他究竟想说什么，片刻后恍然大悟。她已经不是职场萌新，但也还没有成为老江湖，是以看到了很多却还没有提炼出来，今天让他一句话道破了。阴阳合同、假围标、各种回扣等，纵横交织如同蛛网……原来这些在他们眼里统称为关系。他为什么要专门告诉她？是为了提点她吗？这太可笑了。果然和他的舅舅一个德性。苏筱回想起农民工堵门的情景，心里涌起一股愤懑，这股愤懑让她的眼神一下子尖锐了。她一字一顿地说："对我来说，造价表就是造价表。"

夏明笑了笑，将烟掐灭，扔进垃圾筒，推开会议室的门走了进去。

第三章

　　吃过饭后大家接着谈，又谈了将近一个小时，终于拟定了一个方案。潘总回到自己的办公室，给领导秘书打了一个电话，说是汇报一下初步调查结果，其实就是想探一探口风。处理这类事情，他不是第一回了，已经驾轻就熟。

　　他说："……我们高度重视，下午就组织三方进行自查自纠，没有发现其他墙壁存在同类问题。今天倒塌的墙是个临时建筑，当时着急赶工，做活的农民工是几个新手，掺多了沙子。但这件事性质恶劣，天科的项目经理负有主要管理责任，监理公司负有连带责任……"

　　秘书打断了他："领导刚才看完天科的资料后，说了一句话。"

　　"什么话？"

　　"他说天科这样资质的公司，是如何拿到分包的？"

　　这是要深挖的意思吗？潘总心里突了一下，说："天科是振华集团的子公司，是用它们集团的资质拿下分包的。"

"潘总，领导知道天科是振华集团的子公司，振华的董事长赵显坤下海之前是他的下属，今天上午已经来过了。他问的可不是这个。"说罢，秘书啪地挂断了电话。

事情棘手，潘总想了想，把老余叫了过来，将秘书的话复述了一遍。老余的脸顿时白了。潘总说："你得有个心理准备，领导既然这么说了，就得给他一个交代。"

老余胡乱点点头，说："我去打个电话。"

潘总点了点头，看着老余走了出去。他知道老余要给谁打电话，但他不会过问，人际关系之所以复杂，就是因为存在太多不可言说的东西，一深究，藤扯出蔓，蔓又牵着瓜。

等老余打完电话，两人一起回到会议室，接着开会讨论，把处罚的结果调整了一下，变得更加严厉了一些，比如直接开除了天科的项目经理。黄礼林很是舍不得，那个项目经理跟着他十几年了，一直忠心耿耿。

当一切结束，夜已经深了。

老余忧心忡忡地回到办公室，发现苏筱还在。"你怎么还在这儿，不是叫你先下班吗？"

苏筱说："我正好把天科的结算书审完，说不定用得上。"

老余摆摆手说："不用不用，回去吧。"

苏筱看他满脸忧色，关切地问："经理，这件事很棘手吗？"

"能不棘手吗？黄礼林真是一个混蛋。刚才还反咬我一口，说我们的招标文件里没有规定那堵墙的水泥型号。"

"没有标的不就是约定成俗用400嘛。"

老余没有心情同她探讨，不耐烦地再次摆摆手："回去吧，明天再说。"说罢，他走进自己的办公室，一屁股坐在椅子上，想着潘总那番话，心里七上八下。口袋里的手机响了，他没精打采地掏出来，看到来电显示"李大小姐"，精神一振，不由自主地站了起来。

"大小姐，这么晚还没有睡呀？"

"你刚才打我电话的时候，我正在开会，不方便接。"

"哦，还以为您跟老爷子在一起呢。我想跟老爷子汇报一件事。"

"是安居工程的事吧？"

"是。"

"明天我会跟爷爷说的。"

老余精神大振："麻烦大小姐了。"

"我也有件事……"

"您说您说。"

苏筱收拾好挎包，回头，担忧地看着老余办公室的方向。门开着，他在接电话，站得笔直，就跟站军姿一样。她看他的时候，他也突然抬头看过来，目光有些奇怪。她怕他以为自己在偷窥，赶紧走了。

苏筱租的房子离公司不远，两站地铁，转眼就到。房子不大，统共一室一厅，地段不错，绿化不错，配套齐全，价格自然也不错。考虑到结婚后还住在这里，前不久她又花了一笔钱重新收拾了一下，换了北欧风的原木色家具，简洁明亮又舒适，很有家的感觉。

回到住处，洗过澡，周峻的电话打过来了，说是市领导在工地受伤，很生气，将住建局领导骂了一通，骂他不作为，尸位素餐。领导回到局里召开紧急会议，要成立调查小组，他刚开完会，今天不回来了。

苏筱已经习惯他不回来了，上个星期他也只回来了一天。

"筱筱，你最近注意些。"

"注意什么？"苏筱不以为然，"我就一个成本主管，干活的，调查也调查不到我头上。"

又闲扯几句，挂断电话。

第二天，调查小组就来了，施工安全管理处的科长带着一男一女两个干事，苏筱和另一个负责桃源村安居工程的同事一起被叫去问话。问话的时间很短，有点像走过场。出来后，同事推推苏筱的胳膊小声地说："你看到那个女的戴的表没？"

"没有，怎么了？"

同事表情夸张地说："那是古董表，值一套房子呢。"

苏筱哦了一声，她对这些东西并不关注，也不羡慕。她只记得那个女人的目光挺高傲的，看着她的时候是一种大刺刺的审视，让人不舒服。同事继续一惊一乍地说，那表是民国时期的，现在存世没有几块了，吧啦吧啦一大段，从表又推测出那女的来自一个不简单的家庭。

调查小组只逗留了一天，就去了工地。

这期间，苏筱一直留意报纸，没有任何关于桃源村安居工程墙壁坍塌事件的报道。她琢磨着，多半各方没有达成统一的意见，还在博弈之中。她心里很矛盾，既希望调查小组深入挖掘，又担心深入挖掘后老余会栽了。这几天，老余明显憔悴了，不怎么待在公司里，神出鬼没地，也不知道在干什么。

第三天，苏筱到公司刚坐下，老余的电话就来了。"你进来一下。"

苏筱走进老余办公室，打了一声："经理早呀。"

"早。"正在泡茶的老余指指面前的位置，示意她坐下。

苏筱坐下之后，老余把泡好的茶搁在她面前。

这种非同寻常的行为，让苏筱很是诧异，赶紧欠身接过。

老余在对面坐下，叹着气，欲言又止。

苏筱纳闷地问："怎么了经理？"

老余说："你还记不记得，校招是我面试的你。"

苏筱点头。

老余说："当时我是一眼相中了你，帮你争取了一个进京指标。这四年来，我用了很大的心思栽培你，对你期望也很高。"

"我知道，我一直很感谢经理。"

老余摇头说："感谢就不必了，别恨我就行了，我也是没有办法，只是听领导的命令行事。"

苏筱没听明白，但是直觉不妙。

"我让你跟进安居工程项目，原本指望这个项目给你镀金，让你更进一步。没想到事与愿违呀。"老余叹气，十分痛心的样子，"你天分很高，工作又勤奋，原本可以走得很远的，走到我这个位置的。"

苏筱脸色渐变："经理，您这话什么意思？"

老余迟迟艾艾地说："你也知道，安居工程是民生工程，上级部门很重视。发生倒塌事故后，上级领导做了指示要严查到底。那个……调查小组认为你没有尽到跟踪审计的职责……我跟他们解释了很久，但领导班子还是认为你的失职，给集团造成巨大损失和不良影响……"目光闪烁几下，咬咬牙说，"决定给你……开除处分。"

苏筱不敢相信，愣了半天，觉得荒谬，反而笑了。

老余心虚，将茶杯往她面前推了推。"小苏，你先喝口水，冷静冷静。"

苏筱深吸口气，平静了一下，说："安全事故都是现场管理不善造成的。现场有安全主管、监理、项目经理，怎么会把责任落到我头上？没有尽到跟踪审计，跟现场发生坍塌事故又有什么关系？"

老余张张嘴，答不上来。领导班子决定开除苏筱的真正原因自然不是所谓的"没有尽到跟踪审计的职责"，明面上的原因是说她审核分包商资质的时候没有把好关，他不敢跟她这么说，因为她就一个奉命干活的，没有决策权，有决定权的是老余自己。所以不管他脸皮多厚，都说不出口这个明面上的原因。一说出来，苏筱不就知道是替他背黑锅了吗？何况这个明面上的原因，也只是其中一个原因，真正起决定性作用的原因，他更不能说了。

"现场的人也都被处罚了。你对这个处罚不服气，我理解，我也不服气。为了你的事，我昨夜一宿没睡，跟潘总打了一个小时电话。"老余指指嘴巴，"嘴皮子都磨破了，但潘总觉得我在包庇你。你应该知道我有多器重你，这样的结果，我比你还心痛呀。而且，不瞒你说，我也被处分了，降级行政处分还有党内警告处分。"稍顿，他闭闭眼睛，露出心痛的表情："小苏，对不起，我实在没有能力护着你。"

他说得掏心掏肺，苏筱沉默了。老余对她确实很好，器重她，栽培她，给了她很多机会。造价工作是一步一个脚印，做过500平方米的项目后才能做1000平方米的项目，做了5000平方米的项目后才能做上万平方米的项目。她入行四年，有他的指导，才没有走过弯路，资历很漂亮。老余说"心痛"，她相信。

苏筱不知道自己怎么走出的办公室，等她回过神来，已经坐在巴士站的椅子上。依稀记得老余说，让她先回家等消息，他还会帮她争取的，只要公告没有出来就还有斡旋的余地。这句话又给了她希望。她始终不相信这是真的。一直以来，她都是个好学生好员工，遵守法律法规，遵守公司纪律。她管结算，有分包商也曾示好过她，比如说送个大牌护肤品，她都没收过，也没有因为人家不送而卡过人家。她越想越觉得领导一定是搞错了，闹哄哄的大脑渐渐地安静下来。

一安静，被隔绝的外界信息便涌了过来——巴士站旁边那个小小的书报亭，其中一张铺开的报纸正好是地产建筑版面，头版是《振华严把施工

质量关 精益求精守一方平安》，长篇累牍地报道了振华集团如何开展安全生产自查自纠活动，取得了什么样的成效以及振华集团的价值观。与头版同一个版面的角落里，一个小小的豆腐块，则是桃源村安居工程坍塌事故的报道，轻描淡写地说，经初查，坍塌原因是作业人员操作不当引起，在相关部门的指导下，目前天科建筑已经停工整改。报道里连振华集团的名字都没有提。

渐渐安静下来的脑袋又闹哄哄了，到底怎么回事？

这时候的苏筱毕竟还是太年轻了，生活又过于一帆风顺，虽然工作四年，但一直处于底层，所见所闻有限。还没有明白老大和老二竞争，最后倒霉的为什么是老三？也没有明白恩格斯所说，每一件事情的结果都是无数个力的四边形相互作用后的合力。

脑海里那些纷纷乱乱的念头最后有了一个明确指向，她想见周峻，想和他说说她的委屈、不解、迷茫，想要他的安慰和拥抱。她拨通了周峻的电话："你在单位吗？"

"不在，在医院。陪领导来医院了。"

"哪家医院？"

他报了医院的名字，问："怎么了？"

苏筱说："我有点事，现在去找你。"

"什么事？"

"急事，当面说。"

"领导也在，我不方便出来，等下班再说吧。"

苏筱搂不住了，声音里带上了委屈："我现在就想见你，一小会儿就行了。"

周峻感觉到不对："怎么了？"

"我去找你。"

周峻着急了："筱筱真不行，我现在不方便，听话，晚上我一下班就回去。"

苏筱气馁地挂断了电话。

时值四月，阳光正好，温暖又无燥气，照着满街熙熙攘攘的人流，一派人间四月天的繁华。她坐在长椅上，看着巴士车带着人来，又带着人去，所有人都行色匆匆，各有方向。唯有她，四顾茫然，孤单无依。眼泪就这么冒了出来，她假装用手遮挡阳光，悄悄地用手背抹掉眼泪。

最终，她还是去了医院。哪怕见一眼也好，见一眼也是安慰。

周峻应该是陪市建委领导来探望受伤的市领导，她不知道市领导住哪个病房，于是在门口等着，看到探视人员衣着打扮像公务员的，便远远地跟着。果然，看到周峻在走廊里坐着。

她心里一喜，朝他走过去。这时病房的门开了，出来一个女人，她走到周峻面前，说了几句话，突然伸出手亲昵地摸了摸他的脸颊。周峻没有躲开，反而握住她的手，拉着她坐下。苏筱顿住脚步，五雷轰顶。这个女人她认识，是调查小组里那个高高在上的女干事，同事提过她的名字，叫李什么。

世界坍塌了。

一直以来，苏筱以为哪怕世界坍塌了，她和周峻都是磐石般的存在。他们的关系就像725的水泥，坚固、抗压、没有缝隙。然而眼前这一幕，让她知道了，那只是她以为的。

她一步一步地后退，逃离了医院，逃回了住处。

可那是她跟周峻共同的住处，到处都是他的气息、痕迹、影子。书桌上摆放着他们多年来的合影，在山顶相拥着看朝阳升起，在大雪纷飞的校园里拥吻。枕头上落着他的头发，洗手间残留着刮胡水的气息。她手指上戴着的是他亲手设计的订婚戒指——榫卯对戒中的卯戒。

榫卯结构是中国传统建筑里最稳固的结构，互相支撑，不离不弃，越是承受巨大的压力就越是稳固。他亲手给她戴上了戒指，说榫卯万年牢。苏筱抚摸着戒指，哭了一场又一场。撕心裂肺，原来是这种感觉。

夜晚来临的时候，她的眼睛已经红肿如核桃。

周峻回来，进门就看到她的眼睛，顿时心疼不已。"你下午找我就是因为开除的事情吧，我刚刚才知道，这件事情不合理，你先别难过，咱们一起想想办法。"

苏筱坐在椅子上，睁着红肿的眼睛审视着他。

"怎么哭成这样。"周峻走过来，伸手搂住她，"我今天在医院里真是走不开，对不起。被人冤枉，你一定很难过。"

苏筱语气平静地说："当时确实很难过，就想靠着你，哪怕一秒也好。"

周峻愧疚地说："对不起，我不知道，我要知道，一定抽时间出来。"

苏筱接着说："于是我去找你了。"

周峻神色微变："你到过医院？"

苏筱点头说："那个女的叫什么名字？"

周峻脸上闪过一丝慌乱，但他很快镇定下来。"什么女的？"

苏筱伸手轻点手机，现出周峻和李某手牵手坐在一起的照片。气氛一下子凝固了。周峻僵硬地保持着搂抱的姿势半分钟后，松开了手，他到床沿坐下，双手交握，低着头。半晌，他长长地吐出一口气，责怪地说："你为什么不听我的话，非要去医院呢？"

尽管亲眼看见，苏筱依然抱着一丝侥幸，希望周峻给出一个合理的解释，没想到他直接承认了。这一刻，她的心完全碎了。她转过椅子，瞪着周峻，伤心欲绝地问："为什么？"

周峻说："别问我为什么，我不会说的。你只需要明白一点，我没变心。我的心里自始至终只有你。"

"你觉得我还会相信你的话吗？"

周峻反问："为什么不信，这么多年，我对你如何，你不清楚吗？"

苏筱拔高声音："那你到底为什么？"

周峻也拔高声音："我说了让你别问，非要问为什么，叫你别去医院，你非要去医院。你就是这么任性，非要把事情搞得无法回头。"

苏筱用难以置信的眼神看着他："所以，做错事的人是我吗？"

看着她泪流满脸的模样，周峻心里难受，摇摇头。"不是你。只是你不应该去医院，真的，你不应该去，你为什么要去，为什么就不听我的话？我都叫你在家里等我了……"车轱辘一样地来回几句，带着深深的懊恼。

"我幸好去了。"

周峻看着她，从她红肿的眼睛里看到坚定，不回头的坚定。

"刚才我理了理，去年你突然搬到宿舍，就是因为她吧。"

周峻矢口否认："不是。是因为工作，我必须要留在市建委，好不容易走到这一步，我不能再回头，那会让别人笑掉大牙的。"

苏筱说："但那个时候，你已经将她列为备胎了，对不对？至少你不想让她知道，你和我住在一起。"

周峻不说话。

"可我不明白，为什么你过年的时候还要说结婚。"

"因为我真的想和你结婚，我真的好想和你结婚，生一双孩子，一起白头到老。"周峻闭了闭眼睛，把泪意、愧疚、懊恼都压了回去，再睁开时，眼睛里只有坚定了。"可是我累了，真的太累了。"

苏筱难以相信地说："我让你累了？我什么要求都没有提过，连在出租房结婚都不介意……"

周峻突然拔高声音，面容扭曲地说："我介意。"

苏筱惊了惊，怔怔然地看着他。

"从小到大，我都是我们家属院里读书最好的，最聪明的，别人都说我将来要做大事的。可现在我混成什么样子？我一个985研究生，每天工作十六个小时，到现在还是个借调的，每天累死累活，看他们所有人的脸色。想跟自己心爱的人结婚，但连一套房子的首付都交不起，这样卑微的生活我不想过。"

苏筱恍然大悟地说："所以你出卖自己。"

周峻语气强硬："选择更好的生活，有什么错！"

"你忘记了？你和我说过，我们要一起奋斗的。"

周峻嗤笑一声说："那时候我太天真无知了。奋斗，这是世界最可笑的词。很多事情一出生就决定了，所谓奋斗，不过是用来哄骗无知少年的，让他们以为可以改变命运。事实上，他们穷尽一生的努力所达到的终点，不过是别人的起点。"他拉住苏筱的手，语气酸涩地说，"筱筱，正因为我爱你，所以我不愿意拉着你一起吃苦，以你的相貌，你完全可以找一个家境比我好的男人。你应该过更好的生活。"

苏筱震惊地看着他，好像看着一个陌生人。明明这么熟悉的脸，这么熟悉的声音，但他显然是她从来不认识的周峻。渐渐地，苏筱的眼神由不敢相信到伤心再到死心，她缓缓地抽回手："那是你以为的更好生活，我所理解的更好生活，是自己双手创造的。"她低头，抚摸着订婚戒指。

一滴泪落在戒指上。

苏筱抹掉眼泪，怕自己后悔，迅速地摘下戒指，扔向周峻。

周峻没有接。

戒指落在地上，滴溜溜地打着转。

第四章

　　一场突如其来的大雨敲打着振华集团会议室的窗户，噼里啪啦声回荡在每个人的耳边。每个人的面前都摆着刊登着《振华严把施工质量关　精益求精守一方平安》的报纸，但只有胡昌海在认真地看。

　　胡昌海摘下老花眼镜，冲林小民晃晃大拇指："行呀，小民。"

　　林小民笑了笑，带着一分自得。

　　汪明宇心疼地说："老胡，你也不想想，花了多少钱。"

　　赵显坤说："花钱消灾，只要没有灾，就行。这次事件对咱们集团是一次考验。我很欣慰，大家齐心协力，小民搞定很难缠的媒体，明宇的自查自纠方案也成功地消除了后患。来，给咱们自己一点掌声。"

　　他鼓掌，其他人跟着鼓掌。

　　"但是……"赵显坤眼神转为严厉，看向黄礼林。黄礼林不由自主地挺直身子，眼神露出些许紧张和不安。"礼林，这已经不是你第一次掉链子了，我给你一个解释的机会。说吧。"

"这起事故真是意外，我已经跟汪总汇报过了。"黄礼林看着汪明宇。

"没有什么事故是意外。"汪明宇恢复了之前的态度，"你仗着自己是公司的元老，平时我行我素，不肯听从我的管理。发生事故才想到集团，想到我。你的汇报遮遮掩掩，当时情况比较危急，我没有跟你细究。现在，当着领导班子的面，你还是老实交代吧。"

黄礼林明白了，汪明宇不仅要跟他切割清楚，而且第一时间调转枪口对准他了。我行我素、遮遮掩掩，每个字都在强调，不是他汪明宇管理不善，而是黄礼林仗着元老身份不服管理。

摘得挺干净的。

夏明嘴角微翘，并无意外之色。

所有人都看着黄礼林，目光如同审视犯人。黄礼林觉得很憋屈，瞪了汪明宇一眼，说："事故的原因嘛……"

赵显坤打断他："等一下，从农民工围堵众建讨薪说起。"

黄礼林怔了怔。夏明也有些诧异，看了赵显坤一眼。

黄礼林说："董事长，那件事情已经过去很久了。"

赵显坤说："就算过去了，我也想听听为什么。"

黄礼林尴尬，说："当时手头紧，没有及时给他们发放劳务费，他们闹到众建了。就这么简单。"

赵显坤问："手头紧，为什么没有向集团求助？"

汪明宇眼神一动，悄悄地瞥了一眼赵显坤。

黄礼林说："董事长，不瞒您说，以前遇到困难，我首先就想到集团，也跟汪总提过。可是汪总怎么说的，你们天科是自负盈亏的独立法人子公司，要自力更生，不要遇到一点困难就哭哭啼啼。"

汪明宇摇头说："我什么时候说过这种话？我一直在强调，集团是一个整体，天科是集团的一分子。"

"明宇这句话说得好。"赵显坤赞许地点头，微微拔高声音，"集团是一个整体。分为各个公司是管理方便，而不是亲疏远近之分，大家都是兄弟公司，一荣俱荣，一损俱损。总经理管理公司运营，是管家，不要管家管久了，就以为家是自己的，和集团离心离德。"

夏明又看了赵显坤一眼，有意思，这是给所有人敲边鼓呀。

汪明宇心里打了一个突，但面上只当没听出来，拍手说："董事长说得好。"

其他人也跟着鼓掌。

赵显坤摆摆手，示意大家消停。"礼林你接着说，农民工讨薪，一开始你没钱，后来怎么又有钱了？钱哪里来的？"

黄礼林不情不愿地说："从其他地方先挪用了。"

赵显坤问："那之后又是从哪里挪过来的？"

黄礼林悻悻然，小声嘀咕："还能从哪里挪？"

赵显坤面沉如水："我们集团施工守则第一条是什么？"

黄礼林心虚地低下头，脑袋都快碰到胸口了。其他人知道赵显坤生气了，一个个凝神屏息。会议室里落针可闻，窗外的雨声越发地响亮。这时一个年轻低沉的声音突然响起："工程事关生命安全，绝不可以偷工减料。"

大家看着声音传来的方向，是夏明。他腰背挺直，一脸坦然。

"我加入天科有半年了，心里一直有个疑问，想请汪总解释一下。"夏明看向汪明宇，"天科没有独立的物资采购权，所有物资都是总承包公司提供的，按道理，应该拿到内部价。但恰恰相反，所有的物资都比市场价格贵。就拿水泥来说，水泥的价格比市场高出8%，这是为什么？"

汪明宇不以为然地说："水泥品牌不同，自然价格不同。"

赵显坤问："高于市场平场价格8%这个数据怎么得出来的？"

夏明从包里掏出一本调研报告，搁在桌子上，推到赵显坤面前。

夏明说："我找调研公司调研的，这本是关于水泥的，还有其他物资的，都比市场均价高8%左右。高8%，那就意味着我们的工程造价比别人高8%，这么盘剥下来，我们天科的日子大家可想而知，不要说什么发展，连生存都是一个难题。所以，董事长，刚才您说集团是一个整体，一荣俱荣一损俱损，没有远近亲疏之分。"顿了顿，"我想再问您一次，振华集团真的没有亲疏远近之分吗？"

赵显坤盯着夏明一会儿，说："没有。"

会议因为夏明突然提交的水泥调研报告而暂时中止了。

黄礼林一直憋着，等到了地下停车场才松了口气，重重地拍着夏明的肩膀说："好家伙，你一直藏着大招呀。"

夏明不以为然："这算什么大招。"

黄礼林说："已经打中七寸了，没看刚才汪明宇那脸色。"

夏明笑着说："这才是刚开始。"

此时，振华大厦三十楼的董事长办公室里，汪明宇生气地说："这报告至少要花几个月时间才能做出来，夏明是处心积虑。"

赵显坤放下报告，说："这段时间我一直想找你谈谈。"

汪明宇警觉地问："谈什么呀？"

"天科。"赵显坤说，"天科现在问题很大，到底是因为什么？"

"还能因为什么，黄礼林一直觉得我现在这个位置是他的，他不服我，我说东他偏要向西。而且他现在已经把天科当成自留地，我根本插不进手。我说他几句，他敢直接跟我翻脸，我怎么办？又不能把他开了。今天你也看到了，明明因为偷工减料墙倒了，可他有一点认错的样子吗？他比谁都理直气壮。"汪明宇叹口气，"董事长，我不是不想管，我是管不了他。"

赵显坤想了想说："这几年咱们发展太快，扩张太快，管理是没跟上。像他这样的在集团应该不是少数，他是明目张胆，其他人可能还藏着掖着，确实该下功夫整治一下了。"

明目张胆是黄礼林，那藏着掖着是谁？汪明宇目光闪烁一下，点点头。

等汪明宇走后，赵显坤心事重重地走到窗前，看着外面。窗外的雨越发地大了，水气弥漫，一片白茫茫。看不到上面，也看不到下面。

苏筱抱膝坐在飘窗上，看着雨。

在她二十五岁的人生里，这样的时光特别少，因为她并不是特别感性的人，缺少柔肠百转的少女情怀。她是典型的理工女，注重逻辑注重客观事实，不做无用的伤春悲秋。大学毕业之前，每天忙着学习，毕业之后忙着工作。父亲从小教导她，要想有所成就必须全力以赴。她也一直这么践行着。

可是她的全力以赴，禁不起别人的轻轻一碰。

迷茫、失落，这种从前跟她毫无瓜葛的词，现在都在她的眼里。她坐在窗前，看着雨，一看就是一整天，不吃不喝不思不量，仿佛成了化石。

直到开门声响起，她才从石化状态中惊醒过来。

开门进来的是她的大学同学吴红玫。她是河北人，典型的燕赵胭脂，高挑个头，大眼睛高鼻梁。只可惜皮肤偏黑，又是近视眼，整天戴着一副黑框眼镜，再大的眼睛再高的鼻子也只是脸上的器官，与秀色无关。

吴红玫将带来的饺子搁在餐桌上，去厨房里弄了蒜瓣和醋，然后招呼苏筱："过来吃饺子，你最爱的西葫芦蛋饺。"

苏筱纹丝不动："我没事，你不用天天过来。"

"快过来，饺子凉了不好吃。"顿了顿，见她还不动，吴红玫说，"要我过去抱你过来吗？"

苏筱拗不过她，下了飘窗，走到餐桌前坐下。肠胃倒了，食难下咽。

吴红玫只当没看见，自顾自地拉着家常："你的注册造价师证什么时候拿？"

"大概五月份吧。"

"恭喜恭喜，到时候你就值钱了。"

"值什么钱？"

吴红玫语气轻快地说："我们集团在招带证的造价师，年薪15万起。"

"这么高？"苏筱诧异，终于有了一丝精神。

"是呀。如果做到经理级别，还有项目提成。我现在越想越后悔，当时怎么就想着转行了。还是筱筱你明智，一入校就专攻造价。"吴红玫惋惜地说。

她本科跟苏筱是一个专业的，只不过她是被调剂的，对土木工程毫无兴趣，越学越灰心，勉强毕业后进入振华集团人事部，后来考了人力资源的在职研究生，转为招聘主管。苏筱是因为远房叔叔就是造价师，混得很好，是家族里首屈一指的人物，因此她打定主意要学造价。造价入门不难，学精很难，很多人穷其一生也就是会算算工程量套套定价。

见苏筱被转移注意力后吃东西渐渐起劲了，吴红玫趁热打铁："筱筱你要不要来我们公司呀？我们公司的待遇挺不错的。"

苏筱突然停下筷子，看着贴在墙壁上的剪报《振华严把施工质量关精益求精守一方平安》，语气森冷地说："我怎么可能去你们公司呢？我永远不可能去你们公司。"

糟了，吴红玫心里暗叫了一声。"我还想跟你做同事呢，可以经常见面。"

苏筱淡淡地说："咱们现在不也经常见面吗？"

"我贪心，还想更经常。"吴红玫语气轻快地说，"那你开始投简历没？"

苏筱摇摇头。

"赶紧投呀，你这简历放出去肯定能横扫一片。想当年校招的时候，十几家单位抢着要你。老师说，你现在还是纪录保持者……"吴红玫絮絮叨叨地说着苏筱过去的辉煌。女生读土木工程专业的比较少，所以苏筱一进校就成了系宠，江南水乡特有的细瓷般的冷白皮迷住了青春年少的男生们，即使知道她有男朋友的情况下，还想撬墙脚，又是打开水又是送水果，在苏筱那里走不通，就找吴红玫牵线，她为此也得了不少好处。

这番絮叨将苏筱带回了闪闪发光的大学生活，心情好转，不知不觉地吃完了一盘饺子。这是她这么多天第一次吃饱饭，胃里暖和，身体也跟着暖起来了，大脑里血液都流向胃里了，人变得懒洋洋的，思想就钝化了，那些刺痛她的尖锐情绪也跟着钝化了。没有什么大不了的，这个念头从脑海深处浮了起来。

吴红玫放下心了，她的朋友终于挺过来了。又说了一些过往的趣事，直到苏筱困得一头栽在床上睡着了，她才静悄悄地离开。

吴红玫住在南城的一个偏远居民区。北京有句老话，穷宣武破崇文。过去菜市口往南是杀人的刑场，即使现在高楼林立，南城还是不得北京人的心，同样的房子比其他区便宜不少，房租也一样。

她租住的一居室，已经有些年头了，没有电梯，隔音很差。夜深人静时，下水管道就跟打雷一样，轰隆隆，惊心动魄。她到家时，张小北还没有睡，正将宾馆里带回来的小支沐浴露挤进大瓶子里。他是个程序测试员，时常出差，家里用的沐浴露、洗发水、牙膏都是从宾馆里带回来的，还有毛巾、浴巾、拖鞋、牙刷、雨伞等。

"怎么这么晚？"

"我等筱筱睡着了才回来的。"

"她还没好呀？"

"怎么可能这么快恢复，伤筋动骨还要一百天呢，她这是伤心伤肺，至少得半年。你不知道，她都瘦成麻秆儿了，脸上就剩下一双眼睛了。"吴红玫边说话边脱外套。

张小北感慨："真没想到。"

"是呀，谁想到呢？我记得有一回筱筱生病了，半夜想吃馄饨，周峻二话不说，骑了一个小时自行车到市区买了馄饨。那是大冬天呀。"吴红玫感慨地说，"这男人啊，真是说变就变。"

"喂，别一竿子打翻一船人。"

吴红玫笑，说："我知道，你不会变的。"

她拿着睡衣进了洗手间，简单地洗漱完，裹着印着"如家"两个字的浴巾走出洗手间。张小北还在挤沐浴露。吴红玫坐在床头，擦着湿漉漉的头发看着他。他穿着印着"中国移动"四个字的黑色T恤、印着"某某理工大学"的运动长裤，拖鞋上印着"如家"两个字，浑身上下都是LOGO。小支沐浴露已经挤扁了，最后一滴顽强地沾在瓶子口，他和它较着劲，专心致志。鼻头被暖气熏出了油，折射着灯光，亮晶晶的。

熟悉的人盯着久了有时候会产生一种陌生感。吴红玫突然觉得他好陌生，但他又确实是她恋爱三年的男朋友。他们的认识一点都不浪漫。当时吴红玫工资比较低，每个周末还会兼职，在超市里推销酸奶，客人可以免费试吃一小杯。那天，张小北上午下午晚上各来了一次，吴红玫就记住他了，见他身上穿的黑色T恤都洗成灰白色了，以为他生活困窘，还特意将杯子倒得满满的。

每个周末她兼职，他都来试吃，她推销酸奶，他试吃酸奶，她推销坚果，他试吃坚果。一晃半年，他从来没买过她推销的东西，她也从来不责怪他蹭吃，就是简简单单的推销员与顾客的关系，既不交谈，也无联系。她其实也好奇，但怕伤了他的自尊心，所以不闻不问。后来有个周末，临着中秋节，吴红玫推销的是月饼。她特别给他留了一个味道最好的，但是左等右等他都没有来。超市结束营业，她准备搭乘地铁回宿舍，刚进站，他神色匆匆地从站里出来。两人打了一个照面。他放慢脚步，张张嘴巴，想要打招呼，又害怕姑娘不认识他。

眼看就要擦身而过，吴红玫叫住了他："你今天怎么没有来？"

他的眼睛一下子变得锃亮，问："你认得我？"

"认得呀。"

"我今天加班，刚下班，还没有吃饭，你吃过了吗？"

"吃过了。"

他哦了一声，不知道说什么好了，但是两人都没有走，就这么愣愣地站着。

半晌，他终于又挤出一句："那你吃不吃夜宵呀？"

吴红玫失笑："你怎么就知道吃呀。"

他很不好意思地笑了笑，露出一口白牙。

"吃什么夜宵？"

他先是愣了愣，然后一脸惊喜，从口袋里摸出一叠优惠券说："你挑一个。"

吴红玫选了小火锅，就在地铁站旁边。火锅的水汽蒸腾，模糊了眼镜片，她摘下眼镜擦拭着，他就目不转睛地看着她，直愣愣的。她被看得冒犯了，沉下脸说："你看什么呀？"

他不好意思地低下头，说："原来你长得这么好看呀。"

偏黑偏干的皮肤被火锅的水汽滋润了，变成水润润的蜜色，配着大大的眼睛高高的鼻梁，呈现出摄人心魄的明艳。张小北后来告诉吴红玫，他那个时候觉得自己没有希望了，她长这么漂亮，肯定看不上他。

这是吴红玫成年之后，第一次因为长相受到来自异性的肯定。小时候她也是白白净净的粉团儿一个，但是进入青春期后，脸上长满了青春痘，再没有人称赞她好看，还给她取了一个绰号叫"刺玫"。这个绰号伴随着她整个初中和高中，她脸都不敢抬，只是埋头苦读。上了大学，总算不长青春痘了，但皮肤还是黑，身边又是苏筱这种白得像日光灯一样的姑娘，她被衬得灰头土脸，没有男生的目光肯为她停留。

张小北的一句"好看"，像子弹射中了她的心脏。她憋着劲才没有笑出来，但是他敏锐地感觉到她态度的变化，殷勤地给她布菜。他说，吴红玫第一次推销的酸奶是他爱吃的，所以他一天跑了三趟，其他坚果、酸枣膏等他都不爱吃，纯粹是来找她的，每次都下定决心要联系电话，但每次都张不开口。

吴红玫问他为什么？

他沉默了一下，盯着她眼睛说："因为我一无所有。"

吴红玫回了一句："我也一无所有。"

张小北终于将最后一滴沐浴露挤进大瓶子里，回过头，看到她怔然出神。

"想什么呢？"

"没有，没有什么。"吴红玫神神秘秘地笑了笑，随手将毛巾一扔，倒在床上，"好困呀。"

"头发还没干呀。"

"太困了，不管了。"

张小北去洗手间拿了印着"赠品"两个字的吹风机，替她吹着头发。

吴红玫声音柔柔地叫了一声："小北。"

他答应一声，以为她要说些什么，但她什么都没有说，只是满足地叹口气，然后睡着了。

虽然很艰难，但苏筱还是渐渐地恢复过来，开始投简历找工作。

简历很能打，投了多少家就来了多少家面试电话。面试也很顺利。她的长相看起来很舒服，说起专业问题又头头是道，每次面试结束，面试官恨不得当场录用她，迫于规矩，只能握着她的手一脸诚挚地说，请等我们的通知。生怕她不明白意思，还特别加了一句，很快。

但是，很快的通知并没有来。

一开始苏筱只当是意外，后来每一家皆是如此，她就知道不对了。她婉转地打听了一下。有的面试官心地善良，也婉转地回话，苏小姐您的履历我们很满意，但是我们跟众建有业务往来。有的比较直接，不客气地说，苏小姐您是被众建这种龙头企业开除的，这个行业不可能再有容身之地，赶紧转行吧。

她不信这个邪。

面试的企业从大公司变成中等规模的公司甚至小公司，依然没有公司肯接纳她。

这天，她面试完，走出办公大楼坐在街边，估算着自己的存款还能支撑多久。她原本是有一些存款的，重新装修住处花了不少，买婚纱拍婚纱照酒店订金又是一笔，住处租金由她跟周峻共同负担变成一个人负担，又是一笔不菲的支出。算了算，她在这个城市撑不过两个月。

近着五月，阳光中已经带了暑气，行人穿着短袖裙子还冒了汗。她却觉得冷。全力以赴地奋斗了十几年，她从三线小城市来到北京城；又全力以赴地奋斗了四年，她以为在这个城市里扎根了。然而并没有，她依然只是一个随时会被放逐的北漂。

父亲的电话就是这个时候打进来的，她振作精神，接通了电话。

故作轻松的口气："爸，怎么突然想起给我打电话呀？"

"筱筱，我要来北京出差。"

她心里一慌："什么时候？"

"就明天。明天一大早。"

"怎么现在才告诉我？"

"临时决定的。"

"几点的高铁，我明天去接你。"

"不用，又不是头回去，你在屋里等我就行了。"

没有时间再感伤，苏筱连忙回到住处，将屋里收拾了一下。上次她主动跟父母打了电话，说是因为工程出了点事，需要加班加点，她抽不出空，跟周峻的婚礼推迟了。父母当时旁敲侧击地说了一大段话，大意是结婚对象最重要的是人品，物质什么都是其次。她知道父亲误会了，以为她终究因为房子的事情跟周峻生了嫌隙。她没有解释。父母一直很喜欢周峻，她实在不知道该怎么跟他们张口。被开除的事情，她更是张不开口，要是让父母知道了，那得多担心呀。

周峻的东西都已经搬走了，合照也被她烧了，房间里再无他的痕迹。父亲一来，他们分手的事情是瞒不下去了。被开除的事情她还是想继续瞒着，要想让他们放心，就得让他们知道她生活得很好。她去超市花了不少钱买了一堆贵的食品将冰箱填满，把天天吃的方便面藏在厨房柜子里。

第二天中午，父亲来了，拎着一个26寸的行李箱。看到苏筱，他皱眉问："怎么瘦了这么多？"

"工作太忙了，而且最近热，没什么胃口。"苏筱故作轻松地说，伸手去拎行李箱，"爸，你就出一天的差，带这么多行李呀。"

父亲环顾四周，见到整齐干净，下意识地点点头。拉开冰箱门，冰箱里装满东西，且都是价格昂贵的。苏筱凑过去，露出哈巴狗一样的笑容。"你女儿可会照顾自己了，现在每天都是自己做饭吃的，不吃外卖也不吃方便面。"

父亲微笑着拍拍她的头。

苏筱说："想吃什么，我给你做。"

父亲说："不用了。"

"怎么不用呀？"苏筱把他推到沙发上坐下，"你先坐会儿，试试我的手艺。我都已经准备好了，炒一下就可以吃了。"

父亲只得随她了。等苏筱走进厨房，他起身，打开衣柜，柜子里只有苏筱的衣服，果然已经分手了呀。之前苏筱打电话说是婚礼暂停，他们就觉得不对劲，一开始只当两人因为房子的事情闹了别扭，他还特别提醒苏筱，人可以创造物质，物质没有办法塑造人品。可是苏筱一直含含糊糊不肯明说，两人干着急，只能在家里瞎猜测。前天，他突然意动，给苏筱的办公室打了个电话，接电话的人说，她已经离职了。他才觉得事情不妙，女儿从小懂事，跟父母虽不是无话不谈，大事都会提前告之。这么重要的事情怎么一点声响都没有，夫妻俩放心不下，便商量着以出差的名义过来看一趟。

他合上衣柜门，走向厨房。

苏筱正拿着勺子在掏盐，半天也没掏出来，她凑到眼前看着。

父亲说："盐结块了。"

苏筱大为尴尬，刚才还吹牛说自己天天做饭。

"没事，还有备用的盐。"她蹲下打开厨柜，堆在里面的方便面哗啦啦地倒了下来。这下子就不只是尴尬了，苏筱冲父亲笑了笑："弄错了，不在这里。"七手八脚地将方便面塞回柜子里，关好门，站了起来，结果围裙兜里的菜谱啪地掉在地上。

父亲摇摇头说："别做了，你妈给你做好吃的了。"

打开拉杆箱，先入眼的是一条薄薄的小棉被，揭开被子，是用防震泡膜包裹得严严实实的保温饭盒，一排一排。父亲撕开防震泡膜，取出保温饭盒，全是苏筱爱吃的菜，摆了满满的一桌。

父亲乘坐的高铁是早上七点出发的，从家里到高铁站要四十分钟，那么母亲几点起来做菜的，随便推理一下就清楚了。苏筱鼻子酸酸的，怕流泪，极力地绷着脸。

父亲将筷子递给她："吃吧。你妈一大早起来做的。"

苏筱点点头，坐下，夹了一口菜放进嘴里，慢慢咀嚼。菜还是温的。到底没有忍住，眼睛也红了。她狠狠地扒了几口，嘴巴塞得满满的，脸都快埋到饭碗里，生怕父亲看到自己失态的模样。

"你妈想你了，前几天又跟我念叨，说当时就不应该同意你到北京工作。"父亲夹一筷子菜搁在苏筱碗里，"我说你大了，有自己的想法，不能强求。但是筱筱呀，爸爸其实也很希望你能回老家工作。"

苏筱小声说："我现在工作好好的。"

"我昨天打电话到你办公室了。"

苏筱吃饭动作一顿，头都快碰到碗沿了。

"发生什么事了，为什么不告诉爸爸妈妈，你知道我们有多担心吗？"

声如蚊蚋："对不起。"

"爸爸来不是听你说对不起的，爸爸来是想知道你到底出了什么事？"

苏筱三言两语将事情的经过说了一下，怕他担心，还稍稍粉饰了一下。没说是周峻劈腿，只说是三观不合决定分手。但父亲活到这么大岁数，有什么不懂的，立刻明白，女儿被劈腿还被栽赃了，真是心如刀割，恨自己无能，不能给她好的生活，让她漂在北京一个人奋斗。

"筱筱，跟爸爸回去吧。"

"爸，我不能回去。我要回去就是认输了。"

"你现在留在北京没有什么意义，工作没了，人也没了。"父亲语重心长地说，"爸爸活到这个年龄，明白一个道理，人生没必要较劲。生活中很多事情是没有道理可言的，要学会看开，学会放下。"

苏筱倔强地说："我就要较个劲。"

"可是筱筱，你一个人待在这么大的城市，连个嘘寒问暖的人都没有，你让爸爸妈妈如何安心呀？"

"我能照顾好自己。"

"天天吃方便面？"

"就算天天吃方便面我也要留在这里。我没有错，这个城市欠我一个解释。如果就这么回去了，我这辈子都没有办法面对自己，因为我摔倒了没有爬起来，我逃走了，我是个懦夫。"

父亲被震住了，半晌，他按捺下内心所有的担忧，摸了摸苏筱的头。"你说得对。"

一滴眼泪从脸颊滑落，落进碗里，苏筱并没有察觉到，夹着含着泪水的米饭塞进嘴里。片刻，她扬起头，鼻尖黏着一粒米饭，充满自信地笑着："爸，别担心，你的女儿很能干的，你就等着我飞黄腾达吧。"

父亲重重地点头，伸手抹掉她鼻尖的米饭。

苏筱把床让给父亲，自己睡了沙发。这一宿，两人都没有睡好。尽管嘴里说着豪言壮语，但苏筱知道前途叵测。而父亲心里如翻江倒海，千种担心万般忧虑，但他没有再劝说苏筱回老家。他知道女儿主意已定，而且确实如她所说，如果这件事没有结果，会成一辈子的心病。

第二天，苏筱送父亲去高铁站。

临上车前，父亲拉着苏筱说："你奶奶从小跟我说，人生有两种活法，一种是求人，一种是求己。求人不如求己。"

苏筱重重地点头："爸，你放心，你女儿这辈子都不会求人。"

五月初，注册造价师证的发放通知终于上了官网。一直关注官网的苏筱第一时间收到了消息，很是雀跃，这是她的最后一张底牌。有了造价师证，她就可以翻盘了。她起大早去了市建委的窗口排队，排在第一位。

工作人员冷眉冷眼地接过她的准考证和身份证，核对一下后，扔还给她说："没有。"

苏筱愣了愣："不可能，我全过了，每一门都过了。"她把注册造价师的成绩单递给他看。

工作人员不看，冷漠地说："没有就是没有。下一个。"

苏筱扒拉着窗口不肯走开，心里很慌，说话都有些打战："同志，麻烦您再帮我查一下，不可能没有的。"

工作人员鄙夷地看她一眼："为什么没有你不知道啊？自己干的丑事心里没点数吗？身为工程造价人员，玩忽职守，还想拿证呀。"

后面排队的人都用异样的眼神看着苏筱。

苏筱脸涨得通红："我没有。"

工作人员不耐烦地说："让开点，你要再占着窗口，我叫保安了。"

后面排队的人也嚷嚷着："对呀，让开，别耽误事。"

保安听到骚动往这边走来。

苏筱只得让开。这是她二十多年人生中最屈辱的时刻，大家那异样的眼神像钢针一样扎得她体无完肤。她心里哇凉，手脚发软，不是因为害怕，而是因为愤怒。这是要逼着她离开这个行业呀，真是欺人太甚。

回到住处，苏筱连衣服都没脱，直接倒在床上。连受打击，伤心伤神，又没有好好地吃饭，她发起高烧，烧得迷迷瞪瞪，浑身发软，连坐起来的力气都没有。从早上躺到下午，房间里静悄悄的，只有楼下洗手间冲水时下水道发出的轰隆声响。

傍晚时手机响了，她担心是父母的电话，挣扎着爬起来，从袋子里摸出手机。并不是，是一个保险推销员，故意装出来的热情声音，她很烦躁，破例地骂了一声"滚"，然后将手机随手一摔。不知道是摔到哪里了，后来再也没有听到手机铃声了。

窗外传来婴儿的啼哭声、狗吠声、汽车的喇叭声，还有邻居们下班回来的招呼声……这个白天安安静静的小区活了过来，有了烟火气息。只是这股气息没有熏到苏筱，她蜷缩着身子，身子又冷又热，昏昏沉沉，渐渐地，外界的声音听不到了，对时间的感觉也失去了。

脑袋里就跟跑马场一样。老余痛哭流涕地说对不起我护不住你，但转过头露出阴冷的笑；周峻上一刻温柔款款地给她戴上戒指说榫卯万年牢，下一刻就搂着其他女人；那个姓李的女人高高在上地看着她，轻抬皓腕，露出价值一幢房子的古董表；黄礼林也来了，哈哈大笑着说，你给我上造价课，你够资格吗；还有他的外甥夏明，吹出一个烟圈，转身走开；工作人员鄙夷地说，没有就是没有；排队的人们指着她说想证想疯了……

苏筱惊醒，坐了起来，迷迷瞪瞪地想，我绝对不能让他们打败了。

当夜，她出了一身大汗，第二天起来，高烧退了，除了身体有些虚弱，并没有其他不适的感觉。她更加疯狂地递简历。之前一直挑挑拣拣，投的公司都是专业对口的。现在她有了紧迫感，也不讲究专业对不对口，只要跟建筑沾点边的公司，她都投了简历，包括从前她看不上眼的装饰装潢公司。

绝对不能让他们打败了。

第五章

黄礼林走进夏明的办公室，故意大声地叹了口气。

正在浏览招聘信息的夏明抬头看他："怎么了？"

黄礼林反问："你都不担心吗？"

"担心什么？"

"水泥报告都递过去半个多月了，董事长一点消息都没有，究竟什么意思呢？要生要死不就是一句话嘛。现在就跟凌迟一样，第一刀割了，第二刀迟迟不来，刀子还悬在头顶，你说我担心不担心？"

"对咱们，董事长可以手起刀落，但是现在涉及汪明宇呀。公司二把手、执行董事，他当然得考虑清楚。"

黄礼林不服气地说："当年要不是我让步，二把手这位置根本轮不到汪明宇。"

夏明想了想说："凭咱们天科一家之力，可能撼动不了他。天字号不是有五家吗？你跟其他四家也联系联系呀。"

"天正、天和、天同可以联系一下，天成就算了。汪洋就是个棒槌，而且他还是汪明宇的本家。"

"那你跟那三家联系一下吧。"夏明说完，继续看招聘信息。

"你在干吗呀？"黄礼林凑过来看一眼。

"招几个人。咱们这商务合约部不行，得重新配置几个能干的。"夏明说着，鼠标轻点，弹出一张简历。简历上贴着一张黑白照片，照片上的姑娘脸容清秀，长相文气。

黄礼林惊咦一声："这不是小苏吗？她在找工作呀。老余那家伙为了保全自己把她推了出去，真不是东西呀。"突然想起什么，兴奋地一拍夏明的肩膀，"唉，咱们把她招过来吧。"

夏明被拍得身子都歪到一侧了。"舅舅，现实点。"

"怎么不现实了，她正好没工作，咱们正好缺人。你刚才不是说要重新配置人员吗？她的水平很高。我听老余说，注册造价师考试，她三门90多分，只有案例分析一般，110分。"

夏明失笑说："你觉得人家会来吗？"

黄礼林瞪大眼睛说："为什么不来呀？她是有点看我不顺眼，但这不是问题，反正以后她是向你报告，又不是向我。她要不来，就给她开高工资。"

夏明说："我不想用她。"

黄礼林诧异："为什么？这人才你都不要了。"

"她太洁白了，还要在尘土里滚一身泥才行。"夏明关掉苏筱的简历。

黄礼林没有听明白，一脸云里雾里。

夏明将看好的简历发给集团招聘主管吴红玫。

振华集团员工的人事权都在集团，无论子公司还是分公司，想要招人都要通过集团人力资源部，统一办理社保。通常子公司和分公司推荐的人，只要符合用人标准，集团都会酌情通过。但是集团明令禁止子公司和分包公司私下招人，一旦发现，领导要挨批评，员工也会被遣散。

吴红玫接到夏明发来的简历，看了看，觉得跟苏筱比起来，这几个人都弱爆了。她很想推荐苏筱，但是集团人事制度里规定了，有污点的人一律不许录用，而且苏筱对振华集团又有抵触心理。

她已经有半个月没见过苏筱了，也不知道她怎么样了？不是不想见，而是怕她多想。苏筱是个自尊心特别强的人，一直以来都活在别人艳羡的目光之中，突然坠入低谷，她自己接受不了，更不喜欢别人看到。

想了想，吴红玫还是给苏筱打了一个电话："筱筱，咱们好久没见了，要不要一起吃个饭？"

"今天吗？不行，我在准备明天上班用的东西。"

吴红玫惊喜："你找到工作了？"

"是的。"

"在什么公司呀？"

电话那端沉默了一会儿，语气淡淡地说："一家装修公司，做装修预算，是一家小公司。"

吴红玫说不出话来，有些鼻酸。苏筱去做装修预算，真是大炮打蚊子，暴殄天物。她稳了稳情绪说："那我明天晚上去你家里，给你庆祝，正好把钥匙还给你。"钥匙是周峻给她的，怕苏筱出事，拜托她照顾，她一直没还。

"行，那我们明天见。"

苏筱挂断电话，继续熨烫衬衣。新工作不尽如人意，但只能先将就着，骑驴找马了。她已经开始写申诉材料了，争取拿回注册造价师证，只要有证，她就不怕了。

第二天大早，苏筱打扮得整整齐齐，精神抖擞地去上班了。这家公司在网上看到她的简历，直接通过了，都没有面试。她循着地址，找了好一会儿才找到。原来不在写字楼里，在一个住宅区的一楼，最早的商品房，低矮逼仄，外部环境不太好，堆满杂物和自行车。公司门面倒是整齐干净，想来是特别装修过，门口有个展示橱窗，放着精美的效果图，确实有几分装修公司的模样。

玻璃门没装门铃，苏筱敲了半天，也无人应答。试着推了推，门是虚掩的，一推就开。她探头看了一眼，里面并不大，北欧装修风格，中间的大开间摆着几张办公桌，搁着电脑和办公文具，收拾得干净利落。

"有没有人在呀？"

叫了两声，经理室的门开了，出来一个戴着眼镜的中年男人，长得挺严肃的，穿着一件老气的衬衣。"是苏筱吧？进来进来。哎哟，长得这么漂亮呀，比照片上还漂亮呀。"他伸出手，客气地握了一下，指着一个工位说，"你坐这个工位。你以前做造价，装修预算对你来说应该是小儿科。你先看看我们过去做的预算，有什么不清楚问我。我姓段，大家都叫我老段。"

苏筱微笑着说："段经理，以后请多多指点。"

"别客气，我们公司小，大家都跟家人一样，没那么讲究。"顿了顿，老段问，"对了，问个私人问题。我看你还没有结婚，有男朋友吗？"

苏筱心有抵触："这个跟工作有关吗？"

老段摆摆手："别误会，我们人少活多，经常加班，要有男朋友，很影响感情的。"

"没事，我能天天加班。"

老段说："那就好。"

苏筱环顾四周："其他人呢？"

老段说："他们今天都去现场了。你先看看资料，有什么不懂的就问我。"

苏筱点点头，坐下。桌子上堆放着从前的预算表，她翻开看着。家装预算与工程装修预算出发点不一样，所以有点差别，但差别并不是特别大。她看了几张预算表，便摸到了门道。老段很高兴，直接拿了张家装平面图让她计算。

忙于工作的时间总是走得很快，一低头一抬头，一个上午过去了。

老段叫了盒饭，热情地递给苏筱，说："先吃饭，吃饱了才有力气干活。"

苏筱伸手接过，老段手松早了，盒饭里的汤汁溅了出来，洒在她的白衬衣上，特别明显。

"哎哟哎哟，对不住了。"

"没事没事，我去洗一下就好了。"

苏筱走进洗手间，把门反锁，开始解衬衣扣子。解到第三个扣子的时候，她动作一顿，总有种不对劲的感觉。仔细想想，又不知道哪里不对劲。老段的反应都是正常工作反应，到底是哪里不对劲呢？

对了，是洗手间不对劲。

洗手间装修得太讲究了，比外面高级多了，外面装修大概也就是一千元一平方米，但是洗手间的装修标准是三千元一平方米的。当然也有可能是装出来给客人当样板间的。但苏筱还是警惕了，伸出手指轻触镜子，手指没有距离，这是一个单面镜，没毛病。她想了想，将灯关了，一寸一寸地寻找。果然让她找到摄像头的微弱红光，不愧是搞装修的，位置安排得真好，藏在瓷砖拼接的花萼之中，不细心看，根本不会发现。

这是一家什么样的公司呀？

这一个多月，她面试了近百家公司，吃了无数闭门羹，就像沙漠里长途跋涉的旅客，又饥又渴，以为终于找到了绿洲。哪怕不是心仪的工作，她也是打定主意好好加油的。然而这不是绿洲，这是狼窝。

黑暗之中，苏筱无声地笑了，笑容渐渐变大，笑得肩膀都在颤动。

吴红玫一下班就赶到苏筱的住处，做好菜，倒了红酒，摆好蜡烛。但是左等右等，苏筱都没有回来。消息也不回，电话是通的，但无人接听。她心里有些慌，又想不出其他办法，只能一遍一遍地打。

打了十来遍，终于接通了。

"筱筱你在哪里？什么时候回来？"

"我有点事，暂时回不来。"

"什么事，要多久，我已经做好饭，在你家里等你呢。"

"我今天会很晚，你先回去吧。"

吴红玫想了想，说："我等你，无论多晚，我要看到你才放心。"

话筒那端沉默良久才说："我没事。"

"你要真没事，你就告诉我，你现在哪里？"

又是沉默良久："我在派出所。"

吴红玫拦了出租车，赶到苏筱说的派出所。一进门，就听到有个男人的声音嚷嚷着："警察同志，你们不知道，她就跟疯了一样，还专门往我脸上揍，哎哟，我这脸呀，疼死我了。"

循声看过去，说话的是一个鼻青脸肿的中年男人，他旁边隔着半米坐着苏筱。苏筱看起来还好，头发大概是重新梳过，一丝不乱。脸庞有几处浅红色擦痕，衣服前襟沾着一大片油渍，她的态度也是挺从容的，目光凉凉地看着中年男人。见吴红玫进来，苏筱还抬头冲她笑了笑。

吴红玫一直提着的心放了下来。

老段继续嚷嚷着："我知道错了，不该装摄像头，可她这么暴力打人，你们不管吗？你们这是偏袒，不公平。"

"什么不公平？要不是你耍流氓偷窥人家一个小姑娘，人家小姑娘会揍你吗？人家现在没告你，你就算烧高香了。"警察看看猪头一样的老段，又看看文静秀气的苏筱，心里也觉得稀罕。

"那她至少得给我医药费呀，还有误工费，我明天还要见甲方，这怎么办？"

警察嫌弃地说："人家一个小姑娘能有多大力气，你这全是皮外伤，明天就消了。再说，人家都没跟你要民事赔偿和精神损失费，你还叽叽歪歪没完没了。还有，明天你是见不了甲方了，你已经触犯法律了，三天拘留，好好反省。"

老段哀号一声。

警察处罚完老段，又温言细语地安慰了一下苏筱，还特别把吴红玫拉到一边，提醒她注意苏筱的情绪。他们见多识广，这么文气的一个姑娘暴起伤人，一定是急眼了。就像老话说的，兔子急了也咬人。

离开派出所，夜已经深了。北京早晚温差大，白天的暑气至此已经消尽，凉风徐来，街边的杨柳树婆娑起舞，在马路上落下斑驳的影子。苏筱和吴红玫踏着影子，走向地铁站。

吴红玫很担心，几次想问话，又怕触及她痛处。昨天苏筱说找到工作的时候虽然不是兴高采烈，也是心情轻松，结果闹成这样。这种事，她光想想都觉得怄火，更不用说亲身经历。几次欲言又止后，她还是忍不住问了："你真的揍了他？"

苏筱淡淡地嗯了一声。

"你怎么揍的他呀？"是惊异更是纳闷。那个中年男人虽不是特别壮实，也是一个成年男性，身强力壮，力量悬殊是先天性的。

"我也不知道。"

从洗手间到经理办公室这段时间的记忆是空白的，等她回过神来，发现老段鼻青脸肿地倒在地上，看着她的眼神既惊恐又无助，而她手里拿着一个键盘，键盘的按键都已经七零八落了。

"你没事吧？"

"我没事。"

"真的没事？"

"真的没事。"

尽管苏筱再三强调她没事，吴红玫还是把她送回住处，看着她吃完饭又洗过澡开始和父母视频，这才走了。回到住处，她一宿没有安睡，第二天到公司，将苏筱的简历混在其他简历当中，送进玛丽亚的办公室。

　　她祈祷着玛丽亚不会细看，但是天不从人愿。

　　玛丽亚原本不会细看简历的，因为吴红玫的工作一直稳妥，没有出过岔子，她很放心。但是苏筱简历上的照片很秀气，她多看了几眼。她一向自负美貌，对于长得好看的人也分外留意。这一留意，就发现苏筱跟吴红玫是同校同班同学。这也没有什么，内举不避亲嘛。但到底有些怀疑，会不会是吴红玫徇私了。于是又认真地看了几眼，发现苏筱的简历很不错，大学时候年年优秀学生，到众建也是年年先进员工。她对苏筱生出了兴趣，于是在圈里问了问。

　　这一问，便问出无名真火。

　　作为上司，最讨厌的就是下属搞小动作，她觉得自己给了吴红玫太多的信任。

　　玛丽亚把吴红玫叫进办公室，将苏筱的简历啪地摔在她面前。"Helen，麻烦你解释一下，这份简历是怎么回事？"

　　吴红玫硬着头皮："玛丽亚，这份简历有什么问题吗？"

　　见她还装，玛丽亚越发生气了，说："你是想告诉我，你不知道她是被众建开除的？"

　　"我知道。"吴红玫极力争取，"但她其实是替上司背黑锅的。"

　　玛丽亚呵了一声："这是她告诉你的吧。"

　　"玛丽亚，我跟她是大学同学，我非常了解她，她真的很有能力。"

　　玛丽亚摆摆手："我一直强调，能力很重要，但品德比能力更重要，一个犯事被开除的人，无论她的能力有多出众，都不符合我们的用人标准。Helen，你必须明白，集团不是垃圾回收站，不是阿猫阿狗都能进来的地方。不要感情用事，不要因为她是你的校友，你就失去招聘主管的立场，这很危险，这是第一次警告。"

　　吴红玫恳求："玛丽亚，如果你不放心，可以给她半年的试用期。我敢保证，用她你绝对不会后悔。"

　　玛丽亚皱眉："第二次警告，Helen，不要有第三次。"

　　吴红玫叹了口气，拿着苏筱的简历走了出去。她很想帮苏筱，但是她的能力太小了。她跟苏筱一样在这个城市里无亲无故。她想起昨天晚上苏筱看着老段的眼神，那种冰冷的眼神，是从前没有的。从前的她，眼睛里只有星光，没有寒冰。而造成这一切的罪魁祸首就是周峻。

凭借一股冲动，吴红玫打电话给周峻，将他臭骂了一顿。当冲动消失之后，她又觉得可笑，骂他又如何，于事无补。这个世界没有公平可言，无辜者在泥泞里打转，劈腿者已经花好月圆前程万里了。

　　尊敬的领导：
　　　　您好！
　　　　我叫苏筱，曾经是众建商务合约部的成本主管，桃源村项目临时墙倒塌之后，我成为替罪羊，不仅被众建开除，凭借能力考取的注册造价师证也被扣发。临时墙倒塌的原因是水泥不合格，天科建筑使用的是振华集团自产自销的水泥，质量一般，黏合性偏低，施工过程中，天科又偷工减料，掺杂大量沙子……众建和振华集团联手，欺上瞒下，捏造事实，安居工程对他们来说不过儿戏一场。希望领导明察秋毫，洞烛其奸，还水泥事件一个真相，还我一个清白……
　　　　此致
　　敬礼！

苏筱郑重地署上大名，又从头到尾审视了一遍。
这时手机响了，是一个陌生的手机号码。
"喂？"
"请问，是不是苏筱？"
"我是。"
"我是天成建筑的主任经济师陈思民，我呢，在网上看到你的简历，觉得很适合我们公司。方便的话，请你明天早上来我们公司面试。"
"刚才您说，您是哪一家公司？"
"天成建筑，我们是振华集团的子公司。"
一个"不"字到了嘴边，又被苏筱吞了回去，她看着墙壁上贴着剪报，又想想为数不多的存款，答应一声："好呀，陈主任，明天见。"

天成建筑不在振华集团办公大楼，而是在四环边一家破破烂烂的回字形办公楼里，电梯大概已经临近使用年限，上行时嘎嘎作响，让人心里一紧。正对着电梯的墙壁上写着天科建筑有限公司，字迹已经陈旧了，显然它在这里办公很久了。办公室的装修残留着过去的辉煌，那是世纪初最豪华的土豪金，现在已经落伍了，金光不闪，土是真土，却豪不起来。

陈思民是一个身量不高、形容消瘦的小老头，头发半白，脸上长满皱纹，戴着眼镜，说多几句话就要大喘气。在面试过程中，苏筱几次听到他大喘气，像风箱漏风了，让她很紧张，生怕他喘不上来气。

陈思民大喘几口气后说："不好意思，最近又开始飘柳絮，我一到这个季节呼吸道就容易发炎。"

"柳絮确实挺烦人的。"

"刚才我说的，你有没有什么不清楚的地方？"

"没有，挺清楚的。"

"那行，那你什么时候能入职？"

"随时可以。"

"你要有事，明天来上班；要没事，今天就可以开始。"

"今天吧。"这里离苏筱的住处不近，跑一趟也挺麻烦的。

陈思民点点头，温和亲切地说："我们天成虽然规模不大，但是公司氛围特别好，团结友爱就像一家人。你有什么事可以随时来跟我说。"

"好的，谢谢主任。"

上一个说"公司是一家人"的老段，被苏筱打进了派出所，不知道这个如何？苏筱审视着他。他看起来就像是古代那种怀才不遇屡试不中的老秀才，苏筱本身也是偏义弱的，但是面对他，会生出一种"我一拳能打他三个"的优越感。

陈思民亲自引着苏筱到一个角落里，指着唯一的空位置。"你先坐这里吧，下周有个员工要离职了，你再搬过去。"

位置旁边是个装饰屏风，也是土豪金风格，虽然已经陈旧，但还算雅致。苏筱微笑着坐下。陈思民又交代了几句，这才走开。苏筱环顾四周，发现同事们的工位离自己的都有一点距离。陈思民一走，原本假装认真工作的同事们立刻都松懈了，说说笑笑的。这是一群擅长摸鱼的同事。

"谁在外面呀？"

突然有个粗哑的声音传来，声音不大。苏筱怔了怔，环顾四周，并没有发现人。她试探地问了一句："谁？"

"我。"一副理所当然的口气，"厕所没纸了，给我扔卷纸进来。"

苏筱扭头，这才发现，装饰屏风后面原来是厕所。她从包里拿出一包纸巾扔了进去。片刻，传来冲水声，紧接着是脚步声。有一个男人从屏风后走了出来，上下打量着苏筱。他四十六七岁，身材魁梧，留着寸头，胡子拉碴。

"没见过你，新来的？"

从口气能感觉出来这个人应该是公司的高层管理，至少是副总级别的，苏筱站起来，点点头。

那人摆摆手说："坐吧坐吧，好好工作。"随手将纸巾扔进垃圾筒里。

苏筱听到同事们喊他"汪总"，于是打开公司简介看了一下，公司里只有一个姓汪的，是总经理汪洋。

汪洋走回自己的办公室，一屁股坐在大班椅上，往后一靠，长长地吁口气。"昨天晚上，一斤白酒，一瓶红酒，喝得胃都要吐出来了。不过，可算是把他们搞定了。"

陈思民惊喜："搞定了？"

汪洋得意地点头。

"那太好了，有盘龙山高速公路项目，咱们今年就踏实了。"陈思民将一杯浓茶搁在他面前，在旁边坐下。

汪洋摸摸寸头说："可不是，也轮到咱们扬眉吐气了。"

"汪总，我听说，因为水泥的事情，天科、天正、天和、天同联合起来跟集团较劲呢，这事情咱们不参加吗？"

"你怎么想的？"

"我看他们的意思，是想借此机会跟集团把物资采购权要过来。要是能要回物资采购权，咱们的自主权就大了。"

汪洋说："这个我知道，可是黄胖子找了他们三家，就没来找我。我这主动凑上去，不合适呀？而且万一要不到，又把汪明宇得罪狠了，也是挺麻烦的。"

"我觉得咱们可以先准备着，这样可进可退。"

"行，那你先安排着。"汪洋拍拍陈思民的肩膀，"辛苦了。"

陈思民想了想说："还有一件事，我今天收了一个人。"

"是不是坐在厕所旁边的小姑娘，我看到了。"汪洋说，"你收就收了呗，这种事不用跟我汇报。"

陈思民郑重地说："这个人我得跟你汇报一下。"

汪洋问："怎么了，是你的相好呀？"

陈思民哭笑不得地说："汪总，你扯哪里去了？"

汪洋哈哈大笑："行了行了，跟你开玩笑，借你十个胆子你也不敢的。说吧，怎么着，这小姑娘来历不凡呀。"

陈思民说："是有点来历，不凡谈不上。周峻，众建以前的项目经理，后来借调到市建委的，你还记不记得？"

汪洋点头："记得，那小子是个人物。"

陈思民说："他现在攀上高枝了，已经正式调入市建委了，估计咱们以后还得有求于他。这个苏筱是他的前女友，被众建开除的，是他拜托我让她到天成来工作。我不能不答应。"

汪洋恍然大悟："明白了，所以你把她安排在厕所那边的位置，逼她自己走，对周峻也有交代。"

陈思民笑着拽了一句文言文："知我者，汪总也。"

🏢 第六章

　　按照陈思民的剧本，苏筱发现工位后面就是厕所，会嘤嘤嘤地哭泣着冲出公司大门，从此一去不复返。人年龄大了，多少会看点相。看她的衣着长相，虽不是高门大户里的掌上明珠，也是普通人家全力呵护长大的碧玉，怎么受得了这样的屈辱？至于周峻那里，接到他的拜托电话后，他做了功课，知道两人是婚期临近时闹掰的，不是和平分手，多半以后会老死不相往来。

　　算盘打得很响，奈何苏筱不按他的剧本走。

　　发现工位真相后，苏筱敲开了陈思民办公室的门，问她接下去工作如何安排。

　　陈思民愣了半天，他压根儿没想到工作安排，想了想，他把装满发票的鞋盒递给她说："你刚进公司，先适应适应，要实在不愿意闲着，那就先帮我贴一下发票。"让一个高分通过注册造价师考试的优秀造价人员贴发票，分明就是侮辱。他想着苏筱也许会生气，会露出受伤的表情，但并没有，她只是沉默了一下，然后接过了鞋盒，转身走了。

陈思民这时终于意识到苏筱的外表与性格是两回事，她看起来白白净净弱不禁风，骨子里却有着800编号水泥的糙性。其实他对苏筱的判断并没有出错，但那是一个多月前的苏筱。

虽然她的父母都是拿死工资的普通职工，但在物质上和情感上都不曾亏待过她。她聪明伶俐学习好，长相秀气懂礼貌，老师喜欢，同学亲近，这么一路走过来，顺风顺水，多少有点心高气傲。若是一个多月前，或者是她刚被众建开除那会儿，陈思民安排她坐在厕所旁边，让她贴发票，她不会哭，但必然会一去不复返。

现在的她不一样了，已经饱受社会毒打。从人生小高峰一路受锤，已经锤到趴在土里，再锤也只能在土里。至此境况，反而生出一股大无畏的气魄来，内心深处驻扎着一个横眉冷眼的小人儿，姿态凛冽地说，来吧，看你们还能把我怎么样。

苏筱抱着鞋盒回到工位，开始认认真真地贴发票。身后传来哗啦啦的水声，跟着就是"哼哈哼哈"的歌声，周杰伦的《双节棍》，唱歌的是天成建筑的安装预算主管东林。经过苏筱的工位时，他脚步顿了顿，探头张望。但苏筱一抬头，他立刻缩回身子，笑了笑，甩着湿漉漉的手走开了，洞洞鞋吧嗒吧嗒，破洞牛仔裤的洞洞都快开到大腿根了。这身装扮像夜场里的DJ，而不是一个传统行业里的职员。建筑行业里的造价人员一般穿得齐整，像天成的另一个主管土建预算主管陆争鸣，一本正经的衬衣、一本正经的西裤、一本正经的发型，给人一种严谨专业的印象。

东林和陆争鸣都比苏筱略大，长相乏善可陈，普通人嘛，不丑也不美。他们对苏筱这个新来的同事挺好奇的，但她身上带着大企业出来的距离感，又坐在厕所旁边的工位，很矛盾，让他们轻易不敢接触，怕表错情。

苏筱两耳不闻窗外事，安安静静地贴了一张又一张发票，直到口干唇燥，起身去茶水间，想找个杯子喝水。刚走到门口，听到里面有人说："最帅的肯定是我老公夏明了。"语气脆生生的，显然说话的是一个年轻姑娘。

她停下脚步，脑海里即刻浮现夏明靠着墙壁抽烟的寂寥表情，很奇怪，她只见过他一面，但是印象非常深刻，甚至能回忆起当时他吐出的烟圈慢慢散开的轨迹。

另一个声音响起："上个星期你老公不是叫孔侑吗？"

先前那个脆生生的语气："已经和平分手，姐姐我喜新厌旧，不行吗？"

另一个声音说："行，不能再行，终于不用听到某人天天叫嚷，'偶吧，撒浪嘿。'"

一阵嬉笑之后，两个人追逐着从里面跑出来，与站在门口的苏筱差点撞到一块儿。领先的那个年轻姑娘堪堪止住步子，杯子里的咖啡还是洒了出来。她看看衣角的咖啡渍，又看看苏筱，歪头问："你谁呀，干吗站在这里偷听我们说话？"

另一个姑娘看着成熟些，笑着说："就你那些事，别人用得着偷听嘛，你不都是上赶着和人说的……"

年轻姑娘朝成熟姑娘龇龇牙。

成熟姑娘笑着跟苏筱打招呼："没见过你，你是新来的吧。"

苏筱点点头："对，我是新来的成本主管苏筱。"

年轻姑娘诧异地打量苏筱："你是新来的，我怎么不知道。"

苏筱诧异地问："请问您是？"

成熟姑娘笑着说："她呀，是我们老板的老板，我们天成的第一八婆。"

年轻姑娘嗔怒，举手佯打，成熟姑娘嬉笑着跑开。年轻姑娘追了过去，嘴里嚷嚷着，"有胆你别走。"

苏筱走进茶水间，咖啡机是新款，她没用过，研究了一会儿，伸出一只手指轻轻按了一下，不对，过滤的水突然流了出来。她连忙重按了一下，水并没有止住，这时一只手从旁边伸了过来，也不知道在哪里按了一下，水立马止住。

苏筱松了口气，转头看着帮忙的人，正是那个说话脆生生的年轻姑娘。她可真年轻呀，近距离看，皮肤上还长着细细的绒毛。应该还没到二十岁，青春那股嚣张劲儿从每个毛孔里往外散发。这个年龄的姑娘没有不好看的。她是小家碧玉的长相，眼睛形状像杏仁，拿眼看人的时候时睁得圆圆的，特别认真，带着一股小鹿的气息。

年轻姑娘拿过抹布擦拭着水渍，语气认真地说："新来的，你别在我的地盘里乱弄。"

苏筱诧异地说："你的地盘？"

"对呀。茶水间归我管，这儿就是我的地盘。"她指着咖啡机，"这咖啡机还是我跟汪总建议买的呢，《咖啡王子一号店》同款，欧洲进口的，磨出来的咖啡超级香，以前汪总爱喝星巴克，现在都改喝我做的咖啡了。你看着点，我只教一次。"说着，从柜子里取出咖啡豆，倒了进去，按下某个键，咖啡机就开始转动了。

"记住了吗？"

"记住了。"

"行了，你先回去吧，这还要一会儿，等一下好了，我给你送一杯过去。你工位在哪儿？"

"洗手间旁边那个。"

年轻姑娘先习惯性地"哦"了一声，紧接着似乎明白什么，又认真地"哦"了一声，眼神里似乎闪过一丝同情。她的态度有了奇怪的变化，就好像本来张牙舞爪要捍卫自己食物的猫咪，突然之间收起炸起的毛。

苏筱回到工位上，没等多久，年轻姑娘就端着咖啡进来了。她人缘似乎不错，一进来，大家就嚷嚷着："杜鹃这是给我的咖啡吗？"

她也嚷嚷："去去去，你们没长手，自己不会做呀。"

大家又嚷嚷着："没有你做的香。"

"今儿没有你们的份，明儿请早。"她将咖啡往苏筱桌子上一放，下巴微扬，"尝尝。"

苏筱尝了一口，眼睛一亮，咖啡味道确实很好。"真的很好喝。"

"那当然。"她倚着桌子，圆圆的眼睛眨巴着，十分神气，"我来咱们公司之前，在星巴克打过工。"

"你叫杜鹃吗？是哪两个字？"

"杜鹃花。"她说，"我家在山下。我爸妈说，我出生时，满山的杜鹃花一夜全开放了，整个山头都红遍了。村里有个大仙说，我前世是天上伺候杜鹃花的花僮。"

有人笑着说："杜鹃又开始宣扬封建迷信了。"

杜鹃扭头瞪着他，用那种吵架般的认真语气说："谁宣扬迷信了？人家可灵了，我家丢的羊都他给找回来的。"

东林说："杜鹃，扁他，再不给他弄咖啡。"

那人就笑着求饶："杜鹃姐姐,我错了。"

苏筱冷眼旁观,暗暗惊讶。她没有见过这样的办公室氛围。大学毕业她就进了众建,大国企,底蕴深厚,规矩很多。同事当中有些家庭背景很厉害,有些是背后还长着眼睛的老油条,她刚进去的时候没少吃暗亏,当时因为老余看重她,替她挡了不少子弹。后来她学乖了,和同事只谈公事不谈其他。尽管如此,这四年多,说她工作时间谈恋爱的小报告从来没有停过。

杜鹃跟他们呲了几句,扭头看着苏筱,说:"哎呀,你这发票贴得不行呀。"

"还行吧。"

"不行。"杜鹃拿起一沓贴好的发票,"你看这些票据大小不一,太不整齐了。我告诉你,除了做咖啡,我另一个绝活就是贴发票,我贴的发票又整齐又利落,汪总都表扬过我。你放下,我教你怎么贴。"

"不用了,我贴的发票也是有讲究的。"

杜鹃不信:"什么讲究呀?"

苏筱指着杜鹃手里的那沓发票说:"这些票都是前两个月各个银行停车场的票据。"

杜鹃一脸懵懂:"银行停车场怎么了?"

苏筱指着发票:"你看,前两个月陈主任跑银行跑得特别勤,而且在银行停留时间都很长,应该是在跑贷款,之前不顺利,所以换了好几个银行。但是上个月下旬,没有银行停车场的票据,我猜那个时候贷款下来了吧。"

杜鹃瞪大眼睛看着苏筱:"这是你从发票里看出来的?"

苏筱点点头。

杜鹃怀疑地瞪着她一会儿,从贴好的发票里又挑出一张。"这个呢?"

苏筱说:"这张是陈主任的应酬,夜总会、洗脚店都有,报销额度很高,陈主任在公司里的权限应该很大,汪总很信任他吧。"

杜鹃更加震惊:"陈主任跟汪总是发小,他虽然不是副总,但确实权力很大,相当于公司的二把手。"

"还有这一张……"

杜鹃伸手阻止苏筱继续往下说:"别说了,我已经受到一万点暴击伤害了,我要回去平复心境。"说罢,转身往门外走去。

东林拿着一袋发票拦住她，讨好地说："杜鹃姐姐，帮我贴一下发票吧。"

杜鹃眼睛一瞪："贴你妹呀，没空。"甩头走开。

东林一头雾水，看向苏筱："她怎么了，吃火药了？"

苏筱微笑着说："我有空，可以帮你贴。"

"谢谢谢谢。"东林生怕她反悔，慌不迭地将发票搁在桌子上。

苏筱贴完陈思民的发票，又开始贴东林的发票。东林的发票相对来说，信息量比较小，报销额度和报销科目都跟一般公司差别不大。这说明天成是有规范财务制度的，通常情况下，财务制度都是跟集团一脉相承并接受集团的监督。而规范的财务制度在陈思民身上失效了，只能说明一个问题，天成有小金库或者两本账，陈思民一部分报销不是走的公司明账，不接受集团监督。振华集团也算是响当当的大企业，没想到子公司乱象环生，有偷工减料的天科，还有两本账的天成。

当年学奥数的时候，老师说，数字里面藏着真相。她看到天成的真相——一个乱七八糟的草台班子。要不是她无处可去，她指定不能坐在这里，听着轰隆隆的马桶冲水声。可是就这轰隆隆的马桶冲水声，她也不知道能听几天。在经历过一个多月的面试失败和装修公司的偷窥风波后，陈思民突然抛出的橄榄枝看起来苍翠欲滴，闻起来却一股子绿色油漆味，她不相信这是真的。果然，陈思民在最初的热情之后，直接放养了她，关于她的后续工作无规划无计划，就用一鞋盒发票打发了她。

一开始，苏筱猜测是吴红玫把她弄到天成的，但认真想想，就知道不可能。无论是蹲在马桶上不带厕纸的汪洋总经理，还是风一吹就倒却时常为大保健买单的陈思民主任，都不是轻易受人摆布的人。吴红玫没有这个能量。

她没想过周峻。在一路下跌的过程中，她对他的爱早就消失了。

他对她来说，是属于她个人历史故纸堆里的。

下午，陈思民突然召集大家开会。这个"大家"里有没有含苏筱，她不知道。她跟着人群走进会议室，坐在角落里，一点也不显眼，听着他们讨论。他们讨论的是集团下属水泥厂生产的水泥，与其说是讨论，不如说是吐槽。

他们说集团产的水泥死贵死贵，质量还不好；说分公司根本没有挑水泥品牌的权力，集团总承包公司搞水泥霸权；说甲方们对振华集团水泥意见很大；又说哪儿哪儿项目出了质量问题，就是因为水泥……

陈思民按了按手，示意他们安静。"行了行了，我知道你们怨气很大，现在机会来了，集团领导班子要举行水泥听证会，你们有什么意见有什么建议都写到报告里。报告呢，东林，你来写吧。"

东林张大嘴巴哎哟一声，不情愿地说："主任，你知道我写报告水平不行呀，这还要交到集团，到时候丢人现眼怎么办。"说着，看了旁边的陆争鸣一眼，"我还是觉得争鸣写比较合适。"

陈思民摇头说："不行，争鸣要做盘龙山项目的标书，没有时间，你来写吧。我相信你行的。"

东林嚷嚷着："我真不行呀……"

但是陈思民已经直接宣布散会，大家一哄而散。苏筱将贴好的发票还给陈思民，他看着她一会儿，好像不认识一样。半晌，一拍脑袋。"这一天忙的，都把你给忘记了。"大声招呼，"唉，你们回来，咱们部门来了个新人，给你们介绍一下。"

但是大家已经走远了。

陈思民冲苏筱歉意地笑了笑："明天再给你介绍，反正机会大把。"

"好的。"苏筱微笑，"接下去我的工作怎么安排呢？"

平时总嫌弃下属们爱偷懒、工作主动性不强，可是碰到这么一个追着要工作安排的员工，也很令人头疼。陈思民想了想，说："不着急不着急，继续熟悉一下啊。我们公司的项目虽然不大，但还是挺复杂的。"

住宅建筑能复杂到哪里，苏筱想着，她刚到北京时参与的地铁项目那才叫复杂。既然陈思民不肯安排工作，她决定主动找事做了。她将贴好的发票还给长吁短叹的东林，问："东林，要不要我帮你一起写报告？"

东林惊喜，嘴上却说："这怎么好意思？"

苏筱客客气气地说："没什么不好意思，我正好有空，想尽快熟悉一下。"

东林不再推辞，他高高兴兴地将水泥参数、历年事故等资料给了苏筱。苏筱将它们简化了，以附件的形式加入申诉书里，并加了一段话：我现在在天成工作，所附的是振华集团历年因为水泥引发的事故，还有它们水泥的参数……

承载着苏筱希望的申诉信，很快寄到了市建委，停留几天后，转到了振华集团董事长赵显坤手里。

赵显坤看完申诉信后，叫来玛丽亚，责怪地问："这种完全置公司利益不顾的员工，你们人力资源是怎么招进来的？"

"苏筱，这个名字好熟悉啊。"玛丽亚想了想说，"但是有一点，我可以肯定，她不是我们振华的员工。"

"信里明明写着，她在天成工作。"

玛丽亚拿起座机话筒，说："Helen，把天成的员工花名册给我拿过来。"放下话筒，皱眉思索着，"这名字真的好熟悉，我一定在哪里见过。"

吴红玫很快就来了，将花名册递给玛丽亚。玛丽亚接过，迅速地看了一遍。

"董事长您看，天成确实没有苏筱这个人。"

一旁的吴红玫惊了惊，身子微微缩起。

玛丽亚说："Helen，你听过苏筱这个名字吗？我怎么觉得这个名字这么熟悉呢？"

吴红玫吞吞吐吐地说："我……"

她的反常引起了玛丽亚的注意，认真地看着她。

吴红玫心虚地揪着衣角。

玛丽亚凉凉一笑："我想起了，她是你的同班同学，你曾经把她的简历递到我面前。"

吴红玫不安地说："对不起玛丽亚，我知道我当时的做法不太妥当。"

"说吧，你怎么把她弄进天成的？"

吴红玫着急："我没有把她弄进天成，我都不知道她在天成。"

"那她怎么去的天成？"

"我也不知道，她没有告诉我。"

"你觉得我会信吗？"玛丽亚一脸恼火地看着她，"Helen，我说过的，不要有第三次。"

"我真不知道。"

"行了。"一直冷眼旁观的赵显坤冲吴红玫摆了摆手，"你先出去吧。"

吴红玫如释重负，赶紧走了。

"董事长，她在说谎。"

赵显坤摇摇头："我看她不像说谎，她也没有这个能力。"

"也是。"玛丽亚想了想说，"那苏筱怎么进的天成？"

赵显坤轻叹口气说："多半是天成私下招人。"

玛丽亚诧异地说："这是明目张胆地违反集团人事规定呀，董事长，我马上对天成进行人事彻查。"

赵显坤思索片刻，摇摇头："这件事我自有安排，你别管了。"

吴红玫出了董事长办公室，并没有回人力资源部，而是推开消防梯的门，走到无人处，给苏筱打了一个电话。

"筱筱，你是不是在天成上班？"

"你怎么知道我在天成？"

吴红玫依然有些难以相信："你真的在天成呀？"

"是的，怎么了？"

"你为什么不告诉我？"

苏筱沉默了。

"你知不知道，天成没有人事权。天成的人事权在集团，所有员工都是跟集团签订劳动合同，他们没有招人的权力，你现在就是一个黑户。集团现在已经知道了，很快就会清理你的。"因为着急，吴红玫说话没有平时那么谨慎，说出口之后，她才觉得不妥，只希望苏筱没听出来。

但是怎么可能？

电话另一端沉默片刻，响起呵呵的笑声："想不到我找份工作还找成黑户了。"

"我不是这个意思，筱筱，对不起，我刚才着急了，随口说的。"看到闪闪发光的好朋友突然蒙尘，她当然替她着急替她难过替她惋惜，也愿意为她出头为她奔波，但同时心里也有一丝暗爽。就在刚刚，这丝暗爽以一种潜意识的优越感暴露出来了。吴红玫羞愧难当。她居然说苏筱是"黑户"，多打击人呀，她恨不得时间回溯，把那个词吞回肚子里。

"说什么呢，我还不了解你呀。我知道你不是这个意思。"

吴红玫仍然愧疚不安："我刚才真的太着急了……"

"我知道，我知道，没事儿，真的没事儿，我又不是玻璃心。"

苏筱再三表示没事，吴红玫才挂断电话。

黑户这个词确实刺耳，那一刻她也确实觉得很羞辱。但她真不怪吴红玫。没有一个人是圣人，都是最普通不过的凡人，拥有复杂的七情六欲，所以她也没有告诉吴红玫自己在天成。她怕待不久，徒增笑料。哪怕吴红玫是她的好朋友，她也不愿意让吴红玫看到自己的狼狈与不堪。露出自己的伤口博取别人的同情，不是她的性格，她更像动物界里的那些猛兽，受伤了，便躲在黑暗的洞穴深处，舔舐好伤口才会重返阳光之下。

厕所里又传轰隆隆的马桶抽水声。

苏筱轻叹口气，心想，果然这轰隆隆的马桶抽水声她都听不了多久。

第七章

知道后反而坦然了，苏筱心情平静地等着最后一刀。

但最后一刀迟迟不来，集团的水泥听证会先来了。

汪洋和陈思民带着名义上东林写的其实是苏筱写的水泥报告去了集团。

会议定在二十八楼的大会议室，汪洋和陈思民走进去时，黄礼林正和夏明交头接耳。听到动静，他回过头，见是汪洋，招呼都不打，又转过头。汪洋走过去，重重地一拍黄礼林的肩膀。

"黄胖子，怎么瘦了？"

黄礼林嫌弃地耸耸肩膀："少来了，我跟你很熟吗？"

汪洋哈哈大笑，挨着他坐下。"你现在就是一个战士，得保重身体，带着兄弟们往前冲。"

黄礼林没好气地说了一声"滚"。

汪洋听到这话，非但没有滚，反而拉着椅子，往他那边挪了挪。这是打定主意恶心人呀，黄礼林拿他一点没办法，知道越怼他，他会越来劲，于是不搭理他了。汪洋本来就是逗他，见好就收，拿起报告看着。"这报告谁写的呀？"

陈思民说："东林写的。"

"行呀，这小子进步挺大呀。"

"确实有进步。"

说话间，天正天同天和的老总和主任经济师也来了，大声地跟黄礼林和汪洋打着招呼。五家天字号子公司的办公地点都不在一起，平时难得一聚，碰到自然少不了拉一下家常，递个烟，聊一下各自的项目。

都是工地干活做上来的糙汉子们，说话声音洪亮。装修肃穆的会议室里顿时闹哄哄的，降格成工地办公室了。

汪明宇和赵显坤一走出电梯，就听到会议室里传来了洪亮的笑声。

"这帮家伙真闹腾。"汪明宇皱眉说。

赵显坤微笑："挺好的，热热闹闹的。"

汪明宇看一眼赵显坤："董事长，你太纵容他们了。他们现在已经无法无天了，都联手对抗集团了。"

赵显坤呵呵两声，说："说对抗太严重了，他们无非是对水泥质量有意见。"

汪明宇拔高声音说："他们何止是对水泥质量有意见？他们对我，对您，对集团都有意见。"

"有意见得让他们发出来，是不是？不发出来，怎么对症下药？"赵显坤拍了拍汪明宇的肩膀，走进会议室。汪明宇见他油盐不进，心里颇有些不爽，却也没办法，悻悻地走进会议室。

会议室里除了五家天字号和五位领导班子成员，还有忐忑不安的水泥厂经理，看到汪明宇，他的眼睛一亮，露出求救般的眼神。汪明宇给了他一个安抚的眼神，然后坐了下来。

"年初高层会议后，大家各忙各的，有四五个月没碰面了吧。"赵显坤扫了一眼全场，"今天一看，一个个精神焕发呀，我心里踏实了。集团发展到今天，已经是庞然大物了，大家独挡一方，想见上一面不容易。有时候想想，当初我们这些人，白天开工，晚上喝酒，苦是苦了点，可是真的很开心。我们都很团结，一心一意，想把振华做大做强。"

汪洋扬声说:"董事长,我最想念的也是那段日子,可惜您太忙了,已经很久没有跟兄弟们一起喝酒了。"

赵显坤笑着说:"找个时间,咱们痛快地喝上一晚。"

汪洋说:"择日不如撞日,董事长,要不就今天吧。"

"今天不行,今天晚上我还有事。"赵显坤笑着摆摆手,"汪洋你先别起哄,咱们先开会,喝酒的事情晚点再说。"

汪洋爽快地回了一句:"行。"

"明宇,你先说吧。"赵显坤朝汪明宇抬抬手。

汪明宇扫一眼众人,说:"你们递上来的报告我都看了,意见很统一,我还是第一次看到你们心这么齐,真是太难得了。平时你们要是心这么齐,我管理起来也容易了。好了,我也不多说了。今天召开水泥听证会,就是让你们来说话,有一说一,有二说二,自家人,都不要藏着掖着。"

大家你看我,我看你,都不肯做这个出头鸟。

汪明宇嘲讽地说:"不都一肚子的话,给你们机会怎么又不说了。"

"那我先来说几句吧,当是抛砖引玉。"汪洋轻咳一声,"那个,我的水平,大家都知道,书读得少,是个大老粗,要是说得不到位,大家多多包涵。关于咱们集团这个水泥,确实质量不太行。这个不行,我觉得有两个原因,第一呢,没有按照市场机制来运行,反正好的坏的都卖给集团的兄弟公司,质量就不上心了。第二呢,咱们这个业务量太大了,水泥厂产量跟不上,只能应付我们。"

汪明宇看着水泥厂经理说:"范经理,听到了吧,你有什么解释?"

水泥厂经理赔着笑脸地说:"董事长,汪总,各位公司领导,汪洋老总刚才说的第二点,我赞同前面部分,就是业务量大,水泥产量跟不上。毕竟水泥厂投产到现在大概有十年了,各项设备都开始老化了。但他说水泥厂应付兄弟单位,那我不赞同。我可以用人格保证,所有出厂的水泥都是严格按照标准生产的,不存在什么好坏的情况。至于你们所说的质量问题,十年来,咱们集团也没有因为水泥出过事故。"

黄礼林嚷嚷着:"我们桃源村项目不就是因为水泥出了事故,我现在已经上了众建的黑名单,被踢出分包商行列,这么大的损失,你们水泥厂就没有个交代吗?"

汪明宇说："老黄，你那堵墙真是因为水泥质量出了问题倒的吗？"

黄礼林理直气壮地说："怎么不是。"

汪明宇看着赵显坤，似乎在说你看看。

"关于集团水泥问题，我这里有一份新的调研。"夏明打开笔记本电脑，连接上投影仪，很快屏幕上出现一张比较图，"大家看看这张图。集团水泥厂的水泥黏合度远低于常规数值，要达到规范标准需要的水泥比例就要相应提高，比如：一个项目，需要是300吨水泥，如使用本集团水泥，就要增加50吨水泥，而水泥厂给我们的价格高于市场价8%，也就是说，一个项目下来，光水泥材料成本提升26%。"

屏幕跟着出现（300×8%+50×108%）/300=26%。

现场一片安静。每个人安静的理由不同，像汪洋，根本没听明白，怕说话露了短。汪明宇是懂的，就因为懂，所以只能安静了。

良久，响起一个孤单的掌声。

大家循声看过去，只见赵显坤不紧不慢地鼓着掌。

"我最近一直在想，现在振华需要什么样的人才？"指着夏明，"就像这样的。敢于提出问题，而且能把问题提到点子上。集团发展到这么大，不可能没有问题，有问题不可怕，把问题藏着掖着才可怕。"

汪明宇有些心虚，眼神闪烁。

赵显坤继续说："不过光会提问题还不够，还得能解决问题。夏明，你来说说，现在这种情况，怎么解决？"

"董事长还记得我上回问您的问题吗？解决问题的办法就在您的答案里。"

赵显坤笑了笑，说："你上回问我，是不是对所有的子公司都是一视同仁，没有亲近远疏之分，今天我在这里再强调一次，我对所有子公司都是一视同仁。以后，天科、天成、天和、天正、天同，和总承包公司一样，拥有物资采购权，每年上交集团的利润率也一样。"

五家天字号的老总们齐声欢呼："谢谢董事长。"

汪明宇脸色难看，又恼火又不安。恼火是因为赵显坤都没有和他商量就做出这样的决定；不安也是因为赵显坤没和他商量，这是一个不好的信号，说明对他有意见了。

"我还是那句话，大家是一家人，有意见要及时沟通。很多问题其实都是沟通不顺畅造成的，是可以避免的。"赵显坤说，"好了，今天的会议就到此结束吧，大家继续努力。"

天字号一干人等纷纷答应。

赵显坤站了起来，冲汪洋招招手："你来我办公室一趟。"

汪洋心里一紧，低声吩咐陈思民："你先去停车场，等我一会儿。"

陈思民下到停车场，躺在轿车的副驾上闭目养神。以为会等很久，但其实也就五分钟不到，汪洋一脸疑惑地回来了，手里拿着一个很大的信封，

"怎么了？董事长找你说啥了？"

"没有说啥，就给我这个。"汪洋将信递给他，"叫我回去再看。"

"这是谁的信呀？"陈思民捏了捏，"这么厚。"

"不知道。"汪洋坐上驾驶座，却没有发动车子，视线黏在信上了，"给我，我看看。"

"不是叫你回去看吗？"

"等不及了。"汪洋拿过信，拧开车灯，抽出信看着。

陈思民见他眉头越皱越紧，问："怎么了？"

汪洋重重地一拍方向盘，正好拍中喇叭按钮，惊天动地地响了起来。"等一下回公司，把那个苏筱给我开了。"

汪洋心里恼火，油门猛踩，很快赶回了公司。他怒气冲冲地走到商务合约部门口，突然想起苏筱也算是个小小的关系户，于是脚步一顿，回头看着落在后面的陈思民："那个，周峻现在怎么样了？"

"攀对了高枝，现在春风得意。"

"再春风得意，也是一个屁。"话虽这么说，汪洋却裹足不前。生意人看得长远，周峻找了这么一个厉害的女朋友，未来可期。不趁他还是小人物的时候结交，难道还等将来他发达了再去结交？

"他昨天还问起我，还挺上心的。"

"那你说现在怎么办？"汪洋扬扬手里的申诉信，"董事长亲手交给我的，这是在警告我，他已经知道我们私下招人。关键这个人还把咱们告了。她是无论如何都不能留。"

陈思民低声说："明着来不合适，我有办法，让她主动走人。"

"什么办法？"

陈思民凑近汪洋耳边细语几句。

片刻，汪洋露出笑容，赞许地拍拍他的肩膀。"行，就这么办吧。"

苏筱正在专心贴发票，突然感觉到头顶多了一道阴影。她抬头，看到陈思民笑眯眯地站在面前，她赶紧站了起来。陈思民拿起桌子上贴好的发票翻看着："听说这段时间，你一直在帮大家贴发票。"

"他们都在忙，我闲着。"

"你一定在想，我招了你，又不给你安排工作，还让你贴发票。很奇怪吧。"

"确实有些奇怪，不过领导的想法都是与众不同的。"

陈思民笑眯眯地说："没错，我就是故意的。"

苏筱不知道他葫芦里卖什么药，便顺着他的意思接了话："为什么？"

"小庙容不下大菩萨。你的履历太优秀了，而我们天科规模才中等。我呢，很想培养你，但又担心你不是真心想留下，只是来过渡一下，那我一番心血岂不是白费了？所以我想考验你一下……"陈思民舌绽莲花，大意就是这一切都是我给你的考验，而你现在通过我的考验，所以我要对你委以重任了。

"这个活非常非常重要，现在我把它交给你了，有没有问题？"

有也得说没有呀，苏筱果断地回答："没有。"

陈思民赞许地点头，又说："能不能中标，不强求，但是有一点，我希望你能全力以赴。"

"我会的。"

陈思民转身冲东林招招手："拿过来。"

东林抱着一叠厚厚的资料过来，放在苏筱的办公桌上。资料正上面是一张建筑设计图，图纸下方写着：4-1 本心美术馆平面图。陈思民说："这是集团对外接的项目，现在进行内部招标，投标人是包括我们天成在内的五家天字号子公司，具体哪五家，等一下让东林告诉你。竞标采用的是合理低价法，这个不用我解释吧，你应该很了解了。"

苏筱点点头："我以前招分包商用的也是合理低价法。"

"那就好。这个项目下个星期三开标。东林和争鸣已经做完清单、算量，现在他们要着重做盘龙山项目的标书，没有精力，现在只能靠你了。时间紧工作量也大，但是我相信，以你的能力没有问题的……"

这一套组合拳下来，苏筱多少有点蒙了。她一直等着最后一刀落下将她扫地出门，结果刀没有落下来，先落下来一个项目的操盘机会。这里并不存在接与不接的选择，她是一个没有选择的人，她只会回答"没问题"。

陈思民给她打足了鸡血，这才走开。

苏筱坐下。她不是没有察觉"委以重任"的诡异，这与突然抛出的橄榄枝如出一辙，看起来很美，细想都是毛病。但当她的手指摩挲着平面图，这些都不重要了，她的心里只有激动——终于又做回热爱的工作了。不管里面藏着什么样的阴谋诡计，她都认了。她神色肃穆地打开抽屉，取出一个盒子，盒子里装着一对镇纸，将平面图铺开，铺上透明纸张，在两角压上镇纸……

一系列动作有条不紊，不徐不疾，就像一种仪式。

黄礼林打开冰箱门，取出红酒和两个酒杯，各倒三分之一。他将其中一杯递给夏明说："来，咱们庆祝一下。"

夏明接过酒杯，与他碰杯，浅啜一口。动作倒是挺配合，但神色意兴阑珊。

黄礼林不解："怎么了，物资采购权拿回来了，你怎么一点都不开心。"

"太容易了。"

"病得不轻呀。"黄礼林不搭理他，一饮而尽，想着再倒一杯，被夏明一手按住了。

"舅舅，你的身体。"

"少扫兴啊，让我高兴高兴。"黄礼林推开他的手，豪气大发，"从此我想买谁的就买谁的，想用什么价格买就用什么价格买。太爽了，这脖子卡了十几年，终于自由了。"

"我不想扫你的兴，但是你高兴得确实太早了。"

"哪儿早了？"

"你不觉得今天的事情太容易了吗？"

黄礼林哎哟一声："我就说你病得不轻，容易还不好嘛，非得搞得千辛万苦呀。"

"今天的会议，就像是天字号和董事长联手，将汪明宇揍了一顿。"

黄礼林回想一下说："你这么说，也有几分道理。董事长让步让得太快了。"

"他不是让步，这是他的主动选择。看起来我们主动攻击，其实是被他牵着鼻子，配合他演了一场戏而已。他利用我们敲打了汪明宇。"顿了顿，夏明又说，"汪明宇利用物资采购权盘剥天字号，他用我们敲打他。我们桃源村项目偷工减料，波及整个集团，他到现在都没有处罚我们，你觉得合理吗？"

"你就不能让我高兴一会儿吗？"黄礼林顿时觉得红酒不香了，将酒瓶塞回冰箱里。

夏明失笑："行，那你高兴一会儿，晚点我再说。"转身要走。

"哎，你说你这人，故意折腾人呢，都说到这份上，我也高兴不起来了。干脆点，一口气说完。"黄礼林说，"你觉得董事长会怎么收拾咱们？"

"我怎么知道？但是，肯定是个大招，不会让我们等太久的。"

"那咱们怎么办？"

"兵来将挡，水来土掩呗。"

黄礼林瞪他一眼："说的全是废话，你还不如让我先高兴一会儿。"

"那你先高兴着。"夏明拍拍他的肩膀说，"我去看看他们美术馆标书做得怎么样了。"

"有啥好看的，就天成、天和、天同、天正那四个废柴，咱们吹口气就能吊打。"

"我看看，调整一下报价。桃源村项目这么一闹，咱们不亏已经算好的，得从其他项目找补点。"

"去吧去吧。"黄礼林挥挥手，在椅子上坐下，往后一靠，舒舒服服地瘫成一坨肉。夏明说的，他其实也有感觉，毕竟他也是沉浮商界几十年的老江湖了，要是这点敏锐性都没有，早不知道死在哪个犄角旮旯了。但他太高兴了，便忽略了事情的反常。还有一个原因，他跟赵显坤、汪明宇他们太熟了。老话说，近则狎。太熟了就容易忽略，忽略相交的分寸，忽略对方的情绪。换句话说，在他的心理感受上，赵显坤首先是个熟人，然后才是集团董事长。所以，就算他也认为赵显坤会放大招收拾自己，但他并不害怕，他不相信赵显坤下得了狠手，也不相信赵显坤会一点旧情都不念。

当黄礼林思索着赵显坤下一步动作的时候，在集团顶楼的董事长办公室，一场与他有关的讨论也在进行着。经过一段时间的情绪消化，汪明宇的脸色已经恢复过来了，语气也是平静的："董事长，我刚才认真想了想，还是觉得不合适，水泥厂80%的业务来自集团内部，下放物资权，那就是断它的活路呀。"

"这不是断活路，这是断奶。"赵显坤说，"当初刚建厂的时候，它的效益也是不错的，为什么十年过去，反而退步了？有人供它奶，它当然就不会自己去找饭吃了。水泥厂必须得断奶，不断奶，它永远起不来。"

"那也得有个过程不是，一下子砍了它80%的收入，它怎么活呀？"

"怎么活，那得看你了。"赵显坤看着汪明宇，眼神有点严厉，"水泥厂也是你直管，它出现这种经营状况，你是有责任的。"

汪明宇识趣地认了错："我知道，这些年我光顾着抓工程，对水泥厂疏于管理了。接下来，我会对它进行全面整改。"

毕竟是公司二把手，管理的总承包公司营收占集团全年营收50%以上，赵显坤刚才已经在水泥听证会上敲打过他了，现在不愿意太下他的面子，免得生出怨气。他拍拍汪明宇的肩膀，语气温和地说："我相信你很快会重新盘活水泥厂的。"

"董事长……"汪明宇欲言又止。

"说吧，咱们有什么不可说的。"

"我怕我再说，会让人觉得我死抓着物资采购权不放。他们在背后说我利用物资采购权盘剥天字号，可他们从来没有想过仓储费、物流费，还有垫资利息，这些不是成本吗？"

"他们说他们的，我相信你。"

"我不是想抓着物资采购权不放，我是担心放下去后果不堪设想。现在钢筋水泥都是集团统一采购，黄礼林还能偷工减料，这要放给他们，他们能动手脚的地方太多了。"

"这个我知道。"赵显坤说，"当年之所以把天字号子公司的物资采购权留在集团，是想通过集团的综合采购能力和议价能力，降低成本。既然无法达成目的，那就交给市场来调节了。而且天字号现在不算是小公司了，已经有一定的抗风险能力了，给他们一个机会，也许会有更好的发展。"

"这个我赞同，但是如果他们动手脚，那就不只是临时墙倒塌的问题，那可是会危及集团根本的。"顿了顿，汪明宇说，"而且黄礼林捅了这么大娄子，集团也没有处罚他，这会给其他子公司一个错误的信号。"

"明宇呀，你说的我都明白。"赵显坤笑了笑，"我觉得你太纵容黄礼林了。"

"董事长，难道你没有纵容他吗？"

赵显坤哈哈一笑："孙猴子大闹天宫，不闹怎么知道哪里不夯实。你看，现在这么一闹，问题全出来了，这样才可以对症下药。水泥厂、天科、天成，哪儿坏了，该吃什么药，一个都不会少的。放心吧。"

话说到这种程度，汪明宇已经明白，赵显坤打定主意要下放物资采购权，说再多也于事无补，反而适得其反。又闲扯了几句别的，他起身离开，回到二十九层的副总经理办公室，看着书架上那个裂痕交错的头盔，陷入沉思。

五家天字号加起来规模大概是总承包公司的三分之一，物资采购量大。下放物资采购权，总承包公司的利润会大幅降低。林小民管理的地产公司这两年势头很猛，快追上总承包的营收了，他第一副总的位置，危矣。

第八章

陈思民在等苏筱知难而退。

时间紧任务重，他不信她能坚持下来。但是她接过任务后，一低头就没有再抬头了，连水都没喝一口。他好奇，借着上洗手间的机会，到她工位前看了一眼。她听到响动抬起头，亮晶晶的眼睛带着疑问。

看到她因为缺水而起皮的嘴唇，陈思民突然心生愧疚。他对她笑了笑，赶紧走开了，回到办公室越想越不自在。身为大男人，这么暗搓搓地折腾一个小姑娘，太下作了。可是没办法呀。

他对她生出好奇心，工作之余分出一份心思看着她。这一看不得了，越看越喜欢，她的工作态度太好了，专注且不急不躁，无论商务合约部怎么闹腾，她都八风不动。他生出惜才之心，心想，她要不是被众建开除的，他指定留下她重点培养。然后转念一想，她要不是被众建开除的，又怎么会虎落平阳到天成呢？她是大公司按照中高层管理人员重点培养出来的储备人才，若不是有被开除的污点，多少公司抢着要。

苏筱埋头工作，并不知道陈思民的种种心思变化。工作让她忘记了烦恼，忘记了周遭一切，忘记了时间。直到有个人轻扣桌面，她才惊醒，抬头一看，是杜鹃。

"你要加班到几点？"见苏筱一脸茫然，杜鹃又说，"我要锁门。"

苏筱哦了一声说："不一定，要不，你把钥匙给我，我来锁门。"

杜鹃说："没事，我可以等你，宿舍没网，我在追韩剧。"

"好的。"苏筱低下头继续工作，很快将杜鹃抛到脑后。

过了一会儿，一杯咖啡突然被搁在她桌子上，她一下子急了："拿开，拿开。"

"什么？"杜鹃莫名其妙地看着他。

苏筱不客气地说："把咖啡给我拿开。"

杜鹃哦了一声，拿起咖啡："我看你渴了，专门给你做的。"

"我不需要，谢谢。"苏筱心疼地拿起透明的纸，对着灯光看着。

好心当成驴肝肺，杜鹃心里不爽。"我说你，什么毛病，我好心好意给你做咖啡，你大呼小叫干吗？"

苏筱放下纸，放缓口气："对不起，刚才我着急了。谢谢你给我做的咖啡，不过，我工作的时候不喝水。"

杜鹃诧异："不喝水，为什么？你看你嘴唇都起皮了。"

苏筱冲杜鹃招招手，然后拿起透明的纸对着光源。杜鹃凑近，只见透明纸上面一个一个咖啡杯底形状的水印。

"以前不小心打翻过水杯，图纸和数据都花了，后来工作的时候我就不喝水了。"

杜鹃吐吐舌头："不好意思。"

"什么不好意思，我又没跟你说过，不能怪你。"苏筱故意叹口气，"可惜呀，比星巴克还好喝的杜鹃牌咖啡喝不了。"

杜鹃心花怒放，不再计较她刚才的语气冒犯，端着咖啡回到前台上坐好，继续看韩剧。她脱掉鞋子，从抽屉里拿出一个颈枕套上，拿起外套披在身上，整个人舒舒服服地缩在椅子里。看着看着，眼皮开始打架，脑袋一点一点，最后身子一歪摔倒在地上。她哎哟一声，一只手捂着额头，一手扶着桌子慢慢爬了起来。坐回椅子上，缓了一会儿才回过神，看电脑屏幕已经23点了，一下子清醒了。

杜鹃揉着额头走进商务合约部，发现苏筱的工位已经没有人了。居然一声不响地走了，她顿时生气，嘟哝一声："什么人呀。"跺脚转身，往门口走，忽然脚步一顿，只见苏筱和衣躺在角落里的沙发上，已经睡着了。

她惊异地看着苏筱，如同看着一个稀罕物件。苏筱看起来文静秀气，像是那种特别讲究生活品质的姑娘，没想到这么糙呀，还能睡办公室的。

她对苏筱生出兴趣，第二天起大早赶回公司，特别多打了一份早餐，到商务合约部一看，苏筱已经开始工作了。

"用不用这么拼命呀？"

"这算什么拼命。以前我们项目投标，我睡了足足一个月的办公室。"

"给你。"杜鹃将早餐递给她，这次没有直接放在办公桌上。

"杜鹃你可真是小可爱呀。等我忙完，请你吃饭。"苏筱接过早餐，走到窗边，远离工位才开始吃。她吃饭细嚼慢咽，倒是和长相挺贴近的。

杜鹃站在苏筱的工位旁，探头看着，只见文件上密密麻麻的数字，她从小最怕数字，看一眼，都觉得头疼。"你今晚还要加班吗？"

"要呀。"

杜鹃吞吞吐吐："其实，你不用，这么拼的……"

"什么意思呀？"苏筱不解地看着她。

杜鹃咬咬唇，正想说话，门口传来脚步声，几个同事走了进来。她只得作罢，说了一句"没什么"，回了前台。一天晃眼过去，夜幕再次降临，杜鹃看着同事们一个个打卡下班，除了苏筱。她年轻，心里藏不住事，嘴里藏不住话，特别是看到苏筱眼圈开始发青了。

"你不用这么拼。"杜鹃说，"这个项目咱们就是陪跑的。"

苏筱正用广联达软件计价，抬头不解地看着她："陪跑，什么意思？"

"因为你赢不了我老公。"

"你老公？夏明？"

"对呀。他可厉害了，自从他到天科以后，集团所有内部项目都是他中标，咱们每回都是陪跑。"

苏筱恍然大悟："这么回事呀，明白了。"怪不得陈思民把这个项目标书交给刚进公司一个星期的她，说得天花乱坠，什么通过考验、委以重任，不过是因为这个项目他早就放弃了。

杜鹃看到苏筱嘴上说着明白了，手上却一刻都没停，啪哒啪哒地敲着键盘。"你真明白了？"

"明白了。"苏筱头也不抬地说。

"那你赶紧回家睡觉呀，看看你，眼圈都青了，这个项目不值得，真不明白你到底在拼什么。"

"拼什么？"苏筱停止敲击键盘，看着杜鹃，想了想说，"拼的是我的未来吧。我不是为别人工作的，我是为自己而工作的。你知道一万小时定律吗？任何一件事，只要你花上一万个小时，就能成为专家。别人下班，我加班，别人看电视，我看专业书，所以我才能一次通过注册造价师考试。对你们天成来说，它是个陪跑项目，但对我个人来说，它是继续前进的台阶。"顿了顿，她笑着说："再说，我从来都是领跑的，陪跑我不会。"

杜鹃被这番话震到了，呆呆地看她一会儿，忽然觉得惭愧，一言不发地转身走了。回到前台，点开韩剧，欧巴还是那么帅，剧情还是那么缠绵悱恻，但是不香了。

汪洋从洗手间里出来，看了苏筱一眼，拐进了陈思民的主任办公室。

"怎么还没有走呀？"

陈思民犹豫了一下说："汪总，要不咱们把她留下来吧，这姑娘真不错，工作特别认真。"经过几天观察，他对苏筱的喜爱已经达到极点了，跟她一对比，东林、陆争鸣等人都成了歪瓜裂枣。

汪洋连连摇头："不行，不行。再好也是一个麻烦。"

陈思民叹口气："太可惜了。"

"有啥可惜的，两条腿的员工还不好找呀。"汪洋拉开椅子坐下，"我收到消息，集团要进行一次内部审计。"

陈思民诧异："今年这么早？"

"是有点早。我琢磨着，应该是跟黄胖子搞出那么一摊烂事有关。不过，没啥大用，年年内审年年走过场，还不如直接罚掉黄胖子一年薪水，保证立竿见影。"

陈思民问："那咱们要不要提前准备一下？"

"没啥可准备的，把数据核对一遍，别对不上数就行了。"

"知道了。"

"行了，我明天陪盘龙山业主去一趟泰国，大概一个星期，这段时间公司的事情就交给你了。"

陈思民点头："行，我让财务准备好钱。"说是陪，其实就是全程买单，买到业主高兴了，项目就敲定了。

第二天，集团果然下了红头文件，说是要进行一次内部审计，文件上面附着一段董事长赵显坤的话："……希望通过这次审计，我们能反思发展历程中存在的问题，回归到1992年我们创业之初的心态，对工程管理保持敬畏，对公司管理保持审慎，只有这样，振华才能持续发展。"

黄礼林将这段话反复看了几遍，问夏明："你怎么看？"

夏明说："还用看，很明显就是针对咱们，顺带着敲打别人。"

"你来的时间短，不了解，集团每年都要内审。"黄礼林说，"以前内审还要开动员大会，又是董事长讲话又是审计小组立军令状，搞得煞有其事。最后呢，都是雷声大雨点小，瞎折腾。去年集团管理者大会，有人提意见，说不要老搞形式主义。想不到集团还真听进去了，这回就下了一个轻飘飘的文件。"

"将欲歙之，必固张之。将欲弱之，必固强之。"

黄礼林瞪他："知道我读书少，你还跟我拽古文。啥意思，直接说。"

夏明说："轻飘飘只是为了麻痹大家。"

黄礼林将信将疑："没这个必要吧。"

"不管怎么样，提前做准备不会错的。"

"也是。"黄礼林拿起电话，把财务部经理、商务合约部经理叫进来，如此这般地交代了一下。这两人跟着他多年，一点即通，领了命令立刻出去干活了。

夏明分了点心思考内审的对策，对美术馆的标书便有些放松了，主要还是觉得其他四家天字号不足为虑，横竖都是天科中标，不值得费那么多心思。开标那天，黄礼林有事没去，夏明作为企业代理人去参加竞标。

振华集团的内部竞标也是严格按照标准流程来的，这是赵显坤的意思。大概在2000年前后，因为扩张过快，集团人事臃肿，内斗不已。无奈之下，进行了瘦身。五家天字号就是那时从总承包分出去的。因为规格不大，没有特级资质，一开始拿不到优质项目。赵显坤要求总承包公司每年拿出一些项目分给五家天字号，又怕五家天字号生出"排排坐分果果"的想法，规定通过内部竞标的方式获取项目。大家都是集团的子公司，自然不能玩美色贿赂金钱交易等小手段，要中标只能靠实力。要想知道他们的实力，只需要看一下每次内部竞标的标书就清楚了。

从一个内部竞标就可以看出，赵显坤很擅长四两拨千斤。

夏明正在解构赵显坤其人，突然听到集团总经济师徐知平说："……天成中标。"

他以为听错了，诧异地看着徐知平。

比他更诧异的是陈思民，颤声问："徐总，您是不是搞错了？"

徐知平扫一眼全场，发现五家天字号的代理人都是一脸惊诧。"看来大家没认真听呀，那我再说一遍。本次经济标开标结果如下，天同88分，天正87分，天和85分，天科95分，天成95.5分。天成中标。"

陈思民面如土色。

坐在旁边的天同主任经济师重重地拍着他的肩膀说："老陈，有魄力。"

陈思民被这重重的一掌拍得身子一歪。

大家看出他心虚腿软，哄堂大笑。

夏明在笑声中走到搁着标书的地方，翻开天成的标书看了一眼，盖的是棱形的造价员印章，印章里的名字是陆争鸣。虽然有些奇怪，也有些懊恼，但他只当自己大意了，并没有再纠结，走了。

其他人也陆续走了。

很快会议室里只剩下陈思民，他颤抖着手从口袋里掏出手机，拨通汪洋的电话。"那个，汪总，美术馆项目，咱们……中标了。"

此时的汪洋正躺在细白柔软的沙滩上，搂着一个丰乳肥臀的洋妞享受日光浴。接到电话，他哈哈一笑，说："老陈，你蒙谁呢？"

陈思民都要哭了："没蒙你……是真的。"

"行呀，你长进了呀，把黄胖子的外甥都干掉了。"

陈思民不知道说啥好了。

汪洋很快哑摸出不对劲了，收了笑声问："多少钱呀？"

陈思民硬着头皮说："5……5200万。"

"什么？"汪洋霍然坐起，搂着的洋妞直接摔在沙滩上，啃了一嘴沙子。她很快从地上爬起来，生气地嚷嚷着："What's wrong with you？"

汪洋这个时候哪顾得上她。"这个价格是怎么整出来的？"

洋妞长年流连在泰国沙滩，见多中国人，虽然知道肯定是出事了，但对他丢下自己的行为甚是恼火，举起中指，骂了一句"Fuck"，又蹬一脚沙子到汪洋身上，扭着屁股走了。

陈思民心虚地说："苏筱做的标书，我看价格差得有点远，想到咱们集团用合理低价法，肯定中不了，所以就没改。"

"你脑袋让驴踢了。"汪洋骂了一句，直接掐断了电话。他再也无心看沙滩上比基尼美女们白花花的大腿，起身回了酒店，在游泳池里找到左拥右抱的盘龙山业主，告诉他放心玩，自己都已经安排好了。然后直奔机场，当晚打飞的回了北京。

第二天，他红着眼睛走进办公室，先把陈思民叫了过来。

"我临走的时候怎么跟你说的，让你盯着公司，结果给我捅出这么大一个娄子。你说说，这价格咱们怎么做？"

陈思民垮着一张脸，又解释了一遍："我当时看到这个报价，是觉得有点低，可是想到咱们集团用合理低价法，就算低价也不一定中标。再说，天科参加了，我想着指定是天科的，所以就没改。"

"没出息。"汪洋瞪他一眼，一屁股坐在大班椅上，烦躁地扯拉着领口。

"要不，我去跟徐总说一声，咱们弄错报价了。"

汪洋敲着桌子说："丢脸不，还嫌咱们不够丢脸呀？"

陈思民说："那怎么办？"

"能怎么办？认了呗。"汪洋越想越气，"都是你，我说一早就把她开了，你前怕狼后畏虎，出这么一个馊主意，结果好了，还搭进去一个项目。"

陈思民认错态度特别好："我的错，我的错。"

"赶紧把她打发走。我不想再看到她。"

陈思民点头说："这就去办。"

回到自己办公室，陈思民平复了一下心境，这才打电话把苏筱叫进来。看到她青青的眼圈，想到她一个多星期的加班加点，心里有些愧疚，但一想到项目要赔钱，要连累自己，这份愧疚又消失了。

"坐吧。"陈思民堆起笑容，指着面前的椅子。

苏筱坐下。

"昨天下午我们中标了，你知道了吧？"

"知道。"苏筱点头。昨天下午开标之后，陈思民虽然没回公司，但消息已经传回来了。她心里挺高兴的，下班后拉着杜鹃去撮了一顿，回到家，踏踏实实地睡了一个好觉。今天起来，特别精神，总觉得有好事要发生。

陈思民说："标书做得真好，怪不得有人说众建是建筑人才的摇篮。还有你的工作态度，踏实认真，我也很欣赏。说句实话，对你我还真是挑不出毛病。"

苏筱莞尔一笑，正想说主任过奖了，听到陈思民接着往下说："一定要说毛病的话，就是做事风格太大众建了。"

怎么听都不像是一句好话，笑容僵在脸上，苏筱不解地问："主任，我不太懂，您这话什么意思？"

"汪总说，我们天成只是一个民营的小企业。"

苏筱恍然大悟，这一刻的心情无法用言语来形容。她可以忍受陈思民招了自己又不闻不问，可以忍受坐在洗手间外面天天听马桶的冲水声，可以忍受陈思民突然把这么重的活交给她一个人，也可以忍受为赶标书一个多星期睡在办公室……她卑微地忍受着这些不公平，只想为自己找出一条路。从昨天知道中标之后，她一直期待着，期待着称赞，期待着公平，期待着认可。没想到居然是这种结果。这已经不是踩中狗屎，而是整个人掉进狗屎堆里了。

陈思民见她神色不对，说："我很欣赏你，真的，特别欣赏，不然也不会知道你是被众建开除的还招你过来。但是，欣赏归欣赏，咱们得从实际情况出发，合适才是最重要的。其实，之前我问过你，能适应不，你说适应，现在看来还是水土不服。"

苏筱嘲讽地笑了笑，一句话没说，起身往外走。

"我已经跟财务打过招呼了，给你结一个月工资。"

苏筱置若罔闻，也没有去财务部办理离职手续，在商务合约部众人又诧异又同情的眼神里，飞快地收拾好个人物品，将包一甩，往外走。她走得很快，经过走廊的时候，差点撞到正探头探脑的杜鹃。

杜鹃让开路，诧异地问："苏筱，怎么了？"

苏筱不说话，三步并做两步，走出天成的大门。

"怎么回事呀，苏筱怎么走了？"杜鹃看着出来看热闹的东林。

"美术馆项目咱们不是中标了吗？"

"对呀。昨天苏筱还请我吃饭庆祝了呢。"

"哎哟，还庆祝，庆祝赔钱呀。"

"什么意思呀，能不能干脆点。"

"那价格太低了，咱们公司做不下来，要赔钱。"

"你说话真急人。"杜鹃瞪了东林一眼，追了出去。

好在办公楼的电梯已经老旧，上下速度如蜗牛，苏筱还没有进电梯，正用力地拍打着电梯下行键。杜鹃怯怯地走了过去，叫了一声"苏筱"。苏筱没有搭理她，继续拍着电梯下行键。

电梯门嘎嘎地开了，苏筱往里走。杜鹃急了，上前拽她，没拽住，拉住了双肩包的带子。苏筱不耐烦地重重一甩，拉回双肩包，走进电梯，按关门键，门缓缓合拢。杜鹃着急地大叫一声："苏筱。"

她依然没有回头，看到电梯门合拢，杜鹃沮丧地吐出一口气。这时，电梯门又缓缓开了，她一下子又精神了，期盼地看着苏筱。苏筱按着电梯开门键，勉强挤出一个笑容："咖啡很好喝，谢谢你呀，杜鹃。"

杜鹃眼眶一下子红了："不想你走，为什么要走？"

苏筱说："走了咱们也可以约着一起吃饭。"

"那不一样。"杜鹃摇头说，"自从你来了，我感觉商务合约部都不一样了，高级了很多。"

这幼稚的话温暖了苏筱的心，笑容里的勉强消失了。"不是我想走，是我被开了。"

"为什么？"

"我也不知道。"

"东林刚才跟我说，是因为中标的项目要赔钱。"

苏筱怔了怔："赔钱？"

杜鹃点头："对呀。"

"原来是这么回事。"苏筱思索片刻，突然走出电梯。

"怎么了？"

苏筱认真地说："我不能这么走，我得让他们知道，他们都错了。"

第九章

　　汪洋打发掉陈思民后，脱了外套躺在沙发上。他昨天连夜赶回来的，回到北京家里已经凌晨三点，草草地睡了四个小时，这会儿困得眼泪涟涟。刚闭上眼睛，就沉入黑甜的梦乡。

　　梦见自己跟盘龙山项目的业主在泰国的海滩上，海水湛蓝，白沙细软，周围一群长腿翘臀的比基尼宝贝走来走去，雪白的大长腿晃得人眼都花了。他们谈得很开心，业主拿出合同，他签完字，翻到最后一页发现金额变成美术馆项目的报价5200万……顿时就惊醒了，一抹额头全是冷汗。

　　门外传来窃窃私语声，这声音透出一股不同寻常的气息，于是他扬声问："小郭，谁在外面？"

　　秘书小郭推门进来，见他绷着一张大黑脸，小心翼翼地说："是苏筱，说想见您。"

　　汪洋翻身坐起，看看腕表，不知不觉已经睡了一个多小时，陈思民肯定跟她谈过了，她还想见自己说什么呢？想起那个破天荒的报价，他忽然有点好奇，这个姑娘究竟是水平低还是胆大包天？又为什么要执意留在这个行业呢？被众建开除了，行业内虽然难找工作，但她生得秀气，要想在别的行业找到一份工作并不难。再说，造价是一份很枯燥的工作，需要一门心思长期深入，一般人都不愿意钻研，更何况一个年轻好看的姑娘。

"叫她进来吧。"

小郭答应一声，领了苏筱进来。

汪洋示意她坐下，点燃一支烟，边抽边打量她。白生生的脸庞弯弯的眉毛，一双眼睛不大不小，黑白分明，神采奕奕。从面相学来说，这是一双好眼睛，长着这种眼睛的人都是心思聪慧的。

"陈主任跟你谈过了吧？"

苏筱点点头。

"那你还要跟我说什么？"

苏筱从包里抽出文件："汪总，这是我做的成本管理方案，不过还没有做完。"

"没关系。"汪洋接过，装模作样地翻看着。他是水电工出身的，生平最讨厌的就是看文件，而且他也不懂预算与成本控制，根本就看不懂。所以一开始他完全是敷衍的态度，但是看着看着，目光渐渐凝重，不是他看懂了，他还是看不懂，但他能从整齐的排版、图文并茂的陈述里，看出做方案的人极为用心。

"你进公司多久？"

"22天。"

"22天，怎么想起做这个？"

"我刚来的时候，陈主任没有安排我具体工作，只叫我熟悉情况，我帮东林做月度经济分析的时候发现公司的项目在材料损耗上总是超额。"

汪洋点头说："这是一个老毛病，我们也很头疼。"

苏筱继续说："我分析了一下原因，是因为我们的项目基本上签订的都是包工合同，材料由我们提供，所以他们不珍惜，浪费严重。"

"没错。"汪洋说，"我们前前后后想过很多办法，包括罚款都用过，一直没成效。"

苏筱说："那是因为材料节省也是替我们节省，所以分包商不上心。其实换个方法，让他们参与材料节省后的分成，他们就有动力了。"

"什么意思？"

"在分包合同里约定，节省的材料由甲乙双方按比例分成。"

能从水电工做到公司总经理，汪洋自然不笨，琢磨一会儿，便明白其中的利害关系。天下熙熙皆为利来，天下攘攘皆为利往。只有让劳务队参与材料节约后的利益分成，他们才会用心控制对材料的使用，杜绝浪费。材料成本占建筑成本的70%，控制材料的使用，就可以大幅降低成本。

再看苏筱的眼神便有些不同，他坐直身子问："美术馆项目的报价是怎么来的？"

"采用我的成本控制方案基础上得出来的。"

"有多少利润空间。"

"10个点。"

"10个点。"汪洋微微皱眉。他不懂预算，但是多年看猪跑，分量还是能掂出来的。依照天成建筑目前的成本控制水平，这个报价不至于亏钱，但是肯定没有赚头，付出几个月的时间成本，给集团白干活。至于苏筱提出的成本控制方案，听着不错，但能否有质的飞跃还需要时间来检验。

汪洋想了想问："为什么定10个点？"

"我把过去两年的集团内部竞标资料都调出来研究过，发现竞争对手只有一个，就是天科。它的项目管理水平、成本控制水平都比我们高一个档次，所以，只有采用这个报价，才有把握赢过他们。"

这段话里包含的信息太过复杂，汪洋不由自主地眯起眼睛，认认真真地看着苏筱。她果然是胆大包天，同时又具备心思缜密和善于审时度势的优点，这三者结合在一起，使得胆大包天变得有理有据，心思缜密且又能随机应变。

这是个人才，汪洋心里下了结论。

他朝苏筱伸出手："这话说迟了，但是还得说，欢迎你加入天成。"

苏筱有些犹豫，经过这么一回，她对天成的印象也跌到了谷底。但是她很快想起她无处可去了，于是微笑着伸手。"不迟。"

汪洋握着她的手重重地摇了几下："好好干。"

等苏筱出去，汪洋打内线电话把陈思民叫了进来。

陈思民刚刚跟周峻通过电话，把事情始末添油加醋地说了一遍，大意就是苏筱水平很好很高，但是我们天成跟不上她的脚步。周峻听说要亏几百万，反过来安慰他，说以后会想办法帮他找补的。虽说只是客套话，但是陈思民松了口气，一走进汪洋办公室，赶紧汇报了："都已经办妥了，苏筱开了，周峻那边也说清楚了。"

"两件事。"汪洋自顾自地说，"第一件，马上给苏筱办理转正手续。第二件，按照预算合约部经理的方向培养她。"

陈思民震惊："怎么回事？"

"老陈啊老陈，这是个人才呀。"汪洋将成本管理方案递给他，激动地说，"你看看，好好看看，才来22天，就做出成本管理方案，好坏咱先不说，光这份用心，太难得了。这回我得批评你呀，你太马虎了，早点问清楚，我也用不着从泰国飞回来了。"

陈思民尴尬："是是是，怪我，怪我。"

虽然前后反转太突然，虽然有种被蒙在鼓里的不爽，但是陈思民很快收拾好心情，再次把苏筱叫进办公室，堆起笑容说："原本我想慢慢地做汪总的思想工作，没想到你自己说服了他，那真是太好了。"

"当时我有些头脑发热，冒失了。"

"解决问题最关键，冒失不冒失，不重要。"陈思民亲切地说，"我已经跟集团人力资源的吴红玫打过招呼，明天你去办理入职加转正手续。"

苏筱点点头："麻烦您了。"

陈思民说："不麻烦，这有什么麻烦？咱们商务合约部就是一家人。我呢，你现在可能还不了解，以后你就知道了，我这个人最好说话，小陆和东林在我面前，都是有一说一有二说二的，从来不藏着掖着的。其实，你要早点跟我汇报一声，就不会闹出今天这种事了。别误会，我没有怪你的意思。"

"主任，我明白的。"陈思民又跟苏筱说了几句交心话，然后当着她的面打电话给陆争鸣，让他通知商务合约部全体同事，今天晚上聚餐，一是欢迎苏筱正式入职，二是庆祝中标。外面的大开间立刻传来欢呼声。这股热闹劲儿触动了苏筱，从被开除到今天，快两个月的时间，她找回了自己的路，虽然过程有些狗血，但终于可以不用惶惶了。

"谢谢主任。"她由衷地说。

陈思民微笑着摆摆手，笑容十分亲切，一直保持到苏筱离开才渐渐消失。真的不爽，兜兜回回，汪洋成了伯乐，苏筱成了人才，小丑竟然是自己。

当晚的聚餐，杜鹃也参加了，而且是最高兴的一个，全程都黏着苏筱。她刚满二十岁，还是小孩子天性，遇到稀罕的事和稀罕的人便想研究个明白。苏筱猜测她是无忧无虑且极受宠爱长大的，一问，果然如此。她家虽然在农村，但是父母搞养殖业，做得很不错，是村里的大户。她只有一个哥哥，大她好几岁，凡事都让着她。

她中专毕业，学幼师，家里人给她在老家找好了工作，她不肯去，就偷偷跑到北京，想着趁年轻到处看一看。对，看一看，而不是闯一闯。她爸妈早早在县城给她买了房子，作为将来的嫁妆之一。

刚到北京，她在发廊里做过，在星巴克做过，觉得太苦了，一站十几个小时吃不消。后来老乡介绍她到天成当前台，上班摸鱼，下班追剧，这日子不要太美好。天成的年轻女员工都和她差不多，每天的话题就是最新的韩剧和最帅的欧巴，年纪大点的则是孩子和老公。横空冒出来的苏筱，两边不靠，独树一帜，像个异类。杜鹃说不清楚苏筱的"异类"之处，就觉得她跟其他人不一样。其他人也加班，其他人赶标书也会睡在公司里，但是其他人加班和睡在公司都是心不甘情不愿的；而苏筱不是，苏筱会说那些她从来没有听过的东西，比如说一万小时定律。

这一晚下来，大家都知道，杜鹃成了苏筱的小迷妹。

第二天，苏筱没上班，直接去集团人力资源部办理入职手续。吴红玫看到她，很高兴，自从上次通电话时不慎说了一句"黑户"，她一直心里过意不去，期间几次打电话约苏筱一起吃饭。苏筱说要赶标书没有空，她以为是找的借口，心里惴惴不安，直到后来天成中标的消息传来，心里的不安才稍减。

"等一下你办完手续别着急走，中午我请你吃饭，庆祝一下。"

苏筱笑着点点头，将填好的表格递给她。

吴红玫拿着入职表格敲开玛丽亚办公室的门。玛丽亚正在修剪花枝。这束花是今天早晨刚刚送过来的，每个星期她都会收到一束花，有时候是荷兰的郁金香，有时候是英国的玫瑰。一开始大家猜测是她的追求者送的，但是两年多过去了，也没见到这个追求者。后来有人猜是她自己买的，为了显摆。许是听到传闻，玛丽亚不声不响地放了一张合照在办公室。大家才知道她已经结婚了，鲜花是她老公送的。

"什么？"玛丽亚接过表格，看了一眼，眉头一拧，目光凛凛地看着吴红玫。"怎么又是她？"

"天成的陈思民主任说，是汪洋老总要求的。"

玛丽亚把表格扔在桌子上："我跟你说过了，她不符合咱们集团的用人标准。"

吴红玫为难地说："可是，按照人事规定，子公司的领导有用人的权利。"

玛丽亚强调："是推荐权。"

吴红玫小声地说："按照之前的惯例，推荐的都是同意的。"

"惯例的意思就是有特例的存在。"

吴红玫着急了："玛丽亚，她真的很有能力，否则……否则汪总也不会要求我们现在就给她转正。"

玛丽亚皱眉说："Helen，我一再强调，不要让感情影响判断，你又犯同样的错误了。苏筱是被众建开除的人，就凭这一点，她就不能进集团。出去吧，跟她说清楚。"

吴红玫一动不动，哀求地看着玛丽亚。

玛丽亚生气地说："你不想跟她说，我来跟她说好了。"拿起百叶窗遥控器，轻轻一按，百叶窗升了起来。苏筱站在吴红玫的办公桌旁边，正好奇地环顾四周。等她转过头看向玛丽亚的方向，玛丽亚伸手招了招。苏筱诧异了一下，看看四周，确定玛丽亚是冲自己招手后，她走了过来。

玛丽亚轻点遥控器，百叶窗又重新放了下来。

玛丽亚说："行了，你出去，我来跟她说。"

吴红玫垂着头走到门口，打开门，歉意地看着门外的苏筱。苏筱心里有数了，轻轻地拍了拍她的胳膊，走进办公室。吴红玫站在门口，听着身后的门嘎哒一声合拢，她握紧拳头，越想越憋屈，可是无处发泄。

苏筱很快就出来了，神色平静，看到吴红玫一脸憋屈，温柔地拉着她的手说："没事儿，多大的事呢。"

"我再去求求她。"

苏筱拉住她摇头说:"不用,红玫,我们不求人。"

吴红玫着急地说:"那……我们去找董事长。董事长他很有魄力,很会看人,他跟玛丽亚不一样,他一定能看出你的能力。"

苏筱意兴阑珊地说:"算了,红玫,你们集团从上到下,都是乱七八糟的。我看明白了,就这些人不会有什么前途,我原本就没有长久待下去的打算,早走早了事。"

吴红玫拉住她:"不是的,我们董事长真的不一样,筱筱你跟他谈谈就知道了。"

但这一波三折的过程,消磨了苏筱所有的耐性,最重要的是振华集团给她的印象太差了,毫无大公司的做派。她温柔而坚定地抽出手,笑了笑,走了。也没有回天成,跟陈思民在电话里将事情经过说了一下,直接回了住处,寻思着得换个活路了。

陈思民想了想,还是汇报了汪洋。

汪洋火起,一脚油门,赶到了集团。也不去跟玛丽亚理论,直接到三十层的董事长办公室,要求见董事长。董事长秘书小唐露出八颗牙标准微笑说:"对不起,汪总,您没有预约。"

汪洋说:"对,我没有预约,但我要见董事长。"

"不好意思,董事长今天行程满了,请您先预约。"

汪洋火大:"去他的预约,我现在就要见他。"

唐秘书笑容不改:"真的不好意思,汪总,董事长现在没空,我帮您预约明天下午三点,您看行不行?"

汪洋不再跟她多话了,径直走向大门。唐秘书追了过去,挡住门,依旧保持着得体的微笑:"汪总,这样不合适。"

"让开。"汪洋不耐烦地低喝一声,"你不让开,我可要动手了,别到时候说我欺负你一个小姑娘。"

小唐微笑不改地说:"汪总,还是让我帮你约在明天下午吧。"

汪洋不客气了,正要动手推人。门开了,赵显坤站在门里,笑呵呵地说:"怎么了,汪洋,看你脸黑的,都成包青天了。"

汪洋气呼呼地说:"我就是来找你这个包青天告状的。"

赵显坤微怔:"这是要告谁的状?"

"玛丽亚。"

"来来来，进来说。"赵显坤揽着汪洋的肩膀往里走，回头朝小唐使个眼色。小唐会意地走回工位，拿起座机拨通电话。"玛丽亚，董事长请您过来一趟。"放下电话没有多久，咚咚咚的高跟鞋声音由远及近。小唐连忙又走到门边，将门推开。

玛丽亚冲小唐微微颔首，款款地走了进去。赵显坤的办公室很大，入门是一个玄关。绕过玄关，玛丽亚看到背对着自己坐着的汪洋，顿时明白过来。

"董事长，汪总。"

"玛丽亚你来得正好，当着董事长的面，我想问你一句话……"汪洋拔高声音，手指戳着胸口，"我，汪洋，连用一个人的权利都没有了吗？"

玛丽亚皱眉看着汪洋，斟酌言词。

赵显坤眯了眯眼睛，看起来汪洋是在责问玛丽亚，但其实他是在冲自己喊话。

"说呀，玛丽亚，你不是很能说。"汪洋气呼呼地说，"我汪洋到底有没有用人的权利？"

玛丽亚说："汪总你先别激动，集团有统一的用人规则，在规则范围内，汪总你当然想怎么用就怎么用。"

"什么规则，我怎么不知道什么规则？"

"就说苏筱，她是被开除的人，是不符合我们用人标准的。"

汪洋冷笑一声说："幸好玛丽亚你进集团晚，你要是早在集团，我汪洋也进不了振华了。不瞒你说，当年，我汪洋也是被开除的。还好董事长没嫌弃我，带着我一起干。"

玛丽亚说："苏筱的性格也有缺陷，她写给领导的那封信，非常偏激。"

汪洋从口袋里掏出信甩在桌面上，说："这封信吗？我看没毛病，不就是受了诬陷，写封信给自己申辩一下吗？心里有气，能有好话吗？"

玛丽亚吃惊地看着赵显坤。当时她说要彻查天成，赵显坤说交给他处理，把信给了汪洋，就是这么处理的？集团里早有传言，说赵显坤对汪洋特别偏心，看来是真的。她微微生气，语气也就不客气了。

"她置我们集团的利益不顾，对集团的认可程度非常低。"

汪洋说："她才加入公司，立马要她一心一意，不现实。再说要你们人力资源干吗？增加凝聚力是你们的工作。"

玛丽亚被汪洋怼得哑口无言，克制着怒气，看向赵显坤。

汪洋嚷嚷着："董事长，你把我这个总经理撤了吧，我连用个人的权力都没有，这么窝囊的一个总经理我不当了。"

"看你，都几十岁的人了，还跟二十几岁一样，一言不合就跟人打架。"赵显坤摇头，"说吧，为什么非要用她？"

"是个人才。"提到苏筱，汪洋神色柔和了一些，带着一点得意说，"美术馆，我们刚中那标，就是她做的。"

提到美术馆项目，赵显坤立马想起了一件事。竞标结束后，徐知平进来找他签字，说今天的内部竞标爆冷了，天科的夏明正常发挥，但是天成剑出偏锋，交了一份很有锐气的标书。当时徐知平还说："不知道天成是瞎猫撞到死老鼠，还是来了能人？虽然署名还是陆争鸣，但是风格跟以前不一样，大开大合。"

赵显坤把小唐叫了进来："你去把美术馆项目中标的标书拿过来。"

小唐取了标书过来，赵显坤翻开，只看陈述那部分。他是早期的工民建专业大学生，创办振华后，一开始人手不足，竞投标都是亲力亲为，自有一套简单明了的甄别方法。看完陈述，他将标书一合，说："玛丽亚，给苏筱办理入职手续。"

"董事长，您这是要带头违反人事制度吗？"玛丽亚忍不住了，"天成私下招人，您不处罚，还允许他们用不符合人事规定的员工，如果撒泼骂娘就能特事特办，那以后人力资源部还怎么管理？"

听到撒泼骂娘四个字，汪洋撇撇嘴。

"玛丽亚你先别激动，你先让人办理入职手续，晚点我再和你聊这件事。"

到底是董事长，玛丽亚再心不甘情不愿，也不能当着汪洋的面一而再再而三地驳他的面子。她咽下一口气，转身走了，心里堵，高跟鞋踩得咚咚响。

"标书我看了，确实是个人才，大国企培养人还是很有一套的。但是……"赵显坤拿过桌面的信扬了扬，"玛丽亚也说得没错，她对咱们集团不仅没有归属感，而且还有对立情绪。要收服她为你所用，你要下一番功夫。"

"这就不劳董事长费心了。"

赵显坤笑了笑说："怎么，还生气呀。"

汪洋悻悻地说："生啥气哦，生气有用吗？我跟着董事长一起创立振华，十几年了，没有功劳也有苦劳吧。结果呢，用个人还被靠关系走后门进来的女人否决了，还得求到董事长面前才管用。我这个总经理算什么，当的一点意思都没有，董事长你什么时候看我不顺眼，就把我撤了吧。"说罢，转身走了。

赵显坤将信扔在桌子上，倒在大班椅里，疲倦地闭上眼睛。

一地鸡毛。

第十章

汪洋这么一闹，苏筱入职了。办理入职手续那天，玛丽亚脸都没露。她跟汪洋吵架这件事一开始只有集团高层知道，大家态度不一，有支持她的，有支持汪洋的，算是婆说婆有理公说公有理，后来传到子公司和分公司，舆论就一边倒了。

人事权在集团，集团管理起来方便，但是对子公司分公司的老总们来说，太不方便了，想招小姨子小舅子进来混个日子，没门，想吃空饷，更不可能。大家不骂集团不骂赵显坤，就骂玛丽亚，说她一个走后门的女人管得真宽，拿个鸡毛当令箭。

大概骂了一两天，大家的兴趣又转移到另一件事情上了。

内部审计小组的名单出来了。

历年来，内部审计不是总经济师徐知平带队就是总会计师高进带队，今年破天荒的，内审小组组长是董事长助理许峰。大家嗅到一股极不寻常的味道。一打听，说是总会计师高进这段时间在香港谈融资抽不出时间，而总经济师徐知平生病住院了。

"可能真是你说的将什么将什么。"黄礼林看着审计小组名单，组长许峰四个字还是黑体的，特别醒目。"就算老徐生病、高进没空，按道理组长也应该是副总经济或者副总会计师担任。许峰算什么。一个黄毛小儿，又是学法律的，不懂造价又不懂财务。"

"他不需要懂这些，他只需要贯彻执行赵显坤的意志就行了。"夏明说，"至于造价财务，小组里肯定有人懂。"

黄礼林想了想说："我去看看老徐吧。"

夏明点点头，没有说一起去。他在，有些话徐知平不好说。

黄礼林没有带水果也没有带鲜花，从保险柜里取了一个紫砂壶带着去了医院。徐知平躺在病床上，双眼微闭，脸色苍白，还真有几分病容。但是黄礼林发现，除了床前的拖鞋，床底还落着一双布鞋，一只东一只西，似乎是被人匆忙蹬掉了。

"老徐。"

徐知平缓缓眼开眼，有气无力地说："哟，你怎么来了？"挣扎着坐起。

黄礼林连忙将手里装着紫砂壶的袋子搁在地上，上前扶着他，又拿过一个枕头垫在他后背，埋怨地说："你住院了，怎么也不说一声呢，我这还是看到审计组长换成许峰才知道你生病了。"

"老毛病，一年总有那么几回，不是什么大事，何必劳师动众。"

黄礼林摇摇头，在床沿坐下，拿起纸袋，掏出四方盒子递过去。

徐知平不接："什么东西呀。"

"上回去宜兴看项目，在小店里淘的，我也不懂，看着有趣，想起你喜欢这些玩意儿，就买了一个。"

徐知平接过，打开盒子，原来是个紫砂壶。他很懂行地翻到后面，看着后面的印章。

"不行，太贵重了。"

"贵重啥呀，小店淘的，就几百块钱。"黄礼林说，"买给你玩的，你看着中意就留着，不中意就扔了。"

这是名家作品，怎么可能是几百块钱呢？但是他这么说，就当是吧，徐知平笑了笑，将紫砂壶装好，搁在床头。他平时注重养生，爱喝茶，连带着喜欢茶壶，家里收藏了不少，走得近些的没有不知道他这个癖好的。

见他收下，黄礼林放心了，说："你这毛病到底怎么回事，怎么治这么久还没有根治？我还想着这一回审计，你来我们天科，可以好好唠唠。"

徐知平笑着说："老毛病，已经根治不了了，不变坏就谢天谢地了。病了也好，正好给年轻人腾个位置。年轻人有干劲，敢把天捅破。真佩服现在的年轻人，像许峰，敢想敢做，那审计方案做的，我是自愧不如呀。"

黄礼林心领神会，拉长声调说："他做的呀？"

徐知平点点头："他做的。"

那天，他找赵显坤商量内部审计的事情。赵显坤拿了一个《内部审计方案》递给他，说："知平，这回审计我有点想法，让许峰做了一份方案，你看看，有没有参考价值？"他心里突的一下，面上却不显，说拿回去认真研究。当晚看完，他立刻给医院工作的老同学打了一个电话，叫他帮忙弄了一个床位。

黄礼林故作随意地问："那方案都说了些什么呀？"

"挺多东西的，一句两句说不清楚。"徐知平避而不谈，反而又提起了许峰，"许峰平时不声不响，做事风格还挺锐气的。"

黄礼林便完全明白了，说："老徐，你好好养身体，等你好了，咱们一块儿喝喝茶。我那儿有朋友亲手炒的明前龙井，就这么一小罐，我舍不得送你，但你要来喝，我随时欢迎。"

名家紫砂壶都送了，却不肯送明前龙井，这明晃晃的假话谁会信呢？他却说得特别认真。这是他与人打交道的独门法则，经常大几万的礼物眼睛不眨地送出去，却在小处抠一盒烟丝或是一瓶手酿酱，便是这种小抠门小癖好，让人觉得他真性情。

徐知平微笑着点点头，送走黄礼林，他穿上蹬在床底的布鞋，继续打太极拳。方才黄礼林敲门的时候，他正在打太极拳，慌忙蹬在床底下。刚才黄礼林进来看了一眼，多半已经猜到了。猜到就猜到了，都是聪明人，知道什么该说什么不该说。

黄礼林回到公司，将徐知平的话简单地复述了一下，说："就是你之前说的将什么将什么。"

"将欲歙之，必固张之。"

"还好你清醒，咱们早有准备。"

夏明问："徐知平是装病吧？"

"你怎么知道？"黄礼林感慨，"真是什么都瞒不过你。"

"徐知平是个老江湖，擅长睁一只眼闭一只眼，这可不是董事长想要的态度，所以他指示许峰来写审计方案，逼着徐知平按照自己的意思去做。徐知平看到这方案，立刻明白董事长要动真格的，可是以他在集团的地位，拿着许峰的方案赤膊上阵，他心里不爽，做成了，成全许峰，做不成，得罪所有人，所以他干脆装病，让许峰上。董事长应该也知道他是装病，但装得正合己意。"顿了顿，夏明说，"内审肯定会从咱们开始。"

黄礼林赞同地点头："肯定。"

果然，下午内审小组打来电话，是一个组员打来的，说是内审从天科开始，跟着发了一个清单过来，要求天科按照清单准备好资料。黄礼林态度极好地说："放心，马上就叫他们准备。"挂断电话，脸立刻沉了下来说，"许峰摆什么谱呀，还要手下来跟我说。"

夏明笑了笑说："他这样子最好不过。"

"哪儿好了？一点都不好。"黄礼林悻悻然，打电话给财务经理杜永波，"叫大家到会议室开会。"

因为早有准备，大家知道审计小组明天就要过来时并不慌乱，甚至开玩笑地说，早来早了事。还有人趁机拍黄礼林马屁，说他高瞻远瞩。要在平时，黄礼林尾巴肯定翘了，但是他清楚这次审计不简单，看大家嘻嘻哈哈不以为然，心里着急，说："都严肃点。这一回审计跟前头的不一样，大家要打起十二分精神来。"

有人笑着说："能有啥不一样，还不就是那三板斧？"

黄礼林瞪着他说："三板斧也要看是谁使出来，你使的跟程咬金使的能一样吗？"

大家看出黄礼林是真着急，于是收了嬉笑。

黄礼林这才缓和了脸色说："我知道大家都懂，但是我还要再次强调三点。首先呢，对待他们态度一定要好，要热情大方，人都是讲感情的，伸手不打笑脸人。杜经理，你呢多给他们安排一些娱乐节目，给他们办公室放上水果、杂志，让他们吃吃喝喝，分散精力。"

杜永波点头。

黄礼林接着说："不容易出问题的资料，他们要啥给啥，按照他们的要求给，说明我们是认真配合的。至于他们要求的数据，写得含糊些，有些小错误什么的，让他们能看出来，他们有成就感又抓不住什么问题……"

大家纷纷点头。

"最后，审计人员都擅长一招，叫谈话，谈着谈着问题就出来了。所以跟他们接触时，要少说话，尽量不说话。明白吗？"

与此同时，集团会议室里，审计小组也正在开会。

许峰挽着袖子，双手按着会议桌，气势十足。他不到三十岁，某大法律系研究生，个子中等，相貌周正，戴着金丝眼镜，斯斯文文。他不是做工程出来的，没在项目中磨砺过，平时跟着赵显坤打交道的都是银行家、投行高层、政府官员等，也养出了和他们一样的做派——头发梳得一丝不乱，发蜡油亮，上班永远都是衬衣西服。

他是赵显坤的亲戚，很遥远的那种，比一表三千里还要多三万里。赵显坤发达后，很多亲戚故交都将自家孩子送到他面前，想让他提点一二。许峰从小听家里人谈论赵显坤，很是佩服，所以毕业后没有进律所，而是进了振华集团法务部，很快就被提拔为董事长特别助理。

他清楚赵显坤开展这次内审的目的，也知道这次内审对自己来说是个难得的机会。做好了，在赵显坤心里的分量就重了。做差了……他没想过做差，也不允许自己做差。

审计小组成员是他亲自挑选的，清一色的精神小伙，年轻锐气，和他一样。他跟父亲说起时，父亲曾建议他挑一个年纪大点的老油条，说是能起润滑关系的作用。他没采纳，他到天科不是为了搞关系。要搞关系，董事长也不会让他带队。

"最后我再强调几点。"许峰扫一眼会议室，"第一，他们肯定会给我们扔糖衣炮弹，要牢记我们是去审计，不是去走亲戚的。第二，他们还会给我们扔烟幕弹，抛出一些细枝末节的错误让我们绕远路。所以再次强调，这次审计的重点是分包和资金。第三，不要找那些管理层谈话，他们都精得很，虚头巴脑，要找那些业务骨干。业务骨干一般都比较耿直，而且他们手里掌握着一线数据。最后一点，这次审计董事长只有一个指示，就是要看到天科的真实经营状况。"

组员们纷纷点头。

第二天，审计小组赶大早来到天科。一行五人拎着公文包，清一色的衬衣西服，迈着整齐的步伐，从大堂到电梯，一路都有人侧目而视。等电梯的人见他们这个架势都不敢跟他们搭乘同一个电梯。

天科办公室正对着电梯门，门一开就看到了烫金的招牌。门口没有鲜花没有条幅，没有任何欢迎仪式，这大大出乎审计小组的意料。刚才他们还在电梯里说，天科欢迎仪式肯定是老土的"欢迎集团审计小组莅临公司指导工作"条幅，结果居然什么都没有。

走进天科大门，长相甜美的前台立刻站了起来，笑盈盈地说："许助理您好，这边请。"

又是不走寻常路，通常情况下，不应该叫里面的人出来迎接吗？黄礼林不出来，夏明也应该出来一趟吧。审计小组成员心里已经有些不爽，这样的怠慢他们还不曾遇到过。

前台领着他们到小会议室，里面摆放着打印机、碎纸机、传真机，还有一摞摞的资料。前台笑盈盈地说："许助理，夏主任正在开晨会，让你们先坐会儿，他一会儿就过来。"

许峰点点头，前台微笑着退出，带上门。

有成员翻了翻资料说："还都是咱们要的项目资料。"

大家有些蒙了，要说不配合，给的资料挺全的；要说配合，让一个前台接待他们。

许峰脱下外套，挽起袖子说："别瞎想，开始干活吧。"

前台小姑娘刚回到前台，黄礼林急匆匆地走了进来，问："审计小组来了没？"

前台说："刚来。"

黄礼林环顾四周，微微皱眉："条幅呢？"

前台说："杜经理要挂，被夏主任拦住了。"

"搞什么呀。"黄礼林嘟囔一声，往里走。在主任办公室找到夏明，问："怎么条幅都不挂一个？就算不欢迎他们，也没必要搞得这么明显吧。"

夏明从文件夹里抽出许峰的履历推到他面前。

黄礼林拿起扫了一眼说："怎么了，有什么问题？"

"我研究了一下他的履历，简单地说，就是一帆风顺。"

黄礼林哦了一声，依然不明白。

"一帆风顺必然心高气傲。"

黄礼林明白了："你要下他面子。"

"这一套老土的欢迎仪式他肯定看不上，但咱们连他看不上的老土仪式都不肯给他，气人不。"

黄礼林摇头："你们这些年轻人呀，太锋利了。"

夏明笑了笑，站了起来："走吧，我们去欢迎一下许助理。"

小会议室里，审计小组已经开始干活了。听到敲门声，许峰不搭理，其他人自然也不敢搭理。一会儿，门开了，黄礼林满脸笑容地走了进来："哟，这就忙开了，年轻人就是干劲足。"

许峰这才不太情愿地站起来，朝黄礼林和落后几步的夏明点点头。"黄总，夏主任。"

黄礼林上前几步，握住许峰的手，亲热地晃了晃："这段时间就辛苦你们了。"

"黄总客气了，这是我们的工作。"

夏明与许峰握手："有什么需要，直接找我，我办公室在右边最后一间。"

许峰笑了笑："我最不想找的人就是你，造价高手都是钻空子能手，什么时候被卖了都不知道。"

夏明也笑："卖别人我还有这个能力，许助理我可卖不了。要说钻空子，律师可是公认的NO.1。"

两人相视一笑，看起来十分友好，只是这笑容都没有到达眼底。

黄礼林说："我们楼下有个新开的餐厅很不错，我已经定了一桌，今天中午大家一起吃个饭，算是接风。"

"谢谢黄总。"许峰说，"但是不用了，我们已经订了工作餐。"

黄礼林摇头："这怎么行，来我这里，你们还自己订餐，太不像话。"

许峰推推眼镜："说到这个问题，黄总，你们吃吃喝喝的报销严重超额呀。"

黄礼林脸色微僵，很快又重新堆上笑容："我们做工程，都是关系先行，吃吃喝喝的节目少不了。"

许峰挑出一张发票在黄礼林面前晃了晃："一百瓶定制茅台酒，一个晚上就喝光了，黄总，我怎么感觉，你们不是在喝酒，是拿酒在泡澡？"

黄礼林脸上的笑容实在挂不住了。

夏明微笑着接过话茬："这一百瓶酒怎么消耗的，公司有记录，等一下我让杜经理找出来给你。许助理干劲十足，舅舅，我们不要打扰他了。"

许峰做出一个请的手势："慢走。"

出了会议室，黄礼林的笑容彻底消失了。"什么玩意儿？真把自己当钦差大人了。"

"我早说过，他是来建功立业的，跟他套近乎没有用。你要对他客客气气，他还疑心你另有企图。"

黄礼林冷笑一声："想踩着我的人头上位，也要看他有没有这个能耐。"

"舅舅……"夏明正要说话，手机响了，他看显示是集团人力资源部，于是接了起来。电话是吴红玫打来的，说是因为徐知平生病住院，培训老师少了一个，想让他为这次的新员工培训讲课，不知道他方不方便？

夏明不带犹豫地拒绝了："不好意思，最近比较忙。"

"就周六周日两天时间，不会妨碍工作的，你看看，能不能调一下行程？大家都很想听你讲课。"

"大家？"夏明不解。

"对，大家。"吴红玫说，"你不来，大家会很失望的。"

话筒里除了吴红玫的声音，还有几声嬉笑，夏明隐约明白，这个"大家"多半是人力资源部的小姑娘们，吴红玫这电话多半也是这帮小姑娘撺掇的。他从小就招桃花，高中、大学都有女生痴缠他，他不胜其扰，只能尽量远离那些恋爱脑的小女生。"不好意思，我真的没空。"

话筒里传来小姑娘们失望的叹息声。

要搁别人，可能就心软了，但是夏明一直被女生围绕，不堪其扰，早练就铁石心肠，毫不犹豫地挂断了电话。

黄礼林听了全程，很是好奇："刚才谁的电话，叫你干吗？"

"人力资源部的，叫我给新员工培训。"

黄礼林哦了一声，突然想起什么，眉开眼笑地说："我是不是没有跟你说过呀。"

"说什么。"夏明一头雾水。

"看来真没有说过呀。"黄礼林笑嘻嘻地说，"前两天，汪洋大闹集团，把玛丽亚骂了一顿。"

夏明怔了怔："为什么？"

"你猜猜，跟我们认识的一个人有关。"

夏明想了想，摇摇头。"谁呀？"

"这回天成的标书就是她做的。"

夏明目光一凝，脱口而出："苏筱。"

黄礼林双手一击："就是她。没想到吧？被汪洋招到天成去了，没经过集团，私下招。然后那个美术馆中标了，他就想让她正式入职，结果玛丽亚说苏筱不符合用人标准，不给她办。这把汪洋气得，直接杀到集团，当着赵显坤的面骂了玛丽亚一顿。"

"确实没想到。那她入职了没有？"

"肯定入职了。汪洋都生气了，赵显坤还不得卖他面子。"黄礼林感慨地说，"汪洋这个棒槌虽然跟我不对付，但是对赵显坤真没话说，特别义气。他最早在国企混得很不错，当了什么水电组长，手下呼啦啦一大帮人，挺威风的。要不是给赵显坤出头，把一个地痞脑袋开了瓢，也不至于被国企开除了。后来，他就跟着赵显坤干，他是我们这些人当中最早跟着赵显坤的，那时候没现在这条件，他什么活都干，请不到工人就亲自下场扛水泥搬砖头，什么事情都冲在最前面。当时，我给他取了一个绰号叫猎犬，他就骂我肥猪。"想到从前，黄礼林情不自禁地哈哈大笑，笑罢，语气转为愤愤不平，为汪洋也为自己，"你说，就这么忠心耿耿的一个人，集团内部改革时，一句'业务能力跟不上'就把他打发了，气不气人。"

"舅舅你为什么跟他不对付？"

"抢项目，争位置。"黄礼林笑了笑，"争来争去，最后我们俩都没捞到好处，便宜汪明宇了。"

"舅舅，你确定苏筱在天成？"

"确定。"黄礼林不解地说，"有什么问题吗？"

夏明目光渐渐凝重："可能会有问题。"他掏出手机，回拨刚才人力资源部的电话。"吴红玫吗？我是夏明，刚才我调了一下行程，把周六周日的时间空出来了。"稍顿，肯定地说，"对，我来做这次培训的讲师。"

第十一章

培训安排在京郊的一个温泉山庄，那是集团的自有产业。这次入职的员工大概有一百多人，大部分都是校招的应届毕业生，一张张稚嫩的脸庞洋溢着青春的光泽，特别积极地坐在前面几排，想要给玛丽亚留个好印象。

社招的就没有这么积极了，带着矜持坐在后面几排。苏筱坐在社招与校招的中间，将头一低，一点也不显眼。

首先上台讲话的是玛丽亚。她今天穿着香奈尔套装，踩着十寸高跟鞋，露出如仙鹤腿一般纤细的小腿，顿时把那些初出茅庐的应届生震住了。特别是女生，看着她的眼神尤其热切，觉得她就是自己的未来。

玛丽亚讲的是振华集团的历史，这是一段无人不知的历史。1992年，赵显坤辞职下海经商，创办了振华建筑有限公司。后来，振华建筑取得特级总承包资质，被大家称为总承包公司。公司的业务扩展很快，在全国各地都成立了子公司、分公司，为了便于管理，成立了振华（集团）有限公

107

司，就是现在大家说的集团。先有总承包公司，后有集团，所以总承包公司一直地位特殊。

"不管你们是校招的还是社招的，不管你们来自民营企业、外企，还是国企，不管你们曾经在职场经历过什么，来到振华就是振华人，希望你们做一个合格的振华人。"玛丽亚说结束语的时候，眼睛一直看着苏筱。

苏筱觉得好笑，看来她一直耿耿于怀呀，就差当面锣对面鼓地敲打了。

"好了，再次欢迎大家加入振华。"

玛丽亚在掌声中走下讲台，紧接着上台的就是夏明，一身西服，气宇轩昂。

"大家好，我是天成建筑的主任经济师夏明，今天受人力资源部的邀请来为大家讲课，他们给我的题目是《如何做一个合格的造价师》，我想了两天，觉得很难——做一个合格的造价师非常难。在座各位能够进入集团，专业能力肯定是过关的。但是，作为造价师，真正的难题不是跟数字打交道，而是如何与人打交道。"说到这里，他的目光淡淡地从苏筱脸上扫过，"一幢一百多层的建筑，我们能算出建筑面积、工程量、人工费用、物料和机械费用，但我们算不出背后隐藏的人心……"接下去他讲了一些事例，说他刚到工地实习时，看到砼泵车在打砼，一罐打下去，怎么看都没有6立方，他跟上司提出，按图结算不要用小票结算，但是上司根本没有采纳。

"……业内现在流行一句话，工程利润不是干出来的，而是结算出来的。大家只有想明白这句话的内在逻辑，才能成为一个合格的造价师。"夏明微笑着说，"最后，我真诚地希望在座的每一位，都能成为合格的造价师。"

除了苏筱嗤之以鼻，其他人都给了他最热烈的掌声。

夏明向大家点点头，准备走下讲台。

吴红玫赶紧叫住他："夏主任，还有提问环节。"

夏明又重新站定："大家有什么问题吗？"

大家刷刷刷地举手，特别是女生们，一脸雀跃，包括杜鹃。她被人力资源部抽调过来负责拍照，现在照也不拍了，高高地举着手，生怕夏明看不到。苏筱想了想，也举起了手。

夏明指着苏筱前面的女学生："穿粉色上衣的。"

粉色衣服的姑娘站了起来，很是大胆地问："请问你现在有女朋友吗？"

满室哄笑。

夏明笑了笑说："没有。下一个问题。"

大家又是刷刷刷地举起手。这回苏筱没有犹豫，很快举起手。

夏明指着苏筱后面的男生："穿迷彩服的。"

男生起身问："请问夏主任，在你的职场经历里，有什么事让你印象深刻？"

夏明想了想说："我没加入振华之前，在一家很著名的海外建筑公司，名字我就不说了。有一次，我们团队去巴基斯坦谈判，一下飞机，一群军人围了过来，当时我们以为被绑架了，结果他们把我们围在中间，举着冲锋枪，一路护送到谈判现场。到了现场我们才知道，刚刚有几个中国电建的员工被猛虎组织绑架了。"

大家明显被惊到了，培训室里的嬉笑声一下子消失了。

"……整个谈判是在几十支冲锋枪之下完成，还能听到不远处的枪声。这是一次非常难忘的经历。"夏明顿了顿说，"下一个。"

其他人还沉浸在夏明的描述之中，一下子没有反应过来，苏筱第一个举起手，目光灼灼地盯着夏明，似乎在说该轮到我了吧。夏明的目光在她脸上停顿了一会儿，最终伸手指着苏筱旁边的女生："披肩发的那个。"

披肩发姑娘站起来，羞涩地笑了笑："夏主任，请问你理想中的女朋友是什么样子的？"

"你问住我了，我没想过。"夏明思索片刻说，"谈恋爱不像造价，有方法可循，有定额可以套，它是毫无逻辑的，它是不讲道理的，也是无法计算的，所以它才美好，才让人期待。"

他刚说完，别人都还没有反应过来，苏筱霍然起身说："我有一个问题。"

夏明凝视着她说："不好意思，提问环节结束了。"

苏筱用难以置信的眼神看着他。

他却移开了视线，冲大家点点头，走下讲台。

苏筱气坏了，从来没有这么生气过，气得她都不顾礼仪地翻了白眼。

夏明走出门，飞快地回头看了她一眼，看到她气呼呼的样子，嘴角不由自主地闪过一丝笑意。

上午的培训结束了。苏筱第一个冲出会议室。吴红玫清楚她跟天科的过往，也看出刚才她跟夏明之间暗流涌动，有心想跟过去关心一下，但她得负责收尾，只能作罢。杜鹃拎着单反，一路小跑，追上苏筱，好奇地问："苏筱，你要问我老公什么问题呀？"

"忘了。"苏筱语气淡淡地说。她不是傻子，气过头就知道夏明是故意的，他挑了她身边三个人提问，唯独不挑她。他知道她要问什么，也知道自己无法在大庭广众之下回答。

杜鹃拽住苏筱的胳膊："喂，说谎的态度也要诚恳一点。"

"你想知道呀？"

"想呀。"

"好吧，那我就大发慈悲地告诉你。"苏筱笑嘻嘻地说，"我想问他，你知不知道你有一个老婆叫杜鹃呀？"

"讨厌。"杜鹃跺脚，作势要打她。

苏筱笑着跑开了，杜鹃举着手追了上去。

两人在走廊里嬉笑着追逐着。

转过一个拐角，苏筱看到一个人影站在前方，连忙顿住脚步，定睛一看，原来是夏明。他站在她们房间的隔壁，握着门把，扭头看着。看到她，他原本要推门的动作一顿："你想问我什么？"

苏筱既然明白他的用心，自然也不让他如意，装作没听见，掏出房卡把门刷开，走进去，砰地关上门，一气呵成。夏明摇头失笑。杜鹃看看紧闭的房间，又看看摇头失笑的夏明，羞涩地举起手："我有一个问题。"

"提问环节结束了。"夏明冲她歉意地笑了笑，推门走了进去。

杜鹃也不失望，开开心心地掏出房卡，打开门走了进去。

下午的培训是介绍集团内部组织结构、权力系统、各部门协作流程，以及工作中遇到问题的投诉反馈机制。内容特别多，一直讲到天黑。晚上是一个小小的宴会，既是新员工入职的欢迎宴会，也是新员工社交礼仪的培训课程。

苏筱穿了一件黑色小礼服。那是她在众建的时候花半个月工资买的，不是什么大牌，款式也简单，胜在裁剪得体，露出她优美的天鹅颈和纤细的锁骨，黑色又特别衬她的冷白皮，像白腻腻的瓷器一般发着光。看得杜鹃羡慕不已，说："怪不得人家说一白遮三丑，美白针打到飞起，白皮肤实在是太加分了。"想了想，又说，"苏筱你平时不要老穿着白衬衣黑外套扎个马尾辫，你稍微打扮一下，书上都说在职场要利用自己的女性魅力。"

"哪本书说的呀？"

"《女生的职场手册》里说的，说什么恰当的性感打扮可以吸引上司注意……"杜鹃见苏筱笑得不可自抑，"唉，你笑什么呀？"

"你少看这类书吧，都是胡编乱造出来的。你想想那些作者可能职场都没有待过，更不用说做到管理层，能说出什么真知灼见。什么吸引上司，还不是旧时代依附男人那一套，依附男人能走多远，男人倒了她也倒了。在职场，投机取巧能走一时，但走不了太远，想要走远路，还得靠实力，老老实实地从一万小时做起吧。"

杜鹃想了想："一万小时那要多少年呀？"

"也就五六年吧。"

杜鹃吐吐舌头，她才二十岁，五六年已经是四分之一人生了。

说话间，已经走到宴会厅，苏筱想找吴红玫，杜鹃还要负责拍照，两人便散开了。

这是自助晚宴，苏筱兜了一圈，也没有找到吴红玫。倒是看到众星拱月的玛丽亚，穿着香奈尔小礼服戴着钻石项链，一身珠光宝气。她身边围着不少新员工，有男有女，钦佩地看着她，听她说话。

苏筱找了一个安静的角落，给吴红玫打了一个电话。"你在哪里？"

"我还在酒店房间里呢。"

"宴会开始了，怎么不过来呀？"

"我忘记带礼服了。"

"那有什么关系。"

吴红玫说："你不知道，玛丽亚会说我的。"

"不至于吧，她还管下属怎么穿衣服呀。"

"她管呀。上次还说我，"吴红玫模仿玛丽亚的口气，"Helen，你年龄也不大，为什么总穿一些大妈款？"

苏筱失笑："她可真逗。"

"她觉得我们出去代表着人力资源部的脸面，而人力资源部的脸面就是她的脸面。"吴红玫继续吐槽，"你看看，我们部门的小姑娘们是不是都挺精致的，都挺会穿衣服的，那都是她后来招的。我不是她招的，她对我一直不太满意。"

苏筱扫了一眼宴会厅，还真是，人力资源部的姑娘们一个个都挺讲究的，和玛丽亚的穿衣风格如出一辙。上有所好，下必甚焉。

"你还是来吧，这里有很多好吃的。咱们可以躲在角落里，不让玛丽亚看到。"

"行，那我来了。"

吴红玫从行李箱里挑了一条款式简单的黑裙子穿上。她不是没带礼服，而是根本就没有礼服，原本想着糊弄一下就过去了，但是宴会之前，玛丽亚专门给她们开了一个会，要求人力资源部门以身作则，穿礼服出席宴会。"这些新员工很多是刚出校门的，我们需要给他们正确的示范，假如我们自己都不穿礼服，那他们就会认为，宴会上不穿礼服也没关系。在商业活动中社交礼仪特别重要，一次失仪，可能就永远地失去一次机会。"

吴红玫穿着黑裙子来到宴会厅，想趁着玛丽亚不注意溜进宴会厅，不想刚进门，玛丽亚的眼睛就跟探照灯一样地射了过来，不偏不倚地落在她身上。她顿时觉得脚下千钧重，定在原地，心虚地冲她笑了笑。玛丽亚的目光在她的黑裙子停了停，面无表情地移开了。但是吴红玫分明感觉到她生气了，自己又一次触犯了她的权威。

玛丽亚打发走围着自己的小迷妹小迷弟，走到吴红玫面前。

"Helen，我们必须要谈一谈了。"

苏筱一直待在宴会厅的甜品区，小蛋糕小甜点做得很精致，她一口一个，把所有的品种都尝完了，觉得有些口渴，便拿了一杯看着很清爽的鸡尾酒喝了一口，没想到舌头立刻像着了火一样，她赶紧放下酒杯，想找杯水压一压。正四周寻找，一杯白开水忽然出现在眼前。

拿着白开水的是夏明："这个鸡尾酒基酒用了伏特加，口感很霸道，后劲也足，不适合女生喝。"

"谢谢。"苏筱冷淡地道了一声，接过水杯，转身要走。

"你不想问我问题了？"

"我已经没有问题了。"

"我知道你想问什么。"

苏筱停下脚步，转身，走到夏明面前。

"你是不是觉得自己很帅气？"

"好像还可以。"

"是不是觉得自己很聪明？"

"好像也还可以。"

"是不是觉得很多人喜欢你？"

夏明笑了笑说："好像也还可以。"

"自以为是。"苏筱切了一声，转身就走。

"你是不是觉得大家都是坏人，就你是好人？"

苏筱不答，继续往前走。

"是不是觉得大家都在欺负你？

"是不是觉得这个世界只有你是对的？

"你也很自以为是，苏小姐。"

苏筱顿住脚步，转身看着夏明。

"难道我还是错的那一个？"

夏明走到她面前，摇摇头说："不，你没错。"稍顿，"但你也没有对。"

苏筱嘲讽地说："那你是对的了？你对，你都不敢接我的问题？"

"有些问题并不适合在大庭广众下讨论。"夏明说，"我也不是对任何一个人都会说，造价表是关系表。"

"听起来你还是好意，是在提点我了？"

"我知道你不相信，但我确实只和你一个人说过。"

苏筱呵了一声说："感谢你的厚爱。"

"不用感谢，我只是看到从前的自己。"

苏筱微微一怔，这句话的信息量有点大。

夏明带着一丝感慨说："这个世界比我们想象的更为复杂。我想你现在应该深刻体会到了。"

苏筱无言以对，转身要走。

夏明叫住她："你还没有说你的问题。"

"这重要吗？"

"重要倒是不重要，但是我挺好奇的，想知道我猜得对不对？"

"我想问你，一个人如果没有良心能走多远？"苏筱说完，也不等答案，扭头走了。

没走多远，杜鹃跑了过来，古古怪怪地笑着。

"你笑什么呀？"

杜鹃嘻嘻一笑："你跟我老公在说啥呀？"

"那你应该去问你老公。"

"哎哟，苏筱你好坏呀，不说就不说，还打击人。亏我还把你们俩拍得这么美。"

苏筱顿住脚步："什么？"

杜鹃献宝一样地将单反递到她面前："看看，美吧，我技术真好。"

单反里连着十来张，都是她跟夏明的照片，角度选得巧妙，她仰头看着他，他低头看着她，眼睛里的凌厉被弱化了，你来我往的言辞交锋又拍不出来。光从照片来看，有点含情脉脉，说他们是一对情侣都有人信。

苏筱一阵恶寒，手指轻点，将照片删了。

杜鹃愣了愣，等反应过来，夺回单反，已经删掉好几张了。她心疼地瞪着苏筱："干吗呀你，这是我的单反，我拍的。"

"你把我跟他拍得这么暧昧。"

杜鹃坚决不承认："哪儿暧昧，挺好的，多唯美。"

"我讨厌这个人。"苏筱朝杜鹃伸出手，"不想跟他同框。"

杜鹃惊讶地"啊"了一声，看看照片，心疼坏了。"我来删吧。"点了几下，朝苏筱晃晃单反说，"删完了，全删完了。"然后也不管苏筱信不信，抱着单反跑了。苏筱追了几步，看大家都好奇地看着她们，只得作罢。她知道杜鹃肯定没有删完，果然，后来发给每个人的培训纪念册里，有她和夏明的同框照片，不像她删掉的那张那么暧昧，两个人保持着正常距离相对而站，脸上都带着笑容，像是友好交谈的同事。苏筱后来回忆很久，都没想起，她跟夏明说话时脸上有带笑容。

培训总共三天，夏明从自助晚宴之后就没有再露过脸。杜鹃一打听，才知道他提前回去了，她因此恹恹不振。恹恹不振的还有吴红玫，那天晚上她挨了一顿很严厉的批评。玛丽亚说她不听领导指挥，个人主意很大，从她故意欺瞒提交苏筱的简历，说到不穿礼服，吴红玫百口莫辩，也无从辩起。扪心自问，她确实不怎么适合玛丽亚的领导风格，总觉得功夫用在无关紧要处。她原来的上司很务实，从来不管下属穿什么，只看工作成绩。吴红玫就是在她手下升的主管。玛丽亚喜欢面子工程，她来了两年，吴红玫就难受了两年，就像不同型号的螺母螺丝，口子都咬不住，更别提拧紧了。

但是不能再这么下去了，玛丽亚真生气了。她是领导，不可能就着下属，只能自己改变。吴红玫回到家后，跟张小北说要去买衣服。张小北奇怪地看着她："还要买衣服？衣柜里全是你的衣服。"

"那些不合适。"

"哪儿不合适了，都挺好看的。"

吴红玫叹口气说："玛丽亚前两天批评我着装不得体。"

张小北上下打量着吴红玫，说："哪儿不得体？我怎么没看出来。衣服简单大方就行了，非得要像她那样花枝招展呀。再说，她管得也太宽了吧，还管人家怎么穿衣服呀，这样的领导，太奇怪了。"见吴红玫耷拉着眉不说话，"算了，你想买就买吧，明天我陪你去，我知道有一家商场正在打折。"

吴红玫抬起头，展颜一笑。

第二天下了班，两人先回家吃过晚饭，然后才到商场。商场里正在进行年中大促销，各种优惠活动眼花缭乱。到了二楼女装部，吴红玫下意识地往精品区走去，张小北一把拉住她，指指折扣区说："走错了，这边呢。"

"先去那边看看吧，等一下回来再看这边。"

张小北摇头说："那边太贵了，一件衣服大几百的，有什么意义，衣服早晚要穿破扔掉的，没必要花钱在这上面。"

吴红玫有些不情愿，但她不是强势的性格，被张小北拉着往折扣区走了。

折扣区贴满了特价99、特价199、特价299的海报，一排一排的金属架子挂着不知道多少年的衣服，一股呛人的干燥剂味道扑面而来。张小北拉着吴红玫直接走到特价99区域，兴致勃勃地在衣架里挑挑拣拣。吴红玫兴致全无，站在旁边，如同木头人。

张小北挑出一件，在吴红玫身上比画着。"这一件不错，你去试试。"

吴红玫瞅了一眼："这个款式是五年前的。"

张小北奇怪地看她一眼："你管它什么时候的款式，衣服是新的就行了。再说你们女人衣服的款式不都是兜兜转转的，隔个几年又时兴起来了。"将衣服往她怀里一塞，"去试试吧，我再帮你挑几件。"

吴红玫心有抗拒，不接衣服。"这衣服跟我衣柜的那些衣服没有什么区别。"

张小北深以为然："本来就没有区别，我说没必要买，你非要来买。"

"小北，我的意思是买几件稍微有点档次的衣服，正式场合穿。"

张小北看着她一会儿，说了一声好吧，将手里的衣服挂回衣架，然后拉着她到了特价199区。"这里总可以了吧。"不待吴红玫说话，他又说，"你们女人真麻烦，像我们男人都不讲究这些，几十块钱照样穿得很开心。"

"不可以"三字到了嘴边，但看张小北脸色臭臭的，吴红玫说不出口，只能咽回肚子里。好在折扣区的199比99档次要高不少，款式也时尚了不少。她挑了挑，居然在里面发现了一件小礼服，款式不错，正好是她的码。心里一阵窃喜，朝张小北晃了晃。

张小北嫌弃地说："就这几片布，去试试吧。"

吴红玫拿着小礼服到试衣间，处处合身，显得她高挑又苗条。

张小北看了，臭臭的脸色也缓和了，说："买吧。"

叫售货员过来开单，售货员拿起吊牌看了一眼，先赔了笑脸，说："不好意思，这不是199的，这件是599的。"

张小北指着特价199的海报说："你们挂在这里，又说不是这个价，这不是蒙人嘛。"

售货员连声道歉，说："我理错货了，对不起，对不起。"

张小北生气地说："这也能错？"

"怪我怪我，那您还要不要？"

吴红玫期盼地看着张小北，真的好希望他说，599就599吧，但是他犹豫再三，看着她说："这衣服就几片布，不实用，再看看其他吧。"

吴红玫眼巴巴地看着衣服："我们人力资源有些场合需要一件正式的礼服。"

张小北指着衣架的199说："这些就不错，咱们再挑挑。"

吴红玫不吱声。气氛特别尴尬。

那个售货员见过太多这样的情景，同情地看了吴红玫一眼，抱着衣服悄悄地溜了。这一眼让吴红玫浑身都僵硬了，觉得特别丢脸，直愣愣地站着，也不去挑衣服。张小北知道她不高兴，自顾自地给她挑了两件，推着她进了试衣间。穿出来，效果还可以。吴红玫不点头也不摇头，他自作主张地买了单，拉着她往家里走。

一路无话。吴红玫就跟木偶人一样任他拉着。张小北觉得自己做得够可以了，陪着她买了衣服，她还给他脸色，便有些不高兴了。"衣服也买了，你怎么还不高兴？非要那件599的呀。"

吴红玫恹恹地说："没有不高兴，我只是累了。"

张小北停下脚步，正色说："老婆，你可别被你们上司带跑了，咱们要存钱买房子的。房子重要还是衣服重要呀？"

吴红玫打起精神说："我知道，我不会被她带跑的。"

话虽这么说，心里到底不得劲儿，回到家在洗手间洗澡时，莫名地悲从中来。就着蓬蓬头洒的水，她落了几点眼泪。并没有哭多久，因为要节省水，张小北规定每次洗澡不超过五分钟。

五分钟内，她结束了洗漱，也结束了伤春悲秋，裹着如家的浴袍走出洗手间，往床上躺着。这么一天又过去了。衣架上挂着她新买的衣服，她的男朋友正在电脑将今天的额外花销入账。蒙眬入睡的时候，听到他叹口气说："这个月房价又涨了。"

迷迷糊糊中，吴红玫生出一丝懊悔，自己可能真的被玛丽亚带跑了。

第十二章

苏筱没有想到会这么快再次遇到夏明。

入职培训回来没多久，汪洋带着她出去办事——最近他外出办事喜欢带着她，一是她人精神说话专业带着出去有面子，二是可以随时随地提点她。人事权在集团，优秀人才注定落不到天成，苏筱是他亲手发掘出来的，他很上心。

经过一个工地，汪洋忽然停下车说："这是黄胖子的地盘，走，咱们去看看。"

天科的工地管理制度很严格，汪洋再三表明身份，老实巴交的保安还只是反复地说："施工重地，闲人勿入。"汪洋的一张黑脸气成了酱绿色。就在这时，夏明来了，开着一辆卡宴从漫天尘灰里慢慢驶近。

他放下车窗，目光先落在苏筱身上，然后才移到汪洋身上。

"汪总怎么在这里？"

"路过，想进去参观一下。"

"那怎么……不进去？"

汪洋带点火气反问："你们这里管得这么严，我进得去吗？"

夏明笑了笑："别生气，我先停车。"

他把车开到一边，跟保安打了一声招呼，保安拿了三个安全帽过来。

汪洋的目光还停留在卡宴上："这辆车新买的吧，不赖呀。"

夏明说："买了一年，感觉一般。"

"性能不行？"

"公路SUV，跑到野外不行，不如路虎。"

两人边说边往里走，苏筱跟在后面，环顾四周。工地非常整齐干净，地上连根火烧丝都没有。她有些诧异，从前天科桃源村项目的工地管理得可没有这么严谨。已经六月了，天气炎热，工地无遮无拦，汪洋走了一会儿，浑身汗出如浆，便提议去工地办公室看看。

工地办公室冷气开得很足，苏筱受不了，便站在门口看着外面。正好有一个砼泵车在打砼，职场病无意识地发作了，她盯着打下去的砼……突然耳边响起一个声音："满的。"

苏筱回头，发现夏明站在背后，她又找了找，汪洋却不在。

"他去洗手间了。"

"满的，你们赚什么钱？"

"你对我有很深的误解。"

"都是我亲身经历的，怎么会是误解。"

夏明没有再说话，因为汪洋回来了。他这会儿想起还没介绍两人认识。"哎哟，我都忘记给你们介绍了。"指着苏筱说，"夏明，这是苏筱，我们公司新来的成本主管，美术馆项目的标书就是她做的。"

"很厉害。"夏明朝苏筱伸出手，好像两人真的第一次见面。

苏筱伸手与他握了握。他的手干燥而温暖，和人不太一样。

"是厉害，当时我在泰国，听说赢了你，我怎么也不相信，还以为是骗我的，没想到是真的。"汪洋得意地说。

夏明笑了笑说："上次我大意了，下次不会。"

汪洋煽风点火："苏筱，听到没有，夏明不服气呢。"

苏筱看着夏明说："不服气也没有办法了。"

"集团有个新项目要招标。"夏明说，"到时候还请苏小姐多多指教。"

"哟，这是挑战呀。"汪洋兴致勃勃地说，"苏筱接呀。"

苏筱哭笑不得："汪总。"

汪洋对夏明说："我替她接了，下回你可别再大意了。"

"好。"夏明露出意味深长的笑容。

这个话题到此结束。汪洋问起内审的事情，夏明说："就差掘地三尺。"

汪洋诧异："许峰是这样的人？"

"许助理很有境界。"夏明笑着说，"我们请他吃饭，他不来；请他喝下午茶，他自掏腰包。"

汪洋啧啧两声，又闲扯几句，这才告辞。上了车，问苏筱："你觉得夏明怎么样？"

苏筱想了想说："藏得挺深的，跟他舅舅不一样。"

"那当然不一样，黄胖子是江湖人，他是读书人。"

"读书人？"苏筱觉得这个词用得有些奇怪。

"他爷爷他爸都是大学教授，他妈是医生，还是主任医生。"

"那他怎么会考土木工程？"这样家庭出身的通常不是考医学院就是做学问，即使考工程有关的，也应该是建筑设计呀，怎么会考一个工科。

"他爸常年游学国外，他妈天天泡在医院，他从小跟黄胖子亲，多半受了他的影响。"

苏筱哦了一声，想想他站在走廊里抽烟的模样，能对得上号了。

"他比黄胖子厉害。你看刚才那工地，收拾得整整齐齐，管理也严格，以前黄胖子的工地可没有这么大的规矩。上回他应该是真的大意了，下回的内部竞标，苏筱你可要加把油，争取让他再大意一把。"说罢，汪洋哈哈大笑起来。自打苏筱赢了夏明一回，他莫名地信心大增。

"我会的。"苏筱认真地说。就算不为夏明那句充满挑衅的"还请苏小姐多多指教"，她也希望在知己知彼的情况下进行一次公平公正的较量。这样的较量在对外投标是不会发生的。外部投标，功夫落在标书之外。这是她选择这个专业时没有想到的。

大约过了一个星期，集团果然发来静水河项目的内部竞标邀请函。陈思民按照分工，把标书交给陆争鸣负责。刚刚交代完，汪洋把他叫了过来，说："这回的标书还是让苏筱做吧。"

"我刚才已经安排给小陆了。"陈思民露出为难之色。

"重新安排吧。"

陈思民默了默,说:"这不合适吧,小陆才是土建主管,对外投标是他的工作,现在安排给苏筱,他会有想法的。再说,美术馆项目也要开始招标了,苏筱恐怕忙不过来?"

汪洋说:"忙不过来就让小陆配合她,正好让她练练怎么当部门经理。"

"汪总,这太急了,恐怕不能服众。"陈思民心里警钟长鸣,"她才刚来,虽然拿下美术馆项目,但是价格低,能不能保本还是一个未知数。她的成本管理方案也才实施,不知道效果如何,我觉得还是再看看吧。"

"不用看,错不了。"汪洋挥挥手说,"你这几天没去工地,你要去工地就知道了。以前咱们工地满地都是火烧丝、卡子,现在可干净了。光看这一点,就知道错不了。至于你说时间短不能服众,确实是个问题,我也想到了,所以才让苏筱来负责这个项目,要是她能再次赢了夏明,还有谁不服气呀?再说,咱们要中标拿项目啊,小陆的作风太稳健了,对付不了夏明。"

话说到这份上,陈思民只得点头。回去跟陆争鸣一说,陆争鸣当即变了脸色:"为什么?"

陈思民歉意地说:"这是汪总的意思。"

陆争鸣顿时蔫了。汪洋对苏筱的偏爱不加掩饰,公司里的人私下都在议论,商务合约部经理肯定是要给她了。只有他不吭声,抱着一丝希望。今天这丝希望彻底破碎了,心里已经翻江倒海,生性木讷的他嘴里也只是挤出一句:"这不公平。"

"我知道,但没办法。她很会表现自己,汪总又对咱们的工作不了解,以为全是她的功劳。但是你别着急,也别松懈了。"陈思民语重心长地说,"我见过很多人一开始表现很亮眼,可长久不了,为什么,心思太杂。你的优点就在于心思干净,能静下心。所以,你不用管别人,做好你的本职工作,其他事情不还有我吗?你是我带入门的,我非常看好你。商务合约部的经理位置空着一年多了,你想想,我是替谁留着的?"

陆争鸣眼睛一亮,心里又踏实了。他沉稳木讷,但并不是傻子,当即表了态:"主任,我听您的。"

陈思民满意地点头。等陆争鸣走了，他把苏筱叫进来，笑容满面地说："咱们集团有个新项目要进行内部招标，按分工，应该是小陆负责的，但我觉得你更有开拓精神，决定交给你来做。有没有问题？"

苏筱说："没问题。"

陈思民说："那就辛苦你了。"

辛苦，苏筱是不怕的，现在的她其实怕闲下来。一闲下来就要想七想八，想为什么申诉信还没有回复，想周峻跟那个姓李的女人，想自己未来怎么办？到底只是一个人，再坚定也有迷茫的时候。

接了新项目，同时又要完成本职工作，工作加倍，吃饭上洗手间都争分夺秒，累得倒在床上秒睡。无暇思考人生，反而觉得很有奔头。这么昏天暗地干了半个月，有天，苏筱突然接到美术馆工地的电话，说是钢筋和水泥都没有送到。

苏筱怔了怔："不可能呀。"

项目组的施工材料是由公司统一配送。正常流程是苏筱出物资清单，送交陈思民签字，再送物资部配送到项目组。一旦断材料，项目组就得停工，耽误进度，增加成本，因此，她一向是慎之又慎。"上周五，我就将物资清单交上去了。"

电话那端是美术馆项目经理董宏，口气不善："老潘说根本就没有收到清单。"

苏筱又认真地回想了一下说："我确实交了……"

董宏不耐烦地说："行了行了，你们一个两个都推来推去，我懒得听你们废话。反正今晚没送过来，明天就得停工，你们看着办吧。"说完，啪地挂断电话。

苏筱还没有理出一个头绪，陈思民从办公室里冲出来，大声嚷嚷："苏筱，怎么回事？董宏刚给我打电话了，老潘也给我电话了，说你没有提交物资清单。这么重要的事情你怎么能忘？你搞成本的，不知道停工得烧多少钱呀。"

苏筱也急了："我真的交了，上周五给你的，你还记得吗？当时你跟我说一会儿要和潘经理开会，清单你直接给他。"

陈思民瞪着她："你的意思是我弄丢了？"

苏筱还真是这么想的，因此不吭声，只看着他。

122

办公室里其他同事听出不寻常处，一个个竖起耳朵。

陈思民被苏筱看得心里光火："还愣着干吗？赶紧重新出清单，叫物资部快点送过去。"

苏筱按捺下心里的火气，重新打印清单。

陈思民转身走回办公室，刚坐下，座机响了。

是汪洋打来的："老陈，怎么回事？董宏刚才给我打电话了，说材料没送过去，明天可能停工。"

"是苏筱忘记了。我已经让她重新出清单了，动作快点，应该能在明天上午送到。大概停一两小时左右，不是特别严重。"

"苏筱怎么会犯这种低级错误？"

"小姑娘嘛，做出一点成绩，有点飘了。"

"飘了？"

"你不常在公司，很多事情不了解……"陈思民顿了顿，装出一副大度包容的口气，"不过，没事，她还年轻，敲打敲打就好。"

短暂的沉默后，汪洋严肃地说："你该敲打就敲打，等我回来，我会找她好好谈谈。"

"汪总……"陈思民欲言又止。

"你别吞吞吐吐，有啥说啥。"

"那我就直说了。"

"说。"

"我觉得她飘呀，跟你关系大。"

汪洋不是傻子，自然一点就明。"行了，我明白了，这事情你处理吧。"

"真让我处理呀？"

"废话。"

"我怎么处理都行？"

"行。"

放下电话，陈思民松了口气，从抽屉里拿出物资清单看了一眼，然后塞在碎纸机里。没有错处，他就给她制造错处，一个二十多岁的小丫头片子，他不信拿捏不住。

当天下午的部门会议上，他点名批评苏筱："咱们建筑业跟别的行业不一样，要是停工一天，光人工费、机械租赁费就是一大笔钱，苏筱，你本身就是搞成本的，应该非常清楚，今天这样的错误我希望只有一次……"

随后，陈思民又以减少工作量便于苏筱专心于本职工作为由，让她将静水河项目的投标工作交给陆争鸣。苏筱这时便有些察觉了，他对自己有看法，想来想去应该是跟汪洋看重自己有关，毕竟没有一个上司愿意下属跟自己的上司走得近。

她寻思着如何婉转地解决这个难题，随即又发现难题消失了——汪洋突然对她冷淡了。从前看到她眉眼带笑，现在不笑了，更不用说带她出去见世面。变化如此显著，自然被火眼金睛的同事们捕捉到了。原先她得了汪洋青眼，大家心里不服气，现在看到她打回原形，自然幸灾乐祸，嘲笑她不自量力狐媚领导，又把她从前被众建开除的事情拿出来说，什么品行不端、收取贿赂等。

她们说话也不避着人，苏筱都听到过好几回，非常郁闷，但也无从辩起，只能暗暗祈盼申诉信能起作用，早日沉冤昭雪，拿回注册造价师证书，她立刻一去三千里，从此与天成是路人。

申诉信是她唯一的希望。

然后这唯一的希望也被粉碎了。

那天，她下班有些晚，出来的时候天色已经黑了。她正准备往地铁站走，停在路边的一辆轿车突然亮了灯。灯光闪了闪，然后车门开了，下来一个西装革履的年轻男人。直觉告诉她，这人是冲着她来。果然他走到三步之外，停下脚步，扬了扬手里的申诉信。

苏筱震惊："你是谁？为什么信会在你手里？"

"我是许峰，董事长助理。信是董事长给我的。"

这句话信息量非常大，苏筱没有说话，飞速地转动脑筋……

"我看旁边有间咖啡馆，一起喝杯咖啡吧。"

咖啡馆在公司斜对角，几百米的距离。许峰点了咖啡后，在苏筱对面坐下，说："董事长很欣赏你，夸你是个人才。"

苏筱嗤笑："董事长知道我是谁呀？"

"知道。"许峰说，"汪总为你入职找过董事长，董事长看过你做的标书后跟汪总说你是个人才。当时，我在场。"

苏筱恍然大悟，原来是赵显坤拍板，玛丽亚才同意她入职的。

许峰说："你想不想找回你的清白？"

苏筱反问："你想让我做什么？"

果然是个聪明人，许峰从公文包里取出结算单和资产负债表推到苏筱面前。"我想知道钱去哪里了？"

苏筱翻看了一遍，都是天科的，顿时明白是怎么回事了。建筑公司隐匿利润或者转移利润的常用手段是虚假分包，一个建筑项目至少几百个分包项目，多的甚至达到几千个，要从中查出虚假分包，太难了。

许峰目不转睛地看着苏筱，留意她的神色变化。他带队在天科查了一个多月，除了一些鸡零狗碎的账目问题，其他重要的诸如阴阳账、小金库、虚假分包等都没有发现。劳师动众却是这个结果，他无法接受，也明白这不是董事长要的结果。一开始他还想从天科打开缺口，努力几次，毫无进展。眼看着时间一天一天地过去，他从自信满满变成日夜煎熬，每晚睡不着，头发大把大把地掉。手下的人也开始不耐烦，都想结束这磨人的历程。

无奈之下，他跟董事长汇报，天科没有问题。

当时，赵显坤抬头看着他，皱眉问："你确信？"

许峰底气不足地说："该查的都查过了，没有问题，账面都是平的。"

赵显坤思索片刻说："我保险柜里有一封信，你拿去看看。"

苏筱的申诉信就是这么到他手里的，他一打开信，就明白了赵显坤的用意。要找出虚假分包，对他来说很难，但苏筱曾经是桃源村项目的甲方，什么是真，什么是假，一目了然。

"对不起，我帮不了你。"苏筱将天科的资料推还给许峰，起身就走。

许峰有些诧异，但他并没有阻拦，摇摇头说："我真替你可惜。"

苏筱顿住脚步。

"好好的一个985高才生，年年都是优秀员工，一次通过注册造价师考试，前途光明。现在却只能做个影子造价师，永远不能在自己做的标书上盖章。"

苏筱瞳孔收缩，手紧紧抓着包带，骨节泛白。

"你真的甘心吗？苏筱。"

苏筱嘲讽地笑了笑："我不甘心又如何。"说罢，再不停留，大踏步地走出咖啡馆。一口气走到无人处，才停下来。心里堵得慌，她掏出手机给吴红玫打了一个电话。

"你为什么不答应呢？说不定是机会。"

"我不想。"苏筱义愤填膺地说，"红玫，你能想象吗？这些人眼里根本没有法律，只有利益，有点权势就为所欲为，真是太黑了。"

"筱筱，我知道你生气，但你现在最重要的是拿回注册造价师证。"吴红玫说，"你往反方向想想，既然信能落到我们董事长手里，那说明董事长能量很大。要是他帮你，说不定能拿回造价师证，是不是？"

"我不想。"

"筱筱……"

"你别说了，反正我不想。"

吴红玫知道她脾气上来了："行，你不想，咱们就不想。有点晚了，你先回家。"

苏筱挂断电话，心情还是闷闷的，她不想回家，但又无处可去，只得在花坛边坐着，瞧着对面的露天烧烤摊，烟雾腾腾，消暑的人们吃着烤串喝着啤酒，交头接耳，言笑晏晏，自有一种惬意。

这种惬意已经远离她了。

回到住处，夜已经深了，她刚掏出钥匙开门，听到身后传来一声呼喊。

"小苏。"

苏筱转身，看到房东阿姨顶着一头黄色卷发走了上来。她也住这个小区，只是不同栋。

"你这小姑娘太拼了，天天这么晚下班。"

"阿姨，你找我有什么事呀？"

"我看了看，合同快到期了，你还租不租我房子呀，要是租的话，我这房子要涨价了。"

"涨多少？"

"不多，八百。"房东见苏筱吃惊地瞪大眼睛，哎哟一声说，"我可不是瞎开的，中介跟我说，我们这小区现在很抢手，别人家的都涨了一千呢。我想着你一直住得挺好的，人又简单，没有乱七八糟的事，所以只给你涨八百。"

"我知道了，我考虑一下吧。"

"行，那你早点告诉我，你要不租，我还要找中介挂出去。"

苏筱点点头，看着她下了楼，这才打开门走进去。蹬掉鞋子，先打开电脑，查看银行余额，只剩两千多，一个月房租都不够。她将鼠标一扔，倒在床上，真不敢相信，自己居然会混到这种地步。

吴红玫听说后，再次劝说苏筱跟许峰合作。

"你先拿回证，就算不在我们集团干，去外面至少也是10万一年起薪。不要跟自己过不去，人生不就是这样嘛，该低头就低头。"

"为了拿回证而低头，那我还不如换个职业。"

"你怎么这么倔呢。"吴红玫叹口气，"那你接下去怎么办？"

"继续写申诉信，我就不信没有结果。"

"那住的地方呢？"

"我找了一个地下室。"

吴红玫沉默良久，心情很复杂，有震撼也有怜惜。"你什么时候搬家，我来帮你。"

"不用，地下室就在我现在住的地方楼下，我多跑几趟就行了，很方便。等我收拾好了，你过来玩。"

地下室很简陋，只有半窗，光线昏暗，空气浑浊。但这些自然难不倒土木工程毕业的高才生，苏筱亲自动手，刮了泥子贴了墙纸，装了排气扇，把当时为结婚准备的北欧风家具，大件直接卖掉回笼资金，小件搬到地下室，收拾妥当，就是像模像样的一个家。

吴红玫过来一看，颇有些惊讶："还不错呀。"

苏筱开玩笑地说："早就应该搬到地下室，还可以省下一大笔钱。"

她言词平静面无郁色，吴红玫提着的心放了下来，暗生佩服。从前苏筱顺风顺水，看起来也就是一个长相不错工作努力比较幸运的姑娘，一直不曾显露她性格的底色。真没想到，在她文弱的外表下面，有着钢筋水泥的坚韧、逆境而上的乐观，还有冻死迎风站饿死不弯腰的风骨。

这一刻，吴红玫突然生出一种很强烈的预感，没有人能打败她的朋友。一个能改造恶劣环境让自己舒服的人，必然会逆风而起闪瞎所有人的眼。

🏢 第十三章

审计小组在天科已经待了一个多月了，黄礼林从最初的担心变成焦虑。"我看出来了，这是要跟咱们死磕到底呀。不查出点东西，他们是不会走的。"

"原本就是这样。"夏明倒还是从从容容，"你不用担心。时间拖得久，对咱们只有好处没有坏处，对他们是只有坏处没有好处。你没看，许峰比我们更着急嘛。"

"我看到了。但是他们待在这里，我就跟鞋子里进了沙子，脑门后面挂着一双眼睛，浑身不舒服。"黄礼林耸动肩膀，"而且他们天天找这个谈话，找那个谈话，早晚咱们也会破防的。得想想办法了。"

"行吧，时间也差不多。"夏明拿起话筒，拨给财务经理杜永波，"准备的东西可以透露给他们了。"

黄礼林诧异地问："准备的什么东西呀，我怎么不知道？"

夏明神秘地笑了笑："给许峰准备的退路。"

五分钟后，小会议室里的门被重重推开，审计小组的其中一名成员快步走了进来，大声地说："许助理，好消息。"

许峰精神一振："说。"

小组成员说："刚才我在消防楼梯里抽烟，商务合约部成本主管，就是经常跟我一起抽烟的那个小伙子也来了。我看他脸色很不好，问他怎么回事？他说是因为加班费对不上，他去找财务对账，反而被杜永波说了一顿，说他钻到钱眼里了。他说天科给钱特别不利索，他早受够了；又说我们太无能了，查这么久屁都查不出来。我听他话里有话，就叹口气说，没办法，你们藏得太深了。他说，那是你们方向不对。我就问他应该查什么方向……"

许峰着急地问："他说了没？"

"没有，他没说，又跟我闲扯，说去年天科欠桃源村项目农民工工资，农民工跑到众建去闹事，闹得可大了。我寻思着，他应该是让我们从劳务分包入手。"

"之前查过了，没有对不上的。"

许峰想了想说："再查一遍，这次咱们得换个方式。"

之前去现场都有项目组的人跟着，问农民工问不出东西，这回他们想办法甩掉了项目组的人，果然发现有吃空饷的。大家精神大振，但是查完一算，出入的金额也就50万。许峰挺沮丧的，坐在椅子上半天没说话。其他四个审计小组成员，你看我、我看你，你推我、我推你。最后，其中一个站了出来，硬着头皮咳了一声。

"许助理，该查的我们都查了，我觉得咱们可以跟董事长汇报了。"

许峰嘴角微扯："汇报我们的无能吗？"

小组成员说："这怎么是无能呢？咱们不是查出50万吗？"

许峰说："你觉得只有50万？"

"这不是我觉得不觉得的问题，审计是讲证据的，证据显示只有50万。"

其他人也跟着附和："对呀，审计讲证据，没证据，咱们也不能硬来呀。"

七嘴八舌，入了许峰的耳朵，就跟苍蝇嗡嗡似的，他霍然起身，说："吵什么，不想干了吗？不想干，可以滚蛋。"

小组成员中有性格急躁的，听到这话不干了："你怎么这么说话，太不讲道理了。咱们没干活吗？这一个多月没日没夜的。"

也有站出来当和事佬的："行了，行了，大家都少说几句。"推着许峰往外面走，"许助理，走走走，咱们去外面抽根烟。"

许峰也知道自己失态了，半推半就地走了出去。

到消防楼梯，和事佬递了一根烟给许峰，又掏出打火机点火。等许峰抽了一口烟神色平静些，他才慢条斯理地劝说："许助理，别怪大伙儿，查不出来，心里都着急呢。"

许峰不说话，只是狠狠地抽烟，一口紧着一口。和事佬又说："不过，他们说的有道理。确实不能再这么耗下去，这么下去，耗到最后，如果还是查不出来，有麻烦的人是你——许助理。"

许峰抽烟的动作一顿。

和事佬继续说："你想想，徐总怎么就突然生病了？因为他知道这活扎手。董事长要的哪有这么容易查出来，何况天科还有个高手。再查一个月，可能结果还是这样。到时候，咱们脸上挂不住，董事长脸上也挂不住呀。他变成了找子公司麻烦的董事长，你就成了让他背上骂名的那个人。"

许峰脸色微变，捏着烟的手都颤抖了一下。

"许助理，你想出成绩，来日方才。眼下还是保全自己，保全董事长吧。"

许峰不说话，只是狠狠地抽着烟。抽完一整盒，他认命地闭了闭眼睛。

次日，许峰回到集团，走进董事长办公室。

"怎么样，有进展吗？"

"有。"

赵显坤精神一振，但等他说完，眉头皱了起来。"50万，你觉得可能吗？"

许峰硬着头皮说："反反复复查了好几回了，没有其他发现问题。再这么查下去，估计还是这个结果。"

赵显坤的目光一下子严厉了："怎么，你想放弃了？"

"不是。"许峰摇头，"但是难度太大了……"

"没难度的都是下坡路，你要走吗？"

许峰大气不敢喘："我怎么都可以，就怕到时候丢了董事长的脸。"

赵显坤大怒："你是担心我的，还是你自己的？如果是我的，长在我脸上，轮不到你来担心。如果是你自己的，那我劝你一句，别本事没长，先学会偷奸耍滑，碰到一点困难，就想着保全自己。"

许峰认识赵显坤十几年了，从来没有挨过这么严厉的批评，顿时额头汗出，连忙说："董事长，我没这个意思。"

"我很失望，许峰，我以为你是不同的。"

"董事长，对不起，我会一查到底。"说罢，许峰转身就走，从来没有这么狼狈过。

"回来。"

许峰顿住脚步，回过身来，畏惧地看着赵显坤。

赵显坤缓了缓脸色说："我不是给你指了方向吗？"

"苏筱吗？"许峰说，"她不肯，我跟她好说歹说，说了好几回，她都不答应。"

赵显坤哦了一声，起了兴致。"你怎么跟她说的？"

"我说如果她帮我查出虚假分包，我就帮她拿回造价师证。"

"她没答应？"

"是呀，挺奇怪的，她明明很想拿回造价师证。但她宁肯继续写申诉信，也不愿意和我合作。"许峰说完，发现赵显坤嘴角微微勾了勾，紧皱的眉头也舒展了，似乎心情一下子转好了。

"你先把造价师证拿回来给她。"

许峰犹豫："我看她对我们集团不是特别认可，给了她，她不肯帮忙怎么办？"

赵显坤笑了笑，低下头继续看文件，这是谈话结束的意思。纵然心头还有诸多顾虑，许峰知道自己不能再说了。他隐约有些觉得，赵显坤把信给他是个试探，对他的试探，也是对苏筱的试探。他多半是没有通过，至于苏筱有没有通过，目前还不知道。

打着赵显坤的旗号，许峰很快拿回了苏筱的注册造价师证。对他们来说，不过是托人说句话的事。他把证给苏筱，以为她会高兴，但是她没有。她的神色很微妙，似喜似悲。

"怎么，有什么不对吗？"

苏筱说："我打印了几十封申诉信，准备每个星期寄一封，这才寄了第二封。"

这话无头无脑，但是许峰听明白了，她是觉得拿回造价师证的方式不够光明正大。他想了想，说："重要的是拿回来了，方式不重要。"

苏筱反问："方式不重要吗？"

许峰沉默了一会儿，说："拿回来了，你就可以重新开始了。我是不懂造价，但是董事长说你是人才，那就一定错不了。你何必纠结这些小事，把精力放在事业上，不是更好。"

"这不是小事情。"苏筱说，"我费尽全力都拿不回来的东西，你这么轻易地就拿回来了。"

不是因为真相，而是因为权势。

许峰皱眉问："你是刚刚进入社会吗？今天才明白吗？"

话不投机，苏筱没有再说什么，将造价师证放进包里。

许峰嘲讽地说："我还以为你会不要，让我送回去呢。"但他刚说完就后悔了，"对不起，我开玩笑的。"在要回造价师证的过程里，他了解了事情的始末，知道苏筱受了委屈。不管是谁，平白无故地被践踏，心里都会生出这种不满。

苏筱朝他伸出手："给我桃源村项目的分包清单。"

许峰心里一喜，赶紧从公文里掏出来递给她。

她拿笔在上面圈了两个分包项目递还给他："不管如何，谢谢你帮我拿回证。"

"我也谢谢你。"许峰扬扬清单。

许峰匆匆忙忙地赶回天科，让他们按照苏筱给的方向查。大家有了目标，又风风火火地忙开了。一直盯着他们的杜永波顿觉不妙，赶紧到夏明办公室汇报："不知道怎么回事，原本都成蔫黄瓜了，突然又打了鸡血。"

夏明笑了笑："肯定是找到方向了。"

杜永波慌乱："他们怎么找到的？"

夏明没有回答他，他拿起话筒，拨打了吴红玫的电话："Helen，我是天科的夏明，是这样的，我想调苏筱到天科做商务合约部经理，需要办理什么手续？"

吴红玫太过诧异，顿了几秒才回答："这个我要请示一下，集团没有这样的先例。"

"我看人事制度里是允许子公司根据工作需要申请人员调配的。"

"是这么规定的，但是子公司申请调另一个子公司的人，这种事从来没有发生过。"吴红玫说，"其实我们集团人才储备库里有不少与苏筱实力相当的员工，我可以现在就发简历给你，你要是觉得不合适，我还可以找猎头挖人。"

"不用了，我就想调苏筱到天科。"

"这个……得苏筱本人同意，还得天成的汪总和陈主任同意。"

"那就麻烦你跟他们沟通一下。"

"行吧，我试试。"

吴红玫挂断电话，先跟玛丽亚汇报了一下。

玛丽亚也挺诧异的，嘲讽地说："没想到还成香饽饽了。"

"玛丽亚，你觉得这事情怎么办？"

玛丽亚兴致缺缺："人事制度怎么规定就怎么来，还需要我来告诉你吗？"

人事权在集团，理论上集团都可以调动，集团人事规定也准许子公司根据工作需要申请人员调配。但在集团历史上，有从子公司调到集团公司，也有从集团公司下放到子公司，还从来没有子公司之间调配的。

吴红玫原本想让玛丽亚拿个主意，但她推了回来。好在玛丽亚已经知道了，将来万一闹起来，应该不会再说她自作主张了。吴红玫没有在办公室，而是跑到消防楼道里给苏筱打了一个电话。

"他什么意思呀？"苏筱觉得奇怪，天科跟老余走得这么近，拿着不少众建的项目，让她当商务合约部经理，不是给老余找堵吗？这明显不符合正常逻辑。

"他说，你要有什么疑问，可以直接联系他。"

"我联系他干吗。"苏筱干脆利落地说，"我不去，你帮我回了他。"

"要不要再考虑一下，他调你过去是当商务合约部经理，待遇从优。"

"不去，给多少钱都不去。"苏筱心想，我已经拿到证了，还怕没地方去吗？她本来想跟吴红玫说自己拿回证了，但是想想，还是等换了工作再说吧，毕竟吴红玫还是振华集团的招聘主管，提前知道她要跳槽，会让吴红玫难办。

挂断电话，刚打开招聘网站投简历，陈思民突然召集部门开个短会。

会上，陆争鸣先汇报了一下工作进度，说是静水河项目已经进入组价阶段了。陈思民大加称赞，把他抬得很高："我最欣赏的就是小陆的工作态度，干起活来不计力气，这段时间他都睡在办公室。虽然他是半路入行，但他有这样的工作态度，前途不可估量。"

陆争鸣有些不好意思，其实静水河项目时间挺足的，他根本没必要睡在办公室。他看苏筱做美术馆项目时睡在办公室，便也睡在办公室，给自己造个势。想不到陈思民当众说了出来，他非但不觉得荣耀，还有种被扒掉衣衫的尴尬。

有几个同事偷偷地瞅着苏筱。

苏筱现在已经肯定陈思民在针对自己，但她存了离开的想法，心态很平，不动如山。

紧接着陆争鸣又说起他的想法："这个项目能跟我们竞争的只有天科。夏明是个很自负的人，上回他输了一次，他肯定不服气，这回我感觉他会压缩利润空间，低价竞标，所以我觉得咱们也应该采取低价策略。"

陈思民看着苏筱："小苏你也说说，这个项目一开始是你经手，你比较清楚。"

苏筱想了想说："上次我跟汪总在工地里遇到过夏明，他挺不服气的，说美术馆项目是他大意了，所以这回他一定会全力以赴拿下这个项目。但是我不认为他会因为不服气而报低价。竞标是一种心理战，夏明营造出一副势在必得的假象，想激起我们的好胜之心，让我们也跟着降低报价。集团采用合理低价法，当报价过低，我们也会被淘汰，而这个时候，他就可以以相对合理的价格参与竞标，最终他胜出，而又不降低利润率。"

陆争鸣不以为然地说："你跟夏明交手的时间太短了，你还不了解他。他这个人其实挺灵活的。"

苏筱痛痛快快地认了："我确实不了解他。"

陈思民正想说话，会议室的门突然被推开了。推门的是汪洋，他没有进来，站在门口，扫了一眼会议室，目光落在苏筱身上一会儿，然后冲陈思民招手："老陈，你过来。"

"你们继续讨论。"陈思民交代一句，出了会议室，跟着汪洋到总经理办公室。

"怎么了，汪总？"

"你知不知道，夏明想调苏筱到天科。"

"不知道。"陈思民诧异，"谁说的？"

"集团招聘主管吴红玫。"汪洋不满地说，"老陈，我都叫你盯紧公司的事情，你怎么什么都不知道？苏筱是你的下属，她的想法、动态，你是不是该随时了解一下？"

"我一直有跟她沟通。她这段时间挺正常的，我没发现有什么反常情绪。"

汪洋默了默说："会不会是我做得过火？"

"你什么事做过火了？"

"就上回，她工作出了差错，搞得美术馆项目差点停工，你说她飘了，我寻思着晾她一段时间，所以这段时间都没有搭理她。你说，会不会是我做得过火了？让她觉得待不下去了。"

"不过火。"陈思民摇头，"那么严重的错误，差点停工呀。汪总你也没有批评她，只是冷处理，已经很客气了。"

"那你说现在怎么办？"

"你不同意就完了。集团人力资源部也不能硬把她调到天科吧。"

"不是不是。"汪洋摇摇手，"老陈，你没明白我的意思。你想，夏明来要人，肯定不是他单方面的主意吧，我觉得，他应该是跟苏筱商量好的。"

"哎哟，那我不能再让她参与静水河项目的讨论，万一她泄露咱们的报价就麻烦了。汪总，你等我一下，我先去趟会议室。"陈思民转身要走。

汪洋拽住他："你别急，你这样子过去，针对性太明显了，那她还待得下去吗？她指定得去天科了。"

"汪总，就算我不说，她肯定也会去天科了。"陈思民说，"你刚才提醒我了。她跟周峻分手了，现在单身呢。夏明那相貌，还有家境，没得说。我觉得这两人多半好上了，所以才会调她到天科。"

汪洋头疼："要真这样，那人是留不下了。"

陈思民同情地说："她也不容易，临到结婚让周峻一脚蹬了，要真是跟夏明凑成一对儿，也挺好的。要不，咱们就同意了吧。"

汪洋犹豫："上个月，所有项目的材料损耗都降了6个点。这是苏筱成本管理方案的功劳。咱们好不容易来个人才，就这么放了，我真不甘心。"

"她人走了，成本管理方案不是留下来了吗？对咱们也没有什么影响。"陈思民说，"再说了，现在不是咱们留不留人的问题，她要是真跟夏明一起，心早就走了，人咱们也留不住。"

汪洋来回踱步半天，说："咱们不能在这里瞎猜，这样，我跟她谈谈，你去把她叫过来。"

陈思民点点头，退了出去。

苏筱很快过来，礼貌地打着招呼："汪总，你找我？"

"对，过来坐。"汪洋满脸笑容地指指沙发，"最近，我去工地都转了一圈，所有的项目经理都把你夸了一通，说你想出来的材料分成制度好，材料损耗大大减少，利润提升不少。我早就想找你说说话，这不刚接了盘龙山工程，一直忙。今天总算是空闲了一点，想找你聊聊。怎么样，你在公司也有一段时间了，还适应吗？有没有什么想法，好坏都行，随便说。"

苏筱说："没有什么想法，都挺好的。"

汪洋问："你跟陈主任的沟通顺畅吗？"

苏筱笑了笑说："我跟陈主任认识时间还短，不像小陆和东林。"

汪洋露出了然于心的神色，意识到她跟陈思民并不亲近。"陈主任是我的发小，他为人有点矜持，知识分子嘛都有点小清高，不过，人是好人，将来你跟他处久了就知道了。平时没事，多找他汇报汇报，人的感情处着处着就出来了。"

苏筱点点头，口气敷衍："好的。"

汪洋说："还有一件事。那个集团人力资源的吴红玫跟我说，夏明想调你到天科，希望得到我的同意。我当然是不同意的，很早以前，我就跟陈主任说，按照商务合约部经理方向培养你，这一点我从来没有改变过，只是因为你入职时间太短，不了解公司情况，所以才一直没有提拔，但这只是个时间问题。我希望你能安心工作，专心工作，有什么问题，直接找我，可以吗？"

苏筱微微诧异，她都已经回绝了，吴红玫怎么还打电话告诉汪洋。片刻，她明白过来了，吴红玫是想帮她，用这种方式让汪洋重视她。"她也给我打过电话了，我已经回绝了。"

"回绝了？"汪洋又惊又喜。

苏筱点头。

汪洋放下心了，发自内心地微笑："好，你安心工作，其他事情有我。"

等苏筱出去，汪洋又把陈思民叫了进来说："你给苏筱加两千工资。"

陈思民张大嘴巴："这合适吗？"

"怎么不合适呀，你知道天科给她什么条件吗？商务合约部经理位置，待遇从优。"汪洋说，"再说，她帮咱们拿下美术馆项目，成本管理方案又帮咱们材料损耗降低6个点，全部项目6个点，老陈你算过没有，一个月就省了上百万呀。给她一个月加两千，根本不算多。还有，把那个静水河项目的标书交给她。"

"汪总，你这是想起一出是一出呀。"陈思民急了，"她不稳定，容易飘，美术馆项目差点停工你忘记了？"

"你不是已经批评过她了吗？这事情已经过去了，谁还没有犯错误的时候。"见陈思民还要说话，汪洋举起手阻止他，"老陈，夏明都过来抢人了，你怎么还不重视呀。苏筱要是被挖走了，你手下那几个主管，谁能顶上去跟夏明竞争呀。"

陈思民无话可说了，只暗暗懊恼，当初做得不够狠辣，要是让美术馆项目真的停工了，苏筱必然待不下去。现在她可警惕了，与工作有关的流程都亲自过。不过，只要她还在他手下，总有机会的。

回到商务合约部，陈思民拍拍手示意大家停下工作。

"我和汪总商量了一下，对工作进行一次临时性的调整，由苏筱暂行商务合约部经理职责，负责静水河项目的竞标。争鸣、东林，你们要好好配合苏筱。"

大家怔了怔，看向苏筱，神色各异，有妒忌，有惊愕，有不满。陆争鸣低着头，捏笔的手指因为突然用力骨节毕露。陈思民不动声色地拍一下陆争鸣的肩膀，陆争鸣回过神，深吸口气，克制住心里的不甘心。"是，主任，我一定好好配合苏筱。"

陈思民赞许地说："很好，争鸣你一向有团队意识，苏筱来得晚，这方面不如你，你正好可以弥补她的不足。"说罢，他又对苏筱说，"小苏呀，静水河项目就交给你了，我和汪总都很期待你再次战胜天科。"

苏筱犹豫了一下，她原本想走了，刚才从汪洋办公室出来就把简历挂到网上了，但是跟夏明再次交手的诱惑非常大，她想了想，决定参加完这次竞标再说。"主任，我会努力的。"

第十四章

陆争鸣心不甘情不愿地将静水河项目的数据转给苏筱。

东林一脸嬉笑地走到苏筱面前："苏经理，请客。"

苏筱明知故问："请什么客？"

东林说："升职了，不该请客吗？"

其他同事也跟着起哄："就是，请客请客。"

苏筱扫一眼四周，发现大家的眼里都藏着妒忌和不满。"别开玩笑了，又不是真的升职。"

东林推推陆争鸣："争鸣，你看，苏筱死不承认。"

陆争鸣心里烦躁，拨开他的手说："你就差那么一点吃的吗？行了，别为难苏筱，我请你们。"

东林捧住陆争鸣的脸装模作样地嘬了一口："争鸣，我要是女人我得爱你一辈子。"

"少恶心。"陆争鸣一把推开他。

然后一帮人开始讨论晚上吃什么，是撸串还是火锅，故意地大声说笑，没有人来问苏筱的意见，也没有人邀请她晚上一起。大家有意识地联合起来孤立她。陈思民站在自己办公室的窗前，喝着茶看着这一幕，非常满意。通常工作变更都是私下交代的，他故意当着全部门的面交代，又故意将汪洋的用意提前透露出来，果然引起整个部门的反感和抵触。

　　他曾经欣赏过苏筱，想着要重点培养，但随后发生的一系列事情，特别是她这么快跟汪洋对接上了，让他意识到这是一个他无法驾驭的员工。商务合约部一直是他的地盘，他不希望存在任何不安定的因素。

　　临近下班时，陆争鸣犹犹豫豫地走过来："苏筱，晚上我请吃烤串，你来不来？"

　　这一刻商务合约部特别安静，大家看起来各忙各的，其实都竖着耳朵，等着苏筱的答案。

　　苏筱想了想说："我不去了，你们多吃点。"

　　陆争鸣松了口气，其他人也松了口气。苏筱对他们来说，就是一个外人。入职时间短、工位独立，他们跟她没有深入的接触是一个原因，最重要的还是她那种大公司培养出来的气质，与他们截然不同。

　　下班后，他们勾肩搭背说说笑笑地走了，办公室里很快只留下苏筱一个人。这一天跟走马灯一样，眼花缭乱的各种突发情况，苏筱被推着走，没来得及理清思路。这会儿安静了，正好想一想。但只安静了一会儿，她的手机响了，是一个陌生的手机号码。

　　"苏小姐你好，我是夏明。我跟Helen要了你的电话，想跟你当面谈谈，你现在方便吗？"

　　"不方便。"

　　"只需要一刻钟。"夏明自顾自地说，"我现在开车过来，大概七点半到，在你们公司斜对角有个咖啡馆，咱们七点半见。"

　　"我说我不方便。"

　　"七点半，我会在那里，你来不来随意。"他说完挂了电话。

　　苏筱犹豫良久，耐不住好奇心重，还是去了。她到时，夏明已经在了，坐在角落里，冲她招了招手，姿态十分潇洒。苏筱在他对面坐下，双手抱胸，问："你要跟我谈什么？"

　　"要不要先喝点东西？"

"不用了。"

夏明已经叫来了服务员，说："给她一杯卡布奇诺，一份提拉米苏。"

苏筱忍无可忍了："我真服你了，我说不方便，你直接定了七点半；我说不用，你又给我定了卡布奇诺和提拉米苏。既然如此，你还问我方不方便要不要喝点东西干吗？玩霸道总裁的游戏呀。"

夏明笑了笑，说："甜品会产生多巴胺，能让人心情愉快，我只是希望咱们有一个轻松的谈话氛围而已。"说着，他的目光落在苏筱抱胸的双手上，这个肢体语言代表着戒备心理。

被他说破，苏筱非但没有放下胳膊，反而挑衅般地抱得更紧，歪着头看着他，一副你能拿我如何的架势。这种江湖气十足的姿势，与她文静的长相并不兼容，入了夏明的眼，只觉得她像个闹脾气的小孩，他忍了忍，还是笑了。

他长得冷峻，这一笑露出雪白的牙齿，生出几分暖意，整个人因此而亮了起来。一直对他长相不感冒的苏筱，这一刻也感受到他的颜值，心里突了一下，脑海里闪过一个念头，原来他长得可以呀。

这时，甜点和咖啡都上来了，她饿了，也没有对面坐着帅哥要矜持一点的想法，三口两口落了肚。将盘子一推，她接着他之前的话茬说："好了，我吃完了，现在我们可以拥有一个轻松的谈话氛围了。"

"我们天科在接触一个优质大项目，我需要一个左膀右臂，所以我跟集团申请调你到天科。"夏明说，"商务合约部经理的位置，待遇随便你开。"

苏筱呵了一声，不无嘲讽地说："左膀右臂，你可真看得起我。"

"看得起看不起是主观判断，我只看客观事实，无论美术馆项目的标书，还是天成新出的成本管理方案，都充分证明了你的实力。"夏明说，"我尊重实力。我是认真邀请你来天科的，希望你也认真考虑一下。"

"我不可能去天科的，你舅舅和你的做事风格，有违我的三观。"

"你才见过我几面，你对我并不了解，不要如此草率地下结论。"

"一个桃源村安居工程足够我看明白了。"

夏明认真地说："你只看到我的表象。"

苏筱笑："表象已经这样了，还需要看内在吗？"

夏明没有在这个话题上继续，他郑重地说："我邀请你来天科是认真的，而且这个邀请一直有效，不管是一年后还是五年后，只要我还在天科，只要你愿意来，我都会打开大门欢迎你。"

他如此郑重其事，倒让苏筱有些不好意思了，她收起心里所有的抵触，正色说："谢谢你的好意，虽然我觉得无论一年后还是五年后，我都不太可能会改变主意，但还是谢谢你的好意。"

夏明凝视着她，意味深长地说："来日方长。"

苏筱起身告辞："谢谢你的咖啡和甜点，我走了。"

"要不要送你？"

"不用，地铁很方便。"

这回夏明没有再自作主张，但苏筱感觉到，自己走向咖啡馆大门的时候，他的目光一直追随着她的背影。

夏明坐了一会儿，理了理头绪，没有发现疏漏，这才走出咖啡馆。刚坐上车，接到黄礼林的电话，让他回公司一趟。他于是开车回到公司，先去黄礼林办公室，没找到他，于是回自己办公室，只见黄礼林坐在大班椅上，拿着打火机吧嗒吧嗒地点火玩。

"刚才汪洋打电话把我骂了一顿，说我什么都抢，抢了项目还要抢人。"

夏明把车钥匙往桌子上一放，拉开椅子坐下，问："那你怎么回他的？"

"我能怎么回？我跟他说，老子乐意，你管得着吗？"

夏明哈哈一笑。

黄礼林盯着他："别顾着乐，到底怎么回事，怎么突然想起要把苏筱调到咱们公司？也不跟我商量一下。"

夏明说："咱们接下去不是要谈群星广场嘛，得换个有能力的经理。"

"你觉得我会相信吗？"黄礼林瞪他，"之前我让你把她招进公司，你说她不行，还得在泥里滚一身。"

"她现在何止滚一身，她都滚好几个来回了。"

"得了得了，还要骗我。你要真想挖她过来，会不声不响地撬墙脚。你嚷嚷着全世界都知道了，就汪洋那德性，能放人吗？他只会看着她有多紧就多紧。所以说，你肯定不是真想挖人。"黄礼林顿了顿，"刚才杜经理跟我说，许峰去咱们的门窗分包商那里了。他怎么会查到那里，肯定是有人指点了。是不是苏筱？"

"我也只是猜测。"

"错不了，除了她，我想不出第二个人。"黄礼林问，"你现在调她到咱们公司是什么意思？"

"这件事你先别管。"

"我怎么能不管？你知道事情有多严重吗？虚假分包，赵显坤知道还能放过我吗？"

"我早说了，不要搞这些，你不肯听。"

"我不搞，钱哪里来呀？所有的项目都是要钱来铺路的，上次去澳门，甲方输了小百万，这钱集团又不给报，难道还要我自掏腰包呀？还有杜经理他们跟着我十来年，就集团那点死工资，他们怎么买得起房呀。"黄礼林几乎要跳起来，"关键是你，早知道苏筱有问题，为什么不告诉我，你要早点告诉我，我肯定得把她要过来，实在要不过来，就把她弄得远远的。你现在再要她过来有啥用，等我想个办法，把她弄走。"

"舅舅。"夏明皱眉，不悦地说，"我都说了，这件事由我来处理。"

黄礼林见他生气，只得让步："行行行，你来处理。不过，你要搞清楚，做大事一定不能心慈手软。"说罢，从口袋里摸出一张邀请函丢到他面前，"明天你先去一趟画展。"

夏明拿起邀请函，上面写着"贺瑶个人画展"。

"是你之前提过的那个姑娘？"

"对，贺局长的女儿，她回国了。"

"她多大？"

"虚岁二十五，周岁二十四。"

比苏筱小一岁，夏明心想，想完之后心里咯噔一下，好端端的，怎么突然拿苏筱出来比较。他将自己的心思梳理一遍，发现并无异常，松了口气，大概是最近接触得有点多吧。

认识贺小姐是计划中事，所以夏明爽快地收起邀请函。

第二天他带着一束花到美术馆。这座现代简约风格的美术馆一改平时的冷清，人来人往，门口一长排的庆祝花篮，最昂贵的那种，层层叠叠，都排到马路上了。花篮上的落款都是业内耳熟能详的名字，其中一个落款写着"林小民"三个字。

夏明拿着花束缓步走着，边走边浏览墙壁上挂着的油画。他的父亲和祖父都是文学教授，审美很高，他从小耳濡目染，审美也不差。看得出来，贺瑶画了很多年，但天分不是很高，画作匠气十足，鲜少有让人眼前一亮的。想要成为传世佳作不可能，但她有个被称为"土地公"的局长爸爸，所以每幅油画的右下角都贴着一张小小的"已售"标签。

展厅的正中间是一幅巨型油画，很多人围观。夏明走过来，顿住脚步细看。这幅画的名字叫《城堡少女》：正值春季，高高耸立的华丽城堡里繁花似锦，一个珠光宝气的少女扯着裙角从楼梯上跑下来……

一支话筒突然伸到夏明面前，跟着响起一个声音："这位先生，看得出来这幅画打动了您，您在这画里看到了什么？"

"哀伤。"

记者诧异地看着画："这幅画色彩明艳，充满春天的气息，画中的少女青春靓丽，我感觉她是满怀喜悦地跑下来去见爱人，为什么你会看到哀伤？"

"繁花似锦只是表面。你看。"夏明指着画里的楼梯，"这是潘洛斯阶梯，也就是恐怖片里常用的无尽循环阶梯。她永远跑不出去。"

"贺瑶小姐，这位先生说得对吗？"

夏明转过头，看到一个妙龄女子正打量着自己。他来之前已经做过功课，所以一眼认出这就是贺瑶。她一头波浪长发，穿着一件真丝小礼服，身姿曼妙，一举一动特别柔美。

和苏筱是完全不同的类型。夏明怔了怔，意识到自己又一次拿苏筱比较了，这可不是什么好事。他赶紧把念头赶走了，向前一步，将花束递过去："恭喜你，贺小姐，画展很成功。"

夏明在美术馆逛了一个小时，他并没有刻意地关注贺瑶，倒是贺瑶三两次地找过来，同他说话。临别时，还送了他一幅小抽象画。

夏明带着画回到办公室，前脚进门，黄礼林后脚找了上来，一进门就嚷嚷着："怎么样？怎么样？"

夏明指了指桌子上的画。

黄礼林探头看了一眼："什么玩意，这画的什么，红红绿绿的，真土。"

夏明似笑非笑地看着他："这是贺小姐送的。"

黄礼林眼睛一亮，欣喜若狂，拿着画左看右看，"认真看看，画得挺好的，这颜色，特别喜庆。"然后叫来办公室主任，指着画说，"去配个最贵的画框，记住了，最贵的。"想了想，又得意地说，"知道这是谁送的吗？贺局长的女儿送的，咱们得把它挂在最显眼的地方。"

办公室主任有点蒙，不知道怎么接话，只是点头。

黄礼林嫌弃地打发了他："快去配画框，最好的，记住了。"

等办公室主任一走，他笑眯眯地看着夏明："怎么样，我说得没错吧，贺小姐长得很漂亮。"

"还行。"

"她有没有说什么？"

"我才跟她第一次见面，能说什么。"

"没说什么，她都送你画了？"

"一幅画而已，舅舅你不要想太多。"夏明起身说，"我去看看静水河项目的标书做得怎么样了？"

"看什么标书，让他们做去呗。"黄礼林拉住他，"你要有空，还是想想许峰怎么办，他都开始调看门窗分包的资料了。我都急死了，你怎么就不着急呢？"

"苏筱应该只是给他指了一个方向，以他们的水平，想要完全查出来也不是那么容易的事。"夏明说，"静水河项目竞标就在下个星期，咱们上回已经输了，这一回绝对不能再输，否则丢脸丢大了。"

"也是。"黄礼林点点头，"咱们不能再输，否则汪洋这棒槌要笑掉大牙了。"

静水河项目的规模相当于两个美术馆，本来时间挺充足的，但转手两回，从苏筱到陆争鸣再转回苏筱，两次交接浪费一些时间，再有就是两人套价时采用的定额不一样，苏筱用的是众建的企业定额，陆争鸣用的是振华集团的企业定额，所以有些地方陆争鸣做过的，苏筱还得重做一回。

陆争鸣当着全部门的面答应陈思民会帮忙，但是心里不痛快，做起事情一直拖拖拉拉。东林倒是真心想帮她，只是他水平有限，做事又松松垮垮，指望不上。苏筱带着自己的三个下属，连加一个星期的班，进度依然落后。

陈思民暗喜，表面却一副着急上火的样子，将苏筱叫进办公室臭骂一顿："你怎么搞的？进度落后这么多，到时候赶不出标书，谁负这个责任？我不管你用什么办法，必须要加快速度。"

不分青红皂白就挨这么一顿骂，苏筱不乐意，说："主任，我手下就三个人，就算三头六臂，这么大一个项目，也需要时间。何况我们还没有三头六臂。"

陈思民说："东林和小陆他们小组呢？"

苏筱说："这你得问他们。"

"怎么是我问他们，你现在是暂行经理职责，你就可以管他们。有工作需要，你直接吩咐他们。"陈思民假装语重心长地说，"如果他们不配合，你得分析一下为什么，想想怎么解决，我和汪总可以扶你上马，但不能全程扶着你吧。能不能让他们服你，最终还得靠你自己。"

他这一番大道理把苏筱堵得死死的，她本来志不在天成，也就懒得争辩了。接下去，每天只睡三四个小时，累得嘴角长疱，眼圈发青，终于在投标前一天堪堪完成。之前汪洋已经催过几次要看标书了，而且脸色一次比一次差。

报价出来后，她拿去给陈思民过目。他板着脸又先把她批评一通："明天就是招标会，现在才赶出来，我还在汪总面前一再打包票，说你的能力没问题，这回你是把我的脸都打肿了。"

苏筱已经累得无力说话，淡淡地看他一眼。

陈思民觉得无趣，摆摆手说："好了，你去通知小陆他们开会，我通知汪总。"

汪洋到会议室的时候，拉长着一张大黑脸，先看了苏筱一眼，然后扫了大家一眼，说："这回你们的动作太慢了，明天就是招标会，万一有差错，连个修正的时候都没有了。"

会议室里落针可闻，像是气压忽然降低了。

"这回就算了，下回还这么慢，大家都回家喝西北风算了，还做什么项目。"汪洋撂句狠话，伸出手，陈思民将标书放在他手里。他翻了翻，低声问："老陈，这个报价是不是高了点？"

陈思民才不在乎报价高了还是低了，不过汪洋这么说，他也附和着："我也觉得高，不过我想苏筱有她的道理。"

汪洋看着一直低着头的苏筱："苏筱，你说说。"

146

苏筱打起精神，打开笔记本电脑："这份报价主要是针对我们的对手天科，我查看了他们两年来的项目报价以及项目利润率，还有其他相关数据，这是我根据他们历年数据做出的趋势图……"她轻点鼠标，投影仪上显示出几张图，"根据这些数据，我推测天科的报价应该会在6400万到6600万之间，所以我报6300万……"

汪洋看着天科逐年上升的项目平均利润率说："怪不得黄胖子眼睛长额头上，是有点能耐呀，以前还真没有瞧出来。"稍顿，纳闷地问，"对了，苏筱，你这些数据从哪里来的？"

苏筱被问住了，神色微变。

陈思民也如梦初醒："对呀，这些数据从哪里来的？"

苏筱犹豫一下说："数据是真实的，至于来源……"

陈思民凉凉地问："怎么？还不方便说呀？"

"确实有些不方便。"

陈思民与汪洋相视一眼，同时想起夏明调苏筱到天科的事情。

陈思民说："你不说出数据的来源，我们怎么判断报价的可操作性？"

苏筱看一眼东林和陆争鸣，抽过一张纸，写了一个名字，推给汪洋。汪洋看了一眼，见东林伸长脖子看着，瞪他一眼。东林赶紧缩回脖子。陈思民看着纸上的名字，沉吟不决。这时，响起敲门声，跟着门被推开，杜鹃端着咖啡进来，搁在汪洋面前："汪总，你的咖啡好了。"

说完才发现会议室的气氛不对，大家的神色也不对，看到汪洋和陈思民都若有所思地看着一张纸，她也伸长脖子去看。汪洋用手掩住纸上的名字，责怪地看着杜鹃。"出去出去，没你事。"

杜鹃吐吐舌头，赶紧转身朝门口走去。

汪洋等她走后，将纸条撕了，语气严厉地说："今天的会议就到此结束吧，会议内容一句都不能传出来，谁要是传出去，就自己卷铺盖走人。"顿了顿又说，"苏筱，你跟我来办公室一趟。"

两人先后走出会议室，留下面面相觑的陆争鸣和东林，还有若有所思的陈思民。

📶 第十五章

陈思民觉得很不舒服，自己的上司和下属关起门来密谋，而自己被排除在外，像个局外人。他耐心地等了半个小时，苏筱才回到商务合约部，然后他桌上的电话响了起来，汪洋叫他过去。

他过去的时候，汪洋正在抽烟，眉头紧皱。

"到底怎么回事？"

"这事情你别管。"汪洋将烟头掐灭，"明天的竞标，就按苏筱的报价来吧。"

"汪总，你怎么知道她说的就是实话，说不定是她跟夏明串通好的。"

"行了，就这么定了。"汪洋摆摆手。

陈思民犹不罢休，滔滔不绝地说："汪总，这事情太不对劲了。先是夏明莫名其妙要调她到天科，现在她突然知道了天科历年的财务数据。她肯定有事瞒着，我觉得，不搞清楚，这个报价不能用，说不定就是她跟夏明串通起来，想把咱们卖了。"

汪洋直视陈思民的眼睛："老陈呀，你是不是对苏筱有意见呀？"

"没有呀，我能对她有什么意见？我就是着急，商场上阴谋圈套太多。"

"都是一个集团，能有什么阴谋圈套，别想太多了。"汪洋说，"累了一天，早点回去休息吧，明天记得叫苏筱跟我们一起去招标会。"

"你也要去？"

"是，我要去。"

陈思民诧异地皱眉，汪洋很少参加集团内部的招标会，一般都是他作为代理人去的。明天，他不仅亲自去，还要带上苏筱，真不知道葫芦里装着什么药？搁在从前，他就直接问了。但是现在的汪洋变了，即使问了，他也未必会说。他的变化是从苏筱加入天成开始的。

招标会安排在下午，天成一行三人最早到，然后天和天正天同的代理人陆陆续续地来了。天科的夏明和黄礼林来得最晚。夏明穿着白衬衣，袖口挽起，身姿挺拔如松柏，站在他那肥胖如大号比萨的舅舅旁边，像一道闪电般亮瞎了每个人的眼。

夏明的目光穿过重重人头，在苏筱脸上停了停，然后又不着痕迹地移开了。

因为是集团内部公司，所以开标流程走得很快。以徐知平为首的招标小组很快达成了统一意见，他站了起来，说："让大家久等了。报价比较接近，各有优劣，综合比较技术标、项目经理、工期后，招标办评定，天成中标。"

汪洋挥挥拳头，一脸兴奋。

苏筱带点小得意地看向夏明。夏明回了她一个意味不明的笑容。

"老汪，行呀，又是你们中标了。"天和建筑的老总重重地拍着汪洋的肩膀。

"哈哈哈，承让，承认。"汪洋满脸春风，大黑脸笑成一朵花。

黄礼林站了起来，还没有开口，肚子先晃动三下："当然行了，汪总现在是什么人呀？了不起呀，眼线都安到我公司里了。"

周围一下子安静下来，大家都诧异地看着汪洋和黄礼林。

汪洋收起笑容："黄胖子，你说这话是啥意思？"

黄礼林气呼呼地说："啥意思？字面意思。别装不懂，有胆量做，没胆量承认。"

汪洋皱眉："好好说话，别夹枪带棍，大家都是兄弟。"

"谁和你是兄弟。以前咱们还在集团的时候，你跟我抢项目，抢不过我，就在董事长面前打小报告，不是一回两回了。我一直忍你，是看在大家认识这么多年的分上，看在董事长面子上。没想到你现在越来越孬，安插内奸，偷我数据，这种下作的事情都干得出来。汪洋，我得说，我佩服你。"黄礼林嘲讽地竖起大拇指，"就你这脸皮，刀枪不入。"

围观的人渐渐地听明白了，都是满脸震惊，七嘴八舌地议论。

天和老总说："不能吧，老汪不像这种人呀，黄胖子你是不是搞错了？"

天正老总："不至于吧，都是一个集团的，还搞这种小把戏呀。"

"安插内奸，黄胖子，你可真看得起我呀。"汪洋装作恍然大悟的样子，"我明白了，竞标输了，心里窝火。怎么着，只准你们天科中标，就不准我们天成中标啊。之前你们连着中了七次，我有没有说过话；我这才中两回，你就沉不住气了，泼脏水了。"

"我是窝火，可这跟中标没关系。这项目对你们天成来说是满汉全席，对我们天科来说，也就是个饭后甜点，不差这一口。我就是看不上你这种奸诈小人，想戳破你这层假皮。"黄礼林环顾四周说，"大家想想，要不是汪洋在我们天科安插人，凭他们的水平能够连着中两次吗？"

人的心理是很奇怪的，五家天字号，天科一枝独秀，一直做得比大家好。大家认可了它的一枝独秀，无论中标几次都觉得理所当然。但是天成不一样，天成原来和他们一样是陪跑的，突然连着跑了两个冠军，确实让人眼红，也让人不爽。大家没有接黄礼林的话，但是明显也开始怀疑了。

汪洋气得脸色铁青："好你个黄胖子，血口喷人。口口声声说我安插人，你有什么证据？"

"昨天晚上我接到一个匿名电话。"黄礼林扬扬手机，"录音还存着呢，你确定现在要听吗？"

汪洋瞳孔微缩，有一刹那的迟疑。

围观的群众顿时了然于心，看着汪洋的眼神变得异样。

"看来是真的，真想不到，汪洋是这种人。"

"啧啧啧，这内部竞标都来这一套，这以后怎么搞，抬头不见低头见的。"

汪洋咬咬牙，硬着头皮说："这种藏头缩尾的电话，你要多少我给你多少。你既然说我在你们公司安排内奸，好，你把人给我揪出来呀。你要揪不出来，你当着所有人的面跟我道歉，否则，我跟你没完。"

"笑话，你跟我没完，我还跟你没完呢。我指定把人给你揪出来，汪洋你等着。"黄礼林说完，怒气冲冲地扬长而去。夏明紧随其后，走到门口时，回头飞快地看了苏筱一眼。

苏筱有点蒙，莫名其妙，事情怎么变成这样了。

天同天正天天和的人跟着走出会议室，三三两两，交头接耳。走出老远，议论声还能传来。徐知平打发走招标小组成员后，走向面色铁青的汪洋："怎么回事？"

汪洋缓了缓脸色，说："老徐，别问我，我也是一头雾水。要问，你就去问黄胖子。"

"行，等一下我问问他。"徐知平说，"按照内部竞标制度，既然大家对中标结果有分歧，今天的开标结果暂时保留，等分歧解决了，再通知你们。有没有意见？"

汪洋爽快地说："我能有啥意见，都听你的。"

徐知平拍拍汪洋的肩膀说："别着急，都是兄弟公司，肯定能搞清楚。"

汪洋点点头。

徐知平走后，会议室里就剩下天成三人了。陈思民瞪着苏筱说："看看你惹出来的麻烦。"

"对不起，我不知道会这样。"

汪洋摆摆手说："不关你的事，快下班了，你就直接回家吧。"

苏筱有些迟疑，汪洋不耐烦地瞪她一眼，她只得走了。

"汪总，你怎么让她走了，这明显就是她搞出来的事情。"

"和她没关系。"

"那现在怎么办？黄总肯定不会善罢甘休，说不定要闹到董事长那里。"

汪洋冷笑一声，说："闹就闹吧，谁怕谁。走。"

"去哪里？"

"回公司，把那个通风报信的王八羔子给揪出来，老子要剥了他的皮。"

徐知平跟董事长赵显坤汇报了竞标会上的插曲。

赵显坤好奇地问："怎么回事？"

徐知平说："……当时汪洋有点退缩，我猜，就算黄礼林这个录音是假的，天成的数据来源可能确实有问题。"

赵显坤问："你准备怎么处理？"

徐知平默然片刻，歉意地笑了起来："董事长，我想偷个懒，既然黄礼林指证汪洋安插内奸盗取数据，那就等他把确凿的证据拿过来。不管东南西北风，怎么吹，早晚还是要吹到面前的；与前上赶着，不如等它吹过来。"

赵显坤笑着摇摇头，说："你现在确实懒了。"

徐知平也笑："董事长不要怪罪就好。"

"怪罪你什么，很多时候是树欲静而风不止。"赵显坤说，"汪洋和黄礼林好不容易消停几年，又开始了。"

黄礼林跟汪洋的关系不好，全集团都知道。追根溯源的话，要到十多年前，两人都已经是独当一面的项目经理，收入跟项目挂钩。当时，振华集团接触一个特别好的项目，两人都想要，先是暗斗，而后明斗，最后越闹越僵，大打出手，从此结了仇。

招标会上那一幕，很快传遍整个集团。

作为事件主角之一的苏筱，一宿没有睡好，第二天大早赶到公司。发现大家三三两两，窃窃私语，气氛不安。经过东林工位的时候，发现桌面清空了。坐在东林隔壁位置的陆争鸣脸色阴沉。

"东林呢？"

陆争鸣看着她，眼神敌视："你不知道？"

苏筱摇摇头。

陆争鸣不信地哼一声，说："东林昨天晚上被汪总开除了。"

苏筱震惊，扫一眼全场，大家都在看她，目光带着敌意。

上班铃响后，东林也没有出现，倒是平时总是晚来的陈思民今天准点上班。一进来就说有重要事情宣布，预算合约部全体员工都去会议室。大家都知道东林被开除了，物伤其类，心情沉重。

"我先宣布一件事。昨晚汪总亲自开除了安装主管东林，原因是他泄露公司机密。预算合约部是公司的核心部门，所有数据、会议内容都是机密，不可泄露，希望大家引以为戒。"

会议结束后，苏筱回到自己的座位，只觉得脑袋发昏，眼前好像蒙着一层迷雾，怎么看都看不清楚。发生这么大的事情，其他人自然也是无心工作，你一言我一语，七嘴八舌地议论着。

"刚才我打东林的电话了，他说他是被冤枉的。"

"东林平时虽然嘻嘻哈哈，但做事还是有分寸的。"

"他说汪总根本不给他解释的机会，直接认定是他，要他走人。"

"昨天汪总太可怕了……"

"是呀，就跟审犯人一样。"

从他们的议论里，苏筱拼凑出昨天竞标之后发生的事情。汪洋和陈思民回到天成以后，将当时所有可能听到会议内容的人全叫去审问了一遍，方式简单粗暴，就跟审犯人一样。审完一圈，直接把东林开了。

苏筱想了想，决定打个电话给东林，问问到底什么情况。刚拿起手机，吴红玫的电话进来了："筱筱，你们公司的东林怎么回事呀？"

苏筱怔了怔，随即反应过来："他是不是在集团？"

"是呀，他一大早跑到集团，跟玛丽亚说自己是冤枉的，汪总不分青红皂白开了他。现在玛丽亚很生气呢。"

苏筱不解："她为什么生气？"

"人事权在集团，即使你们汪总要开人，也应该通知我们，由我们出面。"

"哦，这样啊。"

"玛丽亚现在去找董事长了，肯定是告状去了。"

苏筱心情复杂，原本很简单的一次内部竞标，怎么会演化成一场风波？就跟滚雪球般，越来越多的人绞进来，事情也越来越大。她有些后悔，不该求胜心切，用了从许峰那里得到的数据。

此时，顶楼的办公室里，气得双颊发红的玛丽亚正跟赵显坤抱怨："董事长，汪洋已经不是第一次违反集团人事规定了，之前不经集团人力资源私下招人，现在不通过人力资源私自开人，再放任下去，集团的人事制度名存实亡。"

"玛丽亚，你别着急。"赵显坤安抚道，"汪洋这个人，我还是了解的，山东汉子，是个实在人，就是山头意识强，总认为自己是公司总经理，理应当家作主。当年我就说过他，不改掉这个老毛病，他只能当个百来号兵的头。"

"我知道他是跟您一起创业，是公司元老。可他一而再再而三地破坏公司人事制度，要是不处置他，以后我们怎么开展工作。"

"我明白，你想怎么处置？"

玛丽亚想了想说："我觉得，有必要在天成做一次全面的人事调查。"

一次彻底的人事调查，动静是小不了的。那边天科还在审计，这边天成进行人事调查，动作频频，恐怕会引起下面的恐慌。再说了，汪洋毕竟和其他天字号总经理不同，赵显坤还只是政府小打杂的时候，两人就一起玩要了。汪洋还为他出头流过血。

赵显坤沉吟不决。

这时，许峰从外面急匆匆地进来，看到玛丽亚在，他收起焦虑，悄悄地递个眼色给赵显坤。赵显坤有了主意，说："玛丽亚，既然事件起因是内部竞标，还是让知平先出面调查比较名正言顺。等内奸事件调查清楚，咱们再商量要不要进行一次人事彻查。"

玛丽亚愤愤不平地说："董事长，您干脆把我们人力资源部门都裁掉好了。"

赵显坤好声好气地哄着她："好了好了，别说气话。"

玛丽亚无奈地站起来，跺跺脚走了。

等关门声传来，许峰上前一步，满脸气恼地说："董事长，天科的黄礼林和夏明太过分了，说是因为天科在这次内部竞标里关键数据被盗了，现在要查内奸，我们审计小组也要接受调查。"

赵显坤的目光一下子锐利了，他沉下脸，显然是动怒了。

"我们审计小组有保密制度，怎么可能会泄露他们的数据？再说，他们做静水河项目标书的时候，我们连他们预算合约部办公室的门都没进去过，就这样，都要扯到我们头上来。"

赵显坤略做思索，拿起座机拨通徐知平的电话。"知平，你偷不了懒了，风已经刮过来了。"

数分钟后，徐知平拿着一个养生杯走进了办公室。许峰将事情简单地说了一遍，徐知平仰着脖子思索片刻，说："董事长，依我对黄礼林的了解，这一回审计小组恐怕真有点什么把柄落在他手里。"

许峰斩钉截铁地说："不可能，我们小组成员都很守规矩。而且我再三交代过，绕着走，不要碰任何竞标项目的资料。"

徐知平说："我相信审计小组是守规矩的，可黄礼林是不守规矩的，就算你们主观不想，客观上他也能给你整点东西出来。再说，审计小组这么多人，你敢保证他们每个人都不会上当呀。"

"我也是这么想的。"赵显坤顿了顿说，"知平，你说，汪洋……"

话虽然只说了半截，但徐知平心领神会。"我也好奇。从前，他跟黄礼林是不同路的。但他离开集团这些年心里一直有怨气，难说了。"

"什么都在变呀。"赵显坤长长地叹口气，"你准备怎么处理？"

"既然内部竞标出现纠纷，那就从标书入手。董事长，你有什么指示吗？"

赵显坤摇摇头说："没有，你放手去查吧。"

徐知平先找东林问话，了解大概情况后，把汪洋、陈思民、黄礼林和夏明都叫到集团。"我原本想偷个懒，想着你们两个都是明理的人，有什么问题商量商量就解决了。没想到你们越闹越凶，闹出这么大的动静。汪洋你开了人，礼林你捉内奸，把董事长都惊动了，刚才把我叫去说了一顿，说我工作开展太不积极主动了，内部竞标出现问题，就得及时解决。所以我把大家叫来了，都说说，怎么回事？"

黄礼林拿出手机，按下播放键。

"黄总是吗？"

"是我，你谁呀？"

"你甭管我是谁。我跟你说个事，你们静水河项目的数据被偷了，天成看到你们的数据了。"

"不可能吧。"

"什么不可能呀，你们公司有内奸，你要不相信，明天竞标你就知道了。"

录音到此结束了，黄礼林收起手机，对徐知平说："老徐呀，我真想不到，有些人为了拿项目真是什么腌臜事都干得出来。"

汪洋嗤笑一声："就这么个玩意儿，黄胖子，你可真是太幼稚了，这玩意儿能信吗？"

黄礼林呵了一声："你不也信了吗？你要不信，怎么会把那个叫东林的开除了。我原本还有一分怀疑的，你这一开人，我这一分怀疑也没了。"

汪洋顿时语塞了。

陈思民说："黄总，您误会了，开除东林是因为他工作出了问题，跟您说的什么匿名电话没有关系。"

黄礼林自然不信："那你们挺会挑时候的，早不开，晚不开。"

徐知平摆摆手说："大家先平心静气一下。我们先还原一下事情经过吧。"稍顿，朝着门口方向喊了一声，"进来吧。"

门被推开，东林走了进来，先瞅一眼脸色铁青的汪洋，三言两语将事情经过说了一遍。"……事情的经过就是这样，我并没有看到苏筱纸上写的名字，也没有打过匿名电话。"

汪洋冷哼一声。

东林着急地说："汪总，真不是我，你跟陈主任都对我很好，我不是没良心的人。"

汪洋没好声气地："行了，别嚷嚷了。"

黄礼林说："老徐你听清楚了吧，这不是我黄礼林编出来的吧，汪洋在我们公司确确实实有内线。"

徐知平看着汪洋："汪洋，到底怎么回事？都等你话呢。"

汪洋抓抓头说："老徐，说起来很不好意思。其实是苏筱怕我们不用她的报价编出的一个谎话。我后来带着她到办公室里单独询问，她就交代了。因为我们以这个项目为考核标准，胜出就提拔为商务合约部经理，所以她求胜心切。这是我们的内部管理问题，没处理好，没想到搞成一个闹剧，让大家看笑话了。"

黄礼林切了一声："满口谎言。老徐，我看还是把那个苏筱叫来吧，她是当事人，她最清楚。"

"我已经叫她了。"徐知平再次朝向门口喊了一声，"进来吧，苏筱。"

苏筱走进来，目光先在夏明脸上停了停。

东林三步并作两步跑到苏筱面前说："苏筱，我真没有打电话，我连你纸上写的名字都没有看清楚。"

汪洋不快地吼了一句："你干号什么，我冤枉你了是不是？"

东林被他吼得一个哆嗦。看着他彷徨无助的样子，苏筱不由自主地想起自己被开除的场景，心里堵得慌。

黄礼林咄咄逼人："苏筱你来得正好，说，是谁把数据给你的？"

汪洋朝苏筱使个眼色，示意她不要说："黄胖子，我都说了，是苏筱求胜心切编出来的。"

黄礼林瞪着汪洋："你真不要脸，白认识你这么多年了。"

汪洋也来气了："说得好像你有多要脸，你不就是输了不服气，搞出这么多事。"

东林眼巴巴地看着苏筱，低低喊了一声："苏筱……"

苏筱深吸口气，说："是……许峰。"

会议室里瞬间安静了，众人表情不一。汪洋长叹口气，黄礼林露出得意的眼神，东林一脸惊讶，徐知平则眯起了眼睛。

第十六章

接到赵显坤的电话，许峰匆匆赶回集团。

走进董事长办公室，看到乌泱泱的一群人，他愣了愣，目光落到苏筱身上。

黄礼林率先发难："许助理，你可算回来了。身为审计人员，应该知道保密条款吧？"

许峰还发蒙："知道，当然知道，有什么问题吗？"

黄礼林说："知道就好，你为什么把我们天科的机密数据给苏筱看？"

许峰诧异："没有，我没有给苏筱看过天科的机密数据。"

大家都看向苏筱。

苏筱说："你还记不记得，一个月前，你找过我，给我看天科的结算单。"

许峰说："这个我记得，可那不是什么机密数据，那就是结算单。"

"结算单中间夹杂了一张天科的财务数据分析草稿，应该是你们审计小组记录的，里面有现金流、负债率等。"

"有吗？"

"有，一张草稿纸。"苏筱比画了一下，"大概就这么点大，半张 A4 纸。"

许峰说："那跟机密数据有什么关系？"

苏筱说："我从财务数据里推算出天科的毛利率。"

许峰傻眼了，眨巴眼睛半天："不可能，你当时只看了一眼。"

苏筱说："我是只看了一眼，但是我对数据比较敏感，当时都记下了。"

许峰依然不信："不可能，这怎么可能？"

赵显坤说："可不可能，测一下不就知道了。"从案头翻出一张报表，递给许峰。

许峰接过报表，递到苏筱面前，略做停顿，然后拿走。苏筱从包里拿出一张纸一支笔，飞快地写了起来。过了几分钟，她把写满数据的纸递给许峰。许峰接过纸，和报表对照着，脸色渐白。

赵显坤朝许峰伸出手："给我。"

许峰脸色灰败地将报表和苏筱写的数据递给赵显坤，赵显坤比照了一下，深深地看苏筱一眼，然后递给徐知平。

徐知平又检查了一遍，看着黄礼林歉意地说："说起来，是我失职了。我最近身体不好，爱偷懒。许峰第一次担纲审计小组组长，经验不足，我作为主管领导，没有给予他相应的指导，没有及时跟进和监督，造成这种不必要的误会。礼林，我向你道歉。"说罢，朝黄礼林欠了欠身子。

黄礼林哪里敢受，闪到一边，说："老徐你干吗，你道什么歉，又不是你经手的。"

赵显坤看了许峰一眼。

许峰很不情愿，但没有办法，低下头说："对不起，黄总，是我的失误。"

对他，黄礼林就不客气了，说："许助理，说一声对不起很容易，但是你这个失误，让我们天科跑了一个 7000 万的项目。你说怎么办？"

许峰低着头，牙关紧咬，没有说话。

苏筱心里很不舒服，扭头看向夏明。夏明目光虚虚地落在墙上，不肯与她对视。

赵显坤语气淡淡地说："事情弄清楚就行了。你们先回去吧，等领导班子开会讨论后，会给你们一个交代的。"

黄礼林还想说些什么，夏明拉着他就往外走。其他人也跟着往外走，汪洋落在最后，歉意地看着赵显坤说："对不起，董事长，我没想到会搞成这样子。"

赵显坤宽厚地笑了笑，站起来，拍了拍他的肩膀。

苏筱走出电梯，站在柱子后，看着夏明和黄礼林。他们说了一会儿话后散开，上了各自的车。她加快脚步，走到夏明的车旁，拉开副驾驶的门，坐了上去。夏明愣了愣，看了她一眼后，发动车子，开出地下停车场。

"你要去哪里？地铁站，还是公交汽车站。"

苏筱凉凉地说："夏主任，好手段呀。"

夏明反问："什么手段？"

苏筱自顾自地说："从什么时候开始呢？应该是从新员工培训开始吧。不，应该更早，是从你知道许峰是审计小组组长开始吧。你先故意接近我，在新员工入职培训上告诉我，曾经你也相信造价表就是造价表，打消我对你的敌意。"

夏明神情自若地说："然后呢？"

"那个时候你不见得知道能利用上我，但是你这个人比别人想得长远，想得周全。以你的专业能力，许峰很难审计出什么，只有我从头到尾跟着桃源村安居工程，清楚所有的分包项目，能够看出你们搞的虚假分包。你知道在我帮助许峰的过程中，肯定会接触你们的数据，当我用上数据的时候，必定会被汪总追问数据来源，这个时候我只能告诉他们数据来源于许峰……"

夏明笑了笑说："很有趣的推理。"

"有趣，是很有趣，对夏主任来说，把这么多人玩弄于股掌之间，确实很有趣。"苏筱说，"你为了让我负责静水河项目的标书，故意在汪总面前说上回你大意了，激起他要再跟你一较高下的想法。后来大概知道静水河项目标书不是我负责的，于是向集团申请调我去天科，汪总知道了，就再次启用我负责静水河项目。就这样，我们所有人一步一步地走进你的圈套里，帮你扳倒许峰。"

夏明没有说话，脸上一直保持着微笑，到地铁站，他靠边停下车，说："我记得这号线是往你们公司去的。"

苏筱不下车，盯着他。

"你们公司跟我们公司不顺路，我没有办法送你。"

苏筱又盯了他一眼，打开车门，突然听到他说："其实这件事下来，你成了最大的赢家。"

"我谢谢你大爷。"苏筱忍无可忍，重重地关上车门。一口气走进地铁站，刷卡进闸，站在月台边等车的时候，她才冷静下来，想起刚才莫名而起的怒火，有些奇怪，自己完全没有必要生这么大的气，夏明是什么样的人，在第一次见面他说出造价表是关系表的时候，她就知道了。

在苏筱乘夏明车离开地下停车场没有多久，汪洋也开着车离开了。他没有返回天成，在大街上兜兜转转一个小时，拐进一个小巷子里。巷子深处有个私房菜馆，门口泊着几辆车，他将车停下，走了进去。

走到一个包间前，他重重地扣了两下，再轻轻地扣三下。门开了，露出黄礼林的大胖脸，一脸笑容。汪洋走了进来。两人哈哈大笑着抱在一起，互相拍着后背，就像多年的老友。这个时候要是有熟人看见，一定会惊掉下巴，这两个人什么时候这么要好了。

抱了好一会儿，两人才松开，还是高兴，脸上都挂着笑。

黄礼林说："痛快，今天咱们一定要喝一杯。"

汪洋问："你这身体行吗？"

黄礼林拍着胸脯："好着呢。"

叫了酒又叫了菜。倒上酒，黄礼林举杯说："啥都不说，咱们先干一杯，配合默契。"

汪洋举杯相碰，小啜一口，眼底闪过一丝担忧。"咱们刚才是不是演过了，董事长会不会看出来呢？"

黄礼林摇头："别把他想得太神了，他也就是个人。"

汪洋说："他不是一般人，那脑袋瓜就跟计算机一样。"

黄礼林嗤笑。

汪洋不悦地瞪他："你笑什么？"

"你说你一个山东汉子，顶天立地，怎么就这么怕他？"

"你懂个屁，我哪里是怕他。"汪洋叹口气，微微伤感，"你是不会懂的。"

黄礼林说："哎哟，我是不懂。可你就懂了？你对他讲感情，他对你讲感情了吗？他把我踢出集团管理层也就算了，反正我跟他一向也就那样。可是你呢？忠心耿耿，鞍前马后，就差为他抛头颅洒热血了……"

汪洋眼神闪烁，闷闷地喝着酒。

见攻心成功，黄礼林心里得意，身子前倾，搭着汪洋的肩膀，继续挑拨离间："不值得，汪洋，真不值得。说起来你是一个分公司总经理，用个人还得看玛丽亚那小娘们的脸色，她为集团搬过砖扛过水泥吗？为赵显坤打过架蹚过雷吗？不就是嫁个有点本事的男人，然后就跑到集团里指指点点，她算哪根葱？还有那个许峰，哎哟，以为自己是钦差大臣，鼻孔都朝天了。赵显坤现在就喜欢用这些人，玛丽亚、许峰，什么文化素质高什么视野开阔，他们就是一群来乘凉的人，却在我们这些种树的人头上拉屎撒尿。"说到这里，已经是发自肺腑，没有挑拨离间的演戏成分。

"汪洋，我知道你一直想回集团当个副总，死了这条心吧，现在我们还有点价值，赵显坤留着我们，有一天我们完全没有价值了，连这个分公司总经理的位置都坐不住。"

汪洋动容，没错，他还抱着幻想。

"听我一句话，早点想个退路。"

汪洋抬起眼皮看他："你想出啥退路了？"

黄礼林嘿嘿地笑，十分得意。

汪洋轻捶他肩膀说："说。"

"咱们做建筑的，项目就是王道，项目怎么来的，关系嘛。这些年我的钱都砸那里面了。"黄礼林说，"现在，算是有点成果了。"

"什么成果，你别话说一半，给我指个路呗。"

"你不成，你没这条件。"

"啥意思呀，瞧不起人呀。"

"不是这意思，你家闺女太小了，没这条件。你现在好好培养她，将来记得送英国去留学。留学也有讲究，留美的都是读书好的，留英的要不有钱要不有权。"

话说到这份儿上，汪洋自然懂了。黄礼林年轻时候挺混蛋的，整天不着家，在外面喝大酒侃大山，当时他媳妇怀孕五个月，在家里洗澡时摔了一跤，等他回到家已经晚了，孩子没保住。后来他媳妇又怀孕两次，但都自然流产了，身体损害很大。他心里愧疚，从此绝了生养孩子的想法，只把一腔心思都转到夏明身上。

"谁家的姑娘呀？"

黄礼林神神秘秘地笑，要有尾巴，这会儿都得翘起来了。

汪洋推他："说说说。"

"贺胜利。"

汪洋诧异地哦了一声，贺胜利是主管部门的领导。"真的假的？黄胖子。"

黄礼林嘿嘿地笑着说："我外甥这么帅又这么能干，哪一个小姑娘见了不动心？"

汪洋心里有些酸："那你还是等搞定了再说，别到时候牛皮吹破了，糊你一脸。"

黄礼林笑了笑，夹起菜吃着，那神色仿佛在说，知道你酸了。

汪洋从头到尾被他压着，心里也不服气，想了想说："你家夏明能力是强，但是遇到我们家苏筱还不是吃瘪。"

黄礼林沉下脸说："不要跟我提那丫头，要不是她横插一杠，许峰屁也查不出来，咱们也不用演这么大一场戏。"

"得了，你一个大男人跟小姑娘计较什么。再说，没有她，许峰就不查啦！"汪洋就是看许峰"掘地三尺"的架势怕了，怕他掘完天科又来掘天成，这才跟黄礼林联起手来做了一局。

"我劝你小心点，那丫头可不是个善茬。"

"不是善茬呀，那我把她开了好不好？然后你再招到天科去。"汪洋语带讥诮地说，"你说你，一手拿着矛，一手拿着盾，自己打自己，逗谁玩呢？"

"你爱信不信，我把话摆在这里。她心气儿高着呢，你降不住她，早晚她得把你祸害了，到时候你还得替她数钱。"

"你才祸害，见不得人好。"汪洋火大，把筷子一扔，"不吃了，跟你吃饭闹心。"起身就走。

黄礼林也不阻拦，自顾自斟上一杯酒。

汪洋气呼呼地往外走，经过前台的酒架子，忽然脚步一顿，招来服务员指着拉菲红酒说："给我来两瓶，记刚才房间账上。"这家私房菜馆平时不对外营业，来的人非富即贵，都是出手大方的主儿。服务员不疑有他，将两瓶红酒打包，递给他。

外面天已经黑了，华灯初上。

汪洋驶出小巷子，拐进大街，顺着车流，快到天成时，手机响了。看到屏幕显示"黄胖子来电"，他得意地坏笑一声，将音乐声开到最大，然后按下接通键。

私房菜馆里，把手机搁在耳边的黄礼林，被一句高亢的"我在遥望，月亮之上"震得心跳加速，浑身一个哆嗦，他赶紧将手机从耳边拿开，越想越气，对着话筒怒吼一声："汪洋你大爷的。"

汪洋哈哈大笑着，心情美极了。

一脚油门到天成，汪洋拎着两瓶酒哼着不成调的小曲走进办公室。杜鹃戴着颈枕缩在电脑椅里追韩剧，也不知道看到什么狗血剧情，双眼通红梨花带雨。看到汪洋进来，她大为尴尬，手忙脚乱去关窗口，结果鼠标掉在地上。

"行了行了，继续看你的，别哭太使劲，哭坏了不好。"

杜鹃不好意思地笑着。

汪洋抬脚准备往总经理办公室去，看到商务合约部方向还亮着灯光，脚步一顿，问："还有谁在呀？"

"苏筱还在。"

"你把酒拿到我办公室放着。" 汪洋想了想，将酒搁在前台桌子上，往商务合约部走去。远远地，就能听到复印机工作的声音。许是因为这声音有些响亮，他都走到商务合约部门口，苏筱还没有察觉。此时的她，站在复印机旁看着窗外出神，复印机里吐出的是注册造价师证的复印件。

她已经拿回注册造价师证了？汪洋愣了愣。电光石火间，所有的事情都联系到一起了。谁帮她拿的造价师证？为什么她会帮许峰？脑海里突然回想起黄礼林那句话"你降不住她"，汪洋原地思索片刻，敲了敲门。和他预料的一样，回过神来的苏筱下意识地挡住了复印件。

"汪总。"

"这么晚，怎么还在呀？"

"马上就回去了。"

"你住哪一片区，要顺路的话，我送你。"

"我住海淀。"

"不顺路。"汪洋有点遗憾，"赶紧回去吧，已经很晚了。"转身往回走，没走几步，听到苏筱在身后说："汪总，为什么你认定东林是内奸？"

汪洋停下脚步，转过身，看着她，略做沉吟。

"我觉得每个人做事都不是无缘无故的，东林，我实在想不出来有什么动机让他打电话给黄礼林，事情不曝光，他没有任何好处，事情曝光，他更得不到好处。所以我觉得，他不可能是内奸。"苏筱看着他的眼睛说，"真正受益的人才可能是打电话的人……"

汪洋意识到她在怀疑自己，随口说："这个其实不重要。"

"不重要吗？"苏筱微微拔高声音，眼神变得尖锐，"这个污点很可能跟着他一生，让他找不到工作。"

突如其来的尖锐让汪洋愣了愣，随即想起她的经历，便明白她是替东林不平，也在替自己不平。他斟酌言词，解释了一下："你也看到了，他平时爱偷懒，不思进取，专业能力也不行，这才是重要原因。但你说得对，确实内奸这个不太好听，会对他以后的工作造成不良影响，我会跟老陈再商量一下，给他一个妥善的处置。"

苏筱收起目光中的尖锐，自责地说："都怪我。"

"怎么会怪你呢？中标了，多好的一件事呀。要不是发生这种事，我还准备搞个聚餐，好好庆祝一下。"见她意兴阑珊，汪洋忍不住多说了几句，"真不怪你。这次的事情很复杂，跟你其实没什么关系，你中标也就是一个导火线。所以你别想太多，踏实工作就行了，其他事情有我跟陈主任呢。等这件事情彻底过去了，咱们搞个聚餐，庆祝中标。"

苏筱点点头，心里却想，恐怕那时候我已经走了。

不知道是不是这番谈话起了作用，最终，汪洋收回开除东林的决定，赔偿了N+1的工资，让他主动辞职。东林走的时候没跟任何人打招呼，苏筱给他打电话，但他没有接。过两天，集团下了关于内奸门的红头文件，大意是一场误会，有人故意挑唆引起纠纷，实无此事。希望各子公司以此为戒，以后若再发生此类事情，将严惩不贷。随后又下了一个人事调令，说是因为业务发展的需要，许峰即日调任为地产公司的物业部经理，审计小组组长的位置由徐知平接替。

这一系列操作，让苏筱觉得很不可思议，她都能感觉到事情的诡异之处，难道赵显坤感觉不到吗？这个董事长未免太过无用了。很多年后，等她做了高层，才明白过来，成千上万人的利益纠葛，不是一句对错就能公断的。很多局外人事后能一目了然地看出因果，是因为把它当成孤立事件看待。但对局内人来说，这不是一起孤立事件，这是日积月累的矛盾，层层交织的利益，还有无法割舍的情感。它的因不在当下，可能在很久以前；它的果也不在当下，也许要到很久以后。

二十多年前，振华只是一支四处打游击的建筑队，挂靠在国有建筑公司下面，去过海南，到过新疆，干着最苦的活，拿着最少的钱。刚开始步履维艰，经过一干人等的艰苦奋斗，慢慢地打开局面，拿到特级资质，建立搅拌站，涉及地产开发，成为一个枝繁叶茂的集团企业。

而后，集团患上了大企业病，机构臃肿，光副总就有二十几个，人浮于事，请示报告一大堆，内斗严重，发展停滞，企业亏损严重，处于破产的边缘。为了生存，赵显坤不得不进行一次壮士断腕式的改革。汪洋和黄礼林原本都是集团副总，那次改革中被踢出集团管理层。集团给他们每个人5000万的物资设备创办子公司，让他们自主经营、自负盈亏。这就是天科、天成、天同、天正、天和五家天字号子公司的由来。

当时分给天字号的物资设备都不是新的，分给它们的人员也是被集团淘汰的，所谓自主经营自负盈亏，也就是自求多福的意思。所以，这次自救式的改革，虽然明面上没有说，性质上带着一点分家的味道。

没想到2000年后，建筑业蓬勃发展，市场广阔，阿猫阿狗都能赚钱，更何况是正规军的天字号，他们活得滋滋润润，与集团的关系就变得微妙了。一方觉得我是分出去的，另一方认为5000万启动资金是集团出的，股权归属于集团，人事权和物资权都在集团，你们就是几个管家。

谁也不肯后退一步，于是就互相较着劲。

历史根源、道义情分、经营现状、未来发展……赵显坤都要考虑。内奸门事情一出，他意识到自己逼得太急了，兔子急了还得咬人，更何况人呢？于是他果断地处罚了许峰。看起来是认怂了，但对他来说，叫作战略撤退。他很有耐心，能够忍受逆境，所有的资源都服务于大局，包括他喜欢的人和厌恶的人。在他看来，许峰就像棋盘上的车，只是后退了，不是处罚了。

年轻又一直处于底层的苏筱自然理解不了赵显坤这种上位者的思维模式，从自己的遭遇，从许峰和东林的遭遇，她看到的是不公平、黑暗、欺压……职场不带血腥味的残酷扑面而来，让她无法呼吸。

第十七章

许峰去了物业部，审计还得继续。

赵显坤又把差事交给了徐知平，这一回，徐知平的胃很争气。

他拎着公文箱，轻车简从地到了天成，一出电梯，迎接他的是黄礼林的拥抱。肥肉贴在他身上，特别肥腻的热情。

"老徐，我这是盼星星盼月亮，可把你盼来了。"黄礼林结束拥抱，揽着徐知平的肩膀，"走走走，去我办公室里说话。"

到了办公室，他献宝般地拿出一小罐茶叶。"这就是我上回说的明前龙井，你尝尝。"

煮水泡茶，殷勤备至。

徐知平浅尝一口。

黄礼林一直留意他的神色，见他满意地点头，放心地笑了："你一来，我心里就踏实了。你病得不是时候，要没那场病，也不会有这么多事了。"

徐知平不紧不慢地说："现在说踏实，太早了。"

黄礼林愣了愣："老徐你这话啥意思呀？"

"许峰都走了九十九步了，你觉得，我还能往回走吗？"

黄礼林心里打了一个突，脸上却带着笑："他走的是歪路，咋就不能往回走？当年我们天科怎么分出来的，老徐你最清楚。'自主经营，自负盈亏'这八个字说得清清楚楚明明白白，怎么现在又不认了。"

"礼林你想想，当时什么情况？当时集团快倒了，大家光顾着想怎么活下去，说话做事都不够周全。当时董事长表达的意思，可能跟你以为的意思，也不是一个意思。"徐知平说，"现代企业制度以股权定所有权，天科目前就是集团的全资子公司，再回头说当初已经没有意义了。"

"老徐，你就不能跟从前一样的做法？"

徐知平轻叹口气说："你觉得我有选择吗？"

黄礼林不说话，脸色渐渐凝重。

"我跟你说过的，一开始董事长就把许峰做的审计方案给我。其实这一回，董事长也可以等天科审计结束后，再撤掉许峰，但是他没有，为什么？一方面他要保护许峰，另一方面是因为他明白，无论谁接任组长，都得按着许峰的路走下去。"

黄礼林心烦意乱，给自己倒了杯茶水，拿起就喝，结果被烫得龇牙咧嘴。

"看在咱们这么多年的交情分上，我给你指条路，把该补的补上，然后向董事长认个错。"

"老徐，之前的项目你都审计过签了字的。"

"我是人不是神，是人就可能会疏忽犯错误，我会跟董事长认错的。"

黄礼林用难以置信的眼神看着他。

徐知平面色不改："我去见见审计小组成员，你好好想想。"他起身，拎着公文包往外走。走到门口，却又折了回来，拿起小罐茶叶说："这茶不错，再给我些。"

"什么话，全拿去。"

打发掉徐知平，黄礼林到夏明的办公室，一屁股坐在沙发上，摊手摊脚，心烦意乱地说："这家伙越老越滑头，泥鳅一样。"

夏明十分赞同："确实，徐总做事很有一套。兜了一圈，他谁也没得罪，还轻轻松松地完成任务。"

黄礼林沮丧地长叹口气："咱们呢，费了这么大劲，什么也没改变，白费心机。现在怎么办？"

夏明想了想说："咱们就按照徐总说的，认个错吧。"

黄礼林一下子坐直了，眼睛瞪得比铜铃还大。"不可能。老子绝对不向他认错，凭什么。需要我的时候就是兄弟哥俩好，不需要我的时候，就把我一脚踢开。你别看现在，集团时不时来个内部招标，当时天字号子公司刚成立时，集团还没这么大，项目也是青黄不接，自顾不暇，更谈不上分包给我们。他现在动不动说当年拨给我5000万物资，可给的都是陈旧设备，没几年就报废了。更别说，他还给我一群集团淘汰下来的老弱病残。他都上了福布斯排行榜，老子鞍前马后这么多年，得到些什么。他要怎么处罚我，老子都认。认错，没门。"

"舅舅，你先别激动……"

"能不激动吗？要认尿，早认尿不就过去了；搞出这么多事，再认尿，还有什么意义？"

"之前不认尿，是因为搞不清楚董事长的意图，现在看来，他就是打定主意，要将天字号重新归为集团掌控。咱们再硬杠，结果不会好的。"

"他要让我不好，我也不会让他好。"

"舅舅，我们没必要浪费时间在赌气上……"突然响起的座机铃声打断了夏明的话，他接起。电话是董事长秘书小唐打来的，客客气气地说："夏主任，请问你今天下午三点有空吗？董事长想见你。"

"有空。"

"那好，下午见。"

夏明若有所思地挂断电话。

黄礼林问："谁呀？"

"董事长秘书，说董事长要见我。"

黄礼林一下子紧张了："他干吗要见你？"

"不知道。"夏明无所谓地说，"见了面就知道了。"

"下午我和你一起去。"

"他只说见我。"

"我在地下停车场等你。"

"不至于。"

"至于。"黄礼林坚持，"他找你肯定没好事，万一他对你不利，你赶紧打电话给我。"

夏明安慰他："他找我只是谈话而已，你别自己吓自己。"

"你根本不了解他。没有一点狠劲，他能坐稳董事长的位置吗？"黄礼林恶狠狠地说，"但我也不是好惹的，他要是敢动你，我跟他没完。"

知道他的坚持是因为担心自己，夏明心里感动，点点头。下午，两人一起到集团，他上楼见董事长，黄礼林就在停车场里等着。临进电梯时，黄礼林还冲夏明晃了晃手机。夏明朝他比画了一个放心的手势。

准点到达董事长办公室，小唐领着他往里走。

赵显坤坐在办公桌前，正拿着手绢擦拭相框，听到脚步声，抬头看见他，笑眯眯地招了招手："过来坐。"

夏明在他对面坐下。

赵显坤继续擦拭着相框。"我年轻的时候看过一部电影，叫《第一滴血》，当时很喜欢，觉得就该像史泰龙那样做一个孤胆英雄。等踏足社会开始做事，才明白过来，众人拾柴火焰高才是真理。一个人的力量有限，一群人的力量才能办大事。"将镜框搁在夏明面前，"看，当时我们振华建筑公司成立的时候就这些人。"

夏明拿过相框细看，陈旧泛黄的照片，赵显坤、汪洋、黄礼林、徐知平、高进、胡昌海、汪明宇、于荣互相揽着肩膀站在一个四合院门口，院门口挂着招牌——振华建筑公司。彼时都还年轻，笑容豪迈。

"你舅舅那个时候还没有这么胖，特别爱侃大山。"回忆起往事，赵显坤脸上的笑容更盛，"一桌人吃饭，他能从头说到尾。"

夏明感同身受地笑了："他就这样，小时候我特别喜欢他来我们家，一来家里就热闹了。"

"当时，我们这八个人，给自己取个名字叫八大金刚，"赵显坤哈哈两声，"为了拿下沈阳的一个项目，我们八个人轮流上阵，你舅舅扮成香港老板，戴了一斤重的假金链，出汗把脖子都染成黄色了……现在想起来还觉得好笑。项目拿下来后，我们七个人商量，就给他弄了根真的金链子。"

夏明恍然大悟："原来他以前老戴的金链子是这么来的呀。"

"是呀，那个项目是我们第一个项目，经验不足，没赚多少钱，一半

171

用来买金项链了，你舅舅收到的时候，都掉眼泪了。这是我第一次看到他哭，也是唯一一次。"赵显坤感慨地说，"时间真是个很奇怪的东西，有时候它会让人只记得上牙磕着下牙的不痛快，忘记了上下牙齿一起用劲的时候。"

终于入题了，夏明收了笑意。刚才那种轻松的聊天气氛消失了。

"你舅舅最大的优点是书读得少，没有条条框框，不按常理出牌，常常会有一些出人意表的想法。你舅舅最大的缺点也是书读得少，"赵显坤意味深长地说，"有时候做事情完全不讲规矩。"

夏明没有搭话，抿抿嘴角，给了一个表示"我听懂了"的外交微笑。

"规矩太多做不成大事，规矩太少也做不成大事。但你……"赵显坤看着夏明顿了顿，"不一样。"

没想到话题转到自己身上，夏明微微诧异。

"你是我见过的人当中，为数不多，把书读透的人。你既守规矩又不守规矩。"

夏明搞不懂他的意思，谨慎地说："董事长高看我了。"

"你进天科一年三个月了，天科的变化有多大，我很清楚。你给许峰审计制造了多大的障碍，我也很清楚。"见夏明目光变得锐利，赵显坤笑了笑说，"我希望你离开天科到集团来，先在副总经济师的岗位上历练。"

突如其来的转折让夏明愣住了。

赵显坤摆摆手说："不用着急回答我，回去跟你舅舅商量一下。"

夏明离开董事长办公室后，旁边助理办公室的门开了，许峰走了出来，神色复杂地看着夏明的背影。他走到唐秘书面前，将钥匙搁在她桌子上。

"我走了。"

小唐诧异地问："你不跟董事长告别？"

许峰犹豫一下，摇摇头，转身要走。

小唐一把拽住他的胳膊，温言相劝："去告别吧。"

许峰苦笑一声，说："我得罪这些人为的是谁？我是错了，他们就对了？结果呢，他把我打发了，还要把夏明提为副总经济师。我还道什么别呀？"用力扯开小唐的手，大步而去。

172

小唐目送许峰远去，打开门，走进赵显坤的办公室。赵显坤正在批阅文件。小唐走过来，轻手轻脚地将凉了的茶水拿到小厨房倒掉，重新泡了热茶，搁在办公桌上，却没有马上出去，站在原地欲言又止地看着赵显坤。

"怎么了？"赵显坤头也不抬。

"许助理走了。"

赵显坤的动作一顿，片刻后，哦了一声，继续批阅文件。

搁在从前，小唐会识趣地退出办公室，但是她心里也有疑惑，也替许峰不值，所以她没有走，依然站着，眼巴巴地看着赵显坤。赵显坤也不赶她，批阅完文件后才抬头看她一眼，问："说吧。"

小唐的肚子里有千言万语，但是真要说出来，似乎都不合适。作为一个秘书，她总不能责问上司，你为什么对许峰这么残酷吧？想了想，她干巴巴地说："董事长，许助理也是为了工作。"

赵显坤笑了笑说："你觉得我抛弃了他？"

小唐不说话，神色已经默认了。

"他太早到我身边了，没有经历过基层斗争，平时在我身边感觉不到，一旦独立负责工作，短板就显现出来了。你看他跟夏明同岁，但被夏明打得毫无招架之力。这就是差别。我后来想想，可能对他是拔苗助长，所以我安排他去基层，鸡零狗碎的琐事磨一磨，他才能静下心来才能沉住气。明白吗？"

小唐恍然大悟地点点头。

赵显坤板起脸："还要继续偷懒？"

小唐不好意思地笑了笑，赶紧往外走。她知道赵显坤跟她说这番话的目的，是希望她转告许峰，因此回到自己的工位后，立刻编辑成消息发给了许峰。良久，许峰才回了一句知道了，语气很淡，想来他还不能释怀。

时间过得真慢，每一分每一秒都让黄礼林坐立难安。他想起多年以前，有个项目经理收了材料供应商的回扣，因为他是老员工，所以大家的意见是网开一面让他退赃就行了。赵显坤不同意。他独排众议，将项目经理送进了监狱。当时他说，企业大了就得严格管理，惩罚太轻非但不能起到警示作用，反而会让员工因为犯罪成本太低而生出侥幸心理——发现了不过是退赃而已怕什么，所以杀鸡儆猴，让他们不敢越雷池一步。

　　等了一个小时，夏明全须全尾地走出电梯，黄礼林悬着的心才落回肚子里。他赶紧发动车子，等夏明坐上副驾，他迫不及待地问："说啥了说这么久。"

　　"说你以前常戴的那条金链子了。"

　　黄礼林怔一怔："说那个干啥？"

　　"聊天。"

　　黄礼林急了，瞪他："你别卖关子行不？"

　　"真是聊天。聊了你们从前的事情，八大金刚、第一个项目，给我看你们从前的照片，还说那条金链子怎么来的……"

　　黄礼林纳闷："他说这些干啥呀？"

　　夏明笑了笑说："他说这些，是想表明他是念旧的人，一直记着你和他一起创业的情分。"

　　黄礼林嘲讽地呵了一声。

　　"然后他又暗示我，我给许峰使绊子的事情他都一清二楚。"

　　"什么使绊子，他自个儿蠢，怪谁呀。"

　　"最后他邀请我去集团担任副总经济师。"

　　"什么！"黄礼林急踩刹车，"他什么意思呀？"

　　"我也不知道。他说了不急，让我跟你好好商量。"

　　"商量个屁。不去。"

　　黄礼林重新发动车子。话说得十分硬气，但是等回到天科，他撇下夏明，单独去找了徐知平："老徐你最懂董事长，你说说，他什么意思？"

　　徐知平慢条斯理地喝着茶说："能有什么意思，就是让你外甥去集团。集团平台大，你外甥去了，更能发挥所长。这是好事。他跟着董事长，总比跟着你有前途。"

　　"哎哟，咱们这么多年的交情，你就别跟我说这种场面话了。"

　　徐知平笑了笑，问："礼林，你走在大街，迎面过来一个人，冲你就是一巴掌，打得你鼻青脸肿，你会怎么办？"

　　"那不废话，我肯定是撸起袖子，还他一巴掌。"

　　"这是普通人的反应，你觉得董事长会怎么做？"

　　黄礼林陷入思索之中。

徐知平不紧不慢地说："董事长会想，这人出手如此之快，角度刁钻，让人防不胜防，是可造之才，我得收为己用。可如果这个人不愿意为他所用，你觉得他会不会还那一巴掌？肯定是要还的，否则阿猫阿狗都敢甩他巴掌了。这两年你确实不像话，走得太远了。你是茅坑里的石头，粗糙耐摔打，可是你外甥，那是瓷器，一个虚假分包就够他受得了。"

黄礼林脸色微变，说："那都是我干的事，跟他没关系，他来天科才多久。"

"别人才不管是你还是他，只知道打蛇打七寸，他就是你的七寸。你折了董事长一个人，还他一个人，很公平。"

徐知平这番话说得黄礼林心神不宁，一宿没睡好，第二天起来，眼袋沉甸甸地挂在眼睛下方，像两个干瘪的水袋。夏明看到以后，又是好笑又是感动，跟他说："你不用操心，这事情我自己能解决。"

黄礼林摇摇头说："你真以为他是冲你来的，他其实是冲我来的。这事情你解决不了，还得我来。"

夏明正想说话，手机滴的一声，屏幕提示有一条来自贺瑶的消息。黄礼林眼睛一亮，精神大作："哎呀！有办法了。你跟贺小姐要是能定下来，有贺局长这层关系，董事长肯定会投鼠忌器。"

夏明啼笑皆非地说："我跟贺瑶才认识多久，哪有这么快。"

"我看她对你很满意，又是送画，又是电话。"

"她现在在找工作室，有事情需要问我。"

黄礼林说："得了，我也是打年轻时候过来的，小姑娘的心思我还不懂？她不过是找个借口，想跟你多联系，你想想，她爸是谁，想替她服务的人多着呢，她要是对你没意思，你就是上赶着也没用。你呢，也别拖拖拉拉了，这么好的家世，长得也漂亮，还等什么，等天仙下凡呀？主动一点，把关系确定下来，有这一层关系，谁敢动咱们？"

夏明脸色一正说："舅舅，我认识贺瑶确实是奔着结婚目的去的，但我跟她也就彼此有个好感，还不是恋爱关系。就算是，我也不想让人家掺和进来，利用感情为自己谋求福利，算什么，吃软饭？"

黄礼林指着夏明，着急地说："你知道赵显坤怎么起来的吗？我跟你说，他当年还不如我，说是建委干事，每个月几百块，苦逼哈哈的，每回出去吃饭都是我买单。他之所以起来，就是因为娶了他们局领导的女儿。

那女人身体不好，瘦不拉叽，我们当时都笑话他，现在回头想想，人家主意大，看得明白，是我们这帮人糊涂呀。对女人来说，婚姻是二次投胎；对男人来说，婚姻是二次创业。现在，谁敢说赵显坤是吃软饭的？"

夏明不快地说："那是他的选择，不是我的选择。"

黄礼林见他脸都沉下来了，不好再逼他："行了行了，我也就是这么一说。实在不行的话，你就去集团上班吧。老徐觉得赵显坤欣赏你，是要栽培你。"

夏明摇头："我说过了，我来天科不是想陪着你一起给赵显坤打工。他的栽培我也不稀罕。"

"是我外甥。"黄礼林冲他晃晃大拇指，"行了，这事情我来解决，你别管了。"

"你怎么解决？"

"我去低头认个错呗。"黄礼林说，"以前也不是没有干过，没什么大不了。"

夏明笑了笑，说："你不要把它当成认错，你可以把它当成是战略性撤退。赵显坤都能撤退，咱们为什么不能撤退？"

这一刻，黄礼林觉得自己的外甥跟赵显坤特别像，自成一套与众不同的大道理。认尿不叫认尿，非得叫战略性撤退，立马高大上了，显得特别有谋略，似乎后面藏着无穷无尽的招数。他回到自己的办公室，做了十几分钟关于"战略性撤退"的心理建设，然后打开保险箱，取出一条手指粗的大金链子。将近二十年了，这条金链子分量不减，光泽依旧，往日的时光似乎也一下子走近了，他出神了一会儿，觉得战略性撤退也没有那么难。

足足约了三天，黄礼林才预约成功。

走进董事长办公室前，他刻意地用手拨了一下脖子上的金链子，让它露出一截。效果很好，赵显坤的目光落在不停晃动的金链子上，久久没有移动："你有好多年没戴过这条链子了。"

"以前戴金链子大家都赞一句这人有钱，现在戴金链子大家都得大喊一声，"黄礼林拔高声音，"看，土鳖。"

赵显坤被逗乐了，哈哈地笑着："你呀你，有空多来跟我说说话。"

"可拉倒吧，董事长，你这大忙人，我这回跟小唐秘书约了三天才约上的。"黄礼林看一眼给自己送茶水的唐秘书，"小唐秘书，你说是不是？"

唐秘书抿嘴笑了笑，将茶水放下，走开了。

黄礼林摘下金链子，轻轻地摩挲着："这条金链子，我一直放在办公室的保险柜里，时不时拿出来看一眼，想想我们当年一起并肩作战的日子。24K纯金就是结实，这么多年，没变形，也没有褪色。"递给赵显坤，"董事长，您看看，还跟刚买的时候一样。"

赵显坤接过金链子，感慨地说："这可是我们的第一个大项目呀。"

"可不是。这条金链子我得当成传成宝，一代一代地传下去。"

赵显坤深深地看他一眼，说："你这么想就好，别忘记常常拿出来戴戴，说你是土鳖，那是不懂。"

黄礼林嘿嘿笑了两声："说我是土鳖，也没错，我这个人就是书读得少，小农思想严重。最近，我也反思了一下，一身问题，觉得天科做大了，自己功劳很大，膨胀了，自以为是了，想自己比较多，想集团比较少，干了一堆荒唐事。董事长你大人大量，原谅我这一回，以后我绝对不会再犯。"

"一百个人有一百种肚肠，都是凡人，有点小心思我能理解，但是小心思不能成为集团战略方向上的阻碍。这些年你确实为天科的发展做出很大的贡献，但是贡献归贡献，错误归错误，不可混为一谈。咱们一起共事这么多年，只要你是真的想明白，我自然会给你这个机会。"

"真的想明白了，董事长你看我的行动。"

赵显坤点点头，拿起金链子给黄礼林戴上，顺势帮他整理衣领，然后拍着他的肩膀说："从创业走到今天，我们一路克服了很多困难，希望未来上市敲钟的人当中也有你。"

第十八章

苏筱投了简历，很快收到面试的回信，她跟陈思民请假，却被拒绝了。

"东林刚走，新的人还没有招到，静水河项目又要开工了。你再请假，部门还怎么运作？"

"我就请三个小时，一个上午就行了。"

"想办法往后推一下吧。"陈思民说，"你也知道的，汪总想让你做部门经理，这个关键性时期，你要以身作则。"

最终苏筱没有请出假来，只能悻悻地回到工位，跟对方人事另约时间。

陈思民想了想，起身去了汪洋的办公室。

汪洋坐在电脑前，眼睛眨都不眨地看着电脑屏幕。

"这是看什么呢？这么入迷。"

"黄胖子的检讨书。"

"黄总这个硬骨头还会写检讨书？"陈思民诧异，"在公司论坛上吗？我怎么没看到。"

"没有，发给领导班子抄送给我的。"汪洋抽出一支烟点燃，感慨地说，"孙悟空上天入地，还是翻不出如来佛祖的五指山。天科审计的结果也出来了，黄胖子被罚薪一年，同时天科补交集团利润800万。"

陈思民吃惊："不是换成徐总当审计小组组长了吗？怎么还会补交这么多？"

"可见这次审计是动真格的，咱们也别存什么侥幸心理，认认真真地配合审计，把该补的都补上。"

陈思民答应一声。

"赶紧去办，天科查完了，就该轮到咱们了。"汪洋说完，见陈思民没有走的意思，似乎欲言又止，"怎么，还有事？"

"商务合约部经理这个位置，已经空了一年半了，也不能一直空着。"

"不是跟你说过，给苏筱留着吗？"

陈思民不满地说："公司这么忙，她刚才还跟我请假呢。"

"说不定有急事。"

"有急事的表情会不一样的。我问她，她也不说什么事。汪总，经理位置交给她，我心里不踏实。她业务能力是过关了，但是跟咱们都隔着一层，亲近不起来。我能感觉到，她不太认同咱们天成。"

汪洋沉默了，陈思民说的他也有所察觉，苏筱对天成没有归属感。之所以没有归属感，一是她来的时间不长，二是因为陈思民，虽然他藏得很深，做法也很有技巧，但汪洋跟他认识大半辈子，太了解他了，知道他对苏筱有看法。他提起苏筱永远是否定，哪怕暂时的肯定也是为了更大的否定。而他提起陆争鸣永远都是肯定，暂时的否定也是为了更大的肯定。

"我想来想去，还是觉得小陆做经理更合适一些。有几点原因。第一点，他是老员工，忠心耿耿，跟公司一起成长。第二点，他为人厚道，人缘好，在商务合约部能镇得住。第三点，他的业务能力也不错，比苏筱差点，但已经能独当一面了。"

"我已经跟苏筱说过了，商务合约部的位置给她留着，如果现在提拔小陆，她一定会觉得咱们欺骗她，那她肯定得走。"

"她能去哪里？汪总你忘记了，她就是因为被众建开除，没地方去，周峻才找上我。"

"此一时彼一时，她已经拿回了注册造价师证。"

陈思民愣了愣："汪总你怎么知道的？她跟你说的。"

"没有，她要跟我说就好了。那天她复印资料我看到的。"

"她拿回来了也没有跟咱们说，多半是想走。今天请假，只请三个小时，说不定就是去面试。"陈思民说，"汪总，即使咱们提拔她当经理都未必能留住她，到时候还伤了小陆的心。"

好不容易来个人才就这么把她放走了，汪洋实在不甘心，但他也承认陈思民说得有道理。提拔苏筱，不仅伤了陆争鸣的心，而且还会伤陈思民的心。这可是穿开裆裤就一起玩的发小。

陈思民从他的神色里看出，他提拔苏筱当经理的想法已经不坚定了，现在只差临门一脚。"这是我作为主管上司的意见，汪总你也可以问问其他项目经理和副总的意见。"

汪洋点点头："行，我问问。"

陈思民计谋得逞，悄悄地松了口气，回到办公室，给项目经理董宏打了一个电话，叮嘱他给陆争鸣美言几句。在所有的项目经理里面，董宏的项目管理水平最高，最受汪洋的器重。别人的意见不一定管用，董宏的意见汪洋肯定会掂量掂量。

董宏拍着胸膛说："哥，您就放一千一万个心，我指定是站在您这边的。"

过两天，汪洋来工地视察，果然问了董宏。

董宏早已经准备好说辞，却摸着后脑勺，假装思考了一会儿："小陆呀，这小子是不错，很踏实，一步一个脚印，但就是太稳了。苏筱呢，胆子很大心也细，总想更上一层楼。照我说吧，这两个人谁当预算合约部经理，都够资格。不过，要是我来选，我选苏筱。"

"为什么？"

"咱们的预算合约部还需要更上一层楼，老陈本身就挺保守的，咱们再弄个保守的经理，那就只能原地踏步了。"

"你说的对。"汪洋点点头，随即又皱眉说，"但我感觉老陈跟她处不来，真要提拔她了，到时候两人闹矛盾就麻烦了。"

董宏说："那是因为苏筱来的时间比较短，磨合磨合就好了。"

等汪洋走后，亲信黑子好奇地问董宏："哥，你不是答应陈主任要帮陆争鸣美言几句的吗？"

董宏说："怎么没美言？刚才我不是夸他踏实嘛。"

黑子大汗："那你夸苏筱不是更厉害？"

董宏说："我这是实话实说。"

黑子愣了半天："你跟陈主任不是兄弟吗？"

董宏嘿嘿笑着，不说话。职场里没有永远的朋友，只有永远的利益，这么多年来一直是陈思民吃肉他喝汤，要是陆争鸣那愣小子上台，指定跟陈思民一个鼻孔出气，那才难搞。苏筱上台，权力结构必然会进行调整，有调整就有动荡，有动荡就有机会，这才是他想要的，他才不会一辈子跟在陈思民后面当小弟。

没多久，陈思民便从汪洋的口风里得知董宏支持苏筱，心里不快，打电话责问他："不是叫你支持陆争鸣吗？"

董宏委屈地说："哥，我怎么没支持小陆呀？不过，老汪摆明了更欣赏苏筱，我能跟他硬着来吗？他要不高兴，我还不得卷铺盖走人呀。我可不像哥，跟老汪是发小，几十年的交情，他要让着你三分。"

陈思民无话可说了，确实，不是谁都有资格让汪洋让着的。

董宏又说："哥，不是我说你，这事你办得不漂亮。老汪欣赏苏筱你又不是不知道，他要真想提拔小陆，苏筱没来之前就任命了，不用拖到今天了。依我看，提拔谁是件小事，跟老汪对着干才是大事。"

陈思民说："你哪懂呀？"

利用物资清单摆了苏筱一道，这事情还是自己帮忙的，有什么不懂？

董宏嘿嘿笑着："哥，预算合约经理不过是个位置，整个预算合约部都是你培养起来的，你有啥好担心的？你抓着整个预算合约部，一个刺儿头还怕搞不定呀。"

陈思民没有再说什么，心事重重地挂了电话。董宏的话他并没有听进心里，职场三十年，见过太多的下属，什么人是可以降服的，什么人是不可能降服的，他一眼就能看出来。苏筱最大的问题是她的业务能力太强了，远远超过他。只要她一直待下去，早晚会成祸害。他决定按兵不动，汪洋不说，他也不提。巧得很，汪洋这段时间天天出差，不是陪着甲方去了澳门，就是去西南看项目，很少待在公司。这件事自然而然地往后拖了。

对苏筱，他也改变了策略，凡是她请假，他都准了。他的苦心孤诣在一个月后开花结果。那天一大早，苏筱敲开他办公室的门，递上了辞职信。那一刻，陈思民心情大好，觉得她无比顺眼。

"怎么好端端的突然要辞职？"他假装诧异，"是干得不顺心？还是公司有什么地方做得不好？"

"没有没有。就是想趁着年轻，多走走多看看，找一条最适合自己的路。"

"年轻人向往外面的世界我能理解，但是呢，你也知道，我跟汪总都非常器重你，一心一意想栽培你，所以我建议你再认真考虑一下。"

"谢谢主任与汪总的厚爱，我已经认真考虑过了，也找到新工作了。"

"哦，哪一家？"

苏筱含糊地说："一家招投标公司。"

"我建议你还是再考虑一下。"

"我都已经考虑好了。"

陈思民叹了口气说："那好吧，你出去看看也行。如果在那里干得不舒心，随时欢迎回来。"

苏筱笑了笑，起身朝他微微点头，转身走出主任办公室。陈思民长长地松了口气，倒在靠椅上，嘴角浮起笑意。这么一桩难事就这么解决了，可喜可贺。平心静气一会儿，直到面上看不出喜色，他拿着辞职信去找汪洋。

汪洋出差刚回来，有些累，躺在沙发上小憩，听到脚步声，微微睁开眼睛。

"怎么了？"

陈思民将辞职信递给他。

"谁的呀？"

"苏筱的。"

汪洋眼睛陡然睁大，翻身坐起，拿过辞职信看了一遍，下面已经有陈思民的签字。他抬头瞪他："你怎么同意了？"

陈思民说："她心思已经不在这里了。"

"那也不能同意。"

"汪总你看看，这是她上个月的考勤。"陈思民将考勤表递给他，"再好的人心要不在这里，也是白瞎。"

汪洋看了一眼考勤，越发生气了："上个月我忙，大部分时间都不在公司，你既然发现她不对劲，为什么不去做思想工作？我叫你看着公司，你到底看什么了？"

182

陈思民没想到他发这么大的火，有些诧异，也有些不爽。

"我说了让你提拔她，你非得磨磨蹭蹭，整天就小陆小陆。小陆什么情况我不知道呀？现在不比以前，搞粗放经营没前途了，咱们不能总要乖孩子，咱们需要一个能成事有开拓精神的经理。公司再不发展，就让黄胖子甩得太远了。苏筱搞了一个新成本方案，就让咱们的材料损耗降低6%，这么大的贡献，小陆比得上吗？"

陈思民脸色通红。这一刻，他才意识到，原来董宏说的是对的。他高估了自己的表演能力，也低估了汪洋的洞察力。汪洋其实什么都明白，怪不得一直磨磨蹭蹭不肯提拔小陆。毫无疑问，这一步他走得大错特错。

"我留过她，她说她找到工作了。"

汪洋怀疑地看他一眼，然后摆摆手："你去把她叫来，我来跟她说。"

陈思民灰头土脸地走出汪洋办公室，做了几分钟心理建设，才去叫苏筱。

苏筱一走进汪洋办公室，迎面飞来的是她的辞职信。她接住，抬头看着汪洋。

"这个你拿回去，我绝对不会同意的。"

"汪总……"

"你先听我说完。"汪洋打断她，"我读书是没有你多，但是我十六岁出来工作，到现在已经三十多年了，我见过太多事太多人，这一点你是比不过我的。办公室那几个套路，我门儿清，但大部分时候我不会去管，为什么呢？因为这是每个人都必须要面对的，你战胜了就过关了，不战胜它，它就一直卡着你。你跳槽换工作，它还是继续卡着你。天成呢，跟你之前工作的众建没法比，可能跟你新找的下一家公司也没法比，但有一点你要明白，这家公司是我说了算，而我，非常看好你。凡是你想做的，我都会支持你。我们以半年为期限，如果我汪洋说到没做到，到时候我八抬大轿亲自送你出天成的大门。怎么样？"

苏筱被震住，用审视的目光看着汪洋。一直觉得他是个没有文化的包工头，混不吝，江湖气十足，没想到他还挺有气魄的。新工作的岗位和待遇确实都比天成好，但处于职场底层的时候，首先要考虑的是跟一个什么样的领导，一个信任你的领导，一个让你相信有未来的领导，这才是最重要的。

这半年，苏筱愿意赌。

她没有说话，三下两下撕掉了辞职信作为答复。

汪洋满意地笑了笑："你去人事部打个升职报告，我让他们送到集团，今天就把这事情办了。"

升职报告递到玛丽亚面前，她破例地没有刁难，爽快地签了字。于是苏筱，在被众建开除半年多以后，在天成真正地安定下来了。有人愤怒，有人失落，有人欢欣，有人妒忌……人与人的悲喜总是不能同步。

苏筱升职后第一件事情，就是给吴红玫打了电话，让她找一个合适的成本主管。天成原来的那些员工要么专业能力不行，要么态度散漫，都不合适。但是第二天她正式走马上任，陈思民在晨会上宣布她出任商务合约部经理后，紧接着宣布："于灿接替苏筱出任成本主管，大家也欢迎一下。"

苏筱愣了愣。

"谢谢主任，我一定加油。"于灿兴奋地站起来，朝大家鞠躬。他跟东林差不多大，长相普通，圆圆的脸带着笑，看起来是个性格随和的。他是陆争鸣小组的，话不多，不像东林那么活跃，苏筱平时和他接触不多，对他近乎一无所知。

陈思民带头鼓掌，其他人也跟着鼓掌，比刚才欢迎苏筱还热烈三分。苏筱有些犹豫。按道理，陈思民应该和她商量，她才是主管们的顶头上司。但他分明就是刻意的，在她的任职仪式上宣布对于灿的任命，如此一来，主角到底是谁？这种小动作挺恶心的，但确实挺管用，至少摆在苏筱面前的是个两难选择。她要是当着众人的面发作，大家会觉得她气量狭窄，小题大做。可要是不发作，入职仪式上直接被打脸都没有一点反应，还有血性吗？大家会看轻她，以后她也很难立起来。

大家都鼓掌，苏筱的犹豫就特别明显了。

大家都看着她，心情各异，但都是一副看好戏的表情。

陈思民看着她问："怎么了苏筱，有什么不对吗？"

苏筱笑了笑说："没有什么不对，就是觉得有些委屈于灿，本来我想着明天再给他开个正式的入职仪式。"

反击虽然不是特别有力，但是话里藏着骨头，态度摆明了，大家都感觉到了，神色微妙地交换着眼色。

陈思民轻描淡写地说："咱们公司不讲究这些虚的。"

苏筱站了起来，朝于灿伸出手说："恭喜。"

于灿与她握手："谢谢苏经理。"

这番操作多多少少挽回了一些颜面，至少大家看到在陈思民的打压之下，苏筱依然能有理有据地反击。陈思民也没想到她如此机灵，心里不爽，但是也只能不爽了，再有过多的动作和言词，会用力过猛，适得其反。他不着急。商务合约部四大主管，除了没有存在感的合约主管老徐是汪洋的亲戚，其他三个，陆争鸣、接替东林位置的刘梁华，还有于灿都是他一手带出来的。他们只会听他的。苏筱就算当了经理，也不过是一个光杆司令，且看她怎么蹦跶。

苏筱确实无法蹦跶，她完全指挥不动这三个人，无论大事小事他们都直接向陈思民汇报，给她的就是一句话："这个，我已经跟陈主任汇报过了。"

而陈思民也直接给四名主管分配工作，不给她插手的机会。

表面上，他还是很客气，常常跟她说："你是商务合约部经理，你来拿主意。"不过苏筱真要是拿出主意，他又会笑眯眯地否决。苏筱现在的境况，还不如当成本主管的时候。至少，做成本主管时实实在在地管着几个人，现在，她就是一个人形签字笔——陈思民和主管们商量好了，最后让她签个字。

她还不能不签字。有一次于灿拿了清水河物资清单，说是陈思民已经看过了，让她签个字。她拒绝签字，他当时就急了，低声恳求："苏经理，我要有什么做得不好的，你批评我就是了，但是这些物资静水河项目等着要，要是不能及时发过去，会有停工危险。"

苏筱想了想，最终没有为难他，毕竟这些主管们夹在中间也不容易，只能谁拳头硬听谁的。如此过了半个月，她心力交瘁，感觉都老了五岁。

初冬来临，国家出了关于特殊工种的新政策，集团组织大家学习。徐知平主讲，解读政策会给预结算带来的影响。苏筱埋头做着笔记，突然感觉到有人在旁边坐下，扭头一看，是夏明。

夏明冲她笑了笑。

苏筱冷淡地点点头，继续埋头写笔记。

自地铁站一别已经两个月了，她和他说的最后一句话是"我谢谢你大爷"。

徐知平说："这一次出来的特别工种规定，看起来不是特别重要，但这其实是个信号，说明国家越来越重视施工安全问题，所以大家在投标或者分包时，一定要检查特别工种的证书，严格把关。没有其他问题的话，今天的学习就到此结束。"

按照习惯，苏筱当场检查一遍笔记，确认没有疑问后，正准备合上，一手伸过来，按住笔记本。

"借我看一下。"

"你去借别人的吧，我要赶地铁。"苏筱冷淡地说，用力抽笔记本。

但是夏明不松手。"看几眼，不会耽误你多少时间。"

苏筱不客气地说："你已经耽误我了。马上就是下班高峰期了，我挤不上地铁。"

夏明还是不松手："我送你。"

"我谢谢你了。"苏筱翻个白眼说，继续抽笔记本。

夏明笑："这回不带大爷了？"

他就是故意恶心人，苏筱明白过来，抽不回笔记本，索性放手。

夏明还真拿着笔记本，认认真真地看完，将笔记本递还给她："走，我送你。"

苏筱接过笔记本，一言不发地往会议室外面走。

夏明跟在她身后说："你还耿耿于怀呀，消息都不回一个。"

苏筱升职后，夏明曾经发过恭喜的短消息，她也没有回。

"不想回不可以吗？"

"可以，新岗位如何？"

"很好。"

夏明呵呵笑了两声，明显不相信。

说话时，已经走到电梯间了。苏筱走进电梯，故意站在角落。夏明走进来，站在她身边："你要是把过目不忘的聪明劲用一点在阴谋诡计上，也不至于被人吊打。"

"谁被吊打了？"

夏明按着她的肩膀，将她的脑袋转向侧面的镜子："好好看看你自己，有刚升职的意气风发吗？只有一脸的憋屈。"

镜子里的自己确实拉长着脸，心情不佳的样子。苏筱顿时讪讪然，无话可说。她在镜子里看了夏明一眼，正好夏明也看着她，两人的目光在镜子里对上了，突然意识到两人挨得太近了，有点暧昧，连忙分开了。这时电梯门开，几个人涌进来，站在两人中间说说笑笑。

电梯继续下行，到达一楼。苏筱看一眼夏明的方向，他被其他人挡住了，只露出个耳朵。一群人又叽叽喳喳说个不停，她不好打招呼，也觉得没有必要打招呼，挤出人群下了电梯。

已经是下班高峰期，想到地铁里此时正是人挤人的地狱模式，苏筱也不着急，沿着街道，慢吞吞地走着。走到半路，突然响起急刹车。她扭头一看，正是夏明的卡宴。他从车窗后露出脸说："上来。"

"不用，坐地铁更快。"

"刚才我说了送你。这儿不能停车，快上来。"

北京城很大，车又多，从最东边跑到最西边得两个小时，所以在北京城里，有人主动提出送你回家，是天大的诚意。苏筱也不是跟自己过不去的人，有人愿意当司机，何乐而不为？

她不再推脱，麻溜地跳上车。

第十九章

在北京开车特别考验人的耐心，走走停停，停停走走。

等回到苏筱所在的小区，已经暮色四合，北风飕飕。她住的小区有一点年代了，规划不太好，小区道路特别窄，如果业主随便停车，很容易就堵上了。所以物业在道路沿途立了禁止告牌——路右侧禁止停车。

这个时间点正好吃晚饭，下班的回家了，放学的也回家了，路左侧停满了白天开出去的车，余下的道路仅供一辆车通行。夏明开得好好的，对面突然拐过来一辆越野车，在路右侧停下，将夏明的车逼停了。

越野车驾驶座下来一个铁塔般的中年壮汉，吧唧吧唧地嚼着口香糖，大冷天只穿着一件短袖，露出肌肉虬结的胳膊，手里抓着一件羽绒服。跟着副驾驶下来一个文着韩式永久大平眉的中年妇女，也是膀大腰圆，穿着一件酱紫色的貂。从相貌到衣着再到气质，两人都十分般配，不用费脑就知道是一对儿。

原本以为是临时停车，没想到中年壮汉直接关掉发动机。

夏明放下车窗，探出脑袋："哥们儿，这里不能停车。"

中年壮汉嚼着口香糖说："咋不能停，我天天这么停。"

"你这么停，我没法过去。"

"那是你不行。"壮汉啐了一口，"白瞎了这车。"

苏筱皱眉，从车窗里探出脑袋，想说你不开车，我要给物业打电话了。夏明一把将她拽了回来："我在，不用你出头。"

苏筱心里砰的一声，面上却不显，从善如流地做了一个"请"的动作。

夏明问："你饿了吗？"

苏筱有点转不过弯。壮汉夫妻见两人没反应，以为是怕了，十分得意，大声讥笑着，扬长而去。

夏明按着肚子说："我饿了，刚才看到小区门口有卖煎饼果子的，我去买两个。"

苏筱一脸雾水："现在吗？"

夏明说："对呀，你的煎饼果子要加什么，鸡蛋、培根，还是香肠？"

苏筱虽然搞不懂他在干吗，但是知道他行事风格不同于常人，于是放弃理解说："培根和番茄酱。"

夏明下了驾驶座，打开后备厢，取出一块"新手上路，请多关照"的牌子贴在车屁股上，然后潇洒地走开。苏筱不知道他葫芦里卖的什么药，只能耐着性子等待。他走了没多久，后面来了一辆车，响起了一声不耐烦的喇叭。

那车见夏明的车没有反应，无奈地停了下来，司机下了车跑上前，一看驾驶座没人，副驾驶座坐着一个年轻姑娘，顿时有些生气，说："路这么窄，你们还临时停车，有没有公德呀。"

苏筱指指右侧停着的越野车说："我们也过不去。"

那人看到越野车，怒火蹿起："又是这辆车，天天停在这里。"

后面陆续来车，每来一辆，喇叭声都惊天动地。很快，堵成一条长龙。这时前面来了一辆面包车，车门开了，下来四五个脸色焦急的男人，都跑到苏筱这里，围着她七嘴八舌地说着。

"小姑娘，不要怕，胆子大点，一踩油门就过去了。"

苏筱摇头："我不会开车。"

"那会开车的那个？"

苏筱指着越野车说："我们让这辆车别停了，过不去，正好饿了，我朋友就去买煎饼果子了，很快就回来。"

"啥，这个时候买啥煎饼果子呀？老子还要赶火车呢。小姑娘，快打电话叫他回来。"

苏筱被吵闹着，没有办法，只得拿出手机。刚拨通，夏明拿着煎饼果子回来了。

那群人便围向他，嚷嚷着："大兄弟，我还要赶火车，麻烦你把车开过去。"

夏明指指车屁股贴的新手牌："我刚考的，这路太窄了，没法开。"

"那我帮你开，我十年老司机了。"

"行呀，只是咱们得说好，刮到了算谁的？"

十年老司机看一眼油光锃亮的卡宴，还是顶配，顿时露出牙疼的表情。这车刮一下就得小一万，他可赔不起："我们得赶火车呀，这怎么办呢？"

有人说："找物业，他们应该有那乱停车孙子的电话。"

其他人跟着附和："对对对，找物业。"

大伙儿纷纷掏手机给物业打电话，说明情况，现场叽叽喳喳，闹哄哄如同菜市场。始作俑者夏明却绕过人群，走到车边，将煎饼果子递给苏筱。"趁热吃，凉了就不好吃了。"说完，倚着车吃了起来。

苏筱用一言难尽的眼神看着他。

"怎么了？"

"你吃得下？"苏筱指指闹哄哄的人群。

"吃你的，马上有场好戏了。"

一会儿，壮汉夫妻从一幢楼里出来，一脸不高兴，动作慢腾腾的。

十年老司机大喊一声："兄弟，你快点，我要赶火车。"

"急啥，赶着投胎呀。"

"你怎么说话呀，嘴巴这么欠。"

壮汉骂骂咧咧地说："你才欠，老子天天停在这里，什么事都没有，就你们事儿多。水平不行就不要上路，开什么车呀。"

十年老司机上前一步，一拳打在他鼻子上："你还有理了！"

壮汉哪肯吃亏，跳起来，揪住十年老司机的衣领，也是一拳。老司机的同伴们原本就有气，见状纷纷围了上去。壮汉虽然彪悍，但是双拳难敌四手，很快被打倒在地，嗷嗷地惨叫着。

他媳妇大叫着："不要打了，不要打了。"

夏明移动身子，挡住苏筱的视线。

苏筱被他的举动弄得啼笑皆非："我又不是小孩子。"

夏明没说话，但也没有移开身子。

最后的结果就是壮汉被揍得鼻青脸肿，他媳妇的貂也被扯得七零八落。铁塔般的壮汉含着两包热泪，发动车子，将车开走。夏明上车，跟着他，缓缓地往前驶。一场闹剧就此落幕了。

拐过一个弯，前方又是类似的情况，左侧停满了车，右侧停着一辆面包车，仅剩一条窄路。苏筱叹口气说："乱停车的人真是太多了，我就在这里下吧，反正不远了。"话音刚落，却见夏明开着车，轻轻巧巧地滑过窄路。不要说刮碰，连一片灰尘都没有蹭到。

原本苏筱就有些怀疑，这会儿怀疑消失，涌上心头的是一种难以言喻的情绪。

她扭头看着他，目光带着凉意："你不是新手吗？"

夏明轻描淡写地说："高考后考的驾照，算起来也是十年老司机了。"

"你可真阴。"

"这种人屡教不改，不该给他一点教训吗？"

苏筱不说话。

"我知道你在想，教训也应该堂堂正正，可是他那体格，我打不过他。"夏明顿了顿，"当自己的力量不够，而矛盾又顶死，这个时候激化矛盾，自然就会有人出来帮你解决。"

这是在点化自己？苏筱心里一动，认真看他。夏明还是那副云淡风轻的表情，似乎只是随口一说。回到地下室的住处，吃过饭洗过澡，苏筱坐在电脑桌前，将整件事复盘了一遍，不得不承认，夏明的做法非常高明。同时她也肯定，夏明就是在点化她。

刚才那件事，跟她和陈思民的情况何其相似呀。陈思民就是拦路的壮汉，而她在天成一无根基，二无人脉，力量悬殊，要是正面应战，可以调动一切资源的陈思民分分钟将她灭成渣渣。

她唯一能借的力量就是汪洋，但是这力量也不是想借就能借的，当前这种胶着的情况，汪洋看不到吗？他或许也在看她的表现。毕竟对任何一个老板来说，招人来是为了解决问题，如果这个人碰到问题就求助于自己，那招来干什么用？这也是之前苏筱没有找汪洋借力的原因，要借他的力量一定要讲究策略，让他心甘情愿地借出。就像方才那个十年老司机，冲冠一怒是为了让自己赶上火车。

苏筱把事情想透彻后，渐渐有了主意。她打开电脑，十指翻飞，敲出一个题目"分包商评估体系"。她用了一个星期做出《分包商评估体系》，又花了两天做出《商务合约部工作流程规范守则》。

这时距离她上任已经有一个月了，所有人都觉得她不过如此，部门成员甚至在私下里猜测她还能坚持多久才辞职。多数人觉得她会坚持到过年。就连汪洋看她的眼神也从期盼转为怀疑。

这天，部门周会，各个主管汇报完工作后，一直做壁花的苏筱轻咳一声，说："我到经理这个岗位上整整一个月，因为很多业务不太熟悉，这个月我一直在沉淀自己。非常感谢陈主任，不仅没有催我，还帮我承担了原本应该由我负责的工作。"

陈思民亲切温和地说："客气了，应该的。"

"现在我已经熟悉了部门业务，我把原来的流程重新顺了一遍。"苏筱拿出《商务合约部工作流程规范守则》搁在陈思民面前，"主任，您看看，有没有什么不对或者需要补充的地方吗？"

陈思民飞快地翻了一遍，笑眯眯地说："很好，我没有补充。"

苏筱说："那以后就按这个流程来做，主任觉得如何？"

陈思民点点头："可以呀。"

苏筱将工作流程守则发放下去，四位主管的表情都很微妙。刚才这么短的一段时间里，一场属于苏筱与陈思民的战役发生了，而接下去他们的站队决定着战役的胜负。这四个人私下里交流了一番，最终谁也没有选择苏筱，遇到事情，依然直接报告陈思民。

这个结果苏筱早就预料到了，她并不生气，《商务合约部工作流程规则守则》是她最后的通牒，既然他们不愿意改变，那她就要逼着他们改变。汪洋要的是业绩，陈思民要的是巩固地位谋求经济利益，两人的立场在这里是有分歧的。现在她要做的就是将这种分歧放大。

她静静地等待，等到于灿拿着静水河项目的分包商名单让她签名，这是陈思民过目后的名单，上面的分包商都是他长久以来的关系户。苏筱看完，没有签字，还给了于灿："有几家的材料损耗率太高了。"

"哪几家？"于灿探过头来，见苏筱指出的全是陈思民特别关照的几家，露出为难的神色，"苏经理，这几家跟我们合作很久了，以前你做成本主管的时候，不也跟他们合作过吗？"

"合作过才知道好坏呀，他们不行，咱们的静水河项目不错，有条件选择分包商，为什么不选几家好的？"

于灿只好把陈思民搬了出来："这份名单陈主任已经看过，没说有问题。"

苏筱不紧不慢地说："陈主任工作这么忙，怎么可能事事兼顾，我们做下属的要先把好关。"

于灿见她态度强硬，知道又一场战役要发生了，不是自己能掺和的。走出商务合约部经理办公室，右转走进陈思民的办公室，把苏筱的话复述了一遍。陈思民顿时冷笑一声。好个苏筱，居然在这上面动刀子。这些分包商跟他都是十几年的交情，他家几套房子、孩子的留学费用，都是他们友情赞助的。

陈思民拿着名单，走进苏筱办公室，啪地甩在她桌子上，也不扮友好亲切了，语气严厉地说："你是不是认为只有你聪明？只有你看清楚事实？没错，这几家的材料损耗率数据是比平均水平高，但是他们跟我们十几年的合作关系，磨合期短，一样可以降低成本，懂吗？"

苏筱不卑不亢地说："主任，你说得有道理，不过我认为磨合期的问题没有其他问题严重。"

"自以为是，你当别人都是不长脑子？如果问题这么严重，为什么我们能跟他们合作这么多年？就算我近视，难道汪总也看不清楚？我跟你说过好几次，看问题要全面，不要抓着一点就觉得真理在握。上回的静水河项目教训你忘记了？就因为你，搞得我们跟天科差点干架，连董事长都惊动了。我以为你接受教训了，才提拔你当经理，没想到你还是不知悔改……"陈思民咄咄逼人，口气少有的尖锐。分包商是他不可触碰的逆鳞，这回不让苏筱知难而退，那以后就别想安宁了。

但是苏筱怎么可能会后退呢？

第二天，她把自己精心收集的数据递到汪洋面前："汪总，我觉得这几家公司的表现，可以列入不再合作分包商的名单。"

这是她升任经理后第一次主动跑到他面前谈工作，汪洋若有所思地看她一眼说："这事情你报告老陈就行了呀。"

苏筱露出为难之色："我已经跟陈主任沟通过了，他不赞同我的看法。"

汪洋拿过数据翻看着："这几家有什么问题？"

"施工水平不够，材料损耗率高于平均水平。"

"老陈的意思呢？"

"陈主任的意思是，大家合作久了，磨合期短，可以弥补材料损耗率造成的损失。"

汪洋点点头说："老陈也没说错，磨合期是个问题。"

苏筱指着数据表说："汪总，您看，我把这几年我们合作的分包商做了一个综合排名，有几家虽然跟我们合作次数不多，但是表现不错。我觉得我们完全可以考虑跟他们发展长久合作关系，那么磨合期就不会成为问题，而且他们的施工水平会让我们的成本控制再上一个台阶。"

汪洋沉吟不决。他当然明白，这个问题表面上是分包商的资质问题，实质是主任经济师和预算合约部经理的权力争夺，他的表态至关重要。

苏筱趁机拿出《分包商评估体系》，说："汪总，我认为我们应该向万科学习，对合作分包商进行定期评估，评估不合格的就列入不再合作单位名单，这样可以提高效率，也能给分包商一点震慑。"

汪洋接过，看了一眼。"这个想法不错，老陈怎么说？"

"我还没有跟陈主任汇报。"

汪洋看着她："为什么不汇报？"

"我跟陈主任在管理方面和成本控制方面的理念存在分歧。"

"哦，什么样的分歧？"

"陈主任比较保守，不喜欢革新工作方式。还有，他喜欢用熟悉的分包商，其实这也不是什么问题，就像他说的磨合期短可以提高效率，只是有些分包商施工水平确实不行，磨合期短也补不回成本……"

汪洋垂眸不语，他明白苏筱在暗示陈思民跟那些分包商有利益往来，这个他一直清楚，但是无论换成谁来当主任经济师，利益输送总是免不了的。陈思民是他的发小，相对来说，还不敢做得太出格。

苏筱又说："其实我们的成本控制还有很大的空间，比如说美术馆项目，如果换掉几家分包商，降低材料损耗率，利润率至少可以再提5%。静水河项目现在处于招标阶段，若措施得当，可以避免同样的错误。"

没有人会嫌弃利润高，汪洋自然心动了："老陈这个人重感情，有时候做事放不开手脚，再说，他年龄大了，难免保守一点。提拔你就是看中你的拓新精神，所以苏筱，你该表达就表达，该坚持就坚持，明白吗？"

苏筱微笑着说："汪总，我明白。"

汪洋满意地点点头。

第二天早上例会结束，汪洋把苏筱和陈思民叫进自己的办公室。"我昨天忽然想到一件事，其实咱们也可以学万科，对分包商搞个评估体系出来，定期评估，不合格的就列入不再合作名单。你们说说，怎么样？"

陈思民当然赞成："这个想法好。"

汪洋看着苏筱说："苏筱，你什么意见？"

"汪总的想法很好。"

汪洋板起脸说："苏筱，今天我要当着陈主任的面批评你了。"

苏筱和陈思民诧异地对视一眼。

汪洋装出一副失望的口气说："我本来觉得你这个人挺有想法的，希望你给预算合约部带来新的气息，可是你上台快一个月了，什么东西都没有搞出来，像评估体系这种事情还要我来想吗？"

苏筱装出诚惶诚恐的表情说："对不起，汪总，是我的错。"

汪洋横她一眼，不耐烦地摆摆手，又对陈思民说："老陈，我也要批评你。你这个人就是太好了，老想扶着下属走，这样是不利于他们成长的。该是苏筱干的事情就让她独立干，这样才能早点历练出来。"

陈思民心里咯噔一声，脸上还是笑呵呵的："是是是，汪总您说的是，我这个坏毛病，一直就改不了。"

汪洋说："今天你们两个的话我都听在耳朵里，关键看以后的表现。"

苏筱连忙说："汪总，我一定会改。"

汪洋说："行吧，这个分包商评估体系你抓紧搞完，静水河项目马上进入招标阶段，马上开始用。"

"是，汪总。"

汪洋又严厉地叮嘱了一句："要凭数据说话，不要感情用事。"

陈思民意识到这句话就是对自己说的，这场戏也是演给自己看的。走出汪洋办公室后，他看着苏筱，阴阳怪气地说："不错嘛，长进了。"

苏筱不软不硬地挡了回去："是陈主任您教导有方。"

苏筱很快将《分包商评估体系》提交给陈思民。

陈思民看完，气得手脚打战，赶紧拿出降压药服了下去。这体系一旦做成，用哪个分包商就不是他说了算，要由数据决定了。他这个主任经济师的权限将削去一大半，与他保持"长期友好合作关系"的几家分包商基本都要出局。他很不想签字，但是他很清楚，这一定是汪洋支持的，如果不签字，那要面对的人就不是苏筱，而是汪洋了。

思来想去，陈思民还是在《分包商评估体系》上签了字，随后，他打电话给董宏，约他一起做大保健。蒸完桑拿，两人披着浴袍到吸烟室。董宏点燃雪茄递给他，婉言相劝："哥，让她搞呗，咱们集团多少规定，还不是上有政策下有对策吗。她也就是新官上任三把火，浇几回凉水就老实了。再说了，换哪家分包商，您那一份都短不了。做分包的，没有不懂事的。"

"你不明白，她跟汪洋串通一气。"陈思民摇着头，神色郁郁，"我气的是这个，我跟他从小一块儿长大，穿开裆裤开始的交情，这么多年，我事事以他为重……他居然跟她串通一气来对付我。"

董宏看他气急败坏的样子，也有点心酸，伸手拍拍他的肩膀："消消气消消气，气坏了，不正合苏筱的意吗？"

"这个小丫头绝对留不了，这才多久搞出这么多事，再留下来一定会成祸害。"陈思民冲董宏勾勾手指，董宏识趣地凑了过去，"你去告诉老田他们，苏筱要将他们踢出分包商名单。"

又让他干这种小弟做的事，虽然从前他确实当过陈思民的小弟，但现在他是天成最厉害的项目经理，也就比他低半级。谁还没有点脾气呀？董宏心里这么想，嘴上却笑呵呵地说："哥，这事包在我身上。"

第二十章

夏明往外走的时候，黄礼林正好往里走，两人在天科大门口打了个照面。

"你干吗去？"

"贺瑶看中一个工作室，让我过去掌掌眼。"

黄礼林诧异："她自个儿找的啊，你怎么不帮她找呀？"

"这个就是我叫人帮她找的。"

黄礼林恨铁不成钢地说："哎哟，你可真是的，你应该亲自带着她找。还叫人帮她找，大好的机会全让你糟蹋了。"

"舅舅，我哪有这么多时间。"

"工作可以交给下面的人，你现在最重要的事情，就是谈恋爱。"

夏明不想跟他多说："我走了。"

"别空着手过去呀。"黄礼林拽住他，喋喋不休，"带束花，金融街新开了一家法国餐厅，就咱们装修队前阵子做的，在顶楼，环境特别

197

美，还可以跳舞。晚上你跟瑶瑶就去那里吃饭吧，我叫人先给你订好房间……"

他恨不得把年轻时候所有的泡妞技术都贡献出来，但是夏明没听他的。贺瑶是在他的人生计划里，但是在没看明白她之前，他不会着急忙慌地定下关系。他没有带花，空着双手到了工作室所在的艺术园区。

贺瑶比他来得更早，穿着大红色的羊绒大衣，戴着同色贝雷帽，长长的卷发精致的妆容。北京正处于冬天，灰暗萧瑟，她像五月的玫瑰，夺走所有人的眼球。夏明看到她的第一眼，心想，这一身挺好看的，不知道穿到苏筱身上会怎么样？苏筱总是穿着黑白两色，他还没见过她穿亮色衣服。

但他很快又想起，苏筱不在他的人生计划里，于是就将方才的念头抛开，走到贺瑶面前说："你今天很漂亮。"

"谢谢。"贺瑶微微一笑。因为要见他，她精心打扮过，效果很好。

工作室层高7米，很是开阔，没有装修过，还是毛坯房，满地泥砂，非常简陋。

夏明习惯性地先看一眼墙角线，皱眉说："这儿不行，有一面墙是歪的。"

"歪的？"贺瑶诧异地张望，"哪一面呀？"

夏明走到其中一堵墙前，以手掌侧面比照着墙线："你看。"

贺瑶过去一看，还真是歪的："我看了好几回都没发现，专业人士就是厉害。"

"我叫人再帮你找一间。"

"不，不用。"贺瑶摇摇头说，"这堵墙在你们建筑人的眼里，肯定是不过关的，但在我眼里，世界上所有的残缺，都是另一种形式的美。我可以在这里画一幅星空图。"她拿手比画着，"这个坡度正好形成银河倒垂的感觉。"

夏明想象了一下，确实很有意境，由衷地称赞了一句："小时候我也学过画画，那个时候老师还夸我有天分，我信以为真，还想过长大以后当画家。幸好没有这么做，否则就要被你吊打了。"

贺瑶很是受用，接着他话茬："你真的想过当画家？"

"当然，不只是画家，我还想过当小提琴家、围棋手、科学家……"夏明笑了笑，"小时候我有一种迷之自信，总认为自己无所不能。"

贺瑶好奇:"那你最后为什么会选择造价师,我听说这个职业特别枯燥。"

"如果不了解这个专业,看它确实挺枯燥的,每天就是计工程量套价,都是重复的工作。如果深入这个行业,就会觉得很有趣,也很实在。这个世界有很多假相会欺骗你的眼睛,但是数字不会。每个数字面都隐藏着真相。"夏明指着那堵歪墙,"就像这堵墙,大概12平方米,总共需要768块砖头,按照国家定额,工人砌一平方米50块钱,这堵墙砌歪了,说明找的不是熟手,那么报酬不会超过40块钱一平方米,问题来了,差额的10块钱去哪里了?"

"去哪里了?"贺瑶完全没有听明白,但被他说话时那种自信从容的神色迷住了,目不转睛地看着他。

"建筑项目大部分都是层层分包,这10块钱被切割了,每一层都切去了一部分。所以,在你看来,这是一堵可以画星空图的墙,对我来说,它是社会分配关系的剖切面。"夏明又问,"你知道这10块钱被哪一层切去最多吗?"

贺瑶完全蒙了,眨巴着眼睛。

"最上面那一层。"

说这句话的时候,夏明一直看着贺瑶,发现她毫无反应。显然她没有听懂,她被保护得很好,还不懂人间疾苦。夏明心里有些遗憾,苏筱一定知道他在说什么。人生总是不得圆满。

绕着工作室走了一圈,天色已晚。

夏明带着贺瑶去了黄礼林说的那那法国餐厅,餐厅的装修是巴洛克风格,奢华浮夸烦琐到近乎俗丽。夏明不喜欢,但贺瑶很喜欢,如数家珍地说着巴洛克风格的著名建筑物,还说要将工作室装修成这种风格。

"你确定?"

贺瑶点头说:"不知道这家餐厅是哪家公司装修的,等一下我去问问。"

"这家店老板是我舅舅的朋友,他们这个餐厅是我们公司的装修队给装修的。你要真想装成这样,就交给我吧。"

生意场上这种人情是常事,但是贺瑶不知道,她认为这是一个男人对女人的心意,看着他的眼神越发沉醉:"我下周要参加一个邻居姐姐的婚礼,你有没有空,能不能陪我一起去?"

见朋友,将来容易说不清楚,夏明有些犹豫:"这个姐姐对你很重要吗?"

贺瑶不好意思地笑了笑："怎么说呢？我们小时候一个大院的，她从小喜欢跟我比。"

夏明明白了，小姑娘的互相攀比。"她男朋友很优秀？"

"优秀不优秀，我不知道，但肯定很帅。我这邻居小姐姐从小发誓，非帅哥不嫁。这一回她很得意，再三邀请我参加婚礼，还让我带男伴。"贺瑶眼巴巴地看着他，这样的眼神很难让人拒绝，夏明点了点头。

婚礼定在最顶尖的五星级大酒店，专门在室外搭出很大的温棚，以浅金色为主调，配上白色百合，如梦似幻。温棚两旁摆了酒水和小甜点，供等待的宾客享用。夏明一走进婚礼现场，先看到正在吃着蛋糕的黄礼林。

黄礼林也看到他，三口两口将蛋糕吞进肚子里，然后心虚地冲他笑了笑。

夏明带着贺瑶走了过去。

黄礼林站了起来，满脸笑容地跟贺瑶打了一声招呼："瑶瑶越来越漂亮了。"

贺瑶嘴巴很甜地回了一句："谢谢，叔叔你也越来越英俊了。"

夏明纳闷地问："你怎么也来了？"

"老余拉我来的。"黄礼林指指新娘休息室方向，"新娘的爷爷是老余的老上司。"

贺瑶不知道老余是谁，但听明白了这层关系："叔叔，我先去跟新娘打声招呼。"

"去吧，去吧。"黄礼林拍拍夏明的胳膊，示意他热情些。

夏明没有搭理他，陪着贺瑶往新娘休息室走去。

黄礼林赶紧溜回餐桌前，拿起小蛋糕，一口一个。他特别爱吃蛋糕，但是因为有高血压，夏明平时不让他吃。刚才贺瑶在，夏明忍着没说他，待会儿一定会盯着不让他吃。

老余走了过来说："刚才你外甥身边的姑娘是谁呀？"

"还能是谁？"黄礼林得意地扬扬眉。

"行呀你。"老余拍着黄礼林胳膊，"什么时候办酒？"

"早着呢。他俩刚一起。"

"我跟你说，你让你外甥赶紧生米煮成熟饭。"老余压低声音，朝着新娘所在的休息室一摆头，"老爷子一开始是不同意的，现在生米煮成熟饭了，没办法，只能点头了。"

"周峻这家伙行呀。"

"能不行嘛。以后有老爷子铺路，他前途稳了。"老余艳羡地说，"你赶紧让你外甥学学。"

"不用，我家夏明不需要这样。"黄礼林矜持地说，"他爷爷是校长，他爸是大学教授，他妈是主任医生，不比瑶瑶家差。"

"搞学问的跟当官的终究是不一样的。你看看这来的都是什么人。"老余边说边扫了一眼全场，目光掠过门口时，看到一个熟悉的背影，他愣了愣，拍拍黄礼林的肩膀，"黄胖子，你赶紧帮我看看，那个人是不是苏筱？"

黄礼林转过头，看了一眼，说："这哪看得出来的呀，我跟她又不熟。"

这时，门口的人转过身来，还真是苏筱。

老余神色严肃地说："她肯定是来砸场子的，不行，我得拦住她。"

苏筱是和吴红玫一起来的。吴红玫的请柬是周峻送的，同时还带着一张给苏筱的请柬。但他又跟吴红玫说，他并不想请苏筱，是他未婚妻执意要请。他没办法，只能照办，他希望苏筱不要参加。

苏筱明白李大小姐在炫耀她的胜利，这个女人对她怀着莫名的敌意。她要不去，倒显得她害怕了，何况她也想知道为什么李大小姐对她有这么大的敌意。她没有刻意打扮，只是将平时的黑色羽绒服换成了黑色羊绒大衣，抹了一点唇膏。黑色能把美放大，也能把丑放大，她底子好，黑色放大她的冷白皮，衬得她肌肤如玉五官如画，落在老余眼里就成专门砸场子的。

吴红玫要先去跟周峻打声招呼，苏筱想着他必然不想看到自己，自己也就没必要去自讨没趣。于是两人约好碰面的地方，便各忙各的。苏筱往餐桌前走去，边走边环顾四周。一条人影打横里冒了出来，挡住她的去路。她后退一步，定睛细看，只见前任上司老余满脸笑容地站在面前。

"真是你，小苏，我还以为看错了。这么久没见，你还好吗？"

"还行。"苏筱冷淡地说。

"现在在哪里高就呀？"

"一家小公司。"

老余装模作样地叹口气："你都不知道，自从你离职，我身边就没人可用了，全是一帮废物，算个土立方也会弄错。我呀，特别希望你回来……"

这种恶心话都能说出来，苏筱也不跟他客气了："那你现在可以把我招回去呀。"

老余大为尴尬，顿了顿，说："我也想啊，前几天还跟潘总提过，潘总说影响还没有过去，现在不合适。小苏，你别着急，这件事我一直放在心上，等时机合适，我一定把你招回来。"

苏筱笑了笑："那可真是多谢余经理了。"

老余当作听不出她语气里的嘲讽，笑容依旧："应该的，你有什么事尽管找我，别和我客气。"

见识了他的虚伪，苏筱无意与他周旋，语气敷衍地说："我记着了，谢谢余经理，您忙吧，不用管我，我随便逛逛。"加快脚步往前走，没想到余经理紧跟不放，嘴里说着让人啼笑皆非的话："小苏，冷静一点，你是有远大前途的人，不要在小事上犯糊涂。"

"我犯什么糊涂？"

"我知道你受了伤害，我也认为他们俩做得不对，但是你得看形势呀，看看今天来的都是什么人，非富即贵，还有很多咱们行业内的老大，你要是这么一闹，名声坏了，前途也没有了。"

真是无语，苏筱懒得搭理他，加快脚步。

老余紧追不舍，苦口婆心地说："我第一眼见到周峻，就知道这小伙子非池中之物，将来是要青云直上的。你留不住他，这是早晚的事情。凡事要往好的方向想，他愧对你，将来飞黄腾达了，一定会对你有所补偿。但是今天，你要是砸了场子，抹了他面子，给他难堪，那他将来只会恨你。"

"余经理，你可真是为他们操碎心了。"

"我哪是为他们，我是为你呀。"

苏筱停下脚步，冷眉冷眼地说："余经理，你真当我不知道，是你把我推出去背黑锅的吗？"

老余脸色涨得通红。

苏筱不再搭理他，径直往前走。走了一段路，没想到他又跟了上来，也不走近，只远远地蹑着。为了拍马屁真是不遗余力，苏筱心里厌烦，想躲个清静，索性走出温棚，往灌木丛后面走去，七绕八绕，总算摆脱了他，但自己也绕晕了。

前方隐约有说话声传来，听声音有些熟悉。

"爸，妈，今天真对不起你们了。"

是周峻。

苏筱赶紧停下脚步。

"什么对不起呀？真是傻孩子。今天是你大喜的日子，这么气派的婚礼，这么多的客人，妈心里高兴着呢。"

"是呀，小峻，看到你结婚，爸爸妈妈都很开心。坐不坐主席，不重要。来了这么多……大人物，爸爸妈妈跟他们坐一桌，心里也紧张。还不如坐在旁边，跟咱们自家亲戚一起，自在。"

苏筱悄悄地后退。

周峻突然拔高声音喊了一声："谁呀？"

苏筱以为自己被发现，一下子僵在原地。

结果老余的声音响起，很抱歉的语气："是我。不好意思，我走错路了。"

周峻明显不信："这儿你也能走错路？"

老余的语气特别卑微："对不起，对不起。"

周峻不厌烦地说："婚礼现场在那边，别再走错了。"

"好嘞。"老余说，"那个，刚才我看到苏筱了，不过你别担心，我会帮你拦着她。"

响起树枝拨动的簌簌声，想来是老余走了。

周母的声音响起："这人是谁呀？"

"以前众建的同事，是个小人，不用管他。走吧，咱们换个地方说话。"

周父的声音响起："小峻，你不用管我们了，我和你妈妈没这么小心眼。你赶紧去照顾小雪，她有身孕，你好好说话，不要吵架。今天是婚礼，一定要和和气气，不要让别人看了笑话……"

苏筱赶紧走开，绕过灌木丛到了走廊，不想周家三人从另一条路过来，也进了走廊。四个人打了照面，都愣了愣。然后周母突然挡在周峻面前，一脸紧张地张开双手，如同老母鸡护崽一样。

"筱筱，今天是小峻的婚礼，你……你不能乱来。"

周父也挡在周峻面前说："筱筱，你要怪就怪我，是我拖累了小峻。"

苏筱无语了，是真无语，说什么都觉得多余。因此她什么都没说就走开了，留下小题大做的一家三口面面相觑。

周母不解地看着周峻："你怎么还请她来，嫌事情不够乱啊。"

周峻看着苏筱远去的方向说："不是我请的，是小雪请的。"

"小雪，她想干什么呀？"

"爸妈，你们先过去坐，我一会儿过来。"

周父周母点点头，往温棚方向走去，因为担心，走了几步回过头，看到周峻追着苏筱的方向而去。

周峻很快追上苏筱，拽着她胳膊拖到无人的角落，厉声责问："你来干什么？我不是跟吴红玫说过，叫你别来吗？"

苏筱被他的言词惊住了，定定地看着他，就像看着一个陌生人。

确实也是陌生人了。

明明是大喜的日子，他也穿着昂贵的西装，但是嘴角却不高兴地耷拉着，眼睛里藏着算计与患得患失。苏筱突然觉得悲哀，不是为自己，而是为他。他曾经是个光风霁月的少年，穿着白衬衣走过校园的时候，惊艳了多少女生的青葱岁月。他也曾经豪情万丈地指着漫天黄沙说："对这个世界来说，咱们不过是两粒不起眼的沙子，但有什么关系，这个世界所有的高楼大厦都是沙子摞成的。筱筱，有一天，咱们会有一幢属于自己的高楼大厦。"他也曾经在落雪的清晨，寻一处静寂的角落，在雪地上画出两颗相串的心，然后抱着她说，"筱筱，我爱你，永远爱你。"

那时候的他，目光清澈没有算计，那时候的他嘴角总是微微上翘，朝气蓬勃。

而现在的他，嘴角耷拉，目光凌厉，一身油腻。

苏筱的眼神也把周峻惊着了，他慢慢地缩回了手，目光下意识地躲闪，不愿意看到她黑黑瞳仁里那个小小的自己。他没有自作多情地以为她眼睛里浮起的薄薄悲哀是在悲伤他结婚了，他分明看到薄薄悲哀后面另有一层浓浓的同情。她在同情他，这太搞笑了，他现在拥有的是她一辈子都不能企及的。谁不夸他一声年少有为，谁不夸他一声前途无量，当初他刚借调到市建委时对他大呼小叫当他如奴仆一样使唤的同事，现在都要一脸带笑地叫他一声周哥。

她没有资格来同情他。

一股怒气从心底冲起，周峻红了眼睛，瞪着苏筱。

她应该恨他，恨他抛弃她，而不是这种高高在上的同情。

"我不是来砸场子的，我也没有兴趣砸场子。李小姐给我发了请柬，想来是要让我看看她的胜利，于是我就来了。"苏筱心平气和地说，"我本来想见她一面，让她得意一下。现在觉得没有什么必要，麻烦你告诉她，我已经看到她的胜利，祝她新婚快乐，早生贵子。"

听到这番话，周峻更气了，怒火在胸膛里熊熊燃烧，灼得五脏六腑都痛了。他宁肯她打他骂他砸了他的婚礼，而不是用这种释然淡漠的口气说着祝福的话，那让他感觉，自己在她心里像一块无用的抹布。

苏筱不知道他的复杂心理，说完这番话后，她冲他微微点头，然后走了。

周峻下意识地想攥住她，随即想起这是自己的婚礼，已经不太平了，不能再有意外了。他缩回手，看着她扬长而去的背影，如此洒脱，毫无留恋……突然眼睛就湿了，他不知道自己为什么会流泪，就是觉得很悲哀很委屈。

一墙之隔，夏明手里捏着一支没点燃的烟，静静地站着，凝神屏息。他只是想找个角落抽根烟，没想到看了这么一场戏。

苏筱回到婚礼现场，找到吴红玫："我准备回去了。"

吴红玫立马说："那我也和你一起回去。"

"不用，我已经见过周峻，也祝福过他了。我待在这里不太合适……"苏筱看一眼防贼般盯着她的周父周母，又看看在她身边晃悠着随时准备冲上来拍马屁的老余，"你留下来吧，周峻家来的人比较少，你作为校友，给他撑一下场面。"

"你还这么替他考虑。"吴红玫感慨地说，"筱筱你真是太善良了。"

吴红玫什么都好，就是有时候爱用自己的思维方式来理解她。她哪是替他考虑，只是觉得无关紧要罢了。

她来的时候，曾打算见一下这个一直针对她的女人，问一声为什么。现在也觉得无所谓了。她会成为李大小姐心中永远的刺，因为周峻永远不会爱她。她以为是苏筱的存在，导致周峻不爱她，这真是天大的误会。周

205

峻不仅不会爱上她，而且不会再爱上任何女人了。他深深迷恋的是权势，权势才是他终身的爱人。男人一旦以权势金钱作为人生目标，他就迅速地油腻了。一旦油腻了，就永远不会再爱上任何女人了。

接到请柬时，苏筱曾经犹豫过，到底要不要来？现在想想，幸亏来了。要是不来，她也许还会在午夜梦回时想起周峻，现在不会了，他被她永远地抛弃在时光的垃圾筒里了。

属于他们的故事彻底地结束了。

至少在她这里已经结束了。

至于周峻，虽然已经不再爱她了，但她那满是同情的眼神成了他心里的执念。多年以后，他青云直上，担任要职，她代表集团来购买土地。他以此为契机，全方位地展示了他的权势，想向她证明，他才是对的那个。于是他们之间，又发生一场权势与智慧的较量。

但那是很久以后的故事。

第二十一章

　　了结前尘往事，苏筱一身轻松，忘我地投入到工作当中。

　　形势也渐渐好转。

　　大家都不傻。就汪洋那水电工的大脑，怎么可能会主动提出分包商评估体系？显然是给苏筱打掩护。这掩护代表着汪洋的态度，他是站在苏筱这边的。预算合约部四大主管首先倒戈的是合约主管老徐，但他分量太轻了。刘梁华和于灿对苏筱的态度也开始软化，有时候先跟苏筱汇报，有时候先跟陈思民汇报，玩一个平衡。当然，陆争鸣还是顽固不化。

　　这天，美术馆项目经理董宏打来电话，说有一处需要变更，就涉及提交变更单，那一处还挺重要的，苏筱决定亲自去看一眼。到工地，董宏已经等在大门口，被大冷风吹得鼻子都冻红了。

　　他笑呵呵地迎了上来："辛苦了，辛苦了。"

　　"董经理不用这么客气。"

　　董宏陪着她往里面走，边走边说："这种小变更，陈主任从来不会跑

207

过来看的。"

苏筱不解其意地哦了一声，不说话，脸上保持微笑。

"所以当时汪总问我，该提拔你还是陆争鸣当经理，我毫不犹豫地选了你。"董宏说，"我说，咱们得提拔一个有开拓精神的经理。"

苏筱诧异，他这是在向自己示好吗？可是公司谁不知道他跟陈思民一个鼻孔出气，以前两人还联手用美术馆物资清单陷害过自己。"原来还有这么一回事，那我应该谢谢董经理。"

董宏挥挥手，特别豪气地说："谢什么呀？我是个实诚人，说的都是实诚话。那小陆跟陈主任一个模子，四平八稳的。这两人整在一起，咱们公司的商务合约部没前途了。你看你一上台，这个评估体系搞得多好呀，这才是正经公司应该有的标准。"

苏筱搞不清楚他的意图，只笑眯眯地听着。

然后他提到了陈思民，先叹了口气说："主任呀，以前也是积极的，现在可能是身体不太好，想法比较多。有时候我们下面的人挺为难的，听也不是，不听也不是。"

怪不得是汪洋最看重的项目经理，太会说话了。

只是无论他怎么说，苏筱都不接话。

董宏明白她对自己怀有戒心，也不着急，日子久了，就见到人心了。

看完现场，两人一起到工地办公室。推开门，屋里原本坐着的一群人站了起来，苏筱一看，都是这次被分包商评估体系刷下去的分包商，知道行踪被卖了，看了一眼董宏。董宏摸摸鼻子，冲她歉意地笑了笑。

其中一个叫老田的分包商极有眼色，他越众而出，笑呵呵地说："苏经理，不要怪董经理，是我们拜托他，你过来的时候跟我们说一声。我们呢，也没别的意思，就是想请你吃个饭。你升职的时候我们就想给你祝贺，但是老凑不到一起，一直拖就拖到今天了。"

当时，大家都知道陈思民不高兴，所以不敢请她吃饭。

苏筱笑着摇摇头："不用不用，静水河项目要分包，事情很多，今晚我还要加班。大家的心意我领了，以后还有大把机会，就不赶在今天了。"

老田恳求地说："就一顿饭，不会耽误你多长时间。我们一直给天成做分包，做了十几年，标准都跟着天成来，这一次的《分包商评估体系》

提出新的标准，我们有些地方搞不明白，也想借着吃饭时间，跟你请教一下，好回去整改。我们还是非常想跟天成继续合作的。"

话说到这份上，苏筱就不好拒绝了。突然失去天成这个合作方，这些分包商的日子不会好过，搞分包商评估体系并不是针对他们，她自然也愿意给他们一个改进的机会。

于是董宏在附近最好的饭店，定了一个大包厢。

分包商们有意奉承，苏筱有心教导，觥筹交错，宾主尽欢。

等苏筱坐上出租车，才发现挎包沉甸甸的，打开一看，里面多了一个鼓鼓囊囊的牛皮信封，信封里装着五扎粉红色的人民币。她赶紧叫出租车调头，回去饭店，分包商们已经散了。

翻了翻信封，没有名字没有字条。

不知道是谁偷偷放进她包里的，她也不可能一个一个去问。

怎么处理呢？这是一个头疼的问题。按制度规定，收到的贿赂要上交财务部，但现在已经是下班时间了；也可以明天一大早交，只是苏筱总有些不放心，这钱来得太莫名其妙，哪怕只在手里放一晚上，她都觉得不合适。

想来想去，她给汪洋打了一个电话。

汪洋在外地出差，听了她的汇报以后说："我知道了，你明天一大早交到财务部。"

苏筱说："汪总，你不觉得奇怪吗？我刚刚开始搞分包商评估体系就有人给送钱，没有名字，也不说要求。我觉得目的没有那么简单。"

汪洋略做沉吟，问："那你想怎么办？"

苏筱说："我把这5万块密封，跟今天的报纸一起拍个照。然后等着，看看他们有没有什么后续的动作。"

汪洋犹豫一会儿说："没必要这么搞吧。"

苏筱郑重地说："汪总，我并不是想搞事。我就想看看自己的判断对不对。有些事情如果不弄清楚，将来还会没完没了的。"

汪洋叹口气说："行，那就照你说的做吧。这段时间发生任何事你都不要搭理，等我出差回来再处理。"

于是，苏筱把牛皮信封用胶带封死，签上名字日期，盖上手印，然后放在当日的报纸上拍了几张照片。

第二天，她刚到公司，审计小组的成员拦住了她，说是想请教几个问题。

她跟着审计小组的成员走进了会议室。对方将门一关，脸先沉了下来。

"苏经理，集团的规定，收到贿赂时应该如何处置？"

"上交财务部。"

"你有没有按规定做呢？"

"我不明白你的意思。"

"有人举报你利用《分包商评估体系》收取贿赂。"

果然，苏筱在心里冷笑一声，嘴上说："这是诬陷。"

"那就麻烦苏经理详细地说一下昨天你在哪里，遇到什么人，有过什么样的接触……"

"你们这是干吗？审犯人？"

"这只是例行询问。"

"如果你们有证据就直接拿证据出来，没有证据就不要浪费时间了。"说罢，苏筱站起来，头也不回地走了。

天成不大，苏筱被审计调查，是很多人亲眼所见，所以很快就传遍了整个公司。大家私下里议论纷纷。大部分人都认为无风不起浪，苍蝇不叮无缝的蛋，苏筱肯定有问题，她搞的那个分包商评估体系，不就是想把那些分包商攥在自己手里吗？攥在手里为的是什么，自然是钱。

只有杜鹃坚持认为苏筱不是这样的人。

审计小组又来找了苏筱几次。但她就是不肯配合，没有办法，汇报了徐知平。徐知平马上指示陈思民做一下思想工作。陈思民憋着好几天的劲，终于等到一声令下，当下迫不及待地敲开苏筱办公室的门。

开始还是和颜悦色："我听说你拒绝配合审计调查，为什么？"

"该说的我都已经说了。"

陈思民语重心长地说："这个该说不该说，不是由你来判断的，得由他们来判断。他们找你，肯定还是觉得有疑问。审计就是这样的，翻来覆去地询问，有时候还会给你下套子。但是没办法，按照规定，咱们必须配合，无论人家问多少次，都得详细回答。他们也是为了工作，不是针对你个人，不要有个人情绪嘛。"

"主任，我实在是抽不出时间。"苏筱指指墙上的进度表，"分包商评估体系、群星广场招标，都在眼前等着，哪有时间搭理他们。"

"时间挤挤总是有的，不能逃避，你越是逃避，人家就越会盯紧你。清者自清，你大大方方地配合，人家也就没话可说了。"陈思民顿了顿说，"分包商评估体系，这是个长期工程，不急在一时；群星广场那项目，咱们吃不下来的，可以参加竞标增长见识，但别把它当成工作重点。"

"我已经说了，我没有收贿赂，还要怎么说呢？"

陈思民眼眸里闪过一丝嘲讽，心想，心理素质挺好的，一次性收下5万，还能面不改色嘴硬如此。当年他第一次收钱，收了500块，心里都跟打鼓一样，好几天不敢正眼看别人，就怕别人发现。

"你的人品我是信得过的，但是他们不了解你呀，所以就需要交流，交流过后，他们会明白了。至于工作嘛，不急于一时，可以放放。"

苏筱盯着陈思民，露出怀疑的神色。

陈思民被她看得不自在，轻咳一声，口气微微强硬："苏筱，现在不是要脾气的时候，审计一天不结束，咱们就不能恢复正常工作流程，你觉得分包商评估体系能推动下去吗？审计才是大事，别舍本逐末，我以上司的身份命令你，暂停一切工作，配合他们的调查。把门禁、钥匙、工牌交出来。"

"主任你不能这么做。"

"我为什么不能？跟你好说歹说，你都听不进去。到底有没有当我是上司？你现在只有一样工作，就是配合审计小组的调查。什么时候调查结束，什么时候还你。"

苏筱气愤地将门禁、钥匙、工牌全掏在桌子上。

"这是干吗呀？"汪洋的声音在门口响起。

陈思民就像找到主心骨一样："汪总你回来了，真是太好了，苏筱又闹出事了。"

"是收取贿赂的事情吗？"

"汪总你已经知道了？"

"能不知道吗？"汪洋说，"把审计小组的人叫过来。"

陈思民叫了审计小组的人过来。

汪洋又对苏筱说："你把钱拿出来。"

苏筱从抽屉里拿出封死的牛皮信封，以及一张打印好的照片。

陈思民暗道不妙，脸色一紧。

审计小组成员诧异地看着苏筱："苏经理，你这是什么意思？"

"这是我的意思。苏筱入职也有一段时间了，为什么刚开始弄分包商评估体系就有人送钱，我琢磨着，是不是有人想搞点事？"汪洋瞟了陈思民一眼，"所以我就跟她交代，啥都别说，等我出差回来。"

审计小组成员哦了一声说："原来是这么回事呀。"

汪洋看向沉默不语的陈思民："老陈呀，你跟这些分包商熟，你出面敲打敲打，别搞这种小动作了。不好看。他们要是再搞，别怪我不客气了。下不为例。"

陈思民心里打了一个突，他听得出来，这声"下不为例"是说给自己听的。这个穿着开裆裤一起长大的发小，居然瞒着自己跟苏筱一起挖了一个陷阱，等着毫不知情的自己跳进去。他背叛了他们打小一起长大的情分。这一刻，陈思民连汪洋也恨上了。

"老陈？"

"知道，我等会儿就去骂他们一顿。他们这次确实搞得太过分了，做生意就是做生意，怎么能玩这种阴谋诡计呢。"陈思民假惺惺地说，"苏筱，以后再有这种事，记得报告我一声。虽然我没有汪总能耐大，但对付这帮分包商，还是可以的。"

苏筱也着实佩服陈思民，自个儿打自个儿嘴巴，还能这么理直气壮。

汪洋双手击掌："行了，事情就到此结束吧。"

一锤定音。

这起贿赂门事件是关起门来解决的，在场的人也就汪洋、苏筱、陈思民和集团审计小组成员，嘴巴都很严，天成的员工们打听不到细节，但从大家走出苏筱办公室的神色，判断出汪洋又一次站了苏筱。他是天成的老大，他的态度影响所有人的态度，因此商务合约部众人对苏筱的态度又一次发生明显的变化，热情了，笑脸多了，苏经理长苏经理短多了。

陈思民因为被汪洋的"下不为例"警告，消沉了一段时间，连苏筱推行《分包商评估体系》，他也没有再使绊子。分包商评估体系落到实处，他原来的关系户去掉了大半。断人财路如同取人性命，那一个恨，没有言词能形容。但是陈思民知道，苏筱比他想得更聪明，汪洋也警觉了，自己不能再轻举妄动了，下一次必须一击即中。

最失落的要数陆争鸣，陈思民在上一任商务合约部经理辞职的时候就暗示位置留给他，他也觉得这个位置应该是自己的，毕竟天成想要招到一个业务能力比他强又比他听话的，不太现实。谁料到苏筱会打横里冒出来截和了。他当时有些不服气，生出离职的想法，后来转念一想，整个商务合约部都是陈思民的人，铁板一块，苏筱不可能待得下去。没想到几次交手下来，倒是陈思民节节败退。

他觉得看不到希望了。

而这一年又要过去了。

时间哒哒哒地赶着路，一点不顾及打工人的斑驳心思。对于漂在北京的人来说，每个过年就如同大考一般，收入、职位、婚姻、房子……全部都要被亲朋好友们拉扯出来，一项一项，进行一次360度无死角的比拼和点评。

曾经一直作为"别人家孩子"代表的苏筱，这一次过年走下了神坛，从根正苗红的国企员工变成了私企打工人，工资虽然增长了，但是亲友们嫌弃地说，有什么用，没有编制就是临时工，不稳定，随时会被开，资本家都是吸血的，等你没用了就把你一脚踢开。所以宁做有编制的环卫工人，也绝不做私企的部门经理。

说到婚姻，亲友们一个个更是指手画脚，二十七岁了，已经是老姑娘了，怎么还单身一人？得赶紧找，不要眼光太高了，婚姻就是搭伙过日子，只要男人肯拿工资就行了。少不得要抨击周峻一顿，耗了姑娘十年，拍拍屁股就走，夭寿，得下地狱。然后又争先恐后地给苏筱介绍对象，离异带小孩的私企业主、丧偶快五十岁的处级干部、相亲都带着妈妈的妈宝男……苏筱要是拒绝了，便是不识好歹，当自己还是金贵的小姑娘呀，挑三拣四，早晚没人要。

亲戚朋友自以为是的好心，有时候比外人还要恶毒。

苏筱从前做"别人家孩子"的时候，听到的都是好话，这一年的遭遇，让她尝尽人情冷暖世态炎凉。怪不得有人说，当你发达时，全世界都是善良的人；当你落难的时候，阿猫阿狗也要踩你一脚。好在她稳得住，不管别人说好说坏，她只管干自己的，那帮亲友见说不动她，丢了一句"不识好人心"，也就消停了。

过完年，回到北京。上班第一天，黄礼林和夏明来找汪洋，三个人关起门来密谈了半天。等他们走后，汪洋把陈思民和苏筱叫进自己的办公室。

"是这样的，黄胖子想和我们联合承建群星广场项目，你们怎么看？"

苏筱问："怎么个联合法？"

"他们乙方，我们丙方。"汪洋点了一支烟，"群星广场太大，光一个垫付，他们就吃不消，所以想找一个合作方，觉得咱们知根知底，不怕出幺蛾子，所以就找上咱们了。"

苏筱好奇地问："他们是肯定能拿下这个项目吗？"

汪洋摇摇头："他们没这么说，也不会这么说，黄胖子和夏明多精明的人，肯定不会把话说死。他们就说有一定的希望，已经直接对接了群星集团的董事长刘铁生。"

陈思民惊讶："看不出来，黄总现在的关系这么厉害了。"

"厉害着呢。夏明找了个有背景的。"

苏筱心脏突然漏跳了一拍。

"找的谁呀？"

"主管部门贺局的女儿。"

"厉害，厉害。"

汪洋说："群星集团那块地当年就是贺局批给他们的，所以很有可能就是他牵的线。"

苏筱心里有一股淡淡的失望在弥漫。

"苏筱？"汪洋见苏筱突然不说话了，"想什么呢？"

苏筱回过神："我在想，群星项目是个优质项目，如果我们参与承建，会提升企业整体形象，以后拿项目也有话语权。所以，我赞成跟他们合作。"

陈思民摇摇头说："想法太简单。这么大一个项目，这么多企业盯着，就算凭关系提前达成协议，还得经过政府招标平台公开招标，价格不可能太高，利润空间有限。可是要垫的保证金就不是小数目，更不用说各种机械材料，天科比咱们规模大，有些机械放着也是折旧，可是我们要参与，光租赁机械就是一笔大支出，很可能到最后，我们赚不到钱还赔了吆喝。"

"老陈说的也是我担心的，毕竟，我们的项目管理水准比人家要差点。"

苏筱说："管理水平我们可以改进……"

陈思民打断她："这是说改进就能改进的吗？"

"从去年我入职到现在，咱们的项目管理水平已经提高不少，我相信通过分包商评估体系推行，会有一个新的飞跃。"

陈思民说："别过早打包票，分包商评估体系才刚刚试用，效果如何有待验证。"

你一言我一语，谁都不让步。汪洋也不掺和，静静地抽着烟。

心里有股莫名其妙的火气在，苏筱说话不再像平时那么婉转："那主任，按照你的意思，咱们一直做二流三流项目就行了，也别去发展壮大。"

"苏筱，你的心很大，想要吃成胖子没问题。但得看看实际情况吧，先有稳定才有发展。咱们现在比上不足，比下有余，根本没必要冒这个险。保持这个节奏，稳步发展更适合我们。"

"咱们这个行业，有项目就有一切，有机会接触大项目，为什么不去搏一下？至于风险，每个项目都有风险，不是大项目就风险大。"

陈思民寸步不让："你看问题就停留在表层，你想想，垫付的资金从哪里来，咱们手头现在有好几个项目同时运作，资金链断了怎么办？做事情不能只往前冲冲冲，还得回头看看，有没有退路。"

"目前几个项目的结算时间不一样，我们完全可以错开，提高资金利用率。"苏筱不客气地说，"至于退路，老想着退路，是干不成事的。"

陈思民也不客气地说："你太年轻了，吃的亏太少了，看到好项目，就不管实际情况，只想冲上去一口吃饱。"

夏虫不可语冰，苏筱觉得无语，求助地看着汪洋。

汪洋知道该自己出场了，将烟塞进嘴里，举手做了一个比赛暂停的手势。

"行了行了，都别争了，你们说的都有道理。我琢磨琢磨到底怎么办。"

苏筱心情不佳，借机告退："那汪总我先出去做事了。"

汪洋点点头，等她走后，扭头看着陈思民："咱们好久没一起吃饭了，今天晚上一起吃家乡菜。"

吃饭的地方选在一个山东菜馆，名字就叫聚义庄，装修也很有水泊梁山的韵味。一碗乳白色的羊肉汤入肚，汪洋摸着肚子，发出舒服的喟叹："吃来吃去，还是咱们山东菜舒服。老陈，陪我喝一杯吧。"

　　"行，一小杯。"

　　汪洋让服务员上了两瓶红星烧刀子，亲自给陈思民满上："记不记得，刚开始做工程的时候，没钱，咱们就喝这酒。"

　　提到过往，陈思民嘴角扬起一丝笑意，总是紧皱的眉宇也开朗了。

　　"记得，怎么不记得，三块钱一瓶，咱们每天晚上买两瓶，就着花生米对吹。"

　　汪洋浅酌一口，赞叹地吧唧一下："喝过那么多酒，还是烧刀子劲道，怪不得那些搞文艺的老在那里酸，最初的才是最好的。想想那个时候虽然苦，但是特别有意思，每天两瓶小酒，侃侃大山，一天一天，没啥烦恼，现在，全是压力。"

　　"是呀。"陈思民感慨地叹口气，将汪洋的酒杯满上。

　　汪洋举起酒杯："这些年辛苦你了，累出一身病。"

　　陈思民举杯相碰："说什么呢。要不是你攥着我出来，我现在哪能有这么好的日子。"

　　两人一饮而尽。

　　汪洋挟了几块羊肉塞进嘴里："今天苏筱说的话，你别放在心上，她不了解情况，也不知道你为咱们公司做了多大的贡献。"

　　陈思民呵了一声："我跟她计较什么，她就一个小头片子，有冲劲，可惜太有了。"

　　"年轻人嘛都这样，咱们年轻的时候也一样，闯劲十足，现在就不行了，看多了，碰多了，胆子也小了。"

　　"她还不是胆子大小的问题。她看问题太片面，这是个大问题。"

　　汪洋说："咱们给她一点时间成长，平时你多指导指导她。"

　　陈思民心里不情愿："也得她肯听我的。"

　　汪洋瞪眼："那她必须得听你的，你是咱们公司二把手，她不听你的，听谁的。"

　　陈思民舒口气，因为贿赂事情积郁内心的不安减去大半："只要她愿意听，我当然肯教。"

"再来一杯。"汪洋举起酒杯与陈思民相碰。

陈思民喝完酒，放下酒杯，夹起羊肉塞进嘴里。

"不过她说的也有道理。"

陈思民咀嚼的动作一顿。

"老陈你想，咱们之前那么多大项目为什么没成，不就是人家嫌我们的资历不够吗？如果有群星项目，结果可能就不一样了。你说是不是？"

明明鲜美至极，陈思民却味同嚼蜡，到底汪洋还是站她了。

"你决定。你知道的，凡是你决定的，我都全力支持。"

"好兄弟。"汪洋拍拍陈思民的肩膀，举起酒杯，"再来一杯。"

第二天，汪洋在晨会上宣布，要跟天科联合承建群星广场项目，由苏筱负责。

第二十二章

苏筱领了差使，先跑了一趟天科。

自从上次夏明送她回家以后，他们已经有几个月没有见面了。春节的时候倒是互发短信，也就是"新春快乐事业进步"。见到夏明时，苏筱特别多看了几眼，他还是跟从前一样，并没有那种恋爱带来的容光焕发。

夏明被她看得莫名其妙："怎么，我脸上有东西？"

苏筱笑嘻嘻地说："没有没有，就是一个春节没见，夏主任变帅了。"

夏明当然听出这不过是一句调侃的话，但是心里莫名其妙有些高兴。他能感觉到，她不怎么吃他的颜。他也见过她的前男友，确实相貌堂堂。"一个春节没见，你也变得嘴甜了。"

苏筱呵呵呵地笑着，眉眼弯弯，露出细白的牙齿。

夏明认识她这么久，还是第一次看到她笑得这么开心，顿时移不开眼。

苏筱立刻收了笑容，避开他的眼神，恢复公事公办的口气："那个……开始吧。"

"项目的资料你都已经看过了吧，有没有什么不清楚？"

"看过了，其实本来我们也想用集团的资质去试试的，后来陈主任打消了汪总的想法。"苏筱颇有些遗憾，她在众建做的都是大项目，到天成做的都是几万平方米的，很不过瘾。

"你知道我们为什么要找你们天成合作。"

"汪总说是因为你们觉得同一个集团的，知根知底。"

夏明摇摇头，看着她说："是因为你。"

"什么意思？"

"因为你专业，又有做大项目的经验。"夏明说，"当时我舅舅问我，跟谁合作，我说你最合适，不二人选。"

"你这么自信，你还没有跟我合作过呢？"

"对，我就这么自信。"

苏筱怀疑地看了他一眼，但十分钟后，这种怀疑就消失了。两人都是大企业系统培养出来的人才，基础扎实，专业过硬。最初十分钟还有磕碰，半个小时后一点即通了，两个小时后已经是"纵享丝滑"了。

自从到了天成以后，苏筱的工作状态一直是磕磕碰碰的。陈思民不够专业，心思又杂，没有放在工作上。陆争鸣其实天赋还可以，但接受的培训不够系统，做的项目不够大不够复杂，所以很多时候跟不上苏筱的脚步。夏明不一样，有时候她才说上半句，他就知道下半句了。这种默契是她工作后从来没有体验过的，明明在工作，却一点都不累，心情特别愉快，比玩游戏还快乐。原本需要一天做完的对接，半天就完成了。

当夏明说完了的时候，苏筱还有些回不过神，怔怔地问："完了？"

"完了。"夏明合上笔记本电脑，看着她，心里也有点依依不舍，"要不要一起吃个饭？"

"好呀。"苏筱脱口而出。

等坐到夏明车上，苏筱冷静下来了。她提醒自己，这只是一个工作餐，吃完就回家。对方有个"官二代"女朋友，就算没有女朋友，他也曾说过"造价表就是关系表"，他的人生观价值观都与她背道而驰，不是一路人。

夏明带苏筱去的是一家日本餐馆。老板娘大概四十岁，穿着和服，脸抹得粉白粉白，眉眼带笑，一股贤妻良母的味道。她似乎与夏明认识，笑着迎了上来，说了一句日文。夏明也回了一句日文，然后老板娘看着苏筱说了一句中间带"卡哇伊"的话，这个苏筱能听懂，回了一个笑容。

等进了小包厢坐下，苏筱问："你还学过日语呀？"

"只能说几句简单的。"夏明说，"我爸在日本做过访问学者，我暑假去找他玩，就学了两个月。"

"我听说你家里都是搞学问的，你为什么选工科？"

夏明笑了笑，说："因为我舅舅。他经常大骂，说他的主任经济师就是一头猪，说造价可难可难了。我就好奇，到底有多难？"

苏筱失笑。

"你呢？"

"我有个远方叔叔就是造价师，混得很好，人人都夸，小时候我也不懂造价师具体做什么，只觉得带一个师字肯定很厉害，然后就选了这个专业，后来才发现，这个行业真不适合女生呀……"

聊天中，菜陆续送上来。日餐就是摆盘精致，分量特少，少油少盐，味道虽好，吃了半天感觉肚子还是空的。两人的话题七转八绕，从最初的专业选择，又谈到了群星广场，语气也比刚才要随意了。

"你老实跟我说，你们对拿下这个项目有多大的把握？"

"50%。"

苏筱睁大眼睛："汪总可是说你们特别有把握，关系人是群星集团的董事长。"

"你知道我们怎么跟他认识的吗？"

苏筱饶有兴致地问："怎么认识的？"

"刘铁生特别喜欢去九寨沟打山地高尔夫，经常周末飞过去，周一再飞回来。我们找人弄到他的行程表，专门飞了一趟九寨沟……"

考虑到想结识刘铁生的人多着呢，上赶了凑过去，他肯定不会搭理。夏明和舅舅到了九寨沟，入住同一家酒店，并没有贸然地去找他，而是选择在高尔夫球场上，假装失手，打了一杆球在他身上，然后以赔罪为由，偷偷地帮他们买了一次单。刘铁生这样的身份和地位，自然不愿意欠别人人情，他让服务员来请他们喝茶。这时，夏明和黄礼林遗憾地告诉服务员，有事，要提前离开九寨沟，希望以后有缘再见。

最后一个戏码，就是在回北京的飞机上刘铁生和黄礼林"巧遇"，座位紧挨着，一路聊到北京。回到北京，刘铁生主动请他们吃了一次饭，双方就正式认识了。

当然，夏明没有把全部细节告诉苏筱，比如说飞机上黄礼林巧遇刘铁生的时候，无意中手机掉在地上，屏幕上正好是他和贺局长的合影；为了营造格调，当时他和黄礼林包了一辆直升机飞到九寨沟山地高尔夫球场，住的是酒店里一晚十几万的顶级套间……事后说起来好像整个过程很顺利，其实在推进过程中也是如履薄冰，每个环节都反复推敲过，不能出错也不能露馅，一个环节衔接不好，就会竹篮打水一场空。

苏筱感叹："欲擒故纵，你可真是太会利用人心了。"

夏明笑了笑："我早说了，不会计算人心的造价师不是好造价师。"

这句话犹如一盆冷水，浇在苏筱发热的大脑上，瞬间冷静下来，看了看手表，已经晚上十点了。这顿饭居然吃了四个小时。记得刚坐上车时，她还对自己说，吃个工作餐就回家。她这么一冷静下来，夏明立刻感觉到了，他也冷静了一下，觉得自己今天有些上头了。

两人都在心里做了保持距离的决定，吃完饭就默契地分开了。夏明开车走了，苏筱去坐地铁。回到家，她给自己做了很久的思想工作，大意是他不适合自己，他这么会计算人心，说不定对自己表现出的好感也是为了工作时增加润滑度的，自己也要专业些，不要因为工作默契就乱了心。

但是第二天她回到天成，听到四个主管的工作汇报，她又分外想念和夏明一起工作的小半天时光，然后开始期盼再次一起工作。等和他一起工作的时候，又心情愉快到头脑发热；等工作结束，回到家里又给自己做思想工作。足足一个月，她在煎熬、期盼、快乐、冷静这四种状态中来回切换，但工作效率却出奇的高，甚至超越了她以前在众建的全盛状态。

一言难尽的一个月。

群星广场是通过政府平台进行网上竞标的，参加竞标的建筑企业上传标书到平台，平台会进行匿名处理，然后从专家库里随机抽取专家进行评审。但这种方式同样可以被人为操纵。通常采用的方法就是在标书里约定暗号，比如说某页某行某个特定的词，然后就是用红包搞定专家——虽说是随机抽取，但圈子这么小，很容易打听出来。

苏筱一直好奇，夏明准备怎么搞定甲方，或者说跟刘铁生达成什么样的协议，但这属于商业秘密，他不主动说，她也不好去问。直到提交标书的前一天，他突然将工期从578天改为566天，苏筱惊着了，果断反对："本来578天就已经很紧张了，一下子减少12天，到时候完成不了怎么办？"

"这是刘铁生要求的，他剩下的任期不到两年，他想在任期结束之前出成果。"

"但是……"

夏明打断她："没有但是，想拿这个项目，咱们就得这么做。"

苏筱皱眉，说："如果我们不能如期完成，赔偿会很高的。"

"不用担心。"夏明笑了笑，"你没听过'森林的门坏了'吗？"

苏筱没听明白："什么'森林的门坏了'？"

"一个笑话。"夏明说，"森林的门坏了，国王决定招标重修。大白象说三千块就可以弄好，材料费一千劳务费一千自己赚一千；汉斯猫说要六千，材料费两千劳务费两千自己赚两千；白头鹰说这个要九千，三千给国王三千自己赚，剩下三千承包给大白象干。国王拍板，白头鹰中标。"

"谁编的，真有才。"

"别急，还有呢。"夏明接着说，"草原的门也坏了，招标时吸取教训，控制造价三千。汉斯猫看了一眼走了，大白象报价三千。白头鹰报价三千，给了评标的狐狸五百，中标。汉斯猫、大白象都很纳闷，这么干下来不得亏死。白头鹰花了五百材料五百人工，修了一半宣布停工。拖了半年，草原追加投资三千。"

苏筱摇头失笑。

"再后来，草原通往森林的大门也坏了。经过前两次的教训后，国王决定，严格定价三千，监理、审计现场跟踪，并且免费保修一百年。汉斯猫一听吓跑了，大白象还是报价三千，白头鹰表示愿意无偿修好，免费保修两百年，但要五十年的管理权。国王同意了，于是白头鹰修好后在门口设了个收费站，每人每次五百，双向收费上不封顶。"

听到这里，苏筱的笑容没了。

"其实，我和你一样，希望造价表就是造价表，大家简简单单的，都按规则来竞争。但社会现实就是这样，有些人就是喜欢钻空子，破坏规则，老实本分地按照规则来，反而会吃亏。"

"你说的我都懂啊，我也不是三岁小朋友，不用教育我。"

"我没有教育你，你也不需要我教育。"夏明说，"我就是想跟你分享另一种思路，比如说，利用他们制定的潜规则打败他们，登上顶峰之后，就可以再回过头来，重新制定规则。"

这话并没有打动苏筱，她想了想说："我也想起了一个故事，一个俄罗斯的童话。据说村庄的旁边住着一条恶龙，经常出来吃人。村里派出勇士们去刺杀它，但是他们都一去不回。有一年，又有勇士自告奋勇去刺杀恶龙，一个村民偷偷跟在他后面，他看到勇士浴血奋战，最终杀死了恶龙，但他坐在堆积如山的金银财宝上，渐渐地长出了鳞片、尾巴、触角，变成了一条新的恶龙。"

苏筱顿了顿，问："所以，你怎么知道，打败他们之后，你是恶龙还是勇士？"

夏明默了默，摊摊手："不知道，但我还有别的选择吗？"

苏筱无言以对，总不能叫夏明放弃这个项目吧。

苏筱没有就这个潜规则与明规则继续跟夏明争辩，毕竟她只是丙方的代表，睁一只眼闭一只眼吧。当天提交标书，过了几天，结果出来了——天科中标。

汪洋和黄礼林很高兴，专门在酒店里摆了一桌庆祝中标，请的是天成和天科的高层们。大家推杯换盏，高谈阔论，每个人都喜笑颜开。这么大的一个项目，对天成和天科来说，意味着今明两年都将是大年。

苏筱也高兴，但没有别人那么高兴，到底用"森林的门坏了"这种方式拿下项目，心里不是特别舒服。此外，她还有些怅然若失。中标了，那意味着工作要回到原来的轨迹上，她跟夏明不可能再频繁见面了。以后，大概也就每个月乙方与丙方结算时碰个面。她的目光穿过人群落在夏明脸上，正和黄礼林说话的他似有察觉，也转眸看着她，目光里有些说不清楚道不明白的情绪。

但最终两人只是相视一笑。

择了吉时，破土动工。

群星集团的董事长刘铁生也来到现场，他站在中间，先讲了几句祝贺动工的话，然后抢起铲子，下了第一铲。他看起来不像快六十岁，站姿挺拔，头发乌黑，穿着一身昂贵的西服，举止神色都带着久居高位的倨傲。出场时前呼后拥，离开时也是前呼后拥，排场之大，让苏筱想起影视剧里的黑社会老大。

群星广场开挖土方的过程很顺利，进度也很快。

大概一个月后，突然传来一个消息，刘铁生被双规了，说是因为生活腐败被群众举报了。天科的黄礼林也去接受调查，还好没来得及发生实质性的金钱往来，喝了两天茶就回来了，只是着实吓得不轻，血压飙升，回来后住院观察一天。

接替刘铁生位置的是原来的二把手，这个二把手在位置上只坐了半个月，也被请去喝茶了，说是以权谋私。接连栽了两位老总，人心惶惶。大家生怕调查落到自己头上，谁也不敢出来主持工作。天科的结算单递上去，没人签字，自然拿不到钱。天科结不到钱，天成自然也结不到钱，拿到群星项目的欣欣鼓舞此时变成了愁云惨雾。

会议上，陈思民说："咱们应该暂时停工。像群星集团这样的企业我以前也遇到过，老总是铁腕人物，一旦老总倒了，公司很容易就群龙无首，陷入人事斗争之中，会演变成什么样根本就无法预料，有可能就直接倒闭了，即使不倒，也会因为内耗而一蹶不振。我们再往里面垫资，万一结算没着落，咱们怎么办？所以先停工吧，等形势明朗再说。"

汪洋皱眉说："现在停工，那前期投入的资金就死在那里，保证金肯定退不回来，还有人员要遣散，机械材料交的订金都是退不回来的。损失也是挺大的。"

"这个项目这么大，咱们往里垫资就是一个无底洞。"

汪洋看着苏筱："苏筱，你怎么看？"

苏筱想了想说："这件事我们不能单独行动，我觉得最好问过天科。"

"也是。"

汪洋去问黄礼林。黄礼林将他一顿臭骂："甲方现在也没有说不给咱们结算，这么大的一个国企，你还怕拿不到钱吗？这才多久，你上来就要停工。胆子这么小，出来做什么生意，回家抱孙子吧。"

汪洋气坏了，回了一句："行，你先给我生个孙子，我马上回家抱孙子。"

气话归气话，汪洋也觉得可能自己反应过度，于是决定再等等。这期间，苏筱和夏明一起跑了几趟群星集团，对方账上有钱，也答应结算，就是没有人出来签字。这期间施工继续，天科天成都垫了不少钱，压力山大。

又过了一个月，群星集团内部的政治斗争渐渐明朗化了，三把手和四把手争得你死我活，两败俱伤，倒是从前管着工会不显山不露水的五把手得到上级领导的支持，最终胜出。

天科和天成诸人松了口气，又跑了一趟群星集团，但是对方还是不肯在结算单上签字，并要求项目暂时停工。大家百思不得其解，找中间人打听了一下。原来五把手请的一位"高人"说是群星广场的风水不好，对面炮兵学校的九门大炮正对着广场，大炮是凶器，有煞气，整个广场都被冲了，所以才会破土动工没有多久，刘铁生和二把手接连出事。如果继续施工，煞气会冲到他身上，除非九门大炮调转方向。

大家都傻眼了，风水这个东西最麻烦，信则有不信则无，很难说清楚。没办法，如果不想停工，只能按照甲方说的做，于是苏筱和夏明一起跑了一趟炮兵学校。接待他们是一位中尉，他笔直地坐着，不苟言笑。

"是这样的。贵校大炮瞄准的方向就是群星广场，我们正在承建的项目。工地是事故多发之地，我们工人作业的时候需要全神贯注，有时候他们不经意间看到大炮，会心里发怵，容易分神。所以想和你们商量一下，能否调动一下大炮的方向？"

中尉斩钉截铁地说："不行，自建校以来，大炮就是对着那个方向的。"

"我来的时候，看到大炮都已经生锈了，应该很长时间没有维修了。"夏明掏出一张一百万的支票，"九门大炮，维修费用不便宜吧，这是我们的小小意思。"

中尉纹丝不动，眼睛都不带瞟一下。

"以后每年我们都会提供一笔维修费用。"

中尉突然站了起来，走向门口，打开门，高声喊了一声："警卫。"

然后进来两个荷枪实弹的警卫，押着苏筱和夏明走出炮兵学校，一直送到马路牙子边，才敬个礼，返身回了学校。等他们进入大门，苏筱和夏明再也忍不住，相视一眼，同时失笑。

夏明笑着说："想不到我也做了一回反派。"

苏筱收了笑容，看着军校大门口一字排开的九门大炮。大炮是真大炮，上过战场的，几十年的日晒雨淋，大炮已经锈迹斑斑，但丝毫不减威风。土木工程专业有一门叫作《建筑风水学》，大一的必修课，苏筱还考了一百分，她的水平虽然比不上神棍们，却也能感受到大炮对周围地貌的压制。

风水这个东西是有一定科学性的，只是被人为复杂化了。举个简单例子，一幢房子北面靠山南面临水，那么冬天北风让山挡了，夏天南风带来水气，这个地方就会冬暖夏凉，适合居住。风水师们用专业用语一说，变成左青龙右白虎后玄武前朱雀，就特别玄乎其玄。

夏明也学过，审视四周后说："确实，真要继续开工，可能对咱们工人的人身安全都有影响。"

"调转方向这条路看来走不通。"

"再想办法吧。天无绝人之路。"

两人离开炮兵学校，各回各的公司。

汪洋早就等得心急如焚，苏筱一回到公司，就把她叫进总经理办公室。听她汇报完，大感头疼说："完了，走进死胡同了。"

"我早说了不要接这个项目，你不信，非要煽动汪总。"陈思民看着苏筱说，"现在掉进坑里出不来了，整个公司都要为它买单。"

苏筱诧异地看着他。

汪洋也愣了愣："老陈，这是干吗？这也不是苏筱一个人的决定。"

"汪总，我没别的意思，就是想让她长个教训。要不是她煽动你，你不会接这个项目。没有这个项目，咱们今年的日子好过着呢，现在这个月结算都成问题了。"

汪洋十分震惊："这个月结算有问题？"

"汪总，你算算，咱们在群星广场垫了多少钱？"

"行了行了，不要哪壶不开提哪壶。咱们这个月的结算需要多少钱？"

陈思民说："这个月咱们有三个项目要跟分包商结算，差不多要3000万，咱们账上最多才2000万。"

汪洋马上拿起电话叫来财务梅大姐："咱们账上还有多少钱。"

"1806万。"

"这钱暂时就别动了。"

梅大姐愣了愣说："别动是啥意思，马上月底，工资发不发？"

"先不发。"

梅大姐瞪大眼睛，声音一下子拔得很高："出什么大事了？"

"别大呼小叫的。"汪洋捂着耳朵，嫌弃地说，"稍微晚几天而已，不是什么大事，别到处嚷嚷，知道不？"

梅大姐点了点头，倒是没有到处嚷嚷，但是私下里跟出纳小声嘀咕，然后一传二、二传三，很快公司里人全知道了。很多人都是月光族，信用卡、房贷、孩子的补习费用、老人的医药费等，都眼巴巴地等着工资来支付，延迟发工资对生活影响很大。同事们议论纷纷，最后矛头都指向苏筱，说她好高骛远，不考虑天成的实际情况，净想着做大项目，结果把天成给坑了。

苏筱这段时间辛辛苦苦积攒起来的一点人气，也因为这件事情散了大半。部门里人寻思着她多半待不久了，最后还是陈思民一统商务合约部，没城府的即刻倒向了陈思民，有城府的先站在墙头观望。

第二十三章

　　苏筱也有些懊恼，自己是否太急于求成了？如果群星广场垫付的钱收不回来，天成今年明年的利润都要填进去了。汪洋很快察觉到苏筱的情绪变化，专门找了一个机会开解她："其实咱们做工程也是看天吃饭。很多项目看起来很好，但会有这样那样的意外最终赔了钱。这是人力没有办法左右的。但是好项目来了咱们接不接呢，还得接呀，因为咱们看不到未来，是不是。"

　　"当时陈主任说的也有道理……"

　　汪洋打断她："别胡思乱想了，又不是你拍板的，决定是我做的，我来承担责任。"

　　苏筱很是感动。她其实并不欣赏汪洋这种粗枝大叶的管理风格，什么事情都大而化之，不高兴的时候就骂骂咧咧。但他每回在关键时刻总是能立住，展示出领导者应有的担当，苏筱辞职时他果断挽留，坚定地推行《分包商评估体系》，以及一力承担这次工程的责任……不像陈思民，一股脑儿地将脏水泼在她身上。她暗暗下定决心，一定要搞定九门大炮，把天成垫付的钱给要回来。

也许是念念不忘，必有回想。

有一天苏筱经过公园，看到一群孩子在嬉闹，你追我赶。其中一个虎头虎脑的小男孩拿着玩具枪跑过，差点摔倒，苏筱一把扶住他。小男孩站稳后，却拿枪对着苏筱扣动板扣，嘴里模仿着开枪的声音"哒哒哒"。苏筱也童心大起，拿过旁边摩托车上挂着的一个头盔在面前一挡。

电光石火般，一个念头在脑海里闪过，怎么就光想着把大炮调转方向呢？其实完全可以换一种思路嘛。回到办公室，她草草地画了一个图，传给夏明。夏明很快回了电话："你画的是什么？"

"盾牌，钢盾。"苏筱兴奋地说，"群星广场还在做地基，现在改变大厦的外墙设计完全来得及，从直筒型改成钢盾型，然后外墙全部采用水蓝色玻璃幕墙，蓝色属水，可以克制属火的火炮。"

"你怎么想出来的呀。"夏明声音明显带了兴奋，"我觉得应该可以。"

两人找了一个绘图师，专门画了一张外墙的效果图，然后一起去了群星集团。等了一个多小时，神秘的五把手终于肯见他们了。他五十出头，一张没有表情的扑克脸，坐在宽大的办公桌后面，不苟言笑。身后站着一个身穿白色唐装"仙气飘飘"的大师。五把手看过图片后，递给大师。

大师掐着手指，来来回回，片刻后点了点头。

困扰大家两个多月的问题就这么解决了。当苏筱和夏明回到地下停车场时，还有一种恍然如梦的感觉。实在太高兴了，两人几乎同时张开胳膊，拥抱在一起，作为战友，庆祝这来之不易的胜利。起初的拥抱不带个人的情感，纯粹是庆祝，但是后来渐渐就有些不一样了，克制太久的情感借机一泻千里淹没了理智。

这一刻，两人也放弃了抵抗。

很快，第一期工程款结算回来了。

汪洋很高兴，特别召集工程部和预算合约部开会，宣布："群星广场的问题解决了。"

会议室里一片欢欣鼓舞，除了面无表情的陈思民。

汪洋看着苏筱，如同看着亲闺女："一个优秀的造价师能够在施工过程里通过修正投标阶段的错误而控制成本，这是业务能力。一个优秀的造价师也可以针对甲方的变故及时更改策略，这是应变能力。在苏筱身上，我同时看到这两种能力，希望她继续努力，做出更大的成绩。"

大家很热烈地鼓掌，真心的，假意的。

汪洋又让行政部通报表扬苏筱。他以前对苏筱都是口头表扬，这次用文件形式发到公司各个部门，包括项目组。凡是心思稍微灵敏的人都知道这是汪洋为苏筱接替主任经济师一职造势。

表扬书贴在公司进门的告示栏上，十分醒目，提醒着天成建筑的每一个员工，权力格局要重新格式化了。

陈思民也知道自己大势已去。一直以来他都是公司的二把手，汪洋之下众人之上，当年他随口说了一句喜欢旧书，一个月内就收到五十本旧书。现在，大家对他客气依旧，但他的话却再也不管用了。

果然没几天，汪洋拉他去喝酒，说哥们好久没一起喝过酒了，今儿喝个痛快。

到了饭店，要了一个小包间，汪洋叫了最便宜的烧刀子，先喝上一大口，胆气壮了，脸皮厚了，这才打开话闸："老陈，还记得咱们刚开始跟着董事长到辽宁吗？那时候就是喝这种酒，三块一瓶。每回咱们买两瓶，你一瓶我一瓶地对吹。"

"当然记得，那年春节就咱俩看工地，外面飘着大雪。那房子漏风，冷得不行，咱们裹着棉被缩在床上，一碟花生米，一大盆土豆牛肉下酒喝。"

"是呀。那时候咱们的工资可真低呀，我记得不到600，你呢？"

"我是617元，你是563元。"

"记得这么清楚？"

"你也不想想我是搞什么的。"

"也是。"汪洋又喝一口酒，"当时咱们就这么一点工资，日子过得苦哈哈的，只喝得起这种酒。当时我想，将来要是赚了大钱，一定要把什么XO、轩尼诗全搬回家。现在虽然如愿以偿了，可是觉得那些酒都不够带劲，真的，真不如烧刀子带劲。老陈，你怎么不喝呢？"

陈思民心情苦涩，哪有兴致喝酒，只是小抿了一口。

汪洋把一瓶酒都喝光，心里辣辣的，眼里热热的。他拉着陈思民的手说："老陈，咱们打小认识，几十年朋友了，我也不跟你打马虎眼。蔡祖雄那里少个主任经济师，我跟他说好，要是你肯去，他很欢迎。"

陈思民只觉得烧刀子在肚子里割了千刀万刀，冷笑一声："看来我是完全没有利用价值了。"

汪洋有些不快："老陈，你这么说就过分了，有些事你我心知肚明。"

"我是心知肚明，什么兄弟之情都是扯淡。当年我帮你争取到涿州项目的时候，你把我捧得多高，现在找到比我更能让你赚钱的人，你就把我一脚踢开。汪洋，你自己摸摸良心说，是不是这样？"

汪洋放开他的手，心不辣了，眼也不热了："你说这话就过分了，兄弟我这些年亏待过你吗？给你的工资不比咱们集团的徐知平低，你儿子出国留学，我包的红包就是一年的生活费。你也摸着良心说，我汪洋有对不起你的地方吗？"

陈思民没话说了，大口地喝着酒。

汪洋继续说："要是你业务水平比苏筱厉害，今天我早把那丫头踢出去了。可是你不行，你没有人家行，一个你做下来只有15%利润的项目在她手里就有20%。你让兄弟我怎么做？你也知道，现在搞工程没有以前那么好混，咱们接个项目得到处求爷爷告奶奶的。项目少，回扣高，咱们还搞粗放经营是没有活路的。这下面可是七八百号人靠我吃饭，你说我容易吗？"

陈思民冷笑一声："汪洋你就别在我面前装了，现在你是当上资本家了，在你脑子里只有利润、效益这两个词，其他你全忘掉了。"

汪洋抹抹脸，说："老陈，多余的话我不说了，咱们几十年交情，还是好聚好散吧。你给我面子，走得爽快点，我也不会亏待你。"

陈思民气得手都哆嗦了："我不会走，要想我走，让集团人力资源部炒我好了。"

汪洋看着他的眼神冷了："行，你要是觉得有必要，明儿我就通知他们。"将杯子里的酒喝光，重重一放，起身走了。他一口气走到饭店外面的停车场，从口袋里摸出一支烟含在嘴里，抽了几口，火气渐消，想想大半辈子的交情，也是同甘共苦过的，就此闹掰了，很是可惜。他将烟掐灭，转身走回包厢。

陈思民还没有走，脸色铁青，一杯紧着一杯喝酒，显然气坏了，手还在微微发抖。

汪洋走上前，夺过他的酒，说："别喝了，你身体又不好。"

陈思民不说话，也不抬头，目光落在面前一桌几乎没动过筷子的饭菜上，腮帮子绷得紧紧的。

汪洋将酒杯搁在桌子上，在他对面坐下，缓了缓语气说："老陈，对不起，刚才我说的都是气话，你别放在心上。咱们从小就认识，这么多年互相帮持，一步一步走到今天，多不容易呀。我不希望因为这件事闹生分了。"

陈思民冷冷地哼了一声说："别跟我说这些了，说这些还有什么意思，不就是想哄我走吗？我为天成是立下过汗马功劳的。还是那句话，要我走，可以，让集团人力资源部来开了我。"

汪洋见他油盐不进，说："你是为天成立下过汗马功劳，但你也得到了应有的报酬，我给你的，你自己拿的……"

陈思民惊诧地抬头看着汪洋。

"我睁一只眼闭一只眼，你就当我不知道呀？我不说你，是因为拿你当兄弟，我希望你过得好。"

这是劝告也是威胁，陈思民心里很堵，拿起酒杯，举到唇边却又喝不下去。

"我一直希望你和苏筱一起，把咱们天成搞好，但你就是容不下她，搞出这么多事，你以为我看不出来吗？特别是她把你的关系户清掉后，你处处针对她，指使别人贿赂她举报她。老陈，你已经这么有钱了，你的钱足够你下半辈子花天酒地。"汪洋看着陈思民痛心疾首地说，"为什么，你不能为公司考虑一点点，为我考虑一点点？"

陈思民颓然地放下酒杯，垂下脑袋，背也佝偻了。

汪洋长叹一口气，说："你走得太远了，我也拽不回你了。你说我能怎么办？只能让你走了。"稍顿，抽抽发酸的鼻子，一扫目光中的其他情绪，重新变得锐利，"你体谅我一下，痛快点走，我不会亏待你的。"

陈思民慢慢地抬起头，盯着汪洋的眼睛。

汪洋不退让地迎着他的视线。

片刻，陈思民眼圈微微泛红，他意识到自己要失态了，连忙站了起来，抓过旁边的公文包，快步走了。因为动作太大，撞了桌子一下，盆碗相碰，酒瓶子倒了，汤也洒了，一桌狼藉。

听到砰的关门声，汪洋松懈下来了，慢慢地垮了肩膀，从口袋里摸出一支烟叼着，又摸过桌子上的打火机。火苗蹿起，香烟点燃。汪洋双指夹烟，深深地抽了一口，脑袋后仰靠着椅背，鼻孔喷出两道白烟。

他就这么摊手摊脚地坐着，看着天花板，直到食指与中指夹着的香烟烧到尽头，灼烧了他的手，他才如梦初醒，起身离开了包厢。

第二天，陈思民没有来上班，陆争鸣代表部门打电话询问，他说是生病了。

一开始大家信以为真，但是陈思民连着好几天都没有来，而汪洋这几天脸也特别臭，动不动就把人骂得狗血淋头，便有流言传来，说汪总跟陈主任闹翻了。大家都知道风向要变，一个个谨小慎微，本来热热闹闹的办公室也变得静悄悄。

一个星期后，陈思民终于来了办公室，他是来提交辞职信的。说是自己最近体检发现有肝硬化的趋势，医生建议辞职休息，为了健康，只能忍痛告别天成了。他给足汪洋面子，汪洋反而愧疚，嘱咐财务多发半年的工资给他算是赔偿金。

而后，陈思民和苏筱开始交接。交接完毕后，汪洋为陈思民举行了盛大的欢送仪式。在最好的酒店，当着所有的员工，他举着酒杯说："陈主任为天成的壮大立下了汗马功劳，没有陈主任也没有天成的今天，他的离开是我们天成的损失……我汪洋代表天成所有员工感谢陈主任。"说得情深意切，眼睛都红了。

陈思民回得也情意深重："汪总，不，从今天开始我要叫他老汪了。老汪有些夸大其词了，其实我没有这么重要，更不敢说没有我就没有天成的今天，我也就是一颗螺丝钉……在天成和各位一起工作我觉得非常幸运，也非常开心，如果不是身体太差，我会留下来和你们继续一起为天成奋斗。让我们一起祝福老汪，祝福天成。"

大家纷纷鼓掌。

在掌声中，陈思民和汪洋拥抱在一起，场面十分感人，似乎前些天的刀光剑影从不曾有过，似乎他们之间的友情还停留在二十多年前。大家都感动了，眼睛里热热的，特别是财务部的梅大姐，直接抹眼泪了。大家可没有汪洋的KPI指标概念，总觉得就这么失去了一位好同事，很可惜。

稍后，汪洋进洗手间，正好遇到陈思民也在。汪洋举手想拍拍他肩膀，陈思民不动声色地闪开了，迅速走出了洗手间。汪洋看着自己的手，摇头失笑。

陈思民走后第二天，集团人力资源部的任命书正式公布。苏筱接任天成建筑的主任经济师，岗位职责简单地说，就是参与公司一切经济活动控制成本、提高利润。更简单地说，她的工作就是开源和节流。

这是振华集团历史上最年轻的主任经济师。

　　苏筱上任的第一件事情就是任命陆争鸣为商务合约部经理。

　　汪洋十分惊讶，再三问苏筱："你要不要再想一下呀，小陆的水平不咋的。咱们还是招一个专业点的吧。"

　　"没事，我可以带他。"

　　"老陈带了他几年也没带出来。"

　　"其实他能力还可以，只是学得不够系统，等我带一带，他会进步很快的。"

　　汪洋还是觉得不踏实："他之前跟着老陈，也没少搞小动作啊，你真的不介意呀？"

　　苏筱说："我是这么想的。如果我们老不给员工看到升职希望的话，他们会失去积极性的。而且整个部门大部分员工都是陈主任培养出来，也曾经跟他站在一起排挤我，他们现在可能正担心我会不会事后清算。我得有个态度，陆争鸣就是我的态度。"

汪洋点点头："你想得比我仔细。行，就照你说的做吧。"

任命消息一公布，所有人都大跌眼镜，陆争鸣可是陈思民的得意爱徒呀，没少帮他。他都没事儿，还升了职，那其他人更不用说了。大家都放下心，踏踏实实地工作。本来权力交替多少会有些动荡，因为苏筱这一举动，商务合约部非常平稳地过渡了。

陆争鸣有一种做梦的感觉，他心心念念的商务合约部经理的位置居然就这样来了。当时陈思民离职的时候，专门私下里找他谈话，告诉他，无论苏筱怎样对付他，都要沉住气，不要轻举妄动，更不要主动辞职。等自己在新公司安定下来，会把新公司的商务合约部经理弄走，再招他过去。

他提着心，等着苏筱来对付他，怎么变成了提拔？

苏筱把陆争鸣叫进办公室，干脆利落地说："如果你想去找陈主任，我也不拦你。但你去之前我建议你给自己多一个选择，至少尝试一段时间。陈主任的专业知识很难帮助你再进步，你跟着他最后的成就也不会超越他。"

陆争鸣当时没有说话，还蒙着呢。

苏筱也没有继续给他做思想工作的打算，说一千道一万，都不如实际行动有说服力。她把商务合约部经理的工作交接给他，然后该分配工作就分配工作，做得不好该说说，完全不会因为他内心存着离职的想法就在态度上有所顾忌。结果，一天一天过去，他没提离职，活也越干越顺，配合也越来越默契。

汪洋这会儿也发现，苏筱留下陆争鸣还真是绝了。她是进取型人格，倘若再配个进取型的商务合约部经理，很容易一个向东，一个向西。陆争鸣是配合型人格，苏筱安排什么他就做什么，所以两人意外地和谐，领导不起冲突，部门的运作自然也就非常顺滑。再加上，苏筱把职责和奖励定得清清楚楚，该谁的责任就谁负责，做到什么程度就有什么程度的奖励。如此一来，大家都有了奔头，知道往哪儿努力，再不像从前那样，一群人围着陈思民谄媚。

原本有些乌烟瘴气的商务合约部经过苏筱的治理，变得氛围轻松、同事友爱，颇有点玉宇澄清万里埃的味道。大家心情愉快，工作效率也就提高了。汪洋啧啧称奇，感慨地说："我还以为你会焦头烂额，没想到这么轻松就搞定了。"

苏筱笑着说："管理其实就是四个字，赏罚分明。这四个字能解决90%的问题，剩下的10%那就属于疑难杂症。"

汪洋想了想说："还真是，但难就难在赏罚分明。"

收拾妥当商务合约部，苏筱把目光投向了整个公司。

天成的各个项目组很早就实现了全面预算管理，但是公司内部管理却没有。收入和支出都是想一出是一出，毫无章法，过度消耗和无效使用占了很大的比例。苏筱实在看不下去，于是向汪洋提交《全面预算管理方案》，建议在全公司实现全面预算管理，把各部门的收入支出都纳入宏观调控。

汪洋一看这么厚的一本方案，先就头疼，扶着额头，问："一定要搞吗？"

"必须的，凡是正规企业没有不这么干的。"

"其实以前我们也做过，挺麻烦的，下面的人怨声载道，就没坚持下去。"

"并不麻烦。下面的人当然希望上面的人什么都不要管。但是公司想要健康发展，全面预算管理是必须的，收入支出都纳入宏观调控，才能清楚钱在哪里增值了，在哪里停滞太久，在哪里过度浪费……"

只要提到钱，汪洋总是很有动力，他大手一挥："行，那就搞吧。"

于是，召集所有的高层包括各个项目经理开了动员会。

会上，汪洋说："大家都知道，现在项目不像前几年那么好做了。竞争激烈了，制度规范了，可操作空间越来越小，以前一个项目做下来20%以上的利润，现在能做到10%以上都算是好的。所以咱们也得转变思想了，不能在粗放经营这条路上走到黑。全面预算管理是大势所趋，咱们现在做其实已经晚了，但是好歹还能搭个末班车。希望大家能配合苏主任把工作开展起来。"

话音刚落，副总们、总工、部门经理，还有项目经理纷纷表态，一定会配合苏主任把全面预算管理搞起来。当然也有异类，骨头特别硬的财务部经理梅大姐不屑地撇了撇嘴巴。她从前跟陈思民交好，一直觉得是苏筱挤走了陈思民，对她意见很大。

全面预算管理流程实行最关键的是数据。天成之前一直是粗放管理模式，要变成集约化管理模式，需要收集各个部门的历史数据，加以分析、剔除、平均，然后再固化和量化，设立基准数据。有了基准数据，才能进行全面调控。

那些副总、部门经理在会议上答应得好好的，但真让他们推行，他们才不干。顾忌着苏筱现在是汪洋的心头好，不敢明面上反对，于是拖拖拉拉磨磨蹭蹭，唆使别人站出来反对。一般人没这么傻，但就有愣头不怕死的梅大姐，认为自己是老财务，汪洋离不开自己，根本不理苏筱，一个数据都不交，还放出狠话："我看她能把我怎么样？"

话传到苏筱耳朵里，她也不生气，在不通知梅大姐的情况下，安排了两个分包商过来结算。两个分包商到财务部，梅大姐鼻孔朝天地说："没有钱，谁叫你们来，你们找谁去。"

那两个分包商也是脾气暴的，当时就在财务部争执起来了。梅大姐横行霸道惯了，嘴皮子如刀片，气得两个分包商差点把财务部砸了。事情闹得很难堪，梅大姐跑到汪洋面前把苏筱给告了。

这位五十岁的老大姐，晃动着稻草般的卷发，声嘶力竭地控诉着："汪总，你给我评评理，你说苏主任是不是专断独行？她事先都没跟我招呼一声，就安排分包商来结算。结果人家来了，没钱，就跟我们财务部闹。"

"汪总，事情是这样的。"苏筱心平气和地解释，"前天清水河项目结了部分工程款，我以为财务部有钱，就安排人来结算。没想到财务部拿钱去还了银行利息，没有通知我，所以才会造成分包商来了没有办法结算。"

梅大姐怒视苏筱，大声责问："你让分包商来结算，为什么事先不问我一下呢？以前陈主任的时候，都是先打电话问我，我说有钱，才安排人来结算的。"

"梅大姐，按照公司规定，所有支出都应该报到我这里审批的。你拿钱去还银行利息，没走流程，属于自作主张。"

"以前陈主任在的时候，没有这么规定过，都是汪总签字，我就办了。"

苏筱解释："不是没有规定，而是没有执行起来。就是因为以前公司管理太粗放，资金利用率不高，要么是账上没钱，要么是账上滞留大量现金没有进行短期投资，所以现在才要搞全面预算管理。"

梅大姐厌恶地说："就你事多，陈主任在的时候可没有这要求过，你这是把事情复杂化。"

"梅大姐，这不是把事情复杂化。全面预算管理是现代企业管理的必

238

然之路，监控现金流量是其中一个重要内容……"

梅大姐摆摆手，不耐烦地说："得得得，你说的这些我听不懂，我就问你一句话，你安排承包商来结算之前跟我商量有这么难吗？"

"安排承包商结算之前，我可以电话通知你。但是梅大姐，我也希望你能够按全面预算管理流程走，财务部的一切支出请先报告我。"

梅大姐手指着苏筱："专制，汪总，你瞧瞧，她多专制。"

真是无法沟通，苏筱耐着性子解释："这不是专制……"

汪洋拍拍桌子说："好了，好了，你们两个别争了。都说一个女人是五百只鸭子，还真是没错，我被你们这一千只鸭子吵得头都晕了。"

梅大姐还是愤愤不平，甩动着那头稻草般的卷发。"汪总，她太霸道了。"

汪洋说："梅大姐，你先出去吧，我跟苏主任谈谈。"

梅大姐狠狠地瞪了苏筱一眼，转身离开。

汪洋抽出一支烟，在桌边轻轻地敲着烟蒂："你是故意不通知梅大姐就让分包商来结算的，对不对？"

苏筱笑了笑，不置可否。

"为什么？"

"全面预算管理已经实施大半个月了，梅大姐从来不按流程走，我对公司资金毫无了解，有时候我打电话询问，她还嫌我问多了，没权过问。这样我怎么合理错开结算时间，怎么能让资金高效运用？"

汪洋恍然大悟："所以今天你故意安排分包商来结算而不通知梅大姐，依照她的脾气，肯定会跟分包商吵起来的……这一吵我就知道了。"

苏筱不说话，但是表情等于默认了。

"那接下去，你准备怎么办？"

"不是我准备怎么办，而是汪总你准备怎么办？"

汪洋抬起头，不解地看着她。

"汪总，有些人的脚步真的跟不上时代了。"她顿了顿，又补了一句，"就像梅大姐。"

汪洋看着苏筱的眼神陡然变得暗沉，直直地、定定地，充满复杂的情绪，足足半分钟，像是穿过她看到另一个世界。然后，他将烟含在嘴里，啪哒点着火，深吸一口烟，吐出一个烟圈，神色复杂地说："刚才你说话真像一个人。"

"嗯？"

"赵显坤。"

"董事长？"苏筱困惑地眨眨眼睛，想不出自己跟赵显坤有什么相像之处。

汪洋感慨地补了一句："你跟他一样，都有一颗登顶的心。"

苏筱恍然大悟，默然片刻，问："那汪总，你呢？"

"梅大姐，我跟她认识三十多年了，没结婚之前常去她家蹭饭吃，她做的红烧肉很好吃，我到现在……都记着。"

一股伤感的气息在空气里弥漫开来。

良久，苏筱问："那汪总你的意思，爬到半山腰就行了吗？"

汪洋犹豫再三，摇了摇头："全面预算管理，你按你的想法搞吧。只是……搞慢一点，给梅大姐他们一点时间，让他们跟上来。"

苏筱本来想问，如果他们一直跟不上来呢？又或者他们不想跟上来呢？但看到汪洋似乎情绪不佳，便点了点头："好，那我先出去了。"

天色渐暗，汪洋也不开灯，在阴影里坐着，一根接着一根地抽着烟，足足抽了一整包，整个房间里烟雾弥漫，这才作罢。没有人不想登到山顶去看看，那里的风光一定很美。真是想不到，离开赵显坤八年后，他才开始渐渐理解他。

梅大姐很生气。

她是财务经理，公司里谁不得捧着她，大姐长大姐短的，就怕她在报销的时候设关卡。她已经很久没有被人这么怼过了，她很生气，决定干点事情出来教训教训不长眼的苏筱。

先是装病，不上班，说是心悸心慌喘不上气。装病也就算了，她还把财务印章全锁起来了，谁也取不出来，公司每天都要用钱，打电话给她，她也接，普通说话还正常，一问起正事，立刻一副病入膏肓的样子，说不行了不行了喘不上气了。

气得人牙痒痒的，又拿她没办法。

汪洋无奈，亲自打电话，嘘寒问暖，梅大姐就是不来上班。无奈之下，他只得把苏筱叫过来："你去她家里一趟，看看她，道个歉。"

苏筱不太情愿："我这要是去道歉了，下回她还得这么干，全面预算管理也别想再继续推行了。"

汪洋摊摊手说："现在印章全在她手里，钱都取不出来。你说怎么办？"

没办法，不得不低头，苏筱拎着水果到梅大姐家里道歉。结果梅大姐在打麻将，理都不理她。但好歹第二天重新来上班了。出师大捷，梅大姐信心大增，又撺掇行政部经理一起对付苏筱。

于是有天，汪洋蹲厕所，发现厕所里没有纸了。说来也巧，商务合约部正好开会，靠着厕所的位置没有人。他也没有带手机，在厕所里叫了好久，无人应答。蹲了足足半小时，脚都麻了，还是杜鹃来洗手发现了他。

汪洋从厕所里出来，直接冲到行政部经理办公室。

"你们行政部怎么回事？厕所没纸了都不知道？"

行政部经理姓卢，不到四十岁，还够不到大姐级别。她惶恐地跟汪洋道歉，然后说："这段时间我们实在太忙了。"

汪洋自然不信："忙什么忙到厕纸都没空买。"

行政部经理不紧不慢地说："苏主任不是要求我们提交历史数据吗？我们这段时间都在翻单据做统计，行政部就这几个人，本来就人手不足，现在还要统计数据，所以就没发现厕纸没了。"

"不就是个历史数据吗？有那么难吗？"

行政部经理扯过一张表格："汪总，您看看，这是苏主任要求的。"

汪洋一看那密密麻麻的表格，畏难地闭闭眼睛。

行政部经理埋怨地说："苏主任要求统计前两年所有采办的数据，连别针都要精确到个位数，汪总，不是我觉得工作量大，我就觉得费那么大的劲做这个意义何在？实在是太耽误日常工作了。"

"苏主任要求的肯定有她的道理，好好沟通一下。"

"沟通过，苏主任说，这些数据都可以用来分析经营状况。我们愿意配合，但是苏主任也不能这么霸道，什么都是她说了算，根本不考虑大家的工作承受能力，只盯着她自己的目标。现在每个部门的意见都很大，就是她直接管理的预算合约部也是怨声载道。"

汪洋怀疑地说："有这么严重吗？怎么都没有人跟我反映？"

行政部经理叹口气说："汪总啊，大家都知道你器重苏主任，陈主任都走了，谁敢去你面前说她的事。他们也只敢私下跟我反映，说苏主任是在揽权。原本各个部门分工明确，没有什么问题，她突然搞一个全面预算管理，每个部门定预算都要经过她审批，那她的权力不都赶上汪总你的了吗？"

汪洋眉毛一挑，目露警惕之色："行了行了，我会处理的。"

离开行政部，他又找了其他部门负责人了解了一下情况。大家的意见都差不多，集中攻击点就是苏筱揽权。众口铄金，汪洋疑心渐生。回到自己办公室，把苏筱叫了进来，说："把这个全面预算管理暂时停了。"

苏筱不解地问："为什么？"

"没有什么为什么，叫你停了，你就停。"

"汪总，停了容易，想再搞就难了。"

汪洋摆摆手说："难就不搞了，所有的部门都意见很大，再这么下去，全面预算管理没搞成，公司倒要整散架了。"

苏筱不以为然地笑了笑："没有阻力的改革是没有效果的，阻力大恰恰说明碰到痛点了。公司原本的流程没用起来，各个部门都习惯了按照自己的想法，怎么偷懒怎么来，现在要搞全面预算管理，是将前几年偷懒的部分补上来，当然工作量大了。但是工作量大也就这个阶段，过了就没事了。"

汪洋烦躁地说："眼前就过不了，一个一个都已经要闹罢工了。"

"闹就闹呗。他们习惯了懒散，现在让他们动起来，当然不乐意，有意见，想办法阻碍，打小报告，这都是正常的，目的就是让你否决全面预算管理。"

汪洋听进去一小半，来回踱步，思索着苏筱的话。

苏筱接着说："各个部门意见大，无非是因为我要求他们提交历史数据，增加他们的工作量。我让他们提供这些数据，并不是要折腾他们，是有目的的。如果把公司比作人体，那么资金就是血脉，人体依靠血流供应才能正常代谢，公司也需要资金流动才能正常运作。而现在，作为主任经济师的我，却对公司的资金流向一无所知，就好比说行政部，就说厕纸吧，最近半年，每个月厕纸平均使用240卷，办公室常驻员工大概是60人，每个人每个月用掉4卷纸。每个人每天得上多少次厕所？多余的纸去了哪里？汪总你想过没有？"

一提到钱，汪洋就很容易理解了。厕所卷纸是小钱，可大钱不就是小钱堆起来的吗？

"财务部所有数据都有记账，增加一个资金台账并不会增加多少工作量，梅大姐对我意见大，无非是觉得我手太长，伸到她的一亩三分地里去了，让她不舒服不爽。但我必须得这么干，主任经济师的职责就是开源节流，不了解公司的资金情况，我怎么来开源节流。今年过年期间，账面的滞留现金有三千万，时间长达半个月，如果在过年前我们买入银行的短期理财项目，过年后再抛售，会有几万的利益收入，足够我们买十年的厕纸了。"

　　正反双方都有理，汪洋又头疼了，一屁股坐在旁边的沙发上，犹豫不决。

　　苏筱说："我知道背后有人说我揽权……"

　　汪洋抬起眼皮看着苏筱："这种混账话没人会信的。"

　　苏筱一声苦笑："我揽的是一堆事，招的却是骂名。有时候想想，我有必要这么操心吗？像陈主任，混了这么多年，工资不是照开，大家还交口称赞，都觉得他是个好人。"

　　汪洋拉长脸说："去去去，别说这种气话，我提拔你就是要你干点事出来。但你也不能光盯着自己的目标，也得看看大家的承受能力，对不对？"

　　"承受能力是可以练出来的，他们只是松散久了，一下子不习惯，要是不给退路，还不是得往前走。"苏筱看着汪洋，恳切地说，"汪总，你应该清楚，我们公司的管理水准中游偏下，现在主动求变，还有时间，要是等到市场逼着我们变，那就没有时间了。你看动物世界里，跑得慢的羚羊都进了狮子的肚子……"

　　汪洋像是被重拳击了一下，眼睛猛然眯了起来，若有所思地抽出一根烟点燃。多年前，赵显坤将他赶出集团管理层的时候，也说过类似的话："汪洋呀，你要明白，商场就是丛林，跑得快的羚羊才能活下来。我给你5000万的物资，剩下的就看你自己了。"

　　思考了一宿，汪洋决定将梅大姐开了。

　　开除梅大姐对整个公司的影响胜于陈思民的离职，因为陈思民的离职大家都有心理准备了。财务经理通常都是老总的人，没有老总会轻易动财务。梅大姐也正是凭借这一点，才有恃无恐地对付苏筱。然而汪洋又一次选择了苏筱。所有部门的负责人都哑了，再也不敢说数据复杂、工作繁重，最后，在规定的时候内，每个部门都乖乖地提交了历史数据。

全面预算管理正式推行。

苏筱也得了一个非常响亮的绰号——苏妲己。

第二十五章

又到了天科和天成每月例会的时候，夏明早早等在会议室。但是天科带队过来的，还是陆争鸣，而不是苏筱。自从上次地下停车场拥抱后，每月例会都换成了陆争鸣带队，他们唯一一次见面还是在群星广场工地，当时汪洋黄礼林和项目经理们都在，不是说话的时候。

夏明实在忍不住了，开完会后，给苏筱打了一个电话："你这是干什么，在躲着我吗？"

电话那端的苏筱理直气壮："我干吗要躲着你？"

"你不是躲着我？开会也不来。"

"陆经理不是去了吗？有什么问题。"

"有。"夏明心里腾起一股无名之火。

"什么问题？"

"见面说吧。"

"我很忙。"

"我不管你多忙，今天晚上七点半，我在你们公司斜对面的咖啡馆等你。你要不来，明天我去你们公司找你。"夏明说完，挂断电话，拿出一支烟点燃，狠狠地抽了一口，心里很烦躁，这种烦躁是失控前的预兆。

他是个很理智的人，认为另一半应该有着和他差不多的家庭背景，这样生活方式不会相差太大，婚姻生活才能稳定健康。他认为贺瑶是非常理想的结婚对象，但是很悲哀，他对她完全不来电。她什么都好，就是没有办法让他心跳加速。

他母亲是医生，家里很多关于医学类的书籍，所以他很清楚，爱情是多巴胺惹的祸，最长的爱情也就是十八个月。他一直克制着自己的情感，想静静地等着多巴胺的功效消退。那天，他拥抱她，开始真只是为了庆祝。但也许是哪里有压迫哪里就有反抗，情感突然就不受控制，喷薄而出，让他头脑发热。

他吻了她。

回想起那天，心里的无名之火消失了。他认清楚一个事实，他就是想见她，因为见不到而心里烦躁。

座机铃声打断了夏明的思绪。

是黄礼林："你过来一下，林小民来了。"

夏明怔了怔，林小民不是管地产公司的吗？来这里做什么？

到了黄礼林的办公室，林小民正端着一杯咖啡，站在贺瑶的画前看着——黄礼林把贺瑶送的画挂他办公室了。

"这幅画是贺小姐送你的吧。"

黄礼林诧异地问："你怎么知道的？"

"上回她开画展，我让助理去买了一幅，印章不一样。"

"这个你也研究了？"黄礼林诧异。

"不是我研究的，是下面的人研究出来的。"林小民在沙发上坐下，顺势架起二郎腿，"前几天我找地的时候，发现你们在大兴那里有一块地，是不是？"

黄礼林有些茫然："什么地呀？"

夏明目光微微闪烁，没有接话。

"枣园附近，有一块地，挺大的。"

黄礼林恍然大悟："哦，那块地啊。是有，那是一块农业用地，几年前业主给我们抵工程款的，现在给人种菜，没啥用，算是砸手里了。"

林小民说："可以转商业用地。"

黄礼林说："前几年申请过，请客吃饭，钱没少花，愣是批不下来。"

"那是关系不到位，现在不是有现成的关系了吗？"林小民冲墙壁上挂着的画摆摆头。

黄礼林眼睛一亮，一拍大腿。"对呀，我怎么忘记了这事。"双目炯炯地看着夏明。

夏明但笑不语。

林小民说："等这块地转了性，我们可以联合开发，以你们为主，我给你们当幕后推手，怎么样？"

"那怎么行，我们又没有经验，肯定还是以你为主。"黄礼林看看手表，"走，咱们找个地方，边吃边聊。"

夏明也看一眼腕表："我去不了，我约了人。"

林小民挑眉："哦，什么人比北京一块地还重要？"

黄礼林以为夏明约的是贺瑶，冲林小民挤眉弄眼。

林小民恍然大悟地说："那确实重要。"

夏明提前到咖啡馆，还坐上次的位置。

苏筱是准时准点过来的，在他对面坐下，面无表情地说："你要和我说什么？"

刚才坐在咖啡馆，夏明想了很多。比如说跟苏筱解释一下，他当时有些冲动，没有别的意思，并不是想冒犯她。又比如说，他跟她不是一个世界的人，以后他会控制自己，她没必要再躲着她。但是在看到她的第一眼，那些话都消失了，说出口的是一句他从来没有想过的话："我们在一起吧。"

苏筱瞪大眼睛看着他："你吃错药了？"

"没有，我很认真。"

"那我也很认真地回答你。"苏筱正色说，"我们不是一个世界的人。"

"为什么？不要说你对我没有感觉，那天我已经知道了。"

苏筱红了脸，那天他吻她的时候，她回吻了他。

"因为我们三观不一样。"顿了顿，她又说，"前一段时间因为工作我们接触比较多，配合比较默契，然后就……有不一样的感觉吧。但是你也知道，恋爱不等同于工作。保持距离，减少接触，感觉会消失的。"

"跟前段时间没有关系，很早……"夏明犹豫了一下，"或许是第一次见面，就觉得你跟别的女孩子不太一样。"

苏筱耳红心跳，想到有个人惦记自己这么久了，自然心里乐开花，虚荣感得到极大满足。但她并没失去理智，她的人生有一个周峻就够了，再来一个可受不起。"我记得你是有女朋友的。"

"没有。"

"汪总说你有，还是一个官二代。"

"没有。"

"算了，话题跑偏了。"苏筱摆摆手说，"不管你有没有女朋友，我们之间都不合适，从第一次见到你，我就知道，我们不是一路人。"

夏明定定地看着她。

"我承认你吸引了我。但是大家都是成年人，知道是错误的方向，就没必要去撞一遍南墙。"

夏明突然就有些生气了："你真够理智的。行吧，就如你所愿吧。"

这是苏筱想要的回答，但是他真说出来了，她又觉得怅然若失。

她将这件事告诉吴红玫。

吴红玫在电话那端大呼小叫："天哪天哪，筱筱，你傻了吗？你知道我们人力资源部多少小姑娘迷他。每回培训都想叫他来当讲师，就是为了制造机会接触他。他有房有车，长得帅还不乱来，这么优秀的男人你居然不要，你真是傻了。"

"我们三观不合。"

"三观算什么呀，他有房有车呀，你知道现在房价多少吗？"

"我当然知道，我天天造房子。"

"你知道，你还拒绝！多少姑娘想找个有房的找不到，你还往外面推。不行，我心痛，我都替你心痛了。"

苏筱笑："你也太夸张了。总不至于为个房子就把自己嫁了。"

"不为房子嫁人，你还想为什么嫁人？"

"当然得互相喜欢呀。"

"筱筱你太理想化了，你将来一定会后悔的。"

"我才不会后悔。"

话说得斩钉截铁，但当苏筱半夜躺在床上辗转反侧，回想起他的表白，心里又甜又酸，也会幻想如果答应了会如何如何，也会有给他打电话的冲动，甚至还会翻出培训纪念册——那里面有夏明的照片。

她觉得双方已经说清楚了，就没有必要再躲着他了。天科和天成的又一次例会，她大大方方地带队参加了。但是那一天，夏明没有出席，天科带队的是他们的商务合约部经理，说是夏主任很忙很忙。

一连几次，皆是如此。

苏筱明白，夏明在躲着她。

她有些怅然若失，但又觉得这样很明智。不见面，就不会再彼此吸引。

于是后来她也尽量避开例会了。

两人原本就分属两个公司，见面机会很少，现在刻意避开，更难碰到一起。中间有一次集团的内部竞标，她参加了，夏明也参加了，远远地对视了一眼，有种恍如隔世的感觉。那一次的内部竞标，是天科赢了。

苏筱把所有的心思都放在工作上。

全面预算管理运作得很好，像18世纪的蒸汽火车奔过裸露的大地，连接起已开发与未开发的土地。从此，天成不再是一家充满水电工汪洋个人意志的公司，它有条不紊地自我运行。

仅仅两个月，便看到效果。

天成以前常同时开几个项目，最高峰的时期有八个项目同时开展，各个项目组自己安排结算，常常乱成一团，造成公司账面要么没钱结算，要么大把现金留在账面。在全面预算管理下，各个项目的结算时间、银行还款时间都被错开，资金台账上永远有钱流动。汪洋再也不用着急上火，到处筹钱，就为了应付那些突发事件。

这样的效果，开除十个梅大姐也值了。

所以，汪洋拿到月度报表后，就请苏筱吃饭，在最豪华的酒店，点最贵的菜。

从公司的预算管理，说到公司的年度战略目标，开始还是有来有往，后来就变成汪洋一个人的发言会。他说起自己的创业史，在辽宁的冰天雪地里守工地，大片大片的雪花和屋子里香气四溢的土豆炖牛肉。"你知道那雪下得有多大吗？那不是鹅毛大雪，那是鹅毛被大雪，冻得老子跟狗一样的……"

辽宁的项目做了两年，他从一个小小的施工员做到了水电部组长，后来又做到项目经理。第一次独立承担分包项目的时候，工程安全没做好，一块砖头从六层楼高掉下来，砸中他的胳膊，缝了七针，他愣是眉头都没皱一下。

"你看看。"他撸起袖子，指着上面一道蚯蚓般扭曲的疤痕，"那小子是个实习医生。"

接着说到青海修公路，那是他干过最辛苦的项目，两年没回家，胡子都到胸前了。回到家的时候五岁的孩子管他叫老爷爷，他的眼泪差点掉下来，特别想不干了，想回北京陪孩子待着。"可咱们搞工程的命就是这样，哪儿有项目就得待在哪儿。到现在，孩子都只跟他妈亲……"

再后来，振华集团渐渐壮大，他成了管理层，常待在北京，不说是呼风唤雨，也是夜夜笙歌。"那时候才觉得自己终于混出个人样了，觉得对得住他们娘俩，对得住董事长的提拔。说起来还真得感谢董事长，没有他带着我，就我一技校毕业的，可能到现在还是个混混。董事长是个能人呀，很会看人，以前那个烂尾的XX项目要重搞，大家都不看好，可是他就敢接，接了就跟我说，汪洋，这个项目得你来做，别人没有这个胆量。XX项目做完，大家对他对我都刮目相看了……"

一个光辉灿烂的企业家形象创建完毕，至于最后，因为业务水平跟不上被赵显坤踢出集团管理层这种事就美化成他主动请缨，要求创立子公司，为集团拓展疆域。说完后，连汪洋自己都感动了，眼眸里含着泪水。

这不是苏筱第一次听他说创业史，但绝对是最全面的一次。

以前，常有人跟她说："汪总都把你当成亲闺女了……"

只有她知道，汪洋对她没有完全放心，PK掉陈思民和梅大姐，不是因为汪洋偏爱她，而是因为她能够带来利润。这一餐饭，才表明汪洋真正认可她，不只是认可利润，而是认可她这个人。

汪洋脑袋微微后仰，让泪水流了回去。

"苏筱，好好干。"

这是美术馆项目中标时，他说过的一句话。

老调重弹，意味深长。

苏筱粲然一笑。

汪洋的大黑脸也浮起一丝微笑。

扫清前进道路障碍的苏筱，开始专心致志地实践自己的各种想法——如何最大化地提高利润率，如何最大化地降低成本。每一个数据都让她着迷，每一个数据的改变都让她思索，每一次数据的进步都让她欢欣鼓舞。她就像一个走火入魔的武痴，孜孜不倦地追求开源之道、节流之术。

利用末位淘汰制，她整改预算合约部，逼得大家不断地学习，整个商务合约部的业务能力有了显著的提高。陆争鸣已经完全倒向她。据说，陈思民后来还找过他，让他去新公司帮忙，他没有去。陈思民非常气愤，说陆争鸣不是东西，忘恩负义。

至于其他部门的内部管理，不是她的职责，只要求他们配合预算合约部完成全面预算管理就好。但是，还是有人厌恶她的"淫威"，觉得捞不到好处，辞职走人。随着他们的离开，苏姐己的恶名也慢慢传开。

转眼到了年底。

汪洋拿到年度报表，看了半个小时，笑了半个小时。

当初劝陈思民离职的时候，他也不是百分之百有信心，苏筱能够超越前者。现在他只有一个想法，让苏筱取代陈思民，是他今年做得最英明的决定，没有之一。

年度报表递到集团，赵显坤也不淡定了，翻出天成前两年的报表，一比较，那亮瞎眼的利润率顿时抓住他的眼球，找来玛丽亚问："天成换主任经济师了？"

"换了，年初换的。"

"现在的主任经济师是谁呀？"

"苏筱。"

"果然是她。"赵显坤脸上浮起笑容，"还以为需要几年，没想到她成长起来这么快。"

这话信息量很大，玛丽亚还没咂摸出味道，赵显坤手一挥说："把她的档案给我拿过来，对了，还有她的年终自我评估表。"

玛丽亚心情复杂地回到人力资源部，苏筱越成功，越证明她错了，说实话，她心里真不舒服，但不舒服也只能收起来。考虑到吴红玫跟苏筱的关系，玛丽亚调取档案和自我评估表时特意避开了她。

所以，苏筱并不知道有一双眼睛自上而下地看着她。

这一年她拼尽全力，终于交出一份完美的答卷，心里长长地舒了口气，决定好好地过元旦，放松放松。她打电话给吴红玫约吃饭，没想到吴红玫说："正好，我也想打电话给你，明天咱们一起吃饭吧，小北说要请咱们吃大餐。"

"好呀。"

吴红玫报了地点和餐馆的名字，是一家西餐厅。

第二天傍晚，苏筱先到西餐厅，看了一眼门面与装修，知道价格不便宜，心里便有些纳闷。她跟张小北一起吃过几次饭，多数也就是撸串、小火锅、比萨，都是物美价廉型。这么贵的西餐厅，一点也不符合张小北的作风呀。

她疑心自己走错了，正想给吴红玫打电话，吴红玫和张小北手牵着手来了。

"怎么在外面站着，不进去？"

"我也是刚到，想在外面等等你们。"

"走吧，进去吧。"吴红玫挽起苏筱，推开西餐厅的门。

前台站着几个服务员，脸上都挂着礼貌的笑容说："欢迎光临。"

张小北从口袋里掏出一叠优惠券，数了数，似乎不对，又在口袋里掏了半天，掏出一张优惠券。他松了口气，递上全部的优惠券："一共9张优惠券，换3份99元套餐。"

几个服务员相视一眼，神色微妙。

"这位先生，不好意思，今天没有99元套餐。"

张小北微微尴尬，语气生硬地说："你们官网上都说了，收集中秋、国庆、元旦三个节日的优惠券可换一份99元套餐，怎么现在不认了？"

"不是不认，99元套餐有特定时间的，非节假日下午2点到4点。"说话的服务员看一眼旁边的日历，"1月5号就可以。"

张小北皱眉说："那个点都在上班，怎么可能来？"

"这是我们公司的规定。"

"你们这规定太不替客户考虑了。"

服务员笑容满满地说："不好意思，您反映的情况，我会报告主管的。"

气氛非常尴尬。

吴红玫上前一步，扯扯张小北的袖子。"要不，咱们就不用优惠券了吧。"

张小北吃惊地瞪着她："你知道原价多少吗？"

听他这么说，吴红玫心里发虚，小声地问："多少呀？"

张小北不说，脸上阴云密布。

吴红玫看着服务员。

"我们这里套餐原价是599元。"

吴红玫暗吸了口气，但想到好朋友就站在一旁看着，自己昨天还高兴地说张小北请吃大餐，无论如何，她都不能退："那就原价好了。"

张小北吃惊地看着她。

吴红玫恳求地攥住他的手："小北，今天元旦呢。"

张小北有力地抽出手，脸色十分难看。

在场的人无一不觉得尴尬。

苏筱看吴红玫都快要哭了，说："小北哥，我升职以后一直忙，还没有请你们吃饭庆祝一下，今天晚上我请客，谢谢你们这一年来的照顾。"

张小北觉得受到莫大的羞辱，说："不吃了，这家店就是骗人的。"

说罢，他转身往外走。吴红玫着急地追了出去，苏筱尴尬地冲服务员点点头，也跟着走了出去。张小北脚步很快，沿着街道一个劲地往前冲。苏筱费了一点时间才追上，看吴红玫眼睛都红了，心里忍不住叹口气，说："刚才那家店真是太黑了，还是小北哥果断。"

张小北脸色稍霁，放慢脚步："就是黑。"

"那边好像新开了一家串串香，咱们去吃吧。"

"走吧。"

最终三人在串串香吃了一顿，没有滋味的一顿，全程气氛尴尬。张小北觉得失了面子，一直拉长脸不说话。苏筱跟他不是特别熟，也不知道说什么好。只有吴红玫克制着心头的不舒服，努力地活跃气氛。

草草吃完，大家迫不及待地分开了。

回到家，吴红玫率先走了进去，因为生气，顺手甩门。紧随其后的张小北被门撞个正着，原本未消的火气噌噌地又冒了起来："你发什么脾气呀？"

吴红玫不说话，将鞋子扔进鞋柜，又重重地关上鞋柜门。然后她脱了羽绒服挂在衣架上，进洗手间洗漱……任何一个动作都伴随着异样的声响，每一个声响都在宣告，她生气了。

张小北倚着洗手间的门框说："你要很想吃，我们5号去就是了。"

吴红玫陡然回头，声色俱厉："我永远不会再去那家店，脸都丢光了。"

"丢什么脸呀，明明就是那家店不诚信，坑人。"

"是你自己贪小便宜，不看清楚，好不好？人家那么贵的一家店，做活动，肯定是有条件了，不用脑子想想也知道。"

张小北拔高声音："你怎么说话的？谁贪小便宜？明明是它用优惠活动骗客人上门。"

"就算骗人，你让它骗一次又如何，筱筱那么大老远打了车跑来的，我还说请她吃大餐，结果就让人家吃了十几个串串。"

"你有病吧，花1800吃一顿饭，就为了让她开心……"

吴红玫将毛巾甩在水槽里，拔高声音打断他："因为我！"

她从来没有发过这么大的火，张小北吃惊地看着她。

吴红玫抹抹眼角的泪水："昨天你说请我和筱筱吃大餐，你知道我有多高兴吗？我想你终于开窍了，我要让筱筱看看，我男朋友对我有多好。结果……哈……真是丢脸，太丢脸了，你让我以后怎么面对她？"

张小北怒气稍敛："丢什么脸呀？打肿脸充胖子那才叫丢脸。就为了让你在苏筱面前有面子，花掉我四分之一的工资，你觉得划算吗？"

"这不是划算不划算，你就不能为我奢侈一次吗？又不是叫你天天请我吃大餐。"

张小北看着吴红玫直皱眉："唉，我发现你现在很虚荣。"

"我虚荣？"吴红玫彻底怒了，"衣服永远是买的过季打折款，护肤品是各种试用小样，洗发水沐浴露是你出差时从酒店里拿的，出门吃饭是串串香……有我这样虚荣的吗？"

张小北说："衣服干净整齐就行了，要什么款式，潮流一季一变，那些时尚款就是哄你掏钱。洗发水沐浴露都算在住宿费里，我带回来不对吗？也是花钱买的，怎么就委屈你了？串串香不好吃，那你每回还吃几十串。"

吴红玫被堵得没话可说，眼眶红红地看着他。

"你最近确实变了，变得虚荣了，以前你从来不计较这些的。我觉得你还是少跟苏筱来往，别让她给带坏了。"

吴红玫无力辩解，只觉得说不出的委屈，泪如雨下。

张小北看着她哭泣，也满心不是滋味："行了行了，别哭了。街对面新开了一家湘菜馆，我本来打算凑够五张优惠券再去的，算了，不差这么点，明天我请你吃。"

吴红玫无语，当着他的面，重重地关上洗手间的门。

张小北差点被撞到鼻子，也不知道她为什么生这么大的气，她说的那些理由在他看来都不成立。但是在一起四年多，她从来没有像今天这样生气过。他很沮丧，今天吃饭这件事带给他很大的打击。他泄气地走到电脑椅前坐下，想了想，从衣服口袋里掏出那九张优惠券，用皮筋绑好，重新放回专门存优惠券的鞋盒里。

洗手间里，坐在马桶上默默垂泪的吴红玫越想越憋屈，将水龙头拧开，开始号啕大哭。哗啦啦的水声，遮掩了她的哭声。

第二十六章

临近春节，气温陡降。

一连下了几场雪，群星广场的工地停了工，工人们大部分都回老家了，也有小部分留在工地过年。年会那天，汪洋有事，苏筱就代表公司专门跑了一趟工地慰问他们，顺便送了一些年货。

从工地出来，一眼就看到对面炮兵学校的九门大炮。大炮上面覆盖着白雪，失去了那种经历战火的沧桑感，显得人畜无害。苏筱突然想起和夏明去炮兵学校谈判时被两名荷枪实弹的士兵押着走出大门的糗事，不由得笑了起来。

就在这时，一辆车静静地滑到她面前停了下来。

车窗放下，正是夏明。

你看我，我看你。

时间在这一刻稍稍停顿了。

自从上回两人在咖啡馆一别，也不是没有见过面。只是都在工作场合，不是在会议室里，就是在集团培训会上，有外人在场，说的也都是公事。

"你在这里干吗？"

"我来给农民工们送年货呢。你呢？你来这里干吗？"

"马上要过春节，我过来看一眼。"

"工地没事了，刚才我特意转了一圈。安全措施都挺到位的，你要不放心可以再去转一圈。"

"不了，我相信你。"夏明打开车门，"上车吧，你要去哪里，我送你。"

"我打车就行了。"

"这会儿很难打到车的。上来吧，不至于连我的车都不坐了。"

他这么说，苏筱也不好再扭扭捏捏了，坐上副驾，系上安全带。

"要去哪里？"

"我准备直接去参加公司年会。"

夏明瞅了苏筱一眼："穿成这样子？"

"这样子有什么问题吗？"

"我送你回家吧，你去换一身衣服。然后我再送你去年会，正好我也要去。"

"至于要换一身衣服？"

"这是集团的年会呀，子公司分公司的老总们都来了，很多年轻俊彦。你也别天天忙着工作，该注意终身大事了。"

这话换成任何人说都没毛病，唯独从夏明嘴巴里说出来，让她莫名的不爽。苏筱赌气般地说："我就穿这一身。"

"我喜欢你去年穿的那一身。"

"去年？"苏筱诧异，"哪一身呀？"

"你参加前男友婚礼那一身。"

"你也在？"

"对，陪朋友一起去的。"

苏筱回想了一下："我好像是看到你了，那个姑娘挺不错的，一看就是大家闺秀。"

"我也觉得她不错。"

明明自己也认为她不错，但当夏明承认她不错，苏筱心里就有一丝不爽，闷闷的，突然就失去说话的兴致了，扭头看着窗外。行驶的这段路比较偏僻，两边是林立的白桦树，叶子都落光了，只剩下光秃秃的枝丫，满目都是冬日的萧瑟。

夏明从倒车镜里看着她。她的情绪变化愉悦了他，让他一颗心又活泛起来了。

苏筱突然发现方向不对，转头看着夏明："要去哪里？"

"年会六点才开始，时间还早。咱们去溜冰吧。"

"这附近有溜冰场？"苏筱怀疑，她在北京五年了，只在什刹海溜过冰。

"溜野冰。"

苏筱有些犹豫，倒不是怕溜野冰不安全，不安全的是夏明这个人，不见还好，一见面心里便有些蠢蠢欲动。在她犹豫的时候，夏明已经将车停在一个开放式公园门口，公园无人看管，里面有个挺大的湖，已经冻结实了，湖面如镜子一般。湖边坐着一个裹着军大衣的老人，摆着几辆自制冰车。

冰车很简陋，但快乐是实实在在的。

踩着车，顺着冰面滑行，一路风驰电掣，凛冽的风贴着耳朵刮过。什刹海的湖面上到处都是人，冰车很容易撞在一起，不敢放开速度。这里没有人，偌大的湖上就两个人，横冲直撞，无拘无束，这是久违了的撒野式的快乐。

溜累了，便停在湖中间，静静地看一会儿天空。已经近着傍晚，天色是极为冷清的浅青色，干干净净的。夏明滑了过来，停在她身边，呼出来的热气飘到苏筱的脸颊边，温温的，很快消失。

苏筱扭头看着他，因为刚刚运动过，也因为快乐，他的眼睛亮晶晶的。他长得并不老相，但是老谋深算，所以总给她一种莫测高深的感觉。此刻的他，才是正当年龄的青年男子应有的模样。

"我小时候可喜欢溜冰车了，还摔断了半颗门牙。幸好后来换了牙，否则你就看到只有半颗门牙的我。"

半颗门牙的夏明，苏筱想了想，不由莞尔。

她双颊微粉，鼻尖被风吹得红红的，额头的刘海汗湿了变成毛茸茸的小卷儿，这么微微一笑，恍如春风掠过冰面，吹皱了夏明的心。他情不自禁地伸出手,揽住她的后脑勺。

出租冰车的老头看到湖面中央头挨着头的两个人,先是老脸一阵火辣,年轻人就是野,幕天席地,就这么亲上了。继而想起,当年自己也曾经和老伴溜冰车时撒过野,那滋味儿,隔着几十年回想起来,依然叫人耳红心热。

或许明天应该叫上老伴儿一起。

振华集团的年会在一家金碧辉煌的五星级酒店。会场布置是玛丽亚的手笔,充满女性对于浪漫奢华的狂热。明年恰好是董事长赵显坤四十八岁的本命年,所以选用的基色是欢欢喜喜过大年的本命年红,配色是浅金色,看起来又喜庆又高雅。

黄礼林来得早,一走进酒店大堂,就被林小民拉住了。

"你这外甥到底怎么回事?这么久还没有搞定贺小姐?"

"已经搞定了。"

"那赶紧把那块地转属性呀。"

"不行,哪能这么着急呢。贺瑶他爸,那是火眼金睛的一个人,怎么也得等到他们结婚以后才行。"

"结婚以后?"林小民摇头,"那得等到什么时候?我们地产公司没有这么办事的,都是高周转率。要按你们这办事速度,黄花菜都凉了。"

"快了,房子车子都有,不就是举行一个结婚仪式吗?"黄礼林看着门口,"他来了,正好,咱们一起催催他。"

林小民看向酒店大门口,夏明的轿车刚刚停了下来,副驾驶门开,下来一个年轻姑娘。那姑娘下了车后,不知道夏明说了什么,她还回过头,给他一个娇俏的白眼,举止动作透着一股暧昧。

"这是贺小姐吗?怎么感觉模样变了。"

半晌,没听到回答,转头一看,黄礼林脸色难看地盯着门口,眼珠子都快瞪出来了。

林小民好奇地问:"这谁呀?"

黄礼林没有回答,大步走到门口,挡住苏筱和夏明的路。

"黄总。"苏筱礼貌地打了一声招呼,没想到换来的是黄礼林恶狠狠的一个眼神。

"你跟我来。"黄礼林看了夏明一眼，转身走开。

夏明给了苏筱一个安抚的眼神，跟着黄礼林往前走。走到无人的角落，黄礼林停下脚步，转过身，表情少有的严厉："你老实跟我说，你跟她怎么回事？什么时候开始的？"

"舅舅，不是你想的那样……"

"不是我想的那样，那是哪样？"黄礼林陡然拔高声音，"我一直纳闷，瑶瑶这么好的姑娘，你怎么就不上心，原来是因为她呀。这小丫头不声不响的，还真厉害，挺会勾人的……"

夏明高声打断他："舅舅。"

"马上跟她分手。"

"舅舅，你冷静一点听我说。"

"你要说不出口，我来说。"黄礼林用力撞开他，大步往门口走去。到门口，苏筱已经走开了，他找了找，没有发现，估摸着她去了会场，于是也往会场走去。果然苏筱在会场入口处，正跟迎宾的吴红玫说话。

有外人在场，黄礼林不好发作，只狠狠地剜了苏筱一眼，走进会场里。一会儿，夏明小跑着过来，看着苏筱问："有没有看到我舅舅？"

"他刚刚进去了。"

有外人在，不好说话，夏明留了一句"晚点再找你"，走进了会场。

吴红玫看着苏筱的目光一直追随着他的背影，露出了然于心的笑容，轻轻撞她一下："老实交代，你们俩现在什么情况？"

"别提了，我也不知道我们俩算什么情况。"苏筱脑海里也是闹哄哄的，"晚点和你说。"

"行。"

苏筱扫了一眼周围："怎么就你一个人迎宾？"

"其他人都去跳闪舞了，玛丽亚说我个子太高，跟她们不搭，就让我一个人迎宾。"

"你今天穿这一身很好看呀。"

"真的吗？"吴红玫喜笑颜开。她今天穿着一件黑色一字肩礼服，戴了隐形眼镜，露出高鼻梁大眼睛，又薄施粉黛提亮了皮色，整个人明艳照人。"这件衣服是天娜借我的，挺好看的，就是有些冷。"其实酒店暖气开得很足，但迎宾这位置，人来人往，风口所在。

"我去给你找个披肩。"

"算了。"吴红玫说，"让玛丽亚看到又得说我。你赶紧进去，里面好像已经开始了。"

苏筱往里张望一眼，灯光已经变暗，是快开始了。

"行，那我晚点再来找你。"

走进会场，里面挤挤攘攘的人。大家都穿得很隆重，男人西装革履，女的不是小礼服就是精心装扮过的，她大概是唯一一个没有特别打扮过的。她在人群里找了找，看到杜鹃站在摆甜点的餐桌前，正津津有味地吃着。刚才溜半天冰，她早就饿了，于是走了过去。刚走到，灯光熄灭，年会开始了。

只有舞台的灯亮着，登场的是人力资源部的姑娘们，她们跳了一段节奏明快的闪舞暖场。编排得不错，跳得也不错。闪舞跳到最后，上来一只大笨熊，表演魔术《空手变物》。先是最简单的双手一张，手心多了一张纸，一个跳快闪的姑娘走上前，接过他手里的字展开，是"振华"两字。接着大笨熊摸摸微膶的肚皮，缓缓地抽出一张纸，上面写着"2011"，交给另一个HR拿着。再接下去，大笨熊伸手到腋下一抓，结果却抓出一撮腋毛……

大家哄堂大笑。

大笨熊扭来扭去，显得十分笨拙，东抓一下，西抓一下，却总是抓空，惹得大家笑声连连……最后大笨熊一拍脑袋，转身，屁股朝着观众，拍了拍屁股，从屁股掉下一个蛋。

观众顿时笑疯了，连苏筱都乐了。

大笨熊拿起蛋，用力一抖，变成一张纸，上面写着"牛气冲天"。HR上前接过纸，与前两个合在一起，变成"振华2011，牛气冲天"。众人鼓掌，大笨熊摘下脑袋，居然是集团副总经理汪明宇，想不到严肃古板的他还有这么一面。

掌声如雷。

玛丽亚在掌声中走上了舞台，她穿着一件旗袍，妆容精致，笑容满满，还挺像个主持人。"谢谢为年会暖场的汪明宇老总，真是精彩的表演，让我们见识到世界上第一只下蛋的狗熊。"

大家哄笑，汪明宇再次鞠躬，然后朝大家挥挥手，走下舞台。

"年会是一年忙碌的结束，是来年展望的开场，旧的一年已成过去，新的一年翩然而至，时光悄然变化，不变的是共事的情谊、合作的真诚，感谢各位参加振华集团2011年年会，希望各位能度过一个愉快的夜晚。下面有请我们的董事长赵显坤致辞。"

掌声再度响起。赵显坤走上舞台。

"像今天这样的夜晚，说太多话是要挨揍的，但是我还是要说几句，振华成立至今有20年了，经历过无数风波，几次走到破产的边缘，是在座各位齐心协力、患难与共，才渡过一个个的难关一个个的危机。团结，是振华壮大发展的唯一原因。新的一年，我们有新的使命……"

巴啦巴啦一大段，大意就是感谢合作方感谢员工，同时展望了一下未来。

赵显坤拿过服务生递过来的香槟酒，举了举："愿与各位再次砥砺同行。"

会场里所有人都举起了酒杯，纷纷说："砥砺同行。"

赵显坤率先喝完，其他人跟着一饮而尽。

致辞环节算是结束了。

去年，苏筱也参加了年会，记得赵显坤致辞后就神出鬼没地消失了。这次他没有，他走下台，穿过纷纷朝他致意的人群，走到汪洋面前，拍拍他的肩膀，顺势揽住："走，我们去说会儿话。"

汪洋受宠若惊，拿着酒杯的手颤了颤，几滴酒洒到昂贵的阿玛尼西服上。

在形形色色的目光注视下，赵显坤揽着汪洋的肩膀走向旁边的贵宾休息室。此时的汪洋完全没有在苏筱等人面前的豪迈不拘，他既高兴又紧张。虽然他们过去像兄弟一样并肩奋斗过，但是现在，地位与气势都是天与地的差别。

苏筱在人群里，看着受宠若惊的汪洋，心里不免有点感慨。赵显坤对他的影响居然如此之大，简直算得上是刻骨铭心。想想，这词似乎用得……有点不对，但大抵就是这种程度。

"苏主任。"

苏筱诧异地回过头，嘴巴里的蛋糕还没有吞下，整张嘴都鼓鼓的。

是玛丽亚。她换衣服了，旗袍换成了酒红色的礼服，裁剪合体，勾勒出盈盈一握的细腰，扭动稍大一点就要折断一般。她分花拂柳般地走了过来，一路碾碎无数男人的惊艳眼神。

"蛋糕好吃吗？"

苏筱赶紧咽下蛋糕，说："挺好吃的。"

"这一次公开招标，中间遇到过一些问题，当时我想过要请教你，不过Helen说，你们年底要结算，非常忙，我就没有打扰你。"

从来没有见过玛丽亚如此温和可亲，一旁的杜鹃目瞪口呆。

"年底是很忙，但还不至于忙到一点时间都没有，玛丽亚，以后要是招标遇到问题，尽管来问我。"

"那太好了。"玛丽亚亲热地挽着苏筱的胳膊，"你进振华两年，从成本主管升到主任经济师，真是太厉害了，太给我们女性长脸了。你知道吗？我在澳洲读书的时候，是学校妇女联合会的会长，最喜欢像你这样又聪明又能干的女孩子。说起来你是我招的，你能有今天这样的成绩，我也感到荣幸。"

"你过奖了。"苏筱大为尴尬，心想我什么时候是你招的，你明明一直不同意我入职，这才几年，就得健忘症了。

"说起来真遗憾，你平时都在天成，我在集团，一直没有好好说过话。"玛丽亚露出惋惜的表情，"这样吧，改天我找你一起逛街喝茶，好不好？"

虽然不知道她葫芦里卖的什么药？但苏筱已经决定了，兵来将挡，水来土掩，于是点点头说："好呀。"

"那就这么说定了。"

说罢，玛丽亚还拥抱了苏筱一下，这才走开。

她一走，杜鹃凑了过来，上下打量苏筱一眼："你跟玛丽亚什么时候这么好了？"

"我也不知道呀。去年我去集团办理结算，在走廊里遇到她，跟她打招呼，她都没看我一眼，就这么……"苏筱说着，模仿了一下玛丽亚鼻孔朝天的样子，"从我面前走了。"

杜鹃笑得眼泪都出来了。

越想越觉得玛丽亚的态度有些诡异，苏筱说："我去找Helen问问，她应该知道。"

转身，刚迈开步子，一个人影挡在面前。

是黄礼林，脸色阴沉地看着她。

"苏筱，咱们借一步说话。"

苏筱跟着黄礼林走进灯光幽暗的休息室，看着他将门关上，慢悠悠地转过身来，上下打量着她，一股酒气弥漫，看起来喝了不少酒。苏筱后退一步，避开那股酒气，问："黄总，你找我有什么事？"

"以后别缠着我们家夏明。"

苏筱呵了一声，摇摇头，朝门口走去。

黄礼林三步并作两步，拦在她面前。

距离近了，酒气扑鼻，苏筱后退："黄总你喝多了。"

"我没喝多，我清醒得很，我知道你们这些小姑娘在想什么。"

"你误会了，我没有缠着他。"

"行了行了，在我面前你就别装模作样了。"黄礼林不客气地说，"我跟陈思民一起做过项目，他什么手段我清楚，那就是百货大楼里卖西装，一套一套的。你能把他干掉，说实话，我很佩服你，心够黑的，本事也大。但是你不能把这本事用在我外甥身上，我黄礼林不是汪洋，我没那么好骗。"

苏筱皱眉："我骗你什么，你一把年纪，不要总是颠倒黑白。"

"看看你。"黄礼林鄙夷地审视着苏筱，"你自己什么条件，你不清楚吗？除了一张脸，有哪一点配得上夏明。你父母没教过你吗？做人要踏实，要安分守己，别总想着攀高枝。"

提到父母，苏筱不高兴了："黄总，请你说话注意点。"

"我看你是个姑娘，已经很注意了。你要是男的，我早抽你一顿了。"黄礼林边说边挥舞着胖手，做出一个抽巴掌的动作。

巴掌挨着苏筱的鼻尖掠过，她一阵火起，拔高声音："你可真有意思，我缠着夏明，还是不缠着他，和你有什么关系，你管得真宽，可以当世界警察了。再说了，不是我缠着他，是他缠着我。"

"不要脸。"

"谁不要脸，就他缠着我。不信你把他叫来，当面问。"

"怎么着，你还想离间我们爷俩？"黄礼林冷笑。

"行，你不叫，我来叫。"

苏筱刚拿出手机，被黄礼林一把夺过，砸向墙壁。手机碰到墙壁，掉落在角落里的沙发上，响起"啊"的一声。借酒撒泼的黄礼林和震怒的苏筱都是一愣，扭头看向角落方向。

幽暗角落里一个人慢慢坐起身，捂着额头。灯光太暗，看不清楚长相年龄。

"不好意思，我不是有意偷听你们谈话的，我还在倒时差。"说话声音倒是挺年轻的。那人说完，目光兴致勃勃地落在苏筱身上，又转到黄礼林身上。黄礼林酒醒了大半，毕竟也是有头有脸的人，二话不说，扭头走了出去。

那人兴致勃勃的眼神又转到苏筱身上，上下打量着她，颇为赤裸。

"看够了吗？"苏筱凉凉地问。

那人心领神会地说："放心，我不会说出去的。"

"滚。"

那人诧异地看着她。

"滚。"

那人回过神，耸耸肩膀："好吧，我滚。"

那人慢条斯理地从沙发上站起来，拿起大衣，往门口走去。经过苏筱身侧的时候，停下脚步，居高临下地打量着她，目光非常放肆。苏筱扬起眉，也看着他。他轻佻地笑了一声，走向门口。

等门关上，苏筱一屁股坐在沙发上，烦躁地抓抓脑袋。人生最可笑的事情就是你没有办法决定爱上谁，也没有办法决定不爱谁。尽管她认为夏明不是理想的人生伴侣，尽管她很努力地控制情感，但一颗心还是不由自主地滑向他。

他搂住她的后脑勺，她根本没想过避开，甚至内心深处有着不易觉察的期盼。她摸了摸唇，那个吻，现在回想起来还令她心旌摇曳。有一句歌词说过，得不到的永远都在骚动，或许她不应该抗拒下去了，抗拒时间越久反弹越大，说不定得到了就不稀罕了。

她的内心有了一个决定。

走出休息室，杜鹃贼兮兮地拉住她，指着某个方向说："快看，我的新老公。"

苏筱顺着她的视线看过去，只见玛利亚挽着休息室的那个年轻男人，正跟一群人说话握手，看起来应该是把那个年轻男人介绍给其他人。"这男的是谁呀？"

"董事长新来的助理，叫Mark，中文名字是何从容。是不是很帅？"

"不是中国人？"

"说是美国来的，是美国华裔。"

"你确定？"苏筱回想了一下，那人说的是标准普通话，遣词用句也很地道。

"当然啦，这是天娜刚刚告诉我的，入职手续就是天娜帮他办的。天娜还说，玛丽亚以前应该就认识他，反正两个人一见面又是拥抱又是贴面礼的。"

除了杜鹃和苏筱，会场里很多人也在小声议论，打探何从容的来历。自从许峰调到物业部后，董事长身边就没有特别助理了，一直是唐秘书跟着他进进出出。突然来了这么一个年轻的助理，而且还是国外空降下来的，要说没有来历，谁都不信。

但知道何从容来历的也就是高层们，像汪明宇，他特别提醒了自己的亲信赵鹏："这家伙就是一个二世祖，浑得很，是在美国惹了事被他爸送到中国躲风头的，工作中避着他点，麻烦。"

赵鹏好奇地问："那董事长为什么还让他做助理？"

"他是于荣的亲戚。"

赵鹏恍然大悟。于荣是集团创始人之一，很早就移居美国，但一直担任着集团高级顾问的职务，主要解决海外融资问题。人很少到集团，大名却很响亮。据说，于荣是玛丽亚的丈夫，大她十几岁，到底是不是真的，没有人知道。只知道，玛丽亚确实也是因为于荣进的集团。

玛丽亚带着何从容，一整场下来，硬逼着他将公司全部高层认了个遍，这才松开他的胳膊，笑盈盈地说："行了，你可以自由活动了。"

何从容却拉住她，看着某个方向问："那个胖子是谁？"

玛丽亚顺着他的视线看过去，视野所及范围内只有一个胖子，就是站在香槟塔前喝酒的黄礼林。他明显喝了不少，双颊酡红。"他是咱们子公司天科的老总，叫黄礼林，平时不在集团大厦办公，很少会碰到，以后有机会再认识吧。"

何从容又问："谁是夏明？"

玛丽亚惊讶地看着他："你怎么知道夏明？"

"哪个？"

"夏明是天科的主任经济师。"玛丽亚在人群里找了找，看到人群里东张西望似乎寻人的夏明，"就他，他就是。"

何从容上下打量他一眼："不过如此。"

"怎么？他惹你了？"

"没有。刚才我在休息室，看了一场好戏。"

"什么好戏？"

"保密。"何从容勾起一丝坏笑，迤然地走向夏明。还没走到，就见夏明突然看着某个方向眼睛一亮，然后快步走过去。顺着他视线的方向看过去，是刚才休息室里的那个女人。休息室里灯光暗，只稍微看清楚轮廓，现在仔细看，她长得很干净，穿着紧身牛仔裤套头毛衫，过肩的长发扎成马尾辫，打眼一看，还以为是个大学生。

何从容看着夏明走到苏筱面前，不知道说了什么，两人往会场的侧门走去。鬼使神差地，他跟了上去。穿过侧门，是一个四方形的小花园，不大，四周是长长的回字形走廊，花园里种着山茶花，恰是花期，在幽暗灯光的映照下，一朵朵碗大的花朵犹如重彩勾勒出来，有着油画的质感。

他们走到一株花树下停了下来，不知道说了什么，突然抱在一起。

真没意思，何从容拧断一朵山茶花，转身走回年会现场。

第二十七章

　　吴红玫在会场里里找了一圈，没有找到苏筱，只得重新回到门口守着。按道理没有客人来了，她应该可以自由活动了。但是玛丽亚说，今年集团请了很多外面的宾客，比如银行高层、甲方领导、政府官员，都是很尊贵的客人。这些客人通常来也匆匆去匆匆，为了避免无人迎送，所以一定要有人在门口守着，彰显咱们集团热情周到的作风。

　　这是玛丽亚一贯的风格，在细节处大做文章。她倒是容易，嘴巴一张就行了，只可怜那些具体的执行者，要在无关紧要处浪费时间与精力。以前，人力资源部的员工们也试图抗争过，后来发现越抗争越遭罪，玛丽亚最讨厌的就是别人挑战她的权威。不挑战还好，一挑战，她就给穿小脚。她就是人力资源部的女王，说一不二。

　　站得久了，血液流动不畅，吴红玫觉得有些冷，看周围没有人，于是搓搓手跺跺脚。想不到，赵显坤突然拿着大衣走了出来。她赶紧放下手，站好，保持微笑，打了一声招呼："董事长。"

赵显坤"嗯"了一声，目不斜视地走过，走了几步，突然停下脚步，回头看一眼吴红玫，然后走了回来。吴红玫心里有些发慌，难道刚才偷懒让他看到了，完了完了，又要挨玛丽亚的骂了。

出乎意料，赵显坤走到她面前，没有说她也没有骂他，反而脱下羊绒开衫，递给她："天气冷，注意保暖。"

吴红玫受宠若惊地连连摆手："不用不用，董事长，我不冷。"

赵显坤的语气不容置疑："拿着。"

他极富威严，吴红玫不敢再拒绝，乖乖地接过羊绒开衫披上。

赵显坤满意地点点头，再无多话，转身就走。吴红玫目送他的背影，嘴角不由自主地浮起一丝微笑。这件羊绒衫又轻又柔又暖和，还带着他的体温，一直暖到她的心里，让她的心都骚动了。当然了，她并不是真的认为赵显坤对她有意思，只是一个日日夜夜过着重复生活无人多看一眼的普通白领，突然被大人物关心了一下，于是忍不住展开了琼瑶式的幻想。

灰姑娘与白马王子、霸道总裁与普通女员工，谁不希望这种电视剧里常演的戏码落到自己身上。吴红玫沉浸在这种自娱自乐的幻想之中，忘记了周遭。直到苏筱出来推了她一把，她才红着脸清醒过来。

"怎么了，筱筱？"

"我要回去了。"

"这么早就回去了？"

苏筱嗯了一声，看向走廊。

吴红玫顺着她的视线看过去，看到夏明站在那里，一身春风。她再看苏筱，也是眉目含情。

顿时明白了："你们俩……"

苏筱羞涩地笑了笑，点点头。

"太好了，快去吧。"

"改天我再约你。"

吴红玫点点头，看着苏筱和夏明一前一后地走远。她由衷地为她的好朋友高兴，高兴之余却也有些酸溜溜的。苏筱总是什么都比她好，她对着窗玻璃比照了一下，自己究竟差在哪里？

作为迎宾，吴红玫不能迟到也不能早退，一直熬到最后曲终人散。

等回到住处，已经半夜了。她脱下羽绒服，里面的男式羊绒开衫特别醒目，张小北一眼看到了，警惕地问："你穿着谁的毛衣？"

"我们董事长的，我不是迎宾吗？他看我站在外面冷，就把衣服给我了。"

张小北将信将疑："他是不是看上你了？"

吴红玫哈哈两声，说："我们董事长什么人，什么女人没有呀，我跟你说，我们装潢公司的老总就是他曾经的情人，那可是一等一的大美人。就我这样的，给人家当个烧火丫头都瞧不上。"

张小北心里一松，笑嘻嘻地说："不错，你还有自知之明，你这模样也就我眼瞎了。"

吴红玫白他一眼，脱下羊绒开衫，叠好搁在床头。

她今日特别地装扮过，比平时要美丽三分，张小北被这白眼瞟得心痒痒的，走过去，把她压倒在床上。吴红玫却没有什么兴致，用力地挣扎几下，拗不过他，也就放弃了挣扎，顺从地配合了他。

事了，张小北搂着她说："咱们结婚吧。"

"怎么结呀？"

张小北得意地说："我今年年终奖还不错，分了3万，现在总共存了26万，算上你的钱，再跟父母要点，可以交个小房子的首付了。对了，你存了多少钱呀？"

"我的钱都存在我妈那里，大概有个10万出头。"吴红玫叹口气说，"做人力资源真赚不了钱，我工作六年才这么点钱，筱筱今年年终奖就是15万。"

张小北不快地说："你跟她比什么。"

松开吴红玫，翻身下床，结果把床头搁着的羊绒衫带到地上了。吴红玫哎哟一声，连忙跳下床，弯腰捡了起来，拍打着上面的灰，埋怨地说："你怎么这么不小心呀，全是灰，我明天怎么还给董事长呀？"

"多大一件事，不就是一件衣服。"

"这件衣服比你一个月工资还高呢。"

张小北脸色顿变，说："你什么意思呀？嫌弃我是不是？"

他一向脾气不错，很少发火，吴红玫诧异地看他一眼："怎么了？"

"你问我怎么了？我也想问问你怎么了？你以前不是这样的，现在成天拿别人来跟我比，我说我年终奖是3万，你说苏筱15万，我说不就是一件衣服，你说这件衣服比我一个月工资还高。你要嫌弃我就直说，别比来比去。"

"没有。"吴红玫意识到自己确实不对，放软姿态，"我就是随口一说，你别想多了。"

张小北瞪着她，见她确实不是嫌弃自己，火气稍减，但依然堵在胸口，闷闷的。他套上T恤运动裤，走到电脑前坐下，戴上耳机开始玩游戏。他以为吴红玫会来哄自己，结果没有，她穿上睡衣，拿着羊绒开衫走进了洗手间。还是衣服重要，张小北心里怄火，自尊心又不允许他去跟一件衣服争宠，只能将火气全发泄在游戏里。

吴红玫洗干净衣服，用力拧干，打开吹风机，对着开衫吹着。

吹了半干，她将羊绒衫挂在暖气片上，然后去睡觉了。

第二天起来一看，傻眼了，羊绒开衫呲毛了。

她硬着头皮，将羊绒衫送到董事长秘书小唐那里。

"小唐麻烦你把毛衣还给董事长，顺便跟他说一声，我把衣服洗坏了。"

小唐拨开袋口看了一眼，脸色微变："Helen，你真是，你知道这衣服多少钱吗？"

吴红玫惶恐地说："我可以赔，从我工资里赔……"

"赔什么？"赵显坤的声音从走廊方向传来。

"董事长您看。"小唐拿出毛衣展开。

赵显坤看着吴红玫，神色温和地问："怎么搞的？"

吴红玫垂下头不好意思地说："我怕留下味道，回家就把它洗了。怕干不了，就用吹风机吹的。对不起，董事长，我可以赔。"

"只是呲毛，又不是坏了，还可以穿，这是小事，不要放在心上。"

吴红玫不敢相信地看着赵显坤。

赵显坤冲她温和地点点头，走进办公室。

小唐看吴红玫还傻站着，上前拍拍她的胳膊："没事了，下回别干这种傻事了，搞不懂你，为什么不送去干洗？"

吴红玫愣住了。是呀，为什么不送去干洗？不是因为干洗贵，而是因为她压根儿就没想起干洗。她的衣服从来没有干洗过，她的生活也没有干洗这个概念。她实在想不明白，她高低也算一个衣食无忧的小白领，是什么限制了她的想象力，让她的生活一直这么皱皱巴巴？

　　一连几天，吴红玫都在思考这个问题。

　　其实在苏筱升任天成主任经济师之前，她俩的收入并没有很大的悬殊。但苏筱的生活看起来是积极向上的，光鲜靓丽的，充满无限可能。而她的生活总是灰蒙蒙的，死水微澜，明日复明日。

　　这究竟是为什么？

　　她想不明白。而这一年又结束了。

　　她家就在河北，离北京只有四个小时的车程，她想叫张小北一起回家，既然打算结婚，总要见一下父母。但他因为前几天羊绒衫的事情，还在生气，板着面孔说，他要留下来值班领三倍工资。她只得作罢，一个人坐大巴往家里赶，一路摇摇晃晃，到家已经傍晚了。

　　她家在国营大厂的家属院子里，老式的平房，已经有几十年楼龄了。周围有本事的邻居都买了小区房子搬走了，剩下的都是一些没本事的，窝窝囊囊的，一家两代或者一家三代挤在小小的平房里。

　　吴红玫特别挑了这个点回家，邻居们都在自家房子里做年夜饭。路上不会遇着熟人，不会有人拦着她问东问西，也不会有人在问东问西之后再向她吹嘘他的儿女们有多厉害。她小时候曾经也是"别人家的孩子"，长大了还是"别人家的孩子"。有一回，她亲耳听到邻居教育她的孩子："你可千万别跟老吴家的闺女学，自己没本事，找个男人也没本事。"

　　顺顺利利到家门口，她挑起棉帘子，先闻到一股呛人的烟味。浓烟是从厨房里跑出来的，想来是母亲在做年夜饭。她放下行李，将门帘挑起，又打开窗子，然后冲着厨房方向高声说："妈，怎么还没换抽油烟机，我上回不是给你打了两千块钱叫你买新的吗？"

　　"还能用，换新的多浪费。"

　　母亲端着菜出来，将菜搁在桌子上，用衣袖擦去熏出来的眼泪。她才五十出头，又黑又瘦，头发半白，皱纹纵横交错。

　　吴红玫忍不住咳嗽两声，说："都这样还能用？妈，你别这么苛刻自己。"

　　弟弟吴红涛从卧室里出来，说："姐，我也这么劝过妈。妈说，等换了新房子再换新的。"他今年十七岁，高三学生，明年要高考。

　　吴红玫欣喜地说："咱们要换新房子了？"

"有这个打算。"母亲推推吴红涛，"去把你爸叫回来。"

"外面冷，别出去了，打个电话吧。"吴红玫边说边掏出手机。

母亲拍她的手背："打什么电话，浪费钱。他就在厂里值班，又不是去了其他地方，让你弟跑几步，正好锻炼身体。"

"姐，你休息一会儿，我去叫爸。"吴红涛撩起门帘子，一路小跑，很快就没影了。

母亲转身回厨房继续炒菜，一会儿，又端着一盘菜出来。

吴红玫洗了一把脸，从柜子里取出碗盏筷子摆上："妈，小北说，明年结婚。"

"该结了，拖了你这么多年，明年你都二十八了，老姑娘了。"

"他存了些钱，加上我的钱，应该可以交个首付。妈你帮我存着的钱有多少了？"

母亲的动作明显一顿，眼神飘了一下："那钱呀，借给你老姨了。"

"她什么时候还？"

"还什么？"

门帘子一动，父亲和吴红涛走了进来。父亲身材高大，轮廓分明，眉眼端正，年轻时候是帅哥一个，吴红玫的长相就是遗传的父亲。但是他长年工作在一线，风吹日晒，头发全白了，满脸褶子，看起来像是六十好几，其实他才五十二岁。

"妈帮我存的钱，说是借给老姨了……"

母亲拿着热毛巾递给父亲，并朝他连使眼色，但粗心的父亲并没有注意，一边抹脸一边说："那钱不是借你老姨了，是用来买新房子了。"

吴红玫诧异地看向母亲。母亲避开她的眼神，接过丈夫递还的毛巾进了洗手间。

父亲大刺刺地坐下："都坐下，吃饭了。"

吴红玫挨着父亲坐下，给他满上白酒，问："咱们什么时候买新房了，怎么都不告诉我一声？"

母亲从洗手间里出来，说："告诉你还得打电话，多费钱呀，你回来不就知道了。"

吴红玫犹豫再三问："那我的钱全花光了吗？"

母亲坐下，忧愁地说："全花光了，还跟银行贷了三十万呢，靠你爸的工资不知道什么时候能还完,你也得帮着还。"

吴红玫不吱声,放在嘴里的菜变得干涩,她半天才咀嚼一下。

母亲夹一筷子菜搁在她碗里:"怎么,不乐意呀,你不是一直想家里换个大房子?"

吴红玫摇摇头,笑着说:"没有不乐意,我挺高兴的,终于不用跟弟弟一个房间了。"

吴红涛兴奋地说:"是呀,不用跟姐姐一个房间太好了,妈,可不可以给我弄个书房?"

母亲宠溺地看着他:"好,给你弄个书房。"

吴红涛摇着吴红玫的肩膀:"姐,到时候你再给我买个电脑,配置高点。"

吴红玫宠溺地说:"行呀,给你买一个最好配置的。"

"姐,先谢谢了。"

吴红玫摸摸弟弟的脑袋。

父亲笑眯眯地看着一对儿女。

不知道为什么,吴红玫心里始终有些不踏实,父母买房为什么在她面前一点风声都没有漏。她想了想,问:"咱们家新房是什么样的?"

父亲笑眯眯地喝了一盅酒:"有图呢,拿给他们看看。"

母亲有点不情愿,磨叽半天才拉开旁边柜子的抽屉,取出一叠资料,最上面的就是户型图。吴红涛快手快脚地拿起户型图,看了片刻,咦了一声,说:"妈,不对呀,只有三房呀,我一个,姐姐一个,你们一个,做不了书房。"

母亲看吴红玫一眼说:"你姐要嫁人,不用给她留房间。"

吴红玫脸色变得煞白,用难以置信的眼神看着母亲。

被她这么看着,母亲的神色也没有变化:"你在北京工作,也就逢年过节回来,到时候在书房里安个沙发床,你回来的时候就住那里好了。"

吴红玫声音发颤:"我出了钱,连个房间都没有?"

父亲皱眉,不快地放下酒杯:"这是你的家,你出钱不应该吗?"

"既然是我的家,为什么我连个房间都没有?"吴红玫指着购房合同,"为什么合同上写的是弟弟的名字,他才高三呀。"

母亲呵斥:"不写你弟弟的名字,还写你的名字呀?你早晚是要嫁人的,将来生的孩子也不姓吴。真是越大越不懂事了,跟自己的亲弟弟争财产，要脸不？"

吴红玫委屈地红了眼眶："我不是要跟弟弟争，就是怎么能一个房间也不给我呢？好歹我也出了钱。"

母亲拔高声音："你出钱你了不起，不想想，是谁把你养这么大的，是谁给你付的学费。一点知恩图报的心都没有，白把你养这么大了。"

"妈，你忘记你当初怎么说的，你说帮我存着钱，将来我买房的时候还给我，结果你问都没问我一声，就把钱用了……"

重重的一声"啪"打断了吴红玫的话，她扭头一看，父亲将筷子摔在桌子，脸色阴沉："行了，都别说了，明年开春把房子卖了，把钱还给她。"

吴红玫顿时慌了："爸，我不是这个意思。"

父亲恍若未闻，起身走进卧室，重重地关上门。

"看把你爸气的，你这个白眼狼。"母亲狠狠地戳着吴红玫的额头，也站了起来。

"妈……"吴红玫急了，拉住她的衣角。

母亲重重地打掉她的手，走进卧室。

"姐，你真小气，不就是十万块钱吗？将来我大学毕业了，我十倍还你。"

吴红玫再也忍不住了，起身冲出家门。

一口气冲到小河边，已经泪流满面，她缓缓地蹲下，抱着膝盖，无声地抽泣着。也不知道哭了多久，惊天动地的爆竹声响起，惊醒了她。她又累又饿，翻出手机一看，已经八点了，没有人找过她。

张小北没有找过她。

父母和弟弟也没有找过她。

夜晚的风很凉，吹得她瑟瑟发抖，很想回家。但她又不好意思就这样回去，至少来一个电话吧，无论谁打来电话，她都决定回去。钱就算了，已经花出去了，不算了又能怎么样？难道还真叫家里卖掉房子还她？但是等到九点钟，还是一个电话都没有。

胃里空空的，原本只是饿，现在还开始烧了，一团火一般，从胃里烧到了心脏。她很想找人说说话，翻开通讯录，排在第一的是张小北，打给他，他会说什么？他会说，早叫你把钱留在手里，你不听……

吴红玫拨通了苏筱的电话，不知道她在忙什么，响了好几声之后才接通。

275

她的声音隔着手机传来，如同云雀一样欢快清脆："红玫亲爱的，春节快乐。"

　　看不到她，但能感觉到她很快乐。吴红玫所有的委屈与伤心都被她的快乐堵在喉咙口，这是万家团圆的日子，她怎么能拿自己这些腌臜事去搅和了好朋友的新春佳节？她把所有的委屈与伤心吞回肚子，装出快乐的语气说："谢谢筱筱，也祝你新春快乐，越来越美丽。"

　　"你在干什么？"

　　"我……我在看烟火。"吴红玫抬头看着远方。

　　河对面是荒地，确实有人在放烟火，天空刹那间开出火树银花，又刹那间消失了。

　　"我也在看烟火。"

　　"一个人？还是和你爸妈。"

　　"我和夏明一起。"

　　吴红玫怔了怔，突然有一股巨大的嫉妒冲上心头，她干笑两声："你们这动作也太快了吧，这就见家长了。"

　　"他说他已经三十岁了，同学的孩子都可以打酱油了，耽误不起。"苏筱声音里流露出无法掩饰的幸福。

　　"挺好的，挺好的。"吴红玫干巴巴地说着，控制着情绪，不让声音泄露她的嫉妒。她后悔了，根本不应该打这个电话，纯粹是找虐。"筱筱，我还要给别人打电话拜年，先这样了，明天再聊。"

　　挂断电话，吴红玫再没有给别人打电话诉说的兴致了，就算有这兴致，她也找不到聆听的人。就这样静静地站在河边，吹着冷风，看着烟火，一直到十一点，确信不会有人打电话给自己后，她拖着冻僵了的双腿，深一脚浅一脚地往家里走。沿途的房子都亮着温暖的灯，传来春节联欢晚会的声音，只有她家里一片漆黑。幸好门没有关，她轻手轻脚地走了进去，像是走进一个冰冷的洞穴。

　　桌子上的饭菜已经收了，打开冰箱，没有剩饭，看来在她走后，他们一家三口继续吃了年夜饭。她找了两块饼干垫了肚子，和衣躺在沙发上，辗转反侧一宿。第二天大早起来，她跟父母认了错。

第二十八章

　　夏明说趁着春节拜访苏父苏母，苏筱一开始是不乐意的，毕竟才刚刚在一起，还没有彻底了解。她家就是一个普通人家，住的还是2000年前分的福利房，虽是三室两厅，却不怎么宽敞。父母文化程度不高，一辈子生活在小地方，见识有限。她怕夏明不习惯，更怕他唐突了父母。

　　后来才发现，真小看他了。

　　他这个人做任何事情都有明确规划，既然打定主意要和她在一起，便也规划好了如何与她的家人相处。上门带的礼物是两瓶茅台两盒燕窝，既不贵重也不寒碜，考虑了二老的需求。对待二老的态度温良恭谨，有一答一，有二说二，但也不刻意讨好。能帮苏母写春联，也能陪苏父下棋。苏父是个臭棋篓子，他没有刻意让他，杀得他连连悔棋。

　　母亲自然不用说，光看他的长相，已经越看越喜欢。父亲也很欣赏他，觉得他不谄媚不佞言。他们俩亲热地唤他"小夏"，然后叫苏筱"我家那笨丫头"，考虑到他是北方人，母亲还特别跟着视频学怎么做面条，待遇之高，已经超过了苏筱。

隔壁邻居、亲戚朋友听到风声，纷纷找了借口上门来看他，都是带着挑剔的眼光来的，最后也都酸溜溜地回去了。苏筱又重新变回"别人家的孩子"了。去年这个时候，她被亲友们指指点点，说是再这么挑三拣四将来肯定嫁不出去。

不过一年，恍如隔世。

热热闹闹地过完大年，苏筱和夏明一起于正月初七踏上返回北京的列车，她请了半天假，所以并不知道一回到北京，就要面对一件对她人生来说至关重要的事情。

赵显坤有很多规矩，比如说春节后第一天上班，他必然会来，必然会签署001号任命书，任命的都是重要岗位。去年年底，负责主营业务的副总经济师老董因病提前退休了，这个岗位管着所有的施工项目和地产项目，非常重要。所以，今年的001号任命书肯定是关于这个岗位，只是不知道会是谁？好些人对这个岗位感兴趣，私下里没少找人活动。不过，目前来看，胜率最大的应该是非主营业务的副总经济师赵鹏，不仅因为他原本就离这个岗位只有一步之遥，还因为他背后有汪明宇的支持。

玛丽亚接到唐秘书的电话后，脚步轻快地来到赵显坤的办公室。

"玛丽亚，把天成主任经济师苏筱调到集团担任副总经济师，负责主营业务。"

玛丽亚很震惊，她早料到赵显坤想提拔苏筱，所以年会的时候才向苏筱示好。但她以为赵显坤会提拔赵鹏担任负责主营业务的副总经济师，让苏筱接赵鹏的位置。现在却是让苏筱直接负责主营业务，而且还是在没有提前沟通的情况下连升三级，这太不寻常了。估摸着消息传出去，整个集团都要震动了。

"怎么，有问题？"

玛丽亚摇摇头说："没有问题，我马上跟汪洋和苏筱谈谈。"

"不，不需要谈，直接出任命书。"

玛丽亚瞪大漂亮的眼睛："董事长，这不合适吧。"

"合适，她的人事权在集团。"

玛丽亚心里嘀咕，员工所签的合同里确实有"服从公司对员工的合理调配"这么一条，苏筱连升三级也属于合理的调配范围之内，只是事先不知会她上司也不通知她本人，而是直接下任命书，显然太不合理了。

"还有什么问题？"赵显坤见她还站着。

"不提前跟汪洋、苏筱沟通一声，我怕到时候会引起不必要的麻烦。"

"没关系，有什么麻烦，让他们冲我来。"

话说到这种程度，玛丽亚自然没法坚持："行，这就出任命书。"

赵显坤在任命书上签了字，玛丽亚拿着任命书走出董事长办公室，刚拐进走廊，打扮得油光水亮的何从容从电梯里出来，吹着口哨，手里拿着一枝娇艳欲滴的玫瑰花，像是从好莱坞电影里走出来的人物。

玛丽亚叉着腰，往走廊中间一站，挡住他的路。

"几点了，你才来？"

"倒时差呢。"

"这么多天你还在倒时差？"

"对呀。"何从容将玫瑰花递给玛丽亚，"鲜花送美女，美女别生气，生气老得快。"

玛丽亚接过花，白他一眼说："注意一点，董事长不喜欢迟到的人。"

何从容比画一个OK的手势。

玛丽亚这才让开路，往电梯间走去。

下电梯回到自己的办公室，她先给汪明宇打了一个电话，将001号任命书内容说了一下。

汪明宇很是惊讶，问："苏筱是谁？"

"天成的主任经济师。"

"什么玩意儿！"汪明宇忍不住爆了粗口，"二级子公司的主任经济师连升三级，这怎么行？"

"董事长已经签署任命书了。"

人事任命本来就是赵显坤的权限。当然一般情况下，他会跟领导班子成员通气，但他要是打定主意不通气，别人也拿他没办法。汪明宇气呼呼地挂断电话，想了想，又给赵鹏打了一个电话。

"你马上调查一下苏筱的情况。"

"苏筱是谁？"

"天成的主任经济师，董事长刚刚任命她接替老董的职位。"

"老董的职位？"赵鹏先蒙了一下，等明白过来，脱口而出，"不可能吧。"

"玛丽亚刚刚通知我的。"

赵鹏气急败坏地说："汪总，董事长怎么能这样？我好歹在集团干了十几年，没有功劳也有苦劳，不提拔我也就算了，提拔这么一个资历明显不如我的小丫头，那是什么意思呀？这太丢人了，以后让我在集团里怎么混？"

"别着急。"

"我不是着急，这太欺负人了。哪有这么办事的？"

"我明白，不要说你，我也郁闷。事先一点风声都没有。"

赵鹏怔了怔，怀疑地问："董事长都没跟您商量？"

"没有，我也是刚刚听玛丽亚说的。"汪明宇顿了顿说，"这件事是我大意了。你的资历摆在那里，我以为董事长会在集团班子征询大家的意见，我投你一票、胡昌海一票、徐知平一票、玛丽亚一票，事情就妥了。没想到董事长不走寻常路，也不知道他葫芦里卖的什么药。"

"那现在怎么办？"

"任命书都出来了，事情已成定局，只能这样了，但是你也别着急上火。"汪明宇微微一笑，"空降兵通常都是干不久的。"

玛利亚打了一圈电话，确保领导班子成员都已经知道了001号任命书内容之后，把吴红玫叫到办公室。

"Helen，有个非常重要的Case交给你。"

"玛丽亚，你说。"

"董事长要调苏筱到集团担任副总经济师，你发任命书到天成吧。"

吴红玫大吃一惊："集团副总经济师？"

玛丽亚点点头，意味深长地说："没错，你的同学很厉害。"

吴红玫心情复杂："我这就去办。"

"去吧。"玛丽亚将任命书递给她。

吴红玫接过任命书，回到自己的工位，反复地看了几遍。薄薄的一张纸拿在手里，却有千钧之重。她知道自己应该替苏筱高兴，但她实在高兴不起来。她的好朋友，短短两年时间，从最底层的成本主管做到集团的副总经济师，光速都没有这么快。而她自己呢，还是一个无足轻重的招聘主管。

她和她之间真有这么大的差距吗？

不，一定是命运不公。

任命书到达天成时，苏筱还在高铁上。

大嗓门杜娟咋咋呼呼地闹得全公司都知道了，一个一个地跑过去看任命书，仔细辨认董事长的签名。行政部经理卢大姐以前在集团办公室待过，认得赵显坤的签名，十分肯定地说："这是真的，苏姐己又要高升了。"

新来的财务部经理欣喜地说："这么说，以后苏姐己要去祸害集团了。"

杜娟托着腮帮子想了想："我看苏筱不见得会去集团。"

卢大姐白她一眼："你个傻丫头，苏姐己野心大着呢，怎么可能不去集团。再说，她走了不好吗？"

杜娟努努嘴，不服气地说："她走了好什么呀？咱们去年的年终奖比前年多了一半，还不是她的功劳呀。"

经济问题是最现实的，大家从妒忌和怨恨中清醒过来，忽然意识到万一苏筱走了，接替她位置的人不能继续创造效益，怎么办？卢大姐首先发现了苏筱的优点："其实苏……筱挺好的，人爽快，又不多事。"

出纳范姐也附和："以前老被汪总催着要钱，自从她和我们财务部建立每日资金台账，我这个出纳轻松多了，我也舍不得她走。"

大家七嘴八舌说着，分析苏筱会不会接受任命。

汪洋从外面回来，看大家聚在一起说话，顿时大发雷霆："都不干活了？"

卢大姐把任命书往汪洋怀里一扔："汪总您看看吧。"

汪洋看了一眼，长年施工晒出来的黑脸更黑了，不耐烦地冲大家挥挥手："都干活去。"

大家一哄而散。

汪洋回到办公室，把任命书又仔细看了一遍，狠狠地摔在桌子上，拿起电话就拨打董事长办公室。唐秘书娇美的声音在电话另一端响起，他又使劲一挂，倒在大班椅里，把西服扣子全解开，点燃一支烟狠狠地抽着。终于明白年会时赵显坤找自己谈话的目的了，说什么天成进步很大，希望在全集团推广，那全是狗屁，就是为了套自己的话，而自己也真傻，在他面前把苏筱夸成了一朵花。

丁零零的电话声打断了汪洋的回忆，他拿过座机。

是黄礼林，他阴阳怪气地说："恭喜，恭喜。"

汪洋恶狠狠地说："老子心情不好，你别来找抽。"

黄礼林笑得更欢快了。

"黄胖子，你笑个毛线，赶紧帮我想想办法。"

黄礼林收了笑容，说："有什么办法？当时成立子公司的时候就说得很清楚，人事权归集团。所以他现在要人，你就得给人。"

"当年咱们怎么就这么傻。"

"除非苏筱不去，打死不去，但我觉得这是不可能的。"

汪洋看到希望了，跳起来说："怎么就不可能，我给她的年薪可是20万，都快赶上徐知平了。"

黄礼林嘿嘿冷笑着："你觉得老赵跟她没有勾搭上就出这个任命书吗？"

"不能吧……"说是不能，口气却有些怀疑。

黄礼林说："我早就跟你说过，苏筱这丫头不是个善茬，你不信，现在总该相信了吧？很明显，她跟老赵一起把你涮了……"

"行了行了，你别说了，越说越生气。"汪洋越听越生气，啪地挂断电话，狠狠抽了几支烟，渐渐冷静下来，前后细节一想，越发觉得事情不同寻常，也越发怀疑，苏筱是不是真如黄礼林所说，早就跟赵显坤勾搭上了？

因此，下午苏筱来公司时，他将任命书递给她，脸上堆起虚假的笑容，试探地说："恭喜你，都跟我平级了，这是好事，你事先怎么也不告诉我一声？"

苏筱一头雾水地摊开任命书，仔细地看了一遍，确实是给自己的，顿时明白年会上玛丽亚为什么会忽然套近乎了。"汪总，这究竟是怎么回事？为什么调配我的工作岗位都不事先通知我一声？"

汪洋见她的神色，不像是装出来的，心里稍安："也没有通知我呀。这件事你怎么想的？"

苏筱把任命书往桌子一扔，斩钉截铁地说："我不去。"

吴红玫把任命书发到天成的同时，上传了复印件到集团内部论坛，并且置顶。论坛里顿时沸沸扬扬，无数人跟帖发问，苏筱是谁？她的电话也被打爆了，集团副总、分公司的老总都想调看苏筱的档案，要是档案不行，简历也可以。

应付完这些人，她闲下来，才发现有个未接电话是苏筱打来的。

她躲到走廊里，拨了回去。

"红玫，你怎么不提前通知我一声呀？"

吴红玫早就想好了说辞："筱筱，不是我不提前通知你，这是我的工作，有流程，我提前通知你违反人事规定，是要受处罚的。以前都是小事，我告诉你也没多大事，现在你连升三级是大事，整个集团都在讨论，要是消息泄露，我担不起这个责任。"

"红玫，你别误会，我不是责怪你，就是诧异。说句实话，这个任命书把我搞晕了，我在想，董事长是不是得老年痴呆了？"

"是因为你太优秀，光芒万丈，把董事长都给征服了。"

"你真是太看得起我了。"

"挺好的，你来集团，咱们就可以天天见面了。"

"我不去。"

吴红玫诧异："为什么？"

"汪总对我很好，你知道的，是他我才能留在天成，也是他信任我提拔我当经理，然后又支持我当了主任经济师……我在天成做出的成绩都离不开他的支持，他对我有知遇之恩。再说了，我在天成日子很好过，不瞒你说，"苏筱嘻嘻笑了两声，"一手遮天。集团这么多厉害的人，我去了，日子不会好过的。还有，这个你可千万不要跟别人说，我觉得这事情太奇怪，没人找我谈话就突然提拔我，像是个陷阱，事出反常必然有妖。"

"你想多了。董事长的人事任命怎么可能是陷阱？肯定是慎重考虑过的。"

"反正，我不想去，麻烦你告诉玛丽亚一声。"

"真不来呀。"

"不来。"

挂断电话，吴红玫看着窗外松了口气。不来也好，她要来了，以后时不时会有人拿自己同她比较，刚才玛丽亚那句"你这个同学好厉害"就像一记耳光，虽是无形的，却比真的耳光更叫她疼。

回到办公室，吴红玫将苏筱的决定汇报给玛丽亚。

"什么，她不肯接受任命？"玛丽亚诧异极了，挥舞着近万元的杜邦粉色签字笔，"Why？Why？"

"她说，在天成做得很顺手，跟汪总的配合默契，不想更换岗位。"

"Oh，my god！一个个唱的是哪一出，真是让人看不懂。"玛丽亚烦躁地说，"你有没有跟她说，集团是个很高的平台，会对她未来的事业发展有极大的帮助。"

吴红玫心虚，眼睛飘忽了一下："说了。我跟她说了好多，她就是不肯来。"

玛丽亚摆摆手："我来处理吧。"

吴红玫走后，玛丽亚拿起座机，努力调整了一下情绪，让自己听起来热情洋溢："苏筱，我是玛丽亚，我朋友新开了一家私房菜馆，全部食材都是来自澳洲，绝对新鲜环保绿色无污染，要不要一起去尝尝？"

"不好意思，玛丽亚，我们有个项目物资调配没到位，我要加班。"

"那你今晚准备怎么吃饭？"

"外卖。"

"OK，你喜欢什么口味呢？广东烧腊可以吗？我知道有家广式外卖，味道很正宗。等下我买来带到天成，咱们边吃边聊，只需要十五分钟，绝不耽误你工作，好不好呢？"

苏筱怔了怔，原以为玛丽亚就是亦舒笔下的黄金女郎，一盏灯能穿过眼睛前面照到后脑勺，貌美如花，脑袋空空。显然她不是，她能坐上集团人力资源经理的位置，自有她的过人之处，自己小看她了。

"这样吧，玛丽亚，我们公司斜对面有个咖啡馆，三点钟我们一起喝杯咖啡如何？"

"行。"

玛丽亚驱车到天成斜对面的咖啡馆时，苏筱已经在了，而且帮她点了咖啡和提米拉苏。她道过谢后，拿着刀叉，优雅地切下一块提拉米苏，塞进嘴里，刚刚咀嚼一下，眉头皱起，飞快地扯过一张纸巾，将提拉米苏吐进餐巾纸里。

"不好吃？"

"巧克力放多了，这块蛋糕至少有280卡路里。"玛丽亚顿了顿，补了一句，"味道挺好的，不过我在减肥。"

苏筱哦了一声，看看她麻秆一样的身材。

玛丽亚喝了一口咖啡润润口："我们都很忙，所以就开门见山吧。苏筱，你想在职场上达到什么样的高度呢？"

"没有具体想过，有多大能力就做多大事吧。"

"你的能力已经得到董事长的认可，为什么拒绝？"

"我跟红玫说了理由，她应该已经转达给你了。"

"是的，她转达了。但是，我认为你并不知道自己拒绝了什么。"玛丽亚盯着苏筱的眼睛说，"你拒绝的是未来的无限可能。如果说天成主任经济师是这个高度的话……"她用手比画桌子的高度，然后手往上移，对着自己的头顶比画着，"那么集团副总经济师就是这个高度。也许在集团没有你在天成安逸，但是你会拥有更广阔的视野，能调动更多的资源，而且这有利于提高你在职场的核心竞争力。金钱无法转变成核心竞争力，但是核心竞争力能够转变成金钱。Do you understand？"

她说得很有道理，苏筱思索片刻，还是坚定地摇摇头。

"玛丽亚你说的我都明白，不过我确实很喜欢现在的岗位，所以不能接受集团的任命。"

玛丽亚摇头："No，No，我不认为你真的明白了。苏筱，这是一个很重要的岗位，这是一个天大的机会，集团的资源会向你倾斜，别轻易拒绝。有句话怎么说的，Don't think the opportunity will knock second times。"

"是不是机会也是因人而异的，不是有句话，One person's meat is another person's poison。"

玛丽亚生气了，但笑得越发优雅。"原来你在担心董事长给你毒药吃呀。"

苏筱挡了回去："玛丽亚你说笑了。"

回到集团，玛丽亚将谈话过程简单地汇报了一下，然后说："董事长，态度决定一切，苏筱如此不认可集团，硬调到集团只会适得其反。何况，跟她同等履历的人并不难找，我们人力资源部手头就有五六个储备人才，只会比她好，不会比她差。"

"玛丽亚，我只要她。"

"她就是茅坑里的臭石头。"

"被熏坏了？"

玛丽亚无奈："董事长你还有心思跟我开玩笑。"

赵显坤笑了笑："咱们集团全是香喷喷的人，我就想要这么一块臭石

285

头，来给大家提提神。别抱怨，想想办法，搞定这块臭石头，那你的业务能力就上一个台阶了。"

这一天，振华集团的员工们吃足了大瓜。上午论坛置顶了001号任命书，全集团都在问苏筱是谁？到了中午，她在天成所做的一切，包括两次中标、群星广场的变更方案、她PK掉陈思民以及财务经理的经过、苏姐己绰号的由来……都已经被整理成文档，和《分包商评估体系》《全面预算管理》一起送到子公司分公司老总还有集团副总们的办公桌上。到了下午，她拒绝任命的消息传来。集团又一次震惊了，问题从苏筱是谁，变成她想干什么？这可是连升三级，从她PK掉陈思民和财务经理的经历来看，从她毁誉参半的苏姐己绰号来看，她是个进取心特别强的人，怎么会放弃这种青云直上的机会？

员工们议论纷纷，天成商务合约部的电话都被打爆了，好不热闹。

相比之下，高层们就淡定多了。他们思考的可不是苏筱想干什么，他们思考的是赵显坤想干什么？把一个年仅二十八岁的女人放在这么重要的一个岗位上，目的是什么？后面有什么布局？

苏筱不过是一枚棋子，执棋者的意图才最重要。

这个大瓜沸沸扬扬地持续到第二天，经过一夜的口口相传，苏筱在天成的经历已经被编排得面目全非，她PK掉陈思民的过程更是离奇诡异，堪比一场宫斗大戏。而陈思民则成了可怜的被苏姐己挖心的比干。

汪明宇去徐知平的办公室谈事，末了，忍不住拿话调侃。

"老徐，小心你的七窍玲珑心。"

徐知平笑了笑说："都到上支架的年龄，哪里还有七窍？"

"那也得小心。"

"顺其自然吧。"徐知平倒了杯茶水给他，"新茶还没到，只有旧茶。"

"我跟别人不同，我爱喝旧茶，茶跟人一样都是旧的好。"汪明宇举起杯子，浅啜一口，"董事长倒是特别爱喝新茶。"

徐知平笑了笑，不说话。

"老徐，怎么看咱们公司这杯新茶？"

"去年天成的报表，各项数据都比前些年漂亮，这是一杯好茶，董事长爱惜，很正常。"

"爱惜归爱惜，也别搞突然提拔，搞得我到现在都还晕着呢。"

徐知平有些诧异："这回董事长对你也没有透露呀？"

汪明宇趁机挑拨离间："提拔的毕竟不是我的下属，不告诉我也没有什么，瞒着你老徐就不应该了。这可是你的下属。"

"你这个第一副总、执行董事都不知道，我不知道又有什么所谓？人事任命本来就是董事长的职责。"徐知平的语气很淡定，就不知道心里是不是真淡定。

汪明宇审视他一番，没有看出端倪，想了想，说："不管怎么样，你也得小心些，她可是个上司杀手。"

徐知平不以为然地笑了笑："天成就是一个小池塘，屁大点事也折腾出半丈高的水花，小鱼小虾也能称王称霸。可集团是见不到底的深渊，沉一艘航母也不见得有水花，更别提小鱼小虾了。"

"说得好。"汪明宇冲他晃晃大拇指。

这次试探算是失败了，徐知平太沉得住气。他作为总经济师，是副总经济师们的直线上司，他不出来反对，那么苏筱的入职就板上钉钉了。汪明宇没有再继续这个话题，扯了一些别的就起身告辞了。

回到自己办公室，一直等着的赵鹏焦急地凑了过来，问："徐总怎么说？"

汪明宇说："他已经躺平了。"

赵鹏失望，想了想，说："苏筱不是拒绝任命了吗？"

"她拒绝有什么用，董事长的任命书已经下了，那是玩笑吗？整个集团为此沸沸扬扬，她肯定得来集团。她要不来，董事长也有办法让她来。"

玛丽亚心烦意乱，董事长坚持要苏筱，苏筱又是茅坑里的石头。她夹在中间，左不是，右不是，两边受气。

何从容看她愁眉不展，很是不理解，说："我感觉你把事情复杂化了，既然你们人事规定无条件服从工作调配，那么对苏筱来说，这只是一个单选题。你根本没有必要跟她废话。"

玛丽亚眼睛一亮，确实如此，对苏筱来说，就是一个单选题，要么服从调配到振华集团当副总经济师，要么离开天成。她心里大定，通过内线拨通了吴红玫的电话："Helen，马上给苏筱发一个工作调动通知，限她三个工作日内到集团就职，如果到期没有到岗，则视为自动离职处理。"

吴红玫吃惊地说："玛丽亚，这不合适吧？"

"很合适。"玛丽亚态度强硬地挂断了电话，心情很爽。

工作调动通知发到苏筱手里，她愣了愣，以为拒绝了，事情就解决了，没想到"自动离职"都出来了，这是逼着她去集团上班呀。居然还有这种事情，真是莫名其妙，她拍了通知书，发给夏明。

过了一会儿，夏明回了电话："我建议你别去集团上班。"

"为什么？前两天你不都说随便我吗？"苏筱很好奇，前两天跟夏明说这事，他的态度都是你自己决定，想去就去，不想去就不去。

"董事长非要你不可，这就是一个问题。"夏明说，"你不了解集团。集团看起来欣欣向荣，其实已经是在悬崖边走钢丝，人事复杂，矛盾重重。负责主营业务的副总经济师，这么重要的岗位，董事长把它交给你这个新人，说明什么？要不他很看好你，要不他就是没有人可用了，当然更大可能是两者皆有。无论是前一个还是后一个原因，对你来说，都不是什么好事。"

"只有坏事没有好事吗？"

"不是，我刚刚说的是风险。风险跟收益都是对等的，风险越大收益也就越大。负责主营业务的副总经济师，如果你能站稳，那么你会被赵显坤重用，并且你会成为集团举足轻重的一员。"

"我还是不想去集团，不是怕惹事，主要是我现在挺好的。"苏筱头疼地说，"但是我现在怎么才能不去呀？"

"你可以想办法让董事长改变主意。"

苏筱眼睛一亮："对呀。"

她当即给董事长办公室打电话，唐秘书听了她的来意，说了一声"稍等"。

过了一会儿，她说："苏主任，董事长说，三点整，他可以给你三分钟时间。"

苏筱抬头看着墙上的挂钟，已经两点了，时间很紧。她抓起包就往外冲，冲到楼下，正好碰到汪洋从车里下来，拦着她问："你这是干吗去呀？"

"我去集团找董事长。"苏筱喘着粗气，扬扬工作变动通知，"得让他把任命收回去。"

"上车吧，我送你。"

要想在三分钟内说服赵显坤，可不是一件容易的事，苏筱在车里反复练习了说辞，大意就是她怎么到天成，又是怎么改革天成的，她对天成有着深厚的情感……说得声情并茂，只要赵显坤不是铁石心肠，都会同意收回任命的。

路上有些堵车，赶到集团的时候，时间刚刚好。

唐秘书为她推开董事长办公室的大门，领着她走过一段铺着黑色大理石的玄关，玄关尽头立着一个半人高的景泰蓝大花瓶，瓶子里插着一枝春梅，疏影横斜，暗香浮动。转过玄关，就看到赵显坤坐在价值不菲的办公桌前，低头看着手里的一页文件。特别助理何从容站在他旁边，一身高定西服，衬得他肩宽腿长。

"你觉得我们跟宝钢签订钢材年度供应协议什么价格合适？"赵显坤头也不抬地问。

一开始，苏筱以为他是问何从容。

但是发现何从容用一种玩味的眼神看着自己，顿时愣住了："问我？"

赵显坤抬起头看着她，缓缓地点点头，细长的眼睛看不出一点情绪。

"我……我……我不知道。"

"你得知道，这块以后就是你负责的。"

苏筱张张嘴，精心准备的说辞忽然间消失得无影无踪了。天成虽然拿回了物资采购权，但是钢材还是由集团统一供给。因为天成没有议价能力，也不可能跟宝钢这样的大企业提前签订年度协议。跟宝钢签年度协议，那就意味着可以将钢材纳入宏观调控，可以利用市场升降预期进行成本控制，那是多么令人向往的一件事。这一刹那，仿佛有扇大门轰然洞开，放眼看过去，是无边无际的广阔天地，草长莺飞，自由飞翔……

何从容看着仿佛被十万伏特击中导致灵魂脱窍的苏筱，嘴角不由自主地弯了弯，依稀有点明白，为什么赵显坤不让人力事先沟通，而是直接下任命书。他等的就是这一刻吧，等着她主动找上门来。然后他用直指人心的敏锐，给她致命的一击，亲自收服她。很显然，他成功了。

赵显坤低下头，继续看文件，他再也没有说话，也不需要说话。

三分钟一过，唐秘书回来，领着灵魂出窍的苏筱走出董事长办公室。

一直到走出集团办公大楼，苏筱还没有完全清醒过来，一脸茫然，如同梦游。

"苏筱，你怎么了？董事长跟你说啥了？"

苏筱陡然惊醒，看着台阶下的汪洋。

看到他一脸的关切，苏筱心里油然升起一种负疚感，层层叠叠。"他问我，跟宝钢签订钢材年度供应协议什么价位合适？"

汪洋呵呵地笑了起来，声音里满是无奈："董事长确实是个神人，他看准你了。"

苏筱低下头，内疚得声音都哽咽了："对不起，汪总。"

"不要说对不起，你也没有对不起我。我就早说过，你跟董事长很像，你们都有一颗登顶的心。不管怎么说，你是我培养出来的人，到了集团，记得给我长脸。"汪洋深吸一口气，拍拍苏筱的肩膀，苦涩而又欣慰地说，"现在，你跟我平级了，苏副总经济师。呵，这个称呼可真长。"

苏筱抬起头，破涕为笑。

图书在版编目（CIP）数据

理想之城 / 若花燃燃著 . — 南京 : 江苏凤凰文艺
出版社，2021.9（2022.10 重印）
ISBN 978-7-5594-5974-9

Ⅰ . ①理… Ⅱ . ①若… Ⅲ . ①长篇小说 – 中国 – 当代
Ⅳ . ① I247.5

中国版本图书馆 CIP 数据核字 (2021) 第 147999 号

理想之城

若花燃燃 著

策划编辑	钱　丽	
责任编辑	白　涵	
封面设计	奇文云海	
版式设计	天　缈	
出版发行	江苏凤凰文艺出版社	
	南京市中央路 165 号，邮编：210009	
网　　址	http://www.jswenyi.com	
印　　刷	环球东方（北京）印务有限公司	
开　　本	670 毫米 ×970 毫米 1/16	
印　　张	18.5	
字　　数	285 千字	
版　　次	2021 年 9 月第 1 版	
印　　次	2022 年 10 月第 3 次印刷	
书　　号	ISBN 978-7-5594-5974-9	
定　　价	48.00 元	

江苏凤凰文艺版图书凡印刷、装订错误，可向出版社调换，联系电话 025-83280257